अन्नदाता

(उपन्यास)

अन्नदाता

बलदेव सिंह

अनुवाद

फूलचन्द मानव

वाणी प्रकाशन ग्रुप | भारतीय ज्ञानपीठ

वाणी प्रकाशन : भारतीय ज्ञानपीठ की पुस्तकों के एकमात्र प्रकाशक एवं वितरक

राष्ट्रभारती लोकोदय ग्रन्थमाला : ग्रन्थांक 1022

सजिल्द पहला संस्करण : 2010
सजिल्द दूसरा संस्करण : 2026

वाणी प्रकाशन : भारतीय ज्ञानपीठ की पुस्तकों के एकमात्र प्रकाशक एवं वितरक

वाणी प्रकाशन
4695, 21-ए, दरियागंज, नयी दिल्ली-110 002
दूरभाष : 011-23273167, 23275710
ईमेल : sales@vaniprakashan.in
www.vaniprakashan.com

ISBN : 978-93-5775-520-7

मूल्य : ₹ 595

अन्नदाता
(पंजाबी उपन्यास)
बलदेव सिंह
अनुवाद : **फूलचन्द मानव**

ANNADATA
(Punjabi Novel)
by Baldev Singh
Translated by : Phoolchand Manav

आवरण-चित्र : देबाशीष मुखर्जी
मुद्रक : आर. टेक ऑफ़सेट प्रिंटर्स, दिल्ली-110 032

अन्नदाता

एक

असोज (अस्सू) महीने के अन्तिम दिन हैं। धान वाले खेत कभी से खाली कर दिये गये थे। हिम्मत वाले किसानों ने रौनी करके एक बार खेत वाह (जोत) भी दिये थे। अधिकतर खेतों में कम्बाइनों से कटे धान की पराली को आग लगा कर जला देने के कारण, वातावरण, दम घोटने वाला बना हुआ है। गाँवों और शहरों की मंडियाँ, धान के ढेरों से बिफरी-फूली पड़ी है। जहाँ कहीं भी किसी को जगह मिलती है, थोड़ा साफ करके, धान लाकर फेंक देता है।

इन दिनों पंजाब में जिधर भी जाओ, मंडियों में और इनके आसपास दूर तक धान के ढेरों के ढेर दिखाई देते हैं। देखो तो लगता है कि अकेला पंजाब ही सारी दुनिया को चावल खिला सकता है।

लेकिन किसानों में बेचैनी है, गुस्सा है, विवशता है। हर तरफ हा-हाकार मची हुई है। सरकारी और गैर-सरकारी एजेंसियाँ धान की खरीद नहीं कर रही हैं। किसानों को धान की रखवाली करते महीना हो चला है। आगामी फसल के वास्ते खेत तैयार करने हैं और दूसरे बीसियों कबीलदारी के काम धान की फसल के सहारे रुके हुए हैं। बीजने से लेकर मंड़ियों तक लाने तक उन्होंने लाखों पापड़ बेले हैं। ऋण लिये हैं, उधार उठाये हैं। अपने चाव रहन रख दिये हैं और अब, इतनी उपेक्षा! किसानों में रोष है।

मौसम का भी कोई भरोसा नहीं। सुबह बादल होते हैं, दोपहर साफ हो जाते हैं। तीसरे पहर फिर घिर आते हैं। यदि बरखा या आँधी-अन्धड़ आ गया तो। सोच-सोच कर धान के ढेरों की रखवाली में बैठे किसानों की साँस सूखी हुई है।

बोघा बड़ी देर तक घने बनते बादलों की ओर देखता रहा। फिर बोला, ''देखना वज़ीरसिंह! यह रब्ब भी ऐसे मौके पर ही फेरे लेगा। जब ज़रूरत थी, माँह की दाल के आटे-सा अकड़ा रहा।''

बोघे के साथ वाली ढेरी पर खाट लगाये बैठे वज़ीरसिंह ने ऊपर आसमान की ओर देखने की कोशिश की। उसे सब कुछ धुँधला-सा दिखाई दिया। कुछ

मन ठीक नहीं था। वह खीझ में था। पहले सोचा, चुप ही रहे। लेकिन बोघे ने ख़ासतौर पर उसकी ओर देखते हुए कहा, "क्या कहा?" तो बोलना पड़ा—

"बोघे! अब तो नज़र इतनी कमज़ोर हो गयी कि बादल और अन्धड़ में फर्क ही पता नहीं चलता।"

"धीरे-धीरे लौटती है नज़र। आ जाएगी, देख लेना। गीदड़मारों का बूढ़ा डेढ़ माह तक दीवारों में ही देखता रहा। अब तो कहते हैं फिरनी वाले छप्पर पर खड़ा होकर छोटी नहर की पुली पर आता चेहरा पहचान लेता है।" कहकर बोघा फिर बादलों की ओर देखकर रब्ब को मन-ही-मन गाली देता, गले में इकट्ठी हुई मंडी की उड़ती गर्द, बाहर थूकने लगा।

बोघा इन्तज़ार में रहा कि वज़ीर उसके साथ बातें करने लगेगा तो वक़्त बीत जाएगा। लेकिन वज़ीरसिंह तो ख़ुद परेशान था। बोघा किसी और की तरफ चल दिया। हर तरफ़ खीझ भरी काँय-काँय सुनाई दे रही थी।

अपने धान के खेत पर बैठा वज़ीरसिंह हैरान है, आज अभी तक घर से रोटी क्यों नहीं आयी? न राजपाल आया है। गुरा भी नहीं आया और न ही किसी पड़ोसी के हाथों रोटी भिजवायी है। दोपहर ढल चली है। साथ वाली ढेरीवाले बोघासिंह ने दोपहर की रोटी खाते सुलह जतायी थी, पूछा भी था, तब तो वज़ीरसिंह सरसरी तौर पर कह गया, "बस, आने ही वाला है। ईश्वर ज़्यादा दे।"

लेकिन रोटी नहीं आयी। न कोई सन्देश आया। अब तो प्रतीक्षा करते और भीतर-ही-भीतर नाराज़ होते, भूख भी मर गयी है। वह बायीं आँख पर बँधी हरी पट्टी को ठीक करने लगा। अभी चार दिन ही हुए हैं। गाँव के प्राइमरी सरकारी स्कूल में आँखों का मुफ़्त कैम्प लगा था। उसने भी गाँव के दूसरे लोगों के साथ मोतिये का आप्रेशन करवा लिया था। यहाँ आसानी थी घरवालों के लिए भी। शहर के अस्पताल में तो बीसियों स्यापे थे। फिर प्राइवेट डॉक्टरों को इसकी फ़ीस कौन देता?

वज़ीर ने हरी पट्टी ज़रा ऊपर उठाकर आसपास देखने की कोशिश की। उसे महसूस हुआ दोपहर तो कब की ढल चुकी है। सूरज भी दबने (ढलने) लगा है। हद हो गयी। घर से कोई क्यों नहीं आया? चलो रोटी को देर हो गयी थी तो दोपहर की चाय ही दे जाते। राजपाल चंडीगढ़ से न लौटा हो, तो भी गुरा तो घर ही था। रुलदू था। अड़ोस-पड़ोस तो नहीं मर गया कहीं?...

जब वज़ीर ढेर पर बैठा तप रहा था, तो ढेरों की राखी पर बैठे थके किसान, आढ़तियों और सरकार को गालियाँ दे देकर, अपने मन की भड़ास निकालते मनोरंजन कर रहे थे। बोघा बेमतलब चक्कर लगाकर फिर अपने ढेर के पास आ गया।

''वज़ीरसिंह! क्या बात है? आज ढीले-से दिखाई दे रहे हो।'' शाम ढलती देख बोघे ने अपने ढेर पर खाट लगाते हुए पूछा।

''नहीं'', ढीला तो नहीं। हजारों रुपयों के धान पर बैठा हूँ। चारों ओर अन्न ही अन्न है। जट्ट को और क्या चाहिए।'' वज़ीर ने व्यंग्य में कहा।

''हाँ-हाँ, घर द्वार तो तुम्हारा, पर कोठी को हाथ न लगाना।'' कहकर बोघा भी वज़ीर के अन्दाज में ही हँस पड़ा। फिर पूछा-

''राजपाल नहीं दिखाई दिया कहीं?''

''कहता था चंडीगढ़ जाना है, प्रदर्शन है। क्या पता धरना भी देना पड़े।''

''अब तो सरकारें भी ऊँचा सुनने लगी हैं या फिर सोटा चढ़ाना पड़ता है। डाँगें चलानी पड़ती हैं। तुम सयाने हो, मैं क्या कहूँ। चलो, इनकी भगदड़ से धान तो बिकेगा दो चार दिनों में। वज़ीरसिंह, ज्यादा चिन्ता न कर। यहाँ आ जा, मेरे पास। रात की बची पड़ी है थोड़ी-सी, तुम्हारा भतीजा दे गया था।'' बोघे ने धान के ढेर में दबी देसी दारू की डोलनी निकालते हुए वज़ीर को बुलाया।

''ना बोघे, तुम्हीं करो मौज। अब तो मैंने कभी पी नहीं। किसी की शादी सगाई पर भले पी लूँ। फिर डॉक्टर भी कहता था, पाँच-सात दिन शराब नहीं पीनी।''

''अब तो पाँच-सात दिन भी हो लिए। डॉक्टरों को क्या पता, जट्ट को कौन-सी दारू ठीक करती है। तुम आओ तो।'' बोघे ने मान सहित फिर बुलाया।

''तुम्हें न कहीं कम पड़ जाए गिल्ला।'' वज़ीर ने आधी सहमति प्रकट की। यों वह सुबह से हो रही तलखी और खीझ से छुटकारा चाहता था।

''तुम आओ तो और आ जाएगी। दारू बहुत है।''

वज़ीर बोघे के पास आ बैठा। बोघे ने डोलनी का ढक्कन खोला। तीखी हवा बाहर निकली।

''बहुत तेज है।'' वज़ीर ने कहा। फिर शिकायत की—''गिल्ल, तुम कच्चे मत रह जाना। मुझे ज्यादा शौक नहीं है।''

''दारू बहुत है। तेरा भतीजा आता ही होगा। इस बार दो गट्टे गुड़ के डाले थे। शहरवाली शराब तो गाय के मूत-सी होती है। कोई स्वाद नहीं। नशा नहीं। फिर महँगी भी इतनी। एक बार अँग्रेजी बोतल ली थी। साले ने दो सौ में से पन्द्रह ही लौटाये। मैं तो दो माह नहीं भूल पाया। दारू क्या नशा देती!''

जब उन्होंने एक-एक पैग अन्दर किया तो वज़ीर ने कसैला-सा मुँह बनाकर कहा, ''यह तो चीरती जाती है।''

''अँग्रेजी इसका मुकाबला करेगी?'' बोघे ने मान के साथ पूछा, ''इसका कोई तोड़ है?'' वज़ीर ने खँगूरा मारते हुए कड़वाहट नीचे की।

मंडी में उड़ी गर्द की तरह ही पहले तोड़ के पैग ने अन्दर हंगामा कर दिया।

"नीची गलीवालों का शिन्दा तो कतई माँजा गया यार।"

"क्यों, क्या हो गया उसे?" वज़ीर ने चिन्तित होकर पूछा।

"फसल हुई ही नहीं, कल रो रहा था। कहता था, ठेकेवालों के भी पूरे नहीं हो पाएँगे।"

"सबका यही हाल है। कैला भी कहता था, अढ़ाई किल्ले में से टराली भी नहीं भरी।" वज़ीर ने हौंका भरा। साँस छोड़ी। फिर गिलास में बची दारू अन्दर उँडेल कर बोला, "कहाँ से देगा मामला (माल)? कहाँ से लौटाएगा कर्ज़ा? कहाँ से मूँद लेगा। कबीलदारी की मोरियाँ? ठीक है दाता, तेरी तू ही जाने।"

"तेरा दाता जानता हुआ भी बादलों की छतरी तानकर आ रहा है। उसे दिखाई देता है कि अभी जट्ट रोटी खा रहे हैं। उसके हाथ ठूठा कैसे पकड़ाना है, उसका प्रबन्ध करता है। यदि कहीं बरस गया न, देखना वज़ीर, मंडी में ही तिरेगा धान।"

धान के ढेर पर बैठे दोनों दुःख-सुख कर रहे थे कि बोघे का पुत्तर रात की रोटी लेकर आ गया।

"भई शाबाश!" पुत्तर को देखकर बोघा खुश हो गया।

"बापू, इसमें दाल है और पोने में रोटियाँ।" पुत्तर ने समझाया।

"दाल तो है ससुरी के, 'माल' कहाँ है?"

"माल भी है बापू। डोलू में है।" पुत्तर ने एक तरफ पड़ा डोलू बोघे के सामने कर दिया।

"अब शेरा तू तेज हो ज़रा। हमें पानी ला दे।" बोघे ने पूरे हौंसले में कहा।

वज़ीर फिर फ़िक्र करने लगा कि हमारे घर से पता नहीं अभी कोई आया क्यों नहीं? दिन भर तो चुप रहनेवाले हैं नहीं—बापू ठीक हो। ऐसे समय उसे सँभाल नहीं पाएँगे...।

बोघे का पुत्तर पानी ले आया। सवेरे वाले बर्तन लेकर लौटने लगा, तो धीरे-से बोल पड़ा, "बापू, थोड़ी-सी मैं भी पीकर देख लूँ।"

"तितर हो जा, ढेका लाड का!" बोघे ने झिड़क दिया। पुत्तर कान खुजलाने लगा और फिर ढेर से नीचे उतर गया। चलने लगा तो बोघे ने आवाज लगायी। "ठीक है, तुपका भर ले ले। अपनी बेबे को न बताना।"

पुत्तर लौट आया।

उसने आँखें मूँदकर घूँट भरा तो कँपकँपी आ गयी।

"खींच लो शेर बन के।" बोघे ने पीठ थपथपायी। एक ही साँस में शेष बचती खींचकर पुत्तर खड़ा हो गया।

"यदि अब बेबे को बताया तो पिछवाड़ा पीट कर बन्दर जैसा लाल कर

दूँगा। भाग यहाँ से।'' बोघे ने पुत्तर को चोकन्ना किया। पुत्तर चलने लगा तो वज़ीर ने पूछा, ''हमारा गुरा नहीं दिखा कहीं?''

''सुबह तो देखा था ताया, एक बार।''

''घर में अपनी ताई से कहना रोटी दे जाए।''

बोघे ने टटोल कर देख ली थीं। रोटियाँ बहुत थीं। बोला, ''यह देखो। खाओ रोटियाँ। भले दो और आ जाएँ खानेवाले।''

लेकिन वज़ीर अन्दर से नहीं चाहता था। हर रोज़ रोटियाँ आती हैं, आज भी आएँगी। उसे चिन्ता थी। इतनी लापरवाही तो घरवाले कभी नहीं करते। राजपाल यहाँ नहीं था। इसका मतलब यह तो नहीं, मंडी में कोई भूखा बैठा रहे। फिर गाँव का मामला शरीक की बात होती है। कल बोघा किसी समय भी यह बात सुना सकता है। कह सकता है—'मैं तो मंडी में रोटियाँ खिलाता रहा।' क्या इज़्ज़त रहती है फिर किसी की! मिट्टी हो जाते हैं। दिल तो इसकी शराब पीने को भी नहीं करता। पर जब कोई पीछे ही पड़ जाए। अच्छा भला होता तो मैं पीता ही ना। आज सुबह से मन उखड़ा हुआ था। हद हो गयी। न चाय, न हाजरी। न दोपहरी की रोटी और न अब तक कोई आया है। समझ नहीं आ रहा घरवालों को क्या हो गया! धान का ढेर छोड़कर वह घर भी नहीं जा सकता। न कोई ख़बर आयी है, बापू ही धीरे-धीरे आ जाता...।

''वज़ीर कहाँ चले गये हो? गिलास खाली करो। फ़िक्र न करो, बिक जाएगा धान।'' बोघे ने डोलू में से गिलास में डाली शराब की ओर इशारा करके वज़ीर को हिलाया। फिर पोना खोलकर रोटियों के साथ आये आम के अचार की फाड़ी चूसने लगा।

दोनों फिर पीने लगे।

यों ढली दोपहर के समय धान के ढेरों पर टोलियाँ बन जाती हैं। किसी-किसी ढेर से ऊँची आवाज भी सुनाई देती। ललकारे (चीख) बजते हैं। कई बार गालियों का आदान-प्रदान होता। नशे में हँसी भी फूटती है। वे सभी कहते हैं, अगर शराब न हो तो जट्ट घुल-घुल कर वियोग में ही मर जाएँ।

गाँव की इसी कच्ची मंडी में दिन-भर गर्दोगुबार छाया रहता है। रात के समय आरजी बाँस टिकाकर लटकाये बल्बों की रोशनी धुँधली-सी दिखती है। नशे में होकर भी बोघे के साथ रोटी खाता वज़ीर बायीं आँख से पट्टी हटाकर अपने धान के ढेर की ओर परखती निगाह मारने की कोशिश करता है। चारों ओर फैली धूल के कारण आँख में रड़क पड़ने लगी है। तो भी उसने परवाह नहीं की। नशे के कारण बोघे के व्यंग्य-बाणों की तरफ भी ध्यान नहीं दिया। यहाँ उनके परिवार की आधे साल की कमाई उनके सामने पड़ी है, इतना उसे पता है।

वह उठा। बोघे धान के ढेर से सँभल कर नीचे आया, बोला—"बड़े भाई मैं छोड़कर आऊँ?" 'बड़े भाई मैं छोड़कर आऊँ' भी उसने अनसुना कर दिया। अपनी आँख पर बँधी हरी पट्टी को ठीक करता वह अपने धान के ढेर पर बिछी खाट पर जा बैठा।

नशे में होते हुए भी चिन्ता ने उसे लगातार घेरा हुआ था। आज दिन-भर घर से कोई क्यों नहीं आया? एक दिन पहले यहाँ राजपाल रखवाली पर बैठा था। वज़ीर सोचता है, वह होशियार है। पढ़ा-लिखा भी। हिम्मती सयाना भी। किसान-संगठन का सदस्य है। कहाँ धरने देने हैं, कहाँ मुजाहरे (प्रदर्शन) करने हैं, कहाँ किसी मन्त्री का पुतला जलाना है, कब किसी डी.सी. का घेराव करना है, कब किस सड़क का ट्रैफिक रोकना है, सब उसे पता है। आज पता नहीं अभी चंडीगढ़ से लौटा कि नहीं...उसे घर की चिन्ता करनी चाहिए। लोगों का नेता बन गया, ठीक है। इसका अर्थ यह थोड़े ही है कि घर के बारे में सोचना ही नहीं। कोई मंडी में धान की रखवाली करता दिनभर का भूखा बैठा है, शरीकों-रिश्तेदारों से शराब पीता है, रोटियाँ तोड़ता है। उसकी खबर ही न ले।

बोघे की दारू पीकर और उसी की रोटी खाकर, अपने धान के ढेर पर बैठा वज़ीरसिंह सोच रहा है...मालूम होता कि राजपाल देर से आएगा तो मैं बापू को ही यहाँ बिठा देता। फिर सोचने लगा, वह बेचारा अब इस योग्य कहाँ? वह उठकर आवारा पशु कहाँ मोड़ सकता है? गुरा वैसे ही ऊपरली उड़ता हवा में रहता है। उसे क्या, धान बिके, न बिके। आँधी-बरखा में बह जाए, उसकी बला से। उस पर इतना भरोसा भी नहीं रहा कि रोटी समय पर मंडी पहुँचा देगा कि नहीं। फिर किसके आसरे छोड़कर जाता वह इतना धान! ले देकर मैं ही दिखाई देता था उसे। आँखों वाले डॉक्टर ने कहा भी था, छः-सात दिन पूरा आराम करना है। आँखों को धूप और धूल-मिट्टी से बचाना है...राजपाल ने इन बातों की कहाँ परवाह की थी। मुझे जबरदस्ती इस खाट पर ला बिठाया। मैंने कहा भी, राजपाल यहाँ इतना मिट्टी-रेता होगा। उसने मेरी सुनी ही कहाँ? कहता—बापू, हद करते हो तुम भी। हम कौन-से चंडीगढ़ में तम्बू लगा कर बैठेंगे? बस, यूँ ही खबर बनाने जा रहे हैं हम, कि पंजाब के किसानों ने प्रदर्शन किया है। सरकार को धान खरीदना चाहिए। मैं गया और आया...

मैंने याद करवाया-डॉक्टर ने कहा था, मिट्टी-रेत से दूर रहना, तो उसने खीझकर कहा था—रेत-मिट्टी भला है कहाँ नहीं, बापू! डॉक्टर ने आराम करने को कहा है—मंडी में कौन तुम कुश्ती करोगे? खाट पर ही बैठे रहना है न! मंडी में तुम्हारा मन भी लगा रहेगा। आधा गाँव मंडी में बैठा है। हम अब चंडीगढ़ जाकर जोर डालते हैं सरकार पर। एकाध दिन में धान बिकेगा ही। पीटते हैं जाकर

लीडरों को। रोने-पीटने के बिना यह भी रुपया हथेली पर नहीं टिकाते। ...अब मैं उसे क्या कहता! बराबर का हो रहा है। अभी तो इ़ज़्ज़त करता है। आगे की नहीं बोलता। यदि बड़े की तरह आगे बोलने लगा, गप्पें हाँकने लगा, तब क्या कर लेंगे? अभी तो जिम्मेवारी समझता है...चलो घर में भी लेटे ही रहना था। यहाँ मंडी में तो लेटा हूँ। किसी की बेगार तो नहीं। अपनी फसल है। कोई जंगल-बियाबान में तो नहीं बैठा। लड़के (पुत्तर) की इ़ज़्ज़त है आसपास के गाँवों में। बड़ी-बड़ी उम्र के लोग उससे मिलने आते हैं...

...लेकिन वह तो कहता था, मैं गया और आया। दो दिन से यहाँ बैठा हूँ। चंडीगढ़ से तो वह कल ही लौटने वाला था। कहीं गिरफ्तार ही न हो गया हों। सरकार को सीधी गालियाँ निकालता है।

...चलो राजपाल तो नहीं आया। गुरे को क्या हो गया? वह क्यों नहीं आया रोटी लेकर! बापू को दौरा न पड़ गया हो। इन दिनों उसे खाँसी आ जकड़ती है। धान की जलती पराली का धुआँ चढ़ने लगता है उसे...

ऐसी सोच में घिरा वज़ीर, धुँधले दिखाई देते तारे देखता-देखता पता नहीं कब सो गया।

गहरा अँधेरा पड़ने पर, जब गुरा उसके सिरहाने रोटी टिकाकर, चोरों की तरह लौटा तो नींद में वज़ीरसिंह को पता ही नहीं चला।

राजपाल चंडीगढ़ से आ गया था। पहले उसके मन में था, घर जाने से पहले मंडी जाए। बापू की आँख का हाल पता करे। गाँव के और लोगों से मिले। बताए, इस बार प्रदर्शन कितना सफल रहा। लेकिन थकान थी। मंडी की ओर मुँह नहीं कर पाया। वह सीधा घर की ओर हो लिया।

रात पड़ गयी थी। पहाड़ की ओर से आ रही हवा में कुछ सर्दी महसूस होने लगी थी। आसमान पर बादल घने घिरे थे। ताँबे की दराती बना चाँद कभी-कभी दिख जाता। आँगन में ऊपर दिखते आसमान की ओर देखता राजपाल भीतर चला गया।

गुरा घर में दिखाई न दिया। शायद बाहर घर की चारदीवारी में हो। बाबे के पास। जब भी वह कोई मनमानी करता है, बाबे के पास पनाह लेता है।

राजपाल ने देखा, छोटी बहन भूपी, जल्दी सो चुकी थी। यह क्या पढ़ेगी? अच्छा हुआ हटा ली, पढ़ाई छुड़वा ली। उसे लेटी देखकर राजपाल को गुस्सा आया। खुद जितना चाहता था, पढ़ नहीं पाया। उसकी इच्छा थी, छोटे भाई-बहिन ही पढ़ लें, जितना पढ़ना चाहें। अब वह दु:खी था। भूपी लगातार बी.ए. भाग प्रथम में फेल हो रही थी। उससे छोटे गुरे की पढ़ाई में दिलचस्पी नहीं थी। बड़ा भाई भगतू विदेश जाने के चक्कर में एजेंटों के ऐसे हत्थे चढ़ा कि आज तक पता

नहीं चल पाया, वह किस मुल्क में है। है भी कि नहीं? न कोई चिट्ठी, न ख़बर। न ही सुख-सन्देश...।

मन दुःखी हो गया। अन्दर जाते ही खाट पर लेट गया। पीछे-पीछे भीतर आकर माँ ने चिन्ता में पूछा-

"क्या बना पुत्तर! धान बिकेगा?"

"बिकेगा बेबे। सुबह जाऊँगा। बापू एक रात और वहाँ काट लेगा। तुम रोटी खिलाओ, सोना है मुझे।"

"आज तेरे बापू की रोटी लेकर गया ही नहीं कोई।" चौके की ओर जाती माँ ने धीमे से कहा।

"गुरा कहाँ था?" राजपाल ने गुस्से में पूछा।

"वह तो घर में ही नहीं घुसा सुबह से।"

"यह लड़का मुझसे जूतियाँ खाएगा, बेबे।" गुस्से में राजपाल उठकर बैठ गया। "पहले तूने भाई भगतू बिगाड़ दिया। अब यह जाएगा हाथों से। सुबह करूँगा मैं इससे बात। यदि इसे तकले-सा सीधा न कर दिया तो कहना।"

"क्यों दुःखी होते हो पुत्तर...!" माँ ने उसे ठंडा करना चाहा।

"दुःख न होऊँ? बापू सुबह से पता नहीं किस हाल् में होगा। आपने भी हद कर दी! एक उसकी आँख बनवायी है। दूसरा सुबह से भूखा बैठा है। कहती हो दुःखी क्यों होता हूँ...!"

"पहले घर में क्लेश रहता था तो बड़ा लड़का गँवा लिया। अब यह...।"

"अब इसे गँवा लेंगे हैं! यही कहना चाहती तो न तुम!"

माँ नहीं बोली। निश्वास छोड़ती रोटी लेने चल दी।

राजपाल अन्दर से उठकर बाहर आ गया। "मैं नहीं समझ सका, दिनभर यह करता क्या है! कहाँ रहता है? ...सुबह करूँगा इससे बात। तुम बीच मत आना बेबे।"

माँ फिर भी नहीं बोली—चुपचाप, लाकर रोटी पकड़ा दी।

राजपाल रोटी खाने लगा तो बापू के बारे में सोचकर उसके हल्क तले कौर नहीं उतरा। वह उठ बैठा।

"बेबे, ला रोटी पकड़ा। पहले बापू को दे आऊँ।"

"कहाँ जाएगा तू अब? मैं ही जा आती हूँ, तुम लेट जाओ रोटी खाकर। थके हुए हो।" माँ अन्दर से खुश भी हुई कि चलो किसी को फ़िक्र तो है उसकी...।

राजपाल कुछ पल रुका। सोचता रहा। फिर रोटी खाने लग गया।

कुछ समय ज्ञानकौर चौके में बैठी रही। बर्तन मलती रही। राजपाल रोटी खाकर अन्दर लेट गया।

जब ज्ञानकौर रोटियाँ सँभाल कर उठने लगी तो गुरा धीमे से भीतर घुसा। आँगन का जायजा लिया और बेबे के सिरहाने आ खड़ा हुआ। उसे देखते ही वह गुस्से में बोली, ''कहाँ से आये हो?''

''रोटी दो मुझे।'' गुरे ने बेबे की बात का उत्तर नहीं दिया।

''और जो सुबह से मंडी में भूखा बैठा है। उसकी तुम्हें कोई चिन्ता नहीं?''

''रोटी दे दे माँ, नहीं तो मैं सो रहा हूँ जाकर।'' गुरे ने रौब दिखाया।

''सुबह पतन्दर देगा तुम्हें पता। इस बार मैं नहीं छुड़ाऊँगी।'' ज्ञानकौर ने उसे ख़बरदार किया।'' यदि आँगन में होता तो तुम्हें अभी पता लग जाता।''

''ठीक है माँ। दे बापू की रोटी। पकड़ा आऊँगा।'' गुरा सचमुच डर गया।

ज्ञानकौर हैरान होती गुरे की ओर देखने लगी। फिर वज़ीर के लिए रोटी डालने लगी।

काफी देर के बाद, जब गुरा सो रहे बापू के सिरहाने मंडी में रोटी रखकर चोरों की तरह लौटा, ज्ञानकौर अधसोई-सी मंजे (खाट) पर लेटी थी।

गुरे ने चौके में ढकी पड़ी 'रोटी' उठाई, और खाकर, सीढ़ियाँ चढ़के ऊपर जा सोया।

दो

टिकी हुई रात। उमस, गर्मी और उकलाहट। आकाश पर घूमता कोई-कोई बादल कभी गहरा जाता था। तो भी मौसम में तपिश थी। पहाड की तरफ से कभी कभार आता हवा का झोंका मन को सुकून देता था। लेकिन कुछ पलों के बाद फिर वही गर्मी। वही झुँझलाहट। आवारा कुत्ते बदहवास गलियों में घूमते। कभी भौंकते, कभी कुकुआने लगते।

पूरा गाँव चक्क बूढ़सिंह अन्दर घुसा, घरों की छतों पर, या मंडी में धान की ढेरियों पर सो रहा था। गाँव की गलियों में सुनसान थी। टिकटिकी लगाकर ऊपर आसमान की ओर देखें तो पता नहीं चलता था अँधड़ है या बादलों का रंग ही मिट्टी-सा हो गया है। चाँद की फाँक-सी यों दिखती है जैसे देखने वाले की आँखों में मोतिया उतरा हो। सब कुछ रहस्यमयी हो गया लगता है। पता नहीं चलता—तुम आसमान से धरती की ओर देख रहे हो, या धरती पर खड़े ब्रह्मांड निहार रहे हो।

इस समय बसाखा सिंह अपने घर की चारदीवारी में से निकल कर खुंडे की ठक्-ठक् आवाज करता अन्दर वाले घर की ओर जा रहा था। एक कुत्ता भौंकता

हुआ तेजी से उसकी ओर बढ़ा। पहचान कर या सोटी से डरकर पीछे हट गया। इतने में गाँव के चारों ओर से कुत्तों के भौंकने की आवाज आने लगी।

बसाखा सिंह ने अन्दरवाले घर का दरवाजा खटखटाया।

ज्ञानकौर चौंक कर उठी। हैरान-सी थी कि कौन होगा इस समय? कहीं राजपाल का बापू तो नहीं आ गया मंडी से? कहीं आँख में दर्द ही न होने लगा हो! भयभीत-सी वह दरवाजे तक आयी। पूछा, "कौन?"

बसाखा सिंह खाँसने लगा। फिर खँगूरा मारकर एहसास करवाया।

पहचान कर ज्ञानकौर ने दरवाजा खोल दिया, और आश्चर्य से बोली, "बाबा जी, इस समय?"

"झोटी (छोटी भैंस) बुरड़ा रही है, लड़कों से कहो, दिखा आएँ।"

"कह देती हूँ बाबाजी!" कहते हुए ज्ञानकौर ने सुख की साँस ली।

बसाखा सिंह को खाँसी का जैसे दौरा पड़ गया। उसने खाँसते-खाँसते पूछा, "वज़ीर की आँख अब ठीक है क्या?"

"वह तो बाबा जी मंडी में धान के पास है।"

"उसे क्यों भेजा है भला! आँख का काम है। वहाँ गर्दो-गुबार, रेत-मिट्टी..."-कहते वह खाँसता ही लौट गया...अब लड़कपन ही तो है। राजपाल को क्या कहें। उसकी हालत मंडी में बैठने वाली है? वहाँ तो अच्छे भलों की आँख की रोशनी मद्धम पड़ जाती है।"

ज्ञानकौर को बाबा जी का बुदबुदाना समझ नहीं आया। दरवाजा बन्द करके उसने राजपाल को जगाया। राजपाल ने बेबे की बात पर कम ही ध्यान दिया। नींद की ख़ुमारी में कहा, "सो जाओ बेबे! सुबह देखेंगे।"

—सुबह तक यह बात नहीं रहेगी...'नशा ही चला जाएगा', जैसी बात वह पुत्तर से कह नहीं पायी। अन्दर आ गयी। भूपी मस्त सो रही थी। ऊपर ओढ़ा हल्का-सा खेस खिसक कर टाँगों के नीचे आ गया था। सो रही भूपी की ओर माँ कुछ क्षण देखती रही। उसके माथे पर पसीना छलक आया। उस पर कपड़ा ओढ़ाने के बहाने माथे को स्पर्श किया। सचमुच भूपी पसीने में तर थी। चारपायी पर सीधी शहतीर-सी पड़ी भरपूर युवा लड़की, माँ को बड़ी-सी लगी। उसे कँपकँपी हो आयी।

...खसमा खाणे लालची कुत्ते जट्ट अगर स्कूटर-फ्रिज न माँगते, तो चार साल पहले ही इसका ब्याह हो गया होता। धान बिकने दो, इसका भी भार उतारें। थराज वाली बहन ने लड़का बताया था। उसके बापू को भेजूँगी, देख आएगा। अब ज्यादा छानबीन में नहीं पड़ेंगे। लेटी लड़की को उसने फिर देखा। नींद टल गयी। उसे लगा, मानो छोटी भैंस बुरड़ा रही हो। ध्यान से सुनने की कोशिश की।

मन का भ्रम समझ कर अपनी चारपायी पर आ गयी। आँखें मूद लीं। तभी मन के दरवाजे में बड़ा पुत्तर भगतू आ खड़ा हुआ...पता नहीं चन्दरा किस हालत में होगा। बहुत समझाया था, ...पुत्तर, अगर किस्मत साथ न दे, बाहर भी फूल नहीं बरसते। तीन साल हो गये, निकला था। उसकी घर वाली मायके चली गयी। रब्ब ने सोने जैसा बच्चा दिया था, कोहड़ी को उसका मोह भी नहीं आया। तीनों भाई मिलकर खेती करते, तो घर का चेहरा ही घुमा देते! यहीं शरीका, रिश्तेदारी बन जाती! पता नहीं चन्दरे को क्या बुरे दिखाई दे गये, एक ही ज़िद पर अड़ा रहा...अच्छा दाता! तेरी रज़ा है। जहाँ मेरा भगतू हो, उसका बाल भी बाँका न हो। मेरी उम्र भी उसे दे देना...ऐसी चिन्ताओं में घिरी थी, पता नहीं कब सो गयी।

मुँह अँधेरे उसकी आँख खुली।

भूपी की चारपायी खाली देखकर ज्ञानकौर पहले हैरान हुई। फिर सोचा, बाहर जंगल-पानी गयी होगी। तब तक भागकर मैं छोटी भैंस का पता कर आऊँ। भूपी के आने पर ही चाय रखूँगी। और वह बाहर वाली चारदीवारी की तरफ चल दी।

बाहरवाले फाटक से ही ज्ञानकौर को झोटी के बुरड़ाने की आवाज आयी। कुछ पल रुकी रही...सोचने लगी, अन्दर गयी तो क्या बताऊँगी बाबा जी को।... राजपाल अभी उठा नहीं। गुरा कहा नहीं मानता। रुलदू को आ जाने दे, फिर भेजूँगी...वह द्विविधा में फाटक के पास रुकी रही। छोटी भैंस अटक-अटक कर अरड़ा-बरड़ा रही थी। जैसे अब थक गयी हो। लेकर जाते हैं बेचारी को। गुरें को तो पता नहीं इन बातों का। उसे तो मैं कान पकड़ कर उठा लेती...मेरे कौन बस में है...वह बाहर से ही लौट आयी।

आते समय उसने भैंस के बुरड़ाने की आवाज पुनः सुनी। उसने दुःख भरे स्वर में मन-ही-मन कहा, अब पशुओं को बोलना तो आता नहीं।

सिर पर से कौओं का झुंड निकल गया।

घर लौटी तो हैरान हुई। हैं! भूपी तो अभी तक नहीं आयी! आँगन के बीच खड़ी सोचने लगी। पहले चाय बनाऊँ कि जाकर पता करूँ। क्या बुरा वक्त आ गया? बाहर खेतों में कहीं कोई मुस्टंडा छिपा बैठा हुआ तो?...लड़की को कलंकित कर दे। ...फिर सोचने लगी...क्या पता ओट तलाशती कहीं आगे निकल गयी हो, आ जाएगी। पहले चाय बनाती हूँ। राजपाल जागते ही चाय माँगता है। फिर भैंस को भी लेकर जाना है...राजपाल को जगा देती हूँ। मुँह हाथ धो लेगा। लगता है, रुलदू को बुलाकर लाना पड़ेगा। अकेले से कहाँ जा पाएगी भैंस! उसे गुरे को साथ भेजा तो रात वाला गुस्सा निकालेगा। रास्ते में ही पीट आएगा इसे...।

उसने राजपाल को जगा कर चूल्हे में आग जला दी।

भूपी अभी तक नहीं लौटी थी।

ज्ञानकौर मन में कल्पना करने लगी। जैसे ही मैं पतीला चाय के लिए चूल्हे पर धरूँगी, भूपी आ जाएगी। पूछूँगी। अरी! इतनी देर? और उसने पतीला चूल्हे पर टिका दिया। भूपी नहीं आयी। फिर सोचने लगी—चाय पत्ती, चीनी डालूँगी, तब आ जाएगी। उसने भीतर से चीनी और चाय पत्ती लाकर पतीले में डाल भी दी। भूपी तब भी नहीं आयी। ...लो, चाय उबलते ही आ जाएगी। उसने अपने मन को तसल्ली दी।

चाय उबल गयी। दूध भी डाल दिया। चार गिलासों में डालकर बाबा जी की चाय लोटे में डालकर रख ली।

अब ज्ञानकौर को फ़िक्र हुई। एक आशंका से दिल की धड़कन बढ़ गयी। चाय का एक घूँट भी अन्दर नहीं उतरा। राजपाल को चाय पकड़ाते सहज दिखने का यत्न किया। धीमे-से बोली, "रुलदू के आते ही पहले झोटी को दिखा लाना। बाबा जी रात आये थे बताने।"

ज्ञानकौर खुद बाबाजी को चाय देने के बहाने, बाहर जंगल-पानी की दिशा में, खेतों की ओर निकल पड़ी। जहाँ-जहाँ सम्भावना थी, भूपी को देखा...कहाँ चली गयी चन्दरी! इतनी दूर तो वह कभी जाती नहीं थी...फिर? अब क्या करूँ? कहाँ खोजूँ? कहीं घर ही न आयी बैठी हो। मैं पगली यों ही तलाश रही हूँ यहाँ...सोचकर वह जल्दी ही घर की ओर लौट पड़ी।

"हाय राम!" घर में भूपी को न पाकर उसके मुँह से सहज ही निकल गया। अब उसके चेहरे से हवाइयाँ उड़ने लगी थीं—कैसे बताएगी राजपाल को, उसके बापूजी को, और बाबा जी को...वह काँपने लगी। दोनों हाथों की मुक्की भींचकर कलेजा कसा, और जल्दी से फिर बाहर वाले दरवाजे की ओर देखने लगी।

दिन चढ़नेवाला था, पौ फट रही थी।

बाहर गली में से निकलते लोग और घरों की मुंडेरों पर से उठते धुएँ के बादल बता रहे थे—पूरा चक बूढ़सिंह जाग चुका है। शीघ्र ही सूरज निकल आएगा। अब बेटी कहाँ ढूँढ़ूँ? ठीक-ठाक रात में सोयी थी। जब बाबा जी आये थे, मैंने खुद ही तो उसका खेस ठीक किया था, उसके ऊपर। फिर? इससे आगे उसे कुछ नहीं सूझा।

ज्ञानकौर को लगा, उसके अन्दर एक अजीब-सा खालीपन उभर रहा है। बदहवास वह खाट पर ढेर हो गयी।

...अभी तो राजपाल को पता नहीं चला। वह पूर्णतः काँप उठी। कलेजे में तीखी चीस उठी...उधर मंडी में बैठे पिता को जब पता लगेगा? ...हाय रब्बा! वह जल्दी ही खाट से उठी, बैठ गयी। धरती भी जैसे उसे जगह नहीं दे रही थी। ऊपर नीले रब्ब की तरफ उसने देखा। मुँह से खुद ही निकल गया—हे राम!

यह क्या 'कौतुक' करने लगे हो हमारे साथ? ...और वह पागलों की तरह दरवाजे की तरफ देखने लगी।

दिन चढ़ने पर रुलदू आया। उसने आते ही दालान की दीवार में बने आले में से अपना कप उठाकर आँगन में ला रखा। जब ज्ञानकौर काफी देर तक चौके में से न उठी तो रुलदू ने ऊँचे स्वर में कहा, ''तायी, चाय डाल दो, मुझे दोबारा चारा काटने जाना है।''

तभी बसाखा सिंह ने आकर बताया, ''सुनो, भैंस संगल तुड़ा कर बाहर निकल गयी है। तुम ख़बर ही नहीं रखते। यदि समय पर काम कर लिया करो तो।...''

ज्ञानकौर में कुछ कहने की ताकत नहीं रह गयी थी। बसाखा सिंह आँगन में आ गया। रुलदू कप के पास पाँवों के भार बैठा था। ज्ञानकौर ने अभी उसे चाय नहीं दी थी। चाय को अभी गर्म करना था, और चूल्हे की आग बुझ चुकी थी। वह आँगन में आ कर बोली, ''रे रुलदू! बेटे जाओ, पहले भैंस को लाओ पकड़ कर। राजपाल को ले जाओ साथ। चाय आ कर पी लेना।''

रुलदू ने कप उठाकर फिर से आले से टिका दिया। राजपाल ने अन्दर से निकल कर दालान के कोने में पड़ी डाँग (सोटी) उठा ली और रुलदू के साथ बाहर निकल गया।

गुरा अभी भी छत पर मैला-सा गदैला लिये पड़ा था।

''बाबाजी, चाय और पीओगे तो गर्म कर दूँ?'' ज्ञानकौन ने पूछा।

''नहीं भई, ज्यादा चाय तंग करती है। मैं चला चारदीवारी में। यदि रात समय पर पशु को ले जाते, यों परेशान तो न होना पड़ता। बड़ों की बात पर ध्यान नहीं देते। हम अपने समय में यों सुस्ती नहीं करते थे। अब झेल कर देखो।'' कहकर बसाखा सिंह ने लम्बी साँस ली। फिर धीरे-धीरे घर से निकल कर बाहरी चारदीवारी की ओर चल पड़ा। बेचैन घूमती ज्ञानकौर ने शुकर किया,...अच्छा हुआ, सभी घर से बाहर निकल गये। क्या पता इतने में भूपी आ ही जाए और परदा पड़ा रहे। फिर एकदम दिमाग में आया, पड़ोसी की लड़की तेजो से पूछूँ? तभी डर गयी—उन्होंने अगर कोई दूसरा अर्थ निकाल लिया...तो?

अब तो भूपी को गये दो घंटे हो चुके थे। यह तो कोई अनहोनी हो गयी शायद। एक बार फिर जाकर देखूँ? कहीं किसी छप्पर या नहर में...? फिर सोचा, भला उसे दुःख ही क्या था! काम के लिए तो मैंने उसे कभी तंग नहीं किया। सहेलियों तक जाने-आने से नहीं रोका...फिर? इससे आगे उसे कुछ भी नहीं सूझ रहा था।

कितनी ही बातें सुनाई पड़ती हैं आजकल...धक्के से ही लड़की को उठा लेते हैं। भाप नहीं निकलने देते। पर यों चुपचाप कैसे चली गयी मेरी भूपी? वह

तो हल्ला डालकर गाँव-भर को इकट्ठा कर लेती...हाय रब्बा! क्या करूँ? ...किसे पूछूँ? किस कुएँ में डूब मरूँ। अब जल्द ही राजपाल लौट आएगा...पूछेगा—तो क्या कहूँगी उसे?

मन ठहरा नहीं। एक बार फिर जाकर देखने के इरादे से जूती पहनने लगी। तभी राजपाल और रुलदू आ गये।

"कहाँ से मिली?" ज्ञानकौर ने थिरकते हुए पूछा।

"नम्बरदारों की मोटर से जा पकड़ी। रुलदू ने बताया और साथ ही कहा, "बधाई ताई! झोटी अब भैंस बन गयी। मुझे जल्दी से चाय पिलाओ। चारा लेने जाना है, देर हो जाएगी।"

चूल्हे पर रखे पतीले में से चाय डोलू में डाल कर ज्ञानकौर ने रुलदू के कप में उलटा दी।

राजपाल हैंडपम्प चलाकर नहाने की तैयारी करने लगा।

"रुलदू! चाय पीकर खेत जाने से पहले भैंस नहला जाना।" ज्ञानकौर ने हिदायत की तो चाय पी रहे रुलदू ने हँसते हुए मज़ाक में कहा, "वाह ताई, उसे तो हम पहले ही छप्पर पर नहला लाए।"

रुलदू सुबह जब घर से आया तो उसे भय था—आज देर हो जाने के कारण ताई गुस्सा करेगी। वह कहती है—मरजाने, जरा पहले आ जाया कर। सरकारी अफसरों की तरह आते हो...।" आज ताई की ख़ामोशी पर वह हैरान था। सोचता था, क्या पता झोटी नये दूध होने के चाव में ताई मेरा देर से आना भूल ही गयी होगी।

"रुलदू, साथी चाय पीकर, पहले चारा लाकर फेंक, फिर जाकर मोटर चला। एक बार रौनी करके हम वाह तो लें, जोत लें। आसपास वाले तो गेहूँ बीजने की तैयारी भी किये बैठे हैं। हम यदि यों ही करते रहे, कार्तिक भी बिता देंगे। नहा कर मैं मंडी जाऊँगा, बापू की रोटी लेकर। शायद आज बोली भी हो जाए धान की।" गुसलखाने में पानी वाली बाल्टी टिकाता राजपाल रुलदू को सब काम समझा गया।

"समझदार परिवार के लोगों ने तो गेहूँ बीज भी दिया। तुम कहाँ घूम रहे हो!" चाय पीकर आले में खाली कप रखते हुए रुलदू ने कहा और चारा उठाने चला गया।

...अब तो बहुत देर हो चुकी थी...यदि राजपाल को न बताया तो कहेगा, माँ-धी की एक ही राय होगी...आँगन में मछली-सी तड़पती ज्ञानकौर ने सोचा। क्या करूँ? कैसे कहूँ? मुँह से निकलेगी कैसे ऐसी बात?...

राजपाल अन्दर से साफा उठाने आया। अपने आप से जूझती बाएँ हाथ से

कलेजा थामे माँ, उसके पास आ खड़ी हुई।

"भूपी सुबह से ही बाहर गयी, लौटी नहीं अभी।" भय के कारण कपास-सी सफेद चेहरे में, माँ ने रुक-रुककर धीमे से बताया।

"लौटी नहीं अभी?" राजपाल का माथा सिकुड़ गया।

"मुँह अँधेरे ही उठी थी चन्दरी! साँप-सँपोली ही न लड़ाकर पड़ी हो कहीं।" अन्दर से ज्ञानकौर चाहती थी, साँप-सँपोली ही लड़ी हो उसे।

"मुझे सुबह क्यों नहीं बताया?" एकदम भड़क कर राजपाल ने पूछा।

"बताने तो लगी थी, पुत्तर! झोटी औतरी ने संगल तुड़ा लिया। रुलदू घर ही था। फिर तुम झोटी खोजने निकल गये।

राजपाल कुछ पल माँ की तरफ सीधा झाँकता रहा, टेढ़ी आँखों से। बेचारी-सी बनी खड़ी माँ पर तरस भी आया, और गुस्सा भी। फिर वही साफा सिर पर लपेट लिया और बिना नहाये ही कपड़े पहनने लगा। भयभीत खड़ी माँ को कुछ समझ में नहीं आ रहा था कि क्या करे?

राजपाल आँगन में आया। गुरे को न देखकर पूछा, "कहाँ है वह...वह...भैण चो...नवाब का...।"

वह तो छत पर सो रहा है। डरती-सी माँ की आवाज में कम्पन था।

"उसे उठा दो जाकर। नहीं तो मैं साले को नीचे फेंक दूँगा कोठे से, खाट समेत। बापू की रोटी देकर भेजो उसे। यदि आज भी न गया तो वह टाँगें तुड़वा लेगा।"

ज्ञानकौर गुरे को जगाने सीढ़ियाँ चढ़ने लगी। राजपाल स्कूटर लेकर घर से बाहर हो गया।

तीन

राजपाल तो घर से चला गया। ज्ञानकौर बीच में ही सीढ़ियाँ उतर कर, गुमसुम-सी आँगन में आ खड़ी हुई। वह समझ नहीं रही थी कि किससे क्या पूछे? हैरानी कि खम्भे-सी लड़की कहाँ छिप गयी! जमीन खा गयी उसे? हे सच्चे पातशाह, वह गले में दुपट्टा डालकर, गुरुद्वारे की ओर चेहरा करके, दोनों हाथ जोड़कर खड़ी हो गयी..."हमारी इज़्ज़त को दाग न लगने देना। भले लड़की की मौत का सन्देश हमें मिले। मैं सन्तोष कर लूँगी। कोई और कलंक इसका बापू सह नहीं पाएगा। हम गरीबों के पास यही इज़्ज़त बची है। वह तो कोई बुरी बात सुनते ही मर जाएगा। भगतू के जाने पर उसकी हालत और भी दयनीय हो चुकी

है। वाहेगुरु, तुम्हीं हमारी इज़्ज़त के रखवाले हो''...वह कितनी ही देर हाथ जोड़कर खड़ी रही।

फिर वह बाहर वाले दरवाजे तक देखने के लिए आयी। लम्बी साँस छोड़कर आँगन की ओर चली गयी। कुछ भी करने को मन नहीं था, सोचने लगी—मुझसे बिना पूछे तो वह पड़ोसियों के यहाँ भी नहीं जाती थी। यह क्या कर दिया निकम्मी ने।

अचानक उसे याद आया कि गुरे को जगाना है। फिर सीढ़ियाँ चढ़ती सोचने लगी...इस लड़के ने अलग लहू पी रखा है। घर की जिम्मेदारी समझता ही नहीं। गुस्से में जाकर उसने गुरे का ऊपर लिया गद्दा खींच लिया। ''उठ ओए! शर्म नहीं आती, तीखी दोपहर हो चली है।''

आँखें मलते गुरे ने, माँ से गद्दा छीनने की कोशिश की तो माँ ने ख़बरदार किया, ''आता है तेरा पतन्दर! कह रहा था, खाट समेत नीचे फेंकेगा।''

गुरा उठकर बैठ गया। सिर के कटे बालों को हाथों से सेट किया। बाएँ कान की चाँदीवाली नत्ती को सहलाया। फिर उठकर खड़ा हो गया।

ज्ञानकौर का ध्यान बाहर वाले दरवाजे की ओर था।

''नीचे उतरकर मुँह-हाथ धो लो मैं चाय गर्म करती हूँ। फिर तुम अपने बापू की, रोटी लेकर जाना।'' नीचे उतरती ज्ञानकौर कहने लगी।

कोठे से उतरकर गुरा गुसलखाने के नाम पर बनाये ओट में पेशाब करने चला गया। फिर मुँह धोकर चौके के पास पड़ी खाट पर टेढ़ा हो गया।

''देखो तुम फिर सोने लगे हो अब?'' सिरहाने चाय टिकाती माँ ने खीझकर उसे हिलाया। गुरा चुपचाप लेटा ही रहा।

ज्ञानकौर की आँखें दरवाजे की तरफ ही थीं। एक बार तो उसे लगा, मानो भूपी आँगन में चली आ रही है। तभी वह जैसे अपने में लौट आयी। उसने गुरे को फिर झकझोरा। ''तुम्हें सुनता है कि नहीं?''

''नहीं सुनता।'' गुरा खीझ में उठा, सिरहाने पड़ा चायवाला गिलास हाथ मारकर आँगन में बिखेर दिया। ''मैं नहीं पीता तुम्हारी चाय-वाय!'' कहकर वह उल्टा होकर पड़ गया। फिर तेजी से सीधा होता बोला, ''हाँ, मैं नहीं लेकर जाऊँगा रोटी, मंडी में। फिर मत कहना।''

ज्ञानकौर सहज नहीं थी। वह तो पहले ही मन से तड़प रही थी, जल रही थी। जैसे गर्म तवे पर पानी। गुरे की इस हरकत पर उसने ज्यादा ध्यान नहीं दिया। वह किसी बड़ी अनहोनी के लिए खुद को तैयार कर रही थी। अन्दर से काँप रही थी। क्या पता, यह सब झेल सकने में समर्थ वह है भी, या नहीं! अभी उसने बर्तन भी साफ नहीं किये थे। झाड़ू भी नहीं लगाया था। दूध नहीं मथा था। अभी तो मंडी में भेजने के लिए गुरे के बापू के लिए रोटी भी पकानी थी। ...किसी काम में मन नहीं लगता था।

'मेरी ओर से जाएँ सब कुएँ में'—दु:ख के कारण उसके अन्दर से आवाज निकली। फिर वह बाहर की ओर जाने के लिए सरक पड़ी।

तभी पड़ोसियों की रत्नों हाथ में डोलू पकड़ कर लस्सी लेने आ गयी।

"ज्ञानकौर! आज तो जल्दी ही फारिग हो गयी हो।" बिखरा सामान देखकर रत्नों ने स्वभावत: हँसकर कहा।

"कहाँ फारिग हुई। इसे अभी जगाया है। यह उठकर रंग लगाये हुए हैं।" उसने आँगन में बिखरी चाय की ओर इशारा किया। लेकिन तिरछी नजर से अभी भी वह दरवाजे की ओर देख रही थी। रत्नकौर बातों के मूड में बैठने लगी तो ज्ञानकौर ने कहा, "दूध तो अभी जमा नहीं, रत्नों! शायद 'जाग' ही कम लगा होगा।"

"चलो मैं फिर आ जाती हूँ। नहीं तो भूपी दीवार के ऊपर से पकड़ा देगी। सच, कहाँ गयी वह सुबह ही। दिखाई नहीं दे रही आज?" रत्नों ने आँगन के आसपास और अन्दर देखा।

ज्ञानकौर काँप उठी। पैरों तले उसे धरती खिसकती मालूम हुई—उसे क्या कहूँ? क्या बताऊँ? फिर खुद को मजबूत और लापरवाह-सा दिखाकर बोली, "यहीं है, उसने कहाँ जाना है।"

"अच्छा बहन, लस्सी बनेगी तो भूपी दे आएगी, या फिर सन्देश भिजवा देना, तेजो ने चादर में एक नयी बुनती डाली है। कहती थी, भूपी को दिखाऊँगी।" लस्सी वाला डोलू रसोई में रखकर रत्नों चलने लगी। लेकिन बाहर वाले दरवाजे के पास उसे कुछ याद आ गया। वह वापस आयी। ज्ञानकौर के पास खड़ी होकर सन्देह से पूछा—

"क्यों री! रात सोते हुए बाबा जी दरवाजा खड़का रहे थे, ठीक तो हैं न!"

"छोटी भैंस बोल रही थी, बताने आये थे। अब सुबह राजपाल और रुलदू 'नया दूध' करवा कर, 'लगवाकर' लाये हैं।"

"बधाई हो। बहिना! हमारी तो सीधी-सी भैंस को दो बार गुड़ का काढ़ा भी दिया। पट्ठे पूरी भैंस जितने खा जाती है। नये दूध होने का नाम ही नहीं लेती। मैंने तो तेरे देवर से कहा—इस बार मंडी में बेच कर इसे निकालो, ऐसी फंडर को। उसके साथ वाली पिछले—आषाढ़ में 'सू' भी पड़ी।"

ज्ञानकौर ने उसकी बातों में दिलचस्पी नहीं दिखाई। कोई अन्य मौका होता, तो दोनों ने झोटियों के स्वभाव से गाँव की कई बहुओं, लड़कियों को जोड़ना-मिलाना था। रत्नों का स्वभाव भी था। वह शृंखलाएँ जोड़-जोड़ कर आगे चलती है। ...घर के काम की उसे कम ही चिन्ता होती है। पर रोटी-पानी का सारा काम अब तेजो की जिम्मेदारी है। खाली होने के कारण रत्नों अब भी बातें करने

के मूड में थी। ज्ञानकौर से स्वीकारोक्ति न मिलती देख, वह हैरान हुई।...पहले तो वह बात नीचे नहीं लगने देती। दूध नहीं जमा तो क्या हुआ? यदि लड़के ने चाय गिरा दी तो ऐसा मुँह बनाये हुए है मानो घी गिरा दिया हो...रत्नों बुदबुदाती चली गयी।

गुरा गुस्से में खाट पर औंधा पड़ा था। रुलदू ने आकर बताया, ''ताई, मैं चारा फेंक आया हूँ चारदीवारी में। राजपाल भाई से कहना। अब खेत में जा रहा हूँ।''

और ताई का उत्तर सुने बिना ही, वह घर से बाहर चला गया।

भूपी का अभी तक कहीं अता-पता नहीं था।

ज्ञानकौर के मन में आया कि अन्दर घुस कर खुद को पीटने लगे। भूपी को जोर-जोर से आवाज दे।

तभी राजपाल आया। स्कूटर खड़ा किया और ध्यान दिये बिना कि खाट पर कौन लेटा है, वह सीधा अन्दर चला गया।

गुरे ने बड़े भाई को अन्दर जाते देख लिया था। काँप तो वह तभी गया था, जब स्कूटर अन्दर आँगन में आकर बन्द हुआ था। अब वह धीमे से उठा। चौके में स्तूप-सी खड़ी माँ के पास जाकर धीरे-से कहा, ''रोटी बनाकर रख दो। मैं ले जाऊँगा मंडी में।'' और माँ से कुछ भी सुनने से पहले वह दबे पैरों, चोरों की तरह बाहर निकल गया।

राजपाल का खीझ भरा और गुस्से वाला चेहरा देखकर ज्ञानकौर को अन्दर जाने का हौंसला नहीं पड़ा।

थोड़ी देर बाद क्रोध और अपमान में तपता राजपाल बाहर आया। पूछा-

''जाने लगी, तुम्हें बता कर गयी थी वह?''

''मैंने तो पुत्तर सुबह उठकर देखा। खाट खाली थी उसकी।'' माँ ने यों खाली हाथ फैला; जैसे सारे चाव ही उसके हाथों से फिसल गये हों...''जब बाबा जी आये रात को, तब ठीक-ठाक सो रही थी।''

''...अब किस माँ के खसम को पूछूँ जाकर, मुझे बताओ। लोग तो बात का बतंगड़ बना लेंगे।'' राजपाल विवश खड़ा था।

ज्ञानकौर इस कड़वे सत्य से परिचित थी। राजपाल की बात सुनकर उसने सिर झुका लिया। फिर बाहर वाले दरवाजे की तरफ देखने लगी।

''कल तुमने उसे किसी बात से बुरा-भला कहा था?''

''न, मैंने तो कुछ नहीं कहा।''

''किसी बात से रोका था?''

''न बिल्कुल नहीं। मैंने उसे कभी काम ही नहीं कहा। जब से कॉलेज

से हटी है, अपने तकिये, चादरें काढ़ती निकालती रहती है। ज्यादा ही होगा, रत्नों की बेटी तेजो के पास जा आती है।'' माँ ने सफाई दी।

''इनकी तेजो घर ही है क्या?'' राजपाल ने पड़ोसियों की साँझा दीवार की ओर संकेत किया।

''हाँ, वह तो घर ही है। रत्नों अभी आयी थी लस्सी लेने। बता रही थी, वह घर का काम किये जा रही है।''

''कभी कोई लड़का चक्कर लगाता देखा है?''

ज्ञानकौर सोचने लगी, थोड़ी देर बाद बोली, ''न, मैंने तो देखा नहीं कोई।''

''जब तेजो के घर जाती थी, वहाँ आता होगा कोई।''

''वहाँ का तो मुझे पता नहीं।''

'यदि माँ को पता नहीं, तो और कोई बेगाना बताएगा?'' राजपाल का पारा चढ़ने लगा। ज्ञानकौर थोड़ी देर सिर झुकाए खड़ी रही। फिर बोली, ''एक दिन छत से उतरी थी, हँसती-हँसती। बाहर जाकर देखा, मानो के जोगिन्दर का पुत्तर खड़ा था अपनी छत पर। इधर तेजो भी घूम रही थी छत पर। अब क्या पता। वह लड़का तो कभी इधर आया नहीं। अपनी भूपी को भी कभी कम ही बोलते-बतियाते सुना है किसी के साथ।''

''लड़की की इतनी गारंटी न दिया करो बेबे।'' लम्बा साँस लेकर राजपाल गहरी सोचों में उतर गया। कहाँ गयी होगी लड़की? कहाँ खोजू? मंडी में भी जाना था...बापू को घर भेजना था—क्या पता आज धान भी बिक जाए! उसके दिल में आया, आँगन की दीवार से सिर टकरा दे, या फिर लड़की को ही ढूँढ़ कर उसके टुकड़े कर दे।

बेटे को परेशान देखकर माँ की रूलाई फूट पड़ी...इतना पता होता, ऐसे लच्छन करेगी, जन्मती का गला ही न घोट देती।

राजपाल ने माँ की दशा की ओर ध्यान नहीं दिया। वह अपनी परेशानियों में उलझा था...बापू उधर फँसा बैठा है। धान की बिक्री नहीं हुई। छोटा गुरा पता नहीं कहाँ धक्के खा रहा होगा। हमको आज डी.सी. के दफ्तर का घेराव करना था। अकेला मैं कहाँ-कहाँ जाऊँगा? चुपचाप घर भी नहीं बैठ पाऊँगा। लड़की का मामला है! उम्र भर का सवाल है। यों तो जीते जी मरने वाली बात है। थाने में सूचना दूँ? चौकी इंचार्ज जानता तो है। इतने बरसों की कमाई इज़्ज़त मिट्टी में मिल जाएगी। थाने से ख़बर प्रेस को चली जाएगी...फिर अब? वह विवश खड़ा था...समय ऐसा था कि खेतों में भी उसकी ज़रूरत थी। मंडी में ज़रूरत थी और संगठन में भी उसे हाजिर होना था। भूपी उसे सुलगते कोयलों पर बिठा गयी।

न जाने मन की कौन-सी साँझा तारें थीं कि राजपाल विचारों में उलझा था। तभी उसकी माँ भी रोती-रोती सिकुड़ रही थी। ...यदि उसके बापू की आँख का ऑप्रेशन न हुआ होता...यदि वह घर पर होता! कहीं मेरी नींद ही खुल जाती! यदि मेरा भगतू यों गुम न हुआ होता...ये दिन क्यों देखने पड़ते!

वह समझने में असफल थी कि राजपाल से क्या बात करे। क्या पूछे? क्या बताये? आँखें भर आतीं तो चुन्नी के पल्लू से पोंछ लेती।

''यों रोने पर लौट आएगी वह?'' राजपाल खीझ उठा।

''मैं कहाँ डूब मरूँ।'' माँ रोते हुए फूट पड़ी।

''तुम्हें मरने की क्या ज़रूरत है? मरेंगे तो हम। किसी से लड़कर मर जाएँगे या शर्म के मारे मरेंगे। तुम रोटी पकाओ समय पर। उस कंजर को भेजो मंडी में। मैं गाँव से पता करता हूँ। तेजो आये तो उससे पूछना, शायद कोई सुराग ही हो उसके पास। लेकिन पूछना हिसाब से। किसी बात पर सन्देह न कर बैठे।''

समझा कर राजपाल सिंह घर से बाहर निकल गया।

चार

अपने धान के ढेर में खाट पर बैठा वज़ीरसिंह दूर तक फैले धान के पठारों की तरफ एक आँख से देख रहा है। इस आँख का मोतिया अभी कच्चा था। वैसे भी डॉक्टर दोनों आँखों का ऑप्रेशन करके उसे दीवार बनाकर नहीं बिठाना चाहता था।

ऑप्रेशन वाली आँख में कभी-कभी तीखा दर्द उठता है। मंडी में उठ रहे गर्दो-गुबार के कारण रड़क भी बढ़ा है। मोतिये के कारण उसे वैसे भी धुँधला दिखाई देता है। अब गर्द की गहरी परत के कारण और भी धुँधला दिखता है। समीप आने पर, या बोलने पर ही किसी की पहचान होती है।

किसान जगह-जगह टोलियाँ बनाये खड़े हैं। कल रात से अफ़वाह है, 'आज धान बिकेगा।'

वज़ीर को याद आ रहा है, जब वे धान की पनीरी लगा रहे थे तो कितना उत्साह था। फिर पानी, खाद, स्प्रे। उसने फसल अपनी औलाद की तरह बढ़ती देखी है और अब इतनी उपेक्षा? बेक़दरी! वह दूर तक फैले धान के रेगिस्तान को आँखों पर हाथ टिका के, शिद्दत से देखने का यत्न करता सोचने लगा...कहाँ रखेगी गवर्नमेंट इतना धान? पिछले साल वाला तो अभी भी कच्चे गोदामों में बरखा से गल-सड़ रहा है। राजपाल बताता था।...

''वज़ीरसिंह, कैसी है अब आँख की कसक!'' साथ वाले ढेर से बोघे ने रात की पी रखी शराब की बू छोड़ते हुए पूछा।

"कसक तो अभी वैसी ही है बोघे! मिट्टी-रेता कौन-सा कम है यहाँ।" वज़ीर ने आँख वाली हरी पट्टी सहलाते हुए कहा, "दिखाई भी अभी पहले जैसा ही देता है।"

"धीमे-धीमे लौटती है नज़र..."

"चलो", वज़ीर ने लम्बी साँस ली।

"राजपाल लौट आया चंडीगढ़ से कि नहीं?"

"पता नहीं। घर से कोई आया ही नहीं। हो सकता है अभी चंडीगढ़ ही हो। रात के समय मेरी रोटी पता नहीं कौन रख गया सिरहाने! भला बन्दा, जगाकर बता ही जाता..."

"कहते हैं, आज धान बिकेगा।"

"शोर तो डाल रहे हैं। ठीक ही है। बिक जाए तो। अभी तो गेहूँ के लिए खेत सँवारने वाले पड़े हैं।" वजीर ने साँस छोड़ी।

दाएँ ढेर से भाने की पत्ती (गली) का महँगासिंह बोला-

"जट्ट ऊपर लेटे ही रो रहे हैं। हर घर में ट्रैक्टर खड़ा है। जीप के बिना शहर नहीं जाते, और गाने वाली के बिना बारात नहीं चढ़ते!"

"तुम्हें आती हैं बातें, पुत्तरा! यदि ससुराल वालों की पच्चीस किल्ले की ढेरी न मिलती तो देखते तुम्हें भी, कैसे कछहरा गीला होता तुम्हारा।" बोघे ने वापसी उत्तर दिया। महँगा बोला नहीं, मन-ही-मन हँसता रहा।

दूसरी ढेरी से माहला बोला, "बोघे! इस बार तो लगता है पूरा रगड़ा फिरेगा, लपेटें जाएँगे।"

"तुम्हें अकेले को तो नहीं फिरेगा। सभी तुम्हारी तरह घानी में पिले पड़े हैं।"

"सारे मेरे साथ कैसे मिल गये यार! आठ किल्ले लिये थे मामले पर। वह तो पूरा होता दिखता नहीं। ट्रैक्टर की किस्त अलग देनी है। परसों बैंक वाले आ गये। मैंने कहा, 'धान ले जाओ उठाकर, हमसे तो बिका नहीं। तुम्हीं बेच लो।' फिर करने लगे कानाफूसी।"

"वे भी मेरे साले झाक में ही घूमते रहेंगे। जब बोली हो गयी, देख लेना, आ मिलेंगे और फिर हम रह जायेंगे डफ बजाते। नंग के नंग।" कहकर, बोघा पेशाब करने के लिए ओट की तलाश में, दूसरी ओर चला गया।

"सभी तो माहले, तेरे जैसे हैं। हरेक को कठिनाई का सामना करना पड़ रहा है। कहने को भले कोई न कहे। बस, एक दूसरे का पर्दा ही है।" वज़ीर ने अपनी तरफ से सयानी बात की। महँगे का दिल कर रहा था कि कहे, सब माहले जैसे कैसे हो गये? ...लेकिन वह बोला नहीं। पहले की तरह मन में ही वह हँसा।

गुरा सुबह की हाजरी (भत्ता) लेकर बापू के सिरहाने आ खड़ा हुआ। उसे दूर से आता तो दिखाई नहीं दिया था। एकदम सिर पे खड़ा देखकर लगा, जैसे गुरा सोने के ढेर में से आया हो। अचानक।

"रात रोटी देने कौन आया था?" वज़ीर ने गुस्से में पूछा।

"मैं ही आया था बापू।" गुरा गर्दन खुरकने लगा।

"यह कोई तरीका है। मुझे जगा देता तो गोली लग जाती?"

गुरा नज़र झुकाये खड़ा रहा।

"कल दिन भर कहाँ था? न दोपहर में रोटी, न चाय।"

"क्यों नाराज हो रहे हो लड़के पर?" पेशाब करके लौटा बोघा अपने ढेर पर बैठता बोला।

"नहीं बोघे! बच्चे जिम्मेदारी नहीं समझते घर की।" वज़ीर ने दुःखी होकर कहा। फिर गुरे को पूछा, "राजपाल लौट आया चंडीगढ़ से कि नहीं?"

"रात आया था, देर से।"

"यहाँ क्यों नहीं आया? आज सुबह आ जाता?"

"मुझे तो पता नहीं—कब स्कूटर लेकर बाहर निकल गया।"

"पूछा नहीं कहाँ गया है?"

"मैंने नहीं पूछा। बेबे ने पूछा।" गुरे ने लापरवाही से कहा तो वज़ीर को और गुस्सा आ गया।

"तुम पता न रखना, तुम घर में से हो नहीं?" ढेका लाड़ का ज्यादा बोलने से आँख में रड़क पड़ने लगी, तो वह हरी पट्टी के ऊपर से धीमे-धीमे आँख दबाने लगा। फिर पूछा, "रुलदू खेत को पानी लगाता है कि नहीं?"

"मुझे तो पता नहीं।" गुरे ने गर्दन खुजलायी।

"रोटियाँ खाने का तो पता है। बाल सँवारने का पता है। कुत्तों की मूछें मरोड़ने का पता है। नचारों की तरह कानों में नत्तियाँ (मुरकियाँ) डालने का पता है। साले शौक पालने के! खुसरों की तरह नाचते हैं! वज़ीर को खीझ आ रही थी। गुस्सा चढ़ रहा था। उसका दिल करता था, उठकर पाँच सात थप्पड़ लगाए साले को।

बापू के तेवर देखकर गुरा खाली बर्तन उठाये बगैर चुपचाप लौट आया।

भले वज़ीरसिंह को भूख लगी थी। लेकिन गुरे का व्यवहार देखकर रोटी खाने का मन नहीं किया। अभी तो उसे घर में आये भूकम्प का पता नहीं था।

धान के ढेर पर बैठा, दुःखी, वह सोच रहा था—चलो गुरा तो आलसी है ही। इस कंजर को तो घर की चिन्ता नहीं है। सुबह-शाम रोटी फाड़ने के समय ही इसे घर याद आता है। लेकिन राजपाल को क्या हो गया! वह क्यों नहीं आया,

उसे तो पता है कि मेरी आँख का ऑप्रेशन हुआ है। भगदड़ करके बोली करवाता, धान की तुलाई करवाता। कल एक-दो पहुँच वाले घरों ने अपने ढेरों की बोली (नीलामी) करवा भी ली। माहला कहता था...यों तो यहाँ महीनों और बैठे रहो, पूछेगा नहीं कोई भी! बच्चा रोये नहीं, तो माँ भी रोटी नहीं देती...अनचाहे उसने पोने में बँधी रोटियाँ अपनी रानों पर टिका ली। वह दुःखी हुआ। कैसा समय आ गया है! दूर तक धान के ढेरों के बीच घूमते परेशान किसानों की ओर हल्का-सा झाँक पाया। कहाँ होता था तब धान? गेहूँ में चने मिले हों तो कहते 'मिलावट है। दाम कम लगेगा।' या छलनी लगा देते। बापू मक्की देता था, और आषाढ़ी में ड्योढ़ी गेहूँ पा लेता था, डेढ़ गुणा। अब तो मक्की चने, सब नेहमते हैं। कोई बोता ही नहीं। कहाँ रह गये छोलिए गाँवों में? और छल्लियाँ! भुट्टे!! पहले शहर के लोग गाँव से छोलिया ले जाते थे। अब इसके विपरीत गाँव वाले शहर से खरीदते हैं। कभी साग, कभी कद्दू, कभी छलियाँ। जट्ट की तो मौत तय है। यह नयी पीढ़ी जानती ही नहीं कि 'होलाँ' क्या होती है!

...बापू मुझे और सरदूल को 'गधी' पर बिठा देता था। हम झूले लेते रहते। बैल फोस करता तो बापू कहता—'सेऊ' है, पकड़ो इन्हें। मैं जल्दी में हाथों में ही फोस सँभाल लेता। गाँव से बाहर जा फेंकता था। एक दिन सरदूल ने कहा—बापू, है तो यह गोबर। तुम इसे 'सेव' क्यों कहते हो? बापू ने कहा—पगले। अन्न सँभालते, पशुओं का गोबर कीमती होता है, 'सेऊ' की तरह। इसे अनाज में मिलने से पहले ही न सँभालें, तो अन्न का निरादर होता है। अन्नदेवता नाराज हो जाते हैं। बापू की बातें आज भी वज़ीर को वैसे ही सुनाई दे रही हैं।

...अब देखो, आवारा पशु बीच में ही गोबर कर देते हैं। सुअर घूमते फिरते हैं। कुत्ते घूम रहे हैं, और अन्नदेवता यहाँ गुम है मिट्टी में, रेत में! जट्ट का यह हाल तो होना ही था। जब अन्नदेवता का निरादर हो तो वह कैसे भला रह सकता है? अब सारा संसार चीखता है, चीखता रहे।...

विचारों की श्रृंखला में डूबे वज़ीर को पता ही न चला, पोने की गाँठ कब खुल गयी। कब वह रोटी खाने लगा। उसे तो पड़ोसी बोघे और मानों की गली के माहले को भी रोटी के लिए पूछने का ख्याल नहीं आया। इस बात की उसे शर्म भी आयी। इससे बड़ी चिन्ता उसे यह थी कि राजपाल कहाँ होगा? उसे मुझ मंडी में बैठे की चिन्ता ही नहीं...?

''बोघे'', उसने आवाज दी। माहलासिंह से बतियाता बोघा वज़ीर के पास आकर खड़ा हो गया।

''यार, जब भतीजा रोटी लेकर आये, उससे कहना, हमारे घर जाकर पता करे कि राजपाल कहाँ है? मुझे बता कर जाए। यों तो अपना धान बिकेगा ही

नहीं। कोई कहेगा, सीलन बहुत है। कोई कहेगा रंग बदल गया है।''

''ठीक है, बोल दूँगा।'' कहकर बोघा फिर माहला के पास जा खड़ा हुआ।

आसपास के ढेर तुलने शुरू हो गये थे। वज़ीर को अब और अधिक चिन्ता हो गयी। राजपाल इतनी उपेक्षा करनेवाला तो नहीं है। जरूर किसी काम में फँसा होगा। अच्छा था, आ जाता...

''वज़ीरसिंह! तुम चिन्ता क्यों करते हो? आज अपना धान बिक जाएगा। वारदाना आया पड़ा है।'' बोघे ने पास आकर हौसले से कहा।

''चिन्ता स्वयं ही हो जाती है बोघे! करने से नहीं होती...तुम सयाने हो। अब सोचते हैं कि 'कुत्ता-झाँक' में और कितनी देर बैठे रहेंगे? और भी बीसियों काम होते हैं इनसान को।''

''कोई बात नहीं। यह भी काम ही है। अपन कौन खाली बैठे जुआ खेल रहे हैं।'' बोघे ने समझाया।

''ससुरी सरकार ने फसलें भी अब जुआ ही बना दीं। ठीक-ठाक बेच, रकम प्राप्त की, तो बाजी जीत गये। यदि यहाँ मंडियों में बिखर गयी, तो खेल खत्म।'' वज़ीर की इस कड़वी सच्चाई का बोघे को कोई अनुकूल उत्तर नहीं सूझा और चुपचाप पास पड़ोस के तोले जा रहे ढेरों की ओर चला गया।

पूरी मंडी में चहल-पहल हो गयी है। सभी उत्साह में है। आढ़तियों के साथ लेन-देन होगा। मंडी के गर्दों-गुबार से पीछा छूटेगा, कबीलदारी के और बीसियों काम जाकर पूरे करेंगे। हर कोई चाहता है उसका धान पहले तुले। यों वे आढ़तियों के पीछे, मंडी के इंस्पेक्टरों के पीछे मिन्नतें-चापलूसी करते...इधर-उधर पहुँच वाले लोगों को खोजते घूम रहे हैं।

बोघा पूरा चक्कर लगाकर आ गया। वज़ीर को अपनी सोच में डूबा देखकर, बोघे ने उसे बुलाना ठीक नहीं समझा। वज़ीर बहुत दुःखी और निराश लगता था।

वज़ीर को पता ही नहीं चला। बोघा उसके पास आकर, फिर चक्कर लगाने चला गया। वह तो सोच रहा था—जब इकट्ठे थे, सुखी थे। पूरी जिम्मेवारी बापू की होती थी। पन्द्रह किल्ले जमीन थी। दो रहटे कुएँ थे। कस्सी (नाले) का पानी भी लगता था, नहर का भी। गेहूँ बिछा कर लाइनों में ढेर लगा देते। फिर झाँकते पवन देवता की ओर। हवा चलती तो तगलियाँ लेकर जुट जाते। तूड़ी दूर खेतों में बिखरने से रोकने के लिए खाटें खड़ी कर लेते। फिर छजलियाँ उठाते। बच्चे झुंगा माँगते, अपनी-अपनी 'तोतो' को मरोड़े देते रहते...कितना चाव होता था। मक्की बीजते, आँगन भर जाता छल्लियों से। गन्ने लगाते। खेतों में ही कुल्हाड़ी पर पीलते, उबलते रस-रहाऊ की गन्ध दूर तक फैल जाती। गर्म-गर्म गुड़ खाते। अब तो जट्ट गेहूँ और धान के पीछे ही पड़ गया हाथ धोकर। सयाने

कहते हैं—जो चीज जरूरत से ज्यादा हो जाती है, उसका सम्मान कम हो जाता है। कद्र कम हो जाती है। तभी तो धान और गेहूँ मंडियों में बरबाद हो रहे हैं।

"वज़ीरसिंह! किस गिनती-मिनती में फँसे हो?" बोघा पुनः मुड़ आया था।

"क्या गिनती, क्या मिनती! बोघे, अच्छे वक्तों को याद कर रहा हूँ बैठा।"

"कायम हो जा फिर। तेरा धान भी तुलेगा आज, मैं पता कर आया हूँ।" बोघे की ललकार मारने जैसी बात सुनकर वज़ीर पुराने सुनहरी दिनों की यादों में से निकला और बोला, "तो ठीक है। खाट सरका दो ढेरी से।"

"खाट भी एक ओर हो जाएगी। अभी कौन ससुरे सिर पर आये खड़े हैं। यों हम खाटें नहीं तोलने देंगे बीच में उन्हें।" बोघे ने मज़ाक किया। धान तुल रहा देखकर उसे चाव चढ़ रहा था।

वज़ीरसिंह खाट पर से और उसके आसपास से अपना छोटा-मोटा सामान सँभालने लगा। फिर उसने अपने मन में सोचा—राजपाल क्यों नहीं आया? न अभी बोघे का लड़का ही आया है रोटी लेकर। नहीं तो उससे ही पूछता।

देखने पर लगता था, पूरी मंडी में अफरा-तफरी पड़ी हुई है। तोल लेने के बाद धान की बोरियाँ धाकों (क्रम) में लगी हैं। ट्रालियों वाले, ट्रकों वाले, पल्लेदार, सभी अपनी-अपनी धुन में हैं। जिन किसानों का धान अभी बिका, या तुला नहीं, वे इंस्पेक्टरों के पीछे-पीछे घबराये-से घूमते हैं। नमी वाले धान को फैलाकर धूप दिखाई जा रही हैं। उसके मालिक उदास हैं। बोरियों में भरे जा रहे धान की ओर हसरत के साथ देख रहे हैं। चिन्ता है, कब उनका धान सूखेगा, कब तुल पाएगा। कब बोरियों में भरा जाएगा। चलते पुर्जे और पहुँच वाले, अपना नमी वाला धान ही तुलवा गये। वज़ीर जैसे और भी कई है वहाँ। दुःखी, विवश, सभी सोचते हैं—इस साली जिन्दगी के हर क्षेत्र में, कमजोर की हमेशा किनारे पर ही चरती हैं।

जट्ट को छोड़कर सभी वर्गों का यह 'सीजन' है। उसकी फसल को पशु, परिन्दे, कीड़े-मकोड़े और दो टाँगोंवाले जानवर, हर तरफ से काटने के लिए अपनी-अपनी कोशिश में हैं। आढ़तियों के मुनीम-मुंशी पुराने बही खाते खोलकर कमी-बेशी कर रहे हैं। कृषि विकास बैंक के कर्मचारी, सहकारी बैंकों के अधिकारी अपने-अपने आसामी टटोल रहे हैं। किसान पूरे-का-पूरा इस सिस्टम की कुड़क्की (शिकंजे) में फँसा हुआ है।

इन दिनों, शहरों में दुकानदार आशाएँ लगा कर बैठते हैं। आगे दशहरा, दीवाली के त्यौहार और विवाह शुरू हो जाते हैं। इन्हीं दिनों दुकानदार साल भर की कमाई करते हैं। आजकल तो उनके चेहरों पर भी उदासी हैं। ...वे कहते हैं—जट्टों के पास पैसे ही नहीं। आएँगे, तो वे किस चाव से बाजारों में घूमेंगे?

इस बार मंडियों में उपेक्षित धान के कारण, किसान के लिए न दशहरा खुशियाँ लेकर आया, न दीवाली ही लाएगी। ...वज़ीर को लगता लक्ष्मी उनसे रूठी हुई है। जिस दिन रावण को आग लगायी थी, उस दिन क्रोध में आये किसानों ने शहर के चौक में धान को आग लगायी थी। मुख्यमन्त्री का पुतला जलाया था। उनके लिए तो अब सरकार ही रावण थी, जो किसानों की छः माह की सख्त मेहनत के बाद प्राप्त हुई खुशियों का अपहरण कर रही थी।

वज़ीरसिंह उठा। अपने पास तुल रहे धान के ढेर के पास जा ठहरा। फिर आसपास देखने के लिए आँख की पट्टी ऊपर उठायी। हर तरफ ढेरों में से बोरियाँ भरी जा रही थीं। तुल रही थी। इस खुशी के अवसर पर भी उसके चेहरे पर चिन्ता है। राजपाल अगर समय पर न आया, तो पल्लेदारों से लेकर आढ़तियों तक, कोई भी उसे ठग सकता है। अब यदि धान का तोल नहीं करवाता, राजपाल तब भी लड़ेगा। तोल करवाता हूँ तो वह कहेगा, मेरी प्रतीक्षा तो कर ली होती। बोघे से कहूँ, तोल के समय ध्यान रखे। यदि वह न माना तो माहले से कहूँगा।

धान के ढेर पर पड़ी चारपायी उसने माहले से कहकर एक तरफ रखवा दी। चिन्ता और उठने-बैठने के कारण, आँख में दर्द उभरने लगा। उसने धीरे-धीरे भौहों को सहलाया। फिर धान के ढेरों के ऊपर से, दूर से चले आ रहे लोगों में से राजपाल को पहचानने का प्रयत्न करने लगा।

निराश होकर उसने ढेर से अलग खड़ी खाट को फैलाया। उस पर बैठते हुए ऑप्रेशन वाली आँख पर हाथ रख लिया। यह तो यों ही कमाल कर दिया लड़कों ने। छोटा रोटी पकड़ा कर तीतर हो गया। बड़ा नेतागिरी की पूँछ पकड़े घूम रहा है। कमाई में बरक्कत कहाँ से आए?

तभी माहले ने जोर-से पुकारा, "बड़े भाई, तेरा धान भी तोलेंगे अब।"

वज़ीर एकदम उठकर खड़ा हो गया। आँखों पर हाथों का छप्पर बनाकर गाँव की ओर देखने लगा। हर आता हुआ आदमी उसे ऐसे लगता जैसे राजपाल ही तेज कदमों से चलता उसकी ओर आ रहा हो।

पाँच

जब से राजपाल घर से निकला, ज्ञानकौर को पलभर चैन नहीं आया था। वह आँगन में इधर-उधर चक्कर काट रही थी। सब्र न आता तो छत पर चढ़ जाती। दो बार वह छत पर जा आयी थी। बाहर गली में भी कई बार आयी। एक बार तो बाहरी चहारदीवारी में भी हो आयी थी।

काफी देर के बाद राजपाल लौटा। स्कूटर खड़ा करके आँगन में आकर खाट पर माथा पकड़ बैठ गया। पुत्तर से बात करने का माँ को हौसला नहीं था। उसे तो यह भी समझ नहीं आ रहा था कि लड़की गयी ही क्यों? यहाँ उसे क्या दुःख था? मैंने तो उसे कभी तंग भी नहीं किया। मुझे नींद कैसे आ गयी इतनी? उठने से पहले मैं सोयी-सोयी ही क्यों न मर गयी?

ज्ञानकौर को पसीना आ गया। रोकते-रोकते उसकी रुलाई फूट पड़ी और वह अन्दर चली गयी।

राजपाल चुप था। उसे माँ पर अधिकतर गुस्सा आ रहा था। सोच रहा था कि सारा दोष ही माँ का था। अब वह क्या करे? किससे पूछे? क्या पूछेगा जाकर... हमारी भूपी नहीं देखी कहीं! दूसरा क्या सोचेगा? मुझसे कुछ और कहेगा, अन्दर कुछ और सोचेगा। जब मैं चला आया, पीठ के पीछे लोगों को कुछ और ही बताएगा। भीतर से पूरा प्रसन्न होगा। मुझे फुद्दू समझेगा कि पहले लड़कियों का ध्यान नहीं रखते। अब ढूँढ़ते फिरते हैं...जब शरीकों, रिश्तेदारों को पता चलेगा तो वे खुशियाँ मनाएँगे।

राजपाल को दिखाई देता, उसका चाचा सरदूल, उनके घर की ओर आ रहा है। चेहरे पर बनावटी मुस्कान है। पूछ रहा है...सुना भूपी रात से घर नहीं आयी?

घबरा कर वह उठ कर खड़ा हो गया। माथे का पसीना पोंछा फिर अन्दर माँ के पास जाकर पूछा, ''किसका लड़का खड़ा था छत पर? बताया तो था तुमने।''

माँ ने आँखें पोंछीं और कहने लगी, ''क्या पता। मुझे लगा था जब भूपी छत से उतरी, मानो के जोगिन्दर का लड़का खड़ा था तब। भूपी हँसती हुई नीचे उतरी थी। पड़ोसियों की तेजो भी छत पर थी।''

''बड़ा लड़का था कि छोटा?'' राजपाल ने रुखे स्वर में पूछा।

''छोटा। जो कहते हैं कि कॉलेज में पढ़ता है।''

राजपाल ने अलमारी खोली। माँ को दिखाई नहीं दिया कि उसने उठाकर नेफे में क्या फँसाया है! वह फिर आँगन में आ गया। माँ को सन्देह हुआ।

उसके पैरों तले धरती काँप उठी...क्या उठाया होगा? यहाँ तो भगतू की छोटी कृपाण पड़ी होती है। गातरे वाली। अन्दर डर उभरा, बेटी को खोजती कहीं बेटा ही न खो दे। हिम्मत करके जल्दी से वह बेटे के आगे आकर खड़ी हो गयी।

''मैं पता करके आती हूँ, पुत्तर! तुम मत जाओ?'' माँ की आँखें फिर भर आयीं।

राजपाल कुछ क्षण माँ की आँखों में झाँकता रहा। सीधा आने वाले हादसों की दहशत माँ की आँखों में प्रत्यक्ष दिखाई देती थी। अब वह माँ के प्रति थोड़ा नरम पड़ गया। जैसे अन्दर से कुछ पिघला हो। बोला-

"मैं सीधा तो नहीं जा रहा उनके घर। पहले दूसरों से तसल्ली करूँगा। तुम तेजो को बुलाकर भेद ले लो। यदि किसी ने पूछा कि भूपी कहाँ है तो कह देना, मासी के यहाँ गयी है। समझी!"

माँ ने गले में अटका थूक निगल कर सिर हिलाया। फिर चुन्नी के किनारे से नाक पोंछा।

"...मैंने इस लड़की को आज तक कहीं आने-जाने से नहीं रोका बेबे। यदि पता होता...ऐसे चाँद चढ़ाएगी, कोई गरीब-सा घर देखकर अब तक कब की बाँध दी होती। अब भी यदि कोई ऊँच-नीच हो गयी, मैं तो उसके टुकड़े करके अन्दर ही दबा दूँगा। या फिर मैं खुद मर जाऊँगा कुछ खाकर। मैं हर रोज नहीं मर सकूँगा बेबे।"

गुस्से में खड़े राजपाल को देखकर माँ सचमुच डर गयी। "...अरे बेटे, मुझे क्या पता। ठीक-ठाक सोयी थी।"

अब तुम बताओ, "बापू ने आँख बनवायी है? धान मंडी में खराब हो रहा है। आज डी.सी. का स्यापा करना था। गुरे का कुछ पता नहीं कहाँ है? वह किसी योग्य नहीं। यदि किसी के साथ दूसरा पंगा पड़ गया? थाने कचहरी में जाने के योग्य है कोई?"

माँ चुप-सी मुँह सिये खड़ी रही। राजपाल को और गुस्सा आ गया..."अभी कहती है मुझे क्या पता! अच्छी-भली सोयी थी...और किसे पता होगा?"...कहकर लाल पीला होता राजपाल घर से बाहर चला गया।

छः

भूपी का पूरा नाम भूपिन्दरकौर है। गाँव की सहेलियों, लड़कियों में वह निडर और उदारता के कारण जानी जाती है। साढ़े पाँच फुट के करीब कद और गठा हुआ शरीर। आँखें ज्यादा मोटी तो नहीं, लेकिन छोटी भी नहीं लगती। रंग भी बहुत गोरा नहीं गेहुँआ है। शरीर की गोलाइयाँ भरी हुई और भारी हैं, लेकिन देखने में असाधारण या बुरी नहीं लगतीं। उसकी कद काठी से मेल खाती हैं। जँचती है। जो भी इस लड़की को एक बार देख लेता है, लगातार देखते रहना चाहता है। हमउम्र लड़कियों में जब किसी की शादी में गिद्दे में नाचती, तो मेहमान हैरान-से उसकी ओर देखते रह जाते।

एक शादी में गाँव की किसी औरत ने एक मेहमान औरत से कहा, "लड़की को आँखें फाड़-फाड़ कर क्या देखती हो। पुत्रवधू (बहू) बनाना चाहो तो बिचोलगिरी करूँ?"

"ना भई, मेरा तो लड़का ही कमजोर-सा है, ऐसी अलक-बछेरी को कैसे सँभालेगा वह?" और फिर दोनों हँसने लगी थीं।

तीन चार जगह भूपी की शादी की बात चली थी। एक तो तुरन्त ब्याह चाहता था। वज़ीर चाहता था, शादी बहुत बढ़िया भले न हो, रिश्तेदारों में नाक बच जाए। तब तो ज्ञानकौर भी कहती थी-

"यों लड़की को नाक-कान से खाली कैसे विदा करेंगे?"

उन्होंने लड़का कहीं और ब्याह लिया। एक जगह लगभग बात सिरे लग ही गयी थी। लड़के को शगुन लगाने से तीन दिन पहले बिचौलिया आकर कहने लगा, "वज़ीरसिंह! वे तो फ्रिज, स्कूटर, टेलीविजन माँगते हैं। फिर न कहना, मैंने कुछ छिपाया है।"

"पहुँच हो, तो देख लो। उनकी अपेक्षा तुम पहले मेरे नजदीक हो। नहीं कर पाये तो वे अपने घर, हम अपने घर।"

वज़ीरसिंह जानता था, उसमें इतनी पहुँच नहीं है। छः-सात किल्ले ज़मीन में से बचता ही क्या था? छोटा भाई सरदूल तो कब से अलग हुआ बैठा था। ज्ञानकौर को इस बारे में पूछा तो उसने विवशता प्रकट की थी, कि जेवर तो एकाध भले और डलवा लो। मैं अपने सींग-ताबीज (गहने) भी तुड़वा कर गढ़वा दूँगी। कपड़े भी और बनवा देंगे। लेकिन यह तुम्हारे स्कूटर, फ्रिज नहीं हमसे दिये जाएँगे। ...और बात वहीं टूट गयी।

यों ही समय बीतता गया। अब दो साल से तो भूपी कॉलेज ही नहीं जा रही।

भूपी जब पड़ोसी गाँव के स्कूल में पढ़ती थी तो दसवीं की परीक्षा के समय कुछ लड़कियाँ 'चक्क बूढ़सिंह गाँव' में रहने वाले हिसाब के मास्टर के पास ट्यूशन पढ़ने जाया करती थीं, रात को। तब सहेलियों में से होती हुई एक बात ज्ञानकौर तक पहुँची थी...कि मास्टर भूपी की ओर कुछ ज्यादा ही ध्यान देने लगा है। स्कूल में भी उसे अपने कमरे में बुला लेता है। उन्हीं दिनों, भूपी भी माँ को कुछ ज्यादा ही मस्त रहती लगा करती थी।

परीक्षा नजदीक थी। लेकिन ऐसी किसी बात पर खामोश भी नहीं रहा जा सकता था। माँ सोचती—इस उम्र में लड़कियों को कम ही ज्ञान होता है। मास्टर की बातों में आकर लड़की यों ही कोई गलत काम न कर बैठे...फिर उम्रभर पछतावा लगा रहे। फिर औरतें भी कहेंगी—माँ अन्धी थी क्या? उसे नहीं दिखाई दिया कुछ? ये तो बहाने खोजती घूमा करती हैं। फिर मुँह जोड़-जोड़ चुगलियाँ करेंगीं...।

माँ ने जब भूपी के बापू के पास बात की थी तो सुनते ही भड़क उठा था—"वह साला कुत्ता, कमीना। हमारे कुर्ते सीने वाला। उसकी इतनी दलेरी...मैं

अभी जाकर, साले का मुँह काला करके, जलूस निकालता हूँ पूरे शहर में...''

''जलूस निकाल कर क्या करोगे? वह तो बदली करवा कर किसी और गाँव चला जाएगा। बदनामी हमारी लड़की की होगी।'' माँ डरती थी।

जैसे उबलते दूध के पतीले पर पानी के छींटे पड़ जाएँ, ज्ञानकौर की बात सुनकर वज़ीर वैसे ही ठंडा हो गया था। सचमुच अकेले हिसाब के मास्टर का ही मुँह काला न होता। इनके खानदान पर भी कलंक लग जाता।

''वह ट्यूशन पर नहीं जाएगी आज से।'' बापू ने फैसला सुनाया।

''फिर क्या होगा। घर बैठी फेल हो जाएगी। मैं नजर रखूँगी यदि दस पास कर गयी। कल इसकी शादी भी तो करनी है। कोई ठीक-सा पढ़ा-लिखा लड़का मिल जाएगा...अपनी तरह नरक तो नहीं भोगेगी सारी उम्र?'' तब ज्ञानकौर बहुत दूर की सोच बैठी थी।

वज़ीर ज्ञानकौर के सामने तो चुप कर गया। लेकिन उसके लिए यह बात हजम करनी बहुत मुश्किल थी। छोटा भाई सरदूल की तरह अभी इतना ढीठ नहीं हुआ था कि हर तरफ से आँखें मूँदकर घूमता फिरे। उसकी लड़की मीतो शहर के पी.सी.ओ. पर काम करती थी। गाँव में प्रतिदिन कोई नया ही शोशा उसके बारे में उड़ता था।

वज़ीर स्कूल के हिसाब के मास्टर से जाकर मिला। पहले तो उसने सोचा था कि गाँव के तीन-चार प्रतिनिधि सम्मानित लोगों को लेकर जाए। सरपंच को तो ले ही जाए। फिर ज्ञानकौर की आशंका सामने आ गयी।...बदनामी तो लड़की की ही होगी। लड़की जहाँ भी जाएगी, यह कलंक गोंद की तरह उसके साथ ही चिपका जाएगा...वज़ीर को स्कूल के अहाते में देखते ही, हिसाब का मास्टर भीतर से हिल गया था। मन में चोर जो था। वज़ीर ने उसे एक ओर ले जाकर, धीमे स्वर में कुछ ऐसी धमकियाँ दीं, मास्टर हाथ जोड़कर—हाँ जी, अच्छा जी...ही करता रहा, उसे मालूम था, पंचायत और गाँव के लोग इकट्ठे हो जाएँ तो बहुत कुछ कर सकते हैं। पड़ोस के गाँव के ही एक स्कूल को, अध्यापक की करतूतों के कारण, ताला लगा दिया था। जितनी देर विभाग ने उसकी बदली नहीं कर दी, पंचायत ने ताला नहीं खोला था।

जितनी देर वज़ीरसिंह उसे डाँटता रहा, वहाँ खड़ा मास्टर काँपता ही रहा।

वज़ीरसिंह स्कूल के गेट में से बाहर चला गया तो भूपी भागती हुई मास्टर के पास आयी थी।

''मास्टर जी! क्या कहने आये थे मेरे बापू।''

''गोली मारने आया था मुझे।'' मास्टर ने गुस्से में कहा।

"हाँ-हाँ...मास्टर जी, बताओ न प्लीज!"

भूपी ने लाड़-प्यार में बच्चों की तरह जिद की। मास्टर की खीझ और चढ़ गयी।

"शर्म नहीं आती, बच्चों की तरह कूद रही हो। पूरा स्कूल देख रहा है तुम्हारी तरफ। अपनी क्लास में जाओ।" मास्टर ने पहली बार उसे इतना रुखा कुछ कहा था।

मास्टर के रोब से भूपी सहम गयी। दूसरे अध्यापक और बड़ी क्लासों के लड़के उनकी ओर देख रहे थे। थोड़ा-थोड़ा मुस्करा भी रहे थे। हिसाब का मास्टर सब समझता था। वह अभी तक अपने अपमान से बाहर नहीं आ पाया था।

भूपी मास्टर के इस व्यवहार पर हैरान थी। वह सोच में डूबी रही।

मास्टर अपनी जमात में चला गया।

भूपी पढ़ाई में साधारण विद्यार्थियों से भी कमजोर थी। पढ़ने में उसकी दिलचस्पी नहीं थी। उसकी कद काठी, देहयष्टि के सामने स्कूल की अध्यापिकाएँ बौनी-सी लगती थीं। स्वभाव से वह चंचल थी। स्कूल में सहपाठिनों के साथ छेड़खानी करना उसका शौक था। अध्यापक और उभरते वरिष्ठ विद्यार्थी उसे ललचाई नजरों से देखते थे। भूपी को भी इस बात का एहसास था।

उसकी दो पक्की सहेलियाँ थीं। एक पड़ोसिन रत्नकौर की बेटी तेजो, और दूसरी मज़हबी, दलित सिक्खों की लड़की चरनजीत, जिसे सब 'चन्नो' कहते थे। भूपी सूझबूझ में साधारण थी। कोई हेराफेरी के दाँवपेच उसमें नहीं थे। इतनी लालची भी नहीं थी। लेकिन चन्नो पूरी चंट थी। गाँव के उभरते लड़के और सभी अध्यापक जानते थे। चन्नो का आचरण भी ठीक नहीं था। गाँव के कुछ लड़कों को वह संकेतों पर नचाती थी।

चन्नो, भूपी की, तेजो से भी गहरी सहेली थी। स्कूल में वे दोनों ग्राउंड की एक नुक्कड़ में नीम तले बैठी रहतीं। कभी भूपी हैरान होकर उसके धौल-धप्पा जमा देती। चन्नो खिलखिला कर हँस पड़ती। दूर बैठे, उन पर नज़र टिका कर बैठे लड़कों को साँवली-सी चन्नो के सफेद दाँत भर चमकते दिखाई देते। वे भी इन लड़कियों के बारे में कोई अश्लील टोटका छोड़ देते। फिर चन्नो और भूपी को लड़कों की हँसी सुनाई देती।

ऐसी लड़की की सहेली के बारे में, वज़ीर या राजपाल के मुँह पर लोग भले कुछ भी नहीं कहना चाहते थे लेकिन मन में भूपी के भी बुरी होने का यकीन बनता जा रहा था। कोई हैरान होकर सोचता—चलो, चन्नो की तो कोई मजबूरी हो सकती है। पैसे टके का लालच भी हो सकता है। लेकिन जट्टों की कुड़ी क्यों उसके पीछे लगी घूमती है ? उनकी समझ में नहीं आता था।

दसवीं की परीक्षा आ गयी। पूरे सेंटर में खुलकर नकल चली। सुना तो

यहाँ तक गया, 'अध्यापक प्रश्नों के उत्तर बोर्ड पर ही लिख देते थे।' गणित का मास्टर भले डरता था, लेकिन भूपी को नकल करवाने में उसने पूरी हिम्मत से भगदड़ की। यह सब होने पर भी भूपी थर्ड डिवीजन में उत्तीर्ण हुई। उसकी सहेली चन्नो फेल हो गयी।

वज़ीरसिंह चाहता था, जरूरतमन्द घर देखकर भूपी की शादी कर दी जाए। एक दो घर मिले भी। एक शादी जल्दी चाहता था। ज्ञानकौर इस तरह की जल्दी के हक में नहीं थी। उसका मत था, ऐसे काम सहज स्वभाव, सब्र से करने चाहिए। आखिर लड़की को तो सारी उम्र बितानी है। यह न हो, घर भी लुटा दें, लड़की भी उम्र भर दूसरे घर में नरक भोगती रहे।

दोनों को एक ही साँझा डर था...भूपी को गाँव के इस माहौल से कैसे निकाला जाए? चन्नो से उसका सम्बन्ध कैसे तोड़ा जाए?

राजपाल तब कालेज में पढ़ता था। बी.ए. के दूसरे साल में। कॉलेज में उसका रोब था। छात्र संगठन के चुनावों में विरोधी लोगों के साथ दो बार संघर्ष हो चुका था। राजपाल के साथ बहुत लड़के थे। भले ही इनके कारण कॉलेज का माहौल खराब हो रहा था। तो भी, कॉलेज के व्यवस्थापक, लड़कों के भय से, राजपाल को कॉलेज में से निकालने से डरते थे।

सब सोचकर और राजपाल के साथ परामर्श करके, भूपी को कॉलेज में दाख़िल करवा दिया।

इन दिनों पंजाब के माहौल पर आतंकवाद के साये का ग्रहण लगा था। कॉलेज के लड़कों ने थोक में केसरी पगड़ियाँ बाँधनी शुरू कर दीं। कई जनूनी लोगों ने दाढ़ियाँ बढ़ा ली थीं। खुद को इस शहर के हमदर्द दिखाने के लिए और अपनी जमात में पढ़ती या आसपास रहती दूसरी लड़कियों की नजरों में नायक की तरह उभर कर, रोमांचकारी प्रभाव देने के लिए 'गातरे' पहन लिये थे।

रामलाल के सीरी-सहयोगी रुलदू का छोटा भाई केवल इसी कॉलेज में पढ़ता था। अपनी पढ़ाई में मस्त वह इन टोलियों से दूर ही रहता। कॉलेज में होता तो लाइब्रेरी में बैठा पढ़ता रहता। क्लास ने बायकाट किया होता तो वह घर से ही न आता। दाढ़ी काटने के बाद कुछ लड़के उसे धमकियाँ दे चुके थे। गुस्से में उसने पगड़ी बाँधनी भी छोड़ दी। वह सोचता, मेरा क्या लेंगे, जहाँ भी जाएँगे अपने हाथों काम करके ही रोटी मिलेगी। वैसे कॉलेज में राजपाल के रौब के कारण, और उससे निकटता की वजह से वह दूसरे लड़कों के आगे झुकता नहीं था। उसे हौसला था, राजपाल के रहते, कोई उस पर हाथ नहीं उठाएगा। इसीलिए आज तक, उसके साथ कोई बुरी घटना नहीं घटित हुई। अन्यथा इस आँधी, काली रात में कौन किसी की सुनता था, कौन देखता था! राजपाल ने लड़कों

को समझाया भी था...यों ही छोटी, मामूली जाति को क्यों सिर चढ़ाया जाए? हम तो बड़ी उपलब्धियों के लिए जूझेंगे।

इन्हीं दिनों राजपाल से बड़ा भगतूसिंह, अधिक सक्रिय था। पिछले कुछ महीनों से वह विदेश जाने की जिद्द में माँ-बाप को सूली पर चढ़ाये हुए था। खेती करने से उसने पहले ही इनकार कर दिया। एक एजेंट के साथ वह बात भी पक्की कर आया था। लेकिन वज़ीर में इतनी सामर्थ्य कहाँ थी? जमीन गिरवी रखकर या बेचकर ही वह दूसरे किसी देश में जा सकता था। वज़ीर ने बहुत समझाया कि जमीन बेचकर जट्ट के पास रह ही क्या जाता है? अभी छोटों की शादी करनी है। बाहर जाकर धक्के खाने से, यहीं काम कर ले। तीन भाई हैं। यदि खेत छोटा है तो मामले पर ले लो। तुम्हारा तो यहीं अमरीका हो जाएगा।

"यहीं अमरीका बनाना हो तो ट्रैक्टर खरीद दे।" भगतू की शर्त कठोर थी।

"अपने पास खेत है ही कितना? छलाँग लगाकर तो दूसरे के खेत में जा पहुँचते हैं। ट्रैक्टर लेकर क्या करेंगे? किस्तें कैसे उतारेंगे?" वज़ीर समझाकर भी उसकी नामसझी पर खीझता रहता।

"मैं खुद ही लोगों से किराया वसूल कर किस्तें उतारूँगा।" भगतू मानने में नहीं आ रहा था।

"भगतू, स्याना बन। ट्रैक्टर लेने को तो मेरा भी दिल करता है। पर पुत्तर! चादर देखकर पाँव पसारे जाते हैं।"

"चादर का क्या है? मैं घुटने इकट्‌ठे कर लूँगा। बापू मुझे अपनी योग्यता मत दिखाओ। मेरी तो एक ही बात है। यदि मुझे खेती में डालना है तो ट्रैक्टर ले दो। नहीं तो मैं 'बाहर' जा रहा हूँ और बात ही कोई नहीं।" भगतू अपना निर्णय सुनाकर उठ गया। फिर उनके रोकने पर भी घर से बाहर निकल गया। बल्कि बाहर वाले दरवाजे पर खड़े होकर उसने धमकी भी दी थी। "इन बातों से अलग कोई और मशविरा हो तो मैं घर से निकल जाऊँगा।"

"और यह जो तुम्हारे पीछे है बेगानी बेटी? इसका क्या बनेगा? और यह सोने जैसा बच्चा?" माँ ने मोह का जाल फैलाया।

"मुझे किसी की परवाह नहीं। खुद ही अपनी बनायी से निपटेंगे।" जब भगतू ने लापरवाही से कहा तो उसकी पत्नी मलकीतकौर मात्र छह माह के लड़के को छाती से सटाये उसकी ओर डरी हुई गाय की तरह झाँकने लगी।

ऐसी नोंक-झोंक आये दिन होती रहती। भगतू के कारण घर में क्लेश रहता। वह एक ही बात दोहराता—मुझे यदि बाहर जाना है तो जाना है। भले गुस्से से भेजो। चाहो सहमति से भिजवाओ...।

भगतू किसी न किसी एजेंट की तलाश में रहता। आबारों में बाहर भेजनेवाले

एजेंटों के विज्ञापन देखता रहता। दसवीं कक्षा वह पास नहीं कर पाया था—कद काठी ठीक-ठीक थी। घर का बड़ा लड़का था, सहमति थी। वज़ीरसिंह की अड़कर माँगने वाली कोई इच्छा भी नहीं थी। इसीलिए उसकी शादी हो गयी थी। ज्ञानकौर को घर में पहली शादी का चाव भी था। अब उसके कथनानुसार ईश्वर ने बेटा भी दे दिया था, लेकिन कर्मों का खेल! भगतू पर बाहर जाने का भूत ऐसा सवार हुआ कि उठता-बैठता, वह कभी माँ से, कभी बाप से, झगड़ा बनाये रखता। जब उसका जोर न चलता, तो पत्नी मलकीतकौर को पीट देता।

अब तो मलकीतकौर और माँ-बाप भी सोचते थे। शायद उनसे जल्दी में कहीं गलती हो गयी थी। लेकिन अब क्या हो सकता था?

जब से पंजाब का माहौल बिगड़ा, यह भगतूसिंह और उस जैसे कइयों को रास आ गया लगता था। अब वह बाहर जाने की जिद्द भी ज्यादा नहीं करता था। दाढ़ी बढ़ा ली थी। अमृत छक लिया था। केसरिया पगड़ी बाँध ली थी। पैंट छोड़कर कुरता पायजामा पहनने लगा था, अँधेरे-सवेरे गायब भी हो जाता था। खाली होता तो गुरुद्वारे जाकर पाठ करता। आँगन बुहारता। निशान-साहिब की सेवा करता। लोग देखकर हैरान भी होते कि अब भगतूसिंह के पास 'बाहर के लोग' भी आने लगे थे। धीरे-धीरे भगतू, 'भाई भगतूसिंह' बन गया।

राजपाल स्वयं भले कॉलेज में ऐसे लड़कों के संगठन का सदस्य था लेकिन उसकी तुलना में भगतू ज्यादा सरगर्म कार्यवाइयाँ करने लगा। वह व्यस्त हो गया। लोगों पर अपना असर डालने के लिए वह कहता—"यह जिन्दगी अब 'कौम' को समर्पित कर दूँगा।"

गर्मागर्म सुर्खियों से भरे अख़बार हर रोज छपते। बेकार बुजुर्ग और गाँव के लड़के चौपाल पर बैठे इन ख़बरों पर चर्चा पर चर्चा करते। कोई जवान कहता—"आज तो नौ 'पटका' दिये।" पास बैठा बुजुर्ग अफ़सोस जतलाता—"यह तो बुरी बात है। निर्दोषों को शिकार बनाना। ज्यादा शौक है तो फौज से माथा भिड़ाएँ।"

"बाबा। धीमे बोलो। इनका कोई हिमायती सुनता होगा तो तुम्हें भी गाड़ी चढ़ा देंगे।" कोई बाबे को समझाता। यों ही कोई पक्ष में, कोई विपक्ष में मुँह हिलाता रहता। और रोटी खाने या चाय पीने के समय उठकर अपने-अपने घर चले जाते।

दसवीं जमात में, लाला रूपचन्द का बेटा प्रकाश, और बकरियों वाले ठाकुर का लड़का माघी, भगतू के जमाती थे। प्रकाश सादा व डरपोक था। माघी शरारती था। माघी भी भगतू के साथ ही फेल हुआ था। प्रकाश शहर के कॉलेज में पढ़ने लगा था। वह साइकिल पर जाता। लौटते समय दुकान का सामान ले आता। खाली होता तो दुकान पर भी बैठता।

तीनों ने आपसी मेलजोल नहीं छोड़ा। जब भी समय मिलता इकट्ठा हो जाते। प्रकाश के शहर पढ़ने से इनकी दोस्ती में अन्तर नहीं आया था।

रूपचन्द दुविधा में रहता। प्रकाश को घर में समझाता भी था। "...प्रकाश बेटे! हम लोग, हमारी जाति, इनके साथ दोस्ती नहीं पाल सकती। हम इन्हीं के साथ तो व्यापार करते हैं। इन्हें ऋणी बनाकर, उम्र भर अपनी आसामी बनाये रखते हैं। इनके 'भाईबाल' हम नहीं हो सकते।"

प्रकाश चुपचाप सुनता रहता। अपनी तरफ से सफाई भी देता—"मैं तो उनके पास कभी गया नहीं। वे आते हैं तो मैं कैसे कहूँ कि यहाँ न आएँ। दस साल स्कूल में साथ-साथ पढ़ते रहे हैं।"

"तुम्हारे कन्धों पर सिर है कि मूँगी की दाल वाला उल्टा मटका लेकर घूम रहे हो?" रूपचन्द नाराज होता। "वे तो बीमार हैं। तुम अक्ल से काम क्यों नहीं लेते? और फिर बेटे!"—रूपचन्द ने कहते समय सुर धीमी कर ली—"जैसा समय चल रहा है, अपनी बुद्धि और भाईचारा आज्ञा नहीं देता कि हम ऐसे लोगों से ज्यादा मेलजोल रखें।"

इतना समझाने पर भी तीनों, दूसरे-तीसरे दिन मिल ही लेते।

यों ही दिन बीत रहे थे। प्रकाश पहले साल की पढ़ाई पास करके दूसरे साल में प्रवेश कर गया। भगतू के आवारा घूमने के कारण घर में क्लेश रहने लगा। उसने जिद पकड़ ली कि खेती करवानी है तो ट्रैक्टर लेकर दो। नहीं तो वह 'बाहर' चला जाएगा। माघी कभी कभार अपने बापू के साथ बकरियाँ चराने चला जाता। कभी वह अपने पिता के पालतू कबूतरों को नहलाता। उड़ने की बाजी लगाने से पहले, अपनी हथेली पर रखकर उन्हें बादामों की गिरी खिलाता। जब उसके बापू का घड़ा तैयार हो जाता तो रात के अँधेरे में या कई बार तीखी दोपहर में ही, पिता के साथ देसी शराब निकालता। तसले का पानी बदलता। चूल्हे में आग का ताप कभी कम करता, कभी तेज करता। फिर 'लाहण' फेंकने बाहर जाता। बापू मूड में होता तो उसे भी एकाध पैग थमा देता।

तब राजपाल, भूपी और गुरा 'चक बूढ़सिंह' के स्कूल में पढ़ते थे। उन्हीं दिनों प्रकाश, भगतू और माघी जब भी मिलते, एक-दूसरे को छेड़ने लगते।

"लाला! तुम तो पढ़-लिख कर नौकरी कर लोगे। नौकरी न मिली तो दुकान पर बैठ जाओगे। हमें बता, किधर जाएँ। तीनों भाइयों को दो-दो किल्ले नहीं आएगी जमीन। और यह माघी चार बकरियाँ ले लेगा। कबूतर उड़ाने लग जाएगा। हमें तो किसी जट्ट सीरी (हिस्सेदार) भी नहीं बनाना। हमसे चला भी नहीं जाएगा।"

"सरकार तुम्हें कम सुविधाएँ देती है क्या? जट्टों को न सेल्स टेक्स देना

पड़े, न इन्कमटैक्स। मैंने पढ़ा है''...प्रकाश अपनी ओर से मानों उन पर अच्छा खासा उलटवार करता।

''पढ़ा है तूने मिट्टी और राख! तूने तो पढ़ा है कि बाहर जाने को दिल करता है। कोई जाने नहीं देता। बापू कहता है कि मेरे में पहुँच नहीं। माघी कहता है कि बापू की बकरियाँ बेचकर डेयरीफार्म खोल लूँ। अमेरिकन गायें रख लूँ। मोटर साइकिल ले लूँ। फिर डेयरी में दूध डाला करूँ। तुम्हें तो लाला बातें आती हैं। और हमें जो आ रही थीं, वे भी भूलती जाती हैं।'' भगतू उत्तेजित होकर कहता—भले बातों-बातों में प्रकाश को वे हाँकते रहते। फिर भी इनका मोह, मेलजोल कम नहीं होता था। छोटे होते थे, तभी से दोस्ती है। तीनों यत्न करके एक-दूसरे को मिलने के माध्यम खोजते रहते।

अब, जब से पंजाब के हालात बिगड़े थे, गाँवों में आतंक बढ़ा हुआ है। रूपचन्द से डरता प्रकाश भगतू और माघी से मिलने की जिद कम ही करता। लेकिन भगतू और माघी जब भी प्रकाश को मिलते, पूरे हौसले में होते। माघी चिंघाड़ता—''लाला! अब धो देंगे। सब साफ कर देंगे। पोतड़ों का गन्द साफ कर देंगे। देखते जाओ होता क्या है?''

प्रकाश हैरान-सा उनकी ओर देखता रहता। पूछने को मन न होता...ऐसी कौन-सी गीदड़-सिंगी तुम्हारे हाथ में आ गयी? कपड़े भी पहले से साफ पहनने लगे। जेबों में चार पैसे भी रखते हो। काम-धन्धा करते हो कुछ ऐसा भी दिखाई नहीं देता...फिर यह सब इनके पास कहाँ से आता है? प्रकाश सोचता तो, पर पूछने की हिम्मत न करता। न भगतू और माघी ने ही इस बारे में उसे कुछ बताया। वैसे वे जब भी मिलते प्रकाश से कहते—''लाला, बोदियाँ-सी (सिर के बाल) बढ़ा ले। पगड़ी बाँध। तुम्हें ऐश कराएँगे!''

समय यों ही बीतता गया। प्रकाश बी.ए. के अन्तिम वर्ष में था। पंजाब का माहौल ज्यादा बिगड़ रहा था। गाँवों के लोग जल्दी ही घरों में घुस जाते थे। शाम के बाद घरों की बत्तियाँ भी कोई नहीं जलाता था। सुबह जो घर से निकलता, उसे विश्वास नहीं होता था कि ठीक-ठाक घर लौट आएगा कि नहीं। सभी ओर भय और दहशत थी। प्रकाश भगतू और माघी से अभी तक मिलता रहा था।

''जी, हम शहर चलते हैं, समय रहते। वक्त बहुत बुरा है।'' एक दिन प्रकाश की माँ ने रूपचन्द के आगे अपना भय व्यक्त किया था।

''देखो, प्रकाश की माँ! अभी तक तो किसी ने हमें बुरा-भला कहा नहीं। गाँव वाले और सरपंच अपना पूरा सम्मान करते हैं। यों जाएँगे तो सब पूछेंगे, कौन तंग करता है? किसका नाम लोगी? क्या कहोगी उन्हें?''

रूपचन्द के इस तरह पूछने पर प्रकाश की माँ क्या कहती! लेकिन अकेला

लड़का जट्टों और सिक्खों के लड़कों के साथ उठे, बैठे, उनके साथ देर-सवेर अन्दर-बाहर जाए। ...वह भीतर-ही-भीतर भयभीत थीं।

एक दिन रूपचन्द शहर में दुक़ान के लिए सौदा आदि लेने गया हुआ था। दोपहर में प्रकाश के पास दुकान पर बैठे, भगतू और माघी ने उसे सौ-सौ के नोट दिखाये। प्रकाश हैरान हुआ। पूछने से नहीं रह पाया—"कंजरों, ये नोट तुम्हारे पास आते कहाँ से हैं?"

"लाला! शाम को उधर आना, हमारे बकरियों के बाड़े में। वहीं तुम्हें दिखाएँगे, बकरियाँ नोट कैसे हगती हैं? देखना, तुम्हारी लक्ष्मी देवी मेहरबान होकर, मींगनों की जगह नोटों की बरसात करती हैं।" माघी ने इस तरह कहा, प्रकाश को लगा माने सचमुच ही बाड़े में बकरियों ने नोटों की बरखा की हो।

शाम के समय प्रतिदिन माघी का पिता घर चला जाता। बकरियों के बाड़े में माघी सोता था। वहीं उनकी राखी-रखवाली करता। यह माघी के जिम्मे था। माघी के बगैर भगतू का न तो खेतों में मन लगता, न घर में। वह अँधेरा होने तक माघी के पास ही बैठा रहता। अब प्रकाश भी वहाँ आने लगा था। भले अपने बौजी, या लोगों से छिपकर ही आता। तीनों यार गप्पें मारते। गाँव की चालू लड़कियों और बदमाश आँखों की चुगलियाँ करते। माघी उन्हें बकरियों के दूध की चाय पिलाता।

वैसे प्रकाश यह पता लगाने इनके पास आता था कि ये नोट इनके पास आते कहाँ से हैं। लेकिन जैसे-जैसे वह आने लगा, उसे पता ही नहीं चला। अमलियों के नशे की तरह प्रकाश को माघी के बकरियों वाले बाड़े में आने का चस्का-सा पड़ गया।

एक शाम, भगतू और माघी ने प्रकाश को छककर शराब भी पिला दी। इस करतूत की जानकारी प्रकाश के पिता को उसी शाम हो गयी थी। उसने सोचा, लड़के को इस वक्त झिड़कना, डाँटना ठीक नहीं। यदि आगे से बोल पड़ा तो मैं क्या कर लूँगा! अभी तो फिर भी मुझसे झेंपता है।

दूसरे दिन अवसर पाकर रूपचन्द ने उसे समझाया। उसे बी.ए. की परीक्षा मेहनत करके देने के लिए प्रेरित किया। यही एकाध महीना खूब जोर लगाने का है। फिर वह जहाँ चाहे, घूमे-फिरे। बी.ए. की डिग्री हाथ में आ जाएगी तो कोई सरकारी नौकरी मिलने का मौका भी देवी माँ की कृपा से बन जाएगा।

पिता की बातों का प्रकाश पर प्रभाव भी हुआ। परीक्षा के दिनों में उसने भगतू और माघी के पास आना-जाना कम कर दिया। तसल्ली के साथ पेपर दिये। अब रूपचन्द पूर्णत: खुश था।

कुछ महीनों बाद रिजल्ट आ गया। बी.ए. फाइनल में पास होकर प्रकाश

ने सभी को चौंका दिया। वह एम्पलायमेंट-एक्सचेंज में अपना नाम दर्ज करवा आया। कई दूसरी जगहों पर भी उसने अप्लाई कर दिया। जहाँ से भी बुलावा आता, वह सर्टीफिकेट्स थैले में डालकर चल पड़ता।

रूपचन्द को पूरा विश्वास था कि उसके बेटे को अच्छी नौकरी मिल जाएगी। घर में प्रकाश को पूर्ण सम्मान मिला। अब तो यदि प्रकाश को खाने के लिए आने में देर भी हो जाती तो उसकी झाई (माँ) ताजा रोटी उतार कर परोसती।

लेकिन प्रकाश के ऐसे हालात ज्यादा देर तक नहीं रहे। जगह-जगह आवेदन-पत्र भेजकर और साक्षात्कार देकर वह थक गया था। पंजाब का वातावरण अब बिगड़ता जा रहा था। कहीं से वह गहरी रात बीतने पर लौटता। उसकी झाई तड़पती-'दफा कर ऐसी नौकरियों को। अपनी जान से तो प्यारी नहीं नौकरी? अपने बौजी के साथ दुकान पर बैठा कर। नहीं तो शहर में दुकान डाल ले। ...एक दिन तो हमें वहाँ जाना ही है।'

दुःखी हुआ प्रकाश भगतू और माघी के पास जा पहुँचता। बकरियों के बाड़े में तीनों एक साथ दारू पीते। प्रकाश शराबी हुआ घर लौटता तो रूपचन्द खीझ उठता, सुलगता। फिर सोचता, लड़का नौकरी न मिलने के कारण दुःखी है। उदास हो रहा है। ज्यादा उदासी जवान लड़कों के लिए अच्छी नहीं। चलो, इसी बहाने हँस खेल लेता होगा। इस बात का कोई गम नहीं। यह कौन-सा लड़की है कि बदनामी करवाएगा।

धीरे-धीरे प्रकाश का भगतू और माघी के यहाँ जाना बढ़ गया। वे भी चक्कर लगाते। रूपचन्द बैठा होता तो बाहर से लौट आते। प्रकाश दुकान पर होता तो अड्डा जमाते।

घर की तरफ से भगतू लापरवाह था। एक दिन वजीर ने थक कर कहा था, ''तुम बड़े हो, तुम्हें देखकर छोटे भी बिगड़ेंगे। पढ़ाई तूने नहीं की। काम तुम नहीं जानते। यों भला कैसे गुजारा होगा?''

''मेरा गुजारा तो यों ही होता रहेगा। इस देश में तो मुझे काम नहीं करना। खेत में काम करना हो तो ट्रैक्टर चाहिए। नहीं तो बेकार घूमूँगा, या फिर 'बाहर' जाऊँगा।'' उसने अपना यही फैसला, कई बार सुनाया था।

वज़ीरसिंह ने सोच लिया, इसे आगे से कुछ नहीं कहूँगा। ज्ञानकौर ने भी टाला था—''क्यों हर रोज तंग करते हो इसे? यों ही कुछ उल्टा सीधा सोच लेगा। अभी बच्चा है। सारी उम्र काम ही करना है।''

''जितना इसे सिर चढ़ाया है, पछताओगी एक दिन। मेरी बात याद रखना।'' वज़ीर ने अपनी तरफ से आखिरी चेतावनी दी और फिर उसे कभी नहीं टोका।

वह क्या करता है? कहाँ जाता है? किससे मिलता है? कब घर आता है? उसकी बला से, उसे क्या?

अपनी तरफ से वज़ीर ने भगतू को घर में से 'मनफी' कर दिया, निकाल दिया समझ लिया था।

एक गहराई शाम।

भगतू, माघी और प्रकाश तीनों शराबी थे।

''चलो, छोटी नहर की पुली की तरफ घूमने चलें।'' माघी ने भगतू की तरफ गहरे झाँकते हुए कहा।

और वे तीनों, एक दूसरे को छेड़ते, मजाक करते, गाँव के पास बहती कस्सी (छोटी नहर) की पुलिया पर आ बैठे। अब अन्धकार हो रहा था। सर्दियों के दिन थे। इस समय, शहर की ओर से आने का साहस शायद ही कोई कर सकता हो। इन दिनों समय ही ऐसा था। लोग सूरज रहते ही अपने ठिकानों पर पहुँचने के यत्न में होते थे।

वे तीनों कस्सी की पुली पर बैठे थे। टाँगें नीचे लटकायी हुई थीं। पुलिया के नीचे से होकर निकलता कस्सी का पानी हल्का-सा शोर कर रहा था। हवा में पूरी ठंड थी। चारों तरफ अँधेरा था। वातावरण में से अजीब-सा रहस्यमयी भय झाँकता था।

''लाला! यदि तुम्हें किसी इनसान को मारने को कहा जाए, तो मार दोगे?'' भगतू ने अचानक छेड़ा।

''मैंने तो कभी चिड़िया भी नहीं मारी।'' प्रकाश कह गया। पर असमय, एकान्त, कस्सी की पुली, अँधेरा और ठंडी हो रही रात! प्रकाश भले नशे में था, भीतर तक काँप गया। भय की एक तीखी लहर सारे शरीर को पार कर गयी।

कुछ पल की ख़ामोशी के बाद तीनों बिना कारण हँसने लगे। इस बात का भगतू और माघी को पता नहीं चला। प्रकाश को आज अपनी हँसी बेगानी-सी लग रही थी।

''चलो यार, घर चलें।'' प्रकाश ने नशे में नहीं, भय की कँपकँपी ली और सर्दी के कारण हाथ बगलों में दबा लिये।

शहर से आते किसी साइकिल सवार की घंटी बजी। भगतू और माघी अन्धकार में एक-दूसरे की ओर देखने लगे। उन्होंने एक दूसरे का हाथ दबाया और तुरन्त फैसला ले लिया।

''लाला, यहीं बैठ जाओ सिर झुका कर। ऊपर मत देखना।'' माघी ने रौब मारा और फौरन अपना मुँह साफे के सिरे के साथ ढक लिया। यों ही भगतू ने किया। प्रकाश एकदम नीचे बैठ तो गया, लेकिन डर से काँपने लगा। कहीं मुझे

तो नहीं मारने लगा? कल अखबार में खबर छपेगी, 'चक बूढ़सिंह के पास कस्सी की पुलिया पर एक हिन्दू की हत्या!' प्रकाश को लगा शायद उसका पेशाब निकल गया है।

साइकिल सवार पास आ गया तो भगतू और माघी पुलिया के बीच आ खड़े हुए। भारी-सी आवाज में माघी ने गर्जन किया, "कौन हो भई, वहीं रुको।"

साइकिल सवार रुक गया।

"जो कुछ पास में है, कर दो बाहर।" अँधेरे में एक और गर्जन हुआ।

"मेरे पास तो कुछ नहीं है। मैं तो दिहाड़ी करके आया हूँ।" साइकिल सवार के बोल काँप रहे थे।

"मार फिर गोली।"

"ठहरो भाई।" साइकिल वाले ने हाथ जोड़े तो साइकिल एक ओर गिर पड़ी। वह जेबें टटोलने लगा। जो कुछ निकला, उनके हवाले कर दिया।

"घड़ी है?" भगतू गरज उठा।

"है तो।" साइकिल सवार ने आनाकानी की।

"उतार दो।"

उसने घड़ी उतार कर पकड़ा दी।

"अब 'उड़न छू' हो जाओ। पीछे मुड़कर मत झाँकना, नहीं तो पीछे ही गोली आएगी।"

साइकिल सवार जैसे हवा हो गया।

"लाला, अब तो उठो"— साइकिल वाले के चले जाने पर नीचे झुककर बैठे प्रकाश की ओर देखकर, माघी ने मजाक करते हुए कहा।

प्रकाश उठा। वह घबराया हुआ था। भय से काँप रहा था।

"तुम क्यों परेशान हो लाला!" भगतू ने छेड़ा।

"यह तो गिल्लों का देसू था न!" प्रकाश ने भयभीत होकर पूछा।

"देसू...? वह भीरो का घरवाला?" भगतू ने हैरानी से पूछा।

"कोई भी हो। इस वारदात को यहीं कस्सी के पानी में बहा दो। यदि कहीं गलती में भी बात का धुआँ निकल गया तो तीनों मारे जाएँगे। बुरा समय है। अन्धकार में लोग हमें भी 'बाबे' ही समझते हैं। तुम्हें पता नहीं बाबों से पुलिस कितना जरकती है,...यदि ऐसे ही दिन रहे तो अपना अंडा-मंडा (तोरी फुलका) अच्छा चल निकलेगा। यदि भेद खुल गया तो आसपास की हत्याएँ और लूट-खसोट भी अपने खाते में ही पड़ेंगी, लाला! और पुलिस पीट-पीट कर पिछाड़े का मांस उधेड़ देगी।"

माघी की बातें सुनकर प्रकाश और भी डर गया।

फिर वे टेढ़े-टेढ़े, खेतों के बीच में से होते हुए माघी के बाड़े में आ पहुँचे। उन्हें देखकर दो-तीन बकरियाँ मिमियाने लगीं। आते ही उन्होंने एक-एक पैग और चढ़ाया। फिर रकम गिनने लगे।

"आज की सारी 'मार' प्रकाश के लिए।" भगतू ने उतरवायी घड़ी और रकम उसके हाथ पर रखते हुए कहा।

प्रकाश को यों लगा मानो जीवित बिच्छुओं का जहर उसके हाथ पर धर दिया हो। उसने हाथ खींचना चाहा। भगतू ने महसूस भी किया। उसका काँपता हाथ देखकर बोला, "क्या हुआ, डर रहे हो?"

"नहीं, डरता तो नहीं। यों ही सोचता हूँ मुझे तो इनकी जरूरत नहीं। यह सब तुम दोनों रख लो।"

"नहीं, आज ये सब तेरे हैं। बस एक बात का ख्याल रखना। भाप न निकलने देना।" भगतू ने सावधान किया।

"मैं इतना डरपोक बनिया नहीं हूँ।" नशे में प्रकाश फिर दिलेरी पकड़ने लगा।

वैसे तो तूने हमारा जूठा खाया है यार। माघी ने सम्मान के साथ उसे इज्जत देते हुए बाँहों में भर लिया—"तुम तो जाट बनिए हो।"

जब प्रकाश घर को चला गया तो माघी ने जरा गुस्से में कहा, "जब लाला सब कुछ हमें लौटा रहा था, फिर क्यों उसे धक्के से रखने को कहा।"

"तुम तो मूर्ख हो, सिर से। पंछी को पिंजरे में फँसाये रखने के लिए चुग्गे का लालच तो देना ही पड़ेगा। अब यदि वह अपनी छतरी के नीचे से निकलना भी चाहे, हम निकलने नहीं देंगे..."

"वाह रे दूर की सोचने वाले..." शराबी हुए माघी ने उसे जफ्फी में भर लिया।

समय ही ऐसा था। पंजाब में छोटी-बड़ी वारदातें होती रहती थीं। ऐसी बातों की ओर लोग ध्यान कम ही देते थे। अब भयभीत करने वाली घटनाओं के अभ्यस्त हो गये थे। हर रोज अख़बारों में सुर्खियाँ छपती—

'मोटर साइकिल सवारों ने पाँच लोग मार दिये।'

'मंडी के बैंक में दिन दिहाड़े डकैती।'

'नवविवाहित दम्पति को पिस्तौल की नोक पर लूटा।'

'बाजार में सरेआम औरत के जेबर उतरवाए।'

'पुलिस की मुठभेड़ में दो आतंकी ढेर।'

'पंजाब आयी विदेशी महिला की हत्या।' आदि...

लोग खबरें पढ़ते। थोड़ी देर चर्चा होती। प्रायः जीभों का चस्का पार्लियामेंट

का सेशन बन जाता। कभी सरकार को गालियाँ निकाली जातीं। कभी आतंकवादी और लुटेरों को। फिर काम करने वाले अपने-अपने धन्धों में लग जाते। खाली समय पाकर चाय पानी या रोटी छकने चल पड़ते।

पंजाब के गाँवों में कोई-कोई परिवार अपने पास के शहर में पनाह लेने लगा था। ज्यादातर ऐसे लोग अपने-अपने करोबार शहरों में तब्दील करने की योजना बना रहे थे। समझदार लोगों ने तो शहरों में प्लाट खरीदने शुरू कर दिये। दहशत के इस माहौल में हर कोई दूसरे पर शक करने लगा था। बेकार या डाँग पर डेरा रखने वालों को यह माहौल रास आ रहा था। अब उनके घरों में भी सुबह शाम छौंक-तड़के, मसालों की सुगन्ध उठने लगी थी।

पिछले कुछ माह से भगतू और माघी की चढ़त देखकर चक बूड़सिंह के लोग हैरान थे। ये काम क्या करते हैं? कहाँ आते जाते हैं? अच्छा पहनते और बुरा बोलते हैं। माघी और भगतू के खानदानों को गाँव के लोग भूले नहीं थे। एक कबूतरबाज और बकरिहा, दूसरा सिर्फ सात किल्ले की खेती वाला। तीन भाई, एक बहिन। इतनी कबीलदारी! सीरी के साथ हिसाब करते समय, जूतमपैजार होते इन्हें सयाने बीच बचाव करवाते। फिर भगतू और माघी के पास कौन-सा खजाना आ गया!

कभी सोचते, ''कहीं ये साले पुलिस के मुखबिर तो नहीं? रंडियों के दलालों की तरह मुखबरों पर भी चार दिन जवानी आती है।''

''लाले के लड़के को हाथों चढ़ाये फिरते हैं यार।'' चौपाल में बैठा कोई और अपनी बात जोड़ता।

''चलो, उड़ाने दो इन्हें शौक के कबूतर। लाले ने भी बहुत सुना है। हमें तीन रुपये सैकड़ा ब्याज लगाता है।'' कोई और कहता।

''फिर तो ब्याज के साथ मूल भी जाएगा।''

यों बात हँसी में पड़ जाती।

ये बातें लाला रूपचन्द तक भी पहुँचती। वह संशय में पड़ जाता। प्रकाश की करतूतों से उसे भय आता। लेकिन यूँ घर लुटाएगा, ऐसा नहीं सोचा था। वह अपने सँभाले हुए पैसे गिनता। नोट टोहता। दुकान का गल्ला अपनी नजर में रखता। वह हैरान होता। उसकी पूँजी कभी हिली नहीं थी।

फिर, ये सभी कहाँ से करते हैं इतना खर्च। वह प्रकाश की झाई (माँ) को भी पूछता। वह क्या कहती। वह तो और भी डर जाती। कहती, इसीलिए तो कहती हूँ, ''शहर चलें...''

चक बूढ़सिंह और इसके आसपास लूट-खसूट की बढ़ रही वारदातों से सारा इलाका भयभीत और दु:खी था। पंचायत पुलिस के पास, चौकी तक गयी।

पुलिस क्या करती? इन छोटे-छोटे जुर्मों-अपराधों को रोकने के लिए पुलिस के पास समय ही कहाँ था? वह तो और बड़ी लड़ाई लड़ रही थी...चौकी इन्चार्ज उल्टा पंचायत के गले पड़ गया—तुम्हें अधिक अधिकार इसीलिए दिये गये हैं कि तुम्हारी आज्ञा के बिना कोई गाँव में न घुस पाये। तुम करते क्या हो? गाँव में पहरा दो, अपनी रक्षा खुद करो। गाँव में पहरा बढ़ाओ। अपनी रखवाली खुद करो। यदि कुछ गलत लोग कहीं नजर आएँ तो फौरन सूचित करो।' ऐसी हिदायतें देकर पंचायत को लौटा दिया जाता। पंच-सरपंच परेशान रहते। वजीर का बापू बसाखा सिंह भी पंचायत के साथ गया था। कहता—"ये तो हमसे उम्मीद करते हैं कि चोर पकड़ कर इन्हें सौंप दें। हुँअ।" वह व्यंग्य से हँसता फिर कहता—"यदि पता चले कि अमुक गाँव में डाका पड़ गया, गोली चल रही है, ये थाने के गेट बन्द कर लेते हैं। उन पतन्दरों (वीरों) के सामने तो सुबकते नहीं, जो भेड़िए बनकर चोले पहनकर घूम रहे हैं। तुम्हारे मेरे जैसे गरीब को मारकर गर्माते रहते हैं। अपना बचाव खुद करो भई। समय-असमय देखकर बाहर जाओ।"

सरपंच गुरदाससिंह के पास बसाखा सिंह की बातों का कोई उत्तर नहीं था। ऐसे माहौल में पुलिस की हाँ में हाँ मिलाना ही उसे रास आता था। नहीं तो तीनों गाँवों के सरपंच आतंकवादियों को पनाह देने के जुर्म में थानों में डंड पेल चुके थे, या फिर अन्दर किये हुये थे। गुरदाससिंह खुद को समयानुसार ढाल लेता था। लोगों का क्या है? लोग तो अपनी भड़ास निकाल लेते हैं। फिर अपने-अपने घरों में जा दुबकते हैं...भोगना पड़ता है सरपंच को।

भगतू गाँव वालों की आँखों में खटकता था। लेकिन मुँह से कोई कुछ नहीं बोलता था। वह सफेद कुरता-पायजामा पहनकर रखता। केसरिया पगड़ी बाँधता। थोड़ी-थोड़ी उतरती दाढ़ी को तेल के साथ चमका कर रखता। काले गातरे वाली छोटी किरपान ऊपर से पहनता। दिन भर घर से बाहर रहता। मुँह अँधेरे घर लौटता। रोटी पड़ी होती तो खा लेता, नहीं तो यों ही भूखा रहता। वज़ीरसिंह या फिर ज्ञानकौर यदि पूछते कि कहाँ से आये हो? तो उल्टा उत्तर देता। गले पड़ने को हो आता। राजपाल और गुरे को बिना कारण ही पीट देता। बापू डाँटता। घर से दफा हो जाने को कहता। माँ तब भी भगतू के पक्ष में खड़ी रहती—"कोई बात नहीं, बच्चा है अभी।"

वज़ीरसिंह हैरान होता। "पता नहीं यह बड़ा, सयाना कब होगा? अब शादी कर दो। अभी तक जिम्मेदारी नहीं समझता। ऐसी ही बहू है इसे बाँध कर नहीं रखती। मेरे तो मन में आता है इसे अलग कर दूँ। खुद ही अपनी फँसी निभाएगा।"

"बंटवारे में डेढ़ किल्ले भी नहीं आएँगे इसके हिस्से। क्या करेगा यह?

बहू भी नादान है, पगड़ी बाँधने का शऊर नहीं। इसे गुस्सा न कर, खुद ही समझ जाएगा धीरे-धीरे।'' ज्ञानकौर ने समझाया।

''मैंने तुम्हें कहा भी था, शादी के लिए जल्दी मत कर। यह तो माघी और बनियों के मुंडे (लड़के) का ही पीछा नहीं छोड़ता। पता नहीं साले क्या-क्या करते हैं। वज़ीर की बातों का ज्ञानकौर के पास कोई उत्तर नहीं था। भगतू की घरवाली चौके में घूमती अथवा अन्दर बैठी, बातें सुनती रहती। पर वह कर क्या सकती थी? उसकी बात ही वह कहाँ सुनता था, उसने कहा हुआ था—मुझे रोटी-पानी पूछने की भी जरूरत नहीं। मेरा जी करेगा खुद खा लूँगा। जी में आएगा नहीं खाऊँगा। उसके क्या अधीन? ज्ञानकौर सब समझती थी। इसीलिए मलकीत कौर का कोई दोष नहीं था। ज्ञानकौर का विचार था—''यह ज्यादा ही भोली है बेचारी।''

भगतू को अभी शादीशुदा लड़कों वाली जिम्मेवारियों का पता नहीं था। या फिर वह जान-बूझकर लापरवाह बना हुआ था। माँ-बाप नहीं समझ पा रहे थे। वैसे वे चाहते थे कि सयाणा, समझदार बने। खेतों में जाए। घर के अन्य काम सँभाले। वह बड़ा है। खेती का लेन-देन समझे, दूसरे तो अभी छोटे थे। लेकिन भगतू मनमानी करता रहा।

एक रात, तीनों यार—भगतू, माघी और प्रकाश, शराबी थे। माघी अपने बाड़े के कोने में, प्लास्टिक के लिफाफे में छिपाया पिस्तौल निकाल लाया। प्रकाश ने फिल्मों में पुलिस अफसरों की कमर पर लटकता पिस्तौल देखा था। उसके चेहरे पर भय और हैरानी के चिह्न उभर आये। जब माघी ने जबरदस्ती करते उसके हाथ में पिस्तौल पकड़ाया तो प्रकाश उस दिन की तरह काँपा, जिस दिन पहली बार देसू से छीने पैसे और घड़ी उसके हाथ पर टिकाये थे।

एक रात फिर उन्होंने कस्सी की पुलसी पर जाकर फायर करके देखे। प्रकाश से भी एक फायर करवाया। रूपचन्द के हितैषियों ने उसे प्रकाश की बिगड़ी चाल के बारे में बताया। सावधान किया। उन्हें खुद भी, प्रकाश का हर रोज शराब पीकर आना या भगतू आदि के साथ उठना-बैठना, चुभने लगा था। लेकिन प्रकाश से कहे कैसे? कैसे रोकें? अकेला पुत्तर, वह भी बराबर का। बी.ए. पास। यदि कुछ कर बैठा? यही डर और चिन्ता उसे धुन की तरह खा रहे थे।

एक दिन रूपचन्द को अचानक ख्याल आया—क्यों न मैं, प्रकाश को उसकी बुआ (फूफी) के पास भेज दूँ?—वह हैरान हुआ। यही विचार उसे पहले क्यों नहीं आया।

और दूसरे दिन वह अपनी बहिन को लेने अम्बाला चला गया।

रूपचन्द की बहिन सत्या, उसके साथ तो नहीं आयी। लेकिन तीसरे दिन

वह आ पहुँची। रूपचन्द ने सत्या को अम्बाला में ही बता, समझा दिया था। उसी दिन सत्या ने शाम के समय प्रकाश को अपने पास बिठा लिया। प्रकाश चुपचाप, उसकी नसीहत सुनता रहा। दो दिन वह भगतू ओर माघी के पास नहीं जा पाया।

एक दिन दुकान पर प्रकाश को अकेला देखकर वे रुक गये। प्रकाश एकाएक उन्हें देखकर मानो शर्मसार हो उठा।

''क्या बात लाला, आये नहीं तुम?'' माघी ने नमकीन पकोड़ियों की मुठ (मुट्ठी) भरते हुए कहा।

''यार, बुआजी आयी हुई हैं। जितने दिन वे यहाँ है, मैं आ नहीं पाऊँगा। वे तो कहती हैं, साल-छमाही मैं उनके साथ अम्बाला ही रहूँ।'' प्रकाश ने मजबूरी बतायी।

''वाह रे लाला! कोस भर चले नहीं, पानी माँग रहे हो। यारी हाथियों के साथ, और दरवाजे इतने छोटे! यों कैसे जाने देंगे तुम्हें अम्बाले।'' माघी कड़वाहट में झाँकते हुए बोला।

''क्यों? तुम्हारा कर्जदार हूँ?'' प्रकाश गर्म हुआ।

''ओए, नहीं ओ लाला। तुम्हें मूर्ख पार्टी-शार्टी देंगे। यारी है, कोई मजाक तो नहीं!'' भगतू प्रकाश की तेजी को मोड़ दे गया।

''यह बात है?'' प्रकाश खुश हो गया।

''और क्या? तुम हमें यों ही समझते हो क्या?''

''कहाँ आऊँ फिर?'' प्रकाश ने बुआ की नसीहतों को दरकिनार करते पूछा।

''वहीं, यारों के टीले पर।'' माघी ने बकरियों के बाड़े की तरफ इशारा करके आँख दबा दी।

''कब आऊँ?''

''शाम को, आज ही।'' कहते हुए वे लौट गये।

बाद दोपहर, बहाना बनाकर प्रकाश घर से निकल गया।

बकरियों वाले बाड़े में तीनों इक्ट्ठे हुए। जफ्फी डालकर मिले। फिर बैठकर शराब पीने लगे। थोड़ी देरे बाद शराबी हुआ भगतू बोला, ''लाला! अब यारी तोड़ चले तुम!''

प्रकाश कुछ नहीं बोला।

''यार, आज तो किसी का कत्ल करने को जी चाहता है।'' माघी ने कहा।

''किसका?'' प्रकाश के गले में शराब की घूँट अटक गयी। उसे उत्थू आ गया।

''पहले तो लाला के बाप को मारेंगे। वह टाँगे अड़ाता रहता है हमारे कामों में,'' भगतू ने छेड़ा।

''पहले अपने बाप को तो मार। वह कौन तुम्हें थपथपा कर भेजता है?'' कहने को तो प्रकाश ने कह दिया। पर अन्दर से वह डरा हुआ था।

''क्यों यों ही 'मोक' मार रहे हो। चल तुम्हें मुर्गी दिखाएँ आज। कल-परसों तो तुम चले ही जाओगे। जाते-जाते एक साँझा हाथ मार लें। वहाँ महीना भर अम्बाले रहोगे। ऐश करोगे। साथ ही हम तुम्हें याद करते रहेंगे।''

''अब मैं तुम्हारे साथ नहीं जाऊँगा।'' माघी की आँखों में सीधे झाँकते, शराबी प्रकाश इनकार कर गया।

''हम घंटे भर में लौट आएँगे यार। चार-पाँच लाख की आसामी है। गाँव छोड़कर जा रहे हो। पैसों की जरूरत होगी। यारों की तरफ से यह तोहफा ही समझ। भेंट, चल उठ। आज तेरी बहादुरी देखते हैं''...माघी ने बाँह पकड़ कर उसे उठाया।

''यह लगाओ बगल में, नीचे।'' भगतू ने जबरदस्ती पिस्तौल उसके नेफे में फँसा दी। फिर उन्होंने फूक देते हुए उसको धक्के से आगे लगा लिया।

''यार, बुआ क्या कहेगी?'' प्रकाश ने नकारते हुए कहा।

''बुआ ने क्या कहना है। हम गये और आये।'' माघी ने हौंसला दिया।

''हम चले कहाँ?'' अँधेरे में, खेतों के बीच से निकलते प्रकाश ने पूछा। वह चल भी रहा था, डर भी रहा था।

''चले चलो अब। देखते चलो। बस पहुँच ही गये।''

...और वह, कभी भगतू के पीछे, कभी दोनों के बीच बँधा-सा चलता गया। भीतर से डरा हुआ। उसे बार-बार अपनी बुआ याद आ रही थी। उसके माथे कैसे लग पाएगा? एक बार उसने यह भी सोचा—हथियार तो मेरे पास है। यदि न जाऊँ? इन्हें धमकी देकर देखूँ! फिर विचार आया—यदि इनके पास भी हथियार हुए? ...फिर?

साथ के गाँव में घुसते, पश्चिम की तरफ, कैनेडा वालों की अकेली रहती वृद्ध महिला की हवेली जैसे घर की दीवार फाँदकर, तीनों आँगने में उतर गये।

अँधेरी रात थी। ध्यान से देखने पर दीवारें ही दिखाई दे रही थीं जैसे, स्पष्ट कुछ भी नहीं। दबे पाँव वे आगे बढ़े। भगतू का पाँव नीचे पड़े स्टील के गिलास से अचानक टकराया तो पक्की ईंटों के फर्श पर फिसलता गिलास टिकी रात में भयानक शोर कर गया।

''कौ...अ...न?'' अन्दर से आवाज आयी।

तीनों वहीं दुबक गये।

वृद्ध स्वर फिर उभरा—''कौ-न है?''

उन्होंने आसपास देखा। सामने घर के चौबारे की बत्ती जल रही थी। अन्दर

से फिर कोई आवाज नहीं आयी। ये तीनों आगे बढ़े। भीतर का दरवाजा खुला था। वे बिल्ली की चाल से अन्दर चले गये।

''बुढ़िया, उठ-बुढ़िया उठ!'' माघी ने काँपते बोलों से दबकाया।

''कौन ए?'' बुढ़िया की चीख निकल गयी।

''बाबे हैं,'' भगतू धीमे-से बोला।

''कौन बाबे, पुत्तर?''

''खामोश, शोर नहीं डालना। नहीं तो गोली लगेगी माथे पर।'' माघी के इन बोलों में निश्चय था।

''इस समय क्या करने आये हैं?'' बुढ़िया सचमुच डर गयी।

''निकाल जो भी तेरे पास है।'' माघी ने अब पूरी दलेरी से धमकाया।

''मेरे पास क्या है? मैं तो दिनकटी करती हूँ।'' वृद्ध महिला का मुश्किल से स्वर उभरा। भगतू ने आगे बढ़कर उसकी रगों में हाथ डाल लिया।

''हाय, मर गयी।''

नसें कसने पर उसके बोल मुश्किल से निकले।

''यदि कुछ है तो ला दो। नहीं तो गाड़ी चढ़ाने लगे हैं।'' भगतू ने रगों पर और दबाव डाला। बुढ़िया की आँखें बाहर आ गयीं। वह छटपटायी। भगतू ने हाथ ढीले कर दिये।

वह उठी। सिरहाने के नीचे से चाबी उठायी और जाकर टटोलती हुई ट्रंक का ताला खोलने लगी। घबरायी हुई थी। ताले में चाबी नहीं जा रही थी। बोली, ''बत्ती तो जला लेने दो।''

''नहीं।'' माघी गरज उठा। फिर उसने भगतू को कहा, ''माचिस जला जरा।''

प्रकाश एक तरफ खड़ा काँप रहा था। सोचा रहा था, यह मैं कहाँ फँस गया आज?

भगतू ने खीसे (जेब) में से माचिस निकाल कर तीली जलायी। बुढ़िया ने ताले में चाबी लगाते, सबकी ओर देखा। ताला खोलकर उसने रूमाल में बँधे रुपये उन्हें पकड़ा दिये।

''जेवर कहाँ हैं?'' भगतू ने बुढ़िया की गर्दन फिर पकड़ ली। बुढ़िया ने काँपते हाथों से फरोलते, पलटते, जेवर खोज लिए। माघी ने झपट्टा मारकर उसके कानों में पड़ी बालियाँ, झुमके खींच लिये। सहमी बुढ़िया की चीख निकल गयी।

''चलो भई।'' तीली फेंकते हुए भगतू ने हुक्म दिया।

तभी बुढ़िया के मुँह से निकल गया, ''तुममें से एक चक बूढ़सिंह के गाँव वाले लाला रूपचन्द का पुत्तर लगता है!''

सबके चेहरे उड़ गये।

माघी ने तभी सोचा कि यदि बुढ़िया ने कल सन्देह में भी इसका नाम फिर ले दिया तो सभी मारे जाएँगे। प्रकाश तो पुलिस का एक पटा भी सह नहीं पाएगा। सब बक देगा, उगल देगा। वह जल्दी में बोला, ''लाला मार गोली, बुढ़िया मरवाएगी तीनों को ही।''

प्रकाश को पता भी न चला। कब उसने नेफे में से पिस्तौल निकाला, कब घोड़ा दबा दिया।

एक भयानक चीख मारकर बुढ़िया वहीं गिर गयी।

अचानक हुई इस त्रासदी से तीनों डर गये। छोटी-मोटी लूटपाट तो वे चाव से किये जा रहे थे। जिन तथाकथित 'बाबो' का नाम लेकर वे लोगों को डराते थे, उन्हें कभी वे देख भी नहीं पाये थे। न ही ये जानते थे कि वे कैसा धर्म युद्ध लड़ रहे हैं। क्या माँगते हैं? क्यों माँगते हैं? उनके सामने तड़प-तड़प कर बुढ़िया दम तोड़ गयी। वे ये कहाँ कर सकते थे? घबरा कर बाहर निकल आये। सामने चौबारे की बत्ती अब बुझ गयी थी। उन्होंने रुक कर जायजा लिया, चारों तरफ खामोशी थी।

वे तीनों दीवार फाँद कर, अँधेरे में खो गये।

कैनेडा वालों की बुढ़िया की हत्या और डाके की खबर चारों तरफ फैल गयी। अखबारी खबरों और पुलिस ने इस घटना को आतंकियों द्वारा की गयी कारवाई घोषित कर दिया।

उस रात प्रकाश, भगतू और माघी अपने-अपने घर नहीं पहुँचे। भगतू और माघी के घरवाले पहले भी उनकी परवाह कम करते थे। पर भगतू की पत्नी देर रात तक अपनी सास के पास चारपायी लगाकर प्रतीक्षा में रहती थी। भगतू असमय आकर उसकी ओर अधिक ध्यान नहीं देता था। अब भी ये दोनों परिवार सामान्य रातों की तरह सो रहे थे। लेकिन रूपचन्द और उसकी पत्नी ने सारी रात तड़प कर गुजारी। अम्बाला से आयी सत्या को भी चिन्ता थी—इसके लक्षण तो बनियों के लड़कों जैसे नहीं हैं। हाय...क्या करता होगा? उसके साथ क्या हुआ होगा...? सोच रही सत्या बेहद बेचैन और परेशान थी। उसे भी नींद नहीं आयी।

जब गुरुद्वारे से 'भाई जी' बोला, ''उठो सब! आलस छोड़ो! स्नान करो, नाम जपो! प्रकाश की झाई हैरान-सी रूपचन्द की ओर झाँकने लगी। रूपचन्द के मुँह से निकला—दिन चढ़ गया!''

''मेरा तो मन घट रहा है। पता नहीं मुंडा (लड़का) किस हाल में होगा, जिनके यहाँ जाता आता था, वहीं पता करते जाकर। तुम्हें तो फिक्र ही नहीं।'' रूपचन्द की पत्नी ने मुट्ठी भींचकर कलेजा दबाया और निढाल-सी फिर खाट पर पड़ गयी।

"फिक्र क्यों नहीं? दो बार तो रात जाकर आया हूँ। न भगतू घर है, न माघी। कंजर की यारी भी देख, कैसे लोगों से है। एक दसवीं फेल बेकार, दूसरा सिरे का चालू, जुएबाज, शराबी..."

"यदि लड़का घर न आया तो मैं बचूँगी नहीं।" वह रोने लगी।

"कहाँ जाऊँ अब? तुम्हीं बताओ। खूब समझाया था उसे। अपनी कौम की यारी इन लोगों के साथ नहीं निभ सकती। उसने मानी भी किसी कंजर की बात! वह तो समझता होगा मैं यों ही भौंकता हूँ, कुत्ते की तरह!" रूपचन्द की खीझ उभर रही थी। गुस्सा चढ़ता था। अकेला लड़का होने की वजह से अन्दर से दुःखी भी था।

"उसकी करामातें लाला लोगों के लड़कों जैसी नहीं? शराब पीने लगा। क्या पता जुआ भी खेलता हो। मुझे तो यह अपना खून ही नहीं लगा..." दुःख और गुस्से में रूपचन्द कह तो बैठा, उसकी घरवाली उल्टी उसे पड़ गयी—

"बाहर किसी और के पास न कह देना यह बात। इस उम्र में आकर तुम्हें पता चला है—यह मेरा खून नहीं। जट्ट तो इसकी बात बनाकर, पैर लगाकर चला देंगे। धूल मेरे सिर में भी पड़ेगी और तुम्हारे सिर में भी। मुंडा तो बिगड़ा ही है। मुझे लगता है तुम्हारा दिमाग भी ठीक ठिकाने नहीं है।" फिर वह रोने लगी।

"रब्ब के वास्ते मुझे तंग मत करो। कुएँ में पड़े यह घर और तुम सब भी।" रूपचन्द ने उठकर पत्नी के सामने हाथ जोड़ दिये।

"क्यों क्लेश करते हो? जा बीर, तुम्हीं पता लगाओ। भाभी तुम चुप रहा करो। पहले कौन-सा सब सुखी है।" सत्या ने उन्हें टिकाया।

रूपचन्द घर से बाहर गली में आ गया। दिन चढ़ने को था। ऊपरी तौर पर भले वह पत्नी से झगड़ता आया था। लेकिन रात भर बेटे के घर न लौटने के कारण चिन्तित था।

वह भगतू के घर की ओर हो चला—'जब शराब पीने बैठते हैं तो समय-कुसमय देखते ही नहीं। कंजरों, सोचो तो सही कि पीछे घरवालों की क्या हालत होती होगी। कहीं किसी लड़की के चक्कर में ही न पड़े हों। आजकल बन्दा मारना, कुत्ता मारने से भी आसान है। किसी से लड़ ही न पड़ा हो। कहीं चोट खा बेसुध न पड़ा हो। देवी माँ! इस बार मेहर करना। लड़का सही सलामत हो। मैं इसे सत्या के साथ अम्बाला ही भेज दूँगा। अकेला पुत्तर तो हथेली के फोड़े-सा बचाकर रखना पड़ता है। ऐसी ही सोच में उसने वज़ीर का द्वार खटखटा दिया।

"लाला जी, इस समय!" दरवाजा खोलकर वज़ीर हैरान हुआ।

"प्रकाश घर नहीं आया। रात पूरी बीत गयी। सोचा, कहीं भगतू के पास न रुक गया हो। भगतू से पूछो तो कहाँ है?"

"आया नहीं घर रात भर वज़ीर" सुनकर हैरान हुआ। "मैंने तो कभी पूछा

ही नहीं। कब आता, कब जाता है। मुझे तो यह भी नहीं मालूम कि रात घर पर ही था कि बाहर था। ...पता करता हूँ...आ जाओ अन्दर...''

''नहीं, मैं यहीं खड़ा हूँ। करो तो पता!''

वज़ीर अन्दर मुड़ गया। रूपचन्द देवी का ध्यान करने लगा।

कुछ देर बाद वज़ीर ने आकर चिन्ता में बताया—''वह तो खुद कल से घर पर नहीं है।''

रूपचन्द के पैरों तले से धरती खिसक गयी। फिर वह माघी के यहाँ गया। वह भी बाड़े में नहीं था।

कहाँ गये होंगे तीनों? रात भर बाहर रहने का क्या कारण होगा? कहीं पुलिसवाले तो किसी शक में नहीं ले गये? खाड़कुओं के हाथ तो नहीं चढ़ गया लड़का कहीं...इन चिन्ताओं में घिरा रूपचन्द जब फिर वज़ीर के घर के पास आया तो भगतू से छोटा राजपाल कॉलेज जाने के लिए बाहर गली में साइकिल लिये खड़ा था। वह इस साल दाखिल हुआ था। पास आकर रूपचन्द ने उससे पूछा, ''पुत्तर, भगतू है घर?''

''मैं तो भगतू भाई को बुलाता नहीं। मुझसे जब भी बोलता है, झिड़कने लगता है। भीतर से पता कर लो। बापू घर ही है,'' कहकर राजपाल साइकिल पर चढ़कर चला गया।

रूपचन्द मुँह लटका कर घर आ गया। उसकी बातें सुनकर घर में शोक छा गया।

सत्या ने हौसला दिया-''कल मैंने उससे बातें की थीं। मुझे वह इतना बुद्धू नहीं लगा। क्यों कह रहा था भाई...अम्बाला जाने को उसका मन नहीं करता। शायद अपनी मासी के यहाँ न चला गया हो। शायद मामा के पास जा घुसा हो। कहीं वहीं अँधेरा हो गया हो। मामा-मामी के आग्रह पर रुक गया होगा। समय ठीक नहीं न!''

सत्या की बातें सुनकर दोनों सोचते रहे कि देवी की कृपा से बस ऐसा ही हुआ हो। वह मामे के पास रह गया हो या मासी के पास चला गया हो।

''भाई तुम चलो। पता करो यों हाथ पर हाथ टिकाकर मत बैठो।'' सत्या चाहती थी यदि प्रकाश आ जाए तो वह कल ही अम्बाला लौट जाए। आखिर उसकी भी घर-गृहस्थी है।

रिश्तेदार सुनकर हैरान रह गये। प्रकाश के मासड़ ने तो यहाँ तक कह दिया---''लड़का अगवा हो गया रूपचन्द! उसे आतंकवादी ले गये। अब चिट्ठी आऽगी।

फिरौती के लिए पैसे माँगे जाएँगे। तुम देखोगे। मैं तो राय दूँगा यों सम्बन्धियों के पास भटकने की क्या जरूरत है! जाकर चार-पाँच लाख का प्रबन्ध करो, लड़का बचाना है तो...''

रूपचन्द की बची साँस भी जाती रही। न चाहते हुए वह ज़ीरा भी गया। प्रकाश वहाँ भी नहीं था। शाम तक थक हारकर घर लौट आया।

अब गाँव के लोग खबर लेने आने लगे। पूरा चक बूढ़सिंह हैरान था कि तीनों कहाँ चले गये?

कैनेडा वालों की बुढ़िया की हत्या की खबर और डकैती की खबर भी अब तक आसपास के गाँवों में फैल चुकी थी।

रात फिर घिर आयी।

रूपचन्द, वज़ीरसिंह और माघी का बाप ठाकरसिंह सरपंच के पास गये। ऐसे समय में सरपंच भी क्या कहता? उसने समझाया, ''थाने जाकर रिपोर्ट देना ठीक नहीं होगा। पड़ोसी गाँव में कत्ल हुआ है। पुलिस तो बहाने खोज रही है। यदि शक में ही तीनों को कत्ल केस में डाल दिया। फिर? तुम्हें मालूम है, आजकल सुनवाई कहीं नहीं। पुलिस दिन रात तुम्हारे घरों के आँगन घसा देगी। यदि तुम्हें वहीं बिठा लिया, फिर क्या करोगे? खुद न जाने में ही भला है। क्या पता लड़के कहीं मेला देखने चले गये हों। एक दो दिन देखो। खाड़कुओं की कारवाई हुई तो हमें पता चल जाएगा। कोई और कहानी होगी तो भी मालूम हो ही जाएगा।''

सरपंच के अनुभव की कहानियाँ सुनकर, तीनों मुँह लटका कर घर गये।

तीनों घरों में मातमी माहौल छा गया।

बसाखा सिंह ने वज़ीर को झिड़की दी—''तुम्हारे में ही दम नहीं है। यदि वह खाड़कुओं के साथ मिल गया तो घर और जमीन बेचकर भी पुलिस से पीछा नहीं छुड़ाया जाएगा। क्या पता ससुरे क्या-क्या करते फिरते हैं! जब दसवीं में फेल हो गया था, तभी गले में खेती की पंजाली डालते। टाँगे फटकाता तो डाँग उठा लेते। तकले-सा सीधा होकर चलता फिर वह। सिर चढ़ा लिया यों ही। अब भुगतो। बरदाश्त करो।'' फिर राजपाल की ओर देखकर बोला, ''इसे भी जब डिप्टी कमिश्नर बना लोगे, तब देखूँगा—ससुरे चार लोग हैं। खम्भों जैसे स्तम्भ। धरती को उलटा कर रख दें...सफेद कपड़े पहनते हैं। बाँधते हैं केसरिया पगड़ी। ऊपर से डाल लिया गातरा। रात को छक कर दारू...करते हैं लूटपाट...''

वज़ीरसिंह क्या जवाब देता! अपने बापू की खरी बातों के सामने वह सिर नहीं उठा पाया। बसाखा सिंह खीझता दुःखी होता बाहर चहारदीवारी की ओर चल दिया। भूपी अभी नौंवी में ही पढ़ती थी। उसे इतनी समझ नहीं थी कि

माँ रोती क्यों रहती है। यदि भगतू वीरा आज घर न आया तो क्या हो गया? भाभी भी रो रही है? बाबा गुस्से क्यों हो रहा है बापू को? गुरा बहुत छोटा था। वह छठी में पढ़ता था।

माघी की माँ मर चुकी थी। आठ साल पहले मरी थी माँ। ठाकर को एक ही दु:ख था, माघी के घर न लौटने का। अब उसे बकरियों की रखवाली के लिए बाड़े में सोना पड़ेगा। उसके कबूतर?...यदि रात में बिल्ली आ गयी?...उनका क्या होगा?

माघी कहाँ गया, क्यों गया? वह इन बातों के बारे में अपना दिमाग नहीं खरच करता था। यदि समय पर घर आ जाता, तो बाप-बेटा दोनों साथ रोटी खा लेते। नहीं तो ठाकर उसकी उसकी रोटियाँ पोने से लपेटकर, ऊपर कबूतरों को पानी पिलाने वाली बठली (तसली) उल्टा कर रख देता। यदि वह आकर खा लेता तो बेहतर। न खाता तो उन्हीं रोटियों को गर्म करके अगली सुबह या रात को खा लेता।

माघी और ठाकर की पिछले कई साल से यों ही चल रही थी। ठाकर बकरियों के साथ होता तो माघी कबूतर उड़ाता। माघी यदि बकरियों के पीछे रहता तो ठाकर कबूतरों की कलाबाजियाँ लगवाता। घड़ा तैयार होता तो वह दोपहर में ही भट्ठी पर शराब निकालता। खाली होता तो मोचना लेकर हल्की-सी दाढ़ी के खत निकालता। कभी बकरियों के बाड़े में अपनी पैरों के बालों की सफाई करता। सदा सफेद पगड़ी बाँधता, कलफ/मावा लगाकर। ऊपर शमला/तुर्रा। लाड में आये कबूतरों के पंखों की तरह बिखरा होता। खड़ा-खड़ा। जब वह शहर जाता, आँखों में सुरमा डालता। कुछ लोगों को तो यह भी पता था कि गिलों के देसू की घर वाली भीरो भी कभी-कभी ठाकर के पास आती है।

ठाकरसिंह गाँव में घटित हो रही कम ही घटनाओं की परवाह करता था। अपने में ही मस्त रहता। अपनी बकरियों और कबूतरों से ज्यादा उसे कोई अन्य प्यारा नहीं था।

आज भी रूपचन्द जब उसे माघी और प्रकाश के बारे में पूछने आया तो उसने निश्चिन्त भाव से कहा—

"लाला, खोज लो कहीं खेतों में। क्या पता साले क्या शरारतें करते होंगे!"

रूपचन्द को कुछ और पूछने का साहस नहीं हुआ।

जब सरपंच के घर से भी रूपचन्द खूब परेशान होकर लौटा, तो वह घर आकर चारपायी पर यों लेटा मानो पुत्तर को हमेशा के लिए गँवा आया हो। दूसरे दिन

सत्या जाने वाली थी। वह सोच रही थी—मैं तो बुरी फँसी। अब, जब तक प्रकाश घर नहीं लौटता, या मिलता नहीं, जाने की बात कैसे करूँ! पीछे उसके बिना गुजारा नहीं होता था। साँस तो बिल्कुल थकी पड़ी थी। छोटे बच्चों के खान-पान की समस्या थी। रूपचन्द ने मिन्नत-मनुहार करके उसे एक दिन और रोक लिया। उसने हाथ जोड़ कर कहा, ''परसों चले जाना बहिन। मैं खुद तुम्हें बस में बिठा आऊँगा। अब तुम प्रकाश की माँ को समझाओ। यों करने पर क्या वह जल्दी लौट आएगा!''

सत्या रुक गयी।

पूरा दिन प्रकाश के इन्तजार में निकल गया। रात-भर वे अन्दर वाले कमरे की बत्ती जला कर बैठे रहे। क्या पता, प्रकाश कब आ जाए...!

प्रकाश उस रात भी नहीं आया।

भगतू और माघी ने एक रहस्य पहले ही प्रकाश से छिपा रखा था। पिछले कुछ समय से वे ब्लैक करनेवाले शिन्दरपाल की अफीम इधर-उधर पहुँचाने लगे थे। माघी अपने बापू के लिए उससे अफीम लेने जाता था। पहले माघी धीरे-धीरे उसके हाथों चढ़ा। फिर भगतू भी! शिन्दरपाल ने चौकी के इन्चार्ज इंस्पेक्टर से महीना देने के लिए उनका परिचय करवाया हुआ था। उनकी जिम्मेवारी भी ली हुई थी और भरोसा दिलाया था—'ये मेरे बन्दे हैं। लेन-देन पूरी ईमानदारी से करेंगे। दो नम्बर के धन्धे में बेईमानी ज्यादा देर तक नहीं चलती। यह कौन-सा सरकारी काम है...' शिन्दरपाल की बात पर इंस्पेक्टर हँसा। और उसने भगतू, माघी दोनों को इस धन्धे में स्वीकार कर लिया था।

अच्छे साफ-सुथरे कपड़े पहनना, खुला खर्च करना और खुद को पन्थ का पहरेदार समझना, यह स्वभाव इन दोनों का तभी से बन गया था, जब से आतंकवाद की आड़ में अँधेरे सवेरे से लूटपाट करने लगे थे। अब अफीम के धन्धे की ओट में ये और भी दिलेर व चुस्त चालाक हो गये थे।

माघी को तो तब भान भी नहीं था। लोग बताते हैं कि ठाकर के पास भी अपने हिस्से आती डेढ़ किल्ले जमीन थी। लेकिन वह इतनी जमीन में क्या खेती करता! मामले पर भी देता तो क्या मिलता! उसने गिरवी रखकर बकरियाँ खरीद लीं। इसी क्रम में डेढ़ किल्ला गिरवी से बै हो गया। हाथ से निकल गया। ठाकर भूमिहीन हो गया। माघी का अब कोई आगे-पीछे नहीं। बकरियों वाले को भला लड़की कौन देता? थोड़ी बहुत रोटी खा रहा जट्ट भी बड़ा-सा सिर हिलाकर इनकार कर देता। माघी समझ रहा था। उसने शादी की इच्छा तो मन में रखी

ही नहीं थी। जब उसने होश सँभाला था, अपने बाप को रोटियाँ थापते ही देखा था। अब तो कभी वह खुद भी टेढ़ी बाँकी-सी बना लेता था।

माघी के देखते-देखते उसके दोस्त भगतू की शादी हो गयी। लेकिन माघी के मन में कोई विचार, कोई दु:ख नहीं उभरा। वह जैसे जान गया था—बापू की तरह मुझे भी उम्र भर हाथ जलाने पड़ेंगे। या फिर समय-कुसमय दूसरों के चौके में चोरों की तरह जाना पड़ेगा...

बाहर जाने की जिद्द करने से पहले भगतू ने लम्बे समय तक ट्रैक्टर वाला क्लेश की चलाये रखा। 'यदि मुझसे खेती करवानी है तो ट्रैक्टर लेकर दो।'

बसाखा सिंह और वजीरसिंह ने खूब समझाया।

'अपने खेत छोटे हैं, कर्जा उठाकर क्या करेंगे? गाँव में ट्रैक्टर तो हैं, जिससे चाहो काम करवा लो। अब तो ड्रमी वाले आकर गेहूँ भी खेतों में ही निकाल जाते हैं। भइये काटने को मिल जाते हैं। ट्रैक्टर का फाहा (पंगा) क्यों लेते हो?'

भगतू ने जिद्द पकड़े रखी—'खेती का काम करवाना है तो ट्रैक्टर चलाकर ट्राली से भाड़ा ढोकर मैं किस्तें स्वयं उतार दूँगा।'

वज़ीर ने उसकी बात नहीं मानी। कर्ज लेना उसे बहुत मुश्किल लगता था। अब तो ज्यों-त्यों चल रहा है। वज़ीर को भय था, यदि भगतू ने काम ही न किया, किस्तों वाला ट्रैक्टर घर में ही खड़ा रहेगा। जब पार्टी, पुलिस के साथ पैसे वसूलने आएँगी, तो तूड़ीवाले कोठे में छिपते फिरेंगे। कितनों के साथ तो यही हुआ है।

"ट्रैक्टर तो नहीं लिया जाएगा।" वज़ीर ने फैसला सुनाया।

"नहीं लिया जाना तो ठीक है, मैं नहीं खेत में घुसूँगा। मुझे किसी दूसरे देश भिजवा दें।" भगतू ने लकीर खींच दी थी, और अब तक वह उसी जिद्द पर अटका था।

माघी से उसकी स्कूल समय की दोस्ती थी। लेकिन अब उसके यहाँ ज्यादा आना-जाना भगतू ने घर वालों को तंग करने के लिए ही बनाया था। समय पाकर माघी अब उसका लंगोटिया यार बन चुका था।

वज़ीरसिंह ने सब सोच-समझ कर ही भगतू का ब्याह किया था। उसका ख्याल था वह सुधर जाएगा। अपनी जिम्मेवारी समझेगा। घरवाली समझदार हुई तो नत्थ डालेगी। बाँध लेगी। धीरे-धीरे खेती की तरफ आ जाएगा। तब क्या पता था सुर्खरू होने की जगह बेगानी धी (बेटी) की जिम्मेवारी भी इन्हीं के सिर आ पड़ेगी।

अब दो दिन हो गये थे, वे तीनों घर नहीं आये। थाने में सूचना देने से सरपंच ने इनकार कर दिया था। फिर कहाँ से पता करें? किससे पूछें?

दिन चढ़ने पर सरपंच खुद पूछने आया, "रात को आये कि नहीं?"

जब वज़ीर ने बताया—"हमने तो सारी रात जाग कर बितायी है।" तो सरपंच के चहरे पर भी चिन्ता उभरी। उसने हमदर्दी से कहा—"ठीक है। मैं खुद जाऊँगा चौकी। जरूरत हुई तो शहर में बड़े थाने भी जाऊँगा। शाम तक पता लगा लेंगे।"

सरपंच के व्यवहार से वज़ीर को थोड़ा हौंसला हुआ।

उस रात कैनेडा वालों के घर से निकल कर पहले वे सीधे माघी के बाड़े में आये। प्रकाश को उन्होंने घर नहीं जाने दिया। बल्कि डराया। "मारे जाओगे लाला! गाँव में पुलिस जरूर आएगी।"

फिर शराब पी। विचार करने लगे—"कहाँ जाएँ।"

"भदौड़ के पास मेरे मामा का लड़का है। पूरी सेवा करेगा हमारी। जितनी देर मन हो वहाँ रहें।" माघी ने पूरे गौरव से बताया।

"जाएँगे कैसे इस समय?"

"पहले शहर चलेंगे। कोई फिल्म देखेंगे, फिर दारू पिएँगे। शाम तक मामे के लड़के कीतू के पास।"

"और ये?" प्रकाश ने जेवर और रुपये दिखाये। "टूमें (गहने) यहीं दबा जाते हैं, आँगन में। बाड़े के कोने में। रुपये लेते हैं साथ।" माघी और प्रकाश को भगतू की योजना जँच गयी। उन्होंने बाड़े के एक कोने में निशानी लगाकर गहने दबा दिये। ऊपर बकरियों की मींगने बिखेर दी। दूसरे दिन शहर के एक सिनेमा में इक्ट्ठा होने का प्रोग्राम बना कर दिन उगने से पहले ही अलग-अलग हो गये। बाड़े में से निकलने से पहले माघी ने प्रकाश से कहा, "लाला! समय पर न पहुँचा तो सबसे पहले तुम्हारा ही नाम लेंगे, पुलिस के सामने। सीधी फाँसी लगेगी।"

भयभीत प्रकाश उन्हें सिनेमा के गेट पर मिल गया था।

उसी दिन तीनों शराबी हुए शाम को कीतू से जा मिले। कीतू उन्हें चाव से मिला। माघी उसे बहुत देर बाद मिल रहा था। भगतू और प्रकाश को उसने पहली बार आज ही देखा था। लाले के इस बेटे को साथ लिये घूमता देखकर वह अन्दर से हैरान था। सोच रहा था, कहीं अगवा करके तो नहीं ले आये?

उनमें हो रही बातों और छेड़खानियों को कीतू समझ गया कि यह भी इनका 'दोस्त-यार' ही है।

रात को और शराब पीते हुए माघी ने थोड़े दबे स्वर में बताया—"यार कीतू, हमसे एक बुढ़िया मर गयी।"

"बस!" कीतू हैरान होता, लापरवाही से बोला, "मैं तो सोच रहा था कि कोई बड़ा हाथ मार कर आये हो। यहाँ तो बाईसियाँ, साथी! बन्दों-के-बन्दे खपा देते हैं। कभी पाँच, कभी दस। धुआँ नहीं निकलने देते। तुम लोग एक बुढ़िया मार कर छिप रहे हो। हाँ, गुस्सा न करना। लगता तो यह तुम्हारा यार ही है। लेकिन इसे यों साथ क्यों लिये घूम रहे हो?"

"यह तो नाम का ही बनिया है, कीतू!" शराबी हुए माघी ने प्रकाश को थपथपाया। हम तो इसे 'जट्ट बनिया' कहा करते हैं। एक ही फायर से बुढ़िया के फट्टे चक्क दित्ते। इसे तो सुई के नक्के में से निकाला हुआ है। बिल्कुल खरा है...इलाही मोहर!"

कीतू कुछ पल गौर से प्रकाश की ओर देखता रहा। फिर बोला, "तुम तो यों ही व्यर्थ में हाथ मार रहे हो। तीन लोग हो। एकाध मोटा हाथ मारो और फिर बैठ जाओ भोले बनकर। तुम्हारी तरह हर रोज कुआँ खोदकर पानी पीना मुश्किल है। किसी दिन भी धर लिये जाओगे"...कीतू ने अनुभवी उस्ताद की तरह समझाया और उन्हें खबरदार भी कर दिया।

"हम तो खुद चाहते हैं कि मोटे हाथ मारें। लेकिन मारें कैसे?" भगतू ने हैरानी और चिन्ता में पूछा।

कीतू उनके और पास आ गया। "किसी खाड़कू टोले के नाम पर लेटरपैड छपवा लो। नहीं तो कोई नया नाम रख लो। किसी मोटी असामी के घर पत्र लिखकर फेंक दो—'चार पाँच लाख लेकर पहुँचो।' फिर देखो मजा। न डाका मारने की, न कत्ल करने की जरूरत। लक्ष्मी तुम्हारे पाँव चाटती घूमेगी..."

"वाह! फिर बनेगी बात।" भगतू ने जोश में आते हुए कहा, "पहले खरीदेंगे एक ट्रैक्टर, आठ-दस किल्ले जमीन बैआ करेंगे। मैं तो खेतों में रौनक लगा दूँगा। बापू से कहूँगा—सफेद कपड़े पहन कर सबके सामने बैठा कर।"

"और मैं भगतू, पहले बकरियाँ बेचूँगा फिर कबूतर छोड़ दूँगा खुले। जाएँ जहाँ उनका मन करे। बकरियों वाले बाड़े में डालूँगा पक्का घर 'बहिजा-बहिजा करदा।' आलीशान देखना साक-सम्बन्ध कैसे आते हैं, ब्याह करवाऊँगा और खाड़ा लगवाऊँगा गुरदासमान का। मजा आ जाएगा।"

माघी शराबी हुआ, दूर देखते हुए अपने अन्दर दबे सपनों को बौर पड़ता देखने लगा।

"लेकिन हम पैड कहाँ से छपवाएँगे?" भगतू ने गहरी चिन्ता में पूछा।

"एक प्रेस वाला जानता है मुझे।" प्रकाश ने कहा।

"वह छाप देगा?" प्रकाश ने जल्दी में पूछा।

"पहले तो प्रेम से बात करना। मान गया तो ठीक। न नुकर की तो पिस्तौल

की नाली दिखाने की जरूरत है।'' कीतू ने ढंग बताया।

गहरी रात तक कीतू उनके सामने गप्पें हाँकता रहा। जब सोये तो भगतू सपने में नया फोर्ड ट्रैक्टर भगाये घूम रहा था।

दूसरे दिन कीतू से विदा लेते समय, बुढ़िया मारने का डर मनों में कम था। दिनों में ही अमीर बनने और ऐश से जीने का उत्साह कहीं अधिक था।

पहले वे पुलिस चौकी आ गये। प्रकाश डरा हुआ था। वह हैरान हुआ—ये खुद क्यों आये हैं? कहीं मुझे पकड़वाने तो नहीं आये? तीनों इन्चार्ज के कमरे में गये। वह इन्हें देखकर आँखों में ही हँसा। मेज पर एक तौलिया, चार तहें करके, उस पर कोहनियाँ टिकाये बैठा वह सोच रहा था।

भगतू ने फतेह बुलाते हुए, तौलिये का पल्लू उठाकर उसके नीचे नोटों की तह की हुई गड्डी रख दी।

''समय के खूब पाबन्द हो भई?'' इन्चार्ज गुप्ता हैरान और खुश हुआ।

''जब आगे-पीछे देने ही हैं जनाब, तो समय पर ही क्यों न दिये जाएँ?'' माघी शैतानी से झाँकता-सा हँसने लगा।

''बहुत शैतान हो गया है, तू!'' गुप्ते ने प्यार के साथ रौब दिखाया और पूछा—''पूरे हैं!'' उसने भगतू की ओर देखते, आँख से नोटों की ओर संकेत किया।

''गिन लो जनाब''...भगतू ने तसल्ली से कहा।

''यों तो तुम पर विश्वास है। यह कौन है नया लड़का!'' इसे पहले कभी नहीं देखा। गुप्ते ने तफ्तीश करने की तरह कहा।

''यह प्रकाश है जी...चक बूढ़सिंह से ही है। हमारे साथ ही होता है'', भगतू ने बताया।

''बात सुनो। तुम सब दो-चार दिन इधर-उधर रहो। तुम्हारे इलाके में एक औरत का कत्ल हुआ। पता है तुम्हें?'' गुप्ते ने जाँचती नजरों से देखते हुए पूछा।

''कत्ल? औरत का?'' माघी और भगतू भले अलग-अलग बोले, लेकिन लगा यों कि आवाज इनके मुँह से एक साथ निकली हो।

''हाँ, औरत का कत्ल। हमें तफ्तीश के लिए गाँव की ओर आना पड़ेगा। दो-चार बदमाशों की धरपकड़ भी होगी। यह न हो, तुम्हीं लोग हमारे हाथ लग जाओ।''

''हम बदमाश लगते हैं जनाब!'' माघी ने शरारत से पूछा।

गुप्ता ने कोई उत्तर न दिया। आँखों-आँखों में हँस दिया।

''ठीक है जनाब।'' कहते तीनों उठ खड़े हुए।

वे बाहर निकलने लगे तो गुप्ता ने प्रकाश को इशारे से रोक लिया। भगतू और माघी भी लौटे तो कहा, "तुम एक मिनट बाहर रुको।"

भीतर से भयभीत दोनों बाहर हो गये। एक-दूसरे की ओर देखने लगे। माघी ने धीमे से कहा, "पता नहीं साला क्या पूछता है प्रकाश से? लाला तो एक थप्पड़ की मार भी नहीं झेल पाएगा। सब उगल देगा।"

अन्दर रुके प्रकाश का चेहरा भी डर से पूनी की तरह सफेद हो गया।

गुप्ता कुर्सी से उठा। प्रकाश के पास आ गया।

"क्या नाम है तेरा?"

"जी, प्रकाश।"

"किसके पुत्तर हो?"

"जी रूपचन्द का।" प्रकाश का गला खुश्क हो रहा था।

"यह रूपचन्द वही है न, जिसकी बहिन अम्बाला ब्याही हुई है?"

"हाँ जी।" प्रकाश के बोल काँपे। तभी 'तड़ाक' एक थप्पड़ उसकी गाल पर पड़ा। वह घबरा गया। साँ-साँ करते कान में गुप्ता के बोल सुने! "तुम्हें शर्म नहीं आती। इन नंगों के साथ घूम रहे हो। यदि फिर तुम्हें इनके साथ देख लिया तो चौकी में लाकर उल्टा लटका दूँगा। यहाँ से सीधे घर जा और फिर वहाँ से 15-20 दिन के लिए कहीं खिसक जा। समझा, नहीं तो तुम्हें मैं औरत के कत्ल-केस में फँसा दूँगा। चल हट। दफा हो यहाँ से। जाकर अपने बाप को भेज मेरे पास। साला बदमाशियाँ करने का!"

काँपती टाँगों से गाल सहलाता प्रकाश बाहर आ गया।

"क्या कहता था थानेदार?" माघी ने प्रकाश के पास आते ही जल्दी से पूछा।

"बौजी के बारे में पूछता था। कहता था उन्हें भेज मेरे पास। कोई काम होगा।" कहकर प्रकाश टाल गया।

प्रकाश सच में थानेदार गुप्ते से डर गया था। वह घर जाना चाहता था। लेकिन भगतू और माघी से पीछा कैसे छुड़ाये? गुप्ता घर पहुँचा तो बौजी को पता तो लगेगा ही।

उस दिन तो वह फँसा था। कीतू के यहाँ चला गया। इस रात भी वे शराबी हुए लूट-खसूट की गप्पें मारते रहे। प्रकाश आज उखड़ा-सा रहा। माघी ने उसे छेड़ा भी, "लाला! झाई तो नहीं याद आती?"

कीतू को मानो कुछ याद आ गया। बोला, "यदि 'औरत' का जायका देखना है तो बात करो, अपने हाथों में दो तीन हैं।"

इस पर तीनों एक-दूसरे से शरमा गये।

माघी की इच्छा थी, 'बेगानी छतरी की कतूबरी का जलवा देखा जाए।'

लेकिन प्रकाश और भगतू नहीं माने।

दूसरे दिन। जल्दी ही गाँव आकर उन्होंने सभी को हैरान कर दिया।

प्रकाश की माँ मोह के साथ प्रकाश से चिपक गयी। रोकर मन हल्का हो गया तो रूपचन्द और सत्या ने उसके साथ खूब कुत्तेखाणी की। भला-बुरा कहा। लोग उनका पता लेने आने लगे। गाँव घुसने से पहले ही सबने एक कहानी गढ़ ली थी...।

...जिस दिन शाम के समय वे कस्सी की पुलिया पर घूमने गये थे, एक जीप उनके पास आकर रुकी। चार लोग थे। मुँह बाँधे जीप में से उतरे, हाथों में स्टेनगनें। हमें धक्के से जीप में लाद लिया। आँखों पर पट्टी बाँध दी। फिर पता नहीं किधर ले गये। तीन दिनों बाद वे खुद ही छोड़े गये।

कुछ लोगों ने उनकी बातों को सच मान लिया। कुछ कहते—''यों ही साले डरामा करते हैं। 'वे' इन्हें पकड़ कर ले जाते तो क्या यों सूखा छोड़ते? वे तो 'सोध देते' पूरी तरह खड़काई करते। ये तो ठीक-ठाक हैं।''

उस दिन गाँव भर में इन तीनों की बातें चलती रहीं। कुछ इन्हें छेड़ते गये! ''सुना है 'वे' तो खूब सेवा करते हैं। 'काजू बादाम' खिलाते हैं।''

''जाके देख उनके पास। पता नहीं तो मैं छोड़ आऊँगा।'' माघी कहता तो कोई बीच में से बोलता, ''ये साले घुन्ने हैं। अन्दर कहानी कुछ और है।''

प्रकाश के कहने पर दूसरे दिन ही रूपचन्द, गुप्ते को मिलने गया। उसने चुपचाप प्रकाश को सत्या के साथ अम्बाला भेज दिया। प्रकाश भी यहाँ से निकलना चाहता था। माघी और भगतू को इस बात का पता भी नहीं लगने दिया। चलते समय रूपचन्द ने प्रकाश को हिदायत की—''जब तक मैं न बुलाऊँ, तुम वहाँ से नहीं आओगे।''

अब भगतू और माघी अकेले रह गये। कुछ दिन तो प्रकाश के बगैर उनका मन नहीं लगा। रूपचन्द ने रहस्य ही बनाये रखा कि उसे कहाँ भिजवाया है। उन्हें गुस्सा तो था—'साला बनिया, जाते हुए बताकर भी नहीं गया।' लेकिन एक तरफ से वे दोनों खुश भी थे। बाड़े के कोने में दबे जेवर अब उन्हीं दोनों के हैं।

इन्हीं दिनों चौकी इन्चार्ज गुप्ता की जवाबतलबी हो गयी। उसके इलाके में लूटपाट हो रही थी। हत्याएँ हो रही थीं। धमकी भरे पत्र मिल रहे थे। वह क्या कर रहा है?

ऊपर के अधिकारियों को खुश करने के लिए एक दिन गुप्ता पूरी फोर्स लेकर गया। भगतू और माघी को पकड़ लाया। गाँव के लोगों की आँखों में धूल झोंकने

के लिए, रूपचन्द के घर भी छापा मारने का नाटक किया।

चौकी में आकर, भरोसे के एक हवलदार को गुप्त हिदायतें देकर, गुप्ता फिर गश्त पर निकल गया। हवलदार ने मौका देखकर चार होमगार्डों को उनके इर्दगिर्द कर दिया। और उनकी छित्तर परेड (पिटाई) करवा दी।

भगतू जैसों ने हवलदार और गार्डों को अपने हक में कर लिया तो हवलदार कहता, ''साहब के आने पर यों ही रोना-चिल्लाना शुरू कर देना। हमारी भी नौकरी है।''

गुप्ता लौटा तो चीखते भगतू और माघी को देखकर हवलदार को झिड़का— ''कंजरो, घर के बन्दे ही पीट दिये।''

''आपके रहते हमारा यह हाल!'' अपमान के कारण भगतू ने गुस्से में कहा।

''ऐसे नाटक तो हमें करने पड़ते हैं। लेकिन यह पिटाई वाली बात इन्होंने गलत की है।'' गुप्ता ने मीठे पोचे लगाये।

''हमें यह तो बताओ, किस लिए पकड़ा है?'' दोनों हैरान थे।

''अपने इलाके में वारदातें बहुत हो रही हैं। ऊपर से हमारी खिंचाई हो रही है। कहाँ जाएँ?'' गुप्ता ने अपनी विवशता बतायी।

''हमारे साथ एक और भी है जनाब। थोड़ी बहुत उसकी भी खिंचाई हो जाए हमारी तरह। माघी के मुँह से अचानक निकल गया।''

''हम अभी खींच लेते हैं।'' इंस्पेक्टर के हाथ एक और आशा भी लग रही थी।

बाद में भगतू, माघी से नाराज हुआ था—''तूने प्रकाश का नाम नहीं लेना था। हम तो फँसे ही हैं।''

''छित्तर (जूतियाँ) हम खाएँ। ऐश लाला करे। हर काम में बराबर का हिस्सा मिलना चाहिए।'' माघी का अपना सिद्धान्त था।

लेकिन उन्हें क्या पता, प्रकाश को तो गुप्ते ने चक बूड़सिंह से खुद भगाया था। रूपचन्द के साथ उसका लेन-देन हो चुका था। प्रकाश को गाँव से निकाल कर ही उन्होंने कार्रवाई की थी। पुलिस के इन दाँव-पेचों का भगतू-माघी को क्या पता था!

वज़ीरसिंह गाँव के सरंपच और प्रतिनिधि लोगों को साथ लेकर चौकी पहुँचा। गुप्ता ने इनके पाँवों की मिट्टी निकाल दी—''ये लड़के आतंकवादियों के साथ मिले हुए हैं। इन्होंने स्वयं माना है, मैं तो लड़के लेकर ही नहीं आया। थाना सदर जाकर पता करो।''

पुलिस की ऐसी चालाकियों से सरपंच परिचित था। उसने गुप्ते को एक तरफ ले जाकर समझाया—''ये दोनों नंग-घर हैं। सुक्ख, माघी के घर तो रोटी भी नहीं पकती। वज़ीर का भी यही हाल है। यहाँ से तुम्हारे पल्ले कुछ नहीं

पड़ेगा।''

''रात को मुकाबला तो बन सकता है। मेरे स्टारों की गिनती में तो वृद्धि हो सकती है।'' गुप्ता ने सरपंच को समझाया।

वज़ीर जिस काबिल भी था, ज्ञानकौर के जेवर बेचकर, इधर-उधर से पकड़कर सरपंच के आगे ले आया।

माघी के बाप ठाकर ने कहा, ''मेरे पास तो बकरियाँ और कबूतर हैं, कहो तो यही थाने छोड़ आता हूँ।''

सरपंच अपनी जिम्मेदारी पर दोनों को छुड़ा लाया। गुप्ता ने धमकी जैसी हिदायत दी—''अब-जब भी कोई वारदात तुम्हारे आसपास हुई, इन्हें फिर उठा लूँगा।''

ऐसे समय, जब अँधेरा होते ही सरकार की अपनी हकूमत खत्म हो जाती थी, अच्छे-से-अच्छे खूँखार पुलिस अफसर भी संकोच करते हुए सफर करते थे। छोटे से एक गाँव चक बूढ़सिंह का सरपंच कैसे गारंटी देता अपने इलाके में कोई वारदात नहीं होगी। फिर भी उसने वज़ीर और ठाकर को समझाया...''अपने लड़के अब दागी हो चुके, और ये पुलिस की नजर भी चढ़ गये। भला इसी में है, इन्हें इधर-उधर कर दें। नहीं तो यह कार्रवाई पुलिस कर देगी।''

वज़ीर भी भगतू से तंग था। खेती के काम में मदद तो क्या करनी थी, उल्टा पूरे परिवार को ही सूली चढ़ाये घूम रहा था। अब उसने सोचा, 'खेती का काम यह करता नहीं और इससे कोई आस उम्मीद नहीं। जहाँ जाता है, जाए।'

बापू की रजामन्दी पर भगतू ने एक एजेंट के साथ दो लाख में बात तय कर ली थी। दुबई में पक्के तौर पर काम दिलाने का जिम्मा एजेंट का था।

एक रात माघी और भगतू ने बाड़े में दबा कर रखे जेवर निकाले। दोनों ने शहर जाकर बेचने की योजना बनायी। दुबई पहले भगतू जाएगा, फिर वह माघी को बुलाएगा। माघी सहमत था। उनके मन में डर भी था। शहर में इतने जेवर बेचने गये तो किसी को सन्देह भी हो सकता था। फिर इतनी रकम...।

आपस में उन्होंने राय की...पहले थोड़े से जेवर गाँव के सुनार को दिखाये जाएँ। फिर कुछ दिन ठहर कर शहर में अलग-अलग जगहों पर बेचे जाएँ। पैसे एजेंट के पास रखे जाएँ।

उन्होंने वैसा ही किया। हफ्ते भर में जेवर बेच दिये। चोरों का माल सोटियों के गज बिका। जो भाव मिला, बहस नहीं की। एजेंट के पास एक लाख पन्द्रह हजार रुपये जमा हो गये। माघी ने अपने खर्च के लिए दस हजार अलग ले लिया। बकाया हिस्सा उसे भगतू से तब लेना था, जब वह दुबई जाकर कमाने लग जाएगा।

एजेंट के हिसाब से पच्चासी हजार अभी कम था। भगतू ने अब बापू के

नाक में दम कर दिया। कोई चारा न देखकर वज़ीर ने सरपंच गुरदास के पास दो किल्ले गिरवी रख दिये।

वज़ीर को सब याद है। अमृतसर दरबार साहिब पर हुए हमले से एक साल पहले की बात है। मघर या पोह का माह था। एजेंट पाँच लड़कों के एक टोले को लेकर दिल्ली गया था। उन पाँचों में एक भगतू भी था।

ज्ञानकौर पूरा महीना सुबह-शाम रोती रही थी। मलकीत कौर पशुओं के झुंड में से बिछुड़ी गाय की तरह घबरायी, अलग-सी रहती थी। माघी खूब उदास, बाड़े में दारू पीता, रोने लग जाता था।

लाल रूपचन्द को तीनों के बिखर जाने की खुशी थी। उसने देवी के आगे नतमस्तक होकर कहा था—'सब तेरी माया है माँ, तुम्हीं रक्षक हो!'

गाँव से भगतू के जाने पर किसी को ज्यादा दुःख नहीं था। वज़ीर को भी नहीं। वह सोचता था...अच्छा है, घर से बला टली। उसे देखकर दोनों छोटे भी खराब होते। अब क्या मालूम बाहर जाकर सुधर ही जाए। क्या पता यह 'पागल-सा' इतनी कमायी करे, सब रोने-धोने धो डाले। गिरवी पड़े दो किल्ले भी छुड़ा ले, या दो-चार और भी साथ मिला ले...कभी-कभी वज़ीर सपने देखने लगता। कभी खुद को मुक्त हुआ समझता।

जोतने के लिए उनके पास अब साढ़े पाँच किल्ले जमीन थी। दो तो सरपंच ने अपने कब्जे में ले लिये थे। वज़ीर ने गहरी साँस छोड़ी। आज अपने धान के ढेर पर एक ओर बिछायी खाट पर बैठा आँख पर बँधी हरी पट्टी को बार-बार ठीक करता, वह सोच रहा है। भगतू भी खो दिया। दो किल्ले भी हाथ से गये। खोया तो उसने और भी बहुत है, किस-किस का पछतावा करे...

तभी हौसले से छलाँग लगा कर बोघा उठा, "वज़ीर कायम हो जाओ। आ गये धान तोलनेवाले।"

सात

वज़ीर कायम तो हो गया। उठकर खड़ा भी हो गया। राजपाल को फिर कोसने लगा। लेकिन पता नहीं क्यों भगतू अभी तक उसके सिर पर मंडरा रहा था। वे दिन और ये दिन। भगतू को आज तक पता नहीं चला...वह कहाँ है? क्या करता है? न उसका कभी खत आया, न कभी कोई खबर आयी। न ही सन्देश आया। वज़ीर का स्वतः ही निश्वास निकल गया। 'बेकार था, अकर्मठ। न खेत में काम करता था, न घर। कहा नहीं मानता था। न मेरा, न अपनी माँ का। फिर भी बेटा

तो है। अपना खून है। न जाने कहाँ होगा!. पता नहीं क्यों वज़ीर को धान की तोल की खुशी नहीं हो रही थी। दूसरे ढेरों के मालिक पूरे चाव, उमंग में थे।

धान के ढेर के पास खड़ा वज़ीर अभी भी बीते बरसों के गहरे घावों को सहला रहा था।...इन बरसों में भगतू की माँ तो दुबली हो गयी। खाते...पीते...सोते समय...जब भी याद आती, वियोग में उसे दौरा पड़ता। अन्दर घुसकर रोने लग जाती।

...मलकीत कौर को उसके भाई और पिता आकर महीने भर बाद ही ले गये थे। जाते-जाते यह भी कह गये, ''भगतू आएगा, इसे ले आएगा।''

...क्या कुछ हो गया उसके जाने के बाद। दरबार साहब पर हमला हो गया। फिर इन्दिरा गाँधी की हत्या हुई। कितने ही सिक्ख मारे गये दिल्ली और बिहार में। एक और घल्लूघारा हो गया...

...भूपी दो बार फेल होकर घर बैठ गयी। राजपाल बी.ए. तो कर गया, बेचारे को लीडरी ले बैठी। कहता—'अच्छे अंक नहीं आये, नौकरी कहाँ मिलेगी? न सिफारिश, न पैसा, न अच्छे अंक।' छोटा गुरा तो दसवीं में से ही पढ़ने से हट गया।

...बापू बसाखा सिंह पहले से ज्यादा कमजोर हो गया।

...अच्छा होता राजपाल को नौकरी मिल जाती। जोतने, खेती करने में क्या रहा है अब? दौड़-भाग बहुत की थी। कई माह थैले में कागज-पत्र लेकर नौकरी तलाश करता रहा। आस लगायी थी। मैंने तो सोचा था कॉलेज में लीडर होने के कारण इसकी जान-पहचान पूरी होगी अफसरों के साथ। लेकिन जहाँ भी जाता, मुरझाया-सा मुँह लेकर वापिस आ जाता।

कुछ समय तो ज्ञानकौर और वज़ीर घर आने पर जल्दी में पूछते—'बनी कोई बात?' राजपाल क्या उत्तर देता! फिर उन्होंने पूछना ही छोड़ दिया। वज़ीर हारा हुआ, पशुओं और सीरी को गालियाँ निकालता। राजपाल सब समझता था। लेकिन उसके हाथ में क्या था! एक बार शहर से आये राजपाल ने सर्टीफिकेटों वाली फाइल आँगन में फेंक दी। वज़ीर से कहा, ''बापू, अब मैं तुम्हारे साथ खेती करूँगा।''

इन बोलों ने वज़ीर के कलेजे में किरपाण घोंप दी। उसे लगा, मंडी में तो आढ़तिए लूटते ही हैं, आज वह घर में ही लुट गया है। दुःखी स्वर में बोला, ''शाबाश तेरे, काका! बच्चे, यह बहुत अच्छी बात है। तुम खेती क्यों नहीं करोगे? अपने पास चालीस किल्ले का टुकड़ा है न। एक ही जगह! हम तो रुपये नहीं सँभाल पाते। भगतू भी बाहर से भेज रहा है। ...खाता खोल लेते हैं हम, बैंक में! इतनी जमीन-जायदाद मैं अकेला कहाँ सँभाल सकता हूँ!''

राजपाल बापू को समझता था। उसे पता था कि बापू किस संताप में से बोल रहा है लेकिन वह क्या करता। कोई विभाग उसे नौकरी देने के लिए तैयार नहीं था। या फिर वह खुद योग्यताएँ पूरी नहीं कर पा रहा था। कभी कम प्राप्तांक आगे आ जाते। कभी बड़ी सिफारिश की कमी लगती। कभी नोटों की जरूरत पड़ती। वह चारों तरफ से नंगा था।

वज़ीर ने सन्तोष कर लिया। लेकिन खेत में उसे राजपाल का काम पसन्द न आता। गेहूँ रोपने लगता तो वज़ीर नुक्स निकालता। पानी लगाता तो राजपाल टूटती आड़ न बाँध पाता...'तुमसे अच्छा काम तो यार लाले का लड़का कर लेगा।'

आषाढ़ की फसल काटते समय भी वह बापू के बराबर न काट सकता। कमजोर बैल की तरह पीछे को ही झाँकता। गर्मी लगती तो रुककर कुर्ते से पसीना पोंछने लगता। वज़ीर उसकी ओर तिरस्कार के साथ देखकर कहता, "रब्ब से कहकर बिरला सेठ के घर जन्म ले लेता।"

राजपाल खामोश सुनता रहता।

धीरे-धीरे समय पाकर राजपाल जोताई में आगे निकलने लगा। सारा काम स्वयं ही करता। रुलदू और राजपाल ही खेत में रहते।

वज़ीर ने खेत जाना कम कर दिया। लेकिन पता नहीं क्यों वज़ीर के मन में राजपाल के प्रति खीझ बनी रहती। वज़ीर खुद नहीं समझ रहा था। एक दिन राजपाल पशुओं के लिए पट्ठे (चारा) खुद ही ले आया। वज़ीर बोला, "यह रुलदू हमने किस लिए रखा है? इसे हटा दें?"

"रुलदू को हटाना है तो बापू मुझे ट्रैक्टर ले दो।" न जाने कैसे राजपाल के मुँह से निकल गया।

वज़ीर डर गया। कहीं भगतू वाली 'हीर' फिर से न पढ़नी पड़ जाए इस घर में! वैसे कभी-कभी वज़ीर सोचता भी—भगतू से तो यही लड़का समझदार है। अब तो जोतने की चिन्ता भी करता है। भगतू ने तो एक दिन भी इसकी तरह जी जान से काम नहीं किया। अपनी जिद्द से यह लड़का ही हाथों से न गँवा लूँ? भगतू के समय गिरवी हुए दो किल्ले सरपंच के पास ही बैअ कर दिये। कुछ ऋण कोआपरेटिव बैंक से ले लिया।

राजपाल ने लाकर नया ट्रैक्टर चहारदीवारी में खड़ा कर दिया। शुरू-शुरू में तो चाव में राजपाल ने काम में रंग लगा दिये। अपने चाचा सरदूल के दरवाजे के आगे फुल रेस देकर राजपाल ट्रैक्टर का नजारा ला देता। गुरुद्वारे के स्पीकर से राजपाल ने घोषणा करवा दी कि गाँव में जिस किसी को खेत में काम करवाना हो, ट्रैक्टर शहर में भाड़े पर ले जाना हो, हर समय वह तैयार मिलेगा।

बाहर चहारदीवारी में नया महेन्द्रा ट्रैक्टर खड़ा देखकर बसाखा सिंह को

भी हौंसला हो गया...'राजपाल हिम्मती है। ...अब वज़ीर के दिन फिरेंगे।'

आज मंडी में खोया-सा वज़ीर सोच रहा है...दिन तो फिरे ही नहीं। ट्रैक्टर बनाया, ट्राली बनायी। हल बनाये, पाँच किल्ले पर जुताई क्या करती? उससे तो ट्रैक्टर का डीजल भी पूरा नहीं होता था। फिर बैंक वालों की किस्तें, ट्राली, हल और सामान। सब उधार में। कहाँ से उतरते पैसे?...

उसने लम्बा साँस लिया। आँख में रड़क महसूस होने पर चुभन बढ़ी और उसके चेहरे पर तिरस्कार भरी मुस्कान आ गयी। कहाँ गया ट्रैक्टर? कहाँ नयी ट्राली? उसका अस्थि-पंजर? कहाँ गुम गया भगतू? अभी तो उसे भूपी के बारे में कोई खबर नहीं मिली थी। नहीं तो वह सोचता...कहाँ गयी भूपी?

"आगे भई!" बोघा सिर पर बँधा साफा झाड़कर फिर बाँधता हुआ, धान तोलनेवाले पल्लेदारों के पास जा रुका।

वज़ीर फिर राजपाल के अभी न आने पर खीझने लगा।

"इतनी भी लापरवाही क्या हुई। ठीक से जानते हैं कंजर कि बापू हाथों में है। इधर से पहले खाली हो जाऊँ। गुरे को सुधारता हूँ। साला रोटी पकड़ाने भी चोरों की तरह आता है"...थका हुआ वज़ीर दोनों पुतरों को गालियाँ देने लगा।

धान तुलने के चाव में मंडी में उड़ती गर्द और गुबार-सा ही लोगों का शोर सुनाई दे रहा था।

आठ

वज़ीरसिंह जब मंडी में खड़ा संताप झेल रहा था तभी लोगों की तीखीं नजरों से बचता राजपाल, भूपी के बारे में कोई अता-पता खोजता कस्सी की ओर कुएँ तालाब ताड़ रहा था।

सुबह जब वह घर से निकला, पड़ोसिन रत्नकौर का पति पालासिंह दरवाजे पर खड़ा दातुन कर रहा था। राजपाल को घर में देखकर उसने हैरानी से पूछा—

"अभी मंडी में नहीं पहुँचा?"

"उधर ही जा रहा हूँ चाचा। एकाध और भी काम था घर में। फिर झोटी बोलने लगी। उसे दिखाकर लाये हैं।"

"चंडीगढ़ गया था? क्या बना? बिकेगा धान?"

"बिकेगा चाचा, कैसे नहीं बिकेगा?" राजपाल ने पूरे विश्वास से कहा, "पीट कर तो खूब आये हैं, आज बिकना चाहिए", कहकर वह चल पड़ा। भीतर से वह डर रहा था...कहीं भूपी के बारे में न पूछ बैठे, चाचा।

—क्या मालूम अभी गाँव में किसी को पता ही न हो। मैं यों ही अन्दर के भय से काँप रहा हूँ...

राजपाल मानो के जोगिन्दर के घर पहुँचा। छोटा लड़का अभी घर ही था। कॉलेज जाने के लिए तैयारी में।

"काका, तुम्हारे बापू किधर हैं?" राजपाल ने पूछा। उसे लड़के के नाम की जानकारी नहीं थी।

"वे तो 'बाई जी' आज सिंचाई कर रहे हैं।" लड़के ने कहा।

"और तुम्हारा बड़ा भाई?" राजपाल ने फिर पूछा।

"गिंद्दा कि तारी?"

"गिंद्दा।" राजपाल के मुँह से निकला।

"वह तो मंडी में है। कहते हैं आज धान तुल जाएगा, बाई तारी भी वहीं है, कोई काम था क्या?"

"नहीं, कोई नहीं। मैं खेत में ही जा रहा हूँ, वहीं मिल लूँगा।" कहकर राजपाल घर से बाहर आ गया।

गली में आकर उसने सोचा, यहाँ कोई आसार नजर नहीं आते। लड़के घर पर हैं। उसने लम्बा साँस लिया। अब कहाँ से पता करूँ? कैसे पता करूँ? सोचता, परेशान हुआ वह चौपाल में आ गया। दीवान (तख्तपोश) पर कुछ बेकार बुजुर्ग बैठे थे। राजपाल से सोहनसिंह ने पूछा—"शेरे! क्या बनेगा धान का!"

"बाबे! धान बिकेगा," राजपाल ने कहा।

फिर कोई सरकार को गालियाँ निकालने लगा, कोई आढ़तियों को। कोई जट्ट की बुरी तकदीर को कोसने लगा। कोई इस, ऐसे समय को कोसने लगा। बाबा सज्जनसिंह अपने समय की सिफतें, तारीफें करने लगा।

राजपाल थोड़ी देर तो उनकी बातें सुनता रहा। यहाँ हो रही बातों में कोई ऐसा संकेत नहीं मिला, जिससे पता लगे कि उन्हें भूपी के खो जाने की जानकारी है। वह हैरान था। यह धुआँ क्यों नहीं फैला? लोग उसके मुँह पर कहने से झेंपते हैं, या सचमुच इन्हें अभी पता नहीं चला।

राजपाल बाहर फिरनी पर बने बस अड्डे की तरफ आ गया। कुछ महीनों से दो मिनी बसें गाँव में से होकर निकलने लगी थीं। पंचायत ने सवारियों के बैठने, और प्रतीक्षा करने के लिए बस स्टॉप बना दिया था। ऊपर बड़े अक्षरों में लिखवा दिया था—'बस स्टैंड चक बूढ़सिंह।' नीचे छोटा-सा लिखा था—'ग्राम पंचायत की ओर से।' निकट ही वहाँ एक नल लगावा दिया था।

यहाँ वह थोड़ी देर शहर जाने वालों में खड़ा रहा। उसको किसी ने भाँपा नहीं। जो परिचित था उसने राजपाल से सहज ही दुआ-सलाम की। उसके पल्ले

कुछ न पड़ा। मंडी में जाने का उसका मन नहीं था। घर लौटने का भी मन नहीं था।...बेबे (माँ) को जाकर क्या बताऊँगा...? वह परेशान था, भूपी को कहाँ खोजने जाए? जमीन खा गयी उसे? फिर सोचा—शायद घर ही न आ गयी हो? और वह एक फीकी-सी आस में, लेकिन नाराजगी में, दुःखी-सा घर की ओर लौट पड़ा। सामने से माघी आ रहा था।

"कैसे हो लीडरो?" माघी ने छेड़ा।

राजपाल ने हँसने का नाटक किया। जब आगे से निकल चला तो माघी उसे घेर कर रुक गया। गम्भीर हो गया। चेहरे की शरारत करुणा में बदल गयी। "छोटे भाई! हमारे यार का कोई अता-पता? कोई खत-पत्र, सुख-सन्देश?"

"नहीं।" राजपाल ने सिर हिलाया।

माघी का विश्वास गहरा था। राजपाल को तो लगा, उसकी आँखें भी भर आयी थीं। फिर माघी की दोनों बाँहें ऊपर आसमान की तरफ अपने आप उठ गयीं। "अच्छा, दाता! तेरी लीला है, तेरी तू ही जानता है!" कहकर वह चल पड़ा।

राजपाल कुछ देर वहीं खड़ा रहा। उसे जाते हुए घूम कर देखता रहा। पहली बार उसे भगतू भाई और माघी की निकटता का गहरा एहसास हुआ। और कोई समय होता तो राजपाल माघी को जफ्फी में लेकर ऊपर उठा लेता। अभी उसकी परेशानी माघी की भावनाओं से कहीं बड़ी थी।

वह सिर झुका कर घर की ओर चल दिया।

नौ

आँगन में, खाट पर नीचे देख रही अपनी माँ को पाकर राजपाल अब समझ गया। वह सीधा अन्दर निकल गया और जाते ही खाट पर ढेरी हो गया।

माँ में हिम्मत कहाँ थी कि वह तुरन्त उठकर पुत्तर के पीछे जाती और कुछ पूछती। उसे तो धरती भी जगह नहीं दे रही थी। अब सारा कसूर वह अपना ही मान रही थी। जानती थी कि न भी माने, तो सब उसी तो दोषी कहेंगे।

दोपहर ढल रही थी। थोड़ी देर बाद शाम और फिर रात घिरने वाली थी। 'हे मालिक! पूरा एक दिन गुजर चुका।' फटी आँखों से आँगन में देखते माँ ने सोचा।

सुबह का गया रुलदू अभी खेत से नहीं लौटा था।

...हमारे अन्दर तो निवाला नहीं उतरेगा। रुलदू को तो पका कर देनी होगी। वह तो दिन रहते ही आकर कहता है—'ताई खिला रोटी। मुझे घर जाना है।'

ज्ञानकौर सोचकर उठी और बेमन से परात में आटा निकाल कर चौके में आ बैठी। आटा गूँधने को मन नहीं करता था। लिबड़े, भरे हुए हाथ लिये वह उठी। आँखों पर बाँहें धरे पड़े, राजपाल के पास अन्दर आकर खड़ी हो गयी।

''घर में ही था मानो का लड़का?'' पूछते समय माँ का दिल फड़क-फड़क बजने लगा।

राजपाल कुछ नहीं बोला। आँखों पर से बाँह हटाकर एक बार माँ की ओर झाँकने लगा। सीधा फिर करवट बदल कर दीवार की ओर मुँह कर लिया।

तभी बाहर से धालीवालों की गली में से दलीपो बुढ़िया आँगन में आ घुसी— ''घर में हो क्या ज्ञानकुरे?''

ज्ञानकौर हाथ पोंछती जल्दी से बाहर निकली और 'मत्था टेकना' कहती उसके पैरों को हाथ लगाने लगी।

लम्बी आशीष देती, दलीपो बोली, ''मैं तो मामजिस्ता लेने आयी हूँ। तेरे बाबे को इन दिनों खाँसी आ रही है। खून पी लेती है उसका। जैसे अन्दर से कुछ खुरच कर निकलता है। मैं शहर से जोशाँदा लायी हूँ, वही कूटना है। अँग्रेजी दवाइयाँ तो बेकार पैसे खराब करती है। बिल्कुल आराम नहीं आता।''

''बेबे मा़मजिस्ता तो भगतू के चाचा सरदूल के घर है। हम अलग हुए, तभी वह ले गये थे। उन्हीं से ले लो।''

''आटा गूँधने लगी थी?'' आटे में सने हाथ देखकर दलीपो बुढ़ी ने पूछा।

''हाँ बेबे। राजपाल ने मंडी जाना है रोटी लेकर। इसके बापू वहीं है दो दिन से। फिर रुलदू भी जल्दी ही रोटी ले जाता है।'' ज्ञानकौर ने ऊपर से सहज रहने का यत्न करते हुए कहा।

''तो अब सरदूल के यहाँ जाना पड़ेगा!'' स्वयं से मुखातिब दलीपकौर लौट गयी। फिर एकाएक उसे कुछ याद हो आया। मुड़कर पूछा, ''अरी! भूपी को इतनी जल्दी कहाँ भेजा है?''

सुनते ही ज्ञानकौर की टाँगें काँप गयीं। लेकिन सँभाल गयी। पूछा, ''बेबे, तुम्हें कहाँ मिली थी?''

''मेरा शरीर ठीक नहीं। पेट में मरोड़ उठ रहे थे। छप्पर की ओर गयी तो वहाँ मुझे लगा, भूपी खड़ी थी। मैंने पूछा भी, लेकिन बोली नहीं। तभी चमारों के आँगन से कोई साइकिल पर आया। मुझे तो किशने के पुत्तर-सा लगता था। उसी के साइकिल पर बैठ चली गयी शहर की तरफ।''

''किस किशने का पुत्तर था?''

''वही, जो पहले तुम्हारा सीरी होता था।''

''अच्छा! ...बेबे पहली बस पकड़नी थी रानी ने। राजपाल खाली नहीं

था। इसका बापू धान की रखवाली बैठा है। छोटे गुरे का तुम्हें पता ही है। वह जैसा किसी के साथ गया, जैसा न गया।'' कहती ज्ञानकौर अपने पैरों पर खड़े रहने का साहस जुटाने लगी।

''यों न भेजा कर अकेली कुड़ी को। लोगों का क्या मुँह पकड़ेंगे?'' कहकर दलीपो बुढ़िया लौट गयी।

ज्ञानकौर आँधी की तरह अन्दर गयी और दलीपो से हुई बातें राजपाल को बताने लगी।

बातें सुनता राजपाल अवाक् माँ की ओर देखता रह गया। वह जड़ हो गया। सोचने लगा—भूपी रुलदू के भाई के साथ...? साइकिल पर गयी। मानने को चित्त नहीं करता। बुढ़िया को कुछ सूझता तो है नहीं। यों ही अनाप-शनाप कह गयी। लेकिन बात सच हुई तो? शंका उसमें गूँजने लगी...साला चमार, हमारे टुकड़ों पर पतला, उसकी इतनी जुर्रत?

''किशने का यह लड़का पहले भी घर आता था?'' राजपाल की आँखों में से आग निकलती थी।

''आ ही जाता था, पाँच-सात दिनों बाद। कभी कोई किताब देने आ जाता, कभी किताब लेने।'' मरे से बोलों में माँ ने दोषियों की तरह कहा।

''तूने मुझे पहले नहीं बताया?'' गुस्से में राजपाल का चेहरा तपने लगा।

''मैंने सोचा भी नहीं था कि यह बात यों होगी। न उस लड़के ने कभी बुरी हरकत की थी। पूरी नजर रखती थी मैं तो। एक दिन किताब में से कुछ पढ़कर यों ही खुलकर हँस रहे थे। मैंने झिड़क दिया। लड़के केवल को भी मैंने कहा था—खबरदार! जो इसे किताबें लाकर दी। दिन-भर जोंक की तरह चिमटी रहती है उन्हें...'' ज्ञानकौर ने अपनी तरफ से सफाई दी। राजपाल को वह भरोसा दिलाना चाहती थी कि उसका कोई कसूर नहीं है।

राजपाल को अभी यकीन नहीं आ रहा था, कि भूपी किशने के पुत्तर केवल के साथ गयी है। दलीपो बुढ़िया को यों ही मुगालता हुआ है। अभी वह अपनी माँ से और बहुत कुछ पूछना चाहता था। बाहर आँगन में रुलदू को आया देख चुपकर गया।

ज्ञानकौर अन्दर से बाहर आ गयी—''अभी तो मैंने रोटी बनायी ही नहीं।'' कहती, वह चौंके में जाकर जल्दी में आटा गूँधने लगी।

''रुलदू, केवल कहाँ है आज?'' अन्दर से आँगन में आते ही राजपाल ने स्वभावत: पूछा, लेकिन उसके शब्दों में रूखाई की कड़वाहट रड़कती रही।

''घर ही होगा, भाई जी! वह कहाँ जाएगा? हमारी तरह थोड़े धक्के खाएगा।''

"जब तुम आये, घर था?"

"पता नहीं मुझे।" रुलदू उसके पूछने पर हैरान था। पहले तो कभी राजपाल ने केवल के बारे में बात नहीं की थी।

"घर ही रहता है कि कॉलेज भी जाता है आजकल?" राजपाल ने फिर पूछा।

"अब इसका क्या पता, मैंने कभी पूछा नहीं। पूछूँ भी तो मेरे पल्ले कुछ नहीं पड़ेगा। न उसने खुद कभी बताया। कॉलेज जाता है कि शहर में चक्कर लगा कर लौट आता है। साइकिल उठाकर चल देता है हर रोज। मैं तो कम ही परवाह करता हूँ।" कहकर रुलदू आँगन के कोने में खुरली (नाँद) पर जा बैठा और रोटी पकने का इन्तजार करने लगा।

राजपाल गहरी सोच में डूब गया।...उसके बाप किशने को जरूर पता होगा। या उसकी माँ को पता होगा, तो उनके घर से मालूम करूँ? रुलदू को घर जाने दूँ या मैं ही इससे पहले जाऊँ? मुझे तो अभी विश्वास नहीं आ रहा। दलीपो बुढ़िया यों ही पंगा डाल गयी कहकर। फिर ढीला-सा मुँह बनाकर कह देगी, मुझे तो यों ही लगा था। सिर झुकाकर राजपाल माथा पकड़ कर बैठ गया।

"भई राजपाल, रौणी (सिंचाई) तो हो गयी आज। जोतने के लिए अभी दो दिन रुकना पड़ेगा। कहो तो मैं कल गाँव ही हो आऊँ? साढ़ू की लड़की की शादी है। कहा—'जरूर पहुँचना है।" रुलदू ने खुरली से उठकर पास आते हुए पूछा।

राजपाल उसकी ओर टकटकी लगाकर देखने लगा। फिर कहा, "सुबह बताऊँगा तुम्हें। मंडी में भी जाना है बापू के पास। तुम भाग कर पहले बापू को रोटियाँ पकड़ा आओ। साथ ही पता कर आना की भाव लगा कि नहीं? बापू से कहना—मुझे काम है। एक दो दिन आ नहीं पाऊँगा। धान तुल जाने पर घर आ जाए बापू। हाँ, तुम कहीं भी मुझसे पूछे बिना मत जाना। समझा!"

"ठीक है"। रुलदू ने ढीला पड़ते हुए कहा। फिर चौके की ओर झाँक कर बोला।

"ताई! रोटी डाल दो ताये की, पकड़ा आऊँ।"

राजपाल और उसकी माँ का व्यवहार देखकर रुलदू आज हैरान था।...पहले तो वे बहुत बातें करते थे। लड़की भूपी भी दिखाई नहीं देती आज। छोटी-छोटी बातों पर ये मुर्गों की तरह लड़ते हैं। आज न जाने क्यों सभी चुपचाप है। सुबह ताई भी यों ही घूमती थी। चलो, मुझे क्या? होगी कोई बात। तुम रुलदू सिंह अपनी ड्यूटी बजाओ। पहले रोटी उठाकर मंडी जाने की बेगार करो, फिर अपनी रोटी लेकर घर को जाओ।

ज्ञानकौर ने डोलू में दाल और खद्दर के पोने में रोटियाँ बाँधकर पकड़ा दी।

रुलदू उठकर चलने लगा तो ज्ञानकौर ने कहा, "सुबह वाले बर्तन लेते आना।"

राजपाल चहारदीवारी की तरफ चल दिया।

चौके में बैठती ज्ञानकौर सोचने लगी—दलीपो बुढ़िया कह गयी,...किशने के लड़के के साइकिल पर बैठकर गयी थी। कहाँ गयी होगी? जरूर कोई बात होगी। नहीं तो लड़की अब तक आ जाती। तवे पर जलने लगी रोटी की गन्ध आयी तो उसे ध्यान आया। अभी तो बाबाजी की रोटी पहुँचानी है। भैंस और कट्टी को चारा डालना है। अभी धार भी निकालनी है। मैं अकेली अब किधर जाऊँ? राजपाल तो मेरी ओर यों कड़वा झाँकता है जैसे मैंने ही कुड़ी को कहीं भेज दिया हो।

चूल्हे की आग बुझ गयी थी। पूरा आँगन धुएँ से भर गया। फुँकना उठाकर उसने आग तो जला ली, लेकिन कड़वे धुएँ से आँखें मचने लगीं। लगातार आँखों में बहने लगा पानी चुन्नी से कई बार पोंछा। आग फिर बुझ गयी। दुःखी मन से उसने फुँकना दूर आँगन में फेंक दिया। 'आग लगे रोटियों को!' और वह चौके में बैठी-बैठी रोने लग गयी।

दस

गाँव के पश्चिम में चमारों के घर थे। बसाखा सिंह बताया करता है, उसका बाप, किशने के बाप को खुद जाकर बड़े गाँव से लाया था। रहने को मुफ्त जगह दी थी। आषाढ़-सावन की फसल में और घरों से जो कुछ भी मिलता, इकट्ठा कर लेता था। त्योहार के मौके पर भी लोग उसका ख्याल रखते।

अब तो इनके अठाइस-तीस घर हो गये हैं। पहले किशना बसाखा सिंह के साथ 'सीर' करता होता था। जब वक्त मिला बयाना (एडवांस) लेकर जूती भी बना देता था। किशने का बड़ा लड़का रुलदू, अब वज़ीर के साथ सीरी है। दो पीढ़ियों से ये घर एक-दूसरे के काम आते रहे हैं।

चमारों के इन घरों की बगल में छू रहा बदबू देता एक छप्पर है। छप्पर किनारे नमक लगाकर लटकायी कच्ची खालों की बदबू पूरे गाँव के माहौल में अजीब-सी तीखी गन्ध घोलती रहती है। गाँव के 'कुलीन' लोगों को जब इधर से निकलना पड़ता है तो वे सहज ही अपने नाक पर कपड़ा या हाथ रखकर निकलते हैं। कई तो मुँह में ही बुदबुदाते इन्हें 'श्लोक' सुना जाते हैं।

आगे-पीछे क्रम हीन और ऊँचे-नीचे इन मकानों की तंग गलियों में कीचड़-ही-कीचड़ है।

घना अँधेरा हो रहा था कि राजपाल सिर पर मँडराते मच्छरों के झुंड को दोनों हाथों से रोकता, हटाता, कीचड़ से बचता, तीखी गन्ध को नाक में घुसने से रोकता, किशने के दरवाजे पर जा रुका।

किशना सीधा-सादा, ईश्वर से डरने वाला और उपकार करने वाला इनसान है। बसाखा सिंह और उनके बडेरों (पूर्वजों) का वह सदा आभारी रहा है। रुलदू भले ही कई बार राजपाल या उसके बापू वज़ीर के साथ तकरार कर लेता है। रूठ भी जाता है। अपने पिता को किसी अन्य जाट के साथ 'सीरी' होने के बारे में कह देता है। लेकिन किशनसिंह के मन में इस परिवार के बारे में रत्तीभर मैल नहीं। उसका मत है—जिसका नमक चख लिया, मरते दम तक उसका भला सोचना चाहिए। उससे निभाना चाहिए। किशने ने निभाया भी है। वह तो रुलदू से छोटे केवल को भी उनके साथ सीरी (हिस्सेदार) होने को कहता है। केवल ही अपनी जिद्द के कारण पढ़ने से नहीं हटा। एक दिन बापू की अन्धश्रद्धा पर केवल ने व्यंग्य में कहा था—'कुछ पाँच किल्ले जमीन है उनके पास। ऊपर से खरीद लिया ट्रैक्टर। तुम मुझे सीरी बनाने की सोच रहे हो। मुझे लगता है वे रुलदू को भी जवाब दे देंगे। फिर बापू, हम दोनों वहाँ हुए तो बेकार, वे क्या करेंगे? एक बात तो हो सकती है। हम खेती करेंगे, तुम उन्हें जूतों की सिलाई सिखा देना।' केवल खुद ही हँसने लगा था। किशने ने गुस्सा किया था। झिड़का भी था। यों नहीं कहा करते।

चमारों के सभी घरों में यह फख़्र वाली बात समझी जाती है कि केवल ज्यादातर जट्टों के लड़कों से अधिक पढ़ा हुआ है। इनके अपने घरों के लड़के भी ज्यादा पढ़ नहीं पाये। कोई 'पाँच' पढ़कर हट गया तो कोई 'दसवीं' में से फेल होकर अपने काम जा लगा। केवल के कुछ साथी तो जट्टों के साथी 'सीरी' बने हुए हैं। कोई शहर में जाकर दिहाड़ी करने लगा है। कोई अपने बाप, अपने भाई के साथ जूतियाँ सिलाई करने लगा है और कोई अनिश्चय में डाँवाडोल है।

राजपाल ने देखा, किशने के घर में बत्ती जल रही है। उसने सोचा, दरवाजे के साथ कान लगाकर पहले अनदर की 'धड़कन' सुनी जाए। तभी उसके मन में से यह विचार निकला—किसी ने देख लिया तो?

उसने अनिश्चय में दरवाजे पर दस्तक दे दी।

दरवाजा खुल गया। जैसे कोई दरवाजे के पास ही खड़ा दस्तक के इन्तजार में हो।

राजपाल को द्वार पर देख, किशना भौंचक रह गया। हैरानी में उसके मुँह से निकला—"सरदार जी आप।"

"केवल कहाँ है?" राजपाल का व्यवहार रूखा था।

किशनसिंह सुनकर जड़ हो गया। मानों काटो तो खून नहीं। बोलने को हुआ, लेकिन भय से सूखे गले (कंठ) में से आवाज नहीं निकली। एकटक राजपाल के मुँह की ओर ताकने लगा।

"मैं पूछता हूँ, केवल कहाँ है?" राजपाल के बोल और सख्त हो गये।

रुलदू उठकर दरवाजे तक देखने आया कि कौन आया है। राजपाल को पाकर हैरान रह गया...मैं घर से ही तो आया हूँ। ऐसा क्या काम पड़ गया कि पीछे-पीछे चला आया राजपाल। झोटी फिर से न बोलने लगी हो...?

पलभर में रुलदू की माँ भी उनके पास आ खड़ी हुई।

राजपाल को इस समय आया देखकर सभी अन्दर से डरे हुए थे। रुलदू को अपना भय मार रहा था। ...सारे काम तो अपनी तरफ से मैं भुगता कर आया हूँ...फिर भी उसने हौसला करके पूछा।

"कोई काम था भई, वहीं घर ही बता देते?"

"मैंने तुम्हारे बापू से पूछा है, केवल यहाँ है? यह गुमसुम क्यों खड़ा है?" राजपाल के गुस्से में भरे बोल सुनकर रुलदू की माँ को कँपकँपी छिड़ गयी।

"वह तो..." कहती हुई रुलदू की माँ किशने और रुलदू की ओर झाँक कर चुप हो गयी।

रुलदू को याद आया, राजपाल ने उसे घर पर भी पूछा था, केवल के बारे में। अब यह हमारे घर में फिर पूछने आया है...क्या बात हो गयी ऐसी?...

सबको खामोश, भयभीत-सा देखकर राजपाल ने ही कहा, "घर पर नहीं है केवल?"

"पहले तो शाम तक आ जाता था। आज देर कर दी। हम खुद, सब फिक्र कर रहे हैं।" रुलदू की माँ चिन्ता में अटक-अटक कर बोली।

"पता नहीं पगले ने इतना अँधेरा कैसे कर दिया!" किशने ने भी साहस जुटाकर कहा।

"कितने बजे गया था घर से?" राजपाल ने तफ्तीश करने वालों की तरह पूछा।

"आज तो मुँहअँधेरे ही उठ गया था। मुझे लगता है चाय भी नहीं पीकर गया।" अपने अन्दाजे की सच्चाई के लिए किशन रुलदू की माँ की ओर देखने लगा।

"हाँ, आज तो चाय पिये बिना ही चला गया।" रुलदू की माँ ने दोहराया।

"पहले भी कभी गया है इतनी जल्दी?" राजपाल ने फिर पूछा।

"न जी, दिन चढ़ने पर जाता है, फिर हम उससे कभी पूछते भी नहीं।

यदि पूछते हैं कि बेटा इतनी जल्दी क्या काम है? जो बताता है, हमारे पल्ले नहीं पड़ता। समझ में नहीं आता। हम चुप रहते हैं।'' किशने की बातों में कोई बनावटीपन नहीं लगा राजपाल को। चेहरा डरा-सा, छलहीन था। किशने का स्वभाव अच्छा है। राजपाल ने सोचा—शायद इन्हें सचमुच ही पता न हो।

राजपाल पलभर उन सबको देखता रहा। ''जब केवल आये, मुझे बताना, ठीक।'' कहकर मुड़ गया। किशने ने दोनों हाथ जोड़ते हुए, आगे होते राजपाल को रोक लिया।

''लड़का अभी तक आया क्यों नहीं? तुम्हें पता होगा। कहीं कोई बुरी बात तो नहीं हो गयी? हम गरीब तो यों ही मर जाएँगे, सरदार जी! हमारा तो अब आसरा ही वही है। पढ़ा-लिखा दिया, कल किसी नौकरी पर जाएगा।'' भयभीत किशने के जुड़े हाथ काँप रहे थे।

राजपाल, किशने के जुड़े हाथ और दरवेश चेहरा देखता, बिना कुछ बोले, लौट गया।

राजपाल तो मुड़ गया। लेकिन किशनसिंह और उसके पूरे परिवार को सूली पर लटका गया।

तीनों कोठरी में आ बैठे। राजपाल द्वारा की गयी पूछ-पड़ताल वाली बुझारत ने सबकी साँस रोक दी। घर में तो पहले ही किशना दो बार पूछा चुका था—''आज केवल को इतना अँधेरा कैसे हो गया?'' फिर खुद ही बोल पड़ा था। शायद किसी के पास पढ़ रहा हो बैठा। उन्होंने ज्यादा फिक्र नहीं किया। लेकिन अब राजपाल के आने पर सब चिन्ता में थे।

...क्या बात हुई होगी? केवल कहाँ गया होगा? राजपाल क्यों पूछने आया है? या फिर राजपाल को पता हो। जान-बूझकर बता नहीं रहा...कहीं आतंकवादियों ने... नहीं, ...ऐसा सोचने से पहले ही किशन का रोना निकल आया। रुलदू और उसकी माँ ने घबरा कर पूछा, ''क्या हुआ?''

''पता नहीं, दबाव-सा आ गया। अब ठीक है।'' कहते हुए किशनसिंह को खुद पर शर्म आयी।

''तुम सयाने होकर दिल छोड़ रहे हो, फिर हमारा क्या हाल होगा!'' रुलदू ने चिन्ता में कहा।

''हे वाहेगुरु! सारे संसार को सुखी रखना। किसी को मुश्किल समय न दिखाना। हे भगत रविदास! अपने भगतों पर मेहर रखना।'' किशना हाथ जोड़कर अरदास करने लगा।

शेष रात किसी को भी ठीक से नींद नहीं आयी। जब आँख लगती, सभी एकाएक उठ बैठते। एक-दूसरे से पूछते—'केवल आ गया?'

इन्हीं चिन्ताओं-संशयों में सूर्योदय हो गया। केवल की अब तक किसी तरफ से कोई खबर नहीं आयी थी।

बन्द दरवाजे धीमे-धीमे सरकाकर जब राजपाल अन्दर आया, माँ आँगन में बेटे की प्रतीक्षा कर रही थी।

राजपाल हार गया था। आँगन में फैली खाट पर लेट गया।

बेटे का उतरा हुआ चेहरा और सवेरे से अब तक हुई परेशानी देखकर, माँ का दिल डूब गया। स्वतः ही उसका रोना निकल आया। पूरे निश्चय के साथ उसने खुद को हौसला दिया, ...नहीं, रो कर अब वह बेटे को और दुःखी नहीं करेगी।...वह राजपाल की खाट के पास आयी। उसे दिलासा देने के अन्दाज में धीमे से बोली, "बेटा, दूध लाऊँ, गर्म करके?"

"नहीं, लेट जाओ बेबे अब तुम भी।" राजपाल ने निःश्वास छोड़ा।

"कुछ पता चला?" माँ ने डरते-डरते पूछा।

"लेट जा बेबे। तंग मत कर।" राजपाल ने खीझ कर कहा। लेकिन वह जानता था, ऐसे माँ कैसे लेट सकती है उसके अन्दरुनी दुःख वह समझता है। माँ का विवश, भययुक्त चेहरा, उससे छिपा नहीं। लेकिन वह क्या करे? क्या कहे? उसका मन तो करता है, कह दे...बेबे, लो भूपी यह खड़ी है।

...पूरा दिन निकल गया। अब रात भी निकल जाएगी...लेटा हुआ भी वह परेशान है।...पूरा दिन निकल गया?...उनके लिए तो दिन पलों-युगों-सा हो गया।

"केवल घर में था, पुत्तर?" माँ से रहा न गया।

राजपाल चाहता था, उसे कोई न बुलाये? लेकिन यों माँ ने न खुद सोना था, न राजपाल को सोने देना था। बोला, "वह भी घर नहीं है बेबे! हमारी तरह वे सब भी, आँगन में खड़े चिन्ता में हैं।" कहकर राजपाल ने करवट बदली। खाट की दौन से खेस ऊपर खींचा, और आँखें मींच ली।

ज्ञानकौर दूसरी खाट पर जा बैठी...तो दलीपो बुढ़िया की बात सच ही है। भूपी और केवल! ...सोचकर माँ सिहर उठी। अनेक बुरे विचार अन्दर रेंगने लगे। ...यदि दो चार और हुए। ऐसा कभी ना...देखने में तो लगता नहीं था। भूपी को 'बहन जी, भैण जी', करता रहता था। कहाँ गये होंगे? न जाने मेरी धी के साथ क्या बीत रही होगी?...बैठी वह धीरे-धीरे सुबक रही थी। राजपाल से डरती खुल कर रो भी नहीं सकती थी।

राजपाल वैसे ही करवट बदले आँख मींच कर पड़ा रहा। कुछ भी देखने-सुनने का साहस उसमें नहीं था। वह माँ की तरफ भी देख नहीं पा रहा था।

माँ के सन्ताप का उसे पता था।...लेकिन मैं अब कहाँ जाऊँ? आजकल तो अँधेरा होने के बाद भय के कारण कोई बाहर भी नहीं निकलता।...एक बात और उसे परेशान कर रही थी। वह समझ नहीं पाया कि भूपी डरपोक या बुद्धू लड़की तो है नहीं। उसे बहलाया-फुसलाया भी नहीं जा सकता था। जल्दी में वह धोखे में आने वाली भी नहीं थी। कक्षा में वह निडर कहलाती थी। एक शरारती लड़के को तो उसने खुले में थप्पड़ जड़ दिया था। फिर केवल जैसा लड़का, हमारा नौकर, जूठी रोटियाँ खानेवाला उसे भला कैसे फुसला सकता था? जरूर कोई और गड़बड़ है। कहीं पहल भूपी की तरफ से तो नहीं हुई? कॉलेज में उसकी हरकतों के कारण, अपने दोस्तों के बार-बार कहने पर राजपाल ने उसे कॉलेज में से हटा लिया था। भूपी ने कहीं मुझसे बदला तो नहीं लिया?...बेचैनी में वह हिलने लगा। नींद नहीं आ रही थी। अचानक उसे गुरे की याद आयी तो उठ बैठा। माँ की खाट की तरफ झाँक कर पूछा—''गुरा कहाँ है?''

''वह तेरे बापू की रोटी लेकर सुबह निकला था। तब से घर नहीं लौटा। मंडी में न हो। शायद बाबा जी के पास होगा।''

''इसने अलग खून पी लिया भैण चो...मेरे मुँह से गाली निकलती है। घर में कोई मरता है कि जीता है, साले को फिक्र ही नहीं।'' पराजित-सा राजपाल अन्दर जाकर लेट गया।

ज्ञानकौर आँगन में ही लेटी रही। एकाध बार वह चौंक कर उठी भी। जैसे दरवाजे पर दस्तक हुई हो। उठकर द्वार तक गयी। साँस रोक कर अन्दाजा लगाया, फिर भय का भ्रम जानकर खाट पर आ लेटी।

ग्यारह

यह दिन भी यों तो अन्य दिनों जैसा था, पहले की तरह आबाद घरों के चूल्हों से उठता धुआँ आकाश की तरफ फैल रहा था। मुर्गे वैसे ही बाँग दे रहे थे। कामेधन्धे वाले लोग, प्रतिदिन की तरह अपने-अपने कार्यों में मग्न थे।

राजपाल और ज्ञानकौर के लिए 'सब अच्छा' नहीं था। उन्हें लगता था पड़ोसियों का धुआँ मुंडेरे पर से उनके आँगन में झाँकता, पूछ रहा है, 'भूपी कहाँ गयी?' अपने दड़बों में से निकल कर मुर्गे बाँग देते बता रहे थे, 'भूपी घर नहीं है।'

राजपाल को महसूस होता मानो गाँव के लोगों को इस होनी का ज्ञान है। वह लोगों के देखने के तरीके से अन्दाजा लगा रहा था, मानो चक बूढ़सिंह के

माहौल में एक अफवाह फैल रही है...बसाखा सिंह की पोती (पौत्री) भूपी दो दिन से घर नहीं आयी।

मुँहों-मुँह गाँव के लोगों को पता चल चुका था। लेकिन राजपाल के अक्खड़ स्वभाव के भय से, वे खुलकर इस घटना पर टिप्पणी कर मजा नहीं ले पा रहे थे। जिन्हें यह खबर सुनकर हजम नहीं हो रही थी, वे दूसरों से ज्यादा दु:खी थे। अभी यह किसी को पता नहीं लगा था कि बात चमारों के घरों से गाँव की ओर आयी, या राजपाल के घर में दो दिनों से छायी खामोशी से लोगों को सन्देह हुआ है। पता नहीं भूपी की किसी सहेली ने या पड़ोसियों की लड़की तेजो ने कहा हो—'यों भूपी किधर चली गयी। बिना मिले।' शायद सुननेवालों ने कोई अर्थ निकाला हो, या दलीपो बुढ़िया ने भूपी और केवल के सुबह पोखर किनारे देखने को न जाने कैसे और किस तरह लिया हो।

चौपाल में बैठे बाबा सोहनसिंह ने कहा, "लोगों को तो पंखों की जरूरत है, कतारें खुद ही बन जाती हैं।"

बाहर खेतों में गये लोग हैरानी में थे।

'ढिल्लों की लड़की और किशने चमार का लड़का?' कोई हैरान हुआ। कोई परेशान हुआ। शरारत या गम्भीरता से लोग एक-दूसरे को पूछ रहे थे। उन दोनों को खुद तो किसी ने देखा नहीं था। सोच के अनुसार कह देता—

"कलियुग आ गया।"

"रब्ब के रंग हैं, देखते चलो।" कोई और कहता।

"जो हमसे माँग कर खाया करते थे, वे हमारी बहू-बेटियों की ओर मैली आँख रखने लगे हैं।" चौपाल में बैठे रामसिंह को इस घटना का बहुत दु:ख था।

"यों ही होना था। अब यों ही हुआ करेगा।" रामसिंह कहनेवाले की तरफ देखने लगा। वह बोलने ही लगा था कि पीछे से आवाज आयी—"वारिस शाह नहीं पढ़ा?—इश्क जाति नहीं देखता, उम्र नहीं पूछता।"

"बाबा, भगतू ने कौन-सा कम किया है! जब यहाँ होता था, माघी के बकरियों वाले बाड़े में कितना गन्द डाला था इन्होंने?"

फिर भुगत (झेल) भी तो रहे हैं शेरा! और भगतू की तो कोई खबर ही नहीं। पता नहीं किसी मुल्क में पहुँचा भी है कि रास्ते में ही मर-खप गया। अब सुना है, लड़की को दो दिन हो चले हैं...कोई पता नहीं...वज़ीर बेचारा दरवेश है। उसके साथ बुरी हुई। राजपाल को तो तुम जानते हो, नाक पर मक्खी नहीं बैठने देता...

"अरे...इस परिवार ने चढ़ाई तो बहुत की थी...कहीं ट्रैक्टर-ट्राली-स्कूटर..."

"कहाँ है अब सब कुछ?"

"अरे मूर्खों। ...बरकत भी माथे की रेखाएँ होती हैं। घर में इत्तिफाक नहीं, सहमति नहीं। बड़ा भगतू बाहर जाने लगा, नंग कर गया। राजपाल नेतागिरी में पड़ गया। छोटा नचार तो साला घर ही नहीं आता। ऊपर से खरीद लिया ट्रैक्टर। चारदीवारी में खड़ा नोट कैसे हगता रहेगा?"

इस घटना से गाँव की फिजा में रौनक-सी आ गयी।

सुबह उठकर राजपाल ने सोचा...पहले मंडी जाकर बापू का हाल पूछूँ। रुलदू को बिठाता हूँ मंडी में, और बापू को घर भेजता हूँ। उसे तो अभी भूपी के बारे में पता नहीं चला होगा...।

जब वह मंडी में जाने के लिए घर से निकल कर चौपाल में आया तो दीवान पर बैठे कुछ वृद्धों को देखकर रास्ता बदल गया। और ऊपरवाली फिरनी में चल पड़ा।

राजपाल मंडी में पहुँचा। उसे देखकर दुःखी वज़ीर इतना ही कह सका—"शाबाश तेरे पुत्तरा!"

राजपाल बापू का मर्म समझता था। लेकिन कहता क्या? खामोश रहा। थोड़ी देर बाद बोला, "बापू, तुम घर चलो, सामान मैं उठा लाऊँगा।"

"तुम्हें तो जरा भी फिक्र नहीं। सामान मैं खुद उठा लाऊँगा।"

"तुम्हें चिन्ता ही नहीं। छोटा साला तो जैसा है, वैसा ही है। जानता हूँ। तुम तो उससे भी आगे हो। लीडरी का मजा अभी देखा नहीं न! अब हमें ठूठे पकड़ाओगे?"

वज़ीर का गुस्सा जायज था। उसे मलाल था। एक तो उसकी आँख का ऑपरेशन हुआ है। दूसरा इतने दिनों की परेशानी के बाद धान बिकने लगा तो 'लीडर' गायब! इसका मौके पर खड़े रहने का फर्ज था, मेरे जैसे आँख पर पट्टी बँधे आदमी को क्या पता पल्लेदार, आढ़तिये और अफसर मिलकर तीन-तेरह कुछ भी करें। ये तो अच्छे भले को नहीं छोड़ते! मैं तो अपाहिज हुआ बैठा हूँ।

पहले राजपाल ने सोचा था, भूपी के बारे में बापू को मंडी में ही बता दे। अब बापू का मिजाज नरम पाकर वह चुप रह गया। सोचा, खुद ही घर जाएँगे तो पता चल जाएगा।

वज़ीर ने उसे धानवाली पर्ची पकड़ायी। "ले इसे सँभाल, आढ़ती कहते थे राजपाल स्वयं आकर हिसाब कर लेगा।"

"तोल के समय बोघे को, या किसी और को पास बुला लेते?"

"यों आता है कोई? हरेक को तो अपनी-अपनी पड़ी थी। लेकिन तूने कमाल

कर दी। दो दिन से नहीं आये। धान अब तुल भी गया। तुम जैसे आये, वैसे न आये!''

''बापू आप चलें अब। मैं आढ़ती को मिल कर आता हूँ।''

वज़ीरसिंह मुँह में बुदबुदाता घर की ओर चल दिया।

चौपाल में नारायणसिंह, बाबा रामसिंह, ताया निहाला, चाचा नरैणा और घुक्कर बैठे हुए थे। बाबा सज्जनसिंह अभी आया नहीं। बसाखा सिंह को भी दो दिनों से इन्होंने नहीं देखा। चक बूढ़सिंह के लोग जानते हैं कि खाने-पीने का वक्त न हो तो घुक्कर के बिना, एकाध को छोड़कर सभी यहाँ बैठे मिलते हैं।

ये सब निठल्ले हैं। अपनी-अपनी बहुओं से अन्न पानी छककर, डकार मार कर, मूँछें साफ करके, जब छड़ी या लाठी उठाकर बाहर निकलते हैं, तो पुत्र या पोता छेड़ता है—''चल पड़े बाबा गाँव की 'सैम्बली' (असैम्बली) में?''

वैसे तो ये सब बसाखा सिंह के पक्ष दल के बन्दे हैं। लेकिन जब से बसाखा सिंह को भूपी के गुम होने का पता चला है, वह चौपाल में नहीं आया।

सवेरे के दस बजे होंगे। घुक्कर के बिना सभी सुबह की 'हाजरी' खा-चाय पीकर आये हैं। खाली हैं। धान बिक गया। जिनकी डयूटी 'लड़कों' ने मंडी में धान की रखवाली पर लगायी थी, दूसरे उनका मजाक उड़ा रहे हैं। घुक्कर सब को छेड़ता रहता है। खेत और घर का उसे कोई झँझट नहीं है। घूमता-फिरता खाता है, जहाँ से भी मिल जाए। उसका असल नाम गिबन्दर सिंह है। पहले उसे गिबन्दा भी कहा करते थे। अब उसका नाम 'घुक्कर' पड़ गया। वह खुद भी घुक्कर कहलवा कर खुश होता है।

इन दिनों गाँव की दो बड़ी घटनाएँ ही चर्चा में हैं। पहली, इतने दिनों बाद धान की बिक्री। दूसरी, बसाखा सिंह की पोती का अचानक गुम हो जाना।

अब भी चौपाल में बैठे, ये सब बसाखा सिंह की पोती के बारे में ही खुसर-फुसर कर रहे हैं। इस घटना पर वे खुलकर अपनी राय देने से कतराते हैं। अब भी बाबा गज्जनसिंह का मत है, गाँव की इज्जत साँझी होती है। ये बातें चटखारे लेकर नहीं करनी चाहिए।

''छोड़ो, कोई और बात करो।'' रामसिंह का स्वभाव भी गज्जनसिंह जैसा ही है। उसने सबको मना किया।

''तुम ही हो। बीती पर मिट्‌टी बड़ी जल्दी डालते हो न।'' घुक्कर खीझ रहा था।

''अब बीते अतीत की अर्थी कन्धे पर सजाकर घूमते फिरें?'' रामसिंह ने

घुक्कर को झिड़क दिया, "चुप करके बैठ।" यों ही बिच्छू की तरह पूँछ हिलाये जा रहा है।

"तुम न उठाओ अर्थी। हम कैसे भूल जाएँ! जट्टों की 'कुड़ी' चमारों का मुंडा। अब तो कोई जैसा करेगा, वैसा भरेगा। जूतियों के बदले जूतियाँ। गालियों के बदले गाली, लड़की के बदले लड़की। अब हिसाब-किताब ऊपर जाकर नहीं, यहीं निपटाये जाएँगे। बाबा! घुक्कर की पूँछ तो यों ही खड़ी रहेगी, ठुएँ की तरह।" घुक्कर ने जोश में आकर रामसिंह को ठुएँ की पूँछ की तरह बाँहों में बल डालकर दिखाया।

"तो जाकर टक्कर मार किशने को दीवार पर!" रामसिंह ने खीझकर कहा।

"क्यों यों ही दुःखी हो रहे हो। हिसाब-किताब खुद ही तो निपट रहा है!" चाचा सुरैणसिंह ने दोनों को समझाया।

"रामसिंह! वैसे तो अपने भाईचारे का अपमान है। इस बात में तो घुक्कर भी सच्चा है।" गिल्लों के नरैणसिंह ने अपनी छुरी छोड़ दी।

"भाईचारे का अपमान है! पता है, लेकिन नरैणे यह तुम क्यों भूल जाते हो, एक की करनी दूसरे को भरनी पड़ती है।"

रामसिंह की इस बात पर नरैणसिंह उत्तर देना चाहता था। लेकिन मंडी से वज़ीरसिंह को आते देख सभी खामोश हो गये। पास आकर वज़ीर ने सबको फतेह (अभिवादन) बुलायी।

"क्यों, बेच आया धान?" ताये निहाले ने फतेह का उत्तर देकर पूछा।

"बेच ही आया हूँ ताया! सरकार भी अब टीका (इंजेक्शन) लगाने पर ही दूध देती है।" कहकर वज़ीर ने आँख वाली हरी पट्टी ठीक की।

"आँख कैसी है? नजर में पड़ा कोई फर्क?" नरैणे ने पूछा।

"अभी तो पट्टी नहीं खुली। मंडी में गर्द मिट्टी बहुत थी। रड़क भी पड़ती रही। अब दिखाकर आएँगे डॉक्टर को।" कहता हुआ वज़ीर घर को चल पड़ा।

"इसे अभी पता नहीं। असल पट्टी तो घर जाकर खुलेगी।" वज़ीर थोड़ी दूर गया तो घुक्कर बोला।

"नरैणसिंह! मुझे एक बात नहीं समझ आ रही। ससुरी लड़की ने, मुँह ही काला करवाना था, तो किसी खानदानी लड़के के साथ करवाती।" नरैणसिंह ने फिर कील ठोंकी।

"क्या बात? किशने चमार की खानदानी बुरी है।" घुक्कर ने फिर शरारत की। उसकी बात किसी ने पलटी नहीं।

"जरूरी है कि तुम बीच में टाँग अड़ाओ। " रामसिंह ने घुक्कर को झिड़का।

उम्र के लिहाज से वह बहुत छोटा था। लेकिन इनमें बैठने, और बहस करने से वह बाज नहीं आता था। इनकी झिड़कियों की वह परवाह भी नहीं करता था।

"मुझे तो लड़की सयानी लगती थी। चलती तो चेहरा झुकाये रखती।" सुरैणसिंह इस घटना पर लज्जित था।

"तुम्हें क्या पता बाबा। शाम को तुम्हें दिखाई नहीं देता। परसों खुद ही तो बता रहा था कि सूर्य छिपने पर भले पास से गड्डा निकल जाए, या कोई औरत। एक जैसे लगते हैं।" घुक्कर की इस शरारत पर सभी हँस पड़े। वह फिर बोला, "लड़की तो तैयार झोटी की तरह कूदती, घूमती थी। स्कूल के मास्टरों से भी उसकी गिटमिट थी। राजपाल को भी आड़े हाथों लेती थी—मुझ जैसे कमजोर की तो टाँगे काँपने लगती थीं, उसको देखते, बातें करते।" कहकर उसने होंठों में दबायी खैनी की पिचकारी दूर मारी।

"ऐसा कमीना है यह।" अपनी ओर से सरैण ने घुक्कर को सराहा और उसकी तरफ देखकर हँस पड़ा।

"फिर भी बुरा हुआ। हम सब बहन-बेटी वाले हैं। अब उनकी लड़की भले घंटे-भर में आ जाए, या फिर महीना भर न आए। दागी हो गयी। हर कोई कहेगा, चमारों के लड़के के साथ रातें बिताकर आयी है।" ताये निहाले ने अपनी तरफ से सयानी बात की।

"कुछ नहीं होता ताया। यों ही चार दिन की मुँह भकाई है। तुम यहीं हो, देख लेना। सब भुला देंगे।" कहते हुए घुक्कर उठकर खड़ा हो गया। उसने मंडी की ओर से आ रहे राजपाल को देख लिया था।

"सब झगड़े साली बुढ़ियों, कबीलदारियों के हैं। यदि लड़की के हाथ समय पर पीले किये होते, ऐसी बातें ही क्यों होती!" रामसिंह को बसाखा सिंह के परिवार के साथ हमदर्दी थी।

राजपाल निकट आ गया तो घुक्कर अपनी आदत से लाचार उसकी ओर लपका। अपनी ओर से गम्भीर मुँह बनाकर पूछा—

"राजपाल! लगा कहीं कुड़ी का पता?"

"क्यों, उसके आने पर ही तुम मेरे लिए रिश्ता लाओगे?" घुक्कर को राजपाल से ऐसी आशा नहीं थी। उसने सोचा था, मेरी बात सुनकर यह चेहरा ऊपर नहीं उठाएगा। लज्जित होगा। घुक्कर ने कान खुजलाजा फिर ताये निहाले, और नरैणसिंह के बीच जा बैठा।

राजपाल ने सबकी ओर देखा। "निठल्ले कंजर!" ऊँचे स्वर में सबको सुनाते हुए वह चला गया।

"क्यों, ले लिया स्वाद? तुम्हें भी रोटी हजम नहीं होती, जब तक दिन

में एक-दो का किसी से अपमान न करवा लो। साथ ही हमें बुरा बनाया।'' नरैणे ने उसकी गर्दन पर धौल जमाते हुए कहा।

''मैं तो बाबा गया था कि एक ही बात पूछ कर साले की खाट खड़ी कर दूँगा।'' घुक्कर कच्चा-सा होता हँस पड़ा—''अब वह तेरी खाट ठोंक गया।'' नरैण की बात पर सारे हँस पड़े।

''मेरी खाट क्या ठोंकेगा वह? उनकी खाट तो ठोंक दी, चमारों के केवल ने।'' कहकर घुक्कर खीसे में से खैनी निकाल कर मलने लगा, हथेली पर टिकाकर पहला बीड़ा उसने मुँह में से थूक दिया।

''रामसिंह! तुम्हें लगता है कि यह सच्ची बात होगी?'' सुरैणसिंह ने बात शुरू की।

''क्या पता, अभी तो अफवाह ही है सुरैणसिंह! कॉलेज के लड़के-लड़कियाँ सुना है, खूब मेले-शेले में जाते रहते हैं। दो-चार दिन में घूम फिर कर आ जाएँगे।''

''किशने का केवल तो मान लिया, पढ़ता है कॉलेज में। लेकिन इस कंजर की बहन तो दो साल से कॉलेज से हटायी हुई है।'' घुक्कर ने पूरी घृणा से कहा। वह राजपाल के गाली देने जैसी बात से बहुत अपमानित अनुभव कर रहा था।

''फिर भी पुरानी जान-पहचान तो होती है न।'' ताये निहाले ने व्यंग्य में कहा।

घुक्कर काफी देर से बल खाये बैठा था। राजपाल की बात उसके गले में फँसी पड़ी थी। उसे बात का फैसला करने की आदत थी। ''यदि पंचायत चाहती है तो मैं लाऊँ खोजकर असली बात?''

''पुलिसियों के खोजी कुत्तों की तरह, तू भी साले सदा तैयार रहता है।'' नरैणा उसके स्वभाव से परिचत था।

''बाबा, खोज करता हूँ न। तुम्हें पता तो है।'' घुक्कर ने शेखी मारते हुए कहा।

''जो खोज़ अब करने लगा था, उससे सन्तोष नहीं हुआ।'' ताये निहाले ने फिर राजपाल वाली बात याद करवायी।

''तुम्हें पता तो है ताया। यदि मैं यों डरने लगूँ तो हो गया काम।'' कहकर घुक्कर बेशरमों की तरह खुद ही हँस पड़ा।

तभी, सबने देखा, किशना सिर झुकाये ढिलवों के घर की ओर जा रहा था।

''लो घुक्कर! अब बनेगा तेरा काम।'' नरैणे बाबे ने शरारत से घुक्कर को उकसाया।

घुक्कर छलाँग लगाकर किशने के पीछे हो लिया।

बारह

गुरा सुबह से घर नहीं आया था। मंडी में बापू से डाँट खाकर, जैसे ही वह लौटा, रास्ते में उसे माघी मिल गया। उसने रोकर पहले भगतू के बारे में पूछा। फिर चलने लगा तो पूछ बैठा—"भूपी का पता चला कोई?"

"क्या हुआ उसे?" गुरा हैरान था।

"तुम्हें नहीं पता।" गुरे से भी ज्यादा माघी को हैरानी हुई।

"मैं तो घर ही नहीं गया सुबह से। राजपाल भाई आँखें दिखाता था। मैंने सोचा, मत्थे ही नहीं लगता। पहले मंडी में बैठा रहा। बापू से एक तरफ होकर, अब चला हूँ घर।"

"गाँव में बात सुनी है। भूपी कल रात से गुम है।" माघी ने धीमे से कहा।

"गुम है?" "हद हो गयी। घर में किसी ने बताया नहीं मुझे। बेबे ने रोटी पकाकर दी। वैसे चुप-चुप थी। भूपी भी मुझे दिखाई नहीं दी। मैं पता करता हूँ।" कहकर गुरा घर की ओर चल दिया।

घर तक आकर, अन्दर जाने को उसका मन नहीं माना।...क्या पता राजपाल और बेबे तपे बैठे हों। उसे अब समझ में आ रहा है कि राजपाल इतना गुस्से में क्यों है? भूपी वाली बात सच हो शायद? मैं तो सोचता था माघी यों ही बकवास करता है। लेकिन ऐसी बात वह कैसे कहता! शायद अब तक भूपी आ ही गयी हो। मैं तो सुबह से घर भी नहीं गया। अब जाऊँगा तो राजपाल पीटने को आएगा, तब? पहले बाबे के पास जाता हूँ। बाबे को तो पता होगा। पूछा कि अब तक कहाँ रहा, तो? कह दूँगा बाबे के पास था।...

गुरा सीधा बाड़े की तरफ हो चला। फाटक ठेल कर खोला। बाबा बसाखा सिंह की खाँसी सुनकर उसे यकीन हो गया बाबा अन्दर ही है।

अन्दर जाकर उसने माघी से सुनी बात बाबे से पूछी। वह गुरे से भी ज्यादा हैरान रह गया। 'हूँ!'...कुछ समझकर बसाखा सिंह ने सिर हिलाया—"तभी दोपहर की चाय नहीं आयी। लेकिन सुबह तो गुरे तेरी माँ ने कुछ बताया नहीं।"

"मुझे तो खुद माघी ने बताया है, बाबा?"

"तेरा बाप क्या कहता है?" बाबे ने पूछा।

"मंडी में ही है अभी तक।"

"धान बिका नहीं?"

"आज बिक जाएगा। सब यही कहते हैं।"

"तू चल घर। पता कर चल कर।"

"फिर बता कर जाना।" बाबे ने चिन्ता में कहा।

''घर क्यों नहीं जाता भई!'' बसाखा सिंह गुरे की बात पर हैरान हुआ।

''बाबा, राजपाल खड़काएगा मुझे। सवेरे खूब रौब मार रहा था। मैं तो यहीं लेटूँगा, तुम्हारे पास। नहीं लेटने दोगे, मंडी चला जाऊँगा। बापू के पास लेट जाऊँगा। घर नहीं जाऊँगा;'' गुरे ने बच्चों-सी जिद की।

''इस समय अब कहाँ जाएगा मंडी में? यहीं लेट जा मेरे पास। तेरी माँ आती है तो मैं पता करता हूँ।'' कहकर बसाखा सिंह खाट से उठ खड़ा हुआ। गुरा मौका देखते ही, बाबे के बरामदे की नुक्कड़ में लगी खाट पर निश्चिन्त लेट गया।

बाहर बाड़े के आँगन में आकर बसाखा सिंह सोचने लगा।...क्या पूछूँगा ज्ञानकौर को...लड़की कहाँ गयी? और क्या बताएगी वह मुझे? इतना बुरा समय आ गया। हे मेरे मालिक! ...फिर वह फिक्र करने लगा।...बेचारा वज़ीर किधर जाएगा लड़की खोजने? इस खानदान में न कभी सुना, न देखा था। उम्र भर की कमाई इज्जत पगली ने गँवा दी। राजपाल क्रोधी है। किसी से भिड़ ही न पड़े। ...उसने लम्बी साँस ली। ...एक तो लड़की घर से गयी। थाने वाले खीचेंगे। वे तो ऐसी वारदात की तलाश में रहते हैं। राजपाल को समझाता हूँ, असर-रसूख वाले कुछ लोगों को लेकर थाने जाए। वज़ीर तो कुछ करने-कराने लायक है नहीं।

अन्दर जाकर बसाखा सिंह ने गुरे का कन्धा हिलाया।

''जा शेरा! राजपाल को बुला कर ला।''

''बाबा, मैं नहीं जाता अन्दरवाले घर।'' गुरे ने सिर हिला दिया।

''चल, जाकर अपनी माँ से बोल, झोटी को नहला देगी। चारा भी डाल देगी एक बार।''

''रुलदू आकर खुद ही चारा डाल देगा।''

''वह नहीं आएगा आज, मुझे कह गया था।'' बाबे ने बताया।

''मैं तो अँधेरा होने पर ही जाऊँगा। जब राजपाल सो जाएगा।'' गुरे ने फिर जिद पकड़ ली। अचानक उसे याद आया—''बेबे तो धार निकालने (दूध दुहने) आएगी ही। बाबा, तभी पूछ लेना, जो पूछना है।''

''अरे पगले रात को रोटी खाने नहीं जाएगा तू।'' बाबे की इच्छा थी, वह किसी तरह अन्दरवाले घर चला जाए।

''न, मैं नहीं जाऊँगा। भूखा ही रहूँगा आज। नहीं तो तुम्हारी रोटी में से आधी खा लूँगा।''

बसाखा सिंह चुप रह गया। समझ गया। यह अब नहीं जाएगा। फिर मन-ही-मन कहा—चलो, मैं खुद ही पता कर आऊँगा, जाकर।

भैंस सींगों से खुरली को धकेलने लगी। बसाखा सिंह ने हटकाया ''है...है...हट'', उसने अपना खुंडा भी धरती पर पटकाया।

भैंस हट गयी। पर फिर वही कुछ करने लगी।

''गुरे, मारऽऽ इसकी कनपटिया में।''

''चल, करने दे बाबा। हमारा क्या लेती है!'' गुरा खाट से उठना नहीं चाहता था।

''बुरा होता है, मूर्ख! विपदा, मुसीबत आती है परिवार पर।'' बाबे ने समझाया।

''परिवार को तो पता नहीं बाबा। मुझ पर आयी हुई है।'' गुरे ने दुःखी होकर कहा।

''तुझ पर क्या आ गयी है। न लाने का फिक्र, न पकाने का।'' बाबे ने रोब मारा।

''अभी इससे भी ज्यादा आएगी। कभी राजपाल कहता है, टाँगे तोड़ दूँगा। कभी कहता है, खाट समेत छत से नीचे फेंकूँगा। बापू तो मेरे कपड़े भी परखता है। कहता है, नचार बनोगे? बेबे अलग रौब देती है। कहती है, आ लेने दे तेरे पतन्दर को। ठीक करवाती हूँ।...और इससे बड़ी विपदा क्या होगी।'' गुरा बाबे की ओर सीधा ताकने लगा।

बसाखा सिंह को उस पर तरस आ गया। वैसे भी सबसे छोटा होने के कारण बाबा उस पर मेहरबान था। उसका सिर सहलाते हुए बोला, ''तुम्हें कोई कुछ नहीं कहता। यहाँ मेरे पास ही पड़ा रह ले।''

भैंस सींग मारने से न हटी तो वह उठा। भैंस के टखनों पर खूंडा जड़ दिया।

एकाएक पड़े खुँडे से भैंस बिदक उठी। गुस्से में पीछे बाबे की ओर देखने लगी। कान झरकाये। क्रोध में उसने पूँछ भी पटखी।

बाबा फिर बाड़े के आँगन में आ गया।

अभी सूर्य छिपा नहीं था। बाबा हैरान था। कोई उसे बताता क्यों नहीं। इतनी बड़ी बात हो गयी। वे घर में चुपचाप बैठे हैं। गाँव का कोई आदमी भी आज इधर क्यों नहीं आया। पहले कभी सरैणा, कभी निहाला, कभी रामसिंह जैसे आ जाते थे। क्या पता जान-बूझकर न आये हों। सोचते होंगे, क्या पूछेंगे बसाखा सिंह से? उससे क्या बात करेंगे? चलो, ठीक ही हुआ, नहीं आये। मैं उनके माथे भी कैसे लगता? अब गुरा अन्दर घर जाने को था। भला इसी में है। मैं खुद धीरे-धीरे जाकर पता करूँ। अभी तो गुरा बाड़े में पड़ा है। इसकी रोटी कौन पकायेगा? क्या पता, वज़ीर भी मंडी में भूखा ही बैठा हो...

और वह अन्दर घर में जाने के लिए बाड़े के फाटक की ओर चल पड़ा।

दिन धीरे-धीरे शाम ढलने लगी है। इस समय बसाखा सिंह की नजर दिन की अपेक्षा कमजोर हो जाती है। उसके साथी कहते हैं, बसाखा सिंह, तुम्हें अन्धराता होगा और वह सोचता, क्या पता यही बात हो। इसीलिए कुछ माह से, जहाँ जाना होता है, दिन ही में हो आता है। गुरा दोपहर में आ गया होता तो वह सूरज छिपने से पहले ही घर में सो जाता। अब इस समय, उसका मन तो नहीं मानता था कि वह जाए। लेकिन बात ही ऐसी थी। उसे जाना पड़ेगा। गुरा चला जाता तो अच्छा था। अब यह भी नहीं मालूम कि ज्ञानकौर रोटी लेकर आएगी कि नहीं? ...मेरा तो गुजारा हो जाएगा। मैं भूख सह लूँगा। लेकिन यह कल का बच्चा भूखा रह पाएगा? सोचकर उसने बाड़े का फाटक खोल लिया। फिर सोचा कि थोड़ा ठहर कर जाऊँ। अँधेरा हो ले, चलूँगा धीमे-धीमे। कोई सामने से माथे तो नहीं लगेगा।

फाटक के पास खड़े बसाखा सिंह का अपने खुंडे पर टिका हाथ काँप रहा है, उसकी अपनी जिन्दगी की तरह। दिनों की तीखी दोपहर कब की ढल चुकी हैं। उसे लग रहा है, सूर्योदय हुए मानों सदियाँ बीत गयी हैं। सामने लम्बी रात आ गयी। लगता है अब तो आनेवाले दिन भी अँधेरे ही होंगे। ...सोचकर बसाखा सिंह ने लम्बी साँस छोड़ी।

मन में आया कि किसलिए जी रहा हूँ मैं? अभी और क्या-क्या दु:ख देखने हैं? यह पंचभूत शरीर मिट्टी में मिट्टी क्यों नहीं हो जाता! मेरी जरूरत भी क्या है? घरवाले आज दोपहर की चाय देना भूल गये। यों ही किसी दिन मुझे भूल जाएँगे। कितनी इन्तजार की चाय के लिए। बहुत तलब थी। तब तो मन करता था, खुद अन्दर जाकर चाय पी आऊँ। अच्छा होता, तभी चला जाता। भूपी वाली बात तभी पता चल जाती। फिर खुद ही सोचकर मूँछों पर कातर मुस्कान तैर गयी। यदि पता भी लग जाता, तो क्या कर लेता बसाखा सिंह? हिचकोले खाता फिरता। चल तुम नहीं सकते। शाम को दिखाई तुम्हें नहीं देता। उधर वज़ीर बेचारा खुद रोगी हुआ पड़ा है। अभी उसकी उम्र ही क्या है? मेरे नैन-प्राण उससे अच्छे हैं। वाह री कुदरत! बाप भला चंगा है, और बेटे की आँख में मोतिया उतर आया। हैरानी है! ऊपर से अब यह लड़की वाली मुसीबत! वह तो भगतू के जाने के बाद अब तक ताब में नहीं आया। मुझे लगता है ज्ञानकौर ने भी कहीं खाट न पकड़ ली हो। उसका तो दिल ही छोटा है। भगतू को थाने ले गये थे, एक बार, तभी उसे दौरा पड़ गया था। भूपी से तो लगाव ही बहुत था। होता ही है माँ को बेटी से लगाव। लेकिन ससुरा आया क्यों नहीं कोई, मुझे तो बताते? कहीं कुएँ तालाब से ही न मिले वह। घर आँगन में, उसकी लाश रखकर बैठे हों,

और मैं चाय के इन्तजार में हूँ। चलो, पता तो करूँ चलकर...और बसाखा सिंह फाटक बन्द कर घर की ओर चल दिया।

कुछ साल से बसाखा सिंह पशुओं के बाड़े में ही रहता है। गाँव के लोग इसे बाड़ा कहते हैं। 'बाहर वाला घर' कहलवाने वाली कोई खूबी इसमें नहीं है। बरसात, धूप आदि से पशुओं को बचाने के लिए, कच्ची थम्मियों के सहारे एक लम्बा, पुराने शहतीरों और कड़ी बालों की छत का छपरा, यह सहारा है। एक कोने में तूड़ी (भूसा) पड़ी है। पास ही चारा काटने की मशीन। दूसरे छोर पर बसाखा सिंह की खाट है। खाट के नीचे आसपास उसका जरूरी, गैर-जरूरी सामान पड़ा है। पास ही बदरंग-सा पानी का घड़ा है। उसके ऊपर टूटी नुक्कर वाला एक चप्पन (ढक्कन) है। सिरहाने की ओर फूटे तले वाला तसला है। इसमें कभी मिट्टी तो कभी हारे की राख डाली होती है। बसाखा सिंह को अक्सर आ रही खाँसी के समय, बलगम थूकने के लिए इसका प्रयोग होता है। बसाखा सिंह चलता-फिरता हो तो खुंडा उसके हाथ में रहता है। यदि वह खाट पर लेटा या बैठा है, तो खुंडा सिरहाने की तरफ टिकाया रहता है। खाट पर और भी न जाने क्या-क्या सामान रहता है—उसकी पगड़ी, पायजामा, धोती, कमीज, साफा। एक तरह से यह खाट ही बसाखा सिंह का संसार है। सर्दियों में यहाँ रजाई आ जाती है। एक पुराना फौजी कम्बल भी। गर्मियों में डब्बियों वाला खेस या चादरा। कुछ साल पहले खाट के नीचे एक जंग लगा-सा पुराना पीपा रहता था, जिसमें मेथे मिलाकर वह रखता था। खुद ही दूध मा मावा खो बनाता। घी में आटा और मेथे भूनता। बूरा-चीनी (शक्कर) डालता। पिन्नियाँ बनाकर पीपा भर लेता। पीपे को एक छोटी ताली लगाकर रखता। वैसे तो मेथों की कड़वाहट के कारण बच्चे जबरदस्ती खिलाने पर भी नहीं खाते थे। लेकिन भगतू कड़वा कसैला सब खा लेता था। उसका जब दाँव लगता, पिन्नियाँ खा जाता। बाबे ने सोचा, यों ही कहीं बीमार न हो जाएँ बच्चे। पिन्नी भारी होती हैं, हजम नहीं होंगी। वह पीपे को छोटी ताली लगाने लगा।

अब खुद उसमें इतनी हिम्मत नहीं रही थी। कौन देगा इन्हें खोया मार कर, मेथे पीस कर। अब तो पीपा भी पाता नहीं कहाँ है?

तूड़ी वाले कोने और बसाखा सिंह की खाट के बीच वाली जगह में एक लम्बी खुरली (नाँद) है, जहाँ पशु बँधे रहते हैं।

बाड़े को झाड़-झखार की बाड़ के साथ सुरक्षित किया हुआ है। कई बार दीवार बनाने का विचार हुआ। लेकिन मौके पर कोई-न-कोई विघ्न पड़ता रहा।

एक बार बसाखा सिंह ने टम्बे (मोटी लकड़ी के डंडे) गाड़ कर बाहर तिहरी कँटीली तार घुमा दी। बाँसों और खपच्चियों का मिला-जुला, सामान जो भी मिला, फाटक बनाकर लगा दिया। अब जब कभी कुत्ते या आवारा पशु कहीं रास्ता बना लेते वहाँ और झाड़ लाकर गाड़ दिए जाते। बाड़े के अन्दर छाया के लिए शहतूत, डेक जैसे पेड़ उगाए हुए हैं। घर में जितने भी टोकरे, टोकरियाँ हैं, सब शहतूत की साँरियों से बने हैं।

न जाने क्यों बसाखा सिंह का मन घर की ओर जाने को राजी नहीं हुआ। वह लौटकर फिर बाड़े में आ गया। मन ठीक नहीं था। भूपी वाली बात ने उसे बेचैन कर दिया था। ब्राड़े के आँगन में उदास खड़ा वह लम्बी खुरली (नाँद) की तरफ एकटक देखने लगा। आज सूनी-सी दिखती नाँद देख मन और खराब हो गया।

...कभी खुरली पर बैलों की जोड़ी, तीन भैंसे, एक गाय और उनके पीछे कटरू बछड़े बँधे होते थे। पूरी भरी-सी लगती थी। ...कैसे दिन थे वे! उसके दोनों पुत्तर—वज़ीर और सरदूल, यहीं बाड़े में खेलते रहते थे। अन्दर तो वे मार खा कर ही जाते थे। अब इधर जरूरत के समय भी दु:खी होकर आते हैं सब।

बसाखा सिंह ने नि:श्वास छोड़ा। कितने भले थे हमारे दिन।

उसे कुछ याद आने लगा—जैसे सामने, प्रत्यक्ष दिख रहा हो। उसकी घरवाली हरकौर, हिसार के खरीदी बैलों की जोड़ी, भैंसे, गाय...उन्हें वह भूल ही गया। उसने तो भूपी का पता लगाने घर जाना था। अब वह दूर, झाड़ों की चारदीवारी से पार, गाँव की फिरनी से परे, धुँधली नजर से, उस भले समय का सामना कर रहा है...

...मुँहअँधेरे उषाकाल से पहले हरकौर चाटी में मधानी डाल लेती। ...मैं कुएँ पर बैल जोड़ लेता। बैलों के गलों की घंटियों की निरन्तर बजने वाली लय से वातावरण और भी सुहावना हो जाता। तब एक तान उठती। मन गाने को करता। आज भी उसे याद है...जब वह तान छेड़ता...''रानी सुन्दराँ दे महिलां हेठ आणके, दित्ती पूरण ने अलख जगा...'' तो आवाज दूसरे गाँव की सीमा पार कर जाती थी। तब प्रकृति भी साथ नाचने गाने लगती थी। पंछी साथ बोलने लगते थे। हरकौर हाजरी (नाश्ता), लेकर आती। मक्खन, लस्सी, प्याज, कभी अचार, कभी चटनी। ये सब तो सौगात लगती थी तब।

...वज़ीर और सरदूल आकर रहट की गांधी पर बैठ जाते। मस्ती में एक-दूसरे को छेड़ते। मुर्गों की तरह लड़ते। बैलों की पूँछे मरोड़ते। हरकौर देखती, हँसती रहती। मीठा-मीठा डाँटती भी रहती। लोग कहते, ईश्वर कहीं ऊपर बसता है। आकाश में कहीं बादलों के पार। मैं कहा करता, किसी ने ईश्वर देखना हो

तो हमारे कुएँ पर आ जाए। उसके धरती के नीचे पानी का ज्ञान था। या तब मनुष्य आप ही ईश्वर जैसा होता था। सारे गाँव के कुओं से मीठा पानी था हमारे कुएँ का। पानी लेनेवाली औरतों का मेला लगा रहता था। यदि रहट न चलता होता तो अपना डोल और लज्ज (रस्सा) ले जाते थे...हे ईश्वर! कहाँ ले गया रौनकें-रंगीनियाँ! बसाखा सिंह फूटकर रोने को हो आया। फिर भीगी आँखें पोंछने लगा।

...अब तो कुएँ भी सपना हो गये। हर कोई 'टुबेल' के लिए पूछता है। कहाँ होते थे तब 'टुबेल' ज्यादा? लोग रामभरोसे ही वीरानी फसलें बीज देते थे। कभी चने, कभी मूँग। टीलों पर भी बाजरा और मूँग बो दी जाती थी। उसे बोली याद आ गयी।

'ऊँचे टिब्बे मेरी मूँगी का बूटा, उसे चर गयी गाँ
रोंदी मूँगी नी, घर मरगी तेरी माँ...'

बसाखा सिंह फीका-सा मुस्काया। बस, सारा संताप माँ पर ही आता है। अब ज्ञानकौर क्या कहीं कम दुःखी होगी। मुटियार-जवान धी का यों गुम हो जाना, छोटी बात है? इधर मौसम भी खराब है। क्या करेंगे ये अब? उधर गेहूँ के लिए, सिंचाई करनी पड़ेगी। तब कहाँ होती थी सिंचाई। सूखी जोत देते और फसल बीज देते थे। बादलों की ओर आस लगाए रखते थे। बरसात हो गयी तो 'पौ-बारह।' नहीं तो ईश्वर भी सूखा और किसान भी सूखा। वीरानी चनों के पके बूटों के खेतों में ही होले बना लेते। छोलिया जलाते। वज़ीर और सरदूल बुझे कोयलों से मूँछें लगाकर एक-दूसरे को डराते। वज़ीर छोटा था तो कितना शरारती था। अब तो यों ही हार गया। उम्र ही कितनी है अभी? मैं बैठा हूँ सही सलामत। न कभी सिर दुःखा, न बुखार चढ़ा है। मामूली खाँसी आ जाती है इन दिनों। शाम को जरा कम दिखने लगा है...लेकिन वज़ीर पता नहीं किस पर गया है? इसकी माँ तो बहुत खपती थी। उसने इतना काम किया। मिट्टी से मिट्टी होकर रही उम्र-भर। छोटी-मोटी बीमारी की तो परवाह भी नहीं करती थी। बुखार चढ़ता तो दीवारें लीपने लगती। बुखार से कहती, ''आ मेरे बाप के साले। तुम्हें देखती हूँ। तुम चढ़ते हो मुझे या मैं तुम्हें चढ़ती हूँ? मरे जा मिट्टी में लपेट-लपेटकर मारूँगी।'' उसकी पड़ोसिन शामो, रतनो की सास हँसती। हरकौर तो मर्म बुखार को अपने से लगा लेती है और उसकी नाक रगड़वा देती है। ...बसाखा सिंह की अब भी हँसी निकल गयी। लगा, मानो सचमुच हरकौर भैंसों को थपथपाती लम्बी नाँद के पास घूम रही हो। उसका उच्छवास निकला। पूरे घर की कबीलदारी को आगे लगा कर चलती थी। बीच राह में दगा दे गयी। नहीं तो मैं किससे कम था। उसे लगा, आँखें फिर भर आयीं। साफे के पल्लू से आँखें पोंछी। हरकौर फिर आँखों के सामने खड़ी धुँधली-सी दिखती रही। वही झुरियों

भरा चेहरा, सफेद बाल। सिर पर झटमैली-सी चुन्नी। खद्दर की कुरती और सलवार। भारी डंडियों के कारण लटकती कानों के सिरे। बहुत कहता था उसे—

'डंडियाँ उतार दे। कानों में छेद झाँकने लगे हैं। अब तो ये टूटने वाली हैं।' वह मुझे बोलने नहीं देती थी। कहती, 'टूटने दो कान टूटते हैं तो। अब नहीं उतारूँगी मैं। मौत के बाद भले मेरे कान काट कर रख लेना।' बसाखा सिंह के चेहरे पर रुआँसी मुस्कान उभर आयी।

तीन-तीन भैंसों का दूध दोह कर वह थकती नहीं थी। पता ही नहीं चला, कब वज़ीर और सरदूल बड़े हो गये। पन्द्रह किल्ले की जमीन में ही बरकत थी। प्रस्ताव वालों ने आँगन में रौनक लगा दी थी। उसने फिर उच्छवास छोड़ी। हरकौर तुम्हारा कर्ज मैं कहाँ उतारूँगा? क्या हो गया था तुम्हें? बहुओं के आने पर तुम इतनी खामोश कैसे रहने लगी थीं। कौन-सा रोग तुम्हें अन्दर-ही-अन्दर खाए जा रहा था? मैंने कितनी बार पूछा, तुम नहीं बोलीं। एक दिन तुम बहुत दुःखी थीं...फिर मैंने तुम्हें बाड़े में कसम दी थी। वज़ीर की कसम। उस दिन तुमने कहा था, इन्हें अलग-अलग कर दो। मुझे तो इन्होंने तिनके से भी हल्का कर दिया। मेरी अब घर में कोई कदर ही नहीं। मेरी कोई भी बात ये पसन्द नहीं करतीं। बड़ी ज्ञानकौर का स्वभाव तो थोड़ा-थोड़ा तेरे जैसा ही था। छोटी ज्यादा तेज थी। लेकिन तुम दोनों से दुःखी थीं। तुम्हारी 'सरदारी' छिन गयी थी न, तुम कहती थीं, जीती बसती रहो। अपना घर सँभालो। हमसे जितना बाजा बज सका बजा दिया।

उसके बाद तुमने घर की चिन्ता छोड़ दी। कोई लुटाये या बिगाड़े। तुम्हें परवाह नहीं थी। गुमसुम रहने लगीं। दिनों में ही ढल गयीं जैसे। जो भी मिलता, पूछता—'हरकौर, तुम्हें क्या हुआ है?' तुम क्या बताती? मैं तुम्हारे दुःख समझता था...

बसाखा सिंह को वह साक्षात् सामने खड़ी नजर आ रही थी...जैसे बाड़े का फाटक खोलकर धीमे से अन्दर आ घुसी हो। कभी-कभी बहाव में आकर वह उससे बतियाने लगता है। उस पर व्यंग्य कसता। लड़ता-झगड़ता कभी राजीनामा हो जाता, 'अब तो तुम्हारे पास आने को मन बेचैन है, सरदूल की माँ।'

सरदूल का नाम दिमाग में आते ही उसकी करतूतें भी याद हो आयीं। मन खराब होने लगा। अलग होते वक्त कितना झगड़ा किया था, भाइयों जैसी कोई बात ही नहीं थी। खून इतना सफेद हो गया भाई-भाई का! वज़ीर का तो स्वभाव नरम था। इतना कुछ होने पर भी वह सब्र कर गया। सह गया। बसाखा सिंह को उस दिन की घटना वैसे ही याद है।

...वज़ीर खेत से आया था। थका माँदा पसीने में तरबतर। ज्ञानकौर ने हमदर्दी से पूछा था, ''पानी की बाल्टी भर दूँ?...हाथ-पैर धो लो।''

"धोए हुए हैं हाथ-पैर।" वज़ीर खुश्क-सा बोला था! मैं हैरान! ऐसे तो वह कभी नहीं बोला था। पूछा, "क्या हुआ वज़ीर! गुस्से में क्यों हो?"

"सरदूल कहाँ है बापू?" वज़ीर के शब्दों में क्रोध था।

"चौपाल में बैठा होगा। या फिर जगते के पास होगा। वहाँ न हुआ तो धालीवाल के दरवाजे के पास ताश खेलते लोगों के पास बैठा होगा। लेकिन तुम गुस्से में क्यों हो? पहले कभी पूछा नहीं जहाँ कहीं भी रहे।" ज्ञानकौर ने चिन्ता से पूछा था।

"बापू, देख लो वह क्या चाँद चढ़ा रहा है।" वज़ीर उलाहना सा देते बोला।

"ऐसा क्या कर दिया उसने?" मुझे भी चिन्ता हुई।

"बापू वह पंचायत के मेम्बरों से कहता घूमता है..."

"क्या कह रहा है पंचायत को?"...मैं सचमुच डर गया था।

"जमीन के बँटवारे के लिए लोग जुटा रहा है। कहता है, मैंने अलग होना है।" वज़ीर के शब्दों ने घर के आँगन में भूचाल-सा ला दिया था।

"मर जा, जायेखाने के। इसे बैठे-बैठे क्या हो गया? इसी चौधरानी ने पट्टी पढ़ाई होगी।" ज्ञानकौर ने चौंके में बैठी भूंडो की तरफ इशारा किया था। फिर उसने जैसे सबसे पूछा, "अब क्या होगा?"

"होना क्या है? जो लोगों के साथ होता है, वही हमारे साथ होगा। साला बेकार घूमता है। अलग होकर क्या रंग लगाएगा? बापू, अब अलग कर दो हमें। हम कमा खा लेंगे। देख लूँगा इसे मैं अलग होकर कैसे 'लाहौरी दरवाजे' बनवाता है।" तंग आकर वज़ीर ने निर्णय सुनाया।

"लाहौरी दरवाजे क्या बनवाने हैं। हड्ड हराम इतना है कि कटरू खुल जाए तो उठकर इससे बाँधा नहीं जाता। बैठा देखता रहेगा।"

बसाखा सिंह की यह बात अन्दर आ रहे सरदूल ने सुन ली थी। वह भड़क उठा। मानो बहाना ढूँढ़ रहा हो। आते ही बोला—

"अब मैं तुम्हें लाहौरी दरवाजे बनाकर ही दिखाऊँगा। बापू, घर की कीमत डाल लो। न मैं आपके साथ यहाँ रहूँगा। न घर में दीवार निकालनी है मुझे। मुझे यहाँ रहना ही नहीं। मुझे आधे हिस्से की रकम दे दो। मैं फिरनी पर जगह लेकर घर बनाऊँगा। भूखा रहूँ, नंगा रहूँ। मेरी तरफ मत देखना।"

"जैसे मन हो रहना, हमें क्या।" वज़ीर ने दुःखी होकर कहा था। क्या करता वह? जब पीछे ही पड़ा हो कोई। मैं अभी सोच ही रहा था, मूर्ख को समझाऊँ। लेकिन वह गुस्से में भरा बैठा था। हमें कहता—"सारी फसल खा जाते हैं। हम तुम्हारा गोबर-मूत सँवारने भर के लिए हैं?"

"कहाँ गोबर मूत सँवारती है बहू? मैंने तो चौके में भी इसे काम को नहीं

कहा। बैठी को खिलाती हूँ। पूछ लो, सामने बैठी है।'' ज्ञानकौर ने खरी बात की थी। फिर कहा, ''तुम बोलती क्यों नहीं? बता अब सबके सामने कि कब-कब गयी हो उपले थापने?''

''हमें बोलने की जरूरत नहीं।'' सरदूल पहले ही बोल उठा, ''बापू, आज शाम को पंचायत आएगी। मैं सब मैम्बरों को बोल आया हूँ। जमीन में से दे दो आधा हिस्सा। घर की कीमत आँक कर आधे पैसे दे दो। बस! तुम अपने घर, मैं अपने घर।''

''मूर्ख! क्यों बिगड़ रहा है? साथ-साथ रहने जैसी कहीं बरकत है। क्या करोगे अलग खेत जोत कर? सरीकों, सम्बन्धियों का मुँह ही देखते रह जाओगे।'' बापू ने समझाया।

''देख लेने दो इसे भी अलग होने का मजा, बापू! मैं दूर ही भला। यह हर रोज झगड़े ही करता रहेगा।'' वज़ीर भी अब तो तर्क मान रहा था।

''तुम्हारा खून सफेद क्यों हो गया?'' दोनों आग-बगूला हो रहे थे। ''वज़ीर! तुम ठंडे रहो बेटे। तुम तो कभी ऐसे गर्म नहीं थे।'' कब से भयभीत हरकौर उन दोनों के बीच आ खड़ी थी।

''क्या करूँ बेबे! हर रोज तो झगड़ने लगता है। खेत में नहीं जाता और जिम्मेदारी यह नहीं सँभालता। पटियालेवाला भूपा (महाराजा भूपिन्दर सिंह) बनकर चौपाल में जा बैठता है।''

''मैं तो बैठूँगा। अलग होकर भी बैठूँगा। तुम रोक लेना मुझे।'' सरदूल ससुरा जबरदस्ती गले पड़ रहा था।

''मुझे क्या जरूरत है हटाने की। मेरी ओर से कुएँ में जा पड़े...''

वज़ीर की बात पर हरकौर दुःखी हुई थी। उसके लिए तो दोनों एक जैसे थे। कहा था—''रे क्यों बोल-कुबोल कहते हो। तुम में तो भाइयों जैसा मेल नहीं, मोह नहीं। भाई आपस में यों करते हैं? मैंने तो कभी देखा, सुना नहीं। माँ-बाप की परवाह नहीं। इतनी घृणा! ऐसी नफरत!'' और उसकी घरवाली। क्या नाम है उसका—भूंडो-भूंडो। क्या थी, भिड़ ही थी तब। अब तो पता नहीं। कैसे चौके में से बोली थी—''मुझसे नहीं होगी सारी उम्र की गुलामी। आप पटरानी बनकर लोगों के घर घूमती रहती है।''

''अरी, तुम चुप करो बहू। इन्हें लड़ते झगड़ते देखकर तसल्ली नहीं, तो दीवार से टक्कर मार उठकर। मर जानी! कहाँ से झगड़ालू फौज तैयार कर रही है।'' हरकौर ने दोनों को डाँटा था। फिर दुःखी मन से मुझे कहा था, ''वज़ीर के बापू! कर इन्हें अलग। यों ही कटकर मरेंगे। अपनी रुक्खी खाएँ, चुपड़ी खाएँ। मैं ऐसा कंजरखाना नहीं देख सकती। यह छोटी जब से आयी है, अलग होने

का राग अलापती है।'' दु:खी हरकौर बाड़े की ओर आ गयी थी। मैंने बहुत समझाया। सरदूल मानो एक ही रट पर रहा। बाबे नानक ने कहा है—माया आनी-जानी है। इसका लोभ ठीक नहीं। लेकिन लोभ के लिए तो सरदूल सारे रिश्ते ही भूल गया। अब भी, न कभी खुशी में न गम में। जब भी मिले, सड़ी-सी बात करेगा। वह सरदूल को बन्द-दुआ तो न दे सका। उसे कबीर याद आएँ—तुम क्यों दु:खी होते हो बसाखा सिंह! जो औरों के लिए दु:ख पैदा करते हैं, उन्हें भी वैसे ही दु:ख झेलने पड़ेंगे। उसने लम्बी साँस ली, नि:श्वास जैसी।

भैंस ने गोबर-मूत्र से सनी पूँछ मच्छर उड़ाने के लिए घुमायी तो छींटे बसाखा सिंह तक आये। चेहरा, दाढ़ी साफ करते उसने पहले तो भैंस की ओर लट्ठ लहराने की सोची। लेकिन मन उदास था। फिर वह बाड़े के फाटक तक आ खड़ा हुआ।

...नजर ज्यादा ठीक तो नहीं थी, लेकिन वज़ीर की अपेक्षा अच्छी थी। आते-जाते लोग पहचान लेता था। अपने काम खुद ही सम्पन्न करने की हिम्मत भी थी। चलकर अन्दर घर और बाहर शौच आदि के लिए जा आता था। वैसे जरूरत के लिए राजपाल ने हठ करके, बाड़े के एक कोने में गड्ढा खुदवा कर, उस पर चक्की का पुराना पाट टिका कर लैटरीन का जुगाड़ किया हुआ था। लेकिन बसाखा सिंह ने कभी इसका इस्तेमाल नहीं किया। वह तो तब गुस्से भी हुआ था।

...पता नहीं आजकल के बच्चे समझते क्यों नहीं। इस तरह तो गन्द कुओं और नलकों में आ जाता है। यह क्या तरीका हुआ?

लेकिन बाबे की बात पर कम ही ध्यान दिया गया। गाँव में अब इस तरह के गड्ढे अनेक घरों में खुदे हुए हैं। अब कुईं खोदने के कारीगर सुबह आते शाम तक पूरी खुदाई करके लौट जाते हैं। ठेका ही करते हैं, ठेके में उन्हें लाभ रहता।

बसाखा सिंह को अब भी, धरती में फेंकी गन्दगी के नलों द्वारा आने का डर लगा रहता है। जब से बाड़े में लैटरीन के लिए कुंईं खुदवायी है, उसने वहाँ के नल से पानी पीना छोड़ा दिया है।

अब उम्र बहुत हो गयी बसाखा सिंह की। वह बताता है—'सैंतालीस के उपद्रवों के समय वह पैंतीस-चालीस का रहा होगा। बड़ा बेटा वज़ीर तब आठ दस साल का होगा। छोटा सरदूल चार या पाँच का।'

वह पक्का नहीं बता सकता। अन्दाजा था उसका। हाथ पैर अच्छे थे। शरीर भारी नहीं था। इतना बुरा भी नहीं था। अब भी ठीक तगड़ा था। भूख पूरी थी। कभी रुलदू या राजपाल को कोई काम हो तो वह मशीन पर पट्ठे (चारा) खुद

ही काट लेता। अकेला खुद पट्ठे लगाता। खुद चकरी घुमाता और अपने आप से बातें भी करता रहता।

यह भला क्या काम है! यों ही शरीर की कसरत। ऐसे काम से तो शरीर की कसरत होती है शरीर खुलता है। शक्ति मिलती है नैन-प्राणों को।

चौपाल में बैठे सरैण सिंह ने एक दिन पूछा था, "क्या हाल है अब बसाखा सिंह की सेहत क्रा? शरीर ठीक रहता है न!"

"पहली खुराकों पर ही चल रहे हैं सुरैण सिंह! नहीं तो अब की तरह शूगर-शगर से ही मर जाते। हमारे वज़ीर को देखो, साठ-पैंसठ का होगा। मुझे तो लगता है इतना भी नहीं। मोतिया उतर आया। बत्तीस और रोग लगा रखे हैं। बड़ी बरसात में छत से ऐसा गिरा कि पूरा शरीर ही जैसे जर्जर हो गया। रीढ़ की हड्डी अभी तक ठीक नहीं हुई। बस यह है कि अपने जरूरी काम करने लायक हो गया। नहीं तो क्या हाल था! डेढ़ महीना चारपायी से नहीं उठा। छोटा सरदूल है। कोई नशा नहीं जो उसने छोड़ा हो—पोस्त, अफीम, शराब। जो हाथ लग जाए। बोलता भी है तो नाक में। कोई उससे पूछे—'ससुरे! दूध पी। घी खा। न जाने नशा कहाँ से लगा लिया है? जूती पकड़ो, सौ लगाओ सिर पर, और गिनो एक..."

"लड़कों के क्या बस में है बसाखा सिंह! दुःखी क्यों होते हो? आजकल की खुराकों में जान ही नहीं है।" सरैणे के साथ बैठे ताए निहाले ने अपनी अक्ल के अनुसार बात की थी।

"खुराक भी क्या करेगी निहाले! न लोग नशे के बिना चलते हैं, न फसलें नशों के बिना बढ़ती हैं। धान बो, लो दवाएँ। गेहूँ बीज, लो दवाएँ स्प्रे। सब्जी बीज लो—दवाईयाँ! ये जहर ही हैं न! बन्दों की तरह ही है। इनसानों को ही देखो। नाग की तरह विष घोलते हैं। न माँ का आदर, न बाप का। बहन भाई की भी कदर नहीं रही। मोह प्यार ही नहीं है।" रामसिंह को घर-घर की व्यथा का पता था।

"ठीक ही है भाई जो हो रहा है। अभी और न जाने क्या कुछ होने वाला है! वज़ीर को देखो, मुझसे पहले हार गया। हमारे भी चोट लगती रही है। मुझे लगता है, जैसे नयी पीढ़ी नशा-पत्ती करने लग गयी। ये अपने बापू से पहले हार जाएगी। मेरे सभी अंग अभी सलामत हैं। कहीं हरकौर न मरती तो मैं आज भी घोड़े-सा होता!"

बसाखा सिंह की बात पर सब हँस पड़े।

बसाखा सिंह का भी हँसने को मन हुआ। लेकिन सामने खड़ी दिखाई देती हरकौर के अलोप हो जाने के कारण, घर की घटना याद आते ही हँसी अन्दर

ही दब गयी। छप्पर तले खड़ी भैंस ने झोटी की तरफ ताका। झोटी अब सहज-शान्त खड़ी थी। बसाखा सिंह धीरे-धीरे भैंस तक गया। भैंस ने कान हिलाए। टखनों पर खुंडा मारने का मानो उसे रोष हो। बसाखा सिंह ने उसकी पीठ थपथपायी। फिर शरीर सहलाता धीमे-धीमे सिर सहलाने लगा। भैंस ने आँख में (उलाहना-सा) भरकर बाबे की ओर देखा। बाबा उसके साथ सुलह के मूड में था। टखनों-गिट्टों पर खुंडा मारने का पछतावा भी था। भैंस ने लाड़ से गर्दन ऊपर उठायी और बाबे का हाथ चाटने लगी। वह खुश हो गया। भैंस ने नथुनों में से साँस छोड़ा। मानों सारा गुस्सा बाहर निकाल दिया हो।

बसाखा सिंह ने नाँद में हाथ मारते हुए चारा हिलाया। भैंस के सींग सहलाने लगा। पीठ पर दोबारा हाथ फिराते अपनी खाट पर लेटे गुरे को निहारा। फिर जाकर झोटी का सिर सहलाने लगा। मन शान्त नहीं था। अजीब-सी टटकन लगी थी। भीतरी घर में जाने को मन नहीं मान रहा था। ज्ञानकौर और आज दिनभर अहाते में नहीं आयी थी। वह आ जाती तो उससे ही पूछ लेता। पता तो चले घरवालों का क्या हाल है? राजपाल कहाँ-कहाँ पता करने गया है? परेशान-सा वह अहाते के आँगन में आ गया। फाटक तक गया कि चलो, जा ही आता हूँ भीतरी घर में। लेकिन बाहर निकलने का हौसला नहीं हुआ। फिर पलट आया। आँगन में खड़ा रहा। दोनों हाथों की कंघी बनाकर, पूरा भार खुंडे पर डालकर, ऊपर ठोड़ी टिकाकर ट्रैक्टर खड़ा करने वाली अस्थायी छत्त की तरफ ध्यान से देखने लगा।

छप्पर सूना पड़ा है। नीचे जमीन पर ट्रैक्टर के इंजन में से जगह-जगह बिखरे काले तेल के धब्बे अब भी दिखते हैं। बसाखा सिंह कुढ़ने लगा। बेटों ने हिम्मत तो बहुत की थी। ससुरी तकदीर ने ही पल्ला नहीं पकड़ाया। कबीलदारी के छेद पाटते और बैंकों की किस्तें लौटाते, ट्रैक्टर और ट्राली दोनों ट्रैक्टर मंडी में बेचने पड़े। दो किल्ले भी हाथ से गँवाये। भगतू भी कहीं गुम हो गया। क्या पता कहाँ होगा? ...पहले वाला, हमारा वक्त कितना भला था। उसने पीछे मुड़कर सूनी नाँद की तरफ झाँका। कैसे सारा कुछ धीरे-धीरे हाथ में से रेत-सा फिसल गया। अब तो मैं बेचारा हो गया। तब तो...

—देखो, कुत्ती नहीं कहने दिया था कभी मैंने। तेल मलते, डंड-बैठकें लगाते। जोर करते, मुगदर उठाते। कबड्डी खेलते...बसाखा सिंह बिक चुके ट्रैक्टर के एक बेकार टायर पर बैठ गया।

...एक जगह टकटकी लगाकर देखने लगा। ...यहीं, इस जगह अखाड़ा होता था। उसे याद आया, वह दिन। वह बैठकें पेल रहा था। साथ ही गिनती भी कर रहा था। एक सौ एक पेल सकता था। अभी साठ-पैंसठ पर ही पहुँचा

था। इसी सामने कोठे (छत) पर खड़ी वह दिखाई देती। वह अहाते से पार एक मकान की तरफ देखने लगा। मेरा तो उधर ध्यान ही नहीं था। मैं बैठकों की गिनती में ही उलझा रहा। साठे पर-एक, साठ-दो, साठ-तीन, ...पता नहीं मेरा ध्यान कैसे उधर छत की ओर चला गया। वह दाँतों तले होंठ दबाकर एकटक मुझे देख रही थी। मैं तो गिनती ही भूल गया और बैठकें भी। वह एकदम बैठ गयी थी। कितनी शर्म आयी थी मुझे। भला तब बैठकें निकालते अगर मेरा लँगोट खुल जाता। कितनी बार तो खुला था। बसाखा सिंह अब भी कल्पना में वह नजारा याद करके, कच्चा-सा हँसा। उसने घर की छत की तरफ देखने की कोशिश की। अब तो वह मकान ही खँडहर हो रहा था। उसका पिता शराबी-कबाबी था। माँ कब की चल बसी थी। एक भाई था। तब कमसिन था। छः सात साल का रहा होगा। बाद में खूब तूफानी निकला। कई पापड़ बेले उसने। सरदूल की उम्र का होगा। क्या नाम है उसका, भला-सा। वह सोचने लगा। हाँ, घुक्कर। घुक्कर ही है। लड़के के अच्छे भाग्य कि उसकी शादी समय पर हो गयी। चलो, अपने घर ठीक-ठाक बस रही है। घुक्कर का तो कहीं और ठिकाना ही नहीं। थोड़ी-सी जमीन थी। बाप बेटे खुद ही खा गये। शायद किसी ने जमीन मार ली थी। यह दुनिया—'फेरे देनी' (गाली) है, मादर...। जो इसके गले में अँगूठा देता है, उसी को बापू कहती है। कमजोरों को साले बनाकर रखती है। चल रे मन कहता वह गहरी साँस भरकर उठा। धरती पर खुंडा ठकाते हुए यादों के काफिले को हटाया। फाटक खोलकर बाहर आ गया।

सामने त्रिवेणी के नीचे चश्तरे पर बैठा, ठिगने कद का छोटी आँखोंवाला नरैण सिंह, बसाखा सिंह को आते देख, रुक गया। पहले टिकटिकी लगा कर देखता रहा। फिर आगे आने की मंशा से बसाखा सिंह की ओर चल दिया। दोनों आँखों पर हाथ की ओट बना कर पहले तसल्ली से देखा। जब निश्चय हो गया कि बसाखा सिंह ही है तो अपनी ताकत के अनुसार ऊपर लपेटी ढीली मैली पगड़ी सिर से उठाकर फिर वैसे ही टोपी-सी टिका ली, जैसे (भांड) रास रचाते समय रख लेते हैं। बसाखा सिंह बहुत पास आ गया तो नरैण सिंह ने बेचारा, भोला-सा, बनते हुए पूछा—"बसाखा सिंह है?"

बसाखा सिंह बोला नहीं। वह नरैण सिंह की आदत जानता है। रुककर नरैण सिंह की तरफ देखने लगा। खुंडा दाएँ हाथ से बाएँ हाथ में पकड़ लिया।

"लगता तो बसाखा सिंह ही है।" नरैण सिंह ने तसल्ली करने के लिए फिर पूछा।"

"तुम्हें कौन चाहिए?" बसाखा सिंह रूखा रूखा बोला।

आवाज सुनकर नरैण सिंह के चेहरे पर रौनक आ गयी और पास आकर,

धीमे स्वर में पूछा—"बसाखा सिंह, लगा कुछ पता लड़की का?"

एक बार तो बसाखा सिंह का मन किया, खुंडा मार कर नरैण सिंह का सिर पेठे की तरह मसल दे। पर उमर के इस पड़ाव तक अनेक उतार-चढ़ाव का सिर मसलोगो? साले लोग हमदर्दी कम करते हैं, दूसरे के जख्मों पर नमक ज्यादा छिड़कते हैं। अपने घर आग लगती है, तभी पता चलता है, इस आग में ताप भी होता है। यह मनुष्य के अन्दर भी जलाती है, और बाहर भी।

पहले बसाखा सिंह के मन में आया, नरैण सिंह की बात का उत्तर न दे। खामोश चलता जाए। फिर पता नहीं क्या सोचकर खुद पर नियन्त्रण करता बोला—

"नरैण सिंह! चला तो मैं घर की ओर ही हूँ। पता करके तुम्हें बताने आऊँगा। तुम्हें यदि रात को नींद न आए तो अहाते में आकर पूछ जाना। वज़ीर ने भी आँखों का आपरेशन करवाया है। उसका भी पता करके आऊँगा। उसके बारे में तो नहीं पूछना कुछ?" नरैण सिंह की 'हूँ-हाँ' सुने बिना ही बसाखा सिंह चल दिया।

नरैण सिंह भौंचक खड़ा रहा। उसे बसाखा सिंह से ऐसी आशा नहीं थी। एक बार फिर सिर से पगड़ी उठाकर, वैसे ही रख ली। मुँह में बुदबुदाने लगा—"तुम्हीं बताने आओगे मुझे बसाखा सिंह, ढिल्लो साहिब! तुमसे पहले तो चक बूढ़सिंह के पशु पखेरूओं को भी पता लग जाएगा।' उसने सिर झटकाया। ढीली पगड़ी अपनी जगह से हिली। एक और झटके से उसने पगड़ी पहलेवाली जगह कर ली। फिर वह अपने घर की ओर चला गया।

बसाखा सिंह का मन पहले से ज्यादा दुःखी हो गया। घर में वज़ीर की आँख का पता लेने जाना था। लड़की वाले ताजा जख्म ने उसे 'अन्दर-बाहर' निकलने योग्य भी नहीं छोड़ा—ये नरैणे जैसे ही नहीं टिकने देते। ससुरों से अपना घर सँभाला नहीं जाता। दूसरे के घरों की 'तलाशी' लेते घूमते हैं। मैं उधर जाता ही नहीं। कोई और ही न रास्ते में मिल जाए। यों ही किसी से बतकही होगी। ...वह लौट गया।

...जब कोई रोटी देने आएगा, पूछ लूँगा। मुझमें अब ऐसी बातें सुनने की हिम्मत नहीं है। लोगों को मुश्किल से तो मौका मिलता है। नमक-मिर्च लगाकर चर्चा करते होंगे। अपनी सन्तान ही खोटी हो तो दूसरों का क्या दोष!...सोचता वह फिर फाटक के पास आ खड़ा हुआ।

सूरज पश्चिम के तालाब में डूब गया था। अँधेरा फैलने लगा था। ऐसे समय बसाखा सिंह को धुँधला-सा दिखने लगता है—उसने ठेल कर अहाते का फाटक खोला। अन्दर आकर बन्द किया और बरामदे में चारपायी के सिरे पर आकर बैठ गया। गुरा लेटा ही सो गया। भैंस ने एक बार गर्दन घुमाकर बसाखा सिंह की तरफ देखा। फिर अहाते के फाटक को घूरने लगी। अब चारा डालने व दूध

निकालने का समय हो गया था। भैंस और बसाखा सिंह दोनों अहाते के फाटक की ओर देखते, ज्ञानकौर का इन्तजार करने लगे।

...पुराना समय होता तो पहले फावड़े के साथ भैंसों का गोबर एक तरफ करना था। उसे एक कोने में लगाकर सूखी रेत बिखेरनी थी। भैंसों को चारा देना था। फिर बाहर छतरे नीचे खड़े ट्रैक्टर की पालिश अँगोछे से साफ करनी थी। ट्राली के डाले के साथ लगी हुकों के संगल (जंजीरें) हिलाकर संगीत पैदा करना था। ट्रैक्टर का स्टेयरिंग हिलाकर देखना था। फिर थोड़ा-सा हार्न बजाना था। फिर एक तरफ रखा खुंडा उठाकर, उस पर पूरा बोझ डालकर, झुककर, गर्व से पक्की चहारदीवारी की ओर देखना था। सोचना था—चलो भगतू जो कर गया, सो कर गया। राजपाल ने तो खेती का काम सँभाल कर दबदबा बना लिया है। गाँव में उसकी पूछ प्रतीत होने लगी है। अब वज़ीर से कहकर समय पर उसकी शादी कर दे...सोचता बसाखा सिंह बहुत उदास हो गया। फिर न जाने कौन काली बिल्ली रास्ता काट गयी। क्या पता घर में कोई साढ़ेसाती आ गयी। जैसे ही सरदूल अलग हुआ, नुकसान होने शुरू हो गये। खुद तो पगला न जोतता था, न दूसरों को जोतते देख सकता था। अलग होकर अपनी सारी जमीन बटाई पर दे दी। बहुत कहा, मामला लेना है तो वज़ीर से ले लो। चल, मुझसे ही ले लेना। घर का पर्दा तो बना रहेगा। परन्तु पगला माना ही नहीं। कहता, किसी को मुफ्त में जोतने के लिए सौंप दूँगा। इनके लिए नहीं है। एक लड़की है, वह भी ब्याही, ही जा रही। शहर में कहीं काम करती है। नित्य उसकी नयी बातें सुनने को मिलती हैं। जब भूपी की तरह चाँद चढ़ा देगी तो पता चलेगा।

...कितना सम्मान होने लगा था मेरा। पंचायत का मेम्बर बनाने लगे थे। मैं ही नहीं माना। फिर वह खाली छप्पर की तरफ देखने लगा। छत के नीचे बनी लम्बी नाँद की ओर देखा। न ट्रैक्टर रहा, न ट्राली न पशु रहे। अब तो इज्जत भी नहीं रही। ...अच्छा हुआ, हरकौर! ये दिन देखने से पहले ही तू चली गयी। मैं न जाने क्यों बैठा हूँ। अभी और पता नहीं क्या-क्या देखना होगा। सरदूल की तो मैंने चिन्ता नहीं की। न कभी उसने ही मोह दिखाया। राह चलते बेगाने भी किसी को बुला देते हैं। उसका मुँह टूट जाए, जो पूछा भी हो कि बापू कैसे हो। चलो, जैसा करेगा, भरेगा। वज़ीर तो निरी गाय है। रब्ब भी धक्का करने लगा बन्दा-कुबन्दा नहीं देखता। क्या पता, रब्ब भी 'कंजरों' से डरता हो!

बसाखा सिंह ने फाटक खुलने की आवाज सुनी। उसने धरती पर खुंडा खटखटाते हुए। खाँसने की आवाज की।

ज्ञानकौर घूँघट के रूप में चुन्नी का सिरा दाँतों में पकड़कर, एक हाथ में रोटियाँ, दूसरे में बाल्टी पकड़े, बरामदे में आ खड़ी हुई।

उसे देखकर भैंस थोड़ा रँभाई।

भैंस की खाली नाँद देखकर ज्ञानकौर ने कहा, "बाबा जी, चारा तो डाल देते।"

"मेरा मन ठीक नहीं था। उधर तुम्हारी तरफ ही था। बीच रास्ते में से लौट आया।"

"उधर भी मातम में बैठे हैं, बाबा जी! आपका पुत्तर तो यों ही दिल हार बैठा है। मन छोटा किये दोपहर मंडी से लौटा है, धान तुलवा कर। आते ही पता चला तो खड़ा-खड़ा आँगन में गिर पड़ा। उसी को सँभालते रहे। हाथों-पैरों पर मालिश की। सिर में घी मलते रहे। तब होश आया। चूल्हे में आग भी आपके लिए जलायी है। उधर तो न कल किसी ने रोटी खायी, न आज अन्दर कौर उतरता है। न जाने परिवार से क्या गो-हत्या हो गयी। बाबाजी, देख लो, सरदूल अपना खून है। एक बार भी पूछने नहीं आया कि क्या हो गया?" ज्ञानकौर का गला भारी हो आया। वह बिफरी हुई थी। किससे दुःखड़ा कहे? आँखें पोंछते हुए भैंस को चारा डाले। फिर उसे थपथपाती वहीं दुहने बैठ गयी।

ज्ञानकौर की बातें सुनकर बसाखा सिंह की मन रोटी खाने को नहीं माना। भूख लगी थी, तो भी कौर गले में अटक गया। पानी की घूँट से निगला। फिर उसने गुरे को जगाया। वह बिना बोले, बिना किसी की ओर देखे उठकर रोटी खाने लगा।

ज्ञानकौर दूध दोह कर उठी तो बसाखा सिंह ने कहा, "बर्तन ले जाओ, साथ ही इसे भी ले जाओ। दोपहर से ही यहाँ लेटा है। कहता है राजपाल पीटेगा। उसको कहना, उसे कुछ ने कहे। पहले ही कौन सुखी हैं हम!"

"कह दूँगी बाबा जी," कहकर ज्ञानकौर गुरे की तरफ देखने लगी। वह रोटी खा रहा था। बोली, "रोटी तो कम रही होंगी और भेज देती हूँ।"

"न, मुझे नहीं खानी रोटी। मुझसे अब खायी नहीं जाएगी।" बाबे के चेहरे पर दुःख छाया देखकर ज्ञानकौर को तरस आ गया।

"एकाध खा लेते बाबा जी। इस तरह तो अन्दर गर्मी हो जाएगी। बीमार पड़ जाओगे। इसका बापू पहले ही निढाल है।" ज्ञानकौर दूधवाली बाल्टी जमीन पर रखकर खड़ी रही।

"बीमार पड़ता हूँ तो अच्छा ही है। क्या करूँगा जी कर। ऐसी बातें झेलने की ताकत नहीं है अब। क्या अक्ल फिर गयी है उसकी। क्या हो गया?" बसाखा सिंह ने हमदर्दी के साथ पूछा।

"क्या समझ में आये बाबा जी! परसों अच्छी-भली सोयी थी। हँसती खेलती रही दिनभर घर में। मेरे तो फरिश्तों को भी मालूम नहीं था कि लड़की के मन में पाप है। बाबा जी जब आप रात को बताने आये थे कि झोटी रँभा रही

है, तब वह घर पर ही सो रही थी। सुबह मैं उठी तो वह खाट पर नहीं थी। सोचा, बाहर-अन्दर गयी होगी। आ जायेगी। पर कहाँ? दो दिन से उसका कहीं अता-पता नहीं। धरती निगल गयी जैसे चन्दरी को''...बातें करते हुए, खाट के नीचे से गुरे के रोटीवाले बर्तन उठाए। बाबा जी के थोड़ा पास होकर धीमे से बताया—

''दलीपो बुड्ढी आयी थी, बाबा जी! कह रही थी कि उसने सुबह मुँह अँधेरे अपने कमलोंवाले तालाब पर खड़े देखा था उसे। चमारों के किशने के लड़के केवल के साइकिल पर बैठकर शहर को चली गयी।''

''केवल कौन? रुलदू का छोटा भाई?'' बसाखा सिंह ने हैरानी से पूछा।

''हाँ, बाबा जी।''

''किशने चमार का लड़का?'' बाबे ने फिर, दोहरा-दोहरा कर पूछा। मानो उसे यकीन न रहा हो।

ज्ञानकौर बोली नहीं। बसाखा सिंह ने उसकी आह ही सुनी।

''हाय, ऐसे कुलच्छनी की बेड़ी बैठ जाए!'' बाबे ने दु:खी होकर शाप दिया। फिर गुरे को झिड़क कर बोला, ''चल काके, उधर चल। ले जा अब इसे। बुरे दिन पूछ कर नहीं आते। देखो, कुदरत को क्या मंजूर है।'' बसाखा सिंह ने नि:श्वास लिया और सिर पटक कर झूरने लगा।

गुरा अनमना-सा माँ के पीछे चल दिया।

अँधेरा काफी हो गया था।

बसाखा सिंह आनेवाले भयानक दिनों के बारे में कलपता, दु:खी होता, खुद से बोलने लगा। जबसे हरकौर मरी थी, वह यों ही बोलने लगा है। हैरानी से कोई पूछता है, ''किससे बातें कर रहे हो, बसाखा सिंह!''

''अपने के बन्दे के साथ बातें करता हूँ, भाई। बन्दे के अन्दर भी कई बन्दे होते हैं। फिर इस उम्र में तो फरिश्ते भी दिखने लगते हैं। वे भी तो वचन-विलास करते हैं।''

प्रश्नकर्त्ता और भी हैरान हो जाता। सोचता, बूढ़े का दिमाग ठिकाने नहीं रहा। हरकौर का दु:ख मन को लगा लिया है। यों भी अकेले जाते, अकेले बैठे, बातें करता उसे कइयों ने देखा है।

आज भी, ज्ञानकौर गुरे को अपने साथ ले गयी तो बसाखा सिंह ने ऊँचे स्वर में कहा—

''मेरे में तो अब ताकत नहीं है यह सब झेलने की। हरकौर! अपने पास ही बुला ले! अब तो तुम्हें मिलने को बहुत जी करता है।'' उसका बच्चों की तरह रोने का मन हो रहा था।

फिर वह अन्दर बरामदे में जाकर खाट पर लेट गया। छत की कड़ियों, बल्लियों की तरफ देखता। वह हरकौर के साथ फिर बातें करने लगा।

तेरह

दुःखी हुआ बसाखा सिंह अक्सर अपने पूर्वजों को याद करता है। उसका बापू आसा सिंह कभी-कभी अपने पुरखों का गुनगान करता था।

बड़े गाँव से निकल कर इनके पूर्वज बूढ़सिंह ने अपने खेतों में घर बना लिया था। तब वह अस्सी किल्ले का मालिक था। आधे गाँव जितनी जमीन अकेले बूढ़सिंह के पास ही थी। बूढ़सिंह के तीन लड़के थे, एक लड़की। कहते हैं, लड़की की शादी के समय बूढ़सिंह ने पाँच किल्ले जमीन और पाँच भैंसे, लड़की को दहेज में दी थीं। तब पूरे मालवे (पंजाब का एक क्षेत्र) में इस शादी की चर्चा थी।

अपने जीते जी बूढ़सिंह तीनों बेटों में जमीन का बँटवारा कर गया। आशा सिंह बड़ा था। उससे छोटा रूड़सिंह और उससे भी छोटा पालासिंह। इतिहास के कुछ जानकार कहते हैं, आसा सिंह महाराजा राणजीत सिंह की फौज में भरती हुआ था। बसाखा सिंह को इस बात की ज्यादा समझ नहीं थी। इतना उसे पता है, उसके बापू और चाचों को पच्चीस-पच्चीस किल्ले ज़मीन हिस्से में आयी थी।

अँग्रेजों ने सरहद नहर से छोटी-छोटी नहरें निकालीं। फिर आगे छोटे नालों की योजना बनायी। पुराने लोग कहते हैं कि आसा सिंह समझदार था। उसने अपने हिस्से की जमीन का सर्वेक्षण करवा लिया। पता नहीं, इस बात में कोई सच्चाई है या नहीं, या यों ही अनुमान लगा रहे हैं।

आसा सिंह के दो बेटे थे। एक बसाखा सिंह, दूसरा लहणा सिंह। रूड़ सिंह बेऔलाद मर गया। वसीयत करके वह अपने हिस्से के पाँच किल्ले आसे को दे गया। दस किल्ले गुरुद्वारे के नाम लगवा गया और बाकी दस किल्ले पाला सिंह को दिलवा गया। खानपान पाला सिंह के साथ होने के कारण, वह पाला सिंह के साथ कुछ रियायत कर गया। अब पाला सिंह के पास एक साथ 35 किल्ले हो गये।

आसा सिंह ने इस हिस्सेदारी का बुरा नहीं माना। रूड़सिंह की जमीन थी, जिसे मन मानता दे जाता। अगर आसा सिंह को पाँच किल्ले भी न देता तो वह क्या कर लेता! आसा सिंह को सन्तोष था। उसने अपने खेतों में कुआँ खुदवाया। कस्सी (छोटी नहर) तो देर बाद मिली। इसके निकलने से जमीन उपजाऊ हो गयी। कुएँ का पानी मीठा होने के कारण, आसा का कुआँ आसपास के गाँवों में

मशहूर हो गया। दिनभर गाँव की औरतें-लड़कियाँ, पानी भरने आतीं। सिर पर घड़े टिकाकर वे खेत की पगडंडी पर से कतार बनाकर आती। आसा सिंह फूला न समाता।

बसाखा सिंह के दो बेटे और एक बेटी थी। जब आसा सिंह ने लहना सिंह और बसाखा सिंह को अलग किया, तो बसाखा सिंह के हिस्से पन्द्रह किल्ले जमीन आयी। कुआँ भी उसके हिस्से में आ गया।

बसाखा सिंह का छोटा भाई लहना सिंह कुछ साल पहले मलेशिया चला गया था। वहाँ से लौट कर खेती करने लगा। उसकी शादी बड़ी उम्र में हुई। परिवार के कामों में वह कम ही दखल देता था। शादी के बाद आसा सिंह ने उसे साँझे मकान के पीछे पड़ी खाली शामलात जमीन में दो कमरे डाल दिये थे। लहना सिंह इसी में खुश था। चक बूढ़सिंह में परिवार के ज्यादातर सदस्य बूढ़सिंह गाँव के ही हैं। वह यहाँ अकेला आया था। मकान बनाते समय पहले घबराया। सुनसान में कैसे रहेंगे? देखते-ही-देखते बड़े गाँव के अन्य घर भी अपने खेतों के पास आ बसे थे। धीरे-धीरे आबादी बढ़ती गयी। पहले इन घरों को 'बड़े गाँव के कोठे' कहकर काम चला लेते थे। लेकिन चकबन्दी के बाद ये मकान बाकायदा नक्शे में आ गये और इसका दूसरा नाम 'चकबूढ़ सिंह' हो गया। जैसे-जैसे रौनक बढ़ती गयी, जरूरतमन्द आते रहे। मजहबी और चमारों के घरों में वृद्धि होती रही। मिस्तरी, लुहार आ बसे। चलता फिरता मिरासियों का एक घर भी यहाँ आ टिका।

चकबन्दी के बाद प्राइमरी स्कूल खुल गया। कुछ देर के बाद, उसी स्कूल को, लोअर बना दिया गया। बड़े गाँव का हाई स्कूल बन गया। क्या स्कूल बना? अब कैसी पढ़ाई? बसाखा सिंह ने सोचा, अब तो यों ही भट्ठा बैठ चुका है। हमारे समय लड़कों-लड़कियों में कितनी शर्म-हया होती थी। यों छिपा-छिपी खेलते रहते थे। क्या मजाल किसी कारण मन मैला हो जाए?...उसे विभाजन, मार-काट के दिन याद आ गये। वह मुसलमान लड़कियों से भी खेल लेता था। सकीना का भाई अब्दुल हमीद उसे याद हो आया। यह अहाता उसकी जगह में है। मेरे पास पंचकल्याणी झोटी थी। मत्था चौड़ा, कुंडलाए सींग। हमीद देखते ही डोल गया। कहता—'बसाखे! यह झोटी मुझे दे दो।' मैं क्या कहता! मेरा दोस्त था। इनकार नहीं कर सकता था। झोटी भी नहीं देना चाहता था। मुझे चुप देखकर बोला, ''यह सारी जगह तुम्हारी और झोटी मेरी।'' तब वह हाँ या न सुनने से पहले ही झोटी खोल कर ले गया। मैं क्या कहता? हरकौर गुस्सा करती रही। अपनी शानदार झोटी थी, उसे क्यों थमा दी?...

सैंतालीस की मारकाट बसाखासिंह की आँखों के सामने आ गयी। अच्छे

भले लोग राक्षस हो गये। उन्होंने मुसलमानों को ठीक से घरों में से भी नहीं निकलने दिया। कोई दरवाजा उखाड़ कर ले गया, कोई छतें उधेड़ने लगा। कोई खाट उठा रहा था, तो कोई दरी गद्दे सँभालने लगा। किसी को कुछ भी न मिला तो चक्की के पाट ही उठा लाया। एक तरफ चीखें, चिल्लाहटें, मिन्नतें प्रार्थनाएँ थीं। दूसरी तरफ ललकारे बज रहे थे। कितना गिर गया था आदमी! मैं भी दो बार गया था कोई काम की चीज लूटने। मुझसे कुछ नहीं उठाया गया। तब नरैण खेसों की गठरी उठाकर आता मिला। बोला, "डरपोक! मार लो हाथ अभी। नहीं तो एकाध मुसला ही काट डालो।" वह 'आत्म ग्लानि' से भर गया। एक बवंडर उठा, उसकी मिट्टी दाढ़ी और सिर में आ पड़ी थी।

कुछ देर बाद अब्दुल रोता हुआ आया था। जिस झोटी के लिए उसने अहाते वाली जगह मुझे दी थी, भैंस बन चुकी वही खूँटे पर ला बाँधी। हाथ जोड़कर कहा, "अच्छे दिन आये तो ले जाएँगे बसाखे!" ...और वह कन्धे लगकर जोर-जोर से रोने लगा था। ...बसाखा सिंह अब भी खुलकर रोने लगा। कितनी ही देर रोता रहा। फिर सिसकता हुआ बोला, "हमारा जोर ही नहीं तुम पर यार..."

...और अब्दुल की बहन फातिमा कैसे जोर से चिपकी थी हरकौर से। बेचारी को उससे स्नेह भी ज्यादा था। घर की सारी चीजों की अपेक्षा उसे अपना चरखा प्यारा था। जाते समय, चरखा हरकौर को दे गयी। आँखें भरकर बोली, "मुझे यह अपने बेटों-भाइयों से भी प्यारा है..."

हरकौर ने जीते जी किसी को चरखा छूने नहीं दिया था। कहती—यह एक अमानत है। फातिमा ने आकर माँग लिया, तो? अब तो पता नहीं कहाँ पड़ा होगा। न ज्ञानकौर को उसकी कद्र थी, न सरदूल की घरवाली को...

...कितनी रौनक होती थी तब? आधी रात तक खेलते थे। वज़ीर तो अब्दुल के घर से ही खा-पीकर आता था। उनके बच्चे हरकौर से लस्सी पी जाते थे। कभी भेदभाव नहीं किया। अब तो बुरा समय आ गया। एक-दूसरे को खुशहाल देखकर कोई सहन नहीं करता। कितने अच्छे स्वभाव का था अब्दुल हमीद! भाइयों से बढ़कर प्यारा। जाने कहाँ होगा? होगा भी या नहीं। बताते हैं, एक पूरा काफिला, अमृतसर के मार्ग में ही मार काट दिया था...हे मेरे मालिक! बसाखा सिंह वे दिन याद करता है, तो उसका किसी ईश्वर, अल्लाह से विश्वास ही उठ जाता है।

उसने सुना...उधरवालों ने कौन कम किया था? लाहौर की तरफ से लाशों की भरी गाड़ियाँ आयी थीं। इधर 'बोले सो निहाल' और 'हर-हर महादेव' के नारे लगाते, उधर 'या अली' कहकर हल्ले बोल देते, मनुष्यों के हजूम पर। मृतकों जैसे पहले ही हो जाते थे सब। बस, गर्दन ही अलग करनेवाली होती थी।

...बसाखा सिंह का बापू बताया करता था—बूढ़सिंह खुद लेकर आया था दूसरे गाँवों से—मुसलमान, मजहबी, दलित और चमार। उसका मत था, जट्टों के चार घर होने से गाँव नहीं बसता। वहाँ तो हर तरह के लोग होने चाहिए। बन्दे का बन्दा सहायक है। लेकिन उसकी सोच सैंतालीस के दंगों के समय उल्टी पड़ गयी। बन्दा ही बन्दे का बैरी बन गया। रामसिंह सच कहता है—राक्षस तो बन्दे के अन्दर ही होता है। बस, दाँत और सींग ही बाहर नहीं निकले होते हैं।

जिनके साथ हँसे, खेले, उनके खिलाफ कैसे किरपानें, बरछे उठाने को मन कर आता? मनुष्य को सन्तुष्टि ही नहीं होती। भूख, लालच, मुफ्त में सम्पत्ति छीनने की हवस। सारे मोह-प्यार अन्धे कुएँ में फेंक देते हैं। कहाँ मिलेंगे अब अब्दुल जैसे यार,...फातिमा जैसी बहनें!...

जाते समय अब्दुल की घरवाली अपनी चारेक साल की बेटी सलमा को ले आयी। हरकौर के पास कहती, 'बहन, रख लो अपने पास। जवान हो गयी तो सरदूल के साथ इसका निकाह कर देना। जीवित तो रहेगी। नहीं तो कौन जाने रास्ते में ही कोई मसल दे।...'

हरकौर पसीज गयी थी। रखने को राजी हो गयी। मैंने ही उसे समझाया, पगली! हमसे जत्थेदारों का टोला छीनकर ले जाएगा। इसे बरछे पर लटका देंगे, या फिर गुरुद्वारे ले जाकर सलमा से सुलक्खन कौर बना किसी बूढ़े से आनन्द कारज रचा देंगे। इसके जवान होने तक कौन इन्तजार करेगा? कितना बिलखती गयी थी अब्दुल की बहू। कैसे चिल्ला रही थी वह बच्ची!...

...बसाखा सिंह का मन करता कि समय का उल्टा चक्कर चले एक बार। वे फिर इकट्ठे हों। उसी तरह आधी-रात तक खेलते रहें...किसी का डर, भय न हो। एक दूसरे को देखकर चाव चढ़ जाए...उसने आह भरी....बीत गये वे दिन। बहुत पीछे कहीं गुम हो गये। अब तो अहाते की सीमा की तरह ही मोह-प्यार और साँझ में छेद हुए पड़े हैं। बस एक यह अहाता है जिसकी ओर देखकर बसाखा सिंह कई बार खून के आँसू बहा लेता है। आँधी-तूफान वह बेरी की कीकर या शाखाएँ काट कर जब अहाते की बाड़ के छापे उड़ जाते हैं, तो धम से उसे दोबारा घना मजबूत करने का यत्न करते हैं। तब भी कहीं-न-कहीं से कुत्ते बिल्ले घुसने में सफल हो ही जाते हैं। ...वह व्यंग्य से मुस्कराया। अब तो हमारा अपना हाल भी अहाते की बाड़ जैसा हो गया है। एक समय था। कोई दिन थे, बसाखा सिंह पर चढ़ती जवानी थी। सरेआम, वह कहा करता था—'मेरी लगाई बाड़ में से साँप भी निकल जाए, तो जो सजा चोर की, वह सजा मेरी।'

अब उसी बाड़ में जगह-जगह छेद हो रहे हैं। बसाखा सिंह उन्हें देखकर कुढ़ सकता है। अपने समय को याद करके आह ही भर सकता है या आज के तमाम व्यवहार को कोस सकता है।

ये मुंडे (लड़के) साले परवाह ही नहीं करते। कितना बुरा वक्त आ गया। न किसी छोटे से प्यार है, न बड़े की इज्जत...भूपी ने क्या परवाह की अपने माँ-बाप की?...बसाखा सिंह को अपनी कुड़ी (धी) की याद आ गयी। सलावतपुर के पार भदौड़ ब्याही थी। अपने घर खुश थी, बड़े परिवार में ब्याही गयी थी। सुशील और समझदार थी। शादी हुई, लौटकर उसने मायके की ओर नहीं देखा। साल छह महीने में, दुःख-सुख के समय चक्कर लगाती है। अब उसका अपना बड़ा परिवार है। पुत्तर, पोते, नातियों वाली है। जीती रहे। रब्ब उसे रंग-भाग लगाए।

बसाखा सिंह धी की तरफ से सुखी है। लेकिन पुत्रों की तरफ से उतना ही दुःखी है। भगतू की शादी पर कितना शोर मचाया सरदूल ने? पहले बारात के समय रूठ गया। फिर मिलनी पर कहता, मुझे कम्बल नहीं दिया। मेरा मान नहीं किया। मैं दूल्हे का चाचा हूँ। ये कैसा ब्याह है? सारे मँगते हैं। भिखारी साले! खड़े-खड़े ही चाय पिला देते हैं। रोटी खिला देते हैं। जैसे खाकर भाग जाना हो। शादी तो हमारे समय में होती थी। न कहीं जल्दबाजी, न कोई आडम्बर, न चीख चिल्लाहट...

बसाखा सिंह को वज़ीर की शादी याद आ गयी...

बारात गड्डों पर गयी थी। तीसरे दिन लौटे थे वहाँ से। तब बारातियों की चढ़ाई देखने वाली होती थी। मावा लगी पगड़ी के तुर्रे (शमले) खड़े होते। कलफदार चादरें। सोने की जंजीरों वाले बटन होते कुरती पर। कुंडी, नोकों वाली जूतियाँ। गलों में कंठे। वज़ीर के तन पर क्या रूप चढ़ा था! दर्शनीय जवान था वह। दाढ़ी अभी फूट रही थी...वह समय याद करके बसाखा सिंह के अन्दर से सेंक (ताप) निकल गया।

हरकौर को कितना चाव चढ़ा था। आँगन में फिरकी-सी घूम रही थी। नीचे गुलाबी चुन्नी। ऊपर एक चादर। उतना ही रूप हरकौर पर चढ़ा, मैंने देखा। गले में सींग ताबीज। बाँहों में कड़े। उँगलियों में छापे। मैं उसे पहचान ही नहीं पाया था। होंठों पर दंदासा मला हुआ था। वज़ीर के नहाने धोने के समय उसके बोल अलग खनकते, पहचान में आ रहे थे।

"राजे दा बेटड़ा न्हातड़ा वे, कीहने डोहलिया पाणी।"...

इकहरे शरीर वाल मामा ने, वज़ीर को पटड़े से उतार कर, जफ्फी में उठाया तो सब हँस पड़े थे। अब वज़ीर आप बेचारा मामे की तरह हारा बैठा है। देखने वाला था, जब सेहरा बाँधकर शादी में आयीं औरतें माथा टेकने गुरुद्वारा ले गयी थीं। कद इतना ऊँचा, लड़कियों के बाँहें ऊपर उठाने पर भी फुलकारी से पगड़ी का शमला ही स्पर्श करता था। वज़ीर को हाथ में पकड़ी किरपान से फुलकारी ऊँची करनी पड़ी थी।

दोपहर बाद ज्ञानकौर के गाँव में बारात पहुँची थी। बारातियों के मुँह सिर मिट्टी-गर्द से सने हुए। लगता था मानो बारात नहीं, जंगल के दिहाड़ीदार इकट्ठे होकर बारात के रूप में आए हों।

...गुरुद्वारे के साथ लगते 'जनेत घर' में एक ओर बड़े कड़ाहे में पानी गर्म हो रहा था। पास ही नहाने के लिए साबुन तेल रखा था। वहीं बिछायी एक खाट पर तौलिया पड़ा था।

"पहले चाय छकोगे कि नहाओग?" बिचोले ने आकर विनम्रता और आदर सहित पूछा था। चायपान का समय नहीं है अभी गुरमुखो! पहले बूँद-बूँद नीचे उतारेंगे। रास्ते की धूल मिट्टी कंठ से नीचे करेंगे। फिर मन आया नहाएँगे। न मन माना तो हाथ-पैर धोकर काम चला लेंगे। तुम यों करो, लड़की वालों के घर से नमकीन, गिलास और चबीना आदि लाओ। दूसरा सामान है हमारे पास। बिचौलिया, बारातियों की बात सुनकर हँसने लगा। लौट पड़ा। बसाखा सिंह को बिचोले का हँसता चेहरा अब भी दिख रहा है। उसके चेहरे पर रौनक आ गयी। लेकिन इस अँधेरे में कौन देखता। ...बसाखा सिंह बीते हसीन वर्षों के सामने अभी उसी तरह खड़ा है।

रात में बाराती पूरे शराबी थे। थके तो थे ही, भूखे भी थे। रोटी खाने पर ज्यादा मस्ती नहीं की। मेहमानों के शोर-शराबे में उन्हें 'बारात जुटाने', बारातियों को इकट्ठा करने का ध्यान ही नहीं रहा। लड़कियाँ कहती रह गयीं—

'नी एह तां भुक्खे आये।
बड्डे बड्डे बब्बर लियाये'

रात का समय था। शराबी बारातियों ने किसकी परवाह करनी थी?

दूसरे दिन, दोपहर की रोटी के समय पहले 'सिठनियों' की बरसात हुई। व्यंग्य-कटाक्ष किए गये। बसाखा सिंह को तो अब तक तक सिठनी याद हैं। वज़ीर थोड़ा पक्के रंग का था—

'तू काला, प्यो दा साला—
वे काला किस गुणे
मेरी माऊँ गयी गोल्हा (गूलर) हेठ
महीना सी जेठ मैं माऊँ दे पेट
काला ऐस गुणों...'

फिर मुँडेरों पर लड़कियों की हँसी सुनाई दी। वज़ीर देखने में इतना काला तो नहीं था। लेकिन मस्त हो रही लड़कियों को कौन रोकता? रिश्तेदारी की एक

भाभी ने सुरमा खुले दिल से डाल दिया। सुबह नहाने पर भी आसपास आँखों में फैला था। सेवक थाल परोस रहे थे। कोई एक परात में से थाली में लड्डू रखता जाता। उसके पीछे जलेबियों वाला आ रहा था। घरातियों में मिली मुँडेरों पर बैठी गाँव की लड़कियाँ सिठणी देती जा रही थीं। आधी लड़कियाँ बारात पर नजर टिकाये थीं। सेवक परोस चुके तो एक युवक ने खाने के लिए लड्डू उठा लिया। तभी शाम सिंह ने मना किया। ''ठहर भई सुनता नहीं तुम्हें।''

तभी लड़कियों के बोल, बारातियों की थालियों में आ गिरे थे।

'...जे लाड़िया तेरा होवे कबीला
बन्दी जंज छुड़ावे...
जंज कौण छुड़ावे?...'

मुंडेर से ही आवाज आयी थी—'लाड़े दी भैण छुड़ावे...।' सारे मेहमान हँस पड़े थे।

सब बाराती एक-दूसरे का मुँह देखने लगे। मुँडेर से सिठनियों की बौछार फिर आयी। यह भारी हतक थी। घुक्कर ने दारू पी हुई थी। बारातियों की ओर देखता वह बसाखा सिंह की तरफ मुड़कर बोला, ''ताया, मैं उठूँ फिर...?''

सब कहने लगे, ''तुम रहने दो घुक्कर, रहने दो।''

''ठीक है। मैं रहने देता हूँ। ताये का कहा भी मान लेते हैं।'' कहकर घुक्कर ने खाने के लिए लड्डू उठा लिया।

मुंडेर से एक गीत आया—

'एह भुक्खे आये नी!
बड्डे बड्डे बब्बर लियाये नी।
जंज कौन छुड़ावे...?'

''ताया, अब मत रोकना'' घुक्कर उठा। उसके बाएँ हाथ में लड्डुओं-जलेबियों वाला थाल था। मुँडेरों पर एक खामोशी छा गयी। सभी बाराती, मेहमान औरतें, लड़कियाँ घुक्कर का चेहरा देखने लगीं।

मैं तो 'बहिजा-बहिजा' कर दूँ। घुक्कर के शराबी बोल लड़खड़ाये उसके हाथ में से लड्डुओं का थाल डोल पड़ा। लड्डू नीचे लुढ़क गये।

मुँडेर पर बैठी लड़कियाँ हँस पड़ी।

यह घुक्कर को चुनौती थी। उसने अपने आपको सँभाला। कहता, ''फिर रखो लड्डू थाल में।''

वधू पक्ष की ओर से दो सयाने लोग, हाथ जोड़कर घुक्कर के पास आये।

कहा, "बैठ जा भाई। शाबाश! अन्न-पानी छको।" फिर उन्होंने मुंडेरे पर बैठी लड़कियों, औरतों को झिड़का—"बस करो, बहुत हो गया।"

घुक्कर अब खड़ा था। किसी ने उसे कन्धे से पकड़ कर प्यार से बिठाना चाहा तो वह बिफर गया। उसने पहले मुँडेर की तरफ देखा। फिर बैठाने वाले की तरफ देखते हुए दायीं बाँह ऊपर उठाकर बोल निकाले—

'सुण भाई खालसा जी मेरी गल्ल तूँ
मेरे दखौदा जोर भारा मल्ल तूँ
तेरा की मैं दस्स खालसा बिगाड़िया
मेरे क्यों गरीब ते कटक चाहढ़ियाँ?
पहिलाँ ना जनानियाँ नूँ कीताँ बन्द जी
जिन्हाँ ने फसाद दा चढ़ाया चन्द जी।
जित्थे किते नारी आँ खरूद पाँदीआँ
अग्ग लाके उत्तों दी बरुद पाँदीआँ।
मचे दीवा सच दी निगाह दे हेठ न
कणकाँ ते कूँजाँ रहिण हाढ़ जेठ न।'

(भावार्थ : हे खालसा! मेरी बात सुनो, मुझ पर जोर क्यों डाल रहे हो? खालसा तेरा मैंने क्या बिगाड़ा है? मुझ गरीब पर सेना क्यों चढ़ा दी है? पहले तो नारियों को रोका नहीं, जिनके झगड़े ने चाँद कटवाया है। औरत जहाँ कहीं भी उत्पात करती है, आग लगाकर ऊपर से बारूद डालती है। सच की नजर के नीचे दीपक जलेगा? गेहूँ आर कूँज आषाढ़ जेठ में नहीं रहती।)

बुजुर्ग ने डगमगाते घुक्कर के आगे हाथ जोड़े। "बस्स बस्स, खालसा जी, छको।"

"बैठ भई बैठ!" एक और बोला।

"बारात बँधी, तो छुड़ायी नहीं गयी।" मुँडेर से किसी लड़की ने ताना दिया।

घुक्कर ऊपर नजरें उठाकर मुँडेर की तरफ देखने लगा। घरातिनें फिर हँस पड़ीं। शराबी हुए घुक्कर का सिर एक बार अपनी छाती की ओर लटका। लेकिन सँभल गया। हाथ पर टिका लड्डू जलेबियों का थाल डोलने लगा तो उसने दूसरे हाथ से बचा लिया। उसके शराबी बोल सबने सुने—

'कणकाँ विचों तित्तर उड़िया करदा मैं मैं—
माँ तेरी नूँ सुथरा कर दिआँ, तैनू लै जाँ मैं।
छुट्टी रोटी लग पे खाण, लिआओ भव्वड़ बट्टो बाण।'

मुँडेरों पर बैठी घरातिनों की हँसी, शर्मिन्दगी वाली थी।

बारातियों के 'हो हल्ले' ने आँगन में धूमे मचा दीं। शराबी घुक्कर के बोल फिर सुनाई पड़े—

'छुटे परशाद अते थाल थालियाँ
बन्ह देवाँ नाराँ गोरियाँ ते कालिया
छुट्ट गये लड्डू मठियाई कुल्ल नी
बन्ना तेरा रूप जो परी दे तुल्ल नी
सुण लै तूँ गोरिये लगा के कन्न नी
छुट गयी जन्न तैनू देवाँ बन्न नी...'

बारातियों ने फिर ललकारे लगाये। सब रोटी खाने लगे थे।

आज कहाँ हैं ऐसे वक्त? सम्बन्धी भी आजकल नाक पर मक्खी नहीं बैठने देते। तब वज़ीर की जनेत (बारात) तीन दिन रुकी थी। शरारती बाराती अपने दाँवपेंच सँभाले रहते थे, जैसे ताश का होशियार खिलाड़ी रंग का पत्ता बचाकर रखता है। उन्हें पता था कि रात की रोटी के समय घरातिनों से फिर उलझना पड़ेगा। जहाँ तक बन पड़ता बाराती अपने गाँव, अपने दूल्हे की पीठ नहीं लगने देते थे।

रात बीतने पर, बारात-घर में दूध की बाल्टियाँ आ गयीं। शराबी बारातियों का दूध पीने को नहीं था। उन्होंने सेवा भाव से हर बाराती को जगाकर दूध के लिए पूछा। कन्या पक्ष के मन में पहाड़ जितना बोझ रहता है, कोई बाराती किसी कारण नाराज न हो जाये।

वज़ीर के ससुराल वालों ने सेवा में कसर नहीं छोड़ी थी।

दूसरे रोज, काफी दिन चढ़े तक, बाराती नहाने धोने में लगे रहे। 'आसा दी वार' रागियों द्वारा सुबह से ही शुरू हो चुकी थी। नाई दो बार सन्देश दे गया था—'आनन्द कारज' की तैयारी है। एक बार बिचौलिया भी गया था...

लेकिन जाए कौन? कोई बाराती तेल की मालिश कर रहा था। कोई साबुन माँग रहा था। किसी को तौलिया नहीं मिल रहा था। जिन्होंने कपड़ों पर तो क्या अपने शरीर पर भी साबुन लगाकर नहीं देखा था, वे सुगन्धित साबुन से जाँघिये धो रहे थे।

समय पर 'आनन्द कारज' सम्पन्न हुए। वज़ीर बसाखा सिंह और दूसरे नजदीकी रिश्तेदार पहले पहुँच गये थे। बाराती तैयार होकर कन्या पक्ष के यहाँ पहुँचते गये। आधे अभी तक कच्छे बनियान में ही घूम रहे थे। आनन्द कारज के बाद वज़ीर जनवासे में वापस आ पहुँचा।

तीसरे दिन डोली विदा हुई। बसाखा सिंह दुल्हन के लिए रथ लेकर गया। बड़े गाँव में के हर मिस्तरी के पास रथ था। पूरी तरह सजा हुआ। अन्दर लाल रंग की सनील का कपड़ा लगा था। बैलों पर फुलकारियाँ लटक रही थीं। पूरे गाँव में बसाखा सिंह की 'बल्ले-बल्ले' हो रही थी। अपनी हैसियत से बढ़कर उसने वज़ीर की शादी पर खर्च किया था। घर की निकाली हुई शराब सम्बन्धियों के विदा होने तक चलती रही। उसकी राय थी, शादी कहाँ हर रोज होती है...ज्ञानकौर के मायके अच्छे स्वभाव के थे। सुशील थे, रिश्तेदारों का सम्मान करनेवाले थे। अपनी ओर से उन्होंने लेन-देन में कोई कसर नहीं छोड़ी थी। लड़की को सग्गी-फुल्ल, सींग ताबीज, हार गजरे, पैरों के पाजेब, इक्कीस सूट, बिस्तरे, हरकौर को कानों के झुमके और निकट सम्बन्धियों के लिए भी मनौतियाँ दी थीं।

आँगन में दहेज सजाया तो सारी जगह भर गयी थी। प्रत्येक रिश्तेदार और गाँव वालों ने बहू के मायके की तारीफ की थी। हर ओर से बधाईयाँ आ रही थीं। हरकौर के पाँव जमीन पर नहीं टिक रहे थे...

...जब पानी उवारकर वज़ीर और दुल्हन को अन्दर ले जाया गया, तो जैसे आँगन को भाग लग गये। मैंने डरकर कहा था, "वज़ीर की माँ, कहीं नज़र न लग जाए!"

वह सवा महीने लोगों के पैरों की मिट्टी उठाकर नजर उतारती रही। बहू को सिरदर्द भी होता तो हरकौर सिर पर मिर्चें वार कर चूल्हे में डालती। दलीपो बूढ़ी को तो वह फफा-कुट्टनी इधर की उधर लगाने वाली मानती थी। पहले से ही लगाने बुझाने वाली थी वह किसी की निन्दा, किसी की चुगली। यही स्वभाव उसने उम्रभर निभाया। अब भी कहाँ हटती है। पूरे गाँव में घूमती...घरों को सूँघती रहती है। ...वह जब भी आती, हरकौर उसके पैरों की मिट्टी उठाती।

...और फिर घर में बड़ा बेटा, भगतू पैदा हुआ उसके बाद राजपाल, भूपी, और फिर गुरा...सचमुच घर को भाग लग गये थे।

पता नहीं कौन नजर लगा गया...जब मिर्चें सिर से उवारकर चूल्हे में डालने वाली ही न रही। सारी बरकतें रूठ गयीं।

भगतू ऐसा परदेश गया कि आज तक उसके ठौर-ठिकाने का पता नहीं चला कि कहाँ है। खेती-बाड़ी में बरकत होती तो क्यों जाता बाहर। वहाँ कौन वह सुखी होगा? पीछे वालों को कौन-सा सुखी छोड़ गया। हाथ से दो किल्ले जमीन भी गयी। फिर ट्रैक्टर लिया। क्या पता यों ही सुख भरे दिन लौट आयें, पर कहाँ? ...अकेला ट्रैक्टर क्या करता? ...वह भी गया...बसाखा सिंह सूने छप्पर की तरफ हसरत से देखने लगा...और अब भूपी पूरे परिवार को गर्म तवे पर बैठा गयी। अभी न जाने क्या-क्या देखने को जीवित हूँ।

अच्छा होता ज्ञानकौर राजपाल को मेरी तरफ भेज देती। वज़ीर ही आ जाता। मंडी में भी तो बैठा रहा। पता चलता, क्या हाल है घर में। न वह समझ पाया, न उसे नींद ही आयी।

एकाएक बादल गरजा। बिजली चमकी। फिर लगातार बादल गरजने लगा। यह क्या, शाम तक तो कहीं बादल नहीं था। बसाखा सिंह ने चिन्तित होकर सोचा। उठकर वह बाहर आँगन में आ गया। नजर धुँधली थी, फिर भी बिजली की चमक आँखें चुँधिया गयीं।

...हे सच्चे पातशाह! यह जट्टों से दुश्मनी क्यों कमा रहे हो? अभी सब का धान मंडी में पड़ा है। देखना, कहीं तब जैसा न करना। वज़ीर बेचारा तो तभी से बरसात की मार झेल रहा है। सिर की चोट से नजर खराब हो गयी। नहीं तो वज़ीर इतनी जल्दी कैसे हार जाता। तब तो मानों प्रलय आयी थी। वह क्या बारिश थी? बारिश ऐसी होती है क्या? उसने दोनों हाथ जोड़े और प्रार्थना करने लगा...तब जैसी न करना हमारे साथ। मेहर करना दाता।...

प्रार्थना करते समय उसे कुछ साल पहले ठीक खरीफ की फसल के मौके हुई बारिश ज्यों-की-त्यों दिखने लगी। उसे पता ही नहीं चला। बारिश तो शुरू भी हो चुकी थी।

गेहूँ की बालियाँ सुनहरी आभा बिखेरनी लगी थीं। खेत की मेंढ़ पर खड़ा वजीर और वह, दोनों सारी फसल की तरफ गर्व से, देख रहे थे। भरपूर फसल पाकर वे बाग-बाग थे। इस बार इन्होंने मेहनत भी खूब की थी। रुलदू के बापू, किशने के साथ मिलकर दिन-रात एक कर दिया था। फसल में से खर पतवार कहीं भी दिखाई नहीं दे रहा था। एक दिन पहले सरैण सिंह ने इधर से निकलते हुए कहा था, "वज़ीर सिंह, खेत में काली हंडिया का कुज्जा, बिजूका खड़ाकर! इस बार तो पूरे चक बूढ़सिंह में नम्बर है तुम्हारे गेहूँ का।"

तब पश्चिमी कोने से काला बादल धीरे-धीरे ऊपर सरकता देखकर बसाखा सिंह ने कहा था, "मेहर करना, दाता! मेहर करना। हमारी सभी जरूरतें इन चार मन अनाज से ही बँधी है।"

घर लौटने तक बादल और ऊपर चढ़ आया। सारा गाँव हैरान था। रब्बा यह क्या कौतुक दिखाने लगा है? अभी दो दिन पहले तो संक्रान्ति थी। फिर यह कौन-सा मौसम था बरसने का!

उसे याद आया, जिस दिन गाँव में यज्ञ करवाया था, उसने सरैण सिंह और निहाले को कहा था, "हम यज्ञ न करवाएँ! इन्द्र देवता तो यज्ञ को बहुत मानते हैं...अब गेहूँ पकने वाली है। ये लड़कियाँ गुड़िया फूक आएँगी गाँव की सीमा पर। ईश्वर ने बरखा करनी होगी, कर देगा। सूखा ही रखा होगा तो उसकी इच्छा।"

"बसाखा सिंह! अब इन्द देवता पहले-सा नहीं रहा। न ही अपने लोग अब पहले जैसे हैं।" कहकर सुरैणा हँस पड़ा। "पापियों की सुनी कहाँ जाएगी? धान के समय याद है, कितने यज्ञ किये हमने! तुम्हारे इन्दर ने बूँद नहीं बरसायी। लड़कियों ने गुड़ियाँ भी फूँकी, बरसी एक भी बूँद! यों ज्यादा बहस मत किया कर। यज्ञ के बहाने गरीबों के मुँह में चार दाने जाएँगे। यह कम है। अच्छी आशीष देंगे। बरखा भी हो जाएगी...। गुरु महाराज भली करेंगे। तुम चिन्ता न करो।"

...भली की गुरु महाराज ने। आधी रात को बरखा शुरू हो गयी। इन्द्र देवता ने यज्ञ करने का पूरा मान रखा। प्रसन्न इन्द्र देवता दिन चढ़े तक बरसता रहा।

...दिन में ही घना काला अँधेरा छाया था। बादल इतने नीचे उतरे, जैसे घरों की छतों पर आ बैठे हों। बरखा का ऐसा जोर, इतना तूफान मानो आसमान ही फट गया हो।

लोग त्राहि-त्राहि करने लगे। दो-एक दिन बाद तो वे कटाई शुरू करने की योजना बना रहे थे। दरातियों के दाँत निकाले जा रहे थे। दिहाड़ीदार बुलवा लिये थे। सीरी-सहयोगियों को कहीं बाहर जाने से रोक दिया गया था। लोग घरों के आँगन में खड़े-खड़े बरखा में भीगे ऊपर आकाश की ओर मुँह उठाकर देखते, घबराये से भीतर घुस जाते।

...काली घटाएँ घुमड़कर आतीं। बरखा अगले दिन भी नहीं रुकी। लगातार मेंह बरसता रहा। गाँव हाथ जोड़ प्रार्थनाएँ करता, 'न दाता न! कोई भूलचूक हो गयी हो, माफ कर दो!' चावलों के यज्ञ में कोई विघ्न पड़ गया हो, माफ कर देना। अब तो सोने बन बूँद भी मत बरसाना...

लेकिन न ईश्वर ने लोगों की सुनी, न इन्दर देवता ने। बरखा रुक-रुक कर वैसे ही होती रही। बादल गरजता तो गीली धरती काँप उठती। कच्चे घरों की दीवारें डोल जातीं। छोटे बच्चे भीतर घुसे, भयानक प्रलय को भयभीत-से देख रहे थे। गाँव में से कच्चे घरों के ढहने की आवाजें आने लगीं। सीलन भरा शोर भी साफ सुनाई दे रहा था।

अब तो पक्के मकान भी टपकने लगे थे। गाँव की गलियों में से पानी यों बह रहा था, जैसे पास वाली कस्सी, (छोटी नहर), इधर से बहने लगी हो।

खाद की खाली बोरी लपेटकर वज़ीर बरसते पानी में भी ही खेतों में चक्कर लगाने निकल पड़ा। चारों ओर जलथल देखकर उसका मन दहल गया। घर आते ही, ढेरी हो गया। इस बार तो एक भी दाना हाथ नहीं आएगा। तब बसाखा सिंह ने उसे मन मजबूत करने को कहा था।

गीले चूल्हों में, गीला इन्धन कैसे जलता? घरों में महिलाएँ भूखे बच्चों

को क्या खिलातीं। हर घर में से बच्चों के बिलखने, बड़ों के झिड़कने-झगड़ने की आवाजें आने लगीं।

कई दिन बीत गये। खेतों से पशुओं के लिए चारा नहीं आया। ढोर-डंगर भूखे मरने लगे। कुछ रस्से तुड़वाकर बाहर की ओर भागे। फिर मेंह में और बेतहाशा बहते पानी में भटककर न जाने किस दिशा में मुँह हो गया था, घरों को वे नहीं लौटे।

अहाते के चू रहे छप्पर के नीचे खड़े बसाखा सिंह ने कहा, ''इस बार अकाल पड़ेगा।''

गिल्लों के नरैण का लड़का अपने खेत में हल और सुहागी गाड़ आया। हरकौर ने परनाले के नीचे उड़द दबा दिये। पड़ोसिन रत्नों की सास ने बेटी के लिए सन्धारा ले जाता लीरों का बना पुतला मुँडेर पर रखा। इन्द्र देवता फिर भी नहीं पसीजा। बरखा मूसलाधार जारी रही।

...फिर अफवाह फैल गयी थी कि पड़ोसी गाँवों का पानी चक बूढ़सिंह की ओर आ रहा है। ऐसे तो यह सारा गाँव डूब जाएगा, लोग कस्सियाँ और लाठियाँ लेकर बसरते मेंह में बाहर निकले। चारों तरफ पानी-ही-पानी है। पता नहीं चलता था कि इस गाँव का पानी, उन गाँवों की ओर जा रहा है, या उधर-से-इधर आ रहा है।

...ताये निहाले और गाँव के कुछ और सम्मानित लोगों ने मिलकर मशविरा किया—'मेंह हटाने के लिए बकरा छोड़ा जाए।' सब मान गये। जैसे भी हो, बरखा रुकनी चाहिए। पूरे गाँव की तरफ से साँझा बकरा छोड़ने का निश्चय हुआ। इसके लिए चन्दा जुटाने की जरूरत थी। ऐसे संकट में पैसे कौन देता? फिर सबकी राय सामने आयी कि काला मुर्गा और देसी दारू की बोतल, ख्वाजा पीर के नाम, बहते पानी में बहा दी जाए। सरपंच के छोटे भाई शेरे ने, ये दोनों चीजें देनी मान ली थीं। इन्हें जल प्रवाह करने के लिए दलीपो बुढ़िया के तोती और घुक्कर की ड्यूटी लगायी गयी।

ऐसे साँझे, परोपकारी काम में, माघी के बापू ठाकुर ने विघ्न डालने का यत्न किया था। कहता—''संसार कहाँ जा रहा है—मुर्गा उल्टा होकर यह बरसात हटा देगा?''

''तुम रोक लो बरसात को?'' नरैणे ने ठाकुर को झिड़क दिया। ''मुर्गे ने तो गौतम ऋषि को भी चक्कर में डाल दिया था। तुम तो भेड़ बकरियाँ ही चराया करो।''

''यह तो जंगली बकरा है जो साँझे काम में जरूर टाँग अड़ाता है।'' निहाले ने उसकी आदत पर प्रकाश डाला। ठाकुर गीले साफे से चेहरा पोंछता अपने बाड़े की तरफ जाते हुए बोला, ''आप टाँगें न अड़ाओ साँझे काम में। आपका इन्दर

देवता कहीं आसपास ही होगा। बुला लो उसे। कहो, साले, क्यों बहा रहा है जनता को।'' और वह सबकी ओर देखता, हँसता हुआ चला गया। ''ऐसे आत्मकेन्द्रित लोगों के कारण ही प्रकोप झेलना पड़ता है।''

''फिर भोग भी रहे हैं हम!'' रामसिंह ने कहा, और साथ ही हुक्म दिया, ''ठाकुर की ड्यूटी भी साथ ही लगा दो। यह भी क्या जानेगा?''

''रहने दे रामसिंह! यह फिर भूलकर बैठेगा और गलत बातें बोलेगा। अपना किया-कराया व्यर्थ जाएगा। उल्टा और नुकसान होगा...''

सब सहमत हो गये—मुर्गा और शराब की बोतल, तोती और घुक्कर ही जल प्रवाह करेंगे।

देसी दारू की बोतल पर भुट्टे के गुल्ले का ढक्कन कसकर फिट कर दिया गया। उसकी गर्दन पर मौली बाँधी गयी। मुर्गे को सिन्दूर लगाया गया। गुरुद्वारे के ग्रन्थी को बुलाकर, बरसते मेंह में अरदास करवायी गयी। आखिर तोती और घुक्कर को विदा करते समय बाबा रामसिंह ने हाथ जोड़े—''ले भई ख्वाजा पीर! हमारी भूलें माफ करना। परमात्मा के प्रकोप से हमारी रक्षा करना। इन्दर देवता से कहकर बरखा बन्द करवाओ, नहीं हमारी बात तो दूर, जानवरों के मुँह में जाने के लिए भी दाना नहीं, बचेगा।'' फिर बाबा रामसिंह ने जयकारा लगाया और इकट्ठे हुए लोगों ने भीगी-सी 'श्रीअकाल' कहकर जवाब दिया था।

जब दोनों चलने लगे तो तोती के हाथ में मुर्गा थामा हुआ था। घुक्कर ने दारू की बोतल छाती से सटा रखी थी। तभी सरदूल ने आगे बढ़कर कहा—''कहो, तो मैं भी इनके साथ चला चलूँ,'' जयकारा फिर गूँजा। तीनों गलियों में बहते, घुटने तक पानी में से निकलते, गाँव के बाहर निकल गये। बरसात लगातार हो रही थी। बोरियों से बनाए ओढ़ने, टोपे भी, पानी महसूस करवा रहे थे। भीगने के कारण तोती की बगल में सँभाले मुर्गे की कलगी टेढ़ी हो गयी थी।

बाहर, ख्वाजा की दरगाह की ओर जाते, पानी जाँघों तक आ गया। पानी का प्रवाह देखकर तीनों डर गये। ऊपर से लगातार, एक रफ्तार से मेंह बरस रहा था। बगल में मुर्गा, हाथों में दारू की बोतल थी। इस महीने में भी सर्दी लगने लगी थी। तीनों ने एक-दूसरे की ओर देखा। पीछे गाँव में किसी घर की दीवार के गिरने की आवाज आयी...सब डर गये। ख्वाजा पीर की दरगाह तो अभी दूर थी। वहाँ पहुँचते पानी डुबो देगा। खेतों में पकी खड़ी फसल तो कहीं दिखती नहीं थी, पानी-ही-पानी था। तोती का खेत उसी तरफ था। वह दोनों को अपने खेत के छप्पर में ले आया। समय-कुसमय वक्त गुजारने के लिए उसने वहाँ सब जुगाड़ कर रखा था।

शाम को वज़ीर का कोठा चूने लगा था। पानी दीवारों को छूते अन्दर आने

लगा। वज़ीर ने कस्सी से मिट्टी का तसला आँगन में से भरा, और बाँस की सीढ़ी लगाकर छत पर जा पहुँचा। अभी वह चूने वाली जगह पहुँचा भी नहीं था, कि तसले सहित वह पूरा छत में ही धँस गया और नीचे आ गिरा।

भगतू, राजपाल और ज्ञानकौर ने उठाकर उसे खाट पर लेटाया। वह चिल्ला रहा था। भीतरी चोटें पता नहीं कहाँ-कहाँ लगी थीं। ज्ञानकौर ने दो रजाइयाँ उस पर डाल दीं।

इसी समय उधर, तोती के कुएँ पर, चू रहे छप्पर तले, घुक्कर, सरदूल और तोती शराब में धुत्त, काले मुर्गे के स्वाद की बातें कर रहे थे। नशे में उन्हें लगातार बरसता मेंह अच्छा लग रहा था।

इधर बसाखा सिंह के घर शोर था। आस-पड़ोस वहीं आ जुटा। बरसते मेंह में भगतू, बाबा रामसिंह को बुला लाया।

चीखते चिल्लाते वज़ीर को बाबा रामसिंह ने टटोला। टाँगें देखीं, बाँहें हिलायीं, दूसरे अंगों को देखा। पसलियाँ दबाकर परखीं। फिर चिन्ता से बोले—"इसका कूल्हा उतर गया। बड़े गाँव से चन्दी बाजीगर बुलाना पड़ेगा।"

सुनकर ज्ञानकौर के होश उड़ गये। वह रोने लगी। बसाखा सिंह खुद चन्दी बाजीगर को बुलाने गया। वह बेचारा भला आदमी था। बहाना नहीं किया कोई, तुरन्त चल पड़ा। न बरसात की चिन्ता, न पानी की फिक्र, और न घर की सुध।

सब कुछ परखने के बाद कमर के गिर्द आक के पत्ते सरसों के तेल में गर्म करके बाँधते हुए उसने कहा था...दस पन्द्रह दिन खाट से नहीं हिलना। कूल्हा टूटने से तो बचाव हो गया। गोली निकल गयी, मांस फट गया था। धीरे-धीरे जुड़ जाएगा। इसे सीधा लेटा रहने देना, करवट मत लेने देना।

दूसरे दिन बारिश कम हो गयी थी। न जाने कैसे घुक्कर, तोती ओर सरदूल की करतूत गाँव भर में फैल गयी।

वज़ीर तो पहले ही दुःखी था। सरदूल उसका पता लेने आया, तो भड़क उठा—"आ गये गुल खिला कर, तूने न मुझे दीन का छोड़ा, न दुनिया का। अच्छा होता यह सुनने से पहले ही मैं छत से गिरते ही मर जाता। यह सजा मुझे तभी मिली है। पापी! ख्वाजा की अमानत! तुम्हारा दिल कैसे हुआ खाने को? तुम्हारे गले में फँसा क्यों नहीं सब! मर क्यों नहीं गये तुम! मैं क्या उत्तर दूँगा ईश्वर की कचहरी में जाकर। हाय रे ईश्वर! मुझे उठा ले, या इसे कहो आँखों से दूर हो जाए। मेरे बस में हो तो तुम्हें घर में न घुसने दूँ, पापी कहीं के!"

सरदूल बाहर से सब बातें सुन आया था। उसने, निर्दोष, भोला-सा बनते हुए कहा, "भाई, क्यों दुःखी होते हो। कौन कह गया तुम्हें? हम भला ख्वाजा पीर की अमानत का निरादर कैसे कर सकते थे? हमें पता नहीं क्या?..."

''कमलों की दलीपो झूठ बोलती है क्या? वही बता गयी है, तोती ने, और तुम दोनों ने...''

''भाई, तुम जानते नहीं दलीपो को?'' ...फिर उसने पास खड़े बसाखा सिंह को कहा—

''बापू, तुम्हें तो पता है...बरसते मेंह में क्या लेने गयी थी वह कुएँ पर? गर्दन तक तो पानी चढ़ा है, चहुँओर। फसलों का नामोनिशान नहीं दिखता कहीं खेतों में। हम तीनों, फतेहगढ़ वाले पीर की दरगाह पर छोड़कर आये हैं मुर्गा। दारू की बोतल भी ढक्कन खोलकर जल में प्रवाहित कर दी। तभी से मेंह हटा है, ख्वाजा पीर की अमानत उसकी दरगाह में पहुँची, उसने बरखा रोक दी, दलीपो तो यों ही लोगों को भड़काती फिरती है।'' सरदूल ने अपने को निर्दोष सिद्ध करते हुए विस्तार के साथ कह सुनाया था।

...वज़ीर जैसे किसी भारी बोझ से मुक्त हो गया हो। कमर की तकलीफ के कष्ट को दबाते हुए बोला—

''फिर दलीपो तो यों ही बकवास करती होगी। अच्छा हुआ, ख्वाजा की अमानत, उसको सौंप आये। मेरे मन पर तभी से बोझ था।''...उसने राहत की साँस लेते हुए कहा।

कुछ ही दिनों में पूरे गाँव को घुक्कर तोती और सरदूल की करतूत का पता चल गया था। उनमें से भी तीनों आपस में फट चुके थे। गाँव के कुछ लोगों को काले मुर्गे के पंख और मौली वाली खाली बोतल भी कुएँ के छप्पर के पास से मिली थी। बसाखा सिंह ने सरदूल को बुरा भला कहा। चौपाल में बैठे रामसिंह और ताये निहाले ने भी तोती और घुक्कर को गालियाँ दी थीं...''कंजरो! ख्वाजा पीर सब देखता है...सरदूल का वज़ीर तो भोग ही रहा है। अब खाट पर तड़प रहा है। तुम्हारे साथ भी ऐसा ही होगा। इन पीरों फकीरों को साथ जो धोखा करेगा, भरेगा भी वही...''

...बाहर मेंह तेज हुआ तो बसाखा सिंह ने सिर झटका। बीते वर्षों के भयानक सन्ताप से निकल कर देखा, वह तो अहाते में खड़ा है। आसमान आज फिर वैसा ही झुका है। उसके मुँह से निकला...माफ कर दे मालिक! क्यों जट्टों को फाँसी लगा रहा है?...अभी तो सारा धान मंडी में पड़ा है, और वह भीतर छप्पर के तले। खाट पर बैठकर पाठ करने लगा। परन्तु पाठ में उसका मन नहीं लगा। उसे मुसलमानों के जाने के सात-आठ साल बाद आयी बाढ़ याद हो आयी। पता ही नहीं चला, पूरी धरती समुन्दर बन गयी थी। भूसे की गाँठें बहती आ रही थीं। भैंसें, ऊँट, गाएँ...बकरियाँ और कभी आदमियों की लाशें भी तैरती अपनी आँखों से देखी थीं। एक शहतीर को पकड़े बैठा, चिल्लाता-बिलखता बच्चा देखा

था। लेकिन वह उनके घरों से इतनी दूर बहते जा रहे थे, कैसे बचाते? वहाँ तक पहुँचा भी नहीं जा सकता था। वे स्वयं ऊँचे टीलों पर बैठे थे...घरों की छतों तक पानी चढ़ आया था...बाढ़ के बाद भी धरती इतनी दलदली हो गयी कि सालभर वहाँ कोई फसल नहीं हुई थी। लोगों को कुछ पानी ने मार दिया और कुछ भूख ने...आजकल के जवान कहाँ समझते हैं...ससुरे, ख्वाजे का निरादर कर आये...यह हमारा लंडर (मूर्ख) यों ही साथ चल पड़ा। उसे पचास बार कहा, खेत जाओ, एक बार नहीं उठेगा, पर तब तेज बारिश में उनके पीछे हो लिया। वैसे ही दूसरे दोनों थे। उसे तोती और घुक्कर भी याद आ गये।

ऐसे लोगों के किये पापों का फल भोग रही है जनता। घुक्कर तो जितना जमीन पर है, उससे तीन गुणा नीचे धँसा है...बसाखा सिंह ने फिर सिर झटकाया। झटके के साथ पाठ करने लगा। घुक्कर बार-बार जेहन में आकर उसका पाठ भंग करने लगा।

चौदह

घुक्कर भी अजीब आदमी है। कद कठिनाई से पाँच फुट। शरीर छरहरा। आँखें गोल और छोटी। ठोड़ी पर थोड़ी-सी दाढ़ी, जो खिचड़ी हो रही है। पहली नजर में देखते ही शरारती, पंगेबाज लगता है। आजकल की बिगड़ैल पीढ़ी उसे 'कुलदीप माणक' कहकर चिढ़ाती है...

"कैसे हो माणक...? टीले से हीर नजर आती है कि नहीं?" माघी सदा यही बात कहकर उसके छड़े (अविवाहित) होने की याद दिलाता रहता है।

उसके पास भी एक जवाब है। "अकेली हीर से आटा पिसवाना है क्या? उसकी सहेलियों के झुंड इतनी चैन लेने देते?"

बसाखा सिंह की बाहरी अहाते के पास ही घुक्कर का घर था। उसकी छत से पूरा अहाता दिखाई देता है। कभी इस छत पर खड़ी घुक्कर की बुआ दंड बैठक पेलते बसाखा सिंह को एकटक देखा करती थी। पहले-पहल इससे लज्जित होता लगता था। लेकिन अब कभी-कभी वह समय याद करके बसाखा सिंह तरंग में आ जाता है।

घुक्कर के बारे में एक बात गाँव वाले जानते हैं...वह 'पिछलग्गू' है। पहले घुक्कर इस बात का बुरा मानता था। लेकिन अब इतना ढीठ हो गया कि खुद को 'पिछलग्गू' कहकर स्वयं ही हँस देता है।

...आज वह पंचायत से आज्ञा लेकर, केवल के बापू किशने के पीछे चला, तो ताये निहाले ने कहा, ''बड़ा अफलातून है भई।''

''डरता ही नहीं, देख लो। कोई-न-कोई बहाना बनाकर यह सीधा वज़ीर के घर जाएगा।'' नरैणा उसकी आदतों से परिचित था।

किसना अपने घर की तरफ से आता, राजपाल के घर की ओर जा रहा था।

''निहाले! तुम्हें घुक्कर की भाडो वाली बात का पता है?'' घुक्कर के लौटने तक नरैणा कोई-न-कोई प्रसंग छेड़ना चाहता था।

''...हाँ'' उसने स्मरण करते हुए कहा—''मुझे याद है। कैसे अखाड़े से घुँघरू बाँधे फुदकता हुआ, खेतों की तरफ भाग गया था...।'' निहाले ने हँसकर कहा। वह समय याद करके अन्य भी हँसने लगे थे।

रामसिंह नहीं हँसा। वह हँस नहीं पाया। उदासी में बोला, ''घुँघरू ससुरे ने कौन चाव से बाँधे थे? इससे भी बुरे दिन जट्टों पर आनेवाले हैं। धान बिकता नहीं। कपास मंडियों में उपेक्षित हैं। गन्ने से ट्रालियाँ भरकर जट्ट चीनी मिलों के सामने परेशान हो रहे हैं...अब तो रिफ्यूजियों की तरह सब्जी भी खुद ही बेचने लगे हैं। रेहड़ियाँ लगाने लगे हैं...वाह परमात्मा! ...उसने ऊपर की ओर देखा...यदि यही हाल रहा तो पता नहीं कितनों को घुँघरू बाँधने पड़ेंगे। अन्नदाता को अन्नयाचक होना पड़ेगा, निहाले! यह सब हमारे देखते-देखते होने वाला है। मेरी बात याद रखना...''

सचमुच ही चौपाल में बैठे सबके चेहरों पर उदासी छा गयी।

''घुक्कर का बापू किसी जमींदार से कम था? अपनी जमीन-जायदाद थी। एक हल का पूरा काम था। अब जैसे परिवार ही खत्म हो गया। घर खँडहर हो रहा है। बसाखा सिंह का अहाता उससे अच्छा होगा। बारिश आ जाए तो गली में पानी कम, इसके घर में ज्यादा होता है...।''

रामसिंह अत्यधिक हमदर्दी और चिन्ता से बातें बता रहा था। सब उसके सामने हुआ था।

रामसिंह को याद है...

—कभी जगतो के बैलों के गलों में भी घंटियाँ खनकती थीं। उसके बापू ने चाव से जगतो का ब्याह किया था। कस्सी के पास उनकी अपनी पुश्तैनी जमीन थी। लेकिन थी बरसात पर निर्भर। समय पर बारिश हो जाए तो फसल हो जाती। न होती तो सब्र कर लेते। गुजारा होता रहता था।

जगते की शादी पर उसका बापू थोड़ा कर्जदार हो गया। गाँवों में इतना ऋणी तो जट्ट हो ही जाता है। एक भैंस थी। खाने-पीने को हर फसल पर घर दाने आ जाते थे। कभी थोड़ी बहुत कमी पड़ जाती। कभी सालभर ठीक-ठाक निकल

जाता। तो भी जगते के जैसे घर में किसी-न-किसी चीज की कमी बनी रहती थी। अच्छा बीज होता तो खाद न होती। हल रहता तो पंजाली नहीं थी। पंजाली थी तो सुहागा नहीं था। सुहागा रहता तो बैल न होते! इसीलिए पहले जट्ट एक दूसरे के साथ तालमेल रखते थे। ऐसे घर यदि शादी ब्याह में सीमा से बाहर खर्च कर लें तो साँस रुकेगा ही। जगते के साथ भी यही हुआ। कभी रिश्तेदारी में शादी, कभी सगाई, कभी मौत। बसते घरों में सब बना ही रहता है। और फिर जगते की शादी पर ऊँचे होकर पंगा क्यों लिया! क्या जरूरत थी इतनी बारात ले जाने की? साथ कवीशर (गायक) ले जाने की क्या जरूरत थी!...फिर पिस रही कबीलदारी को गाँठने के लिए सरपंच के छोटे भाई शेरे के साथ तालमेल बिठाना पड़ा था।

लोग तभी कहने लगे थे कि लो, अब जो आठ-दस घुमाँ बचती है। वह भी जाएगी। सयाने कहते हैं, शक्तिशाली इनसान जमीन को खा जाता है। कमजोर को जमीन खा जाती है।

शेरा चालाक था। ब्लैकिया था बदमाशों के साथ उठता-बैठता था। सिर पर बड़े भाई सरपंच की छाया थी। वह मनमानी ज्यादती करता तो ज्यादातर लोग खामोश रह जाते।

जगते के साथ मशविरा करने के बाद भाईवाली में, वह बाप बेटे दोनों को ही काम लगाये रखता। साँझेदारों की तरह काम करता। फसल के समय सब खर्चे डालकर, बाप बेटे को खाली हाथ लौटा देता।

जगते की शादी को पाँच साल हो गये। अब वाहे गुरु ने मेहर की थी। उसकी घरवाली के पाँव भारी थे। लेकिन शायद घर में खुशी नहीं आनी थी। प्रसूति के दिनों में गाँव की दाई (धाय) से न जाने क्या नुक्स पड़ गया। समय पर शहर जा पाने का प्रबन्ध नहीं हुआ। जगते ने शेरे की मिन्नत की। पैरों में पगड़ी टिकायी—सरदार जी! मेरी जड़ लगने लगी है। इस घर की बेल (लता) बढ़ने लगी है।

शेरा सामने हँसता रहा। जगता रोता रहा। बच्चा, जगते की घरवाली के पेट में मर गया। तीन दिन बाद, दवा-दारू न मिलने पर, और देखभाल की कमी से जगते की घरवाली चल बसी। घर सूना हो गया। इसी दु:ख के कारण जगते का बापू तीन-चार माह में ही कमजोर पड़ गया। मानो उसमें से खून की एक-एक बूँद निचोड़ ली हो। वह खाट से नहीं उठा।

फिर कुछ दिनों बाद जगते के सिर पर बापू का साया उठ गया।

जगता अनाथ हो गया। सूना घर खाने को आता। एक बूढ़े घर ने विधवा हुई अपनी बेटी, जगते के चूल्हे पर तो बिठायी। घर था, छोटा खेत था। विधवा

लड़की को और अच्छा घर कहाँ से मिलता। घुक्कर उस लड़की के साथ आया, चारेक साल का रहा होगा, थोड़ी देर तो लड़का बेगाना-सा महसूस करता रहा। फिर गाँव के भाईचारे में रच बस गया। जगते को वह 'चाचा' कहने लगा था।

पिता के जीवित रहते जगते की बहिन की सगाई हो चुकी थी। जगते ने शेरे की मिन्नत करके, थोड़ा प्रबन्ध कर लड़की को अपने घर भेज दिया।

गाड़ी फिर चलने लगी। घुक्कर को उसने स्कूल में दाखिल करवा दिया। घुक्कर के बाप वाले खाने में जगते ने अपना ही नाम लिखवा दिया।

एक दिन शेरे ने जगते के आगे प्रेनोटों का मुट्ठा, ला फेंका और गुस्से में पूछा—''मैं क्या करूँ इनका?''

जगते समझा नहीं। हैरान होकर पूछा—''ये कैसे कागज हैं?''

''कागज नहीं, ये प्रेनोट हैं। मालूम है, प्रेनोट क्या होते हैं? आधे पैसे तेरा बापू लेता रहा, अँगूठे लगाकर। अब तुम ले रहे हो, लड़की की शादी पर। ये सब जितने बनते हैं, उतने मूल्य का तो तेरा खेत और घर भी नहीं है। कहाँ से मिलेंगे मुझे?''

''फसलों पर कटवाता रहूँगा। खाने के लिए अनाज मुझे देकर, सब काट लिया करो। मैं तो अपनी मेहनत मजदूरी भी नहीं माँगता। सीरी की तरह काम करता आया हूँ। तुम क्या नहीं जानते सरदार!'' जगता आधा होते हुए बोला। उसके बोलों में गुस्सा भी था।

''मुझे पता है, तभी पूछा हूँ। यों नहीं चलेगा भाई। या तो इस बार फसल पर सारे पैसे लौटा दो। एक ही बार या फिर अँगूठा लगाओ, हिसाब चुकता हो जाए।'' शेरे ने अपना निर्णय दिया।

''यों धक्का मत दो। न चाहते हुए भी जगते के हाथ जुड़ गये। कहाँ से लाऊँगा इतनी रकम। इतने साल तुम्हारे साथ निभाया है। साल-दो-साल और देख लो।''

''कुछ दिखता हो, तभी तो देखूँ। फसल तुम्हारी अच्छी नहीं, अपने हाथ अब खड़े हैं। ऐसी साँझ से हम भर पाये। खरीफ की फसल निकाल कर हिसाब कर लो। तुम अपने घर, मैं अपने घर। तुम्हारे बनते ले जाओ, मेरे निकलते दे जाओ।'' कहकर शेरा चल पड़ा।

जगता आहत-सा घर लौटा। अब परेशान रहने लगा था। रात को नींद में बोलने लगता। दिनभर खीझ में रहता, कभी पत्नी को पीटता, कभी घुक्कर को मारने लगता। फिर खुद रोने लगता।

जगता समझ नहीं पा रहा था कि वह क्या करे। शेरे को पैसे कहाँ से लाकर दे। इससे तो अच्छा था बापू उसके साथ साँझ ही न करता। और भी अच्छा होता यदि बापू मेरी शादी ही न करता। अब क्या करूँ? घुक्कर की माँ को घर में लाने

की हामी ही क्यों भर बैठा? उस घड़ी, उस पल को वह कोसने लगा। खरीफ की फसल के बाद शेरा जमीन मार लेगा। मेरे सिर कर्जा भी निकाल देगा।

जगता मन हार गया। खेत जाना भी उसने छोड़ा दिया।

गाँव की दुकानों के और छोटे-मोटे उधार थे। रूपचन्द की बही में खाता खुला था। उसके साथ खरीफ-रबी की फसल पर हिसाब होता था। बहिन की शादी पर गाँव के सुनार से जेवर उधार बनवाये थे। सब चक्कर लगा रहे थे। पिछले साल बरसातों में बाहर वाली दीवार गिर गयी थी। उसे फिर से बनाने की योजनाएँ कई बार बना चुका था। उसे लंडूरी-सी कबीलदारी ने उलझाया हुआ था। ...लेनदार खरीफ पर आस लगाए हुए थे। किस-किस का देना देगा? शेरा उसके साथ यों करेगा, ऐसी आस नहीं थी।

घुक्कर चौथी कक्षा में पढ़ता था। होशियार था, कक्षा का मानीटर भी था। खूबसूरत निकला था। तब रूपचन्द का लड़का प्रकाश, वज़ीर का भगतू और ठाकुर का माघी, तीनों कच्ची-पहली में साथ पढ़ने लगे थे।

फिर एक दिन सुबह गाँव में सनसनी फैल गयी।

सारा चक बूढ़सिंह, आसे के कुएँ पर इकट्ठा हो गया। जगते की घरवाली कुएँ में छलाँग लगाने लगी थी, औरतों ने बड़ी मुश्किल से रोका था। घुक्कर एक ओर खड़ा 'चाचा-चाचा' रोता-चिल्लाता था। घुक्कर को लोगों ने सँभाला था।

पहले पुलिस को सूचना देने का ख्याल था। सरपंच ने सबको समझाया। पुलिस वाले यों ही गाँव के मुखियाओं की खींचातानी करेंगे। जो त्रासदी होनी थी, हो चुकी। पुलिस आयी तो लाश का पोस्टमार्टम करवाएगी। चीरफाड़ करेंगे, बेचारे जगते की मिट्टी खराब होगी। हम इसे कुएँ से निकालें, और समय से अन्तिम संस्कार सम्पन्न कर दें। अन्दर से सरपंच को और भी डर था। पुलिस आयी तो उसके भाई की पूछ-पड़ताल होगी। यों ही घबराए हुए शेरू के मुँह से कोई उल्टी-सीधी बात निकल गयी तो कोई और पंगा खड़ा हो जाएगा। पुलिस फिर भी हमारा कुछ नहीं बिगाड़ सकती। यों ही पैसे खर्च होने की राह खुल जाएगी।

तभी मोटे रस्सों के साथ एक टोकरा बाँध कर कुएँ में उतारा गया। दो लोग नीचे कुएँ में पानी तक उतर गये। उन्होंने जगते की लाश टोकरे में रखी। फिर कुएँ की जगत पर खड़े लोगों ने...रस्सा खींच लिया।

सभी के मन में दहशत थी, हमदर्दी भी थी। सबने हाथों-हाथ मदद की। किसी ने लकड़ियाँ दी, किसी ने उपलों का टोकरा। किसी ने घुक्कर और जगते की घरवाली के लिए रोटियाँ तैयार कीं, कोई चाय ले आया।

दोपहर से पहले ही जगते का संस्कार कर दिया गया।

शेरे ने सुख की साँस ली।

सरपंच ने घर लौटकर खुद से कहा, ''अब चाहे पुलिस छोड़, पुलिस का बाप आ जाए, सँभाल लेंगे।''

घुक्कर और उसकी माँ, एक बार फिर, घर में अकेले रह गये।

घुक्कर पाँचवी जमात भी पास नहीं कर पाया। बीच से ही हटना पड़ा। जगते के क्रिया-कर्म के बाद एक दिन, शाम को शेरा उनके घर आया। भोला-सा बनकर, दुःख प्रकट करते घुक्कर की माँ से बोला, ''देखो, बन्दा तो वापिस नहीं आता। अब तुम घुक्कर को मेरे पास भेज दिया करो। और नहीं तो बाहर वाले घर की रखवाली होती रहेगी। कुछ खर्चा मैं दे दिया करूँगा। जगता इतने साल मेरे साथ रहा। हम भाइयों की तरह रहे। न जाने उसे क्या दुःख़ था! उसका बाप खर्च ही बहुत कर गया था, उसके पहले ब्याह पर। तब से सन्तुलित नहीं हुआ। तुम्हें बता ही गया होगा, जमीन सारी वह मेरे नाम कर गया है, मेरे पास रजिस्ट्रियाँ हैं। अभी बहुत पैसे खड़े हैं। लेकिन बन्दा ही नहीं...। मैंने तो पिछले लेनदेन पर मिट्टी डाल दी—तुम मुश्किल में न रहना। पैसे धेले की जरूरत हो, घुक्कर को भेज देना या मैं स्वयं आकर दे जाया करूँगा। घुक्कर को मेरे पास भेज देना मैं इसे काम धन्धे में लगा दूँगा। तुम्हारा दानापानी चलता रहेगा।''

लम्बी-चौड़ी छलपूर्ण बातें करके शेरा उनके घर से निकला तो सोच रहा था 'औरत काम की है यार, जरूरतमन्द भी है।'

घुक्कर की माँ, जब तक शेरा आँगन में बातें करता रहा, घर के एकमात्र ढहते कमरे की बाहरवाली दीवार से पीठ सटाए बैठी घुटनों में सिर दिये लगातार रोती रही...घुक्कर ने स्कूल छोड़ दिया। शेरे के बाहरवाले घर जाने लगा। कभी पशुओं को जौहड़ तालाब से पानी पिला जाता। कभी खेत में चला जाता। कभी अन्दरवाले घर से चाय रोटी पकड़ लाता।

घुक्कर का बचपन शेरे के बाहर और अन्दर वाले घर के रास्ते में ही गुम हो गया। छोटी उम्र थी। परन्तु चेहरे पर समय के घातक आघात की प्रौढ़ता आ गयी थी।

जब वह चार-एक साल का था, बड़ा शरारती था। जल्दी ही अपने घर के आसपास रहते हमउम्र बच्चों में खेलने लगा। इस उम्र के बच्चे खेल के चाव में अपनी निक्कर कमीज भी घर ही भूल जाते हैं। कई बार खेलते, खरमस्ती करती उनकी ढीली निक्कर पैरों में सरक आती है। एक दिन पड़ोसियों की तेज-सी बहू ने घुक्कर को छेड़ा—''ओए, आ तो हरामी!''

घुक्कर उलटे हाथों नाक पोंछता उसकी तरफ गया। बहू ने लाड़ करते हुए उसे छेड़ा—''तेरी बहू कहाँ है रे!''

घुक्कर ने अपनी तोतो हाथ में लेते कहा, ''यही है मेली बहू।''

''रुक हरामी!'' बहू ने झूठा रौब दिखाया तो घुक्कर टखनों में आ लगी निक्कर सहित दूर खड़ा हाथ में तोतो पकड़े बोलने लगा, ''यही ऐ मेली बहू (यह है मेरी बहू)।''

पड़ोसियों की बहू हँसती-हँसती अन्दर जा घुसी।

आज वही घुक्कर दस साल का भी नहीं हुआ, स्कूल में चौथी जमात का मानीटर है। शेरे के बाहरवाले घर में पशुओं का सारा गोबर इकट्ठा कर रहा है। शेरा और उसके साथी अन्दर दारू पी रहे हैं। घुक्कर उन्हें अन्दरवाले घर से कभी दाल, कभी अचार, प्याज आदि लाकर देता है। वह उनके पास होता, तो कोई शराबी उसकी गाल पर चिकोटी काटकर छेड़ता—''सुन्दर तो साला माँ जैसा ही है।''

मन में घुक्कर अन्दर-ही-अन्दर दुखी होता है। उसका यहाँ से भाग जाने को जी चाहता है। लेकिन उसकी और माँ की दाल रोटी इसी से चलती है...इसीलिए चुपचाप बाहर आ बैठता है। रोने को मन करता है। लेकिन रो भी नहीं सकता।

ऐसे ही घुक्कर धीरे-धीरे बड़ा होने लगा। शराब के ब्लैडर-ट्यूबें दूसरे गाँव तक पहुँचा आता। अफीम बताए ठिकाने पर सही सलामत पहुँचा आता। पुलिस के साथ शेरे का महीना बँधा। सरपंच का छोटा भाई होने के कारण उसका दबदबा है। घुक्कर को पता चला, वक्त-बेवक्त गाँव की कुछ औरतें भी बाहरवाले घर में आती रहती थीं।

घुक्कर की उम्र कच्ची थी। चौदह-पन्द्रह साल का रहा होगा। शेरे ने उसे शराब पीने लगा लिया। मीट तो बाहरवाले घर हर दिन बनता था। यह ड्यूटी घुक्कर को दे दी गयी। बड़े गाँव के बस अड्डे वाली दुकान से मीट ले आता। प्याज, टमाटर, अदरक डालकर मसाला पीसता। ईंटों के बनाये अस्थाई चूल्हे पर मीट रख देता। यह काम करते उसे खुद आनन्द आने लगा। वह पूरे उत्साह और मन से मीट बनाता। शेरा और उसके यार मीट खाते बहुत तारीफ करते।

कभी कभार ऊपर से सख्ती होती, छापा पड़ता। शेरा भी पकड़ लिया जाता। बड़े अफसरों को खुश करने के लिए जूता परेड का नाटक भी पुलिस को करना पड़ता। बात ठंडी पड़ती तो शेरा घर आ जाता। कहता, ''पुलिस यों ही कभी-कभी लाड़ करने के लिए बुला लेती है।''

ऐसे माहौल में घुक्कर पर भी जवानी आ गयी। गाँव में एक दबी-सी अफवाह उड़ी—'शेरे की लड़की घुक्कर के साथ प्यार करने लगी है।' घुक्कर भी अन्दरवाले घर जाने को तैयार रहता। शेरे की घाघ आँख ने ताड़ लिया। हवा

बाहर निकली कि शेरे ने लड़की को अन्दर बन्द करके पीटा है। माँ ने बेटी का बाहर निकलना ही बन्द कर दिया।

घुक्कर अन्दर तो पूरा दुखी था। बाहर से वह सहज रहने का नाटक करने लगा। एक बार तो उसने सोचा था, मीट में संखिया मिला कर सबको खत्म कर दे। अब लोगों ने घुक्कर को यह भी बता दिया था कि शेरे ने उसके बाप के साथ धोखा किया था। धोखे से अँगूठा लगवाकर जमीन के बैनामे वाले कागज बना लिये थे। तभी उसका बाप कुएँ में डूबकर मरा था।

यह बात घुक्कर को खटकती रहती। कभी-कभी उसका मन करता, शराबी हुए शेरे को कत्ल कर कहीं भाग जाए। लेकिन जाए कहाँ? पीछे उसकी माँ पर क्या बीतेगी? उसे कुछ समझ नहीं रहा था। बचपना था। सलाह देनेवाला कोई नहीं था। वह उदास-उदास-सा रहने लगा।

...गाँव के लोगों ने देखा, घुक्कर आधी रात तक गाँव की गलियों में घूमता रहता है। बाहर पोखर के किनारे जा बैठता है। आकाश में चाँद देखकर गालियाँ देता है। शेरे की लड़की को आवाजें लगाता है। शान में जहाँ जगते का अन्तिम संस्कार किया था, बैठ जाता। खुद ही बोलने लगता। जैसे अपने बापू से बातें कर रहा हो। लोग कहते, ''घुक्कर को किसी ने कुछ खिला दिया है। इसका चाचा जगता इसमें आने लगा है।''

उसकी माँ समझाती। घुक्कर चुपचाप सुनता रहता। वह पूछता, ''क्या हो गया तुम्हें?'' घुक्कर क्या बताता।

एक रात अँधेरे में नरैणे ने देखा, शेरा घुक्कर के घर से निकल रहा था। घुक्कर शेरे के बाहरवाले घर में पशुओं की रखवाली के लिए सोया करता था।

दूसरे दिन चौपाल में बैठे लोगों ने अपने-अपने अन्दाज में अफवाहें फैलायीं। रामसिंह ने कहा, ''घुक्कर को बुलाने आया होगा।''

माघी को बात जँची नहीं। उसका विचार था, घुक्कर की माँ के पास आया होगा।

बाबे सज्जन ने हमदर्दी से कहा था—''क्यों किसी पर कीचड़ उछालते हो। रोटी पानी के लिए आदमी बीसियों पापड़ बेलता है। तुम्हारे पेट में क्यों पीड़ा होती है?''

धीरे-धीरे ये बातें लोगों द्वारा घुक्कर तक भी पहुँची । वह माँ से लड़ पड़ा और नाराज होकर अपनी बुआ के पास चला गया।

शेरे के लिए यह बुरी खबर थी। वह समझता है, भेदी आदमी की नाराजगी कई बार खतरनाक होती है। शेरा खुद उसे लेने गया। समझा बुझाकर बहलाया-

फुसलाया। फिर ढंग की औरत लाकर उसका घर बसाने का लालच भी दिया। उसके घर की गिरी दीवार बनवाने का वायदा भी किया।

घुक्कर फिर गाँव में लौट आया।

शेरे ने चालाकी से उसे शराब, अफीम, दूसरे नशों का आदी बना लिया। अब वह कहीं भी रहे, नशे की जरूरत होती, हाथ-पाँव टूटने लगते और शरीर मिट्टी-सा हो जाता तो वह खुद ही शेरे की तरफ चल देता।

घुक्कर को सिर लटकाए आता देखकर शेरे के चेहरे पर रौनक आ जाती। पहले शेरे को उसकी जरूरत होती थी। अब घुक्कर को शेरे की जरूरत पड़ने लगी। शराब या अफीम देने से पहले वह घुक्कर से बेगार करवाता। किसी तक अफीम पहुँचानी होती पशुओं को चारा डालना, पोखर से पानी पिला कर लाना, नहलवाना है—ऐसे कई काम थे।

धीरे-धीरे घुक्कर विवश बनता गया। शेरा अब उसे डाँटने लगा था। घुक्कर को वह सब चुभता तो था, लेकिन क्या करता बेबस था? अब उसे शेरे की जरूरत थी। वह दुत्कारा भी था। घुक्कर के पास अब था क्या? घुक्कर दु:खी होकर चौपाल में आ बैठता। जो कोई कहता सब सहता जाता। निरुद्देश्य इधर-उधर धक्के खाता रहता। नशे की तलब होती तो उसके पल्ले पैसा नहीं था। जाकर माँ से लड़ता। वह कहाँ से लाकर देती? उसे तो दो वक्त की रोटी की ही चिन्ता थी।

एक दिन तंग आकर बहुत दु:खी मन से उसके मुँह से निकल ही गया—"यदि मुझे देने के लिए तुम्हारे पास कुछ नहीं, तो शेरा यहाँ क्या देने को आता है! आने दो इस बार, टाँगें न तोड़ दीं तो कहना..."

माँ खुली आँखों से बेटे की ओर देखती रह गयी।

लेकिन घुक्कर क्या करे? किधर जाए? क्या अपने चाचा की तरह किसी कुएँ में डूब मरे? नहीं...? घुक्कर ने मन में पक्का निर्णय ले लिया। मैं चाचे की तरह क्यों मरूँ? मैं तो सालों को अपनी ऊँगली पर नचाऊँगा। गाँव में छोटी-मोटी चोरियाँ होने लगीं। चौपाल में बैठे लोग आरोप लगाते, "घुक्कर ही करता होगा।"

रामसिंह समझाता—"भूख इनसान की जमीर मार देती है।"

यह था भी सच। घुक्कर समय देखकर किसी की लकड़ियाँ उठा लेता। रात को किसी की खिली कपास उड़ा लेता। दाँव लगते ही किसी का बर्तन उठा लेता। एक बार वह एक घर से पाथियों का अहूरा (ढेर) अपने घर ले गया। माँ लड़ने लगी। रोयी। पर घुक्कर क्या कहता। ऐसी तोहमत लगाने पर गाँव के बुजुर्ग बुरा भला कहते। नरैणसिंह दस-बारह घुमावों का मालिक था। जगतो ने कोई ऐब नहीं किया। जुआ नहीं खेला। गरीबी ने मार दिया। इसकी शादी पर बापू ने अपने चाव पूरे किये। वही रास नहीं आये। अब बन्दा अपने चाव ही

पूरे न करे, तो कमाता किसके लिए है? चार घड़ी अपनी मर्जी से जीकर भी नहीं देखा। फिर क्या जून है इन्सान की! अब सारा घर बरबाद हो गया। बेटा चोर बन गया। पता नहीं सच कि झूठ। इसकी माँ के बारे में भी बहुत सुना है। बताओ, घुक्कर को देखकर कोई कहेगा कि यह जगत सिंह गिल का पुत्तर है?

राम सिंह की खरी बातों को कौन नकारता? इतना था कि घुक्कर को कोई अब ज्यादा तंग नहीं करता था। पीठ पीछे दबे स्वर में शेरे की सभी निन्दा करते थे।

...गाँव में एक बार भाँड़ आये। नयी पीढ़ी के लड़कों को तो पता भी नहीं कि भाँड़ क्या होते हैं। उन दिनों सारा गाँव इन्हें सुनने के लिए आ जुड़ता था। अँधेरे में औरतें भी मुंडेरों पर पर्दों से छिपकर, इन्हें देखती थीं। भाँड जितने दिन चकबूढ़सिंह में रहे, घुक्कर उनके साथ ही रहा। रात के समय वह मशाल थामकर अखाड़े में होता। नर्तक नृत्य करता तो नशे की लोर में घुक्कर भी मशाल पकड़कर चक्कर दे जाता। उसकी कोशिश रहती कि मशाल नर्तक के चेहरे की ओर ही रहे। अखाड़े के बाद, दूसरे दिन वह भाँडों की सेवा में रहता। कभी उन्हें सिगरेट लाकर देता, कभी इलायची के पैकेट तो कभी गाँव में से देसी शराब भी खोज लाता।

एक रात नचार गा रहा था—

झूले पड़े तो मेरा तन-मन डोले, चलें।
आज बादल की ओट।

घुक्कर मशाल समेत स्वयं बाँकी टेढ़ी कमर हिलाकर अखाड़े में नचाने लगा। लोग हँस कर लोट-पोट होते रहे। शेरे ने उसे गिलास में डालकर शराब भी पिलायी।

जिस दिन भाँड तमाशा समेटकर गाँव से गये, घुक्कर भी घर से गायब हो गया। एकाध दिन तो किसी ने परवाह नहीं की। फिर एक दिन माघी ने चौपाल में बताया, "ताया निहालसिंह! घुक्कर तो निकल गया नकलियों के साथ ही।"

माघी की बात सुनकर चौपाल में बैठे सब लोग हक्के-बक्के रह गये।

घुक्कर के हवा में लटकते पाँवों को जमीन मिल गयी थी। यहाँ कदर थी। महत्त्व था। कोई तीखी, आर-सी चुभती बात कहने वाला नहीं था। यहाँ सब घुक्कर जैसे उखड़े-बिखरे राहों के राही थे। घुक्कर के स्वाभिमान को चोट मारने वाला कोई नहीं था। भाँडो ने भी सोचा होगा, गोरा चिट्टा मुंडा है। भूख नंग से जूझ रहा है। जीभर खाने लगा। पाँव ताल में उठने लगा। नकली छातियाँ लगाकर आँखों में सुरमा डालकर वह जब अखाड़े में उतरा, दर्शकमंडली का धुआँ निकाल देगा। नोटों की बरसात होगी।

कुछ दिन चर्चा कर लोगों ने घुक्कर को भुला दिया। लेकिन उसकी माँ नहीं भूल पायी। दिन में एकाध बार उसका रोना फूट पड़ता। उसके आगे-पीछे

अब कोई नहीं था। कहाँ जाती? कभी किसी के मुंडेर लीप आती तो किसी की कपास बीन आती। बस रोटी तो खानी ही थी। भूख तो मौत से भी बुरी होती है। हर सुबह सिरहाने मुँह बाए खड़ी रहती है। घुक्कर की माँ को पेट के लिए कई पापड़ बेलने पड़े। बस, एक सिल्ले ही नहीं चुग पायी।

छः-सात महीने निकले होंगे, माड़ी के मेले में लोगों ने अचानक घुक्कर को देखा। नचारों की तरह होंठों पर गहरी सुरखी, गालों पर पाऊडर, आँखों में धारियोंवाला सुरमा। माथे पर चौड़ी बिन्दी और नकली छातियाँ उभार-उभार वह लोगों को अश्लील संकेत करके उकसा रहा था।

गाँव में फिर से घुक्कर का जिक्र छिड़ गया। कुछ लोगों ने विश्वास किया। कुछेक ने नहीं। पंचायत ने राय की। बताने वालों की बात सही है तो घुक्कर को लौटा लाएँ। चक बूढ़सिंह का अपमान है। कोई कहता—"कंजर ने सारे गाँव की नाक कटवा दी।" सब की बात सुनते रामसिंह पहले चुप रहा। फिर उसे क्रोध आ गया बोला, "जब वह गाँव की गलियों में भूखा फिरता था, तब गाँव का अपमान नहीं था? उसकी माँ गोबर उठाकर उपले थापकर अपना गुजारा करती है। तब नहीं कटी किसी की नाक? पंचायत के किसी मैम्बर ने कभी पूछा कि शेरा जगते की बारह घुमाव जमीन अनुबन्ध (बिढ़ी) में ही कैसे खा गया? अब वह अपने जीने का जुगाड़ करता आसपास घूम रहा है, फिरने दो। रोटी खा रहा है। किसी से भीख तो नहीं माँगता? तुम से तो नहीं कुछ चाहता? अपने गाँव में भाँड आते ही हैं, वे भी तो किसी के बेटे-भाई होंगे। अब सारा गाँव घुक्कर के पीछे पागल हो रहा है।"

बाबा रामसिंह की खरी-खरी सुनकर सब चुप हो गये।

फिर रामसिंह की बातों से प्रभावित होकर नरैण ने सुझाव दिया, "चलो, घूमने फिरने दो। हमारे गाँव में अखाड़ा लगाया, तो पकड़ कर धर लेंगे।"

इससे सब सहमत हो गये। लोगों का जोश ठंडा पड़ गया। यों एक साल बीत गया। घुक्कर की माँ जैसे-तैसे गुजारा करती रही।

नकलिये फिर से गाँव में आ टिके।

अँधेरा होने पर लोगों के रोटी पानी से मुक्त होने पर गाँव के दक्षिण में स्कूल के बाहर, खुली जगह पर अखाड़ा लगने वाला था। युवक और छोटे लड़के पूरे उत्साह में थे। फिर उन्हें ढोलक की थाप सुनाई दी। काम निपटाकर तो कुछ लोग, अधूरा छोड़कर लोग, टोलियों में स्कूल में बाहर जुड़ने लगे। बड़ा इकट्ठा लगता था आसपास के गाँवों से भी लोग आ रहे हों।

अखाड़ा यौवन पर आया तो पूरा गाँव हैरान रह गया। मानो दर्शको को साँप सूँघ गया। घुक्कर आँखें मटकाता, बाहें हिलाता, उछल-उछल कर अखाड़े में नाचने

लगा। एक बार लोगों में खुसर-फुसर हुई। फिर शोर मचा। भीड़ में से किसी ने ललकारा—'पकड़ लो, जाने न पाये अब।'

शराबी हुआ शेरा वहीं डाँग (लठ) लिये खड़ा था और लड़कों के पास भी डाँगें थीं।

घुक्कर ने घुँघरूओं समेत अखाड़े में से छलाँग लगाई, और खेतों की ओर भाग निकला। पीछे-पीछे डाँगों वाले थे। मशालची भयभीत-सा, मशाल फेंक भाग लिया। खेतों में अँधेरा था। घुँघरूओं के साथ घुक्कर कहाँ तक भाग सकता था? वैसे अँधेरे में भागे जाते घुक्कर के घुँघरूओं की आवाज यों सुनती थी, मानों भूत भाग रहा हो। चार-पाँच किल्ले (एकड़) की दूरी पर उन्होंने घुक्कर को पकड़ लिया और उसे अखाड़े में घेर लाये।

सरपंच गुरदास ने उसका मुँह धुलाया। कपड़े उतरवाये। कुछ लोग उसी की नकली छातियों के खोपे उठाकर एक-दूसरे को छेड़ने लगे। घुक्कर सिर झुकाए खड़ा था। ताये निहाले ने तो उसको रोते हुए भी देखा था।

घुक्कर फिर घर आ गया। माँ चाहती थी उसे अपने गले से लगाकर रो दे। मन की भड़ास निकाले। लेकिन उसके कन्धे पर हाथ रखने, और निःश्वास लेकर उसके पास बैठने के सिवाए, वह कुछ भी नहीं कर पायी।

घुक्कर का अब कहीं भी जाने को मन नहीं होता था। वह घर में ही पड़ा रहता।

फिर पंजाब के हालात बिगड़ने लगे। बसाखा सिंह दुःखी होता। अँग्रेज़ों को गये पैंतीस-चालीस बरस हो चले थे, ऐसा तो कभी नहीं हुआ था। हर तरफ अविश्वास घर किये हुए था। चौपाल में एक दिन वह रामसिंह के साथ बातें कर रहा था। मुसलमानों के साथ लड़ाई की बात तो समझ आती है। अँग्रेज़ों के विरुद्ध भी हमने संघर्ष किये। ये अब हिन्दू सिक्खों का नया बखेड़ा खड़ा कर रहे हैं!

"सब भूख की लड़ाई है बसाखा सिंह! अपने घरों में ही देख लो, जो लड़का खाली, बेकार होगा, उत्पात (हल्ला) करेगा। समय पर काम लगाया हो, वही कमाऊ पूत बन जाता है। पढ़ लिखकर टोलियों की टोलियाँ बेकार घूम रही हैं। पाँच-सात तो हमारे गाँव में ही हैं। तुम्हारा भगतू, माघी, तोती, लालो। बनियों का प्रकाश तो चलो अभी पढ़ रहा है। उन्होंने सोचा, यही ढंग आसान है।"

चारों तरफ दहशत का माहौल था। किसी को भी एक दूसरे सम्प्रदाय पर यकीन नहीं रहा। घुक्कर दो एक माह से घर से गायब रहने लगा। आसपास और

पूरे पंजाब में ही छीना-झपटी की वारदातें होने लगीं। हर रोज अखबार ऐसी ही खबरों की सुर्खियों से भरे होते।

इन्हीं दिनों बड़े गाँव की मंडी में खुली बैंक की नयी शाखा में डाका पड़ गया।

पकड़े गये सन्दिग्ध लड़कों में घुक्कर भी था।

पूरे गाँव के लिए वह हैरानी वाली बात थी। होंठों पर सुर्खी लगाकर, पैरों में घुँघरू बाँधकर नाचने वाला लड़का, अब पार करने वालों से जा मिला?

चक बूढ़सिंह की चौपाल में फिर से चर्चा होने लगी। हरेक अपनी फिलासफी घोटने लगा। निहाला, सरैणे की बात रद्द कर देता। सरैणा, रामसिंह की। लोगों को कहने सुनने के लिए फिर से मसाला मिल गया था। गाँव की असैम्बली पूरी तरह गर्म रहती। कई बार तो लोगों को भूख का भी ख्याल न रहता। बाबा रामसिंह इन सब से समझदार था। उसकी बात में वजन था। वह बहस में नहीं पड़ता था। उसे लगता कि यह रामरौला यों ही चलेगा। वह उठकर घर का रास्ता लेता।

आज भी वह चौपाल में से उठ आया था। उदास, घर आकर खाट पर लेट गया। घुक्कर और उस जैसे दूसरे लड़कों के बारे में सोचने लगा। खुद युवावस्था में वह सिंघापुर-मलाया घूम आया था। दुनिया देखी थी। भूख भी सहन की थी।

दालान के बड़े दरवाजे में लेटा वह सोच रहा था। अपने हाथों सच्ची-सुच्ची 'किरत' (काम) करने वालों का बेटा, कुछ अपने परिवार की गलतियों के कारण, कुछ समाज के तानेबाने की गलतियों के कारण, भटक गया। न खेत रहे, न घर रहा। अब जाट का बेटा दिहाड़ी तो करने से रहा! उसने यह सब भी किया। शेरे जैसों का हिस्सेदार (सीरी) बना रहा। अपनी जमीर भी मार ली। मन से सहारा शेरे ने भी न दिया। हर जगह शोषण हुआ। सिंघापुर मलाया में भी हमारे साथ यों ही होता था। हम बहुत थे, मिलकर अपनी बात मना लेते थे। लेकिन यह अकेला क्या करता? लोगों के ताने, मजाक, हीनता से तंग आया। क्या पता सचमुच इस भीषण आँधी में भटक गया हो। हाथ फैलाकर माँगने से छीनकर खाना अच्छा लगता हो। घुक्कर से भाई घुक्कर सिंह बनकर, लोगों की आँखों में जननायक की तरह चुमने की इच्छा जाग पड़ी हो। जो उसे मजाक करते थे, नचार बुलाते थे। पिछलग्गू कहा करते थे। उसे देखते, उनके चेहरों पर मुर्दनी लावेगे की वीरता दिखाना चाहता हो...क्या बुरा है फिर वह? लोगों ने उसके साथ कम की है। ठीक तो यह था गाँव का बेटा था। बाप सिर पर नहीं था। उसे सँभालते। छाती से लगाते। अपनाते, दिलासा देते...लेकिन हुआ क्या...? सोचते, रामसिंह बेचैन हो उठा...हे वाहेगुरु...पता नहीं, गाँव-गाँव में ऐसे कितने घुक्कर होंगे?...

इन्हीं चिन्ताओं से घिरे रामसिंह को पता ही नहीं लगा, पशुओं को चारा डालने आयी, उसकी बहू कब चाय की गड़वी (लुटिया) उसके सिरहाने टिका गयी थी। काम निपटा कर लौटने लगी तो बाबा जी को वैसे ही लेटा देखकर चिंतित हो पूछा, "बाबा जी, आपने तो चाय ही ठंडी कर ली। क्या बात, तबीयत ठीक नहीं?"

रामसिंह उठ बैठा। तबीयत को क्या होना है बेटी। बस यों ही सोचने लगता हूँ...कितना बुरा वक्त आ रहा है, कहकर वह चाय की गड़वी उठाने लगा तो बहू ने पहले ही उठा ली।

"यह तो ठंडी है बाबाजी। गर्म करके ला रही हूँ। अभी आयी।" बहू तेज कदमों से चल दी।

रामसिंह कुछ पल जा रही बहू को देखता रहा। न जाने क्यों आँखों से पानी झलक आया। कितना मान आदर करती है यह। लोग यों ही भले घरों के बच्चों को तरसते हैं। वह गाँव के अपने तीन जोड़ीदारों को जानता है। किसी की कमीज का गला उधड़ा है। किसी के बटन टूटे हैं। इसने मुझे मैली पगड़ी तो क्या बाँधने देनी थी, मैला साफा लेकर भी बाहर नहीं जाने देती। 'जीती रहो बिटिया! ईश्वर तुम्हें कभी बुरे दिन न दिखाये।' आशीर्वाद खुद-ब-खुद उसके मुँह से निकला और उसने साफे के पल्लू से आँखें पोंछ ली।

हाट-बाट में अब घुक्कर की बातें होने लगीं। सच्ची भी, झूठी भी। कच्चे लड़के जल्दी पकड़ में आ जाते हैं। घुक्कर भी पकड़ लिया गया। टार्चर किया गया। पुलिस हैरान थी। किसी भी ग्रुप ने घुक्कर को छोड़ने की धमकी नहीं दी। गाँव का कोई प्रतिनिधि या सरपंच या शेरा तक घुक्कर को छुड़ाने नहीं गया। पुलिस वहीं चकोटी काटती है, जहाँ मांस हो। नंग घुक्कर से उन्हें क्या मिलता? तफ्तीश की गयी, न घर न घाट। न सिर पर बाप। न कोई मजबूत रिश्तेदार ही। पुलिस के पास एक ही दाँव बाकी था, इससे मुखबरी का काम लिया जा सकता था।

'बाहरी लड़के तुम्हारे पास आयें तो हमें सूचना देनी है। नहीं तो हम तुम्हें फिर उठा लाएँगे।'—ऐसी हिदायतें, धमकियाँ देकर पुलिस ने घुक्कर को छोड़ दिया।

इस पहली पिटाई से ही घुक्कर लड़कों का साथ छोड़ गया। वह इस योग्य भला कहाँ था? एक दिन वह बकरियों के बाड़े में माघी के पास गया। शाम को उसने भगतू के साथ बैठकर दारू भी पी। तब रूपचन्द का प्रकाश भी उनके पास आने लगा था।

इन तीनों ने घुक्कर के आने पर कोई उत्साह नहीं दिखाया। एक तो वह इनसे बड़ी उम्र का था। ये घुक्कर के साथ अधिक खुलना नहीं चाहते थे। उन्होंने अपनी कोई बात उसके साथ साँझी नहीं की। घुक्कर समझ गया। उसके डगमगाते

पैरों को सहारा चाहिए था। इनका व्यवहार देखकर वह दो-एक बार और वहाँ गया था। फिर उसने जाना ही छोड़ दिया।

अब घुक्कर ने अपना स्वभाव बदल लिया था। ढीठ बन गया। लोगों के कटाक्षों, तानो से शर्म नहीं महसूस होती थी। वह खुद ही लापरवाह हो गया था। लोग अब उसे छेड़ने के स्थान पर, उससे हमदर्दी करने लगे थे। पहले वह चौपाल से भागता था, कि लोग क्या कहेंगे? लेकिन अब वह उनमें आ बैठता। बड़े बुजुर्गों से नोक-झोंक भी करने लगा। कई बार ताया निहाला या सरैणसिंह उसकी बातें दिलचस्पी के साथ सुनते। गाँव के कुछ अन्य अनोखे भेद वह बताता तो सुनने वाले हैरान रह जाते। ऐसी बातें सुनकर एक दिन सुरैण ने कहा, "बहुत अफलातून, है यह तो...।"

यों ही एक दिन, शाम को सब चौपाल में बैठे थे। घुक्कर ने पाँवों के बल बैठे आगे झुककर ताये निहाले की ओर झाँकते हुए कहा, "जानते हो ताया, भगतू और माघी के पास, बनियों का प्रकाश क्या लेने जाता है बकरियों के बाड़े में?"

"जानने की क्या बात है। बचपन से एक साथ पढ़ते खेलते रहे है।" निहाले ने सहज भाव से कहा, "ताया! तुम्हें क्या पता है। मेंढक किस समय पानी पीते हैं?" कहता हुआ घुक्कर और नजदीक हो गया। धीरे-धीरे कहने लगा, "मैं जानता हूँ, ये पहले तो प्रकाश को दारू पिलाते हैं। फिर उसके साथ बदफेली करते हैं।"

"ओए तेरे लुच्चे की..." निहाला, उसे मारने को आया तो घुक्कर जल्दी से पीछे हटता हुआ बोला, "बाबे नानक की कसम दोनों को प्रकाश की चुम्मियाँ लेते मैंने खुद देखा है।"

पता नहीं यह सच था या घुक्कर किसी रंजिश में बदनामी करना चाहता था। लेकिन भगतू, माघी और प्रकाश की दोस्ती को लेकर चक बूढ़सिंह में चर्चा जरूर थी।

घुक्कर ने अपने शौक बदल लिये। मैला-सा एक थैला उसके कन्धे पर झूलता रहता है। इन दिनों गाँव के लोगों को वह मौसमी मेवे खिलाता है। कभी कपास-बाजरे में से चिब्बड़ों का झोला भर लाता। दूर जाकर झाड़ियों के बेरे तोड़ लाता। कभी झाड़ करेले खोजने निकल जाता। पैसे मन मर्जी के वसूलता, अपना 'सौदा' लेकर घरों में तब जाता, जब औरतें अकेली हों। मर्द लोग काम पर या खेतों में हों। कोई मुँह बोली भाभी, भाव करती। सफेद दाँत दिखा देती या चालाकी धौल जमाकर कहती, "मैं तो इतने पैसे ही दूँगी।" तो घुक्कर मुश्किल में बटोरा माल मुफ्त में ही देने को तैयार हो जाता। करेले, बेर वह हाथों से ही तोल कर बता देता, "ये दो किलों होंगे, चाची।"

कई बार यों होता...चाची या भाभी समझती कि उसने घुक्कर को ठग लिया

और घुक्कर समझाता, मैं इन्हें क्या समझता हूँ। ये क्या जानें, मैं नल के की तरह ऊपर कम दिखाई देता हूँ...नीचे पाताल तक जड़ें हैं।

कभी उसके मन में आता, तो सारा सामान बोरी में भरकर शहर ले जाता। मुहल्लों में घूमता। सुन्दर लड़कियों को पीछे लगा लेता। कहता, देसी करेले हैं। कहाँ मिलेंगे आपको ऐसे? मंडी में तो दवाई छिड़की सब्जी आती है। निरी जहर होती है वह। कुछ घर उसके पक्के ग्राहक बने हुए थे।

एक बार वह शहर गया। सेठानी ने पूछा, ''अरे, अब तो देर बाद दिखाई दिये हो तुम?''

''आपको नहीं पता?'' घुक्कर ने हैरानी से पूछा—फिर खुद ही बताने लगा, ''करेले उतारते समय मुझे साँप काट गया। काला नाग। मैं मुश्किल से बच पाया। हमारे वहाँ एक सन्त है, झिड़ीवाला। उसने बचा लिया, देसी जड़ी-बूटियों के साथ। यह देखो, यहाँ डंक लगा था।'' उसने अपने टखने पर एक पुराना निशान दिखाया। सेठानी ने तरस खाते हुए अपने कलेजे पर हाथ रखकर कहा, ''हाय! मुझे तो देखकर ही मेरा कलेजा छकछक करने लगा है।'' और उसने घुक्कर को पाँच रुपये यों ही ज्यादा दे दिये।

माँ-बेटे, दोनों का गुजारा चल रहा था।

एक बार उसने शहर जाकर दिहाड़ी करने की भी कोशिश की। भैयों ने उसकी पेश नहीं चलने दी। वे पैसे कम लेते, काम ज्यादा करते थे। कई बार घुक्कर का भीतर 'गिल्ल' सींग उठा लेता। जागता, फिर वह भइयों से या मिस्तरी से लड़ पड़ता।

करेले, बेर, साग आदि ही उसे रास आये। एक बार वह कौड़तुम्बों की बोरी भरकर, शहर बेच आया।

खाली होता तो घुक्कर अपने कारनामों के किस्से चौपाल में रस लेकर सुनाता। कुछ दिन न आ पाये तो सरैणे—जैसा ही कोई पूछ बैठता, अपना 'माणक' नहीं देखा कई दिनों से। घुक्कर को सब 'माणक' ही कहते हैं। आ जाएगा। किसी विषैले साँप से पंगा लिए बैठा होगा। या शायद किसी की कपास चुनने गया होगा।

चौपाल में बैठे सभी हँस पड़ते।

जिस दिन घुक्कर सबको टखने पर लड़े साँप की बात सुना रहा तथा, तभी नरैणे ने व्यंग्य किया।

''माणक! करेले तो तुम हाथों से ही तोड़ते होगे?''

''हाँ, खुद ही टूटकर तो मेरी झोली में नहीं आ पड़ते।'' घुक्कर नरैणे की मूर्खता पर हँसा।

''वही तो कहता हूँ। करेले तो हाथ से तोड़ते हो तुम फिर साँप तुम्हारे टखने पर कैसे लड़ गया भई?''

घुक्कर को नरैणे का मन्तव्य (धुन) अब समझ में आया। उसका वार बचाते हुए बोला।

"इसी बात से तो मैं हैरान हूँ बाबा नरैणसिंह! कि साला करेलों का साँप टखने पर कैसे लड़ गया? लड़ा भी यों कि मांस का ग्रास ही निकाल ले गया। उसका पीछा मैंने बहुत किया। रुककर साँढ की तरह फुकारने लगता था। वह तुम्हारी मोटर की तरफ गया था। अब तुम सँभल कर रहना।" घुक्कर की आँखों में शरारत देखकर ताया निहाला दबी-सी हँसी हँसा। नरैणा चुप रहा।

घुक्कर वहाँ से उठ आया तो रास्ते में अपने से ही बोलने लगा, '...अब तुम्हारे लिए मैं जीभ पर साँप लड़वाऊँ?'

चिब्बड़ करेले या बेर तोड़ते समय घुक्कर ऐसे इलाके में जाता, जहाँ और लोग जाने से डरते थे। यदि उसे आस होती कि यहाँ कुछ दिनों में करेलों, बेरों के झाड़ हाथ लगेंगे तो लोगों को उधर जाने से रोकने के लिए वह गाँव में अफवाह फैला देता। "आज तो बाबा सरैणा, खूब बचाव हुआ!" एक बार घुक्कर ने भोला-सा मुँह बनाकर कहा।

"क्यों रेलगाड़ी के नीचे आ चला था?" सरैणसिंह के बोलने से पहले ही ताये निहाले ने छेड़ा—

"नहीं ताया, आज चढ़ गया जंगली बेरी पर।"

"वहाँ भूत था क्या?"

"नहीं यार ताया, भूत कहाँ था। तुम जानते हो भूत का वशीकरण मन्त्र तो मुझे आता है। मैं काला इलम जानता हूँ। वहाँ तो काला नाग था। चमकता, मुझे देखते ही फुफकार उठा। आधे बेर जल कर नीचे आ गिरे। उसकी फुफकार मेरी तरफ होती तो मैं तो राधा के कृष्ण की तरह नीला हो जाता।"

"अब कौन तुम अँग्रेज़ी मेम जैसे हो?" कितनी देर से पास चुप बैठे माघी ने कहा तो सब हँस पड़े।

"सच कहते हो घुक्कर, साँपवाली बात!" ताया निहाला गम्भीर होकर पूछने लगा।

"बिल्कुल सच है ताया, चाहे जिसकी कसम उठवा लो। अब हनुमान की तरह छाती फाड़कर तो दिखा नहीं सकता।"

घुक्कर की ऐसी बातें सुनकर, डरते हुए कोई भी जंगली बेरी की तरफ मुँह न करता। कुछ दिनों बाद आराम से घुक्कर पके बेर तोड़ लाता और कहता—"साँप की सिरी से तोड़ कर लाया हूँ।"

खाली घूमते घुक्कर में एक बात और विकसित हुई है। गाँव में उड़ती हर अफवाह या घटना के बारे में जब तक वह पूरी जानकारी जुटा नहीं लेता, उसे

चैन नहीं आता। इस आदत से उसे कई बार अपमानित भी होना पड़ा।

एक बार वज़ीर के छोटे भाई सरदूल ने उसे पुलिस चौकी में पकड़वा दिया था। घुक्कर, उसकी बेटी मीतो के बारे में, जो शहर के पी.सी.ओ. पर काम करती है, पता नहीं कहाँ से खोज निकाल लाया। जो बातें उसने चौपाल में बैठे नरैणे, ताये। निहाले और रामसिंह को बतायीं, सुनकर वे चकित रह गये।

बात सरदूलसिंह तक पहुँची तो दूसरे दिन ही घुक्कर को दो सिपाही चौकी ले आये। थानेदार ने घुक्कर से अता-पता पूछा तो सरदूल ने कहा, ''यह पिछलग्गा है।''

मझल थानेदार हैरान था।

''यह पीछे से साथ ही आया है जी—'' सरदूल ने समझाया।

''पीछे से आया है?'' थानेदार अब भी हैरान था।

''मैं बताता हूँ, घुक्कर खुद ही बोल पड़ा। कल्पना करो, आपका बाप मर जाये। आपकी माँ किसी और के साथ शादी कर ले और आपकी माँ आपको अपने साथ ही ले जाए। आप हो गये 'पिछलग्गा' यही बात है जी।''

थानेदार ने गुस्से में घुक्कर को थप्पड़ जड़ दिया। हवलदार से कहा, ''उलटा करो इसे, पटे लगाओ। यह तो कुत्ती शै है।''

जब ऐसी फजीहत करवा के घुक्कर चौपाल में आता, बाबा रामसिंह समझाता। ''कोई जीये, कोई मरे। तुम क्यों बेगानी फुलकारी तले जाकर पंगा लेते हो?''

''समझ नहीं आता बाबा। खुद को कितना तो रोकता हूँ। लेकिन जब तक बात स्पष्ट होकर सामने न आये, चैन नहीं आता। लोग यों ही हवा में लाठियाँ चलाते रहेंगे। वे जानते कुछ नहीं। अभी देखो, उल्टी बात है न! जट्टों की लड़की ढिल्लोओं की? चमारों का लड़का...वह भी घर नहीं और वह भी घर में नहीं है। बात खुलके तो सामने आये...।''

और यही बात थी घुक्कर 'पंचैत' की आज्ञा लेकर, चौपाल में से उठकर, बात का मूल खोजने किशने के पीछे हो चला।

घुक्कर ने देखा, किशन धीमी चाल चलता वज़ीर के अन्दर के घर का दरवाजा पार कर नजरें झुकाये आँगन में जा खड़ा हुआ।

पन्द्रह

ठीक उसी समय बसाखा सिंह अहाते के बाहर दुविधा में खड़ा था। वह अन्दरवाले घर में जाए या न जाये। वह किशने के पीछे-पीछे जाते घुक्कर को पहचान चुका

था। उसकी चाल की मक्कारी भी बसाखा सिंह समझ रहा था।

घुक्कर ने बसाखा सिंह को अहाते के बाहर खड़ा देखकर अपनी चाल थोड़ी धीमी कर ली और किशने से फासला बना लिया। वहीं से घुक्कर को किशना अन्दरवाले घर जाता दिखाई दे रहा था। घुक्कर चेहरा दूसरी तरफ घुमा कर त्रिवेणी के नीचे बने चबूतरे पर बैठ गया। वह दिखावा कर रहा था, जैसे उसने बसाखा सिंह और किशन सिंह को देखा ही नहीं।

"साला कुत्ता!" बसाखा सिंह के मुँह से गाली निकली। अब यह इसलिए बैठा होगा कि जब किशना घर से निकला तो उसके पीछे जाकर कोई रहस्य जाने। इन लोगों को यों ही कुछ होने लगता है। "ससुरे! लड़की हमारी घर नहीं लौटी, तुम क्यों रोटी-पानी छोड़ कर बैठ हो?"

यों तो बसाखा सिंह भी अन्दरवाले घर में ही जा रहा था। ज्ञानकौर को सन्देश देने पर भी राजपाल मिलने नहीं आया। वज़ीर की आँख का पता लेना था। लेकिन अब किशना घर गया था और बाहर घुक्कर 'कुत्ते-सा' उसकी प्रतीक्षा कर रहा था। न जाने किशने से क्या पूछना था? ठहरकर ही जाऊँगा...सोचकर वह अहाते के अन्दर चला गयाा। फाटक बन्द किया। आँगन में आकर ट्रैक्टर के पुराने टायर पर जा बैठा। खूँटा अपने पास ही सीधा कर धर लिया।

मौसम बदलने लगा है। थोड़ी-थोड़ी ठंड उतर रही है। बूढ़े शरीर को मद्धम-सी धूप मीठी लग रही है। अन्दर से आत्मा दुःखी है। क्या करें? राजपाल मिलने क्यों नहीं आता? गुरा घर की चिन्ता क्यों नहीं करता?

इन सब से एक बात और उसे ज्यादा दुःखी कर रही है। सरदूल ने एक बार भी नहीं पूछा, "भूपी वाली बात कैसे हो गयी?" कैसा मोह-प्यार है? लहू के ये कैसे सम्बन्ध हैं? तेरी सगी भतीजी है, बेटी है। ठीक है, आपस में नहीं बोलते। मेल व्यवहार भी न रखो। लेकिन ऐसे संकट में तो साथ रहो। गरक जाएगी यह दुनिया।"

इन्हीं चिन्ताओं से घिरा बैठा था बसाखा सिंह। वज़ीर उसके पास आ खड़ा हुआ। बसाखा सिंह ने ऊपर देखा, बहुत स्नेह उमड़ा। देखकर चित्त बहुत दुखी हुआ।

...वज़ीर की एक आँख पर हरी पट्टी बँधी है। कपड़े मैले हैं। तीन दिन मंडी में रहने के कारण नहा नहीं पाया। खामोश खड़ा है। कुछ पूछने पर शब्द नहीं सूझ रहे। बसाखा सिंह ने ही धीमे-से कहा—

"आराम करते घर में?"

"कैसा आराम बापू? धान बिकने पर शुक्र किया था। जब घर आकर पहले नहाऊँगा। धुले कपड़े पहनूँगा। मंडी की जमी मैल का कुर्ता चमड़े-सा हो रहा है। घर पहुँचा तो और ही बखेड़ा खड़ा था। मैं यह बात झेल नहीं पाया बापू,

आँगन में ही गिर पड़ा। फिर मुझे ध्यान नहीं रहा। भगतू की माँ बताती है, सिर में पानी डाला। तलवे सहलाये। मुझे तो कुछ पता नहीं अब होश आया तो उठकर इधर को चल पड़ा...''

''राजपाल और गुरा कहाँ है?'' बसाखा सिंह ने पूछते हुए साँस छोड़ा।

''मुझे तो दोनों नजर नहीं आये।'' वज़ीर बापू के पास ही टायर पर बैठ गया। खुद को सँभालते बोला, ''यह क्या अनहोनी हो गयी?''

बसाखा सिंह कुछ नहीं बोला पाया। क्या कहता? वजीर के कन्धे पर हाथ रख दिया हमदर्दी में। नीचे देखता रहा। एक निःश्वास अपने आप निकल आया। बाप-बेटा दोनों देर तक बैठे रहे लेकिन मन के तार यों साँझे थे, दोनों परस्पर हौंसला देते रहे।

''पता होता बापू, तो मैं मंडी में ही क्यों जाता।'' वज़ीर ने खामोशी तोड़ी। ''खुद ही राजपाल सँभालता। हम कौड़ी के नहीं रहे बापू। जी करता है कुछ खा कर मर जाऊँ। मैं लोगों का सामना कैसे करूँगा? मैं तो घर से बाहर भी नहीं निकल पाऊँगा...'' वज़ीर रोने लगा।

बसाखा सिंह का हाथ उसकी पीठ सहलाने लगा।

''दुःख तो बहुत हैं वज़ीर! इससे बड़ा और दुःख क्या होगा? तुम अपनी आँख मत खराब कर बैठना। मालूम नहीं उसके मन में क्या था? ऐसी औलाद तो दुश्मन के घर भी न हो। ऊपर से दिन कौन-से हैं! अभी गेहूँ बोने को है। राजपाल तो एक मिनट घर पर नहीं टिका। रब्ब नीचे उतरकर लड़ने आया है, हमारे साथ।'' हौसला देते बसाखा सिंह का अपना मन सन्तुलित नहीं रहा।

''इससे तो मैं मर जाता। तभी मर जाता, जब छत के मोछ में से गिरा था। हे ईश्वर, अब क्या करें?'' वज़ीर फिर सुबकने लगा।

''यों रोने से तो कुछ न बनेगा वज़ीर। मन मजबूत करो। कोई रास्ता निकालते हैं। राजपाल को कहकर पुलिस को इतलाह देते हैं। पता चलेगा कि लड़की है कहाँ? जमीन तो नहीं खा गयी होगी उसे।''

वज़ीर उठकर खड़ा हो गया।

''क्या हुआ?'' बसाखा सिंह ने चिन्तित हो पूछा।

''जा रहा हूँ।'' वज़ीर आँखें पोंछता बोला।

''कहाँ, मंडी?''

''मंडी में अब अपना क्या है? धान वे ले गये। आढ़तिया लेखीराम कहता था, इतने से तो मेरे अपने भी नहीं पूरे हो रहे। आधी रकम अभी और बाकी है। अगली फसल तक वह और दोगुना हो जाएगी। हाथ झाड़कर चला आया। घर पहुँचा तो भूपी वाला पत्थर लगा माथे में। बापू, मैं सोचता हूँ अच्छा ही हुआ।

किसी कुएँ नदी में जा डूबी हो तो और भी अच्छा। कहाँ ब्याह करते हम उसका? ब्याहने के काबिल होते, हम उनका मुँह भर पाते तो चार साल पहले ही ब्याह दी होती। ये बातें क्यों होती? बापू तुम्हीं बताओ, किस कुएँ में डूब मरें। सिर ढके तो पैर नंगे हो जाते हैं, पैर ढकें तो कुछ भी नहीं रहता...'' कहते हुए वज़ीर सिंह बापू की कोई बात सुने बिना ही अहाते से बाहर वाले फाटक की ओर चला गया।

बसाखा सिंह उठ खड़ा हुआ। उसकी चिन्ता बढ़ गयी। वज़ीर यों उल्टी-सीधी बातें करने लगा है। पागल न हो जाये कहीं? इसका ख्याल रखना पड़ेगा। क्या करूँ? ज्ञानकौर से बोल कर आऊँ? राजपाल आता तो उसे समझा देता। ...हम सब में है ही क्या आजकल? चिन्ताओं, सोचों के मारे हुए हैं। किशना भी अन्दर के घर गया था। पता करूँ, क्या बता गया है? वज़ीर सीधा घर गया कि कहीं और? पगला, कहीं और ही न चला जाये। संकट अकेला तो कभी नहीं आता।

और बसाखा सिंह भी अन्दरवाले घर की ओर चल दिया।

सोलह

बाहरवाला दरवाजा लाँघ कर किशाना आँगन में खड़ा था। एक अज्ञात डर से टाँगे काँप रही थीं। उसे अन्दर आया देखकर ज्ञानकौर गुस्से में बाहर आयी, लेकिन किसने का रोने जैसा मुँह और खड़े होने का अन्दाज देखकर कटुवचन नहीं बोल पायी।

बाहर, पीछे दरवाजे के पास जूता उतारकर, किशाना नंगे पैरे आँगन में खड़ा था। दोनों हाथ जोड़े हुए था। मानो कोई श्रद्धालु गुरुद्वारे में प्रवेश-पूर्व मुख्य द्वार पर ही आँखें मूँदकर विनम्र खड़ा हो। ज्ञानकौर को बाहर आया देख वह आगे बढ़ा। अपने दोनों हाथ उसके पैरों की ओर बढ़ाकर माथे को लगाये। मुँह से कुछ नहीं बोला।

ज्ञानकौर एकटक उसकी ओर देखने लगी।

गुस्से में भरी ज्ञानकौर से किसने को भय लगा। टाँगों के साथ उसका मन भी काँपने लगा था। भावी होनी की कल्पना से आँखें भर आयीं। ज्ञानकौर के पैरों की ओर वह पुनः झुका उसका रोना निकल आया।

ज्ञानकौर उसी तरह खड़ी रही। स्थिर और मौन। किसने की हरकतें ताकती रही। सोचती रही यह भीतर से हमारी तरह दुखी है या ऊपर से दिखावा कर रहा है। वैसे रोना-धोना तो उनके स्वभाव में ही हैं। यों दिखावा न हो तो इनके

साथ हमदर्दी कौन करे? इसे पता तो होगा कि केवल लड़की को लेकर कहाँ गया होगा? अब तो घर में कोई नहीं है? न राजपाल, न उसका बापू। शायद यह तभी आया हो कि अब घर में कोई नहीं है।

"मेरा कोई कसूर नहीं बीबी।" किसना उसी तरह हाथ जोड़ कर खड़ा गिड़गिड़ा रहा था।

ज्ञानकौर को लगा, किसना उसकी अन्तरात्मा को समझ रहा है। वह हैरान हुई। लेकिन कुछ नहीं बोल पायी। किसना उसकी खामोशी से भयभीत था। न जाने क्या बोलेगी। क्या करे? बात बहुत बुरी हुई, क्या बताऊँ...?

"...मैं तो कुछ नहीं जानता बीबी। हमारे यहाँ कोई रात भर नहीं सो पाया। मुझे समझ में नहीं आ रहा यह क्या दुर्घटना घट गयी। कहें तो मैं थाने जाकर रपट लिखा आता हूँ।" कहकर किसना आँखें पोंछने लगा।

"थाने नहीं जाना।" ज्ञानकौर एकदम बोल उठी। उसने मन-ही-मन सोचा। फिर तो यों ही सत्यानाश हो जाएगा। जिसे मालूम नहीं, उसे भी मालूम हो जायेगा। कल लड़की की शादी भी करनी है। ऐसी बात कहीं छिपी रहती है? आँखों देखी मक्खी कौन निगलेगा?

"मुझे तो जो हुक्म करो बीबी। मैं तो आपका हाथ बँधा गुलाम हूँ। धूप में रखोगे तो वहीं खड़ा रहूँगा। हमारे केवल का कसूर हुआ तो भले सिर कलम कर देना। मैं उफ् नहीं करूँगा। गन्दे लहू ने दादा पड़दादा की करी कराई कुएँ में डाल दी। अपना घर समझ कर बिना झिझक यहाँ आते जाते थे। अब किस मुँह से आपके माथे लगा करेंगे। यही सोचकर रात भर नींद नहीं आयी बीबी।" किसना फिर आँसू बहाने लगा।

ज्ञानकौर किसने की छिल्लाई दाढ़ी में गुम हो रहे आँसू देखने लगी। अन्दर एक और संशय ने सिर उठाने लगा। किशने को भूपी वाली बात का पता है। इसे पता है तो इसकी घरवाली को भी पता होगा। रुलदू को भी पता होगा। शायद इनका पूरा मुहल्ला ही जानता हो। फिर तो यह बात गाँव में भी पहुँच गयी होगी...ज्ञानकौर काँप उठी। किसने पर तरस की जगह गुस्सा आने लगा। आज्ञा देती-सी बोली—

"यहाँ रोकर दिखा रहा है। घर पता कर जाकर। खोज कहाँ है तेरा सपूत। एक बात और सुन। गाँव भर में यों ही बकबक मत करना। राजपाल के गुस्से को तो तुम जानते ही हो।"

"ठीक है बीबी जी। मैं आज ही भेजता हूँ रुलदू को सरीकों रिश्तेदारी। खुद भी जाता हूँ।" कहता किसना लौट गया।

बाहर आकर किसने को लगा, मानो चोरी भी की हो, और थाने में बिना

पिटाई के ही बाहर आ गया हो। सुरखरू होकर उसने सुख की साँस ली। ज्ञानकौर के पास रुककर उसे साँस लेना भी कठिन हो रहा था।

घर लौटता वह सोचने लगा।

कहाँ गये होंगे कंजर! लड़की ने केवल में क्या देखा? सयाने सच कहते हैं, इश्क अन्धा होता है। मुझे लगता है, बहरा भी होता होगा। सरदारनी में तो अभी तक बहुत अकड़ है। कहती है यों ही बकबक न करूँ। ये जट्ट भी बस...नीचे पड़े हों तो भी धौंस दिखाते रहेंगे। चलो, यह तो शुक्र है परमात्मा का। मेहर है भगत रविदास की। हमारे तो लड़का ही है। आसपास पता चलेगा, चल जाये। फिर क्या? लड़के का क्या जाएगा? और छह मास बाद यही बात छाती पर रखकर कहा करेंगे...जट्टों की लड़की निकाली थी, कोई मजाक का घागरा नहीं पहना...फिर सोचा, यों है तो बुरी बात। गाँव की लड़की है। पूरे गाँव की इज्जत एक होती है। लेकिन कौन भड़वा सोचता है आजकल। शेरा सोचता है। कहते है दिन में भी जगते के घर में घुसा रहता है। और माघी के बकरियों वाले बाड़े में...क्या करते रहे भगतू और...? और यह सरदूलसिंह की लड़की...कहते हैं, शहर में...कोई पूछता है? अब ज्ञानकौर कहती है। शोर न करूँ, मैं थोड़े ही शोर करूँगा अपनी लड़की पर कोई नाराजगी नहीं। क्या देखा उसने? न खानदान, न जात-बिरादनी...जात बिरादरी का ही पंगा है। नहीं तो हमारा केवल जाटों के सभी लड़कों से सुन्दर है। गाँव के लड़कों से ज्यादा पढ़ा हुआ। उसे पढ़ाते-पढ़ाते मेरी पीठ झुक गयी। और अब यह पंगा। अगर कोई ऊँच-नीच हो गयी? हम तो मारे जाएँगे। जहाँ भी हों सही सलामत हों। मन मे अपने गुरु का ध्यान धरते हुए उसने हाथ जोड़े। उसे महसूस हुआ, जैसे उसके पीछे कोई आ रहा हो। घूमकर देखा। घुक्कर उसके पीछे-पीछे खोजियों की तरह चला आ रहा था। किसना रुक गया। घुक्कर ने पास आकर पूछा—

"किसने, बीमार हो?"

"नहीं तो" किसना हैरान था।

"नीचे नजर किए चले जा रहे हो, ढीले से"

"यों ही"

"ढिल्लोओं की ओर से आये हो?"

"हाँ"

"तुम्हारा केवल दो दिनों से घर नहीं आया?" घुक्कर ने और पास होकर कहा।

"आ जाएगा।" किसाना चल पड़ा।

"कहीं आतंकी लड़कों के साथ तो नहीं जा मिला?" घुक्कर ने सवाल किया।

''ढिल्लोओं की लड़की के साथ?'' घुक्कर ने अपना पहला तीर चलाया।

किसना कुछ नहीं बोला। कुछ देर घुक्कर की ओर देखता रहा। जानता था कि वह कुछ कहेगा तो घुक्कर नमक-मिर्च लगाकर आगे सुनाएगा और भुगतना पड़ेगा मुझे सब कुछ।

किसना उसे वहीं खड़ा छोड़कर चल दिया। थोड़ा आगे बढ़कर खुद ही बुदबुदाने लगा, ''लोगों को पता नहीं क्या साँप लड़ जाता है।''

घुक्कर उसी तरह खड़ा थोड़ी दूर जा रहे किसने को ही देखता रहा। फिर हिम्मत करके लौट पड़ा। देखा, बसाखा सिंह अन्दरवाले घर को जाता, उसे ताक रहा था। पहले घुक्कर ने सोचा, बाबे को फतेह बुलाऊँ और लड़की के बारे में पूछँ...लेकिन डर गया। बाबे के पास से ही जल्दी-जल्दी निकल कर चौपाल की तरफ चल दिया।

किसना नीचे मुँह झुकाए अपने मुहल्ले की ओर जा रहा था। हर कोई उसकी तरफ बेगानी-सी नजरों से देख रहा था। किसने को डर था...लोग उसे रोक कर 'घुक्कर' की तरह ही पूछेंगे। वह क्या कहेगा? उसे पता भी क्या है? यह बात सच होगी? उसे विश्वास नहीं आ रहा, सच हुआ भी तो कहाँ गये होंगे? अब रुलदू को भेजना पड़ेगा, सम्बन्धियों के यहाँ पता लगाने। भाईचारे बिरादरी में तो गया ही न होगा। कंजर बता ही जाता। अब यों हम तुम्हें कहाँ खोज पाएँगे? क्या पता किसी दूर पास के शहर चला गया हो, वहाँ रहने को खर्च भी चाहिए। केवल के पास तो किताबें लेने को भी पैसे नहीं होते। कहाँ रह पाएँगे बाहर? फिर...? क्या पता लड़की घर से जेवर नकदी ले गयी हो। सारा पैसा खराब ही न कर बैठे। थोड़ा बहुत घर में ही दे जाता। राजपाल से उधर लिया तो लौटा देते। रुलदू के सिर से कर्ज उतरता। सारी उम्र का लिखकर तो नहीं दिया कि उनकी गुलामी करनी है। बसाखा सिंह और वज़ीर सिंह तो स्वभाव के अच्छे हैं। ये तो अब की 'अलिफ से बे' नहीं कहते। मुझे कभी नहीं फटकारा। लेकिन...ये भगतू और राजपाल इनसान की कदर नहीं जानते। पता नहीं कब अपमान कर बैठे। मौका-बे-मौका नहीं देखते। अच्छा हुआ, भगतू तो देश छोड़ गयाा। अब नहीं लौटेगा। न जाने किधर मर खप गया। अति कर रखी थी उसने...चलते-चलते ठोकर लगी। गिरने लगा था। लेकिन सँभल गया। पत्थर को गाली, निकालते, पैर के साथ उसे एक तरफ ठेल दिया। ध्यान फिर वहीं जा टिका...

—राजपाल तो इन सबसे अड़ियल है। कल ये देखा नहीं। शायद लड़की को खोज रहा है। उसे मिल जाए तो राजपाल केवल को मरवाने तक जाएगा। ऐसी बातों पर तो जट्ट खून करते एक मिनट लगाते हैं? अब उसे कहाँ खोजूँ। पहले इस बात की भनक होती तो मैं समझा ही देता...

ऐसी गिनती-मिनती में ही मायूस हो गया। गन्दे पानी के जौहड़ के पास के निकलकर कीचड़ से बचता वह अपने घर में आ पहुँचा। अड़ोस-पड़ोस से कुछ लोगों, औरतों ने भी खासतौर पर उस की ओर देखा। मानो वह इस बस्ती का रहने वाला न हो। किसना उनकी तीखी नजरों से बचता, सिर झुकाए अपने घर जा घुसा। बाहर का दरवाजा बन्द करके अन्दर कच्ची कोठड़ी में पड़ी ढीली खाट पर जो लेटा।

रुलदू और उसकी माँ, देखते ही उसकी कोठरी में आ गये।

तीनों केवल का पता करने, रिश्तेदारों में जाने की सलाह करने लग गये।

सत्रह

किसने के घर से जाने के बाद ज्ञानकौर देर तक गुमसुम रही। आँगन में खड़ी सोचने लगी। काम में मन नहीं लगा। राजपाल सुबह से ही बाहर गया हुआ था। सम्बन्धियों के यहाँ भी जाना था। शायद कहीं से जानकारी मिल जाए। उसका बापू तो बात सुनते ही पत्थर हो गया। कैसी जून है यह!

ज्ञानकौर की भी अजीब हालत है। न किसी से खुलकर पूछ सकती है। न खामोश घर में बैठी रह सकती है।

गाँव के लोग और मुँह मुलहिजे वाले बड़ी कठिनाई अनुभव कर रहे थे। यदि वज़ीर के घर लड़की को लेकर अफसोस करने जाते हैं या हमदर्दी जताते हैं, तो उन्हें डर हैं कि कहीं घरवाले उन्हें घावों पर नमक छिड़कने वालों में ही शुमार न करें। नहीं जाते तो सोचेंगे, देखो, कितनी बड़ी बात हो गयी। पास-पड़ोस फिर पता लेने नहीं आया।

ज्ञानकौर के हालात दूसरों से बदतर थे। यह दुःख तो ऐसा, गलत जगह निकला फोड़ा है, जो किसी को दिखा भी नहीं सकती। हाँ, उसकी पीड़ा से वह मरी भी जा रही थी।

वज़ीर अहाते से घर आया तो अभी ज्ञानकौर आँगन में ही थी। खाट पर बैठ गया। मन दुःखी था। यहाँ बैठे हुए गली में निकलते लोग दिखाई देते हैं। उठकर अन्दर चला गया।

थोड़ी देर बाद थका खीझा राजपाल घर लौटा। माँ को उसने इतना ही बताया, "दो जगह जा आया, भूपी वहाँ नहीं है।"

"रिश्तेदार क्या सोचेंगे?" ज्ञानकौर ने गहरी साँस ली।

"उन्हें तो मैंने बताया ही नहीं। बहाना लगाया कि इधर एक दोस्त को

मिलने आया हूँ। भूपी उनके घर होती तो पता चल ही जाता...''

राजपाल की आवाज सुन, वज़ीर अन्दर से बाहर आ गया।

''किसना आया था, रोता गया है। कहता था, केवल मिले तो भले ही उसे काट दें। मेरी तरफ से छूट है।'' माँ ने बताया।

''तो उन्हें भी मालूम है यह सब। राजपाल हैरान था। साला चमार, मीठे पोचे मारने आया होगा। रात को जाऊँगा उनके घर। अब यह बात सीधे से नहीं बनेगी। किसने के तो कब्रों में पड़े मुर्दे भी बोलेंगे।'' राजपाल का चेहरा तप उठा।

वज़ीर चुपचाप सुनता रहा। फिर नि:श्वास लेकर माथा पकड़ लिया। उसका चेहरा स्वत: लटक लिया।

''मैं रोटियाँ पका लूँ। तुम भूखे होगे। सुबह भी कुछ नहीं खाकर गये।'' कहती ज्ञानकौर अन्दर चली गयी। राजपाल नल पर मुँह-हाथ धोने लगा।

''रुलदू आया?'' परात में आटा लिये बाहर आ रही माँ से राजपाल ने पूछा।

''आज नहीं आया। किसना कहता था इसे भेजना है, केवल का पता लगाने।''

''तो दाल में कुछ काला है'' साफे से मुँह पोंछता राजपाल बोला।

''बेटा, क्या पता अब।''

''सब पता होगा सालों को।''

माँ चौके में आटा सानने लगी।

''लेखीराम आढ़तिये से मिले तुम!'' वज़ीर ने धीमे से पूछा।

''कहाँ बापू, समय होता तो जाता।''

''कहता था, मेरे पिछले पैसे भी नहीं पूरे हुए।''

''इन बहिन देनों के तो उम्रभर पूरे नहीं होंगे। हर सीजन में कहीं शेलर लगा लेते हैं, फाइनांस कम्पनी खोल लेते हैं। जाट को तो कुल्हाड़ी में गन्ने सा-पीड देंगे ये। इधर से निपट लूँ, फिर इनका घिराव करते हैं। यों नहीं ठीक होंगे ये। देख तो बापू, बाबा बताता है कि अपने पास अस्सी किल्ले होती थी...अब कितनी रह गयी..कहाँ गयी...यह लेखीराम आढ़तिया जो है। कहते हैं, इसका दादा सब्जी बेचता था गाँव में...अपने हिसाब से तो उसे गाँव में, भीख माँगते होना चाहिए था। लेकिन उनके पास आढ़त की छह दुकाने हैं...दो शेलर हैं। एक सरसों के तेल का कारखाना लगाया है। कहाँ से आया सब? ऊपर से गिर पड़ा? यह सब जट्टों का खून निचोड़ कर ही बना है।''

ज्ञानकौर से चूल्हे में आग न जली तो उसने खीझकर फूँकनी फेंक दी— 'मुझसे नहीं होता स्यापा' तपी हुई माँ के मुँह से निकल तो गया। फिर याद आया कि राजपाल भी सुबह से भूखा है। और इसके बापू से भी रोटी नहीं खायी गयी।

उसने फूँकनी उठा ली और ईंधन कुरेद कर फूँकें मारने लगी।

"गुरा कहाँ है बेबे।" ...राजपाल ने अचानक पूछा।

"वह तो आज घुसा ही नहीं घर।" चूल्हे पर तवा टिकाकर माँ ने कहा।

"देख लो बापू अब! उसे फिक्र है घर की।" कुछ कहा तो मुझे ही बुरा कहोगे।

"जैसे ही आता है। लाठी पकड़ लो और अन्दर घुसा लो। पीट-पीट कर हड्डियाँ तोड़ दे उसकी।" वज़ीर भी उससे दु:खी था।

थोड़ी देर बाद ज्ञानकौर रोटी की थाली पकड़ा गयी। वज़ीर जूता उतारकर बैठ गया और गुरुद्वारे की ओर हाथ जोड़कर ध्यान किया। 'अच्छा दाता! सबको रिजक देना।'

राजपाल उठकर घर से जाने की तैयारी करने लगा तो ज्ञानकौर चौके से बोली, "रोटी खा जा, गर्म-गर्म।"

"आकर खाता हूँ।"

"अहाते की ओर जा रहा है तो बाबा जी की रोटी ले जा। साथ ही भैंस और झोटी को चारा डाल आना।"

"नहीं बेबे, मैं दूसरी तरफ जा रहा हूँ।" कहकर राजपाल घर से बाहर निकल गया।

वज़ीर रोटी खाकर अन्दर आ गया।

ज्ञानकौर ने खुद रोटी खाकर बाबा जी की रोटी डाली। गुरे की रोटी ढाँक कर रख दी। फिर बाल्टी उठाकर अहाते की तरफ चल दी।

वह हैरान थी। गुरा अभी तक घर नहीं लौटा था। क्या पता अब भी बाबा जी के पास पड़ा हो। जाती ज्ञानकौर यही सोच रही थी।

लेकिन गुरा तो यहाँ अहाते में भी नहीं था—ज्ञानकौर को आती देखा तो बसाखा सिंह का दिल किया...भूपी के बारे में पूछूँ। फिर मन में आया—'क्या पूछूँगा।' बताने के योग्य होता तो आते ही बताती, बाबा जी, भूपी आ गयी। मेरे पूछने से इसका मन और दु:खी होगा। उसकी तरह चुपचाप, वह नीचे देखता, ट्रैक्टर के पुराने टायर पर बैठ गया। मन में आया, ज्ञानकौर कहीं यह न सोचे, बाबा जी को तो घर की चिन्ता ही नहीं। अब वह क्या करे? ज्ञानकौर से ज्यादा तो वह दु:खी है। यह तो अन्दरवाले घर से, यहाँ अहाते तक आ जाती है। वह तो दो दिन से चौपाल तक नहीं गया। न ही कोई और उसे मिलने आया है। उसका अपना मन ही नहीं करता बाहर जाने को...

ज्ञानकौर (दूध दुह कर) बाहर आँगन में आयी तो बसाखा सिंह ने कहा, "भाई! रोटी ले जा वापिस। आज मन ठीक नहीं है।"

ज्ञानकौर समझती थी, बोली, "बाबा जी, रोटी छोड़कर क्या होगा। कोई

बात नहीं, जिसने संकट दिया है, वही इसमें से बाहर निकालेगा।'' वह ऊपर की तरफ देखने लगी। फिर... ''अन्दर, खाट पर पड़ी है रोटी बाबा जी।'' कहते हुए अहाते से बाहर आ गयी।

घर आकर देखा, रोटियाँ अभी उसी तरह पड़ी थीं। न राजपाल आया, न गुरा। दूध सँभाल कर वह भी अन्दर जाकर खेस ओढ़कर लेट गयी। जरा-सा दरवाजा हिलता, वह चौंक उठती। आहट लेती। फिर अन्दर जा लेटती। काफी देर बाद फिर दस्तक हुई तो राजपाल का बोल पहचान कर ज्ञानकौर ने दरवाजा खोल दिया।

यों ही सोते घबराकर उठते, रात बीत गयी।

दिन चढ़ते ही एक खबर पूरे चकबूढ़सिंह में जंगली घास की आग-सी फैल गयी।

किसने चमार का लड़का केवल आ गया।

मुँह अँधेरे बाँस की सीढ़ी पर चढ़कर तेजो की माँ रतनकौर ने मुडेर पर से सिर निकाल कर आँगन में परेशान घूम रही ज्ञानकौर को धीमे से कहा।

''ज्ञानकौर, किसने का केवल तो रात आ गया।''

''किसने बताया तुम्हें?'' सभी लुकाव छिपाव भुलाकर ज्ञानकौर ने जल्दी में पूछा।

''कमलो की दलीपो बुढ़िया बता गयी है।'' कहकर कुछ पल रतनकौर सीढ़ी के डंडे पर खड़ी रही। सोचती रही। शायद ज्ञानकौर कहेगी कि भूपी भी आ गयी।

ज्ञानकौर अन्दर जा घुसी तो रतनो होंठ लटकाती सीढ़ी उतर गयी।

चकबूढ़सिंह के लोगों के लिए यह दिन अजीब-सा चढ़ा था।

अठारह

इन दिनों राजपाल कुछ अधिक ही बेचैन हैं। हमेशा गुस्से में रहता है। उसका जी चाहता है कि कहीं से असाल्ट ले, और जो भी उसकी तरफ टेढ़ी नजर से देखे, उसे गोलियों से छलनी कर दे। उसे कॉलेज के समय के साथी याद आ रहे हैं। उनके पास एक बार फिर जाने को जी चाहा। एकाएक बदले लोगों का व्यवहार देखकर उसे खीझ आती है। माँ डरती हुई उसे कम ही बुलाती है। गुरा सामने नहीं आता है। इस तरह वह और भी चिढ़ता है।

भगतू बाहर जाने की जिद में खेती का काम नहीं कर रहा था। छोटे स्तर

की आतंकवादी कार्यवाहियाँ भी करता था। संयोगवश राजपाल का कॉलेज के लड़कों से सम्बन्ध छूट गया, और वह पुलिस के साथ किसी बड़ी मुठभेड़ से बच गया था। कॉलेज में यूनियन की लीडरी का शौक उसने किसान संगठन का सदस्य बनकर पूरा कर लिया। वज़ीर सिंह के विरोध के बावजूद वह खेती करने लगा। वह जानता था, बी.ए. थर्ड डिविजनर को नौकरी कौन देगा। लेकिन उसका बाप उसे कोई अफसर बना देखना चाहता था। जिस दिन राजपाल ने कहा, बापू, मैं खेती करूँगा। वज़ीरसिंह को सचमुच तकलीफ हुई थी। भगतू तो बिगड़ा हुआ था ही अब यह भी...

राजपाल भगतू से तो समझदार निकला। खेती उसे रास आने लगी। भले ही उसकी जिद्द ने परिवार को ऋणी बना दिया।

कभी कभार कालेज के यार-दोस्त उसे मिलने आते। खेतों में काम करता देखकर हैरान रह जाते।

एक शाम राजपाल कुएँ पर ही था। उसके कालेज के कुछ साथी और एक अपरिचित-सा लड़का उसे मिलने के लिए आये। वे गाँव से पता लेकर ही खेत में आये थे, राजपाल यह नहीं जानता था। पुराने मित्रों को आये देख उसने ऊपर से तो खुश होने का दिखावा किया। लेकिन कहीं अन्दर से डर उभरा...ये साले इस समय क्या करने आये हैं?

जुलाई का महीना था। राजपाल धान को पानी लगा रहा था।

"ओ वाह भाईसिंहा!" एक दोस्त ने बाँहों में भरते हुए राजपाल को व्यंग्य के लहजे में कहा।

"तेरा मिशन तो पूरा हो गया लगता है।" दूसरा बोला।

राजपाल ने कुछ नहीं कहा। फीकी हँसी हँस दी।

फिर पैरों से सटा गारा-मिट्टी झटक कर बोला—

"...मेरा मिशन तो परिवार को पाँवों पर खड़ा करना है।"

"पैरों पर तो परिवार एक ही कारनामे से हो जाएगा।"

"नहीं, इस तरह नहीं। किसान संगठन में काम करते मैंने उनकी तकलीफों को समझा है। हमने उनमें वृद्धि ही की है। अब तो अपने काम से ही समस्या हल करुँगा। मेरा परिवार वारदातों की मार झेलने योग्य नहीं है"—राजपाल ने पक्के इरादे से कहा था।

"और कॉलेज के समयवाले सपने?"

"वो तो यों ही भावुकता थी। खुद को हीरो समझने की...राजपाल अपने साथियों की आँखों में झाँकने लगा, एक-एक करके।"

"हम आज तुम्हें लेने आये हैं" एक ने कहा।

''नहीं, जा नहीं पाऊँगा।'' राजपाल ने सिर हिलाया।

''फिर कब?''

''न अब, न कभी फिर। इस काम में मैं तुम्हारे साथ नहीं। मुझे माफ करो।'' राजपाल हाथ जोड़ कर खड़ा, मुस्कराने का यत्न करने लगा।

''यों तो हम किसी को पीछे लौटने नहीं देते।'' अपरिचित चेहरा बोला।

''मैं तुम्हें जानता नहीं। आये हो, स्वागत है। तुम भी मुझे नहीं जानते, दोस्त जानते हैं। राजपाल की न हो, तो फिर 'न' ही है।'' उसने सख्ती से कहा तो बाहरी अपरिचित लड़के ने लोई के नीचे हरकत करनी चाही। दूसरे साथियों ने रोक दिया।

फिर वे एकदम लौट गये। बिना विदा लिए एक दोस्त ने मुड़कर ऊँचे स्वर में कहा, ''ठीक है राजपाल, मिलेंगे किसी मोड़ पर यदि जीवित रहे तो!''

राजपाल ने हाथ ऊपर उठाकर उन्हें अलविदा कहा।

उस दिन के बाद राजपाल सोचता रहा, वे फिर आएँगे, और वारदात करेंगे। डराने को आयें या मारने के लिए, आएँगे जरूर। वह उनका स्वभाव जानता था।

लेकिन वे फिर नहीं आये। न ही राजपाल का उनसे कभी मेल हुआ। बहुत देर राजपाल अन्दर-ही-अन्दर एक डर, एक दहशत में रहा। अँधेरे सवेरे आता जाता, चौकन्ना रहता। क्या पता वे कब आ धमकें। कहकर गये थे, मिलेंगे किसी मोड़ पर।

सन्देह उसे अब भी है। भूपी के यों मुँह अँधेरे गुम हो जाने के पीछे कहीं इन लड़कों का हाथ तो नहीं। वे तो शायद कभी-न-कभी कॉलेज में चक्कर लगाते होंगे...फिर बीच में केवल यहाँ से आ गया? कहीं केवल ही उनके साथ न जा मिला हो। लेकिन वह तो अब आ गया। भूपी उसके साथ थी, तो उसी के साथ लौटी क्यों नहीं? केवल की तो इतनी हिम्मत नहीं है। इसके पीछे कोई और होगा। यह तो अब केवल ही बता सकता है। किसने के घर जाऊँ? रुलदू क्यों नहीं आया? घर बैठा क्या करता है? यह काम का मौसम है। कहीं अन्दर का डर ही तो नहीं सता रहा। बापू की राय तो लूँ कि अब क्या करें?

राजपाल अन्दर बैठे बापू की खाट के सिरे पर जा बैठा। ज्ञानकौर पास आ खड़ी हुई। तीनों खामोश थे। मानो किसी की मौत पर अफसोस कर रहे हो।

''बेटे! जाओगे रुलदू के घर अब?'' ज्ञानकौर मानो गहरे कुएँ से बोली, ''यही पूछने आये हो बापू से? अब क्या करें, समझ में नहीं आ रहा।''

''पुलिस को सूचित करें? कल कोई दूसरी बात सामने आये तो और ही बखेड़ा न गले पड़ जाये।'' वज़ीर ने डरकर कहा।

''फिर तो बापू सारी दुनिया को ही पता लग जाएगा—अखबारों में छपेगा।''

"अब कौन-सा नहीं जानते लोग? पूरे गाँव को पता होगा।"

"थाने तो नहीं जाओ। यह ठीक नहीं होगा।" ज्ञानकौर पुलिस के नाम से ही डरती थी।

"ओए चुप करो। कब तक घर में बैठे रहेंगे। यदि पुलिस को किसी और तरह से पता चला तो वे कहेंगे, लड़की इन्होंने खुद ही गायब की होगी। फिर चलेगा उल्टा चक्कर। एक तो घर से लड़की गयी, ऊपर से केस बनेगा। क्या करोगे फिर?"

बापू की इस आशंका का राजपाल के पास कोई उत्तर नहीं था फिर भी वह थाने जाने के हक में नहीं था। इस दौर में पुलिस विभाग को दी छूट के कारण मामले सुलझने की जगह उलझते ज्यादा हैं। वह जानता है।

किसान संगठन का सक्रिय सदस्य होने के कारण उसे थाने या कचहरी में जाने की झिझक नहीं है। चौक में धरने के समय तो ये एस.एस.पी. अथवा डी.सी. की भी परवाह नहीं करते। लेकिन तब इनके पीछे किसानों तथा हमदर्दों की एक बड़ी ताकत होती है। इस मामले में वह अकेला है। इसीलिए थाने नहीं जाना चाहता। पुलिस वाले बदले का व्यवहार अख्तियार कर सकते हैं।

किसान संगठन के नेता रूप में तो खरी खोटी सुनाता रहता है। आज हमारा मौका है। फिर वे ज़लील करने के लिए उल्टे-टेढ़े प्रश्न पूछेंगे। अच्छे भले सहनशील मनुष्य को भी गुस्सा आ जाता है। इसी कारण वह पुलिस के चक्कर में नहीं पड़ना चाहता।

"बापू! एक बार मैं किसने के घर हो आऊँ। उन्हीं की करतूत हुई तो हम ही समझ लेंगे। उन्होंने कोई रास्ता न दिया तो देखेंगे। पुलिस के पास जाना पड़ा तो जाएँगे। लेकिन देखो, जब मैंने भूपी को कॉलेज जाने से मना किया, तो आप मुझे कोस रहे थे। मैं कहता ही रहा, इसे खपाओ कहीं। आपने किसी बात की भी परवाह नहीं की अब सब भुगतें..." राजपाल जाने के लिए उठा।

"मैं कहाँ फेंक आता उसे? दो घर देखे थे। एक कहता, शादी में क्या लगाओगे? मैं क्या खर्च करता? कहाँ से करता। भगतू कहता, मुझे जल्दी विदेश भेजो, या ट्रैक्टर लेकर दो। आढ़तिया कहता, पिछला हिसाब चुकता करो। तुम्हें पता तो है...तीन चार सालों का...पूरा लेन-देन तुम्हीं करते हो...तुम्हीं कहो, मैं शादी पर कितना खर्च कर सकता था। दूसरा कहता, मोटर साइकिल जरूर देना। बारात भले भूखी लौटा देना। साले लोगों के मुँह तो आले की तरह खुले हैं। मैं लेखीराम के पास गया भी था। उसने 'सतश्रीअकाल' का भी उत्तर नहीं दिया। पहले ही बही उठा ली...बताओ, मैं क्या करूँ? मेरा दिल नहीं करता था, उसे समय पर ब्याहने को।" ऊँचे स्वर में, खीझकर बोलने से वज़ीर की आँखों में

दर्द होने लगा। दर्द महसूस करते हुए उसने हरी पट्टी पर हाथ टिकाया और सिर झुका लिया।

"यदि पता होता वह यह गुल खिलाएगी कोई कमजोर-सा देखकर चार फेरे दिलवा देते।" ज्ञानकौर ने आह भरी।

बाहर से बसाखा सिंह खूँटा खड़काता आँगन में आ गया। ज्ञानकौर भीतर से उठकर बाहर आ गयी।

"भई, लगा कोई पता?" बसाखा सिंह ने ढहती-सी आवाज में पूछा।

"कहाँ बाबा जी," ज्ञानकौर वैसे ही बोली। "सुना है, किसने का लड़का केवल तो आ गया। पता तो करते?"

"राजपाल जाएगा।"

"कहाँ है राजपाल! मुझे तो तीन दिन से मिला ही नहीं।"

"अन्दर ही है। इसका बापू भी है।"

"गुरा?"

"उसका पता नहीं बाबा जी। कहती ज्ञानकौर चौके में आ गयी।"

बसाखा सिंह अन्दर चला गया।

"बाबा, कौन आया था तुम्हारे पास?" देखते ही राजपाल ने पूछा।

"पूरे गाँव को मालूम है अब। किस-किस का नाम लूँ।"

"तू तो आया नहीं मेरे पास, तीन दिन से। यह घुक्कर पिछलग्गा ही काफी है। जैसे कुत्ते दबे मुर्दे सूँघते घूमते हैं, ऐसे घूमता है। कभी इस घर की तरफ, कभी अहाते की तरफ, और कभी लोगों के घरों में। पता नहीं इसे मिलता क्या है? लोग भी ऐसे ही हैं। हमदर्दी तो किसी को भी नहीं। मुँह पर ही थोड़ा बहुत अफसोस करते हैं। बाद में तो और ही बातें होती हैं। अब मैं क्या बताऊँ? मेरे मुँह से तो गालियाँ निकलती हैं।"

बसाखा सिंह की बातें सुनकर, वजीर सिंह और राजपाल कुछ नहीं बोले। क्या कहते? वज़ीर आँख पर बँधी पट्टी के पास माथे को धीमे-धीमे सहलाने लगा। बसाखा सिंह बीच में बोलने लगा।

"राजपाल! अच्छा नहीं हुआ। हम जैसे भी थे, अच्छे या बुरे। कोई हमारी हवा की तरफ भी देख नहीं सका कभी। तेरी दादी...तेरी माँ...क्या मजाल किसी से उँगली उठवायी हो। ढिलवाँ पर अच्छे दिन भी आये, बुरे भी। लेकिन इज्जत नहीं जाने दी। जब भूपी को शहर में पढ़ने भेजा, मैंने तो तभी बहुत कहा था। गाँव की लड़कियाँ शहर जाकर वैसे ही भटक जाती हैं। इसकी शादी कर दो। तब राजपाल तू ही कहता था-बाबा, अब आपका युग निकल चुका। देख ले अब, अपने जमाने के लच्छन..." बोलते हुए बाबे को खाँसी आने लगी। खाँसते-खाँसते

उसका साँस उखड़ गया। राजपाल उठकर धीमे से बाबा की पीठ सहलाने लगा। साँस टिक गया। ''यह पराली जलाने वालों ने भी लहू पी लिया।'' राजपाल ने देखा, बाबे की साँस अभी तक सहज नहीं थी, लेकिन खाँसी का दौरा रुक गया था।

''राजपाल जाओ अभी किसने की तरफ।'' वज़ीर ने राजपाल को याद करवाया।

''जाऊँगा बापू, थोड़ी देर बाद। अभी जाता तो यूँ ही अच्छा नहीं लगता। बीसियों राह में मिलेंगे। पूछेंगे, इस समय किधर? क्या कहूँगा...''

''ठीक, तुम्हारी मरजी है।'' कहकर वजीर चुपकर गया। तभी ज्ञानकौर आकर सामने खड़ी हो गयी। तीनों—बाप-बेटों को चिन्ता में देखकर, वह परेशान थी। उसने तो अभी बताना था...सुबह मुँह अँधेरे रुलदू आया था। जल्दी घर आने को कहता था। अब बताया तो ये और दुखी होंगे। अकेले राजपाल से बात करूँगी...सोचकर वह इशारे से बेटे राजपाल को एक तरफ ले गयी।

उन्नीस

चकबूढ़सिंह के लोगों के लिए केवल किसी नायक से कम नहीं था। कोई उसे 'मिर्जा' कहता, कोई 'पुन्नू'। घूक्कर उसे राँझा कहता है। वह लोगों को कहता घूमता—'हीर' तो 'खेड़े' ले गये, राँझा जूतियाँ खाकर घर को लौट आया।

जिसने कभी केवल के साथ बोल भी साँझा नहीं किया था। चमारों का लड़का होने के कारण गाँव में उसके होने, या न होने को, कभी महत्त्व नहीं दिया था। अब वह भी एक-दूसरे को हैरानी से केवल के बारे में पूछता या बता रहा है।

जिसे जितनी समझ है, वह केवल की दिलेरी की कहानियाँ सुनाता है, या फिर उसकी मूर्खता पर हँसता है। एक टोली में घूक्कर बैठा है, उसे अभी इस अजीब घटना पर विश्वास नहीं आ रहा। वह हैरान हो रहा है। घुक्कर से कोई तीखी बात सुनने को आतुर, दूसरे उसे छेड़ भी रहे हैं।

''घुक्कर कैसे हो? अपने गाँव के मिर्जे का पता किया?'' एक ने मजा लेते हुए पूछा।

''हाँ, आ तो गया।'' घुक्कर अभी कुछ कहने के मूड में नहीं था।

''यही तो हैरानी है, उसका पता नहीं चल रहा। यदि इकट्ठे गये थे, तो

आये एक साथ क्यों नहीं?'' घूक्कर ने यों हाथ हिलाये जैसे हाथों में पकड़े कबूतर जबरदस्ती आसमान की ओर उड़ गये हों।

''घुक्कर को पता न हो, यह मछलियों के पानी में डूब मरने जैसी बात है। हद हो गयी'' पूछनेवाला वाकई हैरान था।

घुक्कर को शर्म आयी...''यों तो मैं जाऊँगा। डरता हूँ कहीं? मैं रोटी तब खाऊँगा, जब तुम्हें पूरी ही सुना लूँगा।'' घुक्कर ने छाती थपथपायी।

मरते हुए युवकों ने भी उसे थपथपाया। घुक्कर चमारों के आँगन की तरफ चल पड़ा।

केवल भले किसने चमार का लड़का था, लेकिन उसकी छवि, व्यवहार, रहन-सहन आदि पढ़े-लिखे जमींदारों के लड़कों से कहीं सभ्य था। आकर्षक नैन-नक्श, खिलाड़ियों-सा खिंचा शरीर, गोरा रंग, नये फैशनदार लड़कों-सी ठाठ से बँधी पगड़ी। वह किसी खाते-पीते घराने का ही लगता था। दाढ़ी कस कर रखता। हँसता तो उसके मजबूत दाँत सुहाते। कपड़े महँगे तो नहीं पहनता था, लेकिन साफ बने रहने की कला उसके पास थी। कोई भी कपड़ा पहनता, उसे जँचता, अच्छा लगता था। गाँव के कई लोग ईर्ष्या में कहते यह केवल तो साला चमारों का लड़का लगता ही नहीं।

''गाँव में पहचान कर बताओ, इसकी शक्ल किस पर है?'' कहने वालों की गहरी चाल समझकर कइयों के चेहरे मुस्का उठे।

पढ़ाई में केवल बहुत तेज तो नहीं था, तो भी अन्य छात्रों से बेहतर था।

वज़ीर के घर तो कभी कभार ही जाता था। जब भी जाता, अन्दर से वह हीन अनुभव करता। पहले उसका बाप और अब बड़ा भाई, इस परिवार के साथ शुरू से ही जुड़े होने के कारण, वह चुप रहता था। उनकी मेहनत और इच्छा के कारण ही वह पढ़ रहा था, नहीं तो वह भी अपने भाई रुलदू की तरह किसी जाट के साथ सीरी हो गया होता।

भूपी के साथ उसकी बोलचाल हमेशा मतलब से ही होती थी। कॉलेज की लाइब्रेरी में से वह केवल से पुस्तकें मँगवा कर पढ़ती थी। एक पुस्तक समाप्त करती, तो कोई और मँगवा लेती। माँ ने कभी रोका भी नहीं था। केवल के बारे में भी उसे कोई सन्देह नहीं था। राजपाल तो कभी केवल के बारे में ऐसा सोच भी नहीं सकता था...। हमारी बेगार करता यह लड़का...ऐसी हरकत करेगा।

अब इन दोनों परिवारों ने तो हैरान-परेशान होना ही था। चक बूढ़सिंह के सभी लोग इसी हैरानी में जागते सोते थे।

ढिलवाँ की एक लड़की ने...क्या देखा चमारों के केवल में?

जिस रात केवल आया, दो घरों को छोड़कर पूरा गाँव गहरी नींद सो रहा

था। आधी रात का समय होगा। किसना जाग रहा था, रुलदू जाग रहा था। रुलदू की माँ जाग रही थीं।

दूसरी तरफ एक माँ की आँखें, अँधेरे में भी बाहर वाले दरवाजे की तरफ लगातार देख रही थीं।

किसने के घर के दरवाजे पर दस्तक हुई। सभी डर के साथ बाहरवाले दरवाजे की ओर साँस रोककर झाँकने लगे।

दरवाजे पर पुनः दस्तक हुई।

माँ बाहर आयी। दरवाजा खोला, वह भयभीत थी। क्या पता राजपाल फिर आया हो। देखा, बाहर केवल दीवार के आसरे, नीचे को गिर रहा था।

माँ ने तेजी से पकड़ने की कोशिश की तो वह बाहर दहलीज में ही गिर पड़ा। माँ की चीख निकल गयी। उसने जोर से रुलदू को आवाज लगायी।

रुलदू और किसना जल्दी से बाहर को दौड़े आये।

फिर सब घबराये-से, बेसुध केवल को उठाकर अन्दर ले गये।

अन्दर कमरे की रोशनी में उन्होंने देखा, केवल को कई जगह चोटें आयी थीं। माथे पर, आँखों के नीचे नील पड़े हुए थे। बाँहों और टाँगों में से बह चुका खून जमकर काला हो चुका था। पैर गारे से लिबड़े हुए थे। जो पगड़ी वह बना सँवार कर बाँधा करता था, अब दोहरी-तिहरी गुत्था-गुत्थी थी। माँ उसकी हालत देख नहीं पायी और वह 'हाय री मैं मर गयीं—कहती बेटे पर गिर पड़ी।

रुलदू और किसने ने खींचकर बेबे को एक ओर किया। रुलदू की पत्नी भी पास आ गयी थी। भयभीत रो रही थी। किसने ने उसे कहा, "तुम आग जलाओ न!"

उन्होंने ठीक से केवल को रजाई से ढक लिया। फिर वे लोगड़ (पुरानी रुई) गर्म कर करके केवल को तापने लगे, सेंक देने लगे। माँ टकोर करती रोए जा रही थी।

केवल की हालत देखकर पूरा घर सुन्न हो गया। सकते में था। समझ नहीं आ रही थी कि क्या करें? वह अचेत पड़ा था। आधी रात में बड़े गाँव का डॉक्टर न जाने आएगा कि नहीं। ऊपर से समय कितना बुरा है। छह बजे के बाद तो कोई बाहर नहीं निकलता, अब क्या करें? माँ भयभीत नज़रों से सबको देखने लगी। फिर उसकी छाती पर हाथ रखकर महसूस किया साँस तो ठीक था। शरीर भी गर्म-सा ही था। उसने अपने इष्ट के आगे हाथ जोड़े...किसी समय अनजाने में हुई किसी भूल-गलती की क्षमा माँगी।

कुछ देर बाद, गर्म हुए खून के कारण, चोटों में दर्द जागने लगा। केवल ने 'हाय' कहा और उसके मुँह से 'ओ माँ' निकल गया।

सबके चेहरों पर जैसे रौनक लौट आयी। खुशी से माँ की आँखें फिर भर आयीं। वह पूरी तरह ही ऊपर झुक गयी। "मेरा बेटा!"

"तुम्हें दिखता नहीं" किसने ने सख्ती से मना किया।

माँ आँखें पोंछती पीछे हट गयी।

फिर उन्होंने, सुबह की चाय के लिए रखा दूध गर्म करके पिलाया। रजाई की गर्माहट और लोगड़ के ताप से, अब वह पूर्णतः सचेत था। किसना पहले भले ही लड़के की हालत देखकर पसीज गया था, अब अचानक उसमें क्रोध फूटने लगा।

"तूने तो हमारी उम्रभर की कमाई कुएँ में डाल दी, कपूत!" किसना सिर मारकर सुबकने लगा। उसके मुँह से फिर निकला, ओ...हो...

केवल एक बार अपने बापू की तरफ आँखें खोलकर झाँकने लगा। वह बोलना चाहता था, पर उससे बोला नहीं गया। आँखें मुँद गयीं।

"अब बसाखासिंह के घर कौन-सा मुँह लेकर जाएँ? मैं तीन दिनों से घर बैठा हूँ।" रुलदू ने भी रोष जताया।

"लड़के की हालत तो देखो? बाप बेटे से सब्र नहीं हो रहा दो घड़ी?" अब माँ दुखी थी, ममतामयी गुस्से में टाँगें दबाने लगी।

"हाय! नहीं!" पीड़ा में केवल कराह उठा। माँ ने जल्दी ही हाथ हटा लिये।

केवल फिर टिक गया।

तीनों उसके सिरहाने बैठे अपनी-अपनी सोच में खोये थे।

किसने पिटाई की होगी? आधी रात को यह कहाँ से आया है? वज़ीर की लड़की कहाँ है? क्या पता वह भी आ गयी हो।

सब परेशान एक-दूसरे के मुँह की ओर देख रहे हैं।

काफी देर बाद केवल ने करवट बदली। आँखें खोली। बारी-बारी तीनों की ओर देखा। फिर धीरे-से कहा, "बेबे, किसी को भेजो कि राजपाल को बुला लाए।"

"उनकी लड़की कहाँ है?" माँ ने पास आते पूछा।

"मालूम नहीं बेबे! मुझे तो खुद पता नहीं यह क्या हुआ।" केवल ने दर्द दिखाया। "मालूम नहीं, तुम्हें मालूम नहीं भूपी का?"

"नहीं, उसकी जान खतरे में है। राजपाल से कहो, बचा सके तो जाकर बचा ले।" जान खतरे में है? अब किसना हैरान हुआ। बोला, "इसे होश नहीं, यूँ ही बोल रहा है। सोने दो इसे। सुबह पूछेंगे।" और वह पीछे हटकर चारपायी पर बैठ गया।

"पहले खुद चोट खा आया है। मुझे लगता है बापू, अब हमें मरवाएगा।" रुलदू को फिर गुस्सा आया।

"पुत्तर! तुम चुप रहो।" माँ केवल के आगे हाथ जोड़कर ढाल बनी खड़ी थी।

"चुप कैसे रहूँ? जब बैल रस्सा तुड़ा कर भागता है, तो यों ही होता है उसके साथ तो सींग तुड़वा आता है, या फिर दूसरे का पेट फाड़ देता है। फाहे लगाया होता किसी के साथ मेरी तरह। यदि आँखें पोंछने की फुर्सत भी मिलती, तो मैं देखता इसे आशिकी करते हुए।" रुलदू अन्दर से जला-भुना था। अब उसे अपना भविष्य अन्धकारमय दिखाई दे रहा था।

"रे अब तुम चुप करो। इसकी हालत देख।" माँ ने प्रार्थना की।

"हमने तो नहीं की इसकी हालत ये इसके अपने लच्छनों के नतीजे हैं। जैसी करतूत की है, भोगेगा।"

"इसके सिर में मारो उठाकर कुछ। जो कसर उनसे रह गयी, तुम बाप-बेटा पूरी कर लो।" कहकर माँ रोने लगी।

"हम क्या करें। जिनकी लड़की लेकर गया है, वे ही कर लेंगे पूरी। थोड़ा दिन तो चढ़ने दो।"

"मैं दीवार से टक्कर मारूँगी, अब कोई बोला तो।" माँ उठ पड़ी और पगलों की तरह रुलदू को देखेने लगी।

रुलदू उठकर कोठरी से बाहर निकल आया।

केवल चुपचाप साँस रोककर पड़ा रहा। सुनता रहा।

कुछ देर बाद माँ बाहर निकली। रुलदू ठंडे चूल्हे के आगे चौके में बैठा था। पास आती माँ ने कहा—

"जा पुत्तर, बुला लाओ उन्हें।" क्या पता उन्हीं को कुछ बता पाए?

"बेबे, यह कोई समय है। थोड़ा और ठहरो, गुरुद्वारे के भाई की आवाज आने दो। तभी चल दूँगा।"

माँ फिर केवल के पास आ गयी।

किसना बैठा-बैठा खाट पर लेट गया था। माँ भी केवल के पायताने बैठी ऊँघने लगी। रुलदू चौके से उठकर कोठरी में जाकर लेट गया था।

अगली सुबह, मुर्गे की बाँग सुनकर, किसना चौंक उठा। देखा, केवल आँखें मूँदकर शायद सो रहा था।

किसना हँसने लगा। रुलदू की माँ भी पायताने से टेढ़ी पड़ी उठ बैठी और कोठरी में से बाहर आ गयी। चूल्हे में आग सुलगाने लगी। मानो खुद से ही बातें करने लगी। मुझे तो कुछ समझ नहीं आता, क्या होगा अब? भूपी की जान खतरे में क्यों है? कहाँ रुलदू वाली बात ही न हो जाए। राजपाल आकर गुस्सा होने लगा, तो क्या होगा? लड़के का तो पहले ही बुरा हाल है। आग जलाकर वह अन्दर आयी किसने को पड़ोसियों से चाय के लिए दूध लाने को कहा।

किसना घुटनों पर हाथ टिकाकर उठा। कुछ पल केवल की ओर देखता रहा। फिर बाहर निकल गया।

थोड़ी देर बाद, चाय पीकर रुलदू राजपाल को बुलाने चला गया।

चूल्हे के आगे बैठी रुलदू की माँ ने किसने को संकेत द्वारा अपने पास बुलाया। उसके समीप आते ही और पास होकर बोली—"क्या पता मुझसे संकोच करता हो। तुम इसे अकेले में पूछो, लड़की कहाँ है?"

"यों कैसे पूछ लूँ? वह तो रजाई में पड़ा तड़प रहा है।"

"तुम्हारी इच्छा। पूछ लेती तो अच्छा था। कई बार लड़के यों ही झूठमूठ के किस्से गढ़ लेते हैं। दिन चढ़ने पर उन्होंने थानेवालों को बुला लिया तो? वहाँ लड़के का इससे भी बुरा हाल करेंगे।" माँ का गला फिर भर आया। आँखों से फूटा पानी गालों तक बह चला। उसने अपनी मैली चुन्नी के साथ नाक साफ किया और किसन की ओर देखने लगी।

किसना चुप था, वह क्या कहता? उसे कुछ समझ नहीं आ रहा था। थोड़ी देर में राजपाल आ गया। क्या पूछेगा वह? यदि सच में ही लड़के को थाने में करवा दिया। ऐसे बुरे दिन तो उसने सारी उम्र में नहीं देखे थे। परेशान-सा वह आँगन में चक्कर काटने लगा।

"ठीक है। तुम यों करना।" माँ ने खामोश घूमते किसन सिंह को फिर अपने पास बुलाया।

"जब ढिलवों में से कोई आया तो बहाने से तुम आसपास ही रहना। क्या पता केवल उन्हें कोई सच्ची बात बता दे।"

किसना कुछ पल केवल की माँ की तरफ देखता रहा। चुपचाप, आशंकित। भयानक दिनों का डर उसके चेहरे पर स्पष्ट था। किसने को उस पर तरस आने लगा। फिर 'ठीक है' कहते हुए उसने अपनी सहमति व्यक्त की और पहले की तरह आँगन में चक्कर लगाने लगा।

दरअसल, वह खुद बहुत बेचैन था। अन्दर कहीं डरा हुआ था। राजपाल से सामना होने के बाद क्या होगा? स्पष्ट नहीं हो रहा था। वह तीव्रता से भयभीत, बार-बार बाहरवाले दरवाजे की ओर देखा था।

मुँह अँधेरे, रुलदू ने वज़ीर के दर पर दस्तक दी।

ज्ञानकौर तभी बेचैन-सी किसने की तरह आँगन में चक्कर लगा रही थी। कभी सोचने लगती, यह आफत कहीं 'सरीके' द्वारा ही खड़ी न की गयी हो। सरदूल की बेटी मीतो सोचती हो, अपने जैसी बना लूँ, फिर ऊपर आकाश की

ओर देखकर उपालभ्य-सा देने लगी—"देख रही हो? पर तुम्हें क्या पता? तुम्हारी लड़की यों निकले तो पता चले।" फिर लोगों को गालियाँ देने लगी।

दस्तक पर हैरानी हुई। "इतनी जल्दी, कौन होगा!" फिर दस्तक हुई।

"कौन है?" आँगन पार करते जल्दी में दरवाजे के पास आकर पूछा।

"रुलदू है ताई।"

"इस समय क्या काम है?" ज्ञानकौर ने शंका से पूछा।

"ताई। दरवाजा तो खोला।" ज्ञानकौर को लगा मानो रुलदू ने मिन्नत की हो। उसने दरवाजा खोल दिया।

"ताई। केवल आया है, आधी रात बीते। उसके चोटें बहुत लगी हैं। बेहोश-सा पड़ा है। गली में गिर पड़ा। हमने उठाया। अन्दर ले गये। अब तनिक होश में है।"

"फिर मेरी धी तो नहीं है।" ज्ञानकौर के शब्द फट रहे थे। उसने तख्त को ठीक से थाम लिया।

"ताई, केवल राजपाल को बुला रहा है?" शायद कुछ बताना हो।

"तू चल, हम आते हैं।" ज्ञानकौर बस यही कह पायी।

"जल्दी आना ताई! केवल कहता था, लड़की की जान खतरे में है।" कहकर रुलदू उसी तरफ लौट गया।

ज्ञानकौर आँगन में आकर सोचने लगी, यदि राजपाल के बापू को भेजती हूँ, तो क्या बात करेगा? उसकी आँख का ऑपरेशन हुआ है। कहाँ बेचारा ठोकरें खाता फिरेगा। राजपाल को भेजूँ तो वह गर्म बहुत है। नया पंगा न खड़ा कर दे। खुद जाऊँ। काफी देर खड़ी वह सोचती रही। भीतर वज़ीर और राजपाल अभी सो रहे थे।

फिर उसने खेसी ओढ़ ली। गली में बाहर धीमे-से द्वार बन्द किया और किसने के घर की ओर चल दी। मन-ही-मन सोचा, अपने पिता के साले से मैं बात करती हूँ।

ज्ञानकौर की पदचाप सुनकर, चमारों की बस्ती के मोड़ पर एक कुत्ता निकला। कान फड़काये, चूँ-चूँ किया। भौंका नहीं। फिर भट्ठी में ही गर्म राख में जा लेटा।

अभी रोशनी नहीं हुई थी।

छप्पर के साथ-साथ चलती ज्ञानकौर किसने के घर की ओर जा रही थी। किसी-किसी घर में कहीं हलचल हो रही थी। कई घरों की खिड़कियों में से रोशनी दिखाई दे रही थी। दूर काम-धन्धों पर या दिहाड़ी पर जानेवाले लोग तैयार हो रहे थे। किसी-किसी घर के आँगन में से धुँआ भी उठ रहा था।

चारों ओर से दुर्गन्ध आ रही थी। ज्ञानकौर ने चुन्नी से नाक ढाँप लिया। मन में भूपी को बुरा-भला कहती, वह चलती गयी। किसने के घर के पास पहुँच कर सोचा, दस्तक दूँ। फिर द्वार धकिआया, खुला था। वह अन्दर चली गयी।

केवल की माँ, इन्तजार करती दरवाजे के पास ही खड़ी थी। उसने जल्दी में सिर ढाँप कर पाँव छुए। फिर ज्ञानकौर को केवल के पास, कोठरी में ले गयी।

ज्ञानकौर को देख केवल ने उठने का यत्न किया। रीढ़ की हड्डी में दर्द था। वह गर्दन पीछे फेंक कर फिर लेट गया। केवल को लगा, उसका रोना निकल आएगा। इसी डर से उसने अपनी आँखें मूँद ली, लेकिन पानी अचानक उमड़ आया और बन्द आँखों में से बाहर बह गया।

ज्ञानकौर केवल की हालत देख अवाक थी। वह क्रोध और तिरस्कार की भावना से फूली-सी आयी थी। खामोश हो गयी। अब वह केवल के साथ सहानुभूति दिखाये या अपनी बेटी के बारे में पूछे। फिर मन पर पत्थर रखकर वह केवल की ओर झुकी, और धीरे-से पूछा, ''क्या बताना चाहते हो केवल?''

केवल अडोल लेटा था—ज्ञानकौर की इन्द्रियों की हरकत कुछ पल रूकी रही। किसना चुपचाप पीछे खड़ा था। केवल की माँ खुले मुँह कुछ सुनने के लिए दूसरी ओर केवल पर कमान-सी झुकी हुई थी। भयानक सन्नाटे का यह क्षण ज्ञानकौर को काट रहा था।

केवल ने आँखें पोंछीं। ज्ञानकौर की तरफ देखा और चोट की पीड़ा से कराहकर कहा, ''राजपाल...भा...ई...को भेज दे ताई...?''

''वह भी आ जाएगा। अभी सोया हुआ है।'' ज्ञानकौर उसके चेहरे पर टिकटिकी लगाकर बोली।

केवल ने पुन: आँखें बन्द कर ली।

''भूपी कहाँ है?''...ज्ञानकौर ने फिर पूछा।

''उसका तो पता नहीं ताई कहाँ होगी।'' केवल ने उसी तरह लेटे हुए बताया।

''तुम्हारे साथ नहीं थी?'' ज्ञानकौर ने हैरानी से पूछा।

''थी तो मेरे साथ ही।'' केवल धीरे से बोला।

''फिर?'' जल्दी में ज्ञानकौर ने गुस्से में पूछा। केवल की माँ दु:खी होकर किसने को देखने लगी। केवल ने उसे हाथ से सन्तोष करने का संकेत किया। फिर खुद उठकर बैठने का यत्न करने लगा। किसने ने उसे सहारा देकर बिठाया। रजाई दीवार से लगाकर अधलेटों की तरह उसे सहारा दिया। ज्ञानकौर के मन में पहले तो आया था कि केवल के बैठने में मदद करे, लेकिन संकोच करके बैठी रही।

कुछ देर बाद खुद को सहज महसूस करते हुए केवल ने कहा, "ताई! राजपाल भाई को भेज।"

"तू यह तो बता कि लड़की कहाँ है?" ज्ञानकौर के होंठों पर खीझ थी।

"ताई, तुम्हें पता नहीं लगेगा। न मुझे ही पता है कि वे कौन थे। मैंने उन्हें पहली बाद देखा था। भूपिन्दर जानती हो तो मुझे पता नहीं..."

"कहाँ से आये थे वे?"

"क्या पता? भूपिन्दर जानती होगी।"

सारी बात अभी ज्ञानकौर और केवल के माँ-बाप की पहेली बनी हुई थी। ज्ञानकौर और क्या पूछती।

"ताई, तुम भाई को मेरे पास भेजो। जल्दी करो, कुछ कर सको तो।" कहते हुए केवल ने आँखें मीच लीं।

ज्ञानकौर कुछ क्षण बैठी केवल के मुँह की ओर देखती रही। जाने को उसका मन नहीं मानता था।

"रुलदू, जा बेटे। साथ जा घर तक। ताई को छोड़कर आ।" केवल की माँ ने चूल्हे के आगे बैठे रुलदू को आवाज दी।

ज्ञानकौर ठंडी साँस छोड़ती उठ पड़ी। फिर डर से बाहर आ गयी। रुलदू एक फासले पर चल रहा था।

पौ फुटाला हो रहा था। कौओं के झुंड सिरों पर निकलने लगे थे। चल रही ज्ञानकौर सोच रही थी, केवल को सारा पता होगा, लड़की कहाँ है। ऐसी क्या बात है, जो मुझे नहीं बताना चाहता। चलो, राजपाल को तो बताएगा ही। न बताया तो चमार को पुलिस के हवाले करेंगे। फिर आएगी अक्ल कि कैसे लड़की बरगलाते हैं...।

ज्ञानकौर जब घर के पास पहुँची, रुलदू बाहर से ही पीछे लौट गया।

किसने के अड़ोस-पड़ोस को न जाने कहाँ से पता चल गया। उन्होंने ठीक से दिन भी नहीं चढ़ने दिया। इसी घटना का भेद पाने के लिए वे सब गुस्से गिले भुलाकर किसने के घर, कुशल क्षेम पूछने के लिए चक्कर लगाने लगे।

कभी एक, कभी दो। किसने के रोकने, गुस्सा करने पर भी आँगन लोगों से भर गया। वह हैरान था, लोग क्या कर रहे हैं? चाहते क्या हैं? अन्ततः उसने खीझ कर कहा—

"भई, मैं कह रहा हूँ, केवल की हालत ठीक नहीं। आप जाकर अपना काम करें, क्यों पगलाए घूम रहे हो।"

मुहल्ले की औरतें और मर्द, फिर भी बेशर्म-से बैठे रहे। एक-दो स्वाभिमानी उठकर चले भी गये। बाहर आकर उन्होंने भड़ास निकाली..."हमने क्या लेना है? अब गलती हो गयी। हमदर्दी जताने आ गये, भविष्य में नहीं आएँगे।"

एक और ढीठ प्रतिक्रियावादी ने सुनाया, "अच्छा हुआ किसन सिंह, लड़का घर पर आ गया। चोट का क्या है? साँड़-बैल चोट झेलते ही रहते हैं, यों एक बात है, लड़के ने चोटी के बेरे को हाथ मारा है, काँटे तो लगेंगे ही। लेकिन मुझे मजा आ गया, जट्टों के साथ थोड़ा बहुत हिसाब तो बराबर किया।"

किसना उसके मुँह की ओर झाँकता रह गया, क्या कहता?

एक और बोला, "शुक्र करो कि लड़का घर आ गया, जवान लड़का घर से भागकर कभी-कभार ही लौट कर आता है।"

"यह तो केवल की माँ ने पिछले जन्म में कोई पुण्य किया है। एक औरत ने चुन्नी से नाक पोंछते हुए कहा।"

"किसने ने कौन-सा कोई पाप किया है? ईश्वर की इच्छा में रहने वाला आदमी है। इसने कभी किसी को बुरा नहीं कहा"

"ईश्वर भी सुनता है फिर। देख लो, सुनता है कि नहीं।"

"पूछें तो किसने के ढिलवाँ की लड़की आयी कि नहीं?"

"पूछो तो..."

"तुम पूछो यार, मेरे गले पड़ेगा..."

"चल छोड़। खुद ही पता चल जायेगा। ऐसी बातें कहीं छिपी रही हैं, मूर्ख।"

आँगन में इस तरह की बातों से किसना, रुलदू और उसकी माँ दुखी हो गये। रुलदू तो लड़ ही पड़ा। गुस्से में वह कह बैठा। "तुम यार यों दुखी हो रहे हो जैसे केवल तुम्हारी लड़की (बेटी) निकाल कर ले गया हो।"

फिर वे गाली-गलौच करने लगे। किसने और सयाने लोगों ने बीच-बचाव करके उन्हें लड़ने से हटाया।

केवल के कहने पर कोठड़ी का दरवाजा बन्द कर दिया। वह चाहता था, उसके पास कोई न आये। वह शान्त मन से सोचना चाहता था...यह सब क्या हो गया। भूपी को कहाँ लेकर गये होंगे? ऐसे लड़कों से उसके सम्बन्ध कैसे बने होंगे? इतनी निकटता किस समय बनी? लड़के सभी अपरिचित थे। कोई कॉलेज का लड़का भी जरूर होगा साथ। मेरे सामने तो नहीं आया...

...भूपी को देखकर, रगों में दौड़ते उसके खून की गति तेज तो हो जाती थी। लेकिन वह समझदार था, यह उसके लिए वर्जित फल है। दोनों के बीच जाति और जमात की ऊँची दीवार खड़ी थी। उसका भाई, उनके यहाँ सीरी बना

हुआ है। पहले उसका बाप सीरी होता था। उससे भी पहले उसका बाबा भी सीरी हुआ करता था।

क्या पता, भूपी भी अपने मन में उसे...सीरी के छोटे भाई से ज्यादा कुछ भी न समझती हो...

केवल हैरान हुआ, कोठड़ी में पड़ा सोचता रहा है। पूरा इलाका ही समझता होगा, भूपी केवल के साथ भाग गयी, क्या पता पीठ पीछे कहते हो—कुत्ता चमार जट्टी निकाल कर ले गया। राजपाल भी इसी तरह सोचता होगा...यदि उसने मुझे पुलिस के धक्के चढ़ा दिया...? मेरी किसी भी बात का भरोसा न किया? फिर!

—वे सब राजपाल को कैसे जानते हैं? एक तो उसे गालियाँ भी दे रहा था, अर्थात राजपाल को वे पहले भी मिलते रहे हैं। भूपी को धक्के से तो वे लेकर नहीं गये। अपनी मर्जी से गयी है। पता नहीं अब तक कहाँ होगी? मैं राजपाल को क्या बताऊँगा?

—भला कौन-सी दिशा होगी? पता ही नहीं, कितनी देर तो मैं खेतों में दौड़ता रहा। कौन-सी सड़क पहले मिली थी?—वह सोचने लगा। जगह की पहचान तो हो जाएगी। अब तक वे कहीं, बैठे होंगे? मुझे भागते देखकर खिसक गये होंगे वहाँ से।

—क्या पता यहाँ आ जाएँ। ...पूरे परिवार को ही मार जाएँ। मुझे तो जानते ही हैं...वह डर से काँपने लगा।

—फिर सोचा चार दिन हो गये कॉलेज नहीं गया। मेरे दोस्त क्या सोचते होंगे। क्या पता वहाँ भी गाँव की तरह की अफवाहें उड़ी हों। भूपी को तो पूरा कॉलेज जानता है...

इन्हीं ख्यालों में उलझे उसे रजाई में नींद आ गयी। बाहर कौन आया, कौन लौट गया। कौन किससे लड़ रहा है, पता ही नहीं चला।

दिन चढ़े गाँव में अफवाह फैली...चमारों का केवल आ गया।

जैसे-जैसे समय बीतता रहा, खबर का विवरण भी लोगों तक पहुँचने लगा।

चौपाल में बैठे सब लोग अपनी-अपनी जानकारी के अनुसार सूचना देते रहे यो नये विवरण की प्रतीक्षा करते रहे।

आधी रात गये घर आया है। चोटें भी बहुत आयी हैं। जगह-जगह से नीला हुआ पड़ा है। दायीं आँख तो मुश्किल से बची है।

"बायीं गयी...?" घुक्कर ने जल्दी से कहनेवाले से पूछा।

"नहीं, वह तो ठीक है।" सहज-सा उत्तर मिला।

"अब पता नहीं किसके काबू आया होगा डाकू।"

छीनकर ले गये होंगे। मक्की की रोटी और लड़की छोड़ता है कोई? अच्छे भले सतियों जातियों की लार गिरने लगती है। विश्वामित्र-जैसे तो डोल गये थे। नरैणे ने अपनी जानकारी का रौब डालने की कोशिश की तो पास बैठी पगलों की दलीपो बुढ़िया के तोती ने नया प्रसंग छेड़ दिया।

"परसों यार, न जाने कौन पढ़ता था यहाँ, एक प्रेमी युगल को रँगरलियाँ मनाने की तैयारी में पुलिस ने आ पकड़ा।"

"कहीं यही न हो।" पुलिस ने पिटाई करके प्रेमी को छोड़ दिया होगा। माशूक को दिनभर के बाद छोड़ देंगे। पुलिस ने तफतीश भी तो करनी होती है। घुक्कर की बात पर सब हँस पड़े।

"क्यों मस्ती करते हो ससुरो।"...कितनी देर से उनकी बातें सुन रहे बाबा रामसिंह ने सभी को नाराजगी जताई...शर्म करो कुछ। गाँव की बेटी-बहिन है। तुम्हारा नहीं अपमान हुआ?"

"यों तो बाबा बहुत बुरी बात हुई।" किसी एक ने फिर मजाक की मुद्रा में कहा।

"सुना है, आज सुबह ज्ञानकौर किसने के घर आयी थी?" घुक्कर ने नयी जानकारी दी।

"क्यों भई।" ताया निहाला हैरान हुआ।

"बेटी का पता करने गयी होगी?"

"राजपाल क्यों नहीं आया? माँ को भेजा?" नरैणै को बात समझ नहीं आ रही थी।

"यह किस्सा सुबह सुनाऊँगा। पहले पता कर आऊँ कि अब तक क्या हुआ है?" कहता घुक्कर उठ खड़ा हुआ और सीधा चमारों के घर की ओर चल दिया।

बीस

अन्दरवाले घर में, कमरे में वज़ीर, राजपाल और बसाखा सिंह बैठे थे। ज्ञानकौर राजपाल को संकेत से एक ओर ले जाकर सुबह की सारी बातचीत धीरे-धीरे बताने लगी। राजपाल सुनता गया। उसके तेवर भी बदलते गये।

तभी, अचानक गुरा आया, और आँगन में बैठ गया। राजपाल ने देख लिया। कोई और समय होता तो वह सचमुच गुरे की खबर लेता। लेकिन घर का माहौल शोकमय था।

अँधेरा हो गया था। किसी को भी बत्ती जलाने का ख्याल नहीं आया। घर के अँधेरे की तरह सब के मन में भी अँधेरा था।

"राजपाल, मेरे शेर जाओ तो किसने के यहाँ।" कितनी ही देर बाद बसाखा सिंह ने फिर पूछा।

"जाता हूँ बाबा।"

"कहो तो मैं चलूँ साथ।"

"न, तुम क्या करोगे बाबा, इस समय। मैं अकेला जाऊँगा। थोड़ा अँधेरा हो लेने दो," कहकर राजपाल आँगन में आ गया।

कोई बाहरवाला, दरवाजा लाँघ कर तभी धीरे-धीरे चलता अन्दर आया।

"कौन?" राजपाल ने पूछा।

बिन बोले वह चला आया। राजपाल ने आँगनवाली बत्ती जलाई, देखकर हैरान रह गया। अपरिचित-सा लगता भगतू, आँगन में खड़ा था।

"भाई भगतू?" राजपाल ने आगे बढ़कर उसे बाँहों में भर लिया और रोकते-रोकते उसकी रूलाई आ गयी? गुरा हैरान-सा खाट से उठ गया।

ज्ञानकौर अन्दर से आँधी की तरह आयी। देखते ही मन भर आया और वह फूट पड़ी। गुरा भी उठकर उनके साथ आ गया।

कुछ पल सभी विलाप करते रहे, एक-दूसरे को बाँधे खड़े रहे। मन हल्का हुआ तो चारों अन्दर आ गये।

अभी तक भगतू एक भी शब्द नहीं बोल पाया था। पहले से कमजोर लगता था। दाढ़ी बढ़ गयी थी। सिर मुँडा रखा था। पगड़ी नहीं थी। कपड़े मैले और पुराने थे।

खाट के पास बाहर आँगन में एक उधड़ा-सा, टूटी बैल्ट वाला बैग पड़ा था। बाहर से आये भगतू के पास यही दौलत थी।

"भगतू आ गया बाबा जी", अन्दर आते ही ज्ञानकौर ने खुशी में आये आँसू पोंछते हुए कहा। गुरे ने अन्दरवाली बत्ती जला दी। कोई और समय होता तो ज्ञानकौर ने छत पर चढ़कर कहना था-सुनो गाँव वालो, मेरा भगतू लौट आया है।

बाबे ने उठकर उसे प्यार दिया। अपने साथ कस लिया। वज़ीर ने कन्धा सहलाया। भगतू अन्दर के हर कोने में झाँकने लगा। बापू की आँख पर बँधी हरी पट्टी की ओर चिन्ता के साथ देखा। सोचा—यह घर तो पहले से भी बैठ चला है। भूपी दिखाई नहीं दी। क्या पता शादी कर दी हो उसकी। पता चलेगा ही...

"कहाँ रहा तू? न चिट्ठी, न कोई खबर।" बसाखा सिंह ने मोह के साथ उत्तर दिया। "कोई यों भी करता है?"

"बाबा, आप सभी को एक बार देखना लिखा था किस्मत में। ...नहीं तो वहीं कहीं मरखप जाता और लाश गिद्धों-गीदड़ों के काम आती।"

भगत की बात सुनकर माँ की आँखें फिर भर आयीं।

''पगले, सयनों ने तत्त निकाले हुए हैं। जहाँ भी जाओगे, लेख साथ जाएँगे। चलो, शुक्र है लाईगुरु का, मेल हो गया तुम्हारे साथ। नहीं तो मैं यों ही चला जाता। दिन-रात यही सोचते रहते थे, पता नहीं कहाँ होगा हमारा भगतू? चलो, इसको रोटी खिलाओ।'' उसने ज्ञानकौर को कहा।

''न जाने कब से खाई होगी इसने रोटी। मैं जाता हूँ।'' चार दीवारी में बसाखा सिंह उठकर खड़ा हो गया।

''बाबा जी आप भी यहीं खा जाते। मैं कहाँ आऊँगी उधर।''

भूपी का दुख बहुत बड़ा था, लेकिन भगतू के लौट आने का चाव भी कम नहीं था। ज्ञानकौर के बोल में अब विश्वास था।

''क्या हुआ। धार निकालने नहीं आओगी?'' बसाखा सिंह हैरान हुआा।

''हाँ सच, मैं तो भूल ही गयी थी। बाबा जी आप चलें फिर। मैं वहीं ले आऊँगी रोटी।'' ज्ञानकौर हौंसले से आटा गूँधने लगी।

''ठीक है पुत्तर। कल उधर आना चहारदीवारी में। बातें करेंगे,'' कहकर बाबा चहारदीवारी में चला गया।''

थोड़ी देर बार भगतू ने पूछा, ''बापू, भूपी दिखाई नहीं दी।''

राजपाल ओर वज़ीर एक-दूसरे की ओर देखने लगे।

राजपाल ने धीरे-धीरे सारी कथा भगतू को सुना दी। भगतू सुनता रहा और बैठता भी गया। उसने सोचा था कि जब आपबीती सुनायेगा तो घर के सदस्य भौचक्क रह जाएँगे। ये तो मुझसे भी गर्म हवाओं के शिकार होते रहे।

वह रोटी खाते हुए कहने लगा—''बेबे! यों लगता है मानों चार-पाँच साल भूखा ही रहा। यहाँ से चलते समय जो रोटी खा गया था, मुझे बस वही याद है या अब खा रहा हूँ।'' ज्ञानकौर ने उसाँस लिया।

''तो मैं उधर जाकर आता हूँ, किसने के घर।'' कहते राजपाल उठ खड़ा हुआ।

''रुक राजपाल। मैं भी चलता हूँ, तुम्हारे साथ।'' भगतू ने टोका।

''नहीं भाई, तुम अभी घर में रहो। आराम करो। पता नहीं अभी कहाँ-कहाँ राख छाननी पड़ेगी। पहले मैं पता कर आऊँ, क्या कहता है केवल। फिर जरूरत हुई तो चलेंगे। बेबे गयी थी। इसे तो कोई राह नहीं दिया उसने।''

भगतू ने सोचा—राह तो निकाल ही लेंगे कोई अन्दर की। कुछ साल पहले का भगतू अभी मरा नहीं था। पर वह चुप रहा या उससे बोला ही नहीं गया।

''मैं आता हूँ।'' कहता राजपाल घर से निकाल गया।

इक्कीस

मौसम बदलने लगा है। दोपहरोपरान्त ठंड महसूस होने लगी है। लेकिन इतनी नहीं कि अन्दर लेट सकें। आँगन में लेटने के लिए अब मोटे खेस की जरूरत पड़ती है। वज़ीर सिंह भीतर ही लेटता है, गुरा कोठे पर गदैला लेकर। आँगन में दूसरों के पास लेटकर उसे नींद ही नहीं आती। वह आता भी देर से है। कोई निश्चित समय नहीं। राजपाल का मन हो तो भीतर तो लेटता है। नहीं तो वह आँगन में ही होता है।

जब से राजपाल किसने के घर गया है, आँगन में ज्ञानकौर लेटी है। पास ही भगतू की खाट है। दोनों जाग रहे हैं। खामोश हैं। ज्ञानकौर सोच रही है—इसने एक बार भी अपनी पत्नी, अपने बच्चे के बारे में नहीं पूछा। यह तो इन चार-पाँच वर्षों में अपने बापू जैसा बूढ़ा हो गया। दाढ़ी सफेद हो गयी। अभी कल की बातें हैं—जब दाई ने सास हरकौर को बताया था—"बेबे बधाई! लड़का जन्मा है वाहिगुरु की किरपा से।"

आज ज्ञानकौर को सब याद आ रहा है। बाबा जी को कितना चाव चढ़ा था। इसका बापू तो सुनते ही कुएँ पर दारू पीने लगा था। शाम के समय सरदूल आँगन में बोतल रखकर बैठ गया। आज तो बापू यहीं पीनी है। अब मैं बेटे का चाचा बना हूँ। अब तो वह मोह प्यार ही नहीं है। सरदूल एक दिन भी नहीं पूछने आया, भूपी कहाँ है? ...तब बाबा जी कितना हँसे। बाबा जी उसका हुक्म था कि दारू पीनी है तो चहारदीवारी में ही जाकर पानी है। लेकिन उस दिन सरदूल आँगन में पीता रहा, हँगामा भी करता रहा।

हरकौर ने कहा, किसी की नजर न लग जाये छत्त पर आक कटवा कर और छँटियों की टहनियाँ कटवाकर फिंकवायी थी। चारपायी के पाये के साथ गेहूँ के दाने और माँह बाँधे थे। कुएँ पर शरींह के पत्ते लटकाए थे। उसने तो तेरह दिन किसी नव प्रसूता को घर में नहीं आने दिया था। आजकल कौन ऐसा करता है?

...हर रोज खूसी लाल मिर्चे लेकर, गली में से मिट्टी उठाकर, जलते चूल्हे में फेंक कर इसकी नजर उतारती थी। तुम नहीं जानते। कइयों की बुरी नजर तो पत्थर फाड़ देती है। यह चारेक दिन का ही था, उठाकर लोरियाँ देते रहते। यह तो मेरा भगत है। और इसका नाम भगतू सिंह रख दिया।

तेरहवें दिन, मुझे नहलाकर चौके चढ़ा दिया था। सास ने कहा था—"लो बहू! तुम अब चौका चूल्हा सँभालो और मैं अपने भगतू को सँभालती हूँ।" अब तो सवा-महीना तक प्रसूता काम को हाथ नहीं लगाती। मुझे तो इक्कीसवें दिन समाधी पर मत्था टेकने ले गयी थीं। साथ ही उबले काले चनों की बाल्टी

(वकलीआँ) भी ले गयी थी। लीरों से वियो माता बना ली थी, ऊपर मौली लपेटकर। समाधि पर पूजा करते वियो माता को मत्था टिकाकर कहा था—"माई! घर में सुख देना। बच्चे की रक्षक तुम्हीं हो, इसके अंग-संग रहन लौटती मैं सिर पर पानी का घड़ा लेकर आयी थी।" उस दिन के बाद सास ने सारी पाबन्दियाँ हटा दीं। कहा था—"लो भई, अब बिना रख-रखाव के जहाँ चाहो, जाओ।"

...छोटा-सा होता था, चूहा-सा। अब बड़ा है। न जाने कौन-से काले पानी घूम आया है। इतनी मुसीबतें लिखी हैं इसके लेखों में। हे विधाता! क्या इसके अंग-संग रही, किस्मत? जब गाँव में था, तो कितना कुछ हुआ इसके साथ? और अब परदेसों में घूम आया है। न जाने कहाँ बैठ गया पीठ दिखाकर इसका विधाता?

"बेबे," लेटा हुआ भगतू बोल उठा।

"हाँ पुत्तर।" माँ जैसे उसके बोलों के इन्तजार में थी। करवट बदल कर उसकी ओर हो गयी।

"कैसे हो गया बेबे, यह सब? मैं तो सोचता था...अब तक राजपाल की शादी हो गयी होगी...गुरा भी कोई काम करने लगा होगा।"

"क्या कहूँ पुत्तर...जब किस्मत साथ न दे। हमने तो कभी किसी का बुरा नहीं किया। तुम्हारे जाने पर, राजपाल ने बी.ए. पास कर ली। सालभर धक्के खाता घूमता रहा। कहाँ धरी पड़ी हैं नौकरी। भूपी अभी पढ़ रही थी। एक दिन राजपाल ने बापू से कहा कि मैं भी खेती करूँगा। तेरे बापू को गुस्सा आ गया। मिट्टी से ही दो-चार होना था, तो चौदह साल क्यों कुएँ में डाले, पुत्तर! वह सच्चा था। तेरे बापू का दिल करता था, पुत्तर को अफसर बना देखे। वह क्या करता। राजपाल खुद ही खेत में जाने लगा। फिर तुम्हारी तरह इसे दौरा पड़ गया। कहता, हम ट्रैक्टर खरीदेंगे। जमीन कम है तो मामले पर ले लेंगे..."

"तुम जानते हो, किन हालात में तुम्हें भेजा था। कहाँ से आता ट्रैक्टर? नोटों की गठड़ी चाहिए। तेरा बापू डरता भी था। न-नुकर की, तो कहीं तुम्हारी तरह यह भी घर से ही न निकल जाये। माँ-बाप को कई डर होते हैं बेटे! बाबा जी के साथ राय करके, जो दो किल्ले तेरे जाने के समय गिरवी रखे थे बैय कर दिये। ट्राली भी बना ली। लेकिन पाँच किल्लों में से ट्रैक्टर की किस्त कहाँ से निकलती। दूसरे की जमीन में खेती करना! भाड़े पर भी चलायी। एक दिन किसी के खेत में, रुलदू से ट्रैक्टर गर्म हो गया। मैं तो जानती नहीं क्या होता है, राजपाल बात रहा था, आढ़तिए से पाँच हजार लेकर ठीक करवाया..."

"...फिर, अभी साल ही हुआ था ट्रैक्टर आये को। एक दिन बैंक वाले आ गये। कहते, किस्तों के पैसे दो, नहीं तो ट्रैक्टर ले जाएँगे। राजपाल ने महीने की मोहलत ले ली। सरपंच को जामन बना लिया। माह-भर में कहा से आते

नोट? बैंक वाले फिर आ गये। इस बार साथ पुलिस भी लाये। राजपाल तो छिप गया। ट्रैक्टर किसी और के यहाँ खड़ा था। तेरे बापू को वे ले गये। दूसरे दिन सरपंच जमानत करवा लाया। बोल भी आया कि इसी महीने बैंक की रकम लौटा देंगे। फिर राजपाल ट्रैक्टर कोटकपूरे मंडी में बेच आया। ट्रॉली शेरे ने खरीद ली। हल पता नहीं किसे दिया। राजपाल ने एक पुराना-सा स्कूटर ले लिया...यह खड़ा है।'' ज्ञानकौर ने लेटे-लेटे आँगन में खड़े स्कूटर की ओर बाँह दिखाकर बताया।

''फिर बेबे?'' भगतू अभी बहुत सुनना, जानना चाहता था।

''फिर क्या पुत्तर...दसो किल्ले फुर्र हो गये। चारदीवारी में ट्रैक्टर का एक पुराना टायर पड़ा है, बस। तेरा बाबा उस पर बैठा रहता है और सोचता है...लड़कों ने हिम्मत तो बहुत की, भाग्य ही रूठे हुए हैं।''

''अब तो तेरा बाबा, पुत्तर बाहर ही नहीं निकलता। पहले चौपालों से बुलाकर लाना पड़ता था। भूपी वाली बात को तो इन्होंने ज्यादा ही मन को लगा लिया।'' ज्ञानकौर ने नि:श्वास छोड़ा।

''उसकी शादी कर देते, बेबे!''

''कहाँ ब्याह देते उसे? जहाँ कोई बताता, मोटरसाइकिल माँगता, कोई मारुति हम तो अब साइकिल भी नहीं खरीद सकते। तुम भी तो यहीं से गये हो। तुम्हें क्या पता नहीं। इसके बराबर की अभी और कई लड़कियाँ घूम रही हैं यों ही। हम तो सोचते थे, शायद तुम्हीं घर का दरिद्र पोंछ दो...''

अब लेटे-लेटे भगतू ने नि:श्वास लिया।

''बेबे, माघी नहीं आता कभी?'' भगतू ने पूछा।

''कभी-कभी आता है, पूछता है। ताई, आया कोई पता? अब तो देर हो गयी, देखा नहीं।''

''और प्रकाश बनियों का...?''

''वे सब तो गाँव छोड़ गये।'' माँ चाहती थी, भगतू शहर चला जाए। सामान लादकर ले गया रूपचन्द ट्रक पर। प्रकाश एक बार आया था, साल पहले। पूछता था। क्या उत्तर देती उसे?

फिर वे दोनों चुप हो गये। माँ चाहती थी भगतू बातें करता रहे। यों ही, छोटी-छोटी बातें सब बताये उसके साथ क्या बीती है। वह तो सब कुछ गँवा कर आ गया। फिर सोचा, मैं ही पूछूँ, पर चुप रही। क्या पता क्या बोल पड़े। बतायेगा भी या नहीं। चलो, खुद ही बता देगा। आज तो आया है। न जाने किस मुसीबत से आया है। सोने दूँ इसे...।

''कॉलेज में से कब हटाया था भूपी को?'' काफी देर बाद भगतू ने अचानक

पूछा। माँ समझ रही थी, वह सो गया होगा। वह हैरान थी। ''कॉलेज में से राजपाल ने ही हटाई थी बारहवीं जमात में से। तब वह नाराज थी बहुत कह रही थी, 'यह खुद कौन-सा सोने का मैडल लेकर आया है?' फिर कहती रही, मैं शहर के पी.सी.ओ. पर लग जाती हूँ। पाँच सौ महीने का देंगे। तेरे चाचे सरदूल की मीतों लगी हुई है न शहर में। मुझे तो यों ही नहीं पता क्या होता है पी.सी.ओ.।''

''मीतो पी.सी.ओ. पर लगी है?'' भगतू ने हैरान होकर पूछा।

''हाँ, उसे तो दो साल हो गये होंगे, तब से लगी है। भूपी के साथ पढ़ती थी एक कन्तों। कहते हैं उसने लगायी है। पहले तो कन्तों इसे मिलने आया करती थी। मैंने एक दिन झिड़क दी। फिर नहीं आयी...।''

''बाबा रामसिंह है अभी?''

''हाँ, अभी तो ठीक है। चलता घूमता है। बल्कि तुम्हारा बापू थक गया है। अब तो बाबा जी ने भी दिल छोड़ दिया।''

''घुक्कर था एक, जगतो का बेटा।''

''जगतो मर गया, कुएँ में छलाँग लगा कर।''

''कब?''

''तेरे जाने के चार-पाँच माह बाद। अपने कुएँ में छलाँग लगाई थी। सुबह लोगों को कुएँ पर पगड़ी-जूती देखकर पता चला।''

''और घुक्कर?''

''वह तो है। दिनभर गाँव की गलियाँ सूँघता घूमता है। पक्का चुगलखोर है।''

''और उसकी माँ?''

''वह भी जीवित है। अपनी जून पूरी करती घूमती है। कभी किसी की बेगार कर आती है, कभी किसी की। भूख सबसे बुरी है पुत्तर, तुम देख ही आये हो। यह तो मौत से भी बुरी है। बन्दा मर गया तो गया। काम तमाम। भूख रोज लगती है। सुबह उठते ही फिर सरहाने खड़ी होती है...''

माँ के गहरा साँस छोड़ने से पहले भगतू का निःश्वास उभर आया।

राजपाल को गये देर हो गयी थी। भगतू के साथ बातें करती माँ के कान बाहरवाले द्वार की तरफ लगातार ध्यान दे रहे थे।

''ठीक है बेबे, सोकर देखता हूँ, यदि नींद आ जाए।'' कहकर भगतू ने करवट बदली। आँखें मूँद ली।

लेकिन माँ, खुली आँखों से बाहरवाले दरवाजे की तरफ देखने लगी। सोचने लगी, ''पता नहीं, केवल क्या बता रहा होगा राजपाल को।''

बाईस

इस असमय, किसने के घर लोगों की भीड़ देखकर राजपाल को गुस्सा आया। ये कंजर यहाँ मेला बनाए घूमते हैं। उधर साला मरन हुआ पड़ा है। कुछ पल ठहरा वह आँगन में बैठे, खड़े लोगों को घूरता रहा। मन में कहा, 'क्या कर रही है यह जाति?' अन्दर की घृणा राजपाल के चेहरे पर उभरी देखकर, कुछ लोग चले गये। कुछ इधर-उधर हो गये। भेद पाने वाले एक ओर दुबक गये।

कोठरी में जाकर, केवल की हालत देखकर राजपाल के चेहरे का तनाव कुछ कम हुआ। वह सोचने लगा, माँ की कही बातें सच हैं।

किसने ने राजपाल के सामने हाथ जोड़कर उसे बैठने के लिए कहा। राजपाल मंजे की बाहीं पर चकन्द-सा बैठ गया। फिर एकटक केवल की ओर देखने लगा। उसकी आँखों के नीचे पड़े चोटों के निशानों की तरफ। बाँहों की तरफ, लातों की तरफ।

केवल उसकी खामोशी को समझता था। बोला, "भाईजी, भूपिन्दर को यदि बचा सकते हो तो बचा लो...।"

"कहाँ है वह?" राजपाल ने पूछा।

"यही तो पता नहीं।"

"तेरे साथ नहीं थी...?"

"क्या बताऊँ, भाईजी! भूपिन्दर को मैं कभी लाइब्रेरी से पुस्तकें ला देता था, पढ़ने के लिए। पढ़कर किताबें वह लौटा देती थी। मेरी उसके साथ बस इतनी बोलचाल थी। मैं नहीं जानता वह किसके हाथ सन्देश भिजवाती थी और वे लड़के किसके हाथों चिट्ठी भेजते थे। एक दिन कुछ अपरिचित लड़के मिले, वे चार थे। मैंने पहले कहीं उन्हें देखा नहीं था। एक ने पूछा—केवल तुम्हारा ही नाम है? मैंने कहा—हाँ, मैं ही हूँ। कहते, कल सुबह चार बजे भूपी मिलेगी तुम्हें बाहरली सड़क पर। छप्पर के पास। उसको साइकिल पर जी.टी. रोड तक लेकर आना है। फिर उन्होंने धमकी दी। किसी के पास बात की, या तुम न लेकर आये उसे, तो कॉलेज आते समय अपने अन्तिम संस्कार के लिए लकड़ियों का प्रबन्ध करते आना। भाईजी, मुझे यकीन नहीं था कि भूपी सुबह चार बजे छप्पर-तालाब पर आएगी। सोचा था, कह दूँगा, आयी नहीं...।

...लेकिन जब फिरनी वाले तालाब के पास पहुँचा, भूपिन्दर वहाँ खड़ी थी। मैंने पास जाकर साइकिल रोका। वह पीछे बैठ गयी। न बोला, न उसने कोई बात की। तभी एक औरत भी पीछे से आयी थी। उसने पूछा था—कौन है...पता नहीं और भी क्या बोली थी। हमने ध्यान नहीं दिया...।"

केवल का साँस फूल गया। उसने माँ से पानी माँगा। किसना और रुलदू साँस रोककर सुन रहे थे। माँ पानी लेने दौड़ी।

पानी पीकर केवल थोड़ा टिक गया। फिर बोलने लगा—"जी.टी. रोड पर एक ओर ओट में वैन खड़ी थी। वे सब वैन में बैठे थे। उनमें से एक तेजी से बाहर निकला। अँधेरे में भी उसने मुँह बाँध रखा था। जब भूपिन्दर वैन में बैठने लगी तो मैंने ध्यान से अन्दर बैठे लोगों की ओर देखा। सबके मुँह ढँके हुए थे, वे चलने लगे तो पिछली लाइटें जगीं। मैं वैन का नम्बर पढ़ने लगा। शायद मुझे ड्राइवर ने देख लिया हो। उसने बताया हो। उन्होंने वैन बैक करके मेरी तरफ आकर अपने साथियों से कहा, 'फेंको इसे भी अन्दर। साला नम्बर नोट कर रहा है।' मुझे उन्होंने सोचने भी नहीं दिया। पहले पता होता तो मैं अँधेरे में भाग निकलता। उन्होंने घसीट कर मुझे वैन में फेंक लिया। फिर घूँसे मारने लगे। मेरी पगड़ी उतार कर मुँह में ठूँस दी। उसी पगड़ी से मेरी लातें, बाँहें बाँध दीं। जैसे ही मैं हिलने लगा, कोई आगे, कोई पीछे से घूँसे ठोकता रहता। थोड़ी दूर आकर उन्होंने मेरी आँखों पर भी कपड़ा बाँध दिया।

"भूपी ने उन्हें रोका नहीं?" राजपाल ने पूछा।

"न वह बोल पायी, न उन्हें रोका। न ही रास्ते में किसी ने बात की। आधा-पौना घंटा वैन चलती रही होगी। थोड़ी दूर वे पैदल भी चला कर ले गये। उन्होंने जब मेरी आँखों पर से कपड़ा खोला, मैं कोठरी में अकेला था। भूपिन्दर मालूम नहीं कहाँ थी। कोठरी के तख़्ते टूटे-से, मोरियों वाले थे। बाजू में खेत-ही-खेत थे। साथ कोई और कमरा था या नहीं, मालूम नहीं पड़ रहा था। आसपास अमरूद के भरपूर पेड़ जान पड़ते थे। एकाध बार मुझे आवाज भी सुनाई दी। मानो कोई बातें कर रहा हो। शायद वे कहीं आसपास ही होंगे...।"

केवल रुक गया। गिलास का बाकी पानी पीने लगा। फिर साँस ठीक करते हुए बोला, "शाम कोई एक मेरे पास आया। उसका मुँह ढँका हुआ नहीं था। क्या पता, वे कौन हैं? मैंने उसे पहले नहीं देखा था। कहने लगा, "चिट्ठी लिख उसको, उसने आपका नाम लिया था। लड़की सही सलामत चाहता है तो दो लाख रुपये ले आये। तब तो धमकियाँ दे रहा था, मोटर पर...।"

राजपाल ने थोड़ा याद किया। ये जो मोटर पर आये थे, चार-पाँच लोग कहीं वही न हों। उनमें एक अपरिचित-सा चेहरा भी था। कॉलेजवालों को तो मैं जानता हूँ। फिर उसने केवल से पूछा—

"सुखवन्त तो नहीं था?"

"नहीं, उसे तो मैं जानता हूँ।"

"और सतवन्त...मक्खूवाला?"

"नहीं, वह भी नहीं था।"

...फिर तो जरूर वही अपरिचित लड़का, अन्य लड़कों सहित आया होगा। या फिर कॉलेजवाले, परिचित आगे नहीं आये होंगे। राजपाल ने सोचा। फिर हैरानी से पूछा, "तुम्हें पीटने वाले कौन थे?"

"वही थे, भाई। मैं चिट्ठी नहीं लिख रहा था। उन्होंने लालच भी दिया। कहते, पचास हजार तुम्हें दे देंगे बीच में से। मैं फिर भी तैयार नहीं हुआ। वे मुझे पीटते रहे, बारी-बारी। एक ने गुस्से में कहा—गोली मार कर खत्म करो इसे।"

पास खड़े रुलदू ने भीतर-ही-भीतर खेद जताया—साले लिख देता, चिट्ठी। तुम्हारा क्या घिसता था। वे पचास हजार रुपये दे रहे थे। अपना तो पोतड़ों का गन्द निकल जाता। साले न पढ़ाई भी कुएँ में डाल दी। अकल नहीं काम आयी...

राजपाल कुछ और ही सोच रहा था। कहाँ रह गया अब आतंकवाद! अब तो कोई-कोई ही रह गया होगा। वह भी छिपा हुआ। विदेश में भाग गये। केवल कहीं नाटक तो नहीं कर रहा। लड़की को कहीं दूर पास की रिश्तेदारी में छोड़ आया हो और बात ठंडी पड़ने पर वहाँ चला जाए। ये चोटें भला किसने लगाई होंगी?

"यहाँ तुम्हें कौन छोड़ गया?" राजपाल कोई सिरा खोजना चाहता था।

"यहाँ खुद ही आया हूँ। कल सुबह उन्होंने मेरी खूब पिटाई की। सिर में चोटें मारीं। मुझे होश भी नहीं था। न जाने कितनी देर मैं वहीं पड़ा रहा होऊँगा। होश आया तो बाहर किसी गाड़ी की आवाज सुनी, ट्रक जैसी आवाज थी। शोर भी सुनाई देता था। वे बातें करते बार-बार पुलिस का नाम लेते थे। मैंने सोचा, पुलिस आयी होगी। या आनेवाली होगी।

"उठकर देखा, बाहर अँधेरा था। कमरे का दरवाजा खींचा, खुला था। घबराये वे बाहर से बन्द करना शायद भूल गये थे या सोचते हों, इतना पीटा है, कहाँ भाग पाएगा? दरवाजा खोलकर बाहर देखा, कोई नहीं था। मौका पाकर मैं खेतों में से ही गिरता ढहता भाग निकला।" कहकर केवल ने पीछे पीठ लगाकर आँखें मूँद लीं।

जगह-जगह नीला हुआ उसका चेहरा राजपाल देख रहा था। दायीं आँख सूजी पड़ी थी। वह समझ नहीं पाया। एक चिट्ठी लिखने के कारण यह इतनी चोट खाता रहा। दो तीन साल से आतंकवाद की ऐसी घटनाएँ कहीं नहीं थी। अब तो बचे खुचे भी पंचायत को साथ लेकर जान बचाने के लिए क्षमा माँग रहे थे...

माँ, बेटे के मोह में भीगी खड़ी थी..."मैं तो कुछ और सोचती थी...यह तो बात ही और निकली। तुम्हारा बेटा तो निरी गाय है। कुत्तों ने कैसे पशुओं की तरह पीट दिया..."

राजपाल खामोश बैठा था। मुँह झुकाए चिन्तापुर जो सामने दिखाई देता है, या केवल कहता है...सब सत्य है।

उसके लिए मानने में दिक्कत थी। उसे यह भी नहीं सूझ रहा था कि वह केवल से और क्या पूछे?

"कहाँ ले गये थे? जगह की पहचान है?" कुछ देर बाद राजपाल ने पूछा।

"यों तो पता नहीं। गये वे पश्चिम की तरफ थे। लेकिन कल जब मैं सड़क पर चढ़ा...वहाँ आसपास देखेंगे, तो पता चलेगा। खेत तो पहचान लूँगा। वहाँ अमरूदों के बाग हैं। वह कोठरी भी पहचान लूँगा। जहाँ मुझे कैद रक्खा था।"

राजपाल उठकर खड़ा हो गया। पूछा, "अब, पुलिस को सूचित करना होगा?" पुलिस का नाम सुनकर किसने की टाँगें काँप उठीं।

"भाई जी, जो करना है, जल्दी करो। मुझे जब कहोगे, आपके साथ चलूँगा।" कहकर चोटों की टीस महसूस करते हुए, केवल ने रजाई ऊपर खींच ली।

राजपाल उनके घर से बाहर आ गया।

तेईस

दिन चढ़ते ही पूरे गाँव को पता लग गया...ढिलवाँ का भगतू आ गया है।

जो गाँववाले मिलने आये, उनमें सबसे पहले माघी था।

आते ही सुबकते हुए वह भगतू को चिपक गया और बच्चों की तरह जोर-जोर से रोने लगा। बोलने लगा, "तुम यहाँ होते तो भगतू अपने साथ ऐसे न होती? हम सालों की चीरकर रख देते। हमारे से डरता तो कोई अपनी परछाई नहीं पार करता था।"

उन दोनों को विलाप करते देखकर ज्ञानकौर का भी रोना निकल गया। भगतू को देखने और मिलने वाले, लगातार आते गये। गाँव के कुछ लोग तो इसलिए भी आये कि चलो, इनकी लड़की का भी पता कर आएँगे।

लोगों के सवालों के बारे में बताने को भगतू के पास कुछ नहीं था। बहुत लोग उसके बदसूरत हालात पर हैरान भी होते। यह वही भगतू है जो सफेद कुर्ता पायजामा पहनकर, ऊपर गातरे वाली कृपाण सजा कर, केसरी पगड़ी बाँधा करता था।

भगतू खीझ गया। बाहर जाने के बहाने वह माघी को साथ लेकर कुएँ पर आ बैठा। बाबा चक बूढ़सिंह की समाधि वह साढ़े चार साल बाद देख रहा था।

माघी अब पूर हौंसले में था। उसका जीने का चाव मर गया था। गाँव में एक दिन बिताना भी उसे मुश्किल लग रहा था। अब उसका यार आ गया है...जीने का मजा तो अब आयेगा। वह पूर्णतः खुश है।

दोपहर तक भगतू घर नहीं गया। घर जाने को उसका मन ही नहीं किया। माघी गाँव जाकर, कुएँ पर ही रोटी ले आया।

वज़ीर अन्दर से नहीं निकला। आँख की पट्टी खोलने के बारे में डॉक्टर को पूछना था, आँख में अब पहले जैसी चीसें नहीं पड़ती। दर्द नहीं होता। अभी ऐनक लगवानी थी। शहर के सिविल अस्पताल में जाना पड़ता था। भूपी के घर से जाने का दुख उसे खा रहा था। घर से निकल कर चहारदीवारी तक जाने का मन नहीं हो रहा था। ज्ञानकौर उसे क्या कहती। उसका अपना हाल भी वही हो रहा था। घर के जरूरी कुछ काम ही वह कर पाता।

राजपाल इन सबसे ज्यादा परेशान था। जब से वह केवल के पास से हो आया था, अजीब-सी उलझन में था। पुलिस के पास जाए कि न जाए।

उधर, गेहूँ बीजने का समय था। लोग एक बार पानी भी लगा चुके थे। रुलदू अब नहीं आता था। राजपाल को यह भी गुस्सा था। उसे तो मैंने कुछ नहीं कहा। वह साला यों ही माँह के आटे-सा अकड़ा पड़ा है।

दोपहर में माघी, भगतू की रोटी लेकर गया तो माँ राजपाल के पास जा बैठी। ''कुछ बताया उसने पुत्तर?''

''नहीं कहते है बेबे कि कुछ करना है तो जल्दी करो। कह रहा है, लड़कों को तो मैं जानता नहीं, अपरिचित हैं।'' राजपाल ने दोनों घुटनों पर कुहनियों रखकर, हथेलियों पर माथा टिका लिया और साँस लिया।

''तुम रोटी खा लो, ठंडी हो जाएगी।'' माँ ने मोह से कहा।

''डाल दो,'' राजपाल वहीं बैठा बोला।

फिर रोटी खाते समय पूछा, ''माघी भगतू बाई की रोटी ले गया?''

''हाँ गया।''

''कहाँ? कुएँ पर?''

''हाँ, वहीं बैठा है सुबह का। घर में तो लोगों ने खून पी लिया, जै खाने के ने।'' दुखी वह बाहर चला गया।

रोटी खाता राजपाल सोच रहा था केवल ने माँ के साथ भी वही बातें की और मेरे साथ भी वही। इसका अर्थ है, चमार जरूरत से ज्यादा होशियार है। चरित्तर दिखाता है, कि जगह तो पहचान लूँगा। किधर से लेकर गये, यह पता नहीं है, फिर गुस्से में ऊँचे स्वर में बोला, ''यह पता तो पुत्तर पुलिस लेगी।''

''कुछ माँगा है पुत्तर?'' माँ चौके में से बोली।

''नहीं बेबे,'' कहकर वह हैरान हुआ। मैं भी बाबे की तरह जोर-जोर से बातें करने लगा। भीतर की बेचैनी मनुष्य का स्वभाव कितना बदल देती हैं।

वह फिर केवल के बारे में सोचने लगा।...क्या पता वह सचमुच बेकसूर हो, जैसे माँ का सन्देह है, सरीकों की कोई चाल ही न हों। लेकिन सरदूल चाचा इतना नीचे आकर ऐसी करतूत करेगा, यकीन नहीं आता। यदि बन्दा कमीना हो और ईर्ष्या करे, फिर तो ऐसी हरकतें कर ही सकता है।

...यदि केवल मुझे पहले दिख जाता कि सुबह चार बजे भूपी ने छप्पर पर ताना था, मैं ही पुलिस से गाँठ-साठ करके बन्दे पकड़ा देता। मुझे तो लगता है केवल बहाना बनाकर घर आया है।

राजपाल खुद ही दलील बना लेता। स्वयं रद्द भी कर देता। फिर कोई और नयी दलील उसके दिमाग में आ घुसती।

अन्तत: उसने फैसला कर लिया। बदनामी तो गाँव भर में हो ही गयी है। पूरा गाँव जानता है, पुलिस को सूचित करना ही ठीक है। क्या पता किसी मुखबिर ने उन तक बात पहुँचा ही दी हो। केवल पर भी नजर रखनी चाहिए। उसे पकड़वाए बिना कोई सिरा हाथ नहीं आएगा। पुलिस खुद ही भेद निकाल लेगी उसे सब तरीके आते हैं। यदि पुलिस के चक्कर में पड़ गये, आषाढ़ी तो जाएगी बीजने से, रुलदू भी नहीं आता। वह यों ही मुँह सुजाकर घर बैठा है। यों तो अब भगतू भी आ गया। यदि भगतू और रुलदू मिलकर गेहूँ बीज लें तो मैं केवल के हाड़ में से लड़की निकाल सकता हूँ। भगतू को पूछूँ...?

वह सुबह से ही कुएँ पर है। माघी से रोटी वहीं मँगवा ली। बेबे से बात करता हूँ...सोचकर वह चौके में बैठी माँ के पास जा खड़ा हुआ।

"पुत्तर, मुझे तो लगता है, वह ज्यादा ही दु:खी है। माँ को पता होता है दो-चार दिन उसे कुछ मत कहो। जब घर में नहीं था, तब भी गुजारा होता ही था। अब आ गया, खुद ही धीरे-धीरे ठीक हो जाएगा। मुझे तो लगता है, भूपी वाली बात दिल पर लगा बैठा। मिलने वाले भी उसे तंग करते थे। तभी कुएँ पर चला गया।"

बेबे की बात सुनकर राजपाल चुपकर गया। फिर वह थाने जाने की योजना बनाने लगा। किसे साथ लेकर जाऊँ? बाबा जी को नहीं, बाबा जी ठीक नहीं। बापू तो यों ही नहीं कहीं जानेवाले। सरपंच को लेकर जाऊँ? हाँ, वही ठीक हैं। सयाना है। गाँव की जिम्मेवारी है। सरपंच को साथ लेकर सुबह थाने जाऊँगा। जो होगा, देखा जाएगा। साथ ही रुलदू की बात करूँगा। वह काम पर क्यों नहीं आ रहा। आषाढ़ की फसल तक की लिखा-पढ़ी की हुई है। भगतू भाई को अभी रहने देते है। बेबे ठीक ही कहती है।

रोटी वाले बर्तन एक तरफ रखकर वह सरपंच गुरदास सिंह के घर चला गया।

चौबीस

भगतू शाम तक घर नहीं लौटा। आस पड़ोस और गाँव के दूसरे स्नेही, कबीलेवाले उसे देखने के बहाने दिनभर आते रहे।

'वह तो भई समाध पर है।' कहकर ज्ञानकौर उन्हें चलता करती रही। वैसे वज़ीर और ज्ञानकौर दोनों हैरान थे। सुबह घर से गया, वह अभी तक घर लौटा क्यों नहीं था।

गुरे को कोई फर्क नहीं पड़ा। आजकल वह लुधियाना के एक गाने वाले टोले के साथ जाने लगा है। गायक स्टेज पर गाता है, तो वह उसके पीछे नाचने कूदनेवाले लड़कों में शादी की पार्टी में उसका प्रोग्राम है। वह सुबह से ही घर से गाया हुआ है।

दोपहर के बाद राजपाल अन्दर बापू के पास आ बैठा।

"बापू, पट्टी कब खुलेगी?" उसने पूछा।

"एकाध दिन और बाँधे रखता हूँ। अभी सूरज की चमक लगती है।"

"बापू, मैं सरपंच के पास गया था। कल तो वह खाली नहीं, परसों थाने सूचना देने जाएँगे। पहले तो कहता था सोच लो। फिर कहता पुलिस को बताना ही ठीक है।"

"मैंने तो तुम्हें कहा था, कोई और नई बात हो जाती है। सूचना दी हो तो डर नहीं होता। फिर तुम तो पुलिस को जानते ही हो। वे तो किसी चोर मोरी की तलाश में रहते हैं।"

'जाऊँगा बापू' अब तो जाना ही पड़ेगा। केवल भी कुछ नहीं बता रहा। क्या पता पुलिस से डरकर, सच बता पाए। कहते हुए उसे भगतू का ख्याल आ गया। आसपास देखकर पूछा, "भगतू भाई दिखाई नहीं देता।"

"वह तो नहीं है, सुबह से कुएँ पर गया है। लौटा नहीं। माघ आकर रोटी ले गया था।"

"गेहूँ बोने को हैं, रुलदू भी नहीं आया। बापू, भाई घर आये तो उसे कहना तुम्हारा कहा मान लेगा। मैं कहता हूँ, अच्छा नहीं लगता। कहेगा, कल लौटा है। आज हुक्म शुरू हो गये। यदि ये धक्के न खाने पड़ते, गेहूँ तो मैं कब से बो भी देता। यहाँ कौन-सा पचास किल्ले हल चलाना है। छोटे से खेत हैं।" राजपाल की बातों में चिन्ता थी। चिड़चिड़ापन भी था। दुःख भी था और गुस्सा भी। वज़ीर सिंह सब समझता था। लेकिन कुछ भी कर नहीं सकता। वह तो खुद हाथ धरे बैठा था।

कभी-कभी वज़ीर के मन में आता कि वह आँख से हरी पट्टी उतारकर

फेंक दे। खुद खेत में जाकर बिजाई करे, गेहूँ बिजवाये। उम्रभर आप ही करता आया है। लेकिन अब नई गुड़िया, नये पटोले। ट्रैक्टर के चाव में पहले बैल बेच दिये। फिर हल, पंजाली बेकार हो गये। ईंधन गये। अब जब ट्रैक्टर भी न रहा, बैल और हल भी न रहे तो गेहूँ बीजने काटने के लिए दूसरे हाथों की ओर देखना पड़ा। पक्के देखकर कच्चे भी ढाह लिए। वज़ीर ने गहरा साँस लिया। वह तो हर तरफ से मजबूर था। अब किस-किस की मिन्नत करे। वह इतना ही बोला, ''राजपाल, कुएँ पर जा आओ। वहाँ भगतू हुआ तो कहना, घर आ जाए।''

''मैं उसे कुछ नहीं कहूँगा, बापू।'' राजपाल भगतू के साथ कोई भी बात करने से झिझकता था।

''कहना, बापू ने बुलाया है।''

''नहीं बापू, गुरा आया तो उसे भेजना, या वह खुद ही चला आएगा।'' कहकर राजपाल आँगन में आ गया और फिर घर से बाहर निकल गया।

भगतू गाँव लौट आया था, इसलिए माघी खुश था। सुबह से ही बाहर कुएँ वाली समाधि पर बैठे थे। माघी चाहता था, भगतू बातें करे कि पुरानी यादें फिर ताजा हो जाएँ। लेकिन भगतू का चेहरा उदास-सा था। दुखड़ा लग रहा था। शाम के समय माघी, किसी खुशी के मौके के लिए सँभाल कर रखी दारू की बोतल ले आया। भगतू ने एक दो बार इनकार किया, फिर दोनों पीने लगे। टयूबवैल के बौर और ईंजनवाली, ईंटों की अस्थायी कोठरी में एक टूटी-सी चारपायी पड़ी रहती है। राजपाल ने भगदड़ करके बिजली का कनेक्शन भी ले लिया था। कोठड़ी के बाहर बिजली हो तो एक बल्ब जलता रहता है, लेकिन बिजली कभी-कभार आती है। ऑटो स्विच मोटर लगी हुई है। राजपाल ने मोटर में से सीधी तारें लेकर खुद ही बल्ब लटकाया है। कुछ घर कुंडियाँ भी लगाते हैं। बिल तो उतना ही आता है।

माघी कोठड़ी में से टूटे हुए कुंडे वाला चीनी का कप खोज लाया है। यही एक पुराना-सा मग पड़ा रहता है। मोटर चला कर माघी ने वह भर लिया।

इन दिनों शाम को मौसम बदल जाता है। तपिश तो उसी तरह रहती है, लेकिन हवा चलती हो तो उसमें ठंड महसूस होती है। आज हवा चल रही है। पहाड़ से आती हवा अच्छी लग रही है। लेकिन दोनों में ही देसी दारू ने आग सुलगा रखी है।

नशे में भगतू अधिक उदास हो गया है। माघी ने सोचा, ...यह चार-पाँच वर्ष पहले वाला भगतू तो है ही नहीं। बिल्कुल बूढ़ा दिखता है। दूर से देखने पर अपने बापू की छवि लगता है। इसे हो क्या गया? पूछता हूँ तो बताता कुछ भी नहीं। माघी न सोचा, शायद भूपी वाली बात दिल को लगा बैठा है। कभी

माघी के मन में आता है, क्या पता, इसके मन में हो, कि जेवर बेचकर एजेंट को जो पैसे दिये थे बाहर जाने के लिए इसने वहाँ जाकर मेरा हिस्सा भेजने का वायदा किया था, वह भेजे नहीं, यही बात मन को लगायी हो। भगतू की खामोशी माघी को चुभती थी। उसने खुद उसे कुरेदना चाहा।

''भगतू, यार यह लड़की वाला काम तो बुरा हुआ।''

''मुझे तो लगता है, कोई और बात है। चमार तो इतनी हिम्मत नहीं कर सकता।''

पहले तो भगतू ने गहरी साँस ली। फिर बोला, ''मैं कल से सोच रहा हूँ माघी कि मैं गाँव में आया ही क्यों? यहाँ कौन कोई मेरी प्रतीक्षा में था।''

''यों मत जूतियाँ लगा, भगतू! घर जाकर पूछ कोई दिन ऐसा नहीं, जब मैं पूछने न गया होऊँ। यह तेरहवाँ रत्न हाथ में है। मेरे लिए तो गाँव कल से ही बसने लगा है।'' शराबी हो रहे माघी ने मान के साथ कहा, ''ओह? तुम्हें मैं जानता हूँ। मैं दूसरों की बात करता हूँ। फिर मुझे गाँव लौटने की आस भी कहाँ थी। मैं वहाँ दूसरे देश की जेलों में मर-सड़ जाता। अब सोचता हूँ अच्छा ही होता, यहाँ न आता। अब मैं कल से हर पल मर रहा हूँ। तुम ही जानते हो। हम नाक पर मक्खी नहीं बैठने देते थे। अब इसीलिए दिनभर गाँव जाने का मन नहीं करता। सोचता हूँ कहीं चला जाऊँ। हाँ—'' वह खुद पर हँसा। ''गया तो था कि घरवालों की भूख दूर करूँगा। लेकिन लौटा, तो घर पहले से भी जर्जर हो गया था! माघी! बापू का हाल तूने देखा ही है। बेबे, राजपाल आदि सब अपनी जगह दुःखी हैं। गुरा अलग लफंडर हुआ फिरता है। बेबे बताती थी, वह तो घर ही नहीं घुसता। मैंने तो आकर इन्हें और दुःखी कर दिया। कल मालूम हुआ, किसने के केवल ने यह चाँद चढ़ाया है। जी तो करता था अभी जाऊँ और पूरे परिवार का खून करके फिर कहीं चला जाऊँ।'' माघी चुपचाप सुनता रहा। भगतू धीरे-धीरे उधड़ने लगा है। सोचकर बोला, ''यों हम किस-किस का खून करेंगे भगतू! इस दुःख में उसने खुद को भगतू के साथ बराबर खड़ा किया। हम भेद लेंगे, आखिर बात क्या है? घूक्कर को थोड़ा बहुत पता होगा। उसे मैं कल मिलूँगा। इनका कसूर हुआ तो खींच लेंगे चौपाल में साथ ही लोगों को भी पता चल जाएगा कि भगतू और माघी अभी मरे नहीं। अलग हुए थे, फिर एक साथ हो गये।'' माघी नशे में है। बोल काँप रहा है।

फिर माघी ने कप में दारू डालकर भगतू को पकड़ा दी। ''ये लो, यह बोतल तुम्हारे नाम से रखी है। दूर से मैंने इसे तुम्हारे बिना हाथ नहीं लगाया। बाड़ा बिक गया, लेकिन यह पड़ी रही। कहा था, जब भगतू आएगा, तभी पिएँगे। नहीं तो साली धरती में ही पड़ी रहेगी। लेकिन तुम तो यार जाकर छिप ही गये। न कोई चिट्ठी न खबर। माघी को भूल ही गया...'' शराबी माघी रोने लगा था।

"भूल कहाँ गया माघी! माँ-बाप भले याद न आएँ। हाँ, तुम्हें कैसे भूल जाता। लेकिन जो मुसीबतें झेली हैं, मेरी तो पुराने लोगड़ की तरह पिंजाई हो गयी। माघी! मुझे बाहर भेजने वाला भी तू ही था। तू मेरी मदद न करता तो कैसे मैं चला जाता बाहर। अब सोचता हूँ अच्छा होता तू मदद न ही करता। जेवर तो बचे रहते। बापू के दो किल्ले बचे रहते...ज्यादा खाने के लालच में थोड़े से भी गये।" भगतू पछतावा करने लगा।

"जेवरों की क्यों फिक्र करते हो, गये तो गये। हमने कौन वे दिहाड़ियाँ करके कमाए थे। लेकिन मुझे एक बात समझ नहीं आ रही। जो लोग बाहर जाते हैं, वे कभी कारों में घूमते है। हाथों में उनके मोटे कड़े, गले में चेन, उँगलियों में मुदरियाँ। उनकी तो चाल ही और होती है। तुम तो घर से जो कपड़े ले गये थे, वही फड़वा कर ले आये।"

"बाहर वालों के तौर-तरीके देखकर मैं बरबाद हो गया। फिर तुम जानते हो, गुप्ता थानेदार, सुबह-शाम तंग करने लगे थे।"

"उसे तो चढ़ा दिया गाड़ी खाड़कुओं ने!" माघी ने खुश होकर बताया।

"यह भी ठीक हुआ। नहीं तो वह साला जहाँ भी होता, हमें किसी-न-किसी केस में फँसाए रखता था। या वह हमें किसी मुकाबले में ही गाड़ी चढ़ा देता। माघी मैं तो बाहर से दो साल पहले ही भाग आता, लेकिन इधर भी शान्ति नहीं थी। पुलिस का डर ही मुझे आने नहीं दे रहा था। लेकिन मूसे की तरह मौत तो हर जगह खड़ी दिखाई देती रही। माघी तुम्हें तो पता ही नहीं होगा, मुझ पर क्या-क्या बीती है। तू तो सोचता होगा बाहर जाकर रंगरलियाँ मना रहा होऊँगा। एजेंट पहले हमें लेबनान ले गया।"

"और भी थे तुम्हारे साथ?" रोककर माघी ने हैरान होकर पूछा।

"हाँ, हम छः लोग थे। दो भठिंडे के, एक होशियारपुर का। एक और कोई पता नहीं कहाँ का था। हमें एक लकड़ी की फैक्टरी में काम मिल गया। वीजा तो तीन महीने का ही था। मियाद बढ़ाने के लिए परमिट और घूमने काम करने का परमिट लेना था। मौके पर परमिट नहीं मिला, हम सब को एक हजार अमेरिकन डालर जुर्माना हो गया। जो कमाए थे, वे तो जाने ही थे। जो पास थे, वे भी छीन लिये। हम सब नंग हो गये। वहाँ दो और हम जैसों के साथ आ मिले। एक बांग्लादेश की लड़की थी और एक लंका से थी। हम आठ हो गये..."

माघी साँस रोककर भगतू के मुँह की तरफ लगातार देख रहा था। उसके दु:ख की गाथा सुन रहा था।

"...कुछ ही दिनों में माघी, वीजे की मियाद बढ़ा ली, काम करने का परमिट भी मिल गया। हम दिन रात काम करने लगे। सोचते थे, जैसे कमाने आये हैं

चार-पाँच साल खींचकर लगा लें तो पंजाब जाकर ऐश करेंगे। मियाद बढ़ाने और काम का परमिट लेने में बहुत खर्च हो गया। खर्च सब का हुआ। फिर हर साल दलाल तंग करने लगे। जो हम करते थे वे डरा-धमाका कर निकाल देते थे। महीने के चार-पाँच हजार बचते थे। फिर ऊपर से और मार पड़ गयी। जहाँ काम करते थे, फैक्टरी बन्द हो गयी। मालिकों को घाटा पड़ गया। हम बेकार हो गये। दो माह हमें काम नहीं मिला। हमने ग्रीस जाने का मन बना लिया। दो पाकिस्तानी एजेंटों ने हरेक से एक लाख बीस हजार में ग्रीस पहुँचाने का सौदा कर लिया। हम सब जाने के लिए तैयार हो गये। फिर क्या करते? जो पैसे कमाने थे, बेकारी में खर्च हो रहे थे। इससे तो अच्छा था, सन्धा पर ही किसी अन्य जगह निकल जाते। दोनों लड़कियाँ हमारे साथ तैयार हो गयीं।...लो यार, थोड़ी डाल।'' भगतू ने माघी को कप में दारू डालने के लिए संकेत किया और गहरी साँस लेकर चुप कर गया।

एक पेग अन्दर फेंककर भगतू फिर अपनी परदेस यात्रा की कथा ले बैठा। ''रात के आठेक बजे हम सीरीया में दाखिल हुए। पहली रात बारह बजे तक जंगल में बैठे रहे, भूखे-प्यासे। सुबह के पाँच बजे तक जंगल में ही चलते रहे। हमारे जंगल इतने लम्बे कहाँ है? सघन और डरावने लड़कियों के तो पैरों में छाले पड़ गये। सभी मुश्किल में थे। लड़कियों को साथ लेकर चलना और भी मुश्किल हो गया। ऊपर से एजेंट गालियाँ देते। दिन चढ़ा तो हम पूरा समय जंगल में ही बैठे रहे।''

माघी साँस रोककर भगतू की आपबीती सुनता रहा। जब उसका मन करता, चुपचाप किसी तरह के शोर के बिना पेग बनाता, और पी जाता।

''दूसरे दिन भी, रात को आठेक बजे, एजेंटों ने हमें हाँक लिया। तीसरे दिन, तीन बजे के आसपास हम तुर्की की सीमा पर पहुँच गये। मौका पाकर एजेंटों ने हमें साढ़े तीनेक बजे तुर्की में प्रवेश करवा दिया। इधर खूब ऊँचे पहाड़ थे। पहाड़ों के बीच एक चारेक फुट का रास्ता था। उसके बीच में से जा रहे थे। एकाएक धमाका हुआ। हम सब घायल हो चुके थे। लंका वाली लड़की की तो बाँह ही टूट गयी। मेरी टाँग से भी लहू निकल रहा था। बाद में पता चला, धमाका बारूदी सुरंग फटने से हुआ था। हम घबराये से घावों को बाँधने में लगे थे। अचानक तुर्की की मिलटरी के फौजी ट्रक हमारे सिरहाने आ खड़े हुए। आते ही उन्होंने हमें पीटना शुरू कर दिया। आधे घंटे बाद, उनकी एम्बुलेंस हमें अस्पताल ले गयी। लंका वाली लड़की तो एम्बुलेंस में ही मर गयी।'' भगतू ने गहरी साँस ली, और इस तरह एक तरफ देखने लगा मानो अब भी वह लंका की लड़की मृत पड़ी दिख रही हो।

"हम महीना भर अस्पताल में ही रहे। अधिक घायलों का बहुत बुरा हाल था। देखभाल कम ही थी। घाव खराब हो गये थे। कुछ मरीजों के तो पीक पड़ गयी थी। मेरे, भठिंडे वाले साथी की तो टाँग ही खराब हो गयी थी। वह चीख रहा था। अपने माँ-बाप को आवाजें देता था। डॉक्टर कुछ परवाह नहीं करते थे। फिर हमें एक भला इनसान मिल गया। तुर्की के भारतीय दूतावास में क्लर्क था। पंजाबी ही था। उसने हमारी मदद की। उसी ने हमें एक-दूसरे अस्पताल में दाखिल करवाया। वहाँ ठीक देखभाल होने लगी। अब जख्मों को आराम आने लगा। मैं मेरे साथी ठीक होने लगे। जब दूतावास वाले पंजाबी को तसल्ली हो गयी कि हम सफर कर सकते है तो उसने एयरवेज के जहाज द्वारा हमें दिल्ली भेज दिया और हम सब परदेस की 'कमाई' करके देस, घर आ गये।" कहकर भगतू ने मुँह झुका लिया।

माघी को लगा मानो उससे छिपाकर भगतू ने आँखें भी पोंछी हों, उसने भगतू को बुलाना अच्छा न समझा। वह चाहता था, भगतू का मन हल्का हो जाए।

कुछ देर बाद भगतू ने पूछा, "प्रकाश कहाँ होता है?"

"अम्बाला में उसकी बुआ तुम्हारे यहाँ रहते ही ले गयी थी। वहीं पढ़ता रहा। रूपचन्द डरकर गाँव छोड़ गया।"

"वह शहर चला गया था। वहाँ करियाने की दुकान डाली है उसने। कहते है, प्रकाश वकील बन गया। अब यहाँ शहर की कचहरी में है। गाँव में कभी आया नहीं। न कभी मैं ही मिलने गया हूँ।"

"हम मिलकर आएँगे बनिये को।" भगतू ने कहा।

"जब कहोगे जा आएँगे!" कहकर माघी कप में दारू डालने लगा।

अभी ज्यादा अँधेरा नहीं हुआ। माघी ने देखा, एक सन्त गाँव के रास्ते उधर आ रहा है। इस समय यह किधर आ रहा है। सन्त के रूप में पुलिस तो नहीं? क्या पता कोई और ही हो। माघी ने भगतू को चौकन्ना किया।

दोनों आ रहे सन्त की ओर देखने लग गये।

बाबा बूढ़सिंह की समाधि के बिल्कुल पास एक जंगली पेड़ खड़ा है। गाँव वालों का विश्वास है, यह जंगली पेड़ बाबा बूढ़सिंह ने अपने हाथों लगाया था। जाल से तनिक हटकर एक पुरानी कीकर है। अब तो सूख गयी। कभी-कभी भादों मास में इसे पीले फूल लगते हैं, नहीं तो बारह माह यहाँ टहनियों का ठूँठ ही दिखता है। इसकी चोटी पर चील का घोंसला है। समाधि के पास कुछ और झाड़ियाँ हैं। झुंड है, कीकर है। थोड़ा आगे एक जड़ भी है। यह तीनेक मरले जगह है। समाधि के आसपास कुएँ पर बड़ी रौनक लगती थी। गाँव यहीं से पानी लेता था। अब गाँव के अधिकतर घरों में नलके लग चुके हैं। कुँए बन्द हो गये

हैं। पिछले कुछ वर्षों से पानी बहुत नीचे चला गया है। राजपाल ने यहाँ बोर कर रखा है। कुछ ट्रैक्टर पर पुली लगाकर पंखा चलाते रहते हैं।

हर दीवाली को बसाखा सिंह समाधि पर आकर बूढ़सिंह और अन्य बडेरों की याद में दीये जलाता है। दो साल से उसे शाम को कम दिखाई देता है। अब ज्ञानकौर यों करती है। चक बूढ़सिंह के लोग अँधेरे-सवेरे इधर कम ही आते हैं। कुछ साल पहले शायद सरदूल सिंह ने एक अफवाह उड़ा दी थी—उसने बाबा बूढ़सिंह की आत्मा को देखा है। वह सफेद कपड़े पहनकर समाधि तक आये और फिर अलोप हो गये।

लोग चक्कर खाकर अपने खेतों को जाने लगे। घुक्कर ने कहा भी था, सरदूल दिन में ही अपनी ईख में शराब निकालता है। यह षड्यन्त्र उसने लोगों को उधर जाने से रोकने के लिए किया है। फिर तो सरदूल ने अलग होकर अपने हिस्से की जमीन मामले पर देकर, बाही का काम छोड़ दिया था। लोग फिर भी समाधि की ओर जाने से डरते थे।

जिस मौसम में कीकर को डेले लगे होते, घुक्कर आकर लोगों को डरा देता—आज उसने कीकर पर काला कनीयर देखा है। पहले समाधि पर बैठा रहा, कुंडली मार कर फिर कीकर के तने पर बैठा, फुत्कार रहा था।

आज कुएँ पर इस समय तक बैठे भगतू और माघी के मन में कोई भय नहीं। सन्त को कुसमय आते देखकर वे हैरान जरूर हुए थे। माघी ने दारू की बोतल और कप एक ओर कर लिये।

सन्त पास आकर रुक गया।

"जल मिलेगा भगतो?" सन्त ने बिना भूमिका के अपनी जरूरत बतायी।

"मिलेगा बाबा"। माघी के शब्द थथला रहे थे।

"बरकतें हों, मुराद पूरी हो। मेहनत को फल लगें।" सन्त ने आशीर्वाद की झड़ी लगा दी। अनुभवी सन्त, इस समय इन दोनों के यहाँ बैठने का कारण समझ गया। वैसे भी घर की निकाली ऐसी शराब की रंगत समाधि के आसपास फैली हुई थी। बाहर से आनेवाले को तुरन्त महसूस होती थी।

माघी ने पहले नल में पानी देखा। फिर कोठड़ी में से बर्तन खोजने के लिए उठ खड़ा हुआ।

"बर्तन मेरे पास हैं।" उसने अपने कन्धे पर लटके लम्बे थैले में से गिलास निकाल लिया।

"कुछ घबराये से लगते हो बच्चे?" सन्त ने माघी का चेहरा पढ़ते हुए पूछा।

"नहीं बाबा, घबराहट नहीं है।" माघी भीतर से हैरान था। सन्त को कैसे पता लग गया।

"सन्तों-फकीरों से क्या परदा बच्चे? आनन्द लो, ऐश करो।" सन्त ने युवक की तरफ देखकर, आशीर्वाद की मुद्रा में हाथ उठाया।

"इस समय किस ठिकाने जाओगे बाबा?" भगतू ने सन्त का ध्यान दूसरी ओर मोड़ना चाहा।

"साँप, शेर और फकीर का कोई देश नहीं होता। हमारा कौन-सा ठिकाना? जहाँ रैन हो गयी, वहीं बसेरा।" सन्त उनकी ओर चला गया।

थोड़ी दूर, कोठरी के बाहर बल्ब जल रहा है। यहाँ तक पहुँच रही है उसकी रोशनी। पानी के यन्त्र की ओट में रखी बोतल, और टूटे हुए कुंडेवाला कप सन्त को दिख रहे थे। उसने कहा, "ऋषियों का अमृत छिपाकर मत सवाद करो बच्चे। इस तरह रतन का अपमान होता है।"

"बाबा जी, मेरा दोस्त बाहर से आया था।" तभी माघी शर्म मानता अपना कान खुजलाने लगा।

"कोई बात नहीं बच्चा उम्र है। लगाओ भोग, संकोच न करो।"

"सन्तजी आप भी भोग लगाएँ।" भगतू ने झेंपते हुए पूछा।

सन्त ने अपना गिलास आगे कर दिया और कहा, "यह रतन इसमें दो भगतों!" सन्त उनके पास ही बैठ गया। तीनों पीने लगे।

भगतू ने ध्यान से देखा, सन्त की उम्र चालीस-पचास साल की होगी। नैन-नक्श बहुत चित्ताकर्षक नहीं थे। लेकिन देखने में सन्त पहरावे में प्रभावित करते थे।

थोड़ा सरूर में आकर सन्त ने पूछा, "भगतों का घर परिवार है।"

"सब है बाबाजी, यहाँ तो मन को शान्त करने आ जाते हैं।"

"यहाँ समाधि पर?"

"हाँ बाबाजी?"

"किस की समाधि है?" सन्त ने जानना चाहा। और लहराते हुए अँधेरे में समाधि के आसपास निरीक्षण किया।

"यह हमारे बडेरों के समाधि है। बाबा बूढ़सिंह गाँव के लोग कम ही इधर आते है।" भगतू ने बताया।

"खूब भाग्यशाली जगह लगती है।" सन्त ने फिर चारों ओर देखा। फिर समाधि के पार देखते, सोच में डूब गया। थोड़ी देर बाद बोला, "भगतों, तुम कहते हो, गाँव के लोग इधर आते नहीं। यहाँ तो श्रद्धालु लाइनें लगाकर आया करेंगे। बस थोड़ी हिम्मत करनी पड़ेगी, और कुर्बानी भी। फिर श्रद्धालु हाथ जोड़कर आँखें मूँदकर खुद ही समाधि पर आकर गाया करेगें। मुझे अपने तीसरे नेत्र से स्पष्ट नजर आ रहा है।"

भगतू और माघी हैरान होकर सुनते रहे। माघी ने सोचा—सन्त को दारू चढ़ गयी। कभी पी नहीं होगी।

''वाह कुदरत!'' सन्त खुलकर हँस दिया।

ऊपर आकाश की ओर देखा—''तेरी महिमा अपरम्पार है। कुछ पल पहले मैं भूखा था, थका हुआ। रहने को ठिकाना नहीं था। बेगाना गाँव कोई पहचान नहीं और सन्तों को सँभालता भी कोई नहीं। देख लो भक्तों, तुम्हारी कृपा से अब मैं बैकुंठ में हूँ। हर तरफ आनन्द ही आनन्द रहा है। जीते रहो। उजड़ जाओ तो कह नहीं सकता। मैं तो बाबाजी के चरणों की धूल भी नहीं हूँ। सन्त नशे में था। एक घड़ी न होती तो कलियुग होता। सन्त हँस दिया और जाने की तैयारी करने लगा।

''बाबा, रोटी का प्रबन्ध कहीं है?'' भगतू ने पूछा। सन्त के फकीराना अन्दाज से वह प्रभावित हो चुका था।

सन्त हँसा। बगली जैसा थैला उसने कन्धे पर लटका लिया और कहा, ''भगतों, मिल जाए तो छक लेंगे न मिली तो उसकी रजा।'' उसने ऊपर की ओर दायीं बाँह सीधी उठा दी। ''...मैंने शरीर को साध लिया है। दो-चार दिन भूख-प्यास की इच्छा नहीं होती।''

''अँधेरा है अब कहाँ जाओगे बाबा!'' भगतू ने फिर पूछा।

''साँप, शेर, फकीर का देश कैसा? जहाँ किसी ने रोक लिया, रुक जाऊँगा। नहीं तो जहाँ सवेरा हो गया, वहाँ तुम जैसा कोई और भगत मिल जाएगा।''

''यहीं डेरा लगाना हो तो टूवेल वाली कोठड़ी पड़ी है। रोटियाँ पहुँच जाएँगी।'' नशे के कारण भगतू की जीभ थथलाने लगी थी।

''तुम्हारी इच्छा है भगतों!'' कहकर सन्त ने कँधे से अपनी बगली उतार ली, और चौकड़ी मारकर जम गया। तभी राजपाल उनके पास आ गया।

अचानक राजपाल को आया देखकर भगतू और माघी हैरान हुए। अन्दर से डर भी रहे थे।

सन्त को अभी इस बारे कुछ पता नहीं था।

राजपाल आया तो बहुत गुस्से में था। उसने सोचा था। कुएँ पर भगतू अकेला होगा, या माघी साथ होगा। माघी की उसे भला क्या परवाह थी। नंगे वेश चोरों के साथ समाधि पर उनके साथ एक सन्त को बैठा देखकर वह दुविधा में पड़ गया। यह कौन है? कहाँ से आ गया इस समय? कपड़े सन्तोंवाले, और बैठा इनके साथ शराब पी रहा है। वह समझ न पाया कि यह चक्कर क्या है?

वह भगतू को कहने आया था कि बापू ने घर बुलाया है। गेहूँ बो रहे हैं। गुरे और रुलदू को लेकर वे गेहूँ बीजेंगे और मैं थाने जाकर भूपीवाली घटना की

सूचना दूँगा। मैं चिन्ता में पागल हुआ हूँ और ये मौज-मस्ती कर रहे हैं।

अब, ऐसे वक्त भगतू से बात करनी व्यर्थ है। सोचकर राजपाल लौटने लगा तो भगतू ने आवाज दी।

राजपाल रुक गया। वहीं से पीछे मुड़कर देखने लगा।

''माघी आएगा। बेबे से कहना तीन जनों की रोटी यहीं भेज दे।''

राजपाल कहना तो बहुत कुछ चाहता था। चार-पाँच साल पहले से यह घर तुम्हारे कारण उल्टा लटकता रहा है। अब कोई कसर बाकी है क्या जो पूरी करना चाहते हो। माघी को तो कभी माँगने पर भी मैं पानी दूँ। यह साला यहाँ शराब पी रहा है। यह सन्त पता नहीं कहाँ से पकड़ लिया...और बेबे अब इनकी रोटियाँ पकाएगी। साले यों बैठे हैं जैसे शादी पर आये हों।

राजपाल बिना कुछ कहे चला आया। भगतू उसका व्यवहार समझता था। राजपाल का गुस्सा ठीक था लेकिन भगतू तो तरस रहा था, ऐसे माहौल के लिए पिछले वर्षों में उसने एक बार भी जीकर नहीं देखा।

...यदि मैं बाहर ही मर जाता। यदि मैं लंकावाली लड़की की तरह बाखड़ी सुरंग से उड़ जाता। एक बाँह या एक टाँग कटवाकर आ जाता। फिर भी मुझे बिठा कर खिलाते। मैं तो अपने सपने लेकर गया था। नहीं पूरे हुए तो मेरा क्या दोष? मेरे साथ और भी बहुत थे। वे मालूम नहीं अपने घरों में पहुँचे भी होंगे या नहीं।

मन में आता है कि घर ही न जाऊँ। घर में बापू का अलग बुरा हाल है। बेबे रो-धो रहीं है। इतने दिन हो गये भूपी का कोई पता नहीं लगा। उनका सारा गुस्सा मुझ पर ही निकलेगा। पूरा परिवार मुझे दोषी समझता है। कहेंगे, तुम यदि बाहर न जाते तो समय पर भूपी की शादी कर देते...

...अच्छा है, मैं घर ही न जाऊँ। यहीं समाधि पर रहूँ। वहाँ सोने के लिए क्या है? कोठरी तो है ना! तुर्की के बार्डर पर जंगलों में ही रातें बिताते रहे हैं। वहाँ तो बीस डर होंगे, यहाँ क्या डर हैं?

...और उसने माघी को रोटी लाने के लिए घर भेज दिया।

रात को सन्त की बातें सुनता भगतू हैरान होता गया। उसने सोचा बाहर जाकर तो वह बेगार ही करता रहा। यह सन्त काम कोई नहीं करता, चिन्ता भी इसे कोई नहीं। कोई जिम्मेवारी नहीं। संसार की रंगीनी देखता घूम रहा है। जहाँ रात पड़ी, बसेरा कर लिया। दिन चढ़ते ही रमता हो गया।

आधी रात तक वे दोनों बातें करते रहे। भगतू अपना रोना बताता रहा। सन्त उसे संसारी मोह में व्याप्त सुख की कथा सुनाता रहा।

''जो अमृत हम छकते हैं भगतू, वह संसारी जीवन के मध्य कहाँ है? जब

घर परिवार था, बीस झमेले थे। किसी से लेना था, किसी को देना था। कभी लकड़ियों की चिन्ता, कभी बच्चे बीमार, तो कभी पत्नी नाराज। जिसके पास भी हाथ फैलाता, वही आँखें फेर लेता। काम माँगा, किसी ने काम नहीं दिया। दिहाड़ी करने लगा, वहाँ भी कुछ पल्ले न पड़ा। कुछ लोगों ने ताने दिये—साले! तेरे से तो भिखारी अच्छे हैं। सोचा, छोड़ो यह गृहस्थ जीवन। पत्नी से कहा—यदि रेख में मेख लग गयी, सुख भोगोगी, नहीं तो सोच लेना भाग्य में इतना ही साथ लिखा था। अब जब से यह बाना धारण किया है, नौ निद्ध बारह सिद्ध हो रही है। समय पर घर भी राशन पहुँचा देते हैं। जो हाथ कभी माँगने के लिए लोगों के आगे पसारता था, फैलाता था, अब भगतों को आशीर्वाद देने के लिए उठते हैं।''

''इनसान की और जरूरतें भी होती हैं बाबा।'' सन्त के बारे में भगतू के अन्दर श्रद्धा जाग रही थी।

''सब जरूरतें पूरी होती हैं भगतों! कला आनी चाहिए। इस संसार में बड़े दु:खी जीव हैं। अपने संकट के समाधान के लिए वे अपना तन, धन, मन सब अर्पित करने को तैयार हो जाते हैं। सन्तान प्राप्ति की इच्छा के लिए। नारी देह-दान से संकोच नहीं करती।'' सन्त ने भगतू की जिज्ञासा शान्त की।

''तुम किसी मुसीबत में जान पड़ते हो भगत जी!'' कुछ देर खामोश रहकर सन्त ने पूछा।

''ठीक समझा है बाबा। खेती करने को मन नहीं मानता। आतंकियों वाले काम भी देख लिये। उन्हें तो पाता ही नहीं है, असाल्ट किसके लिए उठाकर घूम रहे है।''

ज्यादातर लोगों ने अपनी पुरानी दुश्मनी ही निकाली है। लीडरों ने भी दुश्मनी निकाली है। मने भी छोटे-मोटे दाँव चलाये बात नहीं बनी। छोटे दो भाई बेकार हैं। जमीन भी ज्यादा नहीं है। अब तो पाँचेक किल्ले बची होगी। दो किल्ले मुझे बाहर भेजने और टैक्ट्रर खरीदने में ही वै हो गये। कभी तुर्की तो कभी ग्रीस की जेलों में पाँच साल खटकर लौट आया हूँ फिर यहीं पर। मैं तो बेपैंदे के लोटे की तरह फिसलता घूमता रहा। आतंकियों की बातें भली लगीं, उनके कारनामे करने लगा। लुटेरे कहते, ऐश करते हैं, तो उनके साथ जा मिला। जान की जिद भी पूरी कर ली। अब बाबा, तुम्हारी बातें अच्छी लगती हैं। जी चाहता है तुम्हारे साथ ही हो चलूँ।''

''शादी हो चुकी भगत?'' सन्त ने गम्भीरता से पूछा। ''शादी हुई है बाबा एक बच्चा भी है। मैं तो अभी मिला भी नहीं उसे बाहर से आकर। मायके बैठी है। मेरा मन नहीं करता। मैं नहीं जाऊँगा उसे लेने, और खुद वह आएगी नहीं।'' भगतू ने गहरा साँस लिया।

"तुम्हारा पूरा नाम क्या है भगत?" सन्त को भगतू में दिलचस्पी जाग रही थी।

"नाम तो भगतसिंह है लेकिन भगत ही कहते हैं सब, भगतसिंह।"

"वाह भगत!" पता नहीं क्या सोचकर सन्त कोठरी के अँधेरे में हँसा।

फिर पता नहीं वे दोनों कब तक, ऐसी ही छोटी-छोटी बातें करते सो गये।

माघी जब सुबह चाय लेकर गया तो कोठरी में कोई नहीं था। वह हैरान हुआ। सोचा, शौचादि के लिए 'जंगल पानी' गये होंगे। आसपास और दूर तक नजर दौड़ायी। कोई दिखाई नहीं दिया। काफी देर माघी वहाँ बैठा उनका इन्तजार करता रहा। कोठरी के अन्दर जाकर सन्त की बगली देखने का मन हुआ, वहाँ कुछ भी नहीं था।

माघी एकदम उदास हो गया। उसाँस लिया। सोचा कहाँ गये होंगे। उसका अपना मन भी चाय पीने को नहीं मान रहा था।

वह बाहर आया। समाधि की ओर मुँह कर लिया। फिर धार बाँध कर सारी चाय लुढ़का दी, जैसे पंडित सूर्य को पानी का अर्घ्य देते हैं। ठीक उसी तरह।

घर आकर माघी ने ज्ञानकौर को मानो रोते हुए बताया—"ताई! मुझे न भगतू मिला, और न ही वह सन्त।" ज्ञानकौर अविश्वास की मुद्रा में पाथी की ओर देखने लगी। फिर पता नहीं उसे क्या हुआ, वह चौके में जाकर अनाप-शनाप शब्द बोलने लगी—माघी डर गया और जल्दी ही वहाँ से बाहर निकल गया।

राजपाल सरपंच को लेकर थाने जाने की तैयारी कर रहा था।

पच्चीस

थानेदार को पता चला कि भूपिन्दर कौर वाली घटना को चार-पाँच दिन बीत गये हैं, तो वह पास खड़े सरपंच का लिहाज भी भूल गया।

"उसी दिन सूचना क्यों नहीं दी?" वह राजपाल की ओर देखने लगा। कथन में व्यंग्य और गुस्सा था।

"आपको पता ही है। पहले तो घरवालों ने सोचा, कहीं अड़ोस-पड़ोस में सहेली के पास गयी होगी, आ जाएगी।" सरपंच ने राजपाल के बोलने से पहले ही कह दिया।

"सुबह चार बजे सहेलियों को मिलने जाते हैं।" कहने तो थानेदार कुछ और भी लगा था, लेकिन राजपाल की तरफ देखकर चुप कर गया।

"फिर भी, लड़की का मामला है। रिश्तेदारों के यहाँ भी पता करते रहे।" सरपंच के चेहरे पर बनावटी-सी विवशता थी। "तुम जिम्मेदार आदमी हो गाँव

के। तुम्हारा फर्ज था आकर मुझे बताते!'' थानेदार अभी पुलिसिया रौब नहीं छोड़ रहा था।

थानेदार कभी राजपाल की तरफ तो कभी सरपंच की तरफ देखने लगा, तीखी नजरों के साथ बारी-बारी। मेज पर पड़ा पेपर वेट घुमाता रहा। फिर चेहरे पर शरारती मुस्कान लाकर पूछने लगा, ''अखबारों को खबर भिजवा दें क्या?''

''अभी न भिजवाओ!'' सरपंच ने जल्दी में कहा। ''लड़की का मामला है। कल शादी भी करनी है। अखबार से खबर हर जगह फैल जाएगी।''

''खबर तो अब भी फैल गयी होगी, सरपंच साहिब! आसपास के गाँवों को पता होगा। सिर्फ तुम्हें ही इसकी खबर नहीं है। देखो सरपंच जी, राजपाल को मैं जानता हूँ। किसान संगठन का जिम्मेदार सदस्य रहा है। आप जानते ही हैं। हमारी अपनी मजबूरियाँ है। हर अफसर के ऊपर एक और अफसर; हर अफसर ऊपरवाले अफसर को खुश करने पर सारा जोर देता है। जब घटना की खबर ऊपर पहुँचती है, वह हमें मदारी के बन्दर की तरह नचाने लगता है। तब हम अपनी मर्जी से कुछ नहीं कर सकते। मेरा ख्याल है, मेरी बातें आप समझ गये होंगे।'' कहकर थानेदार दोनों की ओर देखने लगा।

फिर सरपंच और थानेदार एक तरफ होकर काफी देर तक बातें करते रहे। एक ओर खड़े राजपाल को गुस्सा भी आ रहा था और वह खीझ भी महसूस कर रहा था।

कुछ देर बाद दोनों राजपाल की तरफ आये। थानेदार ने कहा, ''राजपाल सिंह! यों करते हैं। पहले कच्ची रपट लिख रखते हैं पिछली तारीख में की कल। यदि कोई इससे भी बुरी खबर हुई तो पक्की एफ.आई.आर. दर्ज कर लेंगे। हम गुप्त सितारे पर भी लड़की की खोज करेंगे। अफसरों के नोटिस में बात लाएँगे। क्या नाम है लड़की का...।''

''जी भूपिन्दर कौर! घर में 'भूपी' कहते हैं।'' राजपाल ने बताया।

''उम्र?''

''होगी कोई सत्ताइस साल।''

''कोई तस्वीर है उसकी?''

''हाँ जी, है तो, घर में है।'' राजपाल विनीत भाव से बोला। वह हैरान था पुलिस वालों के साथ सदा वह अकड़कर बात करता रहा। 'पंजाब पुलिस मुर्दाबाद' के नारे लगाने में सबसे आगे होता है। अब वह जोश, और आँखों में आँख डालकर बात करने की अदा कहाँ गयी।

''तस्वीर दे जाना।'' थानेदार ने आदेश देते हुए कहा, ''कई बार यों होता है कि लड़की आसपास घूम रही होती है। फोटे न होने के कारण ट्रेस नहीं होती।''

''ठीक है जनाब। राजपाल आपको फोटो दे जाएगा।'' कहकर बाहर की ओर चल दिया।

''एक मिनट रुको।'' थानेदार ने रोका।

दोनों रुक गये। फिर पीछे मुड़ पड़े।

''आओ, अन्दर आओ।'' थानेदार आगे-आगे अपने दफ्तर में आ बैठा। राजपाल ने मन में सोचा, अब साला रुपयों के लेन-देन की बात करेगा।

थानेदार कुछ पल गम्भीर मुद्रा में बैठा रहा फिर पूछा, ''गाँव में किसी लड़के पर सन्देह है?'' इस बार थानेदार राजपाल की तरफ सीधा देख रहा था।

''किसने चमार का लड़का भी उसी दिन गुम हुआ था जनाब!''

''गुम हुआ था?'' थानेदार हैरान था।

''यह बात पहले क्यों नहीं बतायी।''

''मैं उनके घर गया था जनाब। उसके बहुत चोट लगी है। कहाँ से खाकर आया है, ठीक से बता नहीं रहा।''

देख राजपाल सिंह थानेदार अधिकारियों वाले गुस्से में बोला, ''यदि तुम खुद हमसे कोई बता छिपाओगे, तो हमारा काम और मुश्किल हो जाएगा। तुम्हें आते ही यह बात बतानी चाहिए थी।''

''माफ करना सर! ये बातें आपको बताकर ही पता चली हैं। किसने के लड़के को खुद नहीं पता कि लड़की कहाँ है। कहता, मुझे तो कुछ लड़कों ने कहा था। लड़की को सुबह चार बजे साइकिल कर, जी.टी. रोड पर छोड़ना है। कहाँ, पता नहीं वैन में कौन थे। कहता है मेरी आँखों पर पट्टी बाँध कर ले गये थे।''

राजपाल जैसे-जैसे बताता गया, थानेदार के चेहरे पर चमक आती गयी। वह सोचने लगा, यह तो सोने की खान है। लड़की के बहाने लुटेरे या बचे-खुचे आतंकी हाथ आ गये तो सीधा डी.एस.पी. हो जाऊँगा। कोई साला रोकने वाला नहीं। उसकी तरक्की होगी। खुश होकर उसने जोश में घंटी बजायी। बाहर खड़े सिपाही ने आते ही सलूट बजा दिया।

''मुंशी को अन्दर भेजो।'' थानेदार ने हुक्म सुनाया। पलभर में ही मुंशी ने आकर सलूट मारा।

''यों करो, इनकी रपट लिख लो। अभी रोजनामचे पर मत चढ़ाना पिछली तारीख डालना ये सरपंच है चक बूढ़सिंह के।'' ''यह जानता हूँ जी।'' मुंशी धीरे-से मुस्का दिया।

''आज फ्लाईंग पर किसकी ड्यूटी है?''

''सब इंस्पैक्टर रेशम सिंह है जी।''

"जहाँ भी हो, उसे तुरन्त थाने बुलाओ।"

मुंशी सैलूट मारकर चला गया। ऐसे महत्त्वपूर्ण काम पर जाना तो थानेदार खुद चाहता था, लेकिन एक बार मुजरिम को थाने बुला ले, फिर केस अपने हाथ में लेगा।

"जाओ, मुंशी को पूरे विवरण के साथ रपट लिखा दो।" सरपंच और राजपाल उठकर खड़े हो गये। "सरपंच साहिब, जाने लगें तो चाय पीकर जाना।" थानेदार ने पुकारकर कहा।

वे दोनों मुंशी के कमरे में चले गये।

थोड़ी देर बाद सरपंच और राजपाल, थानेदार के पास बैठे चाय पी ही रहे थे कि ए.एस.आई. रेशम सिंह ने आ सलूट मारा। "तुम यों करो। मुंशी से अर्जी पकड़ लो। दो सिपाही ले जाओ साथ और सरपंच साहिब के गाँव से क्या नाम था उसका..." उसने राजपाल को पूछा।

"जी केवल...केवल सिंह।"

"किसका पुत्तर है?"

"किसन सिंह का है जी।"

"जात चमार?"

"हाँ जी।"

"तुम रपट की कापी मुंशी से ले जाओ और केवल सिंह को उठा लाओ। यदि घर न मिले तो भाई-बहिन जो भी हो, बिठा लाना। खाली हाथ मत आना, समझे।"

"जी जनाब! कहते हुए ए.एस.आई. सावधान हो गया।"

"देख राजपाल, यदि लड़के का कसूर हुआ, यहाँ आने के बाद आधे घंटे में पता चल जाएगा, यहाँ तो मुर्दे भी बोलने लगते हैं। वैसे तुम भी पूरा ध्यान रखना। जहाँ मुझे सन्देह हुआ, मेरे कर्मचारी भी नजर रखेंगे। लड़की तो हम पाताल से भी निकाल लाएँगे।" थानेदार सरपंच की ओर शरारत से देखने लगा। "अब जाओ इनके साथ।" राजपाल और सरपंच बाहर आ गये। रेशम सिंह को थानेदार ने संकेत से रोक लिया। कुछ गुप्त हिदायतों के लिए।

थोड़ी देर बाद बाहर आकर रेशम सिंह ने पूछा, "गाड़ी है आपके पास?"

"नहीं, गाड़ी तो नहीं जी। हम तो स्कूटर पर आये हैं।"

"इसमें तेल डलवा लेते हैं।"

राजपाल उनकी कार में बैठ गया। सरपंच स्कूटर पर गाँव को चल दिया।

एक पैट्रोल पम्प से तेल डलवाकर वे चक बूढ़सिंह के रास्ते चल दिये।

ए.एस.आई. रेशम सिंह और सिपाही पूरे उत्साहित थे।

राजपाल का दिल धड़क रहा था।

छब्बीस

जब से माघी बताकर गया था कि भगतू कुएँ पर नहीं है, ज्ञानकौर यों हरकतें करने लगी थी, मानो उसमें 'हवा' आ गयी हो। फिर आश्चर्यचकित आँखों से झाँकते उसने वजीर सिंह को सारी बात बतायी। वज़ीर तो अब मानो मिट्टी हो गया। उस पर अब किसी बात का असर नहीं होता था। वह उठा, अपनी आँख की परवाह किये बिना, सिर पर पगड़ी लपेटी ओर घर से निकल चहारदीवारी की ओर चल दिया।

तनिक दूर चौपाल में बैठे लोग उसे दिखाई दे रहे थे। शायद उन्होंने भी वज़ीर को देखा हो। कोई कटाक्ष, या शायद हमदर्दी वाली बात भी उन्होंने की हो। रामसिंह और ताया निहाला लोजसर बैठे होंगे...क्या पता साला छलिया-साधू घुक्कर भी हो...

बसाखा सिंह चहारदीवारी के आँगन में खाट पर बैठा था। पशु छत के नीचे खड़े थे। खेत में से चारा तो कोई लाया ही नहीं था। चार-पाँच दिन से रुलदू आ नहीं रहा था, राजपाल के पास समय नहीं था। सूखी तूड़ी नाँद में उसी तरह पड़ी थी। भैंस सुस्त-सी आँखें भींच कर खड़ी थी।

"सन्त के साथ चला गया?" बसाखा सिंह हैरान हुआ। फिर पूछा, "क्या लेने गया है सन्त के साथ! कौन सन्त था?"

"अब क्या पता?"

"कहाँ से आया था सन्त?"

"पासवाले कुएँ पर ही था। वह माघी भी उनके साथ था। भगतू तो कल दिनभर घर धुसा ही नहीं। दोपहर और रात को उनकी रोटी भी कुएँ पर ही गयी थी। आज सुबह माघी चाय लेकर गया तो वहाँ दोनों नहीं थे। न सन्त और न ही भगतू।"

"राजपाल कहाँ है?"

"वह थाने गया है सरपंच को साथ लेकर।"

"अच्छा..." बसाखा सिंह के खीझ कर कहा और साथ ही उसकी गहरी

साँस बाहर आ गयी। फिर वज़ीर की ओर ध्यान से हँसते हुए पूछा, ''पट्टी क्यों खोल दी आँख से?''

''ठीक है अब, तंग करती थी।''

मेरी ऐनक पड़ी होगी, लगाकर देख लो ऐनक के बिना पता नहीं लगेगा। नहीं तो शहर जाकर ऐनक लगवा लाओ। यूँ आँख को नंगी मत रखना, फिर खराब हो जायेगी। बसाखा सिंह के शब्दों में मोह और तरस व दया मिले हुए थे।

''ठीक है, शहर ही दिखा कर लाऊँगा।'' वज़ीर ने लापरवाही से कहा।

''गेहूँ तो नहीं बीज पाये अभी?'' बसाबा सिंह ने चिन्ता में पूछा।

''कहाँ बीज पाये बापू। आज मैं रुलदू के पास जाऊँगा। यदि वह नहीं आता तो और प्रबन्ध करेंगे। यूँ तो बहुत पिछड़ जाएँगे।'' वज़ीर खाट के पास पड़े, ट्रैक्टर के पुराने टायर पर बैठ गया।

''रुलदू आ जाएगा?''

''आएगा कैसे नहीं लिखा-पढ़ी हो चुकी है।''

''अकड़कर घर में क्यों बैठा है फिर?''

''क्या पता। बापू, मैंने तो उसे अच्छा-बुरा कुछ नहीं कहा।''

''मैं जाकर आऊँ?'' बसाखा सिंह ने पूछा।

''तुम क्यों जाओगे, मैं जाऊँगा सरपंच के पास कि कहकर गेहूँ तो बो दें फिर देखी जाएगी।''

''गुरा कहाँ गया? इधर आया नहीं दो दिनों से।''

''पता नहीं कहाँ है। मैं तो सोचता था, राजपाल के भय से इधर तुम्हारे पास आ लेटता होगा।''

''कहाँ?''

''हद्द कर दी उसने भी। भगतू लगता है, धोखा दे गया। साला यहाँ रहता तो है नहीं। अब तो रात को भी घर नहीं घुसता।''

''करता क्या है?'' बसाखा सिंह ने फिक्र किया, ''करता है अपना सिर। गाने बजाने वाले लड़कों के साथ घूमता रहता है।'' कहकर वह अन्दर छपरे में चला गया। भैंस और झोटी के पास आकर उनके सिरों पर हाथ फिराया। नाँद में पड़ी सूखी तूड़ी देखकर मन खराब हो गया। वहीं खड़े-खड़े पूछा, ''बापू! दराँती और पल्ली कहा हैं? मैं इन दरवेशों के लिए बरसीम ही काट लाता हूँ।''

''तू क्या करेगा जाकर। बहू से कहो गुदावा कर दे। दाना भिगो दूँगा।''

''दाना कहाँ बापू। न खल न बिनौले!...शुक्र करो अभी आटा है घर में।''

वज़ीर ने मशीन के पास से पल्ली उठा ली। दराँती भी खोज ली और वह धीरे-धीरे खेत की तरफ चल दिया।

"जाओगे अब!" बसाखा सिंह वज़ीर की ओर दया भाव से देखने लगा।

"और खाली बैठा क्या करूँगा।" कहकर वह चहारदीवारी का फाटक पार कर गया।

वज़ीर जब ढाव वाले तालब के ऊपर से कुएँ की ओर जा रहा था, तभी एक कार चमारों के घर के आगे आकर रुकी। अन्दर से एक सब इंस्पेक्टर और दो सिपाही निकले। साथ राजपाल भी था।

वे चारों किसने के घर की ओर चल पड़े।

वज़ीर आँखों पर हाथ की ओट करके ध्यान से देखने के लिए उठ पड़ा। बच्चों, औरतों और लोगों की भीड़ घरों से निकल आयी।

आनेवाले और अधिक भयानक दिनों का भय उसके चेहरे पर उभरा। फिर वह धीरे-धीरे चलता, कुएँ पर जाकर बरसीम काटने लगा।

शाम का समय है। चौपाल में हर रोज की तरह सभी बैठे है। रामसिंह, ताया निहाला, नरैणसिंह, सज्जन सिंह और घुक्कर तो होता ही है। इनकी फुलझड़ियाँ सुनने के लिए राह चलते लोग रुक जाते हैं। आज भी चौपाल में भीड़ है।

"बाबा रामसिंह! ले गये राँझे को।" चौपाल में बैठे लोगों को सबसे पहले घुक्कर ने आकर जानकारी दी।

"कौन ले गया? कौन राँझा?" रामसिंह हैरान था। "ले गये बेगाने बेटे। जब मार पड़ेगी तब पता चलेगा आशिकी कैसे की जाती है।" घुक्कर दोपहर के समय पूर्णतः चहक रहा था।

कंजर यों ही कहानियाँ गढ़ता रहेगा। सीधी बात नहीं बताता। क्या हुआ ताया निहाला उसकी इस आदत से बहुत खीझता है।

"रे ताया! दोपहर पुलिस आयी था। किसने के बेटे केवल को पकड़ कर ले गयी है। समझ में आयी बात!" घुक्कर ने चौड़े होकर कहा था।

"आ गयी! तुम क्यों काटों की तरह पूँछ उठाए घूमते हो।" सुरैन ने झिड़क दिया।

"पूँछ उठाने की बात है जी, बाबा सरैणा सिंह! जो चमार गर्दन में किल्ला फँसाए घूमते थे कि हमने जट्टों की कुड़ी निकाली है। अब पुलिस के आने पर पूँछ अन्दर किये घुमते हैं।"

घुक्कर की बात सुनकर नरैण सिंह की हँसी निकल गयी। उसने कहा "यह भी खूब है" और उसकी बड़ाई करने लगा।

"तुम बन्दा बन जाओ, ठीक से पूरी बात सुनाओ।" रामसिंह ने रौब जताया।

"सुनाने तो लगा था।" घुक्कर अभी भी मस्ती में था।

"हमें तुम्हें नहीं करना।" रामसिंह ने उसकी मस्ती के आगे लछमन रेखा

खींच दी। घुक्कर सहज हो गया। गम्भीर होकर बोला, ''बाबा पुलिस आयी थी आज राजपाल साथ था। वही लाया होगा। मैं लोगों की भीड़ के साथ अन्दर जा घुसा। थानेदार ने अन्दर आते ही केवल को कहा, 'चल भई, उठ।' किसान हाथ जोड़ने लगा। कहा, 'माई, बाप, यह तो अभी ठीक नहीं। चोटें बहुत हैं।' माँ आगे हुई तो एक पुलिस वाले ने धकिया कर पीछे कर दिया। फिर सिपाहियों ने 'बाँहों' से पकड़ कर 'रोका' खड़ा कर लिया। कार में फेंका, और यह गये वह गये। पीछे किसना सुबकता रह गया। उसकी पत्नी और रुलदू भी।

''किसने ने रोते-रोते ही वहाँ खड़े लोगों को कहा, 'मेरे साथ थाने चलो। नहीं तो पुलिस पीट-पीट कर केवल को मार देगी।' लोग खिसकने लगे। किसी ने कहा, मैं चारा काटने जा रहा हूँ। किसी ने कहा, मेरी भैंस ब्याई है। एक न जाने कौन था कहता मेरे तो फोड़ा निकला है गुप्तांग पर। एक को अचानक बुखार चढ़ गया। किसना तो खो गया। ताया निहाला गुस्से में कहता, 'सब साले तमाशा देखने आते है, साथ चलने को कहते हैं तो साँप लड़ जाता है।'

''...चारेक लोग ही थाने तक चलने को तैयार हुए। फिर किसना सरपंच की ओर दौड़ा। पता नहीं वह चलेगा कि नहीं?''

''सरपंच के बारे में सुना है, राजपाल के साथ थाने गया था।'' कोई बोला।

''सरपंच को जाना ही पड़ता है। गिटमिट करके आया होगा थाने बाबाराम सिंह! अब तक की हीर यही तक है। आयी समझ में बात।'' कहकर घुक्कर खामोश हो गया। जेब में से बीड़ा निकाला। फिर बायीं तली पर रखकर दाएँ हाथ के अँगूठे से मलने लग गया।

बाबाराम सिंह, सरेणसिंह, नरेणसिंह, सब एक-दूसरे की ओर झाँकने लगे। सचमुच गम्भीर घटना हुई है।

''आज्ञा हो तो एक और बात सुनाऊँ।'' घुक्कर की आँखों में फिर पहले जैसी शरारत है।

सब उत्सुकता से उसकी ओर देखने लगे, जैसे जोगी के गिर्द खड़ी भीड़ देखती है। अब कौन-सा साँप निकालेगा?

घुक्कर ने सबकी ओर मुर्गे की कलगी की तरह देखा और सिर हिलाया। फिर बोला, ''लोग जानते हैं, ढिलवाँ की लड़की चमारों के केवल के साथ फरार हो गयी थी। अब ढिलवाँ का भगतू एक सन्त के साथ फरार हो गया।''

''हाँ, वह तो कल ही आया था।'' ताये निहाले ने हैरान होकर पूछा।

''यह तो बुरी खबर है यदि सच्ची है। बाबाराम सिंह ने चिन्ता में कहा, ''बसाखा सिंह यहाँ आना ही छोड़ गया। लड़की की बात मन को लगा गया। और अब यह लड़का अच्छा था बाहर से ही न लौटता। आज हम बसाखा सिंह का हालचाल पूछने चलें, सुरैने!''

रामसिंह सबकी तरफ देखने लगा।

"वह समझेगा, हमे जान-बूझकर जख्मों पर और नमक लगाने आये हैं। जाने से पहले सोच-विचार कर लो।"

सरैण सिंह की बात में दम था। सबने चहारदीवारी में जाने का विचार छोड़ दिया।

दूसरी तरफ से...स्कूल की ओर पगलों की दलीपो बुढ़िया ताया निहाले को देखती आयी। नरैने को कोहनी मारते हुए कहा—

"सूर्पनखा आ रही है।"

दलीपो बुढ़िया और निकट आयी। इन्हें खाली बैठे देखकर पूछा, "पुलिस क्यों आयी है भाई, गाँव में।"

"किसने के लड़के की शादी थी अम्मा। पुलिसवाले बारात में आये थे।" घुक्कर ने गम्भीर चेहरा बनाकर कहा।

"कमले तो किसने के परिवारवाले हैं।" घुक्कर ने मजाक किया।

"मैं जाकर किसने से बात करती हूँ। पुलिस भी कहीं बारात ले जाती है?"

"अम्मा, आपका तोती नहीं बारात में गया?" घुक्कर ने फिर पूछा।

"ले, वह क्यों जाएगा? वहाँ मूत पीने ही तो जाते हैं। वह यहीं बहुत पी लेता है।" दलीपो शराब को घृणा से मूत कहती है।

वह चल पड़ी। फिर अचानक लौटकर पूछा, "हाँ, कहते हैं, ढिलवाँ के वज़ीर का भगतू लौट आया है।"

"हाँ अम्मा, वह मुड़ तो आया था। अब फिर चला गया।"

"कहाँ चला गया?"

"एक सन्त के साथ ईश्वर को मिलने गया है।" घुक्कर आज पूरे रंग में था।

"उससे भी करती हूँ बात।" कहकर दलीपो बुढ़िया वज़ीर के घर की ओर चल पड़ी। चलती जाती वह जोर से बोली, "मुझे तो लगता है सारा गाँव ही पगला हो गया है। किसन पुलिस वालों को बारात में ले गया। भगतू ईश्वर को मिलने गया है। यह क्या?"

चौपाल में बैठी भीड़ ताली बजाती हँस पड़ी।

सत्ताइस

दलीपो बुढ़िया के परिवार को 'पगलों का कुनबा' बुलाते? जब घुक्कर ने रामसिंह को पीछा न छोड़ा, तो वह इस खानदान की सारी रामकथा सुनाने को मान गया।

"इनकी अंगली-संगल तो बसाखा सिंह के बन्दरों में से ही हैं। पुराने बुजुर्ग

बताते हैं,—कलमा पढ़नेवाला फत्तू मरासी जानता था इनकी सारी कहानी। बूढ़सिंह का एक भाई और था, आलासिंह। आलासिंह का बेटा था, फूला सिंह। फूला सिंह के छह बेटे थे। उनमें से एक युवावस्था में महामारी से मर गया। दूसरे बेटे घुद्दा सिंह की पत्नी है दलीपो। अभी चारों की शादी नहीं हुई।''

''फिर तो पाँचों पांडव हुए और दलीपो द्रोपदी,'' घुक्कर ने फिर शरारत की।

''चुप करके बैठ घुक्कर, बीच में मत बोल, नहीं तो बाबा रामसिंह को बोल देंगे कथा समाप्त करो।'' नरैणे ने घुक्कर को डराया तो वह चुपचाप बैठ गया। रामसिंह ने फिर कथा छेड़ ली।

''घुद्दा सिंह बहुत बलशाली होता था। डाँग पर परना बाँधकर वह मेलों में चक्कर लगाता—'भई, जो कुश्ती करना चाहता है, आ जाए।' कोई उसकी झंडी पकड़ने की कोशिश नहीं करता था। एक मेले पर उसने किसी नामवर पहलवान की पीठ लगवा दी। खुशी में उल्टी छलाँग लगाने लगा थोड़ा पिछड़ गया, और सिर नीचे आ लगा तो मनका टूट गया। घुद्दे के आगे दो बेटे हैं। दोनों अलग-अलग खेत जोतते हैं। दो बेटियाँ हैं, अपने-अपने घर बस रही हैं।''

''बाबा, तुम तो शुरू से ही कथा ले बैठे। पूछा तो था, इन्हें पगलों का परिवार क्यों कहते हैं?'' घुक्कर से फिर रहा न गया।

''वहीं आ रहा हूँ, जल्दबाज! सब्र तो कर। तुम्हें तो उन बातों का पता ही नहीं होगा। एक और बात है, सच-झूठ तो परमात्मा जानता है, लेकिन बातें उड़ी बहुत हैं इनकी। नरैणसिंह! तू सूना इन्हें, तुम तो घुद्दे की बारात भी गये थे, फिर मुझसे किसी की बुराई नहीं होती।''

''बाबा, अब छोड़ते रहो मनके पर मनका।'' घुक्कर कमलों (पागलों)का रहस्य जानने के लिए उतावला था।

नरैणसिंह सुनाने लगा, ''अब'', कहकर रामसिंह ने साफे के कोने से मुँह साफ किया, और आराम से चौकड़ी मार ली। इकट्ठे हुए लोग नरैणसिंह के पीछे ही पड़ गये, तो वह सहमत हो गया।

''घुक्कर! बीच में टोकना मत।''

नरैणसिंह ने शर्त लगायी। घुक्कर ने कानों को हाथ लगाये और नरैणसिंह के समीप होकर, पैरों के भार बैठ गया।

''कहते हैं, जब घुद्दे के पिता की शादी हुई, वह सालियों के साथ शर्त लगाकर दो बाल्टियाँ गुड़ के कढ़ाह भी खा गया। शर्त जानते हो क्या लगायी? कि यदि मैं कढ़ाह न खा पाया, तो पंसेरी दूध पीऊँगा। यदि जीत गया, तो मेरी पत्नी एक बाल्टी कढ़ाह खाएगी। कहते है, ससुराल में खुसर-फुसर होने लगी। विरोधी कहते, दामाद तो सीधा दिखाई देता है। बिचोले ने समझाया, 'तुम्हारी

लड़की तो महाराज रणजीत सिंह की तरह झाँकती है। दाँत ऊँचे हैं, हिलती-सी चलती है।' घरवाले मान गये। आनन्द कारज हो गये। नहीं तो सभी छड़े ही रह जाते।..."

"फिर तो यही छड़ों का परिवार कहलाता। अब पागलों का परिवार कहलाता है।"

सब हँस पड़े।

"जब दलीपो ब्याह करवाकर आयी, सुना बहुत माँसल थी। घुद्दे की एक भैंस थी। जब तैयार होती तो टाँग उठाने लगती। घुद्दा फावड़ा लेकर भैंस को पीट देता। पीट-पीटकर भैंस के पट्टे तोड़ दिये थे। दलीपो का ब्याह हुए, चार-पाँच दिन हुए थे। देखती रही। एक दिन कहती है, मैं पास ही ठहरूँगी। जब भैंस तैयार होने लगी, दलीपो ने भैंस की पिछली टाँगें पकड़ लीं। सुनते हैं कि भैंस जोर लगाकर थक गयी। दलीपो ने टाँगें तब छोड़ीं जब भैंस पूरा दूध दे चुकी थी।"

"फिर तो दलीपो को देखते ही घुद्दे की मोक निकल जाती होगी।" ताए निहाले ने कहा, "जुड़ें।" सब लोग फिर हँस पड़े।

"बाबा रामसिंह तो कहता था, अकेला घुद्दा सिंह विवाहित था। बाकी चारों छड़े थे। घर में दलीपो अकेली। इनका झगड़ा नहीं होता होगा?" घुक्कर ने फिर छेड़ दिया।

"वह भी, बताता हूँ।" नरैणसिंह गला साफ करके बोला। "जब दो माह बीत गये, शादी के बाद घूँघट निकालती थी। यह नये लड़के नहीं जानते। हम जानते हैं। पाँच-पाँच साल तक तो नयी बहुएँ मुँह नहीं दिखाती थीं लोगों को। बच्चे भी जन्म देतीं। बाहर जातीं, घूँघट निकालातीं। घूँघट और घागरा, यही नयी बहू की शान होती थी। अब तो यों ही बाल बिखेरकर गले में चुन्नी डाल लेती हैं, जैसे पेड़ पर फाँसी लगानी हो।"

"मैं कह रहा था, दलीपो की शादी को दो महीने हुए होंगे। घुद्दा वगैरह सब एक जैसे थे। कोई मुगदर उठाए, कोई दंड—बैठक। कोई कुश्ती लड़े, कोई कबड्डी खेले। तब घुद्दे का बाप जीवित था। निचलती गलीवाले सज्जन का बाप मरा था, या शायद ताया। अफ़सोस के लिए घुद्दे को भेज दिया। इसने कहा होगा, मुझे पता नहीं कैसे करना है अफ़सोस। घुद्दे के बापू ने कहा—'आगे कौन-सा सगाई पर जा रहे हो जैसे दूसरे कहेंगे, तुम भी बोल देना।' रास्ते में घुद्दे को सज्जन के रिश्तेदार मिल गये। बातें करते हुए कहते—'अच्छा हुआ चल बसा। साला, नित नये पंगे खड़े करता था।'

"घुद्दा उनके घर जाकर सिर लटका कर बैठ गया। धीरे से सज्जन से कहने लगा—'चाचा, अच्छा हुआ वे चल बसे।' भीड़ में तब तो कोई कुछ नहीं बोला।

बाद में सज्जन ने घुद्दे के बाप को उलाहना दिया। सम्बन्धी और दूसरे लोग बैठे थे, नहीं तो मैं पिटाई ही कर देता। घुद्दे का बाप कहाँ कम था। कहता, 'वहीं जूती निकाल लेते और पचास लगाते उसके सिर पर। इतना मूर्ख साला, बात ही नहीं करनी आती...। साला बेवकूफ है, उसे अक्ल ही नहीं। अब कोई आपके यहाँ मरेगा तो मैं आऊँगा अफ़सोस करने। उसे भेजूँगा ही नहीं।'' लड़कों की हँसी में, बाद की बातें कइयों तक पहुँचीं ही नहीं।

''बाबा, दलीपो बुढ़िया की वह बात सुना...।'' न जाने किसने कहा। बाबा रामसिंह ने जिधर से आवाज़ आयी थी, पीछे मुड़कर देखा। वहाँ धुक्कर सिर झुकाए, घुटनों के बल बैठा था।

''साले, बदमाश! तुम पंगा लेने से हटते नहीं।'' बाबे ने प्यार से झिड़का। ''बाबा जी, ऐसी कौन-सी बात है।'' कोई पड़ा। ''यूँ ही बकवास करता है कंजर।''

''बकवास नहीं, बाबा! तुम्हारे मुँह से सुनकर मज़ा आता है।'' कहते हुए घुक्कर ने चूहे जैसी मूँछे फरकाई। फिर सभी हँस पड़े।

''हटो साले, गन्दे न हों तो।'' रामसिंह जाने के लिए परना झाड़कर उठ खड़ा हुआ।

घुक्कर ने पहले ताए निहाले के घुटने दबाए। फिर रामसिंह की पिंडलियाँ दबाने लगा।

''रामसिंह सुना, लड़कों की क्या बात है। हमें तो तूने बतायी नहीं कभी ऐसी।'' निहाले ने फरमाइश की।

''तुम भी इनके साथ मिल गये।'' रामसिंह ने घूरकर देखा। सबकी ओर उसने बार-बारी देखा, फिर बैठ गया। सबने हल्ला मचा दिया।

''मान गया भई मान गया, अपना बाबा मान गया।'' उनका शोर सुनकर बड़ के पेड़ पर बैठी चिड़ियाँ चहचहाने लगीं।

''बात यह है कि बच्चों।'' बोलता रामसिंह चुपकर गया। सब उसकी ओर देखने लगे। रामसिंह की ढोढ़ी हिली, जैसे होंठों में ही हँसा हो, ''बात सुच्ची है और मुझे आती है शरम।...''

''नहीं बाबा! कोई न बाबा!'' एक साथ कई आवाज़ें उभरीं।

''बड़ी पुरनी बात है। वैसे तो सब भाई दूसरे से शरम करते थे। घर में एक-दो ही रहते। दूसरे कभी खेत में। कभी बाहर आसपास गये होते। एक दीवाली वाली रात पाँचों घर में थे, और शराबी थे। घर की दारू पीकर आये सभी कहने लगे, आज दलीपो के साथ सोना है।...''

और हो हल्ला करके शोर डालना चाहा। साथ ही नरैणे ने कहा, ''चुप कर बे!'' दबका मारकर उसे चुप करवा दिया।

रामसिंह बोलता रहा। "सभी एक दूसरे से डरते थे और शर्म भी करते थे।...मुझे तो नींद आती है, कहकर पहले घुद्दा उठा। यूँ थोड़ी-थोड़ी देर बाद सभी को नींद आने लगी। जब सबसे छोटा गया तो दलीपो कहने लगी, पूछ तो बड़े से, फिर तो नहीं जाग गया कहीं।" हो हो हो...खिलखिलाहट। सब हँस दिये। इस बार पेड़ पर बैठी चिड़ियाँ उड़ गयीं।

"सुना है घुद्दे की माँ भी सीधी-सादी थी। यदि कहकर कोई काम करवाता तो कर देती। नहीं तो उसे पता ही नहीं चलता था। घुद्दे का बाप शाम को खेत से लौटता तो रूखी रोटियाँ नमक के साथ पकड़ा देती। एक दिन वो कहने लगा...तुम भी दूसरों की तरह कभी आधा सेर दाल बना लिया करो। अगले दिन उसने कुज्जे में नमक मिर्च डालकर एक पाव दाल और आधा सेर का पत्थर डालकर, हारे में दाल रख दी। शाम को खेत से आकर घुद्दे के बाप ने हारे में आग देखकर चाव से पूछा—'बल्लिए! रख दी दाल।'

'और क्या?' वह बोली। घुद्दे के बाप ने ढक्कन उठाकर देखा और पूछा—'नी ये क्या कर रही हो।'

'तुमने खुद ही तो कहा था, आधा सेर दाल बना लिया करो। मैं तो सुबह से ही पकाए जा रही हूँ। ये गल ही नहीं रही।' पहले लोग बहुत सीधे-सादे हुआ करते थे। बल-छल नहीं था उनमें। तब ठग भी बहुत कम होते थे। अब तो सारी दुनिया ही ठगों से भरी पड़ी है। एक बार घुद्दे की माँ बैलों को पानी पिलाने पोखर तक गयी। वापिस आते समय एक बैल पेशाब करने लगा। पास गुजरते हुए एक ठग से सोचा, बुढ़िया को छेड़कर देखते हैं। भई तुम्हारे बैल के पेट में तो छेद हो गया। अब घर आते ही तुम्हारी पिटाई होगी।

'अब मैं क्या करूँ?' बुढ़िया को सच सन्देह हो गया।

'करना क्या है। यह मेरी बकरी ले जा, मैं तुम्हारा बैल ले जाता हूँ।' और बुढ़िया बैल देकर बकरी घर ले आयी। फिर सज्जन की घोड़ी पर बैठकर एक आदमी चार कोस से ठग को पकड़ लाया।

जब चौपाल में मसखिरयाँ हो रही थीं, वज़ीर के छोटे भाई सरदूल की बेटी, शहर से आती दिखाई दी। कन्धे पर लम्बी तनी वाला बैग कमर तक लटकता था।

"लो बाबा जी, गाँव में अब नया चाँद चमकेगा।" लड़की की तरफ देखकर घुक्कर खड़ा होता बोला।

"तू साले, ठिगने! अपनी औकात में रहा कर। सरदूल मार-मारकर जूतियों से तेरा सिर घिसा देगा।" रामसिंह ने उसे खबरदार किया।

"मैं तो संगतों को रेड़ियों की तरह, आनेवाले खराब मौसम की सूचना देता हूँ।" कहता घुक्कर आप ही हँस पड़ा, और रामसिंह की घुड़कियों से डरता दूर जा खड़ा हुआ।

घूम घुमाकर बातें दलीपो बुढ़िया और उसके बेटे, मघर और तोती के इर्दगिर्द, मक्खियों की तरह भिनभिनाने लगी।

"दलीपो बुढ़िया के दो बेटे थे। बड़ा मघर सिंह और छोटा तोता सिंह। सभी प्यार से छोटे को तोती कहने लगे। और अभी तक वह तोती ही चला आ रहा है।

मघर की शादी तो समय पर हो गयी। तोती की शादी के समय न जाने क्या रूकावट आ यी। बात सिरे चढ़ती, रूक जाती। कोई न कोई चुगल कह देता कि मघर की घरवाली तोती की शादी नहीं होने देती।

कभी-कभी तोती के हम उम्र छेड़ते, 'कैसे हो तोती? मिलती है भाभी से दाल की कड़छी कि नहीं।'

'अपने आगे तो दाल की पूरी हांडी पड़ी होती है। जितनी चाहूँ खा लूँ।' मस्त तोती लड़कों की बात वहीं समाप्त कर देता।

खेतों में वह कम ही जाता। मघर यदि काम के लिए बोलता तो वह कहता, "मुझे तो अलग ही कर दो। मैं अपना हिस्सा मामले पर दे दूँगा।" डरते हुए मघर चुपकर जाता।

तोती खेत में मोटर पर शराब की भट्ठी लगाए रखता। बेचता नहीं था। पीने के लिए कभी कम पड़ती थी। शराब पीने का हिसाब वह कम ही रखता। जब जी में आता, पी लेता। किसी-किसी दिन तो सुबह ही शराबी होता। लोगों के कामों में टाँग अड़ाने की उसकी आदत थी। कई बार लड़ाई किसी और की होती, बात तोती पर आ जाती। एक बार तो दो महीने की जेल भी हो गयी। फिर भी पंगे लेने से नहीं हटा।

एक दिन पूरा शराबी हुआ, चमारों के आँगन की तरफ भट्ठी पर ही आधी रात तक लेटा रहा। दलीपो खोजकर लायी।

एक दिन वह गिल्लों के देसू से पिटकर आ गया। पहले धोती में छुपा कर बोतल ले गया। दोनों पीते रहे। फिर शराबी होकर कहने लगा, "मैं तो आज यहीं सोऊँगा।"

तोती के तो और भी कई किस्से घुक्कर जानता है। चौपाल वाला मेला धीरे-धीरे बिछड़ने लगा।

उधर, दलीपो बुढ़िया, वज़ीर के अन्दरवाले घर के आँगन में ज्ञानकौर के पास खड़ी चिन्ता से पूछ रही थी, "लगा कि नहीं ज्ञानकौर लड़की का पता?"

"नहीं बेबे!"

"यदि बहू मुझे पता होता कि किसने का बेटा आपकी बेटी को लेकर कहीं और जा रहा है, तो मैं बाँह से पकड़, खींचकर यहाँ ले आती।" दलीपो बुढ़िया

ने अपनी लाठी कसकर पकड़ते हुए कहा। मानो किसने के लड़की की बाँह पकड़ी हो। फिर पूछा—''और बहू, सुना है पुलिस आयी थी, किसने के घर।''

''कौन कहता है बेबे।'' ज्ञानकौर हैरान थी। ''यहाँ चौपाल में बहुतेरे बैठे हैं। कहते, किसने के बेटे की बारात में जाएँगे।''

''यों ही बकवास करते हैं, बेबे। करती हूँ इनसे बात। हरामी न हों कहीं के! मुझे तो पगली समझ रखा है।'' कहती दलीपो बुढ़िया, घर से बाहर निकलकर, चौपाल की ओर चल पड़ी।

तभी वज़ीर ने बाड़े में चारे की गाँठ लाकर फेंक दी।

''तुम क्यों उठा लाये घास। कोई न कोई तो ले ही आता। नहीं तो तूड़ी मिलाकर दे देते।'' बसाखा सिंह ने बहुत अपनत्व और चिन्ता के मिलेजुले भाव में कहां

''खाली आ रहा था। सोचा मैं ही चलूँ। उम्रभर घास ही उठायी है। जितना उठाया गया, लेकर आ गया।''

''फिर कुछ दुखने लगेगा तुम्हारा।''

वज़ीर ट्रैक्टर के टायर पर बैठकर साँस लेने लगा।

अट्ठाइस

किसना अपने मुहल्ले के चार पाँच लोगों और सरपंच को लेकर थाने गया। माघी एक बार फिर कुएँ पर भगतू का पता करने गया था। वहाँ न साधु मिला, न ही भगतू। माघी फिर पहले जैसा उदास था।

राजपाल सरपंच के साथ कार्रवाई के लिए मशवरा करने गया। पता चला कि वह तो किसने के साथ गया है। पहले तो वह हैरान हुआ, फिर सोचा, गाँव का जिम्मेदार व्यक्ति है। हर एक के साथ जाना तो पड़ता है।

घर आकर सोचा, सुबह सवेरे जाकर थाने में पता करूँगा। केवल ने कोई भेद खोला है कि नहीं?

ज्ञानकौर बाबे के लिए रोटी लेकर बाड़े की ओर चली गयी।

दो दिन हो गये गुरा घर नहीं आया।

वज़ीर और राजपाल दोनों एक दूसरे का सामना करने से डरते हैं। पूछने बताने के लिए दोनों के पास कुछ भी नहीं है। फिर भी औपचारिक बात तो करनी ही है। जब राजपाल अन्दर गया तो वज़ीर ने पूछा—

''पुलिस आयी थी?''

"हाँ बापू। केवल को लेकर गयी है। मैं सुबह जाऊँगा पता करने कि क्या कहते हैं।"

"मैं सरैने के हिस्सेदार से बात करके आया हूँ। कल कनक की बिजाई करनी है। बीज तो रखा है न?"

"वह तो रखा है। पहले एक बार रुलदू से पूछ लेना था। मैं भी सरपंच से बात करता हूँ। एडवांस लेकर कैसे घर में बैठ जाएगा?"

ज्ञानकौर रोटी देकर बाड़े से वापिस आ रही थी। तभी सरदूल की पत्नी और बेटी मीतो, दोनों उसी के घर की ओर आती दिखाई दीं।

मीतो भूपी से चार साल छोटी है। पूरा नाम गुरमीत कौर है। स्कूल में पढ़ते उम्र का इतना अधिक अन्तर था कि दोनों कभी भी दोस्ती की सीमा तक एक दूसरे के नजदीक नहीं आयीं। फिर पारिवारिक झगड़े बढ़ गये। सरदूल जिद कराके अलग हो गया। इनका आना-जाना कम होते-होते बिल्कुल ख़त्म हो गया।

मोती की माँ भी स्वाभिमानी थी। उसने कभी ज्ञानकौर के साथ देवरानी जेठानी वाला मेल-मिलाप नहीं रखा। एक ही परिवार में रहते हुए पुरानी बातों को लेकर कुढ़ती रहती थी। सरदूल में भी मोह प्यार कम ही नज़र आता। सगे भाई होते हुए भी वह बेगानों की तरह गाँव में रहते थे। कभी-कभी ज्ञानकौर कुढ़ती रहती थी। बसाखा सिंह चाहता था कि दोनों भाई आपस में मिलजुल कर रहें। पता नहीं मन में कौन-सी गाँठें पाले हुए थे, जो खुलती नहीं थी।

कन्तो सहेली तो भूपी की थी। परन्तु अब उसकी बोल-चाल मीतो के साथ ज्यादा थी। जब से ज्ञानकौर ने कन्तो को घर आने से मना किया था, तभी से उसका झुकाव मीतो की ओर हो गया। फिर उसने मीतो की माँ और चाचे को (मीतो भगतू और राजपाल की नकल करते हुए अपने बाप को चाचा कहने लगी थी। मगर अलग होकर भी वह सरदूल को चाचा ही कहती थी) अपनी बातों में लगाकर, मीतो को एक फोटोस्टेट मशीन पर, और फिर पी.सी.ओ. के साथ करके, काम करने लगी।

इन वर्षों में मोती और कन्तो की दोस्ती गहरी होती गयी। गाँव में उनके विषय में तरह-तरह की बातें नये-नये रूपों में फैलने लगीं। इसी प्रकार दोनों के फैशन में भी परिवर्तन आता रहा। कभी बड़े चाकोंवाला कमीज़ कभी तंग घेरेवाली सलवार। कभी खुले पौंचे, कभी तंग पौंचे। गाँव की लड़कियों को शहर में चल रहे फैशन का पता मीतो और कन्तों से ही चलता।

कुछ पढ़े लिखे या रोज शहर जानेवाले, नये ज़माने की जानकारी रखनेवाले, हैरान होते रहते...तनख्वाह तो इन्हें सात-आठ सौ मिलती थी। फिर ये इतना खर्च कैसे करती हैं?

अब भी ज्ञानकौर ने देखा, मीतों की सजावट बनावट कुछ ज्यादा ही थी। गाँव की नज़र से इस तरह का फैशन, दिखावा, और फुकरापन्थी दर्शाता था। पास आकर मीतो ने सत्श्रीअकाल बुलाई और उसकी माँ ने ज्ञानकौर के पाँव छुए।

फिर सब अन्दर चली गयीं।

''ताईजी, लगा पता भूपी का कोई?'' पूछती मीतो के कानों में, नये पहने टाप्सों की लड़ियाँ हिलीं।

''कहाँ लगा है पता। हमारे तो फरिश्तों को भी पता नहीं। अच्छी भली सोई थी, दिन निकला तो नहीं थी। अब किसे क्या पता, किसी के मन में क्या है। पेट फाड़कर थोड़े ही देखा जाता है।''

''बुरा हुआ बहिन। मैं तो खुद उस दिन के बाद बाहर नहीं निकली। शर्म आती है।'' मीतो की माँ ने मीठे सुनाए। ज्ञानकौर समझती थी। लेकिन अब क्या कहती? जब अपना पैसा खोटा हो, तो शरीक बातें बनाएँगे ही। फिर उसने चौके की तरफ जाकर पतीला उठाया तो मीतो उठ खड़ी हुई—''ताई, चाय न बनाना।''

''चाय तो पी लो। तुम न जाने कैसे आयी हो।''

''नहीं ताई, घर में कोई नहीं है। चाचा, पता नहीं किधर चला गया। हम तो दरवाज़ा बन्द करके पता लेने आ गयीं। बेबे रोज़ कहती थी। टाइम ही नहीं लगा। शहर से लौटते शाम हो जाती है।''

और वे दोनों बाहर निकल गयीं। ज्ञानकौर पतीला हाथ में लिये थोड़ी देर उसी तरह चौके में खड़ी रही। फिर एक तरफ रखकर रोटी बनाने लगी।

सुबह के दस बजे हैं। कन्तो गाँव के टैम्पोवाले अड्डे पर खड़ी है। एक हाथ में रोटीवाला डिब्बा है। लगभग दो साल से इस गाँव में से मिनी बसें भी चलने लगी हैं। लेकिन लोग अभी इस अड्डे को टैम्पोवाला अड्डा ही कहते हैं।

मीतो अभी नहीं आयी। कन्तो ने कलाई पर समय देखा। फिर एक तरफ खड़ी हो गयी। शहर जानेवाली और सवारियाँ भी टैम्पों या बसों के इन्तजार में खड़ी हैं। कुछ कन्तों की शक्ल सूरत देख रही है। ऊँची हील के सैंडिल, घने चुन्नटों वाली सलवार, टखनों से जरा ऊपर, लम्बे चाकोवाली कुर्ती। गुत्त के पीछे उभरा-सा रबड़बैंड और उड़ी तितलियों से क्लिप। कन्तो भले साँवली है, पर शरीर इकहरा है। नक्श तीखे हैं। एक बार देखकर, उसे फिर देखने को दिल करता। चेहरे के आकर्षण में कुदरती शरारत झाँकती है। कुछ लड़के तो उसे 'सैक्सी' भी कहते हैं।

दूर से आ रही गुरमीत को देखकर कन्तो के चेहरे पर मुस्कान फैल गयी।

पहरावे और मेकअप के लिहाज से गुरमीत भी कन्तो से कम नहीं।

जब टैम्पो आया तो दोनों बैठ गयीं।

परिन्दे अपनी चोग के लिए कभी से उड़ान भर चुके हैं। मन्दिरो–गुरुद्वारों के स्पीकर सुबह की प्रार्थनासभा समेट चुके हैं। भले ही कुछ आलसी नशेबाज़ अभी नहीं जगे। लेकिन कन्तों ओर मीतो सजी सँवरी कन्धों पर झूलते लम्बी डोरियों वाले पर्स लटकाकर, शहर के पश्चिमी हिस्से के? पी.सी.ओ. का मालिक या उसका बैटा बैठता है। कन्तो के आने पर, शाम पाँच बजे तक वह ड्यूटी सँभालती है।

गुरमीत कौर शहर के बस स्टैंड के पास एक पी.सी.ओ. पर काम करती है। यदि गाँव से बस में आएँ तो पहले गुरमीत के पी.सी.ओ. पर दोनों उतरती हैं। पाँच–सात मिनट गप्पें हाँकतीं, चाय पीती हैं। टैम्पों पर आएँ तो कन्तो चाय पिलाती है। मालिक एक और फ्रेंड दीपा, उखड़ी साँसों में अन्दर आयी। मीतो चेहरे पर हैरानी और मुस्कान लाते हुए बोली, ''हाय, सुबह सवेरे यह बिजली किस पर गिरेगी?''

''कौन–सी बिजली। मेरा तो अपना फ्यूज़ उड़ा पड़ा है।'' दीपा ने बैग कन्धे से उतारकर बेंच पर बैठते हुए कहा।

''फ्यूज़ तो उड़ेगा ही। उल्टी तारें जोड़ दी होंगी।'' कन्तो शरारत में हँसी। फिर बोली, ''साँस तो यों टूट रहा है, मानो सुबह सवेरे दो मुंडी झटकाकर आयी हो।''

''सत्यनाश। अपना मांस बचा रहे, कम है।'' कहकर दीपा ने बुरा–सा मुँह बनाया।

''किसी से लड़ी हो आज?'' मीतो चहकी।

''कहाँ, पहले तो चलते आज राजू ने रफ्फड डाल लिया। कहता, मैंने भी तेरे साथ शहर जाना है। हर रोज़ यों ही करता है। गुस्से में उसके तीन–चार टिकाए, फिर वह रोता ही रहा। चुप कराया तो कहता है, शहर नहीं लेकर जाना तो फीतोंवाले जूते लाके देना। काले रंग के। मास्टर रोज मारता है। कल भी कहता था। यदि फिर चप्पलों में आये, उल्टे कान पकड़ाकर मुर्गा बनाऊँगा।''

दीपा की बात पर मीतो थोड़ा मुस्करा दी। दीपा ने लम्बी आह भरी। फिर कहा, ''वह समझता है कि मैं सरकारी नौकरी पर हूँ। यहाँ साला हर रोज़ कुआँ खोदकर पानी पीना पड़ता है। घरवालों ने तो शादी करते हुए सोचा था, बेटी राज करेगी। उन्हें क्या पता कि घर का चूल्हा चलता रखने के लिए अपने आप कहाँ–कहाँ खटाना पड़ता है।'' उसने फिर आह भरी।

पी.सी.ओ. के केबिन का वातावरण मुरझा गया। ऐसे माहौल की वे अभ्यस्त नहीं थीं। ''सुबह सवेरे मूड खराब कर दिया। अब चाय तो मँगवा यार!'' दीपो ने कन्तो के रानों पर धाल जमाते हुए कहा। फिर नकली हँसी दिखाने लगी।

''जब पर्स में नोट डालकर चल पड़ती हो, तब कभी याद आता है?'' कहकर कन्तो ने अपनी जाँघ सहलाई, आहें भरी। फिर सलवार का खुला पौंचा ऊपर उठाकर देखा और बोली, ''कुतिया, इधर देख!'' अपने जाँघ पर उभरे उँगलियों के निशान दिखाए।

''हाय, मैं मर जाँ।'' कहते कन्तो की जाँघ सहलाने लगी तो तीनों हँस पड़ीं।

एक ग्राहक दरवाज़ा खोलकर अन्दर आया। कन्तो ने जल्दी से सलवार का पौंचा नीचे कर लिया। मीतो जाने को उठ खड़ी हुई।

''रुक, मुझे भी उधर ही जाना है।'' कहकर दीपा एक फोन मिलाने लगी। लाइन व्यस्त होने के कारण वह भी उठ खड़ी हुई। ''चल, तेरे पास ट्राई करूँगी!'' कहती दीपा बाहर निकल गयी।

''ठीक है कन्तो। शाम का समय हुआ तो आऊँगी। एक साथ चलेंगी।'' कहकर मीतो भी बाहर निकल गयी।

बस स्टैंडवाले पी.सी.आर. पर, मीतो के पहुँचने से पहले मालिक की किरायेवाली दुकान का नौकर, बैठता है। मीतो को देखकर वह उठा, बोला, ''कैश गिन रखा है।''

''चाय पीएँ पहले।'' कहते हुए मीतो ने पुराने टेलीफोन बिल पर, परची पर दो कप लिखते हुए, दीपा को पकड़ा दी।

तभी कोई ग्राहक अन्दर आया। और एक पर्ची मोती को पकड़ाकर कहता, ''यह मलोट तो मिला ज़रा...''

दीपा न जाने कहाँ चक्कर लगाकर आयी। मीतो ग्राहकों में घिरी बैठी थी। केबिन में भीड़ थी। पीछे खड़े कुछ ग्रांहक बुदबुदाते केबिन से बाहर चले गये। वैसे ही बसों के हॉर्नों का कान फाड़नेवाला शोर ठीक से सुनने नहीं दे रहा था। जब तनिक फुरसत मिली तो दीपा ने पूछा, ''आज शीला नहीं आयी?''

''अभी तक तो आयी नहीं। कल बोलती थी, लुधियाने जाऊँगी। कोई नयी आसामी फँसी होगी।''

''कोई नयी आसामी फँसी होगी?''

''क्या पता!'' मीतो रहस्यमयी आँखों में हँस रही थी।

''और जस्सी। वह तो कल भी दिखाई नहीं दी। फिर उसे फुरसत कहाँ है? जब आती है, तीन-चार पीछे लगाए रहती है।''

''सच बता! तेरी बहन भूपी का कुछ पता चला।''

"नहीं। चमारों का लड़का तो आ गया। उसकी पिटाई भी खूब हुई है। कल ही उसे पुलिस पकड़कर ले गयी।"

"अरे, पता करना था। उनके घर हम ज्यादा आते जाते नहीं। एक दिन मैं बीबी को साथ लेकर गयी थी। ताई ने ध्यान नहीं दिया ज्यादा। न उसने खुलकर कोई बात बतायी। आस पड़ोस से ही खबर मिल जाती है।"

"क्या पता, अब तो दिल्ली दक्खन ले गये होंगे।"

"मालूम नहीं।" कहती मोती नीचेवाला होंठ बाहर निकाला।

तभी एक ग्राहक अन्दर आया और खुद ही फोन मिलाने लगा। बीच-बीच में वह दीपा की तरफ देख लेता था। नम्बर काटकर फिर मिलाने लगता। इस तरह पाँच-छह बार करके बाहर निकल गया।

"यह तो ऐसे देखता था, जैसे लड़की न देखी हो।" बोलकर दीपा नम्बर मिलाने लगी।

"हैलो...हैलो...कौन?"

"मैं कौन हूँ? अब मेरी आवाज़ कहाँ पहचानती है तू।..."

"क्या कहा?" दीपा हँस दी। "लो चलो छोड़ो, झूठे कहीं के...क्या कर रहे आज...?"

"आ जाओ फ्री हो तो...।"

"जल्दी क्या? लोग तो इस समय शराबी हुए घूमते हैं..."

"हाँ यहीं। पी.सी.ओ. पर। हाँ यहीं, मोती के पास।"

"कहीं मीतो पर तो लाइन नहीं मारता?"

उधर से हँसी सुनी। दीपो भी खिलखिला कर हँस दी। फिर मोती को रिसीवर पकड़ाते हुए बोली, ले कहता है, तुझसे बात करनी है। "कौन है?" रिसीवर हाथ से बन्द करते हुए मीतो ने पूछा। "बोल तो सही, खुद ही जान जाओगी।"

"हैलो..."

"क्यों, अब मैं बिगड़ गयी। तुमसे मुलाकात जो करवा देती हूँ। कुछ और!"

"मैं साथ क्या करूँगी। फिर मैं शराबियों के साथ नहीं जाती।"

"लो यहाँ पी.सी.ओ. कौन चलाएगा? मेरी नानी!" मीतो खुलकर हँसी।..."ठीक है। कह देती हूँ। हाँ आना ज़रूर। ओ.के.।" कहकर मीतो ने टेलीफोन रख दिया।

"पक्का हरामी है। कहता, तू भी साथ आ।" फिर दोनों हँस पड़ीं। "क्या कहता। आएगा?" दीपा ने पूछा।

"दोपहर बाद आएगा। प्रीतम को मिलाकर देखें?" मीतो को अचानक याद आया।

"कौन प्रीतम?"

"वही कनाडावाला। परसों चौक में मिला था। कहता, कहीं दर्शन नहीं होते!..."

फिर वह छोटी-सी डायरी में से प्रीतम का नम्बर निकालने लगी। तभी एक आदमी केबिन में आया। दीपा ने मीतो का हाथ दबाकर पीछे की ओर देखने के लिए इशारा किया। पीछे देखते ही मीतो खिल उठी। प्रीतम खड़ा था। तुम्हें फोन मिलाने लगी थी।

"सच!"

"तेरी कसम।"

"चल झूठी।"

"दीपा से पूछ लो। अभी तेरा नाम लिया था।"

"है कोई प्रोग्राम!"

"प्रोग्राम तो बहुत है।"

"तो चलें!"

"एक सहेली की शादी में जाना है, एक बजे। तब तक दिल जान तुम्हारे साथ।" मीतो ने आत्मसमर्पण की मुद्रा में गर्दन झुका दी।

"व्यवहारिक नखरे सीख गयी हो अब तो।" कहकर घड़ी देखता, प्रीतम हँसा। फिर बोला, "आओ चलें।"

"पहले मैं थोड़ी शॉपिंग कर लूँ। सहेली को सूट देना है, गिफ्ट। मैं आधे घंटे में खरीद कर आ जाती हूँ। तुम दीपा के पास बैठना।"

"न भई न! आधा घंटा कौन इन्तजार करेगा?"

तू गाड़ी में बैठ। "पहले तेरा काम, फिर मेरा काम।"

"ठीक!" कहते हुए प्रीतम बाहर खड़ी अपनी कार में आ बैठा।

"यदि एक बजे तक इसने न छोड़ा?" दीपा ने बाद दोपहर वाले अपने प्रोग्राम के बारे में मीतो को चौकन्ना किया।...

"यदि हरि आ गया, मुझे भी जाना पड़ेगा।"

"मुझे पता है। इसीलिए तो एक बजे सहेली की शादी में जाने का नाटक किया है। कुछ भी हो, मैं आऊँगी। बहुत लेट हो गयी तो तुम चली जाना।" मीतो ने दीपा की कमर में चिकोटी काटी।

"हरामन।" दाँत भींचते हुए दीपो ने धक्का मारा। "तुम तो अभी से मस्त गयी।"

मीतो आसपास देखती चौक में खड़े सिपाहियों को तौलती, कनाडावाले प्रीतम की कार में जा बैठी।

अजब बुझारत है यह प्रीतम कनाडावाला भी! आज तक किसी लड़की

को इसके गाँव का पता नहीं। किसी को कहता है, ऊँचे गाँव का हूँ। किसी को कहता है, भोपाराव गाँव है मेरा। किसी को जगराँव का बताता है। किसी को कहता है,मेरा तो जन्म ही कनाडा में हुआ। प्रीतम हर साल दो महीने के लिए पंजाब आता है। तरह-तरह की लड़कियों के साथ रात गुजारकर चला जाता है। ब्यूटी पार्लर वाली और पी.सी.ओ. वाली लड़कियाँ उसकी हवस को पूरा करने में योगदान देती हैं। उसके साथ जाने के लिए लड़कियों में होड़ लगी रहती है? और जो भी जाती है, खुद को लकी समझती है। खाने-पीने के लिए, गिफ्ट देने के लिए, और खुला खर्च करने के लिए प्रीतम दिलेर समझा जाता है।

आज भी शापिंग के बाद एक होटल के कमरे में खाना खाते हुए प्रीतम दो बोतल बीयर और आधी बोतल व्हिस्की पी गया। ज्यों-ज्यों मीतो उसे ज्यादा पीने से रोकती, उत्तेजित—सा वह और पीने की जिद करता।

"अरे, तुम दारू के नशे में तंग बहुत करते हो।" मीतो पहले प्रीतम की आँखों में शरारत से झाँकती। फिर अदा के साथ घड़ी पर टाइम देख लेती।

प्रीतम ने उसके गले में पड़ी चेनी, जिसके नीचेवाला सिरा लो कट की कुर्ती में से दिखती छातियों की गहराइयों में खोया था, उँगली डालकर बाहर खींच ली। फिर मीतो का चेहरा अपने पास खींचकर पूछा, "मैंने तुम्हे कब तंग किया है?"

मीतो के सफेद दाँत हँसे।

प्रीतम ने उसे अपनी गोद में खींच लिया।

"चल, कहीं शादी कर लें मीतो। फिर तुम्हें कनाडा ले चलूँगा।" प्रीतम के शराबी बोल लड़खड़ाए।

"तुम्हारी घरवाली मेरी चोटी खींच देगी।" मीतो ने उसे छेड़ा।

"वह साली भैंस? उसे तो पता ही नहीं कैसे एंज्वाए करते हैं।"

"न बाबा। मेरे ताए की लड़की का अभी तक पता नहीं चला, कहाँ गयी। यदि मैं तेरे साथ चली गयी तो हमें गाँव में रहना मुश्किल हो जाएगा।"

"वह लाइफ को एंज्वाए कर रही है। 'बाहर' इन बातों की कोई परवाह नहीं करता। तेरे ताए की लड़की दलेर कुड़ी है। शी इज़ ब्रेव।"

होटल से निकलने से पहले मीतो ने बाल सैट किये। कपड़ों में पड़ी सलवटों को सैट करने का प्रयास किया। नखरों के साथ, नाक चढ़ाकर प्रीतम की ओर देखकर बोली, "नाश मार दिया।"

"तेरा या कपड़ों का?"

"दोनों का ही।..." फिर दोनों हँस पड़े। वे होटल से निकले तो दिन का डेढ़ बज चुका था।"

"ओ रब्बा। मुझे तो सहेली की शादी में जाना था।"

कुछ देर बाद कार से उतरते, सहेली का शगुन देने के बहाने, प्रीतम से सौ का नोट और पकड़ लिया। फिर आँख दबाकर बोली—"अगली सुहागरात की बुकिंग।"

मीतो पी.सी.ओ. में आयी तो दीपा खुद किसी को फोन कर रही थी। तीन लोग और पी.सी.ओ. में खड़े थे। मीतो निढाल लग रही थी। चाय की सख्त तलब थी उसे। बैठने की जगह नहीं थी। दीपो उठकर खड़ी हो गयी और तीनों की तरफ देखते हुए कहा, "आज नहीं जाना हो पाएगा भई।"

मीतो ने कुर्सी पर बैठते हुए दीपो की कमर के गिर्द बाहें डालते हुए छेड़ा, "थ्री इन वन?"

मेरी जूती! दीपो ने खड़े लोगों की तरफ देखा। अपनी जूती की ओर इशारा किया। फोन करनेवाले और ग्राहक आये। लेकिन केबिन में भीड़ देखकर लौट गये।

"आप बाहर क्यों नहीं रुकते।" मीतो ने डाँट पिलायी। "ये चलेगी, तभी जाएँगे। एक ने दीपा की ओर संकेत किया, "कोई जबरजस्ती है।" मीतो को गुस्सा आ गया। "चौक के साथ ही थाना है। परसों सादा कपड़ों में थानेदार दो घंटे खड़ा यहाँ ताड़ता रहा। रंगरलियाँ मनाते लॉकअप में न चले जाना।" मीतो ने धमकी दी।

"आओ यार, यों नहीं ठीक आएगी यह। दूसरा फार्मूला लगाना पड़ेगा।"

मीतो ने उबासी ली। दीपो हैरानी के साथ उसकी तरफ देखने लगी। मीतो समझ गयी। खुद ही बोल पड़ी, "क्या करूँ यार, जिद करता रहा। बस आधा पैग लगाना पड़ गया। तब तो अच्छा लगा। अब जैसे मिट्टी बनता जा रहा है शरीर।"

"कितने में मान गया।" दीपा ने पूछा।

"सूट ही लिया है एक। खाना हो गया। पीकर कहने लगा, मैं तेरे साथ शादी करवाऊँगा।" मीतो थकान में हँसी।

"हरि नहीं आया अभी। साला कहता था, दोपहर बाद आएगा।" दीपा निराश और परेशान लग रही थी।

"दो बज रहे हैं।"

"अब चाय तो मँगा...।"

दीपा के शब्दों में खीज, ईर्ष्या और गुस्से की मिली-जुली छवि झलक रही थी।

"मेरे साथ चलती, तुझे रोस्टिड मुर्गा खिलाती। शाही पनीर अलग, और व्हिस्की भी। तेरी चाय ही बहुत है।"

मीतो ने चाय की स्लिप दीपो को पकड़ा कर कहा, ''उसे कहना, स्पेशल चाय लेकर आये।''

वे दोनों चाय पी रही थीं। मीतो ने देखा, हरि बाहर स्कूटर खड़ा कर रहा है।

''तेरा हरि।'' मीतो ने दीपा के पेट में चिकौटी काटी।

''ओ लेने दो हरामी को। करती हूँ इससे बात।'' दीपा ने अपनेपन में गुस्सा दिखाया।

हरि के अन्दर घुसते ही मीतो ने छेड़ा। ''ये तुम्हे घंटे भर से गालियाँ दे रही है।''

''इसी की गालियाँ सुनने तो आया हूँ। और ये क्या खीर खिलाएगी।'' ''शर्म नहीं आती?'' दीपा ने झूठे गुस्से में घड़ी दिखायी।

''अब तुम लेटकर रहे हो, आ चल।''

मैं पाँच वाली बस में गाँव जाऊँगी।

''यदि लेट हो गये, स्कूटर पर छोड़कर आऊँगा गाँव।'' कहता हुआ हरि पी.सी.ओ. से बाहर निकल गया। दीपा कन्धे पर बैग लटकाकर और मीतो को आँख दंबाकर, पी.सी.ओ. से बाहर निकलकर, स्कूटर की तरफ जाने लगी थी। सिटी थाने के इंस्पेक्टर ने दीपा को इशारे से वापिस पी.सी.ओ. चलने को कहा।

''हाँ! क्या प्रोब्लम है?'' अन्दर आते ही दीपा ने जल्दी और गुस्से में पूछा।

''प्रोब्लम मुझे तो कुछ नहीं, मैडम। शुक्ला साहब याद करते हैं, सरकार को...।'' सब-इंस्पेक्टर की नजर में वर्दी का रौब था।

''शुक्ला कौन?'' दीपा हैरान हो गयी।

''नये एस.एच.ओ. आये हैं।''

''मुझे क्यों याद करते हैं?'' अब दीपा के शब्दों में भय था। ''तुम्हें अकेली नहीं। मीतो को भी जाना पड़ेगा।'' सब-इंस्पेक्टर ने मीतो की तरफ इशारा किया।

''क्या काम है?''

''ये तो वहाँ जाकर ही पता चलेगा।''

''अब मैं सहेली की शादी में जा रही हूँ। कल आ जाऊँगी।''

दीपा के शब्दों में मिन्नत थी। उसने घड़ी देखने का नाटक किया।

''कल नहीं मैडम, साहब ने अभी बुलाया है।''

''ये कल जाएगी।'' सब-इंस्पेक्टर ने मीतो की तरफ इशारा किया। ''यदि मैं अब न मिलती तो?''

''खोज लेते। हमारा काम ही क्या है।'' वह पुलिसिया अन्दाज में हँसा।

''प्लीज़। कह देना आज आयी नहीं। कल जिस समय भी कहो आ जाऊँगी।'' दीपा झुक गयी।

''यह बात तो शुक्ला साहब से भी कही जा सकती है। एक बार जाना पड़ेगा।'' सब इंस्पेक्टर के शब्दों में हुक्मी अन्दाज आ रहा था।

''यदि न जाऊँ तो?'' दीपा तल्ख होकर बोली।

''फिर मुझे तो फर्क नहीं पड़ेगा। आसपास शोर मच जाएगा। दीपा को पुलिस पकड़कर ले गयी। तीन सिपाही बाहर खड़े हैं।'' कहकर इंस्पेक्टर दीपा के चेहरे पर बनते-मिटते भाव देखने लगा। फिर कुछ नर्म होते बोला—

''डरने की ज़रूरत नहीं। शुक्ला साहिब रोमांटिक तबीयत के मालिक हैं। जानना चाहते हैं, उनके इलाके में क्या-क्या घटित हो रहा है? तुम जैसी लड़कियाँ कितनी हैं, हसीन और गर्मागर्म।''

''ठीक है। मैं आती हूँ।''

''मोटर साइकिल पर ले चलूँ? सब इंस्पेक्टर ने छेड़ा।''

''मैं रिक्शे में आती हूँ। यकीन न हो, तो साथ मोटर साइकिल लगा लेना।'' दीपा ने खीज कर कहा ओर हरि को कुछ बताने के लिए निकल आयी। वह पुलिस का चक्कर देखकर पहले ही रफूचक्कर हो गया था।

''साला डरपोक!'' दीपा ने मन ही मन गाली निकाली और रिक्शा में बैठ गयी।

''तुम कल तैयार रहना। मैं लेने आऊँगा।'' सब-इंस्पेक्टर ने मीतो को चेतावनी दी और जाकर मोटर साइकिल स्टार्ट कर लिया...।

थाने पहुँचकर सब-इंस्पेक्टर ने शुक्ला साहिब को दीपा के आने के बारे में सूचित किया। शुक्ला उस समय ट्रक यूनियन में हुए झगड़े के बारे में यूनियन के प्रधान और मैम्बरों से घटना की पूर्ण जानकारी ले रहा था। सब-इंस्पेक्टर का इशारा समझते हुए, उसने यूनियनवालों को कहा—

''आज शाम को या कल को मैं खुद आऊँगा। मौका देखूँगा।'' फिर वह कुर्सी से उठकर खड़ा हो गया।

साहब का मूड देखकर यूनियनवाले भी खड़े हो गये, और नमस्कार करके बाहर आ गये।

दीपा ने झिझकते हुए अन्दर कहा—''ए.एस.आई. ने कहा कि आपने बुलवाया है।''

शुक्ला साहब ने थानेदारों की नज़रों से दीपा की देह का एक्सरे लिया। पड़ताल की। उसकी मूँछें मामूली-सी मुस्कुरायीं और घंटी बजा दी।

एक सिपाही ने आकर सैलूट बजाया।

''मैडम को पानी पिला भई।''

सिपाही एक एड़ी पर घूम गया।

''मैडम कब से चल रहा है यह कारोबार?'' थानेदार ने सहज भाव से पूछा?

''कारोबार?'' दीपा सतर्क हो गयी। ''मैं कोई कारोबार नहीं करती।''

शुक्ला साहब हँस दिये। कुछ बोले नहीं। लेकिन अपनी नज़रों के तीरों से दीपा के शरीर में छेद करते रहे। दीपा ने चुन्नी से ढकी छाती को अकारण दोबारा ढकने का यत्न किया।

''सिपाही पानी का गिलास टेबल पर रख गया।''

''घर मैं कौन-कौन हैं?''

कुर्सी से फिर सवाल उछला...।

''एक बेटा है, आठ साल का। एक माँ...एक मैं।''

''पति, आय मीन, योअर हसबैंड?''

''वह नहीं हैं।''

''तलाक हो गया?''

''नहीं, डैथ हो गयी।''

''ओह!'' शुक्ला ने लम्बा साँस लिया। फिर धीमे से कहा...''सौरी।''

दीपा की नज़रें झुकी हुई थीं। अकारण अँगूठे के नाखून से, दूसरे हाथ के नाखून खुरचने लगी।

''डैथ कैसे हुई?'' कुछ रुककर शुक्ला ने पूछा।

''आतंकवादी आये, मारकर चले गये।''

''क्यों?'' शुक्ला की आँखें हैरानी से खुल रही थीं।

''क्या पता। एक दिन दरवाजे पर पोस्टर लगा गये। लिखा था, हमारे बारे में बकवास बन्द करो। नहीं तो...फिर दो दिन बाद एक रात वे आये, और बाहर निकाल कर...'' दीपा आगे कुछ बोल न पायी।

शुक्ला दीपा की आँखों में उमड़े आँसुओं को जाँचता रहा। सोचता भी रहा। उस पर प्रभाव डालने, या उल्लू बनाने के लिए नाटक तो नहीं कर रही!

''क्या काम करता था पति?'' उसने फिर पूछा?

''बिजली मकैनिक था!''

''उसके जीवनकाल में भी धन्धा चलाती थी?''

शुक्ला की आवाज़ अचानक बदल गयी।

''कौन सा धन्धा?'' दीपा फिर सजग हो गयी।

''देख, हमें सब पता है। ज्यादा होशियार न बन। इसका तुम्हें नुकसान ही होगा। हाँ, यदि प्रशासन के साथ मिकर चलोगी फिर दूसरी बात सोची जा सकती

है। शुक्ला ने दीपा की आँखों में झाँकते हुए पूछा, ''चकबूढ़सिंह की भूपिन्दरकौर को जानती हो?''

''इतना पता है। मेरी सहेली पी.सी.ओ. पर लगी है, उसके ताए की लड़की है।''

''जानती हो, पिछले कई दिनों से वह गुम है।''

''मालूम है। उसकी बहन बताया करती है।''

''और क्या पता है उसके बारे में?''

''जी और कुछ नहीं पता। मैंने तो उसे कभी देखा नहीं।''

''कहाँ हो सकती है?'' शुक्ला दीपा के चेहरे को भाँपने लगा। ''क्या पता?''

''क्या नाम है तुम्हारा?''

''जी दीप। गुरदीप कौर।''

''देखो गुरदीप कौर। ये बात तुम्हें समझा दूँ। जितनी देर तुम हमारे साथ मिलकर चलोगी, ऐश करोगी। हमारी आँखों में धूल झोंककर तुम या तुम जैसी और..., जो भी हैं, यह धन्धा नहीं कर सकतीं। बस स्टैंड के पास पी.सी.ओ. वाली, क्या नाम है उसका?'' उसने, टेबल पर पड़ी डायरी उठाई और पन्ने पलटने लगा। ''हाँ, गुरमतीकौर उर्फ मीतो। और कुलवन्तकौर उर्फ कन्तो...। और ये रही सोनिया और ये रोज़ी...पूरी सूची है मेरे पास। मीतो और कन्तो तो उसी गाँव की हैं न, चक बूढ़सिंह वाली?''

''हाँ जी।'' दीपा ने धीमे से कहा। डायरी में सभी के नाम लिखे जानकर वह सचमुच अन्दर से डरी थी।

''इन्हें समझा देना। ये मत समझें, पुलिस कुछ जानती नहीं। हमारे साथ सम्पर्क रहे तो हाथी घूमते रहें, हमें दिखाई नहीं देता। और यदि कोई नाराजगी कमा लो, फिर हम सुई भी इधर-उधर नहीं होने देते। समझी?'' शुक्ला ने समझाया और धमकाया। फिर पल रुककर दीपा के चेहरे पर उभरते भाव पढ़कर पूछा—

''अब हमारे साथ तालमेल बनाकर रखोगी या नाराज़गी मोल लेनी है गुरदीप कौर ने?'' शुक्ला की आँखों में शरारत आ गयी।

''तालमेल रखने के लिए क्या करना होगा?'' दीपा ने हिममत करके पूछा।

''दोस्ती करनी होगी, नम्बर एक। नम्बर दो, दूसरी अन्य जो तुम्हारे साथ हैं या जितनी भी तुम हो, उनके बारे में जानकारी मुझे देनी होगी। कई बार हमें अफसरों को खुश करना होता है। मेरी बात समझ गयी ना!''

''जी हाँ।'' दीपा ने सहमति जतायी।

''जानती हो अफसरों को कैसे खुश करते हैं!'' शुक्ला चेहरे पर शरारती मुस्कान चिपका कर दीपा को देखता रहा।

"जी।" दीपा ने शुक्ला की तरफ देखकर नजरें झुका लीं। मैं तुम्हें अफसर लगता हूँ कि नहीं?" शुक्ला की आँखों में विलासी शरारत चमक रही थी।

"हाँ, लगते हो।"

"फिर खुश करने का सिलसिला इसी अफसर से शुरू करें। क्या विचार है गुरदीप कौर का?"

दीपा ने पहले की तरह देखकर नज़रें झुका दीं।

सोचा, हरि इन्तजार में होगा। समय पर गाँव लौटना है। यदि इसने शाम तक न छोड़ा...।

"हाँ। फिर चलें?" शुक्ला ने मेज पर पड़ा पेपर वेट घुमाया। दीपा संशय में बैठी रही।

"क्वाटर साथ ही है। पीछे।" दुविधा में बैठी देखकर शुक्ला फिर बोला।

"आज तो गाँव जाना है। घर बता कर नहीं आयी। देर होने पर बूढ़ी माँ फिक्र करती है।" दीपा ने विवशता बतायी।

"तो इसका मतलब है हमारा कोई फिक्र नहीं?"

"नहीं। प्लीज़ आज नहीं। कल आ जाऊँगी।" दीपा ने हाथ जोड़ दिये। दीपा का करुणामय चेहरा देखकर शुक्ला नरम हो गया। खुश हुआ। शिकार खाने से पहले जंगली बिल्ले की तरह शिकार के साथ खेलकर उत्तेजित हुआ जाता है जैसे, वैसे ही।

"ठीक है। कल आना, कोई बहाना नहीं। अब दोस्ती हो गयी। यदि मेरे मातहत तुम्हें लाए, फिर अफसरी दिखाऊँगा। समझी?"

"जी।" कहते दीपा खड़ी हो गयी। "कल मिलते हैं।"

"ठीक इसी समय।"

"जी ठीक।" बाहर निकलने के लिए दीपा मुड़ पड़ी।

"सुन।" शुक्ला ने रोका। उन दूसरी लड़कियों को कहना, यहाँ हाज़री लगाने के लिए तैयार रहें। उनके नाम और पते मेरे पास हैं। उसका भी पता लगाना...भूपिन्दर कौर..., भूपी का।"

"यदि पता चले, फौरन खबर देनी है।" कहकर शुक्ला ने सिपाही बुलाने के लिए घंटी बजायी।

दीपा दफ्तर से बाहर आ गयी। सड़क पर आकर उसने गहरी साँस ली।

शुक्ला को मन ही मन उसने गालियाँ निकालीं और बस स्टैंड वाले पी.सी.ओ. की ओर चल दी।

काफी देर तक मीतो और दीपा, सहमी-सी शुक्ला के व्यवहार की बातें करती रहीं। फोन करने आये ग्राहकों की तरफ भी मीतो ने ध्यान नहीं दिया। फिर

उसने दीपा को बताया—"हरि का फोन आया था।"

"क्या कहता था?"

"तुझे पूछता था। अभी आयी कि नहीं?"

"क्या बताया तूने?"

"मैंने कहा, तू डरपोक की तरह भाग गया।"

"अच्छा किया।" दीपा सुस्त-सी बोली।

"बताऊँ, मुझे क्या कहा उसने। मैं खिसका था कि कोई और झंझट हुआ, तो रसूखदार भी तो चाहिए, बाद में।"

"यों ही भौंकता है। आज न जाने किसका मुँह देखा था चलते समय। सारा दिन खराब हो गया। कल इस बहन...शुक्ले के पास जाना पड़ेगा दीपा रुआँसी-सी बैठी थी।"

"अगर न जाओ तो क्या कर लेगा तुम्हारा?" मीतो ने उसे उदासी से निकालना चाहा।

"कैसे न जाऊँ, डायरी में नाम और पता नोट किए घूमता है, हरामी। यदि गायों के झुंड में रहना है तो बैलों की जबरदस्ती झेलनी ही पड़ेगी।"

"मेरे बारे में क्या कहता था?" मीतो को अपना फिक्र हुआ।

"कहना क्या है! सबके नामों की लिस्ट है उसके पास। एक-एक को बुलाएगा, देख लेना। कहता, जाकर बता देना उन्हें। अब तुझे भी बुलाएगा और कन्तो को भी। भूपी के लिए पूछता था। मैंने कह दिया कि मैं नहीं जानती उसे। कहने लगा, पता चले तो बताना...।" बातें करते हुए दीपा ने घड़ी देखी। अब तो मोई देर हो गयी। हरि को फोन करने का क्या लाभ। गाँव जानेवाली बस भी नहीं मिलेगी। फोन आये तो कहना, गालियाँ देती गयी है...और दीपा पी.सी.ओ. के केबिन से बाहर आ गयी।

मीतो ने कन्तो को फोन लगाया। दीपा की बातें सुनकर वह डर गयी थी। मीतो को तो पता था। किशने के बेटे को पुलिस पकड़कर लायी है। पता नहीं इस थाने में है या दूसरे सदर थाने में। क्या नाम बताती थी दीपा...। शुक्ला। हरामी भेद निकालता फिर रहा है। उसे सब पता होगा।

केवल ने बताया होगा भूपी के बारे में! तब तो साइकिल पर बिठाकर ले गया था।

कन्तो फोन पर नहीं मिली। न जाने कुत्ती कहाँ निकली होगी। मन ही मन गाली देते हुए रिसीवर थप्प करके रख दिया। सोचा, चलो गाँव में ही मिलूँगी जाकर।

उनतीस

पुलिस चौकी में सारा प्रबन्ध न होने के कारण केवल को थाना सदर ले आये थे। सरपंच किशने के पहुँचने से पहले थानेवाले केवल से तफ़तीश कर चुके थे। वह तो पहले लगी चोटों से अधमरा—सा था। अब तफ़तीश के दूसरे राउंड में बिल्कुल टूट गया। सिपाहियों के ठुड्डे और पट्टों की मार सहन करने योग्य वह कहाँ रह गया था! थानेदार लगातार यही पूछ रहा था।...वे कौन थे? किस जत्थेबन्दी के थे? उनका ठिकाना कहाँ है? अब लड़की कहाँ है?

केवल क्या बताता! जब तक उसे होश रहा, अपने बेकसूर होने की दुहाई देता रहा। फिर गर्दन झुका दी।

हाँफते सिपाही, पास खड़े थानेदार की तरफ विवशतापूर्वक देखने लगे। फिर बेहोश हुए केवल की तरफ करुणायुक्त घृणा के साथ देखने लगे।

थानेदार समझ तो गय कि लड़का अनजान है। इसे कुछ नहीं पता। इसको इस्तेमाल किया गया है। उसने तो सोचा था इस मुज़रिम द्वारा किसी बड़े गिरोह को बेनकाब करेंगे।

यहाँ तो लड़की भी ट्रेस होनी मुश्किल है। ऊपर बैठे अफसरों को खुश करने का मौका हाथ से निकल जाता नज़र आया। लेकिन यों जल्दी हार माननेवाला तो वह भी नहीं। उसके नाम था इलाके में, और विभाग में, कोई तो मतलब है।

केवल को छुड़ा ले जाने आये सरपंच, किशना और उसके बन्दों को, थानेदार ने अपनी मजबूरी बतायी।

"जुर्म बहुत संगीन है सरपंच साहब। जानते ही हैं। आप नये तो नहीं। लड़की का मामला है। उससे भी बड़ी बात है। मालूम यह करना है कि इस घटना के पीछे सही मायने में कौन लोग हैं। हमें शक है कि इस लड़के को इस्तेमाल किया गया है। हमें इसकी ज़रूरत है। इसकी निशानदेही पर ही दूसरे लड़कों का पीछा किया जाएगा। आखिर मुझे भी अफसरों के आगे जबाव देना पड़ेगा। ऊपर से सख्त ऑडर आये हैं। हम अफसरों के इशारे पर चलते हैं। तुम्हीं सोचो, पहले कभी आपको खाली लौटाया है।"

"वह तो ठीक है जनाब। लेकिन लड़के की हालत आप जानते हैं। पहले ही बुरे हाल हैं। अभी तो किसी डॉक्टर को दिखाया भी नहीं। एक बार थोड़ा ठीक हो लेने दो। जब कहोगे, लड़का पेश कर देंगे।" सरपंच ने किशने और दूसरों के सामने, लड़के को साथ ले जाने पर दबाव डाला।

"मैं तो इतना कहने का मौका ही न देता। हम विवश हैं। बात ऊपर तक पहुँच चुकी है। कल कोई ऑफिसर आकर पूछ सकता है। लड़का पेश करो। हम क्या जवाब देंगे?"

थानेदार का कोरा (बेलिहाज) व्यवहार देखकर सरपंच और किशना धीमे-धीमे थाने के अहाते से निकलकर बाहर आ गये।

"अब फिर?" मेले में सब कुछ लुटा चुके आदमी की तरह, किशना विवशता में बोला, "थानेदार ही नहीं मानता।"

"तुम्हारे सामने देखो कितना जोर लगाया। शायद एक-दो दिन लग ही जाएँगे।" सरपंच ने कहा।

"एक-दो दिन?" किशने ने यों घबराकर पूछा, जैसे सरपंच ने एक-दो साल कह दिये हों।

"चिन्ता क्यों करते हो। मैं सुबह आऊँगा, अकेला। एक बार फिर जोर दूँगा। यों मैं बोल आया हूँ, लड़के को मारना पीटना मत।"

किशने का गाँव लौटने का मन नहीं कर रहा था। लेकिन साथ आये लोग लौटने की जल्दी में थे। शाम पड़ गयी थी। किशना समझ नहीं पा रहा था, क्या करे, कहाँ जाए? अब किसके पास फरियाद करे? उसे पता चला कि केवल को पीटा गया है।...यह तो इस काबिल है भी नहीं। सोचकर उसका रोना निकल आया।

सरपंच सुबह फिर आएगा, कहकर पहले चला गया था। दूसरे लोग भी गाँव के लिए चल दिये। थाने के बाहर खड़े आँखें पोंछते किशने को देखकर, एक दलाल किस्म के मुखबर ने किशने की कहानी सुनी। फिर थाने के बाहर कोने में बने चाय के खोखे पर चाय पिलाता हुआ समझाने लगा—

"बाबा, रोए-धोए से थाने की दीवारें नहीं पसीजती। गाँव में जा, और नोट इकट्ठे करके लाकर बड़े साहिब की मेज पर रख दे। मैं तेरी बात करवाऊँगा। थानेदार के साथ ही यदि थाने की दीवारें भी तुम्हें सैलूट न मारें, फिर कहना।"

उसकी आँख अजनबी की तरफ देखती रही। फिर बोला, जैसे अपने आप से बातें कर रही हों। "कहाँ से जुटा लाऊँ नोट? शाम की रोटी की तो फिक्र होती है, पकेगी कि नहीं!...कसाइयों ने पता नहीं लड़के को कितना पीटा होगा।" फिर उसकी रुलाई निकल गयी, पर उसे सँभाल लिया।

"बाबा, सच बताओ। तुम्हारे लड़के को पता है कि लड़की कहाँ है?" मुखबर अपने असली दाँव पर आ गया।

"क्या पता होगा! पता होता तो यों मार खाता!" किशने ने आह भरी।

"जा बाबा। घर जा समय पर। यहाँ तब आना, जब हाथ में कुछ हो। मैं यहीं होता हूँ। चायवाले से पूछ लेना। मुझे सभी 'जुगाड़' कहते हैं। यदि गाँठ ढीली करोगे तो तेरे बेटे को छुड़ाने का भी जुगाड़ करेंगे।"

किशना थाने की ओर देखता, पैर घसीटता हुआ चल पड़ा।

“आना जल्दी।” जाते देखकर, जुगाड़ू ने ऊँची आवाज़ में कहा।

“कहीं तुम्हारे पहुँचने से पहले ही किसी नहर के पुल पर मुठभेड़ न हो जाए।” सुनते ही किशना काँप उठा। रुक गया। पाँव के नीचे ज़मीन धँस रही थी। मन किया, थाने के अन्दर जाकर केवल से चिपक जाए। पर उसकी तो झलक भी नहीं पा सका। उसका दिल किया मुंशी को पूछकर जाए।...केवल को रात की रोटी कौन देगा? घर में तो उसे रजाई में भी कँपकँपी छूटती थी। यहाँ तो कोई मोटा कपड़ा भी नहीं उसके पास। रुलदू को कम्बल देकर भेजूँ? वही इसे रोटी दे जाएगा।

ख्यालों में उलझा किशना आखरी टैम्पो पर गाँव चल पड़ा।

टैम्पो में पगलों की दलीपो बुढ़िया का तोती बैठा था। बैठे तो और भी थे। किशने ने उनकी तरफ देखा नहीं। तोती ने ही पूछा, “क्या बना किशने... ?”

“सरपंच जाएगा सवेरे।” कहकर किशने ने मुँह फेर लिया। वह नहीं चाहता था कि कोई केवल के बारे में पूछे। तोती शराबी था। वह शहर से पीकर आया था। फिर वह भगतू की बातें करने लगा...। “पाँच साल बाद आया, एक रात भी घर में नहीं गुजारी। अब सन्त बनकर चला गया।”

“कोई आतंकवादी होगा। साधु के वेश में ले गया होगा। पहले भी तो ऐसा ही कुछ किया करता था”, गिल्ल परिवार के नरैणे का बेटा टैम्पो के पीछे लटका खड़ा था, बोला। फिर बातों का विषय किशने के केवल से, भगतू की तरफ मुड़ गया।

तीस

भगतू को गये कई दिन हो गये। ज्ञानकौर का दिल अन्दर ही अन्दर डूब रहा था। लड़का एक बार झलक दिखाकर लुप्त हो गया। वह तो सोच रही थी, ‘एक-आध दिन बाद कहूँगी। जा, बहू ले आ।’ पर अब क्या करे। वह दुःखी थी। राजपाल से डरती कुछ कहती नहीं थी। राजपाल भी हर समय खीझ में रहता था।

वज़ीर जब तक घर में होता, खोया-खोया सा बैठा रहता। बाड़े में चला जाता। पहले जब भी वह खाली होता था, चौपाल में जा बैठता। वहाँ उसे नयी बातों की जानकारी मिलती। कहीं कोई जहाज गिरा है। कहीं रेल का एक्सीडेंट हुआ है। लेकिन जब से वह मंडी में धान बेचकर आया है, उसका घर से निकलने को मन ही नहीं करता।

इतने दिन हो गये भूपी को गये हुए। ज्ञानकौर ने उसके लौटने की आस

छोड़ दी...। चन्द्री की कहीं मरने की खबर ही मिल जाए। दुःखी मन से वह सोचती। लेकिन माँ का हृदय तड़प उठता। अन्दर से अलग-अलग विचार उठते। अपने आप से बातें करने लगती।

गुरा आज घर पर ही था। बहुत दिनों बाद घर आया था। आते ही उसने अपनी माँ को कुछ नोट पकड़ाए। माँ ने हैरान होकर देखा। पचास, सौ और दस-दस के कितने ही नोट थे। वह गुरे की तरफ शक की नज़रों से देखने लगी।

''बेबे, मुझे गानेवाले एक टोले ने पक्का ही रख लिया। हर माह ग्यारह सौ रुपये दिया करेंगे। प्रोग्रामों में ऊपर से भी थोड़े बहुत बन जाते हैं।''

''अब तुम गाने लगे पुत्तर।'' गुस्से होने की बजाए माँ ने मोह के साथ पूछा।

''नहीं, अभी नहीं बेबे। अभी तो उनके साथ गाना सीखता हूँ। उनके पीछे-पीछे बोलता हूँ। दूसरे लड़कों के साथ नाचता हूँ। एक साल बाद मैं अपना टोला बना लूँगा। फिर देखना।'' गुरा पूरे जोश में था।

पहले वज़ीर ने घर लौटे गुरे को बुलाया तक नहीं। जब ज्ञानकौर ने समझाया और गुरे के बारे में बताया तो उसने गुरे को अपने पास बुलाया, ''तुम्हें घर का कोई फिक्र है?'' उसने सीधा पूछा।

''बापू, हमारे पास प्रोग्राम ही इतने हैं। फुरसत नहीं मिलती।''

''अब खुसरों का काम पकड़ लिया। साले तुम तो घुक्कर को भी पीछे छोड़ गये।'' वज़ीर ने दुःखी होकर पूछा।

''बापू, तुम मेरी तुलना घुक्कर से कर रहे हो। हमारा प्रोग्राम देखने तो बड़े-बड़े लोग आते हैं। डी.सी., एस.एस.पी., लीडर। अब टी.वी. पर आएगा हमारा प्रोग्राम। गुरे ने सगौरव, छाती चौड़ी करके बताया।''

''बस बकवास। घर से तेरी बहन गुम हो गयी। भगतू फिर कहीं चला गया। राजपाल अकेला कहाँ-कहाँ धक्के खाए। तुम भंगड़े डालते रहो। है कोई शर्म हया? देखनेवाला कहेगा कि बहन न जाने किसके साथ चली गयी। ये भंगड़ा डालता फिरता है। लानत है!''

''बापू की बातों का गुरे के पास जवाब नहीं था। वह उठा और बाहर आ गया। बाबू की झिड़की को हतक मान गया। उसने तो सोचा था...एक बार बेबे और बापू को खुश कर देगा। लेकिन बापू भड़का हुआ है। अभी राजपाल आएगा तो पता नहीं क्या कहेगा?''

''बेबे अगर मेरे साथ यों ही करोगे, तो मैं घर ही नहीं आऊँगा। वहाँ जगह है सोने के लिए।'' गुरे ने मुँह फुलाकर रोष प्रकट किया।

''अरे कौन देगा तुम्हें 'मन्न' (रोटियाँ) पकाकर?''

''खाने को बहुत है।''

"हाँ। अब तुम्हें घर की रूखी-सूखी कहाँ लगेगी। तुम्हें शदियों में तरह-तरह की जूठ खाने की आदत जो पड़ गयी है।" माँ ने मुँह बनाते हुए कहा।

"जूठ नहीं बेबे। स्पेशल मिलता है। बारात की सेवा भले न हो। हमें पहले पूछते हैं। शादीवाले लड़के की तरफ लोग कम, हमें एड़ियाँ उठा-उठाकर देखते हैं। पूरी 'टौर' है। ऐसे ही नहीं है।"

"ठीक है! ठीक है! गुस्सा नहीं करते बापू के कहने का।" माँ ने समझाया।

"लेकिन मैं बापू की ग़ालियाँ खाने नहीं आता यहाँ?" गुरे ने फैसला सुनाया। "बापू मेरे पर यों गुस्सा करता है, मानो भूपी को मैंने भगाया हो। भगतू भाई बाहर से आकर दिन ठीक से घर में नहीं रहा, तो मेरा क्या कसूर है?"

"क्यों गरम होते हो। तेरे बापू के मन में कुछ नहीं है। तू बता, वह कहाँ जाए। ये छोटी बात है कि बेटी घर से निकल गयी। उसके दिल पर क्या बीती, वही जानता है। उसकी बातों का बुरा मत मान पुत्तर।" माँ ने गुरे को ठंडा करना चाहा।

"मुझे फिर यों न कहा करे। कभी कहता-"खुसरों की तरह घूमता कभी कहेगा, तुम तो घुक्कर से भी गये गुज़रे हो। मुझे नहीं पता, हाँ।" थोड़ा ढीला पड़ते हुए गुरे ने कहा। फिर उठकर खड़ा हो गया। "मैं बाबे के पास चला।" कहकर वह बाहर निकल गया।

वज़ीर अन्दर बैठा सब सुन रहा था। उठकर बाहर आ गया।

"देख लो, है कोई फिकर कंजर को। ये नहीं पूछा, बापू गेहूँ बोई है कि नहीं? राजपाल कहाँ है? बस, अपने नाचने कूदने का फिक्र है।"

"कोई बात नहीं। क्यों दुःखी होते होते हो। जब वह ऐसा ही है, तो क्या करें।" ज्ञानकौर को पता था। वज़ीर किसी बात पर बोलने लग जाए तो बोलता रहता है। उसका स्वभाव चिड़चिड़ा हो गया है।

"हूँ...साली, सारी औलाद...निकली कोई काम की? राजपाल पर तुम्हें आस थी कि वह पढ़-लिख पाएगा। अफसर बनेगा। यह भी..." वह तिरस्कार में हँसा। फिर आह भरी। "अच्छा हुआ कि नरैणे का सीरी गेहूँ बीजने के लिए अपने पास था। नहीं तो यह फसल भी हाथ से जाती?"

"कोई बात नहीं। तुम चुप करो। लगता है कोई रोग लगा लोगे।" ज्ञानकौर का मन हर बात पर चिड़िया के बच्चे-सा धड़कने लगता है।"

बाहर से राजपाल आ गया। स्कूटर एक तरफ लगाकर बोला, "क्या हुआ, बापू गुस्से में है?"

"पुत्तर, वह क्या करे। इसका कौन-सा मन नहीं करता कि लोगों की तरह चौपाल में गप्पे-हाँके। हँसे, खेले। लेकिन क्या करे? जब औलाद ही दुश्मन हो जाए। उसकी करतूतों के कारण बाहर निकलने-योग्य न रहे। तो गुस्सा ही आएगा।"

बेबे की बातें सुनकर राजपाल चुप हो गया। बापू के पास जा बैठा। पूछा—"बोल, अब बापू ठीक है अच्छी तरह?"

"कहाँ ठीक है?" वज़ीर ने लम्बी आह भरी। फिर पूछा—"तू ऐनक ही ले आता मेरी शहर से।"

"ओ हो...एक मिनट।" राजपाल ने याद किया। वह जल्दी से उठा और स्कूटर की डिक्की में से ऐनक निकाल लाया...। "यह तो, कल से ही मेरे साथ है। स्कूटर में। डॉक्टर को आपकी पर्ची दिखवाकर ले आया था। लगाकर देखो।"

वज़ीर ने ऐनक लगायी। चेहरे पर रौनक आ गयी। "अब बनी है बात, राजपाल! पहले तो यों ही अँधेरा ढोता रहा, इतने दिनों तक। भरी दोपहरी में भी लगता, जैसे रात पड़ गयी हो। अब तो तुम्हारा मुँह साफ दिखता है।" उसने राजपाल और ज्ञानकौर की तरफ बारी-बारी देखा। थोड़ी देर के लिए परिवार के दुःख भूल गया। एक बार पूरा संसार साफ देख सकने का चाव चेहरे पर उभर आया।

लेकिन यह खुशी कुछ देर के लिए ही थी। राजपाल के चेहरे की ओर ऐनक के मोटे शीशें में से देखते हुए पूछा, "किशने के पुत्तर को पुलिस ले गयी थी, क्या बना?"

"पुलिस ने बहुत पीटा। कह रहा है, मुझे नहीं पता लड़के कौन थे। जगह का भी पता नहीं उसे। पिटाई झेल रहा है। मार खाता है। पता नहीं कठोर ही इतना है या उसे सच में पता नहीं, बापू।"

"फिर अब?" वज़ीर ने पूछा। जैसे चारों तरफ से निराश हो गया हो।

"कुछ समझ नहीं आता बापू। एक बार तो मन में आता है, पीछा ही छोड़ दें। दफा करें...। अपनी तो गेहूँ भी पछेती हो गयी। भगतू भाई को फिर खो दिया हमने। वह भूपी की शर्म के कारण ही घर से गया होगा। मिलने-जुलने वाले बहुत आते थे। उसे अच्छा नहीं लगता था।" राजपाल खुद दौड़-भागकर थक चुका था।

"यों चुप करके बैठ जाएँ तो लोग नहीं छोड़ेंगे, राजपाल!" वज़ीर सिंह ने डरते हुए कहा।

"फिर बापू तुम्हीं बताओ क्या करें? जो तुम कहोगे, वही करूँगा। तुम कहते थे पुलिस को सूचित करेंगे। हमने केवल को पकड़वा दिया। अब कार्रवाई करने के लिए भी पैसे देने पड़ेंगे। आढ़तिए से दो हज़ार पकड़ा था। दो दिनों में ही थाने की दीवारें खा गयीं। आढ़तिया अलग रो रहा था। कहता है, अभी तो पहलेवाले ही आपकी तरफ बाकी हैं। तुम और माँगते हो। आँख से दिखाता था। मैंने समझाया, मिन्नत की। कहा, मुसीबत है। अब तुम साथ दो। तब कहीं जाकर वह माना। अब कोर्ट कचहरी का काम आगे चल पड़ेगा। वकील करना होगा। रुपये लगते ही रहेंगे।"

वज़ीर सोचने लगा, राजपाल की बातें सच्ची हैं। पुलिसवालों, कचहरियों ने खाना ही है। हाथ पहले ही तंग हैं। लेकिन वह खामोश होकर घर बैठना भी नहीं चाहता। काम के लिए घर में अब अकेला राजपाल ही तो है। गुरा तो एक तरह से जवाब ही दे गया। भगतू का क्या पता! पहले परदेस में भटकता था, अब देश में भटकेगा। मूर्ख, बहू भी मायके में रूठी बैठी है। अब तो बच्चा भी चार-पाँच साल का हो गया होगा। जाट खुद्दार भी बहुत होते हैं। कंजरों, खुद ही छोड़ जाएँ। राजपाल का ब्याह हो जाता तो अच्छा था। ज्ञानकौर को सहारा मिलता। लेकिन किससे हो जाता ब्याह? "दो चार तो देखकर छोड़ गये। कहते, ज़मीन डेढ़ किल्ले आती है। खिलाएगा लड़की को? फिर बापू, हम क्या करें?" चिन्तित बापू को जब राजपाल ने पूछा तो वज़ीर सोच से निकलकर बाहर आया, "कोई नहीं पुत्तर, हो जाएगा ब्याह भी। तू फिकर क्यों करता है।"

"किसका ब्याह?" राजपाल हैरान हुआ। उसे बापू उखड़ा-सा लगा।

"मेरा ध्यान न जाने कहाँ अटक-भटक जाता है। मैं कुछ और ही सोच रहा था। क्या कहा था तूने?"

"मैं पूछता था,भूपी के बारे में क्या करें?"

"चुप करके तो बैठा नहीं जाता घर में। हम पीछा भी करते रहें और काम धन्धा भी चलता रहे। लोगों के माथे भी लगना है। वज़ीर के शब्दों में उदासी घुली थी।"

"ठीक है, बापू।" कहता हुआ राजपाल आँगन के काने में नलके पर जाकर हाथ मुँह धोने लगा।

ज्ञानकौर अन्दर से आटा लेकर चौके में गूँधने लगी। खूँटी पर लटकते साफे के साथ मुँह पोंछकर राजपाल बाहर जाने लगा, तो माँ ने कहा—"अब रोटी खा जा। फिर जब मर्जी आना।"

"मैं बेबे, माघी की तरफ जा रहा हूँ। भगतू भाई का पता ही कर लूँ। क्या पता वह जानता हो कहाँ गया है!"

"मैं दूध दोहने जाऊँगी। बाबाजी की रोटी भी पहुँचानी है। रोटी खा ही जाता तो अच्छा था। मैं कब तक लेकर बैठी रहूँगी।"

"ठीक है, पका ले। मैं आता हूँ पाँच मिनट में।" कहकर राजपाल बाहर निकल गया।

पहले वह बाड़े की तरफ चला। मन में आया, वहाँ जाकर बाबे के साथ क्या बात करेगा? वही, भूपी का पता चला? क्या बना किशने के पुत्तर का? मैं तंग आ गया हूँ? जो मिलता है...एक ही बात। शायद गुरा बाबे के पास ही हो। न जाऊँ तो अच्छा है। यूँ ही गुरे को कुछ न कुछ बोल बैठूँगा। फिर पशुओं का

ख्याल आ गया। शायद भूखे हैं, प्यासे हैं। उस दिन के बाद ठीक से चक्कर नहीं लगाया गया। एक बेबे ही है, चारा डाले, न डाले। रुलदू हरामी को पता नहीं क्या गोली लगी है। मैंने उसे कुछ नहीं कहा, वह क्यों घर बैठा है? सरपंच के साथ बात करूँ। नहीं तो उसे भी घसीटूँ थाने में केवल की तरह। हरामी आधे साल के पैसे खाकर, अकड़ रहा है...।

और राजपाल सरपंच के घर की ओर हो लिया।

सरपंच घर में ही था। बैठक में तीन-चार लोग और भी बैठे थे। शेरा उसका छोटा भाई भी यहीं था। अन्दर से देसी शराब की बदबू आ रही थी।

कुसमय आया सोचकर राजपाल खुद ही लौट पड़ा। तभी सरपंच ने आवाज़ दी, ''क्या हुआ राजपाल? जा रहो हो।''

''कोई बात नहीं। आप बातें करें। मैं सुबह आऊँगा।'' राजपाल ने दूर से ही कहा।

''सुबह क्या है? ज़रूरी काम है तो बता। यह सब तो चलता रहेगा।'' सरपंच ने अन्दर पी रहे लोगों की तरफ इशारा किया। और उठाकर बाहर राजपाल के पास आ गया। सरपंच पूरा सियासी आदमी है। वह जानता है राजपाल भले अभी भूपी के कारण परेशान है, लेकिन किसान जत्थेबन्दी में उसकी पूरी पहचान है। पता नहीं किस समय किसका जलूस निकाल दे इकट्ठे होकर। इस कारण जहाँ तक हो, वह राजपाल के प्रति लापरवाह नहीं होता। लोगों के कामों का ध्यान रखता है वह। ऐसा प्रभाव बनाए रखना चाहता है। अब भी बैठक में से यही सोचकर वह बाहर निकल आया।

''सरपंच साहब! रुलदू काम पर नहीं आ रहा। वह घर बैठा है। सोचा आपको बता दूँ। इसीलिए आया हूँ। बापू ने गेहूँ भी नरैणे के सीरी से बिजाई है। अभी एक किल्ला खाली है।''

''यों कैसे काम पर नहीं आएगा चमार?'' सरपंच थोड़ा नशे में था। ''सीरी बनते समय क्या बात हुई थी?''

''खरीफ तक साथ रहने का इकरारनामा था।''

''लिखत-पढ़त है कोई?''

''पक्की लिखत है। इकरारनामा घर पड़ा है। उस पर मैम्बर सरैणसिंह की गवाही है। कहो तो लाकर दिखा देता हूँ।'' राजपाल ने पूरी तसल्ली से कहा।

''फिर कैसे भाग जाएगा कुत्ता। मुझे मिल जाए एक बार। वैसे मैं रात को बुलाऊँगा उसे। तू बेफिक्र रह।'' सरपंच ने विश्वास दिलाया। ''वह साला भागा आएगा। मेरे हाथ में है उसकी नब्ज़।''

राजपाल लौटने लगा तो सरपंच ने चालू अन्दाज में पूछ लिया, ''लगाओगे घूँट?''

''नहीं सरपंच साहिब! मैं तो नहीं।'' राजपाल ने हाथ जोड़ दिये।

''अच्छा! ठीक है। तुम निश्चित होकर जाओ। रुलदू कल आएगा।'' कहकर सरपंच अन्दर जा बैठा।

राजपाल लौट आया।

वह घर आया तो, वज़ीर खाट पर बैठा रोटी खा रहा था। गुरा माँ के पास चौके पर बैठा था। ''तुम्हें भी डाल दूँ रोटी पुत्तर!'' माँ ने पूछा। गुरे को देखकर राजपाल का मूड खराब हो गया। वह रूखा-सा बोला। ''खा लेने दो इन्हें। मैं बाद में खा लूँगा।''

''रोटी तो पकाई पड़ी है।''

''बापू सरपंच जाएगा रुलदू को कहने।'' रोटी खाते हुए राजपाल ने बताया।

''तुम गये थे?''

वहीं से आ रहा हूँ। कहता था, ''चमार आएगा। कैसे नहीं आएगा। वह तो भागा आएगा।''

''हमने तो आषाढ़ी में अपना मतलब निकालना है। फिर वह अपने घर, हम अपने घर। एक दिन का काम हो तो किसी से बेगार ले लें।''

गुरा रोटी खाकर चौके से उठा। माँ ने कहा—''बाबे की रोटी दे आ भागकर। और भैंस को चारा भी डाल देना। फिर मैं दूध दुहने जाऊँगी।'' गुरा पहले तो टरकाना चाहता था, लेकिन राजपाल की हाज़री में डर गया। रोटियों का थाल लेकर राजपाल से आँख मिलाए बिना ही चुपचाप खिसक गया।

''सरपंच ने और कुछ नहीं कहा?'' वज़ीर ने पूछा। ''नहीं उसके पास चार-पाँच लोग बैठे थे।''

''कल जाएगा थाने तू।''

''एक बार तो जाऊँगा। देखें, पुलिस क्या करती है। ये साले लीपापोती करते हैं। चमारों से कुछ मिले-मिलाएगा तो नहीं। एक दो दिन पिटाई करके छोड़ देंगे।''

''कितने बजे जाएगा तू?''

''पहले तो बापू, रुलदू का इन्तजार करूँगा। आ जाए तो अच्छा है।''

''ऐनक लाकर मुझे तो बचा लिया तूने। यूँ ही ठोकरें खा रहा था। अब तो साफ दिखाई देता है।''

''अभी और बढ़ेगी नज़र। डॉक्टर कह रहा था।''

''चलो, हमने ज्यादा नज़र से क्या करना है। यहीं टिकी रहे, बहुत है।'' वज़ीर आज सुर में था। उसे बातें करते देखकर ज्ञानकौर ने सुख की साँस ली।

राजपाल ने रोटी खाकर बर्तन चूल्हे के पास जा टिकाये। फिर नलके पर कुल्ला करने चला गया।

ज्ञानकौर ने बाड़े में भैंस दुहने के लिए बाल्टी उठा ली।

''मैं माघी की तरफ जा रहा हूँ बापू।'' राजपाल फिर जाने लगा।

''इस समय जाओगे।'' वज़ीर हैरान हुआ। ''भगतू भाई का पता कर लूँ। शायद जाते-जाते उसे बता गया हो।''

''जा आओ। मुझे तो लगता नहीं, उसे पता होगा।'' वज़ीर ने आह भरी।

ज्ञानकौर उदास हो गयी। फिर राजपाल और उसकी माँ इकट्ठे घर से निकल लिये।

इकतीस

दिन चढ़ आया। सरपंच गुरदास सिंह दातुन करता बाहर निकला तो हैरान रह गया। किशना दरवाजे पर बैठा था।

सरपंच को बाहर आया देखकर, किशने ने हाथ जोड़ दिये। बोलकर कुछ कहने की हिम्मत नहीं थी उसमें।

''किशने! इतनी जल्दी कैसे आ गया।'' सरपंच ने पूछा।

''आप माई बाप हैं, सरदार जी! रुलदू रात रोटी लेकर गया था केवल के लिए। उससे ठीक से बैठा भी नहीं जाता। पुलिस ने इतनी पिटाई की है। उससे रोटी भी नहीं खाई गयी।'' इतना कहकर किशना सुबकने लगा।

''मैं जाऊँगा आज थाने।''

''सरदार जी जल्दी जाना। कोई अनहोनी हो गयी तो हम बर्बाद हो जाएँगे।''

''पुत्तर के इम्तहान पास ही हैं। उसका तो साल खराब हो गया।'' किशना हाथ जोड़े बोलता रहा।

''रुलदू कहाँ है? घर ही है? उसे मेरे पास भेजना।''

''शाम को आ जाएगा। अब तो केवल की रोटी लेकर जाएगा।''

''ज़रूरी काम है। तुम न मिलते तो मैं आदमी भेजता बुलवाने के लिए। शहर भी जाना है तो पहले मुझसे मिलता जाए। जाकर भेजो उसे। फिर मुझे भी तैयार होना है जाने के लिए।''

किशना आँखें पोंछता, धीरे-धीरे घर की ओर चल पड़ा।

दातुन करके सरपंच गुसलखाने में नहाने चला गया। कुछ समय बाद बाहर आया तो उसके सीरी ने बताया, बाहर रुलदू और किशना बैठे हैं।

कपड़े पहनकर सरपंच बाहर आया। दोनों जने उठकर खड़े हो गये।

"तुम काम पर क्यों नही जाते भई, राजपाल के यहाँ।" सरपंच ने गुस्से में पूछा।

"अब किस मुँह से जाऊँगा जी।" रुलदू ने कहा।

"जिस मुँह से जुबान की थी। इकरारनामा किया था।" सरपंच की आवाज़ में हाकिमोंवाला रौब था।

"केवल तो थाने बैठा है सरपंच जी।" किशना बोला।

"अपनी करतूत की वजह से बैठा है। फिर भी, बेकसूर हुआ तो आ जाएगा। पर ये क्यों रूठा बैठा है घर में?" सरपंच ने रुलदू की तरफ इशारा किया। फिर कहा, "राजपाल ने कुछ बुरा भला कहा है?"

"नहीं जी।" रुलदू हौले से बोला।

"फिर काम का मौका है। लोग तो गेहूँ को एक बार पानी भी दे चुके हैं। तुम बीजने भी नहीं गये। क्या अच्छी बात है? एक तो उन पर मुसीबत आ गयी। दूसरे तुम अपनी मर्जी से घर बैठ गये। मुसीबत के समय दूसरे के काम आना चाहिए या उसे और परेशान करना चाहिए?"

"हमारा बच्चा बेकसूर पकड़वा दिया।" किशना रोष प्रकट करने लगा।

"उसने नहीं पकड़वाया।" सरपंच ने टोका। मैं उसके साथ था। राजपाल ने तो कहा था, घर जाकर पूछताछ कर लेते हैं। वह थाने आने लायक नहीं है। पर महकमा सुनता है किसी की?

"थाने जाने की ज़रूरत ही क्या थी?" किशने ने फिर एतराज किया।

"क्यों न जाता थाने? लड़की का मामला है। कल किसी नहर, कुएँ या तालाब में उसकी लाश मिलती तो यही पुलिस कहती कि लड़की को मारकर फेंक दिया। फिर तुझे तो पता है, तेरे लड़के के साइकिल पर बैठकर गयी थी। पूछताछ तो करनी ही पड़ती है। तुम यूँ ही रूठे बैठे हो। जिनकी लड़की घर से चली गयी, उनका हाल पूछो जाकर।"

सरपंच की बातें सुनकर किशना नीचे देखने लगा। दोनों को चुप देखकर सरपंच ने उनको तसल्ली दी। "संशय न करो। मैं थाने जा रहा हूँ। लड़के को मैं लेकर आऊँगा। चाहे अपनी ज़मानत पर लाऊँ। उसने रुलदू को हुक्म देते हुए कहा, "तू अपना काम सँभाल भई। 'आषाढ़ी' तो निभानी ही पड़ेगी, जब तक निभाई जाती है। फिर चाहे काले चोर के साथ चले जाना। कोई बुलाने नहीं आएगा। तेरा गिला शिकवा राजपाल के साथ है मूरख। फसलों से तो नहीं। इनको भूखा-प्यासा रखोगे तो श्राप नहीं लगेगा तुझे!"

"आज तो नहीं जा सकूँगा।" रुलदू ने सहमत होते हुए भी असहमति प्रकट की।

"न जाओ आज। पर कल तो तू उनके घर पर होना चाहिए। दो महीने बाद वोट पड़ने लगेंगे। तुम्हारे साथ हमेशा खड़ा हूँ। हूँ कि नहीं?"

"खड़े हैं जी।" किशने ने हाथ जोड़कर कहा।

"फिर यदि मैं अब राजपाल की बात सुनाता हूँ, तो वे मेरा साथ देंगे?"

रुलदू ने एक बार सरपंच की तरफ देखकर नज़र नीचे कर ली?

"लड़के का कुछ करिए सरपंच साहब। हम तो आपके भरोसे बैठे हैं।" स्वत: ही किशने के हाथ जुड़ जाते हैं।

"मैं आज थाने जा रहा हूँ। कहा तो है, मैं खुद ज़मानत पर ले आऊँगा। लेकिन एक बात है। लड़का निर्दोष होना चाहिए। यदि असल में कुछ और बात हुई, पुलिस ने कबूल लिया, तो मैं कुछ नहीं कर पाऊँगा।"

सरपंच ने अपने बचाव के लिए लक्ष्मण रेखा खींच दी।

"लड़का बेकसूर है जी। माँ-बाप जानते हैं।" किशने ने तसल्ली से कहा।

"फिर ठीक है।" कहकर सरपंच भीतर चला गया।

किशना और रुलदू लौट आये।

दूसरे दिन रुलदू को घर में देखकर वज़ीर, ज्ञानकौर और राजपाल सचमुच हैरान थे। उनकी समझ से परे था। राजपाल की नज़र में सरपंच का सम्मान और बढ़ गया। पहले वह सोचा करता था, ये अपना उल्लू सीधा रखना ही जानते हैं। दूसरों की तकलीफ का इन पर रत्तीभर असर नहीं होता। अब राजपाल ने महसूस किया, सरपंच कैसा भी है, उसकी आदतें क्या हैं? पुलिसवालों के साथ उसकी कितनी मिलीभगत होती है। इन बातों से उसका कोई सरोकार नहीं। जिस काम के लिए उसने हामी भर दी, उसे पूरा करने की जिम्मेदारी सरपंच समझता है। उसूलोंवाले बन्दे के लिए यह बहुत बड़ी बात है।

रुलदू ने आते ही पहले ज्ञानकौर को पैरीपैना कहा, फिर राजपाल को सत्-श्री-अकाल बुलाई।

"मैंने तो भई तुम्हारी चाय नहीं बनायी आज।" ज्ञानकौर ने दु:खी मन से कहा।

"आज मैं चाय घर से ही पी आया हूँ।" फिर राजपाल की तरफ देखकर पूछा—"कौन सा काम पहले करना है भाई?" "खेत जाना है पहले? एक किल्ला और खाली पड़ा है। गेहूँ तो अब पछेती हो जाएगी। पता कर यदि मिर्च और प्याज की पनीरी मिल जाए, एक-एक कनाल में वही लगा देंगे। आते समय चारा लेते आना। भैंसें रोज सूखी तूड़ी खा रही हैं।"

"भैंस ने तो दूध भी देना कम कर दिया। जितना देती है मुश्किल से। पहले

मैं मक्खन भी निकाल लेती थी।'' ज्ञानकौर ने शिकायत करते हुए बताया।

''पनीरी गाँव में से तो मिलेगी नहीं भाई।'' रुलदू को जानकारी थी।

''आज मैं शहर जा रहा हूँ वहाँ से लेता आऊँगा। लेकिन पहले खेत तैयार करना होगा। मिर्चों के लिए तो ज़मीन तैयार करनी होगी।''

''वह खुद देख लूँगा।'' रुलदू बाड़े में दाती और पल्ली लेने चला गया। राजपाल शहर जाने के लिए तैयार होने लगा।

बत्तीस

केवल के थाने में बिताए पाँच-छह दिन भी घरवालों को महीने जैसे लग रहे थे। न तो उसकी गिरफ्तारी पड़ी है। न ही चालान कर कचहरी में जज के सामने पेश करके कानूनी तरीके से पुलिस रिमांड लिया है। रात को शराबी हुए पुलिसवाले 'आशिक' कह उल्टे सीधे सवाल पूछते हैं।

''रांझे, हीर कैसी थी?''

''चूरी कूटकर खिलाती थी कि नहीं?''

''गन्ने की तरह चूस दिया था उसे या यूँ ही मार खा रहा है?''

कई शरारती तो इससे भी आगे निकल गये। पहलेवाले घाव और पुलिस की चोटों का शिकार केवल, मजबूरी से सुनकर खामोश बना रहा। जब शराबी पुलिसवालों को माकूल उत्तर न मिलता तो वे खीझ उठते। उसे फिर पीटने लगते।

''ससुर...अब होंठ सिले बैठा है। तब माँ को ले जाने से पहले सोचता।''

एक दिन पुलिस के मुखबर ने एस.एच.ओ. को खबर दी—''कॉलेज के लड़के केवल को छुड़ाने के लिए आज जलूस निकालेंगे।'' कहते शहर बन्द करवाना है। भड़के लड़कों ने तोड़-फोड़ की तो इन्क्वायरी ऊपर तक जाएगी।

थानेदार के हाथ-पैर फूलने लगे। केवल ही हालत अधमरे जैसी थी। वह ठीक से बैठ भी नहीं पा रहा था। ऊपर से यदि ऑफिसर आ गये? उसने जल्दी से कच्ची रिपोर्ट पर गिरफ्तारी डालकर, केवल को दो सिपाहियों की निगरानी में सिविल अस्पताल भेज दिया। और हाथ मजबूत कर लिए।

राजपाल जिस बात से डरता था, वही हुई।

बात थाने से कचहरी में चली गयी थी। फिर प्रेस के पास भी। सब अखबारों ने घटना को छाप दिया। कुछ पत्रकार तो भूपी का फोटो भी प्राप्त करने का यत्न करते रहे। इस संघर्ष के लिए राजपाल ने खुद को तैयार कर लिया। गाँववालों

और रिश्तेदारों को तो पहले मालूम था। अब और भी दूर तक पता चल जाएगा। क्या फ़र्क पड़ता है। उसे एक बात परेशान कर रही थी। यदि केवल जानता है कि भूपी कहाँ है,तो इतनी मार क्यों खाए जा रहा है? लगता है उसे कुछ पता नहीं। यह पुलिस तो पत्थरों को भी बोलने पर विवश कर देती है। कहीं निर्दोष ही मार न खा रहा हो केवल। फिर थाने में उसकी सुनेगा कौन? एस.एच.ओ. हुक्म देकर चला जाता है। सिपाही शराब पीकर उसके गिर्द हो जाते हैं। इससे तो अच्छा था, मीठा प्यारा उनके गाँव में ही इससे पूछते रहते। अब इनका परिवार ही जैसे फाँसी लटका हुआ है। मैं परेशान हूँ सो अलग। फसल में भी पिछड़ गये। एक किल्ला तो यों ही खाली रह गया। यह तो अच्छा हुआ कि रुलदू काम पर आ गया। नहीं तो काम ही इतना था...अकेले बन्दे की खेती तो रही नहीं अब। कभी दवाइयाँ, कभी खाद, कभी स्प्रे और कभी पानी! बच्चों को पालना आसान है?

ऐसी सोच में घिरा राजपाल थानेदार से मिला। पूछा—"केवल का पीछा कैसे छूट सकेगा। जनाब?"

थानेदार हँसा, राजपाल साहब, "अब तो पानी पुलों के नीचे से निकल चुका है। अखबारों में खबरें आ गयीं। अफसरों तक बात पहुँच चुकी। अब वे हर घंटे रपट माँगते हैं...क्या हुआ? 'कनफेस' किया कि नहीं? अब मेरे हाथ में कुछ नहीं रहा। अदालत ही कुछ करेगी अब...।" राजपाल चिन्तित हुआ। सिर झुकाकर बैठ गया।

"हाँ, जमानत हो सकती है। वह भी क्षेत्रीय मजिस्ट्रेट के बस की बात नहीं। जिला सैशन जज के पास जाना पड़ेगा।" कहकर थानेदार सिर झुकाए बैठे राजपाल की तरफ देखने लगा। वैसे थानेदार भी चाहता था...ऐसे केस से पीछा छुड़ाना। दोनों पक्षों से लेने-देने का कुछ नहीं है। खाते रहें कचहरियों में धक्के...।

राजपाल के मन में था, यदि केवल को वैसे नहीं छोड़ते तो ज़मानत ही हो जाए। फिर अपने ढंग से पूछेंगे भूपी के बारे में!

थाने से राजपाल कचहरियों की तरफ चल पड़ा। अब वकील करना होगा। रूपचन्द का पुत्तर प्रकाश, इसी कचहरी में वकील है। कभी वह भगतू और माघी का यारी होता था। राजपाल ने सोचा, केवल की ज़मानत के बारे में प्रकाश के साथ राय करनी चाहिए।

कैनेडावालों की बुढ़िया के मरने पर जब प्रकाश की बुआ (फूफी) उसे अम्बाले ले गयी, तो शुरू में प्रकाश बिफरे साँड की तरह भटका घूम रहा था। अम्बाला

में उसका मन नहीं लगता था। वह अपने बाऊजी के पास सन्देश भेजता रहता, 'मैं गाँव आ जाऊँगा।'

रूपचन्द डरता था। अकेला पुत्तर है। गाँव के हालात बिगड़ते जा रहे हैं। यहाँ आकर वह भगतू और माघी का साथ नहीं छोड़ेगा। वह प्रकाश को डराता रहता।

'एस.एच.ओ. चक्कर लगाता रहता है। कहता था, यदि इधर आया तो पेश करना पड़ेगा। कुछ दिन लेन-देन करके मैंने उसे चुप करवाया है। अच्छा है तुम इधर न ही आओ। वे आते ही पकड़ लेंगे। सिपाही हर दूसरे-तीसरे दिन गाँव में चक्कर लगाते हैं। क्या पता तुम्हें ही खोज रहे हों...।'

इस तरह की चिट्ठयों और सन्देशों से डरा प्रकाश गाँव नहीं आया, लेकिन बेकार। क्या करता? बुआ का लड़का यू.पी. की किसी यूनिवर्सिटी में (पत्राचार पाठ्यक्रम द्वारा) वकालत पढ़ रहा था। प्रकाश ने मन बना लिया। उसने तो अपनी व्यस्तता का सहारा देखा था। तब उसे कहाँ पता था कि यही पढ़ाई उसकी शेष जिन्दगी के लिए पेशा बना जाएगी।

पंजाब में चुनाव हुए। अकाली बायकॉट कर गये। संगीनों की छाया तले मतदान हुआ। कांग्रेसी दो-अढ़ाई प्रतिशत लेकर भी अपनी सरकार बना गये। रूपचन्द तब तक शहर चला गया था। हालात सामान्य नहीं हुए थे। पंजाब भर में पुलिस का राज था। शाम पाँच बजे के बाद कुछ खास क्षेत्रों में आतंकवादी समूहों का राज चलता था। इसी समय कई नये ज़िले स्थापित किए गये। खाड़कुओं को दबा दिया गया। धीरे-धीरे पंजाब शान्ति की ओर लौटने लगा।

प्रकाश एल.एल.बी. कि डिग्री लेकर पंजाब आ गया। पहले साल उसने एक सीनियर वकील के साथ काम किया। फिर अपना खोखा लेकर प्रकाश चन्द एडवोकेट का बोर्ड लटका दिया। पिछले साल नवम्बर में उसकी शादी हो गयी थी।

कई बार प्रकाश के मन में आया कि गाँव जाकर भगतू का पता करे। कहाँ है? क्या करता है? गाँव के लोगों से पता चलता रहा। सब यही बताते, भगतू का कोई पता नहीं। चार-पाँच साल पहले बाहर गया। अभी तक नहीं लौटा। माघी को मिलने का दिल करता। गाँव के प्रति उसका मोह उसी तरह बरकरार है।

सरपंच गुरदाससिंह का उसके साथ मेलजोल है। वह जब कचहरी आता है, प्रकाश को मिले बगैर नहीं जाता। इस बात की तो तसल्ली रही है कि पंजाब में इतनी भयानक साम्प्रदायिक आँधी गुजरने के बावजूद, आपसी मोह की तारें टूटी नज़र नहीं आतीं। गाँव के लोगों से उसका सम्पर्क लगातार बना हुआ है। भले वह कभी गाँव नहीं जा सका। उसके लंगोटिए यार भी उसे नहीं मिलने आये।

आज राजपाल को देखकर वह खुश हो गया।

"कैसे आना हुआ राजपाल सिंह?" प्रकाश ने मुस्कान बिखरेते हुए पूछा। मुंशी को चाय लेने भेज दिया।

राजपाल को समझ नहीं आ रहा था, बात कहाँ से शुरू करे। फिर उसने धीरे-धीरे अब तक हो चुकी कहानी कह सुनायी। राजपाल से आपबीती सुनते उसका मन दुःखी हो उठा। उसने हमदर्दी दिखायी, ऊपर से नहीं, भीतर मन से। फिर बताया—"केवल के मामे का लड़का यहाँ काम कर रहा है। शायद वह केवल की ज़मानत के लिए भागदौड़ कर रहा है। मुझे पता ही नहीं था कि वारदात अपने साथ हुई है। मैं पता करके बताऊँगा। इलाका मैजिस्ट्रेट की अदालत में ज़मानत के लिए अर्जी दी हुई है।"

फिर वह अपनी कानून की किताबें ढूँढ़ने लगा। एक जगह से पढ़कर बोला, "अंडर सैक्शन 109 आई.पी.सी. आवारा गर्दी, और अंडर सैक्शन 364 अगवा करने जैसे संगीन केसों में, जिला जज ही ज़मानत दे सकता है। यहाँ ज़मानत नहीं होगी।"

"फिर मुझे क्या करना चाहिए? यह पूछने आया हूँ।" राजपाल ने कहा।

"हम चाहते क्या हैं?" प्रकाश ने पूछा।

"सोचता हूँ, केवल ज़मानत पर आ जाए। फिर जो होगा देखा जाएगा।"

"अर्जी तो उसने दी हुई है। हम पीछा नहीं करेंगे। हो जाएगी ज़मानत। केवल अब कहाँ है?"

"अब तो वह ज्यूडीशियल रिमांड पर जेल में है। थानेदार ने डर कर वहाँ भेजा है। पहले अस्पताल में दवा दारू दी, फिर वहाँ से जेल में। थानेदार जान गया था, कॉलेज के लड़के हड़ताल करनेवाले हैं।"

"फिर क्या? ज़िला सैशन जज से पहली पेशी पर ज़मानत हो सकती है।" ढाबे का मुंडु चाय ले आया। चाय पीते हुए प्रकाश ने झिझकते हुए पूछा—"भगतू सिंह का पता चला, कहाँ है?"

"वह तो आ गया था।..."

"आ गया था?" प्रकाश ने हैरानी से पूछा।

"हाँ चार-पाँच दिन हो गये। एक दिन रात के समय आ गया। खामोश आँगन में खड़ा था। हम सब हैरान! भाई का तो बुरा हाल था। फटे कपड़े। पास में एक टूटी हुई तनी वाला बैग था। नहाये हुए पता नहीं कितने दिन हो गए होंगे। घर में भूपी वाला क्लेश पड़ा हुआ था। दूसरे दिन सुबह वह बाहर कुएँ पर चल गया। माघी के साथ दिन भर कुएँ पर रहा। वहीं रोटी खायी। फिर कहते हैं, शाम को वहीं एक सन्त आ गया, न जाने कहाँ से। कहाँ से आया था? माघी

रात को गाँव आ गया था। सवेरे वह सन्त और भगतू भाई, दोनों ही समाधि पर नहीं थे। बस उसी दिन से ही...भाई फिर गुम हो गया।''

सिर झुकाए नीचे देखते वह खीझता रहा। आह भरी। गिलास में बचती चाय एक तरफ करके रख दी। चेहरा करुणा से भर उठा। उसे पुराना समय याद आ गया था। माघी और भगतू के साथ बकरियों के बाड़े में। कस्सी वाली पुली पर, खेतों में, सूने गलियारों की शरारतें याद आयीं। नीचेवाला होठ दाँतों मे कसकर जैसे अन्दर से निकलता कुछ रोक रहा हो। आँखों में नमी तैर आयी।

''मैं आऊँगा गाँव।'' प्रकाश ने मोह के साथ कहा।

तभी आकर किसी ने कहा, ''गर्ग साहब! आवाज़ पड़ी है।''

''चलो आता हूँ मैं।'' प्रकाश ने कहा, और उसके केस की फाइल खोजने लगा।

''ठीक है राजपाल। जब शहर आओ, मिलकर जाना। भगतू का पता चले तो मुझे बताना।'' बोलते हुए उसने राजपाल से हाथ मिलाया और अदालत के कमरे की तरफ चल दिया।

प्रकाश सोच रहा था, 'इस तरह जो बाऊजी ने मुझे शहर भेजकर अच्छा ही किया। यहीं होता तो मुझे भी कोई अखबार की सुर्खी बना देता। लेकिन भगतू बेचारा अभी भटक रहा है। मुझे पता चल जाए कि कहाँ है। उसके बारे में भी सोचना चाहिए। माघी तो यहीं है। उसे मिलता हूँ। बाऊजी से भी राय लूँगा।'

और वह अदालत में जज के रीडर के पास जाकर रुक गया।

तैंतीस

शाम के वक्त जब प्रकाश ने अपने पिता रूपचन्द को राजपाल की बहन भूपिन्दर कौर के बारे में बताया, तो वह दुःखी हो उठा।

''बाऊजी! आप जाकर आएँ उनके गाँव। सब लोग मिलते रहते हैं। हमें हमदर्दी के तौर पर जाना चाहिए।''

रूपचन्द चिन्ता में सोचने लगा। प्रकाश के मन में आया, शायद बाऊजी गाँव जाने से कतरा रहे हैं। क्योंकि गाँव के लोग अभी भी रूपचन्द को छेड़ते हैं, 'लाला करियाड़।'

'लाला पूँछ उठाकर भाग गया गाँव से। हम भी तो इनसान हैं, यहीं रह रहे हैं।' रूपचन्द खिसियानी हँसी हँस देता है। बाऊजी को चुप देखकर प्रकाश ने फिर पूछा, ''आप कहें तो मैं जा आऊँ?''

"तुम क्या जाओगे, मैं ही एक-आध दिन में जाऊँगा। परसों सरपंच का छोटा भाई मिला था। उसने बताया नहीं।" पिता चाहता था, पुत्तर अपने पेशे की तरफ ध्यान देता रहे।

"छोटा भाई...कौन शेरा?" प्रकाश ने पूछा।

"हाँ! उसने क्या बताना था। वह अपने काम से आया होगा। गाँव में कोई जिए या मरे, उसने पहले कभी परवाह की है? राजपाल बता रहा था बाऊजी, भगतू भी आ चुका है।"

"आ गया भगतू?" रूपचन्द के चेहरे पर एक भय उभर आया। इसने सोचा भगतू आ गया है तो प्रकाश को ज़रूर मिलेगा। माघी भी उसके साथ होगा। ये तीनों फिर मिल जाएँगे। तीन तो वैसे भी अच्छे नहीं होते। पहले इन्होंने क्या सँवारा है? उनके आने से प्रकाश की वकालत में भी फरक पड़ेगा। वे आकर अड्डा जमा लेंगे तो कोई कैसे पास आएगा? भगतू वाली बुरी खबर है। अब प्रकाश शादीशुदा है। पहले तो इसका फिकर नहीं था हमें। लेकिन इसने तो कहा, भगतू आ गया था। इसका मतलब है, अब है नहीं वह गाँव में। पूछा—"अब कहाँ है भगतू?"

"राजपाल ने बताया, पता नहीं कहाँ है। दूसरे ही दिन किसी सन्त के साथ चला गया। आज तक नहीं लौटा।"

आखिरी बात सुनकर रूपचन्द का बेचैन मन शान्त हो गया। आँखें मूँद लीं। प्रार्थना की, 'देवी माँ, वह न ही लौटे। या फिर सन्त बनकर कहीं घूमता रहे। मर-मरा जाए।' भगतू का लौट आना उसके बेटे के लिए मुसीबतों का आना होगा। उसकी गृहस्थी के लिए बर्बादी होगा। यह डर रूपचन्द के अन्दर उभर आया। उसने दूसरे दिन ही गाँव जाने का प्रोग्राम बना लिया। गाँव वालों को भी मिल आएगा। एक ही चक्कर में रूपचन्द ने कितने ही काम हल कर लेने थे। गाँववाले जब शहर में मिलते हैं, उलाहना देते हैं, 'लाला जी, गाँव तो छोड़ ही गये आप।' वह कहता था, 'आऊँगा। ज़रूर आऊँगा।' चलो इसी बहाने गाँव का हालचाल पूछ आऊँगा। प्रकाश को गाँव जाने से रोकने के लिए और कौन-सा रास्ता था।

और उसने अपने मन से गाँव जाने का फैसला कर लिया।

इतवार का दिन है। बादल छाए हुए हैं। मौसम में ठंड है। मग्घर चढ़ने में दो दिन बाकी हैं। सुबह शाम की धूप अच्छी लगती है।

बसाखा सिंह के बाहरवाले बाड़े में बाबा रामसिंह और ताया निहाला बैठे हैं। भैंसें शेड के नीचे खुली हुई हैं। सुबह के ग्यारह बज रहे हैं। रुलदू की पत्नी गोबर आदि साफ करके बाड़ा सँवार गयी है।

राजपाल और रुलदू खेत मे गए हुए हैं।

रामसिंह और निहाल सिंह, अभी लड़की नहीं मिलने के कारण, हमदर्दी जताने आये हैं। सरैणे और नरैणे को जानबूझकर वे साथ नहीं लाये, क्योंकि वे स्वभाव से सहज बातें करते-करते, व्यंग्य करने लगते थे। फिर गुस्सा तो आएगा ही। उसका मन भी दुखी होता है।

आम बातें हो चुकी हैं। बसाखा सिंह ओर रामसिंह भले दिनों की बातें ले बैठे हैं। गाँव तो क्या, कोई घुमन्तू बदमाश या अमली कहीं बुरी हरकत करने लगता, तो गाँव की बहन-बेटी का रिश्ता सामने रहता था। बसाखा सिंह बता रहा था—

''रामसिंह, तुम्हें सब मालूम है। डाकू लुटेरों को भी पता लग जाता कि इस घर में उनके गाँव की लड़की ब्याही है। वे बँधा हुआ सामान छोड़ जाते थे। बल्कि गाँव की लड़की को शगुन भी डाल जाते थे। अब देख लो इलाका तो क्या, गाँव के लड़के ही कैसी हरकतें करने लगे हैं।''

''गरक हो जाएगी यह दुनिया, बसाखा सिंह! बड़े शहरों में तो सुना है इससे बुरा हाल है। बहन को भाई की शरम नहीं। भाई को माँ की शरम नहीं। माँ को सास-ससुर की शरम नहीं। टी.वी. के आगे बैठ जो हैं। उसमें औरतें अधनंगी नाचती रहती हैं, इधर पूरा परिवार बैठा हँसता रहता है।''

सारे हैरान रह गये। बाड़े का फाटक पार करके रूपचन्द उनके सामने आ गया। सबको हाथ जोड़कर रूपचन्द ने 'सत्श्रीअकाल' कहा।

''लाला रूपचन्द! तुम तो सपना ही हो गये भाई।'' बाबा रामसिंह ने शिकवा किया।

''रोज़ प्रोग्राम बनाता था बाबा जी! अन्न जल की बात ही है कोई।'' रूपचन्द ताए निहाले के पास चारपायी पर बैठता हुआ बोला।

''और सुनाओ शाह जी, परिवार ठीक है।'' बसाखा सिंह ने पूछा।

''परमात्मा की मेहर है बाबाजी। मुझे तो कल ही राजपाल से पता चला। वह प्रकाश के पास आया था। लड़कीवाली बात बहुत बुरी हुई बाबाजी।''

बसाखा सिंह ने सिर झुका दिया।

''कुछ पता चला कि नहीं?'' रूपचन्द के चेहरे पर दु:ख और हमदर्दी थी।

''क्या बताएँ रूपचन्द। अभी तो यूँ ही हवा में लाठियाँ मार रहे हैं।'' बसाखा सिंह ने दु:खी मन से कहा।

''किशने के लड़के से कुछ नहीं पता चला?'' रूपचन्द ने फिर पूछा।

''उसे कहाँ मालूम? उसे पता ही नहीं होगा। यों ही पुलिस खड़काती रही उसे।''

''खेत में से आकर रुलदू ने चारा शेड के नीचे ला टिकाया। फिर बाबे के पास आकर पूछा—''ताया, कहाँ है बाबा?''

''वह तो घर में है।''

''राजपाल कहता, मिर्चों की पनीरी लानी है, शहर से।''

''कनाल, डेढ़-कनाल लगा देते। गेहूँ तो अब पछेती हो गयी। अड़ोस-पड़ोस में ऊँची निकल आयी है।''

''वजीर घर में ही है। शेर पुत्तर, उसी से बात करो।''

रुलदू अन्दर की तरफ चल दिया।

''बात सुन।'' बसाखा सिंह ने आवाज़ लगायी। रुलदू लौट आया।

''ऐसा कर। चार पाँच लोगों की चाय पकड़ ला घर से। फिर जहाँ मर्जी जाना।''

''चाय की ज़रूरत नहीं, क्यों परेशान होते हो।'' रामसिंह ने कहा।

''तुम्हें तो ज़रूरत नहीं। लाला शहर से आया है, इसको तो चाहिए। निहाले और मुझे भी ज़रूरत है।'' फिर उसने सामने खड़े रुलदू की तरफ देखकर कहा, ''जा, जल्दी जा।''

रुलदू फौरन चला गया।

''वज़ीर सिंह घर में है?'' रूपचन्द ने पूछा।

''वह तो घर से निकलता ही नहीं। कभी-कभी आ जाता है मेरे पास। एक दिन खेत चला गया था चारा लेने । बस यूँ ही दिल छोड़ बैठा है। कहता है, जो भी मेरी तरफ देखता है, लगता है कि पूछेगा, वज़ीर! बेटी मिल गयी?''

''बाबाजी बात भी बहुत बुरी हुई है। वजीर सिंह के बस की बात नहीं। मेरे बाबाजी बताया करते थे। यदि पहले कभी गाँव की बेटी के साथ ऊँच नीच हो जाए, तो सारा गाँव आगे आ जाता था।'' रूपचन्द बोला।

''अब तो तमाशा देखते हैं लोग। अन्दर से खुश होते हैं। कई साले तो दिन भर खोजी कुत्ते की तरह बने रहते हैं। घुक्कर की तरह।'' ताया निहाला बोल उठा।

''रूपचन्द तुम्हारा क्या हाल है, भाई। काम-धाम कैसा है।'' बसाखा सिंह ने पूछा।

''काम क्या है बाबा। यहाँ गाँव में मैं शहर से ज्यादा अच्छा था। वहाँ दुकान में ब्याज पर रुपये पकड़कर सामान तो डाल लिया। लौटाऊँ कहाँ से? ग्राहक नहीं है। दिनभर बैठ कर इन्तजार करते हैं। थोड़ा बहुत सामान बिकता है तो तुम्हें पता ही है। शौचालय जाओ तो पैसे माँगते हैं। कभी सोचता हूँ, गाँव ही लौट आऊँ। बस, प्रकाश के कारण फँसा बैठा हूँ। अकेला होता तो आ भी जाता।'' रूपचन्द ने अपनी व्यथा बतायी।

"तुम्हारे अकेले का यही हाल नहीं लाला जी। जाट खुद लपेटे में आया हुआ है।" बाबा रामसिंह बोला।

"ज़मीनें कम हुई हैं। डेढ़-डेढ़ दो-दो किल्ले रह गये। इनमें कैसे बीज दें फसल? यदि बीज़ भी दें तो घर की ज़रूरतें कैसे पूरी होंगी? कर्ज लिया नहीं उतरता। तीन-चार लाख के ट्रैक्टर मिट्टी के भाव बेच रहे हैं। ट्रैक्टरों की मंडी देखा कैसे लगती है। एक दिन लड़का ले गया था मुझे। यों लगा जैसे मुल्कभर के ट्रैक्टर यहाँ मंडी में आ गये हों। जगरओं की पशुओं की मंडी में भी इतने पशु नहीं आते होंगे। यहीं से अन्दाजा लगा लो रूपचन्द! यदि जाट के पास पैसे न हुए, तो तेरा माल कैसे बिकेगा भाई। हम भी दु:खी, तू भी दु:खी। अचानक ये वोटों वाले फिर आ जाएँगे, चार-एक महीने तक। कहेंगे—पानी मुफ्त देंगे। कभी कहेंगे, बिजली मुफ्त देंगे। कंजरों! पानी लेंगे तुम्हारी माँ...। मेरे मुँह से गाली निकलती है। और बिजली?..अब सुना है बूढ़ों को पेशन लगाएँगे। इन मूर्खों का ये हाल है। जब दाँत थे, रोटी नहीं दिखायी। अब जब दाँत गये तो थाली परोसकर आगे रखते हैं। भई, ये खा लेंगे?"

"रामसिंह सवेरे मुनादी कैसी थी?" बसाखा सिंह ने पूछा।

"मुनादी," रामसिंह हैरान हो गया।

"हाँ, जैसे गुरुद्वारे का भाई बोल रहा था। मुझे तब खाँसी आ रही थी। सुन नहीं पाया ठीक से।"

"हाँ, हाँ।" रामसिंह को याद आया। "बसाखा सिंह, वह तो सरपंच की तरफ से खबर थी। कहते हैं, गाँव को ग्राँट मिली है, दो लाख रुपये। एक तो गुरुद्वारे को गिराकर पुनः बनाएँगे। निशान साहब और ऊँचा बनाएँगे। कार-सेवा शुरू करवाएँगे। हर घर का बन्दा एक दिहाड़ी लगाएगा, या फिर दिहाड़ी देगा।"

"अच्छी बात है। निशान साहब दूर-दूर तक दिखना चाहिए। सब से ऊपर बल्ब लगाना चाहिए, बड़ा-सा। अँधेरी रातों में कोई गलियों के कीचड़ में गिरने से बच तो जाएगा!" ताए निहाले ने व्यंग्य के साथ कहा। "स्कूल के एक कमरे की छत भी गिर गयी थी, पिछली बरसात में।...कोई ज़रूरत नहीं डलावने की। गाँव के बच्चे ही तो पढ़ेंगे वहाँ! सरपंच साहब के बच्चे तो शहर के अँग्रेजी स्कूल में पढ़ते हैं। स्कूल की गाड़ी लेने आती है। हाँ, अच्छा-भला गुरुद्वारा भी, तोड़कर नया बनवाना चाहिए। अपने बाबे का घर है।"

"गुरुद्वारा गिराकर क्यों नया बनाना है?" बसाखा सिंह हैरान हुआ। उसे ताए निहाले की बात समझ नहीं आयी।

"अभी पाँच सात साल ही हुए होंगे। गार्डरों पर छत डाली थी। बाहर

की दीवारें भी नयी निकाली हैं। मैंने खुद पंचायत के साथ मिलकर गाँव से पैसे इकट्‌ठे किये थे।''

''बसाखा सिंह, सरपंच गुरदास सिंह हो गया बूढ़ा अपनी तरह। उसके बेटे छिन्दर पाल ने अब बीड़ा उठाया है। कहते हैं, अगले साल वोटों में वही खड़ा होगा। सरपंची के लिए, उसकी इच्छा है गुरुद्वारा नये फैशन का होना चाहिए। कहते, फर्शों पर संगमरमर लगेगा। दीवारों पर टाइलें लगाएँगे, चमकनेवाली। ऊपर छत पर बड़ा गुम्बद लगाना है। उस पर लगाना है बल्ब। नीचे महाराज की हजूरी में नये ढंग की गोलक बनाएँगे।''

''ये तो अच्छी बात है निहाल सिंह। अब तो नयी गुड्डियाँ नये पटोले। हमारे समय की बातें अब कोई पसन्द नहीं करता।'' बाबा सिंह ने कहा।

रुलदू चाय के डोलू और गिलास लेकर आ गया।

तभी घुक्कर, बाड़ेवाला फाटक पार करके, जल्दी-जल्दी अन्दर आया और बोला—

''बाबा तुम्हारा भगतू सन्त बनकर आ गया। बाबे बूढ़ सिंह की समाधि पर धूनी लगाए बैठा है।''

''पापी, कभी अच्छा सन्देश भी लाया कर।'' बसाखा सिंह ने दु:खी मन से कहा।

फिर सारे चक बूढ़सिंह ने यही खबर आँधी की तरह फैल गयी।

सोचकर रूपचन्द के चेहरे पर पसीना आ गया।

गाँव के लोग टोलियों में भगतू को देखने समाधि की ओर चल पड़े।

चौंतीस

अब गाँववालों के लिए...'भूपी इतने दिन से घर नहीं आयी।'...बात महत्त्वपूर्ण नहीं है।...'भगतू सन्त बन गया और आकर कुएँवाली समाधि पर बैठ गया...' यही नयी बात है।

''ज्ञानकौर, वज़ीर सिंह और बसाखा सिंह के समाधि पर पहुँचने से पहले ही, आधा गाँव वहाँ पहुँच गया। समाधि के आसपास की झाड़ियाँ काटकर व अन्य सूखी लकड़ियों से लगी घूनी के पास, भगतू आँखें मूँदे बैठा है। गेरूए रंग का चोला पहना है। उसी रंग की पगड़ी है। लोग कुछ देर पहले डरे-सहमे खड़े रहे। फिर धीरे-धीरे आगे आये। हौंसला करके धूने के पास जा बैठे। बहुत से अभी भी खड़े हैं। हैरानी के साथ भगतू की तरफ देख रहे हैं। माघी और घुक्कर

दाएँ बैठे हैं। अभी तक भगतू ने आँखें खोलकर संगत की तरफ नहीं देखा। न किसी के साथ सम्वाद किया है।

बसाखा सिंह और रोती हुई ज्ञानकौर के लिए सबने रास्ता छोड़ दिया। माँ कलेजा थामे अपने पुत्तर की ओर देखती रही। मन तो किया, जाकर गोद में ले लेगी। लेकिन संकोच में खड़ी रही। "ये कर लिया भगतू? पगले घर क्यों नहीं आया?" बसाखा सिंह ने गहरे दु:ख के साथ पूछा।

"मैंने संसार त्याग दिया है बुजुर्गो! मेरा कोई बाप नहीं। कोई माँ नहीं। कोई पत्नी नहीं, कोई बच्चा नहीं। अब यहीं रहूँगा। समाधि की सेवा करूँगा। यह पुण्य का काम बाबाबूढ़सिंह ने प्रकट होकर सौंपा है। आज से ही मैंने कारसेवा शुरू कर दी है। पुण्य के इस काम में जिस भगत ने योगदान देना है, दे सकता है।"

गाँव के लोग और भी हैरान हुए। ये वही भगतू है। माघी और यह तो गलियों में शराबी हुए 'बकरे बुलाते' घूमते थे। कभी छीना झपटी करते। कभी सफेद कपड़े पहनकर खुद को आतंकवादी कहते। लोगों के लिए यह करिश्मा ही था।

पगलों की दलीपो बुढ़िया को तो भगतू के चेहरे पर नूर झलका हुआ प्रतीत हुआ। वह जब से समाधि पर आयी, लोगों से कह रही है—"अरे देखो, भगतू का चेहरा 'चमक' रहा है। भगतू तो वैसा है ही नहीं। उसमें किसी गुरु फकीर की आत्मा आयी लगती है। भगतू की तो जैसे कायाकल्प ही हो गयी।"

दोपहर के समय गाँव की बहुत-सी औरतों की इच्छा थी, भगतू के चरणों की धूल माथे को लगाई जाए। न जाने कौन-कौन से अम्बर पर घूमकर आया होगा।

"अरे वो तो सचमुच सन्त लगता है। भगतूवाली तो उसमें कोई बात ही नहीं! मैं भला जानती नहीं भगतू को। खा जानेवालों की तरह देखा करता था पहले। अब तो जितनी देर मैं बैठी रही, पलकें ऊपर नहीं उठायीं उसने।"

दोपहर के बाद तो कमाल हो गया। कुछ लोग खुद ही कस्सियाँ उठाकर आ पहुँचे। झाड़ियाँ साफ कर दी गयीं। घास काट दिया। कुछ औरतें झाड़ू ले आयीं। मोटर चलाकर समाधि को धोया गया और उसके आसपास पानी छिड़क दिया गया। शाम ढलने से पहले समाधि के आसपास जहाँ पहले खड़े होने से, अँधेरे में जाने से डर लगता था, कि कोई साँप-सँपोला न लड़ जाए, अब साफ सफाई के साथ, गीली मिट्टी की सौंधी गन्ध आने लगी है।

समाधि पर अब मन लगता है। कीकर और शीशम के पेड़ तो वहाँ पहले ही थे?" गाँव के कुछ लोगों ने सोचा, सच ही भगतू में कोई करामाती रूह प्रवेश कर गयी है। नहीं तो इतने साल हो गये। बाबाबूढ़ सिंह की समाधि पर गाँव

के किसी आदमी, या इनकी औलाद में से किसी ने भी, इस तरह का उपकार करने का कभी नहीं सोचा।

माघी और घुक्कर को नयी व्यवस्ताएँ मिल गयीं।

ज्ञानकौर अगले दिन सुबह समाधि पर आयी। भगतू को अकेला देखकर पूछा, "भगतू पुत्तर घर चल! उतार दे यह चोला।"

"नहीं माता। अब यह समाधि ही मेरा घर है। मोह माया सब त्याग दिये हैं।" भगतू ने माँ की तरफ नहीं, दूर कहीं नज़र टिका कर कहा।

"चन्द्रमा-सा! ज्यून जोगे तेरी घरवाली और बच्चा।" माँ ने मोह की तारों का जाल बिछाया।

"नहीं माता, मुझे अब पीछे लौटने के लिए न कहो। पाप लगेगा। पीछे लौटूँ भी तो क्या देखकर लौटूँ माता! आप समझदार हैं। तीन किल्लों में तीन भाई खींचतान करके मरेंगे। अभी तो बापे और बाबाजी बैठे हैं। डेढ़ किल्ले से क्या खिलऊँगा पत्नी को और क्या बनाऊँगा बच्चे के लिए? अब मैं किसी के साथ सीरी बनकर भी काम नहीं कर सकता। साँझा भी नहीं। घर में न बैल हैं न हल, न पंजाली। समझ लो माता, भगतू घर में था ही नहीं। साधाराम ने तो मेरी आँखें खोल दी माता। आप घर जाएँ। ऊपरवाले की नज़र सीधी रही तो भले लौट आएँगे। नहीं तो कह देना, हमारा एक बेटा होता था। अब नहीं रहा।"

आँखें पोंछती ज्ञानकौर वापस लौट आयी।

माँ के बहुत ज़ोर डालने पर राजपाल भी भगतू को मिलने गया। घर चलने को कहा तो भगतू बोला—"अब मैं तुम्हारे साथ नहीं। अपने परिवार में से मेरा नाम काट दो। आप सब अगर मुझे जबरदस्ती घर ले जाओगे तो मैं कहीं और चला जाऊँगा।"

बसाखा सिंह ने सबको समझाया—"बैठा रहने दो। कहीं और चला गया, फिर गँवा देंगे पुत्तर। अब आँखों के सामने तो है। नहीं आता तो, न आये घर। जब जी करेगा, मिल जाया करेंगे। समाधि पर जाने से तो नहीं रोकेगा हमें कोई। अब कौन सा चोरी-चकारी करता है पहले की तरह। सन्त ही बना है।"

फिर घर के किसी भी प्राणी ने भगतू को कुछ कहना बन्द कर दिया। वज़ीर समाधि पर जाने लगा। आये-गये के साथ सरसरी बातें करता भगतू, समाधि का इर्द-गिर्द सँवारने में लगा रहता।

कुछ ही दिनों में तीन-चार मरले की इस जगह पर रौनक लगने लगी।

घुक्कर सुबह-शाम गजा करने लगा। माँगने लगा। गाँव के लोग चाव और हैरानी के साथ घुक्कर को दाल, रोटी, चावल, सब्जी, दूध, जो भी होता डाल

देते। कई तो घुक्कर के पास गिला करते, "तुम हमारे घर रोटी लेने नहीं आये भई?" लोगों के लिए यह बड़ा पुण्य का काम था।

समाधि पर जो भी आता जाता ठहरता, उसे हर समय प्रसाद मिलता। आसपास के गाँव में समाधि के विषय में बातें होने लगीं।

इन्हीं दिनों केवल की ज़मानत हो गयी। एक तरफ तो राजपाल ने अच्छा ही समझा। उसे आये दिन कभी थाने, कभी कचहरी जाना पड़ता था। अब उसने सोचा, केवल को प्यार के साथ विश्वास के साथ पूछकर देखेंगे। क्या पता कोई रहस्य निकल आये।

इसी मकसद से एक दिन राजपाल केवल को मिलने गया। उसकी माँ ने राजपाल को यह कहकर लौटा दिया कि केवल नींद की गोली लेकर सोया है। वह तो नींद में भी भौचक्का उठ जाता है। कहने के अन्दाज में शिकवा भी था, उलाहना भी। राजपाल समझता था। "चलो, फिर आऊँगा"—कहकर वह लौट आया।

"खेत में काम करते रुलदू का चेहरा बिगड़ा-सा रहता है आजकल। पहले की तरह वह राजपाल के साथ हँसी-मज़ाक नहीं करता। उसे पता है मन में बँधी सन्देह की गाँठें अब नहीं खुलेंगी। जैसे भी हो, उसने रबी की फसल तक राजपाल का साथ निभाना है। सरपंच के सामने उसने यही वायदा किया था। रात को घर आकर जब वे केवल की तरफ देखता, खीझ उठता है। गुस्से में अन्तर्मन खौलता है और राजपाल को मन ही मन गालियाँ निकालता है। कभी-कभी केवल पर क्रोध आता है! लेकिन उसे कहता कुछ नहीं। किसने के पास या माँ के पास अपनी भड़ास निकालता है। "अब खाट पर पड़ा चीखता है। तब सोचा होता जब साइकिल पर बैठाकर ले गया था उनकी लड़की को। साला बेगानों के लिए छित्तर खाकर आ गया।"

"तुम क्यों हर रोज़ अपना खून जलाते हो। यदि इसने कुछ किया है तो झेल भी यही रहा है। महीना भर यूँ ही पड़ा रहा तो इसका साल भी मारा जाएगा।" माँ को इसी का सबसे ज्यादा दु:ख है।

एक दिन उसने रुलदू से पूछा—"अरे, लोग कहते हैं, भगतू बाबे की बात पूरी हो जाती है। तुम तो खेत में जाया करते हो। सच्ची बात है क्या?"

"अब तुम न चली जाना वहाँ पैरों को हाथ लगाने भगतू बाबे के।" रुलदू ने चबाते हुए कहा।

"शाम को रोज दारू चलती है वहाँ, कल तो एक और ही आया है साधाराम। खाकर सूअर की तरह मोटा हुआ पड़ा है। ऐसे व्यक्ति को तो खेतों में पानी देने

को रखा जाए, तो पता चले। कहते हैं यही साधाराम भगतू को बरगला कर ले गया था।''

''चलो, कुछ करते रहें। तुम क्यों बुरा-भला कहते हो। पहले हम क्या कम दु:खी हैं?'' माँ ने उसके आगे हाथ जोड़ दिये।

एक दिन भगतू ने गाँव के गुरुद्वारे वाले स्पीकर में से एक होका दिलवाया। ''बाबे की समाधि पर दो कमरे बनने हैं। ये स्थान गाँववालों के बड़ेरों की जगह है। ये काम हम सब मिलकर करेंगे। भाई, कारसेवा के लिए सारे पहुँचो। बड़ेरों की रूह खुश होगी तो परिवार में सुख शान्ति रहेगी। बरकत रहेगी।''

समाधि पर आजकल साधाराम आया हुआ है। वही साधाराम भगतू और माघी के पास कुछ दिन पहले, रात काटने आया, दारू पीता रहा था। फिर सुबह सवेरे वह भगतू को साथ ले गया। समाधि की सफाई देखकर साधाराम बहुत खुश हुआ। उसने आते ही भगतू को एक तरफ करके कहा, ''भगतू बाबा, मैंने तुम्हें कहा था न, यहाँ चहल-पहल बढ़ेगी। अब मैं वचन करता हूँ...आसपास के गाँव में तुम्हारी शोभा होनेवाली है। सब्र सन्तोष से काम लेना।''

''समाधि पर कमरे बनवाने की योजना भी साधाराम की ही है। एक नलका बोर करनेवाली बोकी के साथ छह सात फुट गहरा। बोर करके चमत्कारी घटना की नींव भी, साधाराम के दिमाग की उपज है।

समाधि के पास कमरों की नींव खोदने के लिए, सेवा करके अपने कष्ट निवारण करने के वास्ते, जन्म गुरु के लेखे लगाने को, आसपास के गाँवों के लोग हुमहुमा कर पहुँचे। हर गाँव में कुछ घर मनमुख भी होते है। चक बूढ़सिंह में भी है। उनका विचार है...ये साला मूरख बनाता है लोगों को। काम कोई करता नहीं। चार-पाँच साल बाहर धक्के खाकर आ गया। दो किल्ले राख करके। अब बापू और रिश्तेदारों की गालियों से बचता आडम्बर कर कहा है। अपने घर की लड़की की कोई फिकर नहीं, कहाँ है? दूसरों को बताता फिरता है। अपनी बहन क्यों नहीं ढूँढ लाता? वैसे ही कंजर माघी और घुक्कर साथ मिल गये। सुबह-शाम तरह-तरह का भोजन छकते हैं। वैसे ही गाँव के लोग भी हैं। मुँह पर फेंक दें जब माँगने आते हैं। सब जानते हैं ये क्या करतूतें करते हैं। अब भगतू के पाँव को हाथ लगाए जा रहे हैं कि ये पूरा सन्त है। इसके चेहरे पर विष्णु ब्रह्मा का नूर आ गया।

कुछ लोग सोचते थे...सन्त की निन्दा करके नरक मिलता है। बन्दा कोढ़ी होकर मरता है। यदि भगतू ढोंग करता है तो वही भुगतेगा...।

नींव खोदते एक चमत्कार हो गया। ज़मीन के नीचे से एक तीर निकला। एक खुर निकला घोड़े का।

साधाराम ने तीर को परखा। फिर घोषणा की, "यह तीर तो छठे पातशाह गुरु हरगोबिन्द साहिब का है। यहाँ आये थे गुरु। बाबा बूढ़सिंह के साथ वचन-विलास भी किया था। साहिबों ने इस वन के साथ घोड़ा बाँधा था। उस समय का खुर है यह।"

पहले पूरा चक बूढ़सिंह, फिर जैसे-जैसे खबर फैलती गयी, गुरु साहब के तनी और घोड़ा साहब के दर्शनों के लिए लोग आने लगे।

गाँव से नयी चादर मँगवा कर एक खाट पर गुरुओं का तीर और घोड़े के खुर का 'आसन' किया गया।

संगत टोलियों में आने लगी। मत्था टेकती, समाधि की धूल माथे पर लगाती और जयकारे छोड़ती।

कार सेवा शुरू हो गयी।

अटूट लंगर चल पड़ा।

एक श्रद्धालु ईंटों की ट्राली उतार गया। कोई रेता फेंक गया। कोई सीमेंट की बोरियाँ रख गया। वीरान पड़ी समाधि पर रौनक बिखर गयी। संगत शब्द का उच्चारण करती, कार सेवा में लगी रहती।

गाँव में भगतू और समाधि दोनों की चर्चा है। कुछ लोगों के मुँह से तो भगतू के लिए बाबा भगतू ही निकल जाता।

"ये सब क्या हो रहा है?"

हर कोई हैरान है। बसाखा सिंह हैरान है। वजीर सिंह हैरान है। भगतू बाबे की माँ भी हैरान है।

राजपाल खेत में तो जाता, रुलदू को काम भी समझाता। परन्तु अनमने-से। समाधि के पास उभर रहे कमरों की हो रही कारसेवा में लगे आसपास के गाँव के आये लोगों को देखता। उसे भी कुछ समझ न आता...

...कैसे लोग हैं?...यहाँ क्या खोजते हैं?...इन्हें क्या मिलेगा? भगतू क्या चाहता है? उसने सचमुच परिवार त्याग दिया है। या वह कोई और भूमिका निभा रहा है? कैसे लक्षण हैं उसके? कौन है यह साधाराम? उसने क्या सोचकर भगतू को अपने पीछे लगाया है?...कुएँ के पास खड़ा वह इसी तरह के सवालों में खोया रहता है।

फिर से उसने केवल के पास जाने के लिए दो-तीन बार मन बनाया, लेकिन उनके परिवार का व्यवहार देखकर गया नहीं। उसके पास जाना तो पड़ेगा ही, यह वह जानता है। एक बार उसको किसी ढंग से पूछना तो पड़ेगा। जब माँ पूछती है...क्या पूछता है केवल? तो उसके पास कोई जवाब नहीं होता।

फिर अपने आप पर खीझता है, मैं कहाँ-कहाँ जाऊँगा? भूपी के चक्कर

में एक किल्ला खाली रह गया। यही उसके लिए बड़ा दुःख है। मिर्चें, प्याज की फसलें क्या देगीं? आधी तो गाँववाले ही दाँव लगाकर खत्म कर देंगें। अब समाधि पर कोई-न-कोई आया रहता है। उनकी रखवाली कैसे करूँगा? रुलदू गले में पड़ा साँप उठाए घूम रहा है। वह तो रबी की फसल तक रो-पीटकर मुश्किल से टाइम पर निकालेगा। इससे तो अच्छा था, भगतू बाहर से ही न आता।...अब चोला पहनकर नया नाटक शुरू कर दिया।...कहता है, न कोई मेरा बाप है, न मेरी माँ।...

एक तरफ खड़ा राजपाल, भगतू, माघी और साधाराम की तरफ देख रहा है। घुक्कर शायद गाँव से खाना माँगने गया है। ये बुरे-बेकार लोग एक दम इकट्ठे हो गये। मन तो करता है भगतू के पास जाकर पूछूँ कि वह यह सब क्यों कर रहा है? यदि ठीक से बात न की तो...?

आज केवल की माँ इसके पास क्या लेने आयी? तो...ज़रूर कोई बात बताकर गयी होगी। पूछूँ...?...चलो छोड़ो, केवल के पास ही जाता हूँ, आज रात को।...

राजपाल रुलदू को मिर्चों की पनीरी के लिए ज़मीन तैयार करने के लिए कहकर गाँव लौट आया।

पैंतीस

अगले महीने कॉलेज के इम्तिहान थे। आँगन की धूप में लेटा जब भी वह पढ़ाई शुरू करने के बारे में सोचता, उसकी आपबीती दिमाग में फिरकी-सी घूमने लगती। वह पूरी घटना का लेखा-जोखा करने लगता। सबसे ज्यादा दुःख इसी बात का था कि राजपाल उसकी बातों का विश्वास नहीं कर रहा था। वह तो यही समझता होगा कि भूपी के साथ ज़रूर केवल के कुछ सम्बन्ध हैं।

भूपी का ख्याल आते ही सोचने लगा, 'कहाँ ले गये होंगे वे भूपी को? उसे तो यह भी समझ नहीं आ रहा कि वे कौन थे? राजपाल को वह कैसे जानते थे। आतंकवादी होंगे? अब आतंकवाद कहाँ रह गया? सरकार चुन-चुनकर तो मार रही है। शायद कोई बचा हो...?'

सर्दियों की मीठी-मीठी धूप उसके घावों पर टकोर कर रही है। वह टाँग हिलाने लगा तो अचानक नस चढ़ गयी। रीढ़ की हड्डी से दर्द उठा। पीड़ा से दोहरा हो गया। सिरहाने पड़ी किताब हाथ लगने से गिर पड़ी। आनेवाले इम्तिहान फिर याद आ गये।

दर्द कम हुआ तो किताब खोलकर पढ़ने लगा। किताब के पन्नों में थानेदार

का चेहरा नज़र आ रहा था। फिर सिपाही भी नज़र आने लगे। कुछ लड़के मुँह उठाये उसे घसीटे लिये जा रहे हैं।...

केवल ने खीझ कर किताब बन्द कर दी।

इस तरह की मानसिक स्थिति में वे सारा दिन रहता। तीसरे पहर ठंड बढ़ती दिखाई दे रही थी। आँगन से उठकर वह कोठरी में चला गया। अन्दर भी पढ़ने को मन नहीं किया। तकिये से सिर सटाकर उसने आँखें मूँद लीं।

राजपाल उनके घर आया, तो काफी अँधेरा हो चुका था। किशना और केवल की माँ कोठरी में बैठे थे। राजपाल को आया देखकर उनके चेहरे पर कोई खुशी नहीं उभरी। किशने ने औपचारिक तौर पर हाथ जोड़े और कोठरी से बाहर चला गया। उसके पीछे केवल की माँ भी बाहर निकल गयी।

राजपाल ऐसे व्यवहार का कारण समझता था। वह चुप रहा और केवल के सिरहाने खड़ा हो गया। मद्धम- रोशनी में आँखें मूँदे, लेटे केवल को देखने लगा। फिर उसने आहिस्ता से पुकारा—''केवल!''

केवल ने आँखें खोलीं। राजपाल को सिरहाने देखकर हैरान हुआ, वह उठने की कोशिश करने लगा। राजपाल ने इशारे से लेटे रहने के लिए कहा। फिर केवल के पास बैठने के लिए कोई खाट या पीढ़ी ढूँढता, उसी की खाट की साइड पर उकड़ूँ-सा, बैठ गया। पूछा, ''अब क्या हाल है तुम्हारा केवल!'' केवल कुछ नहीं बोला। बन्द होठों में तनिक मुस्कुराने का यत्न किया। मन ही मन वह सोच रहा था, पहले कसाइयों को सौंप दिया। अब हाल पूछने आया है?

''कब की तारीख पड़ी है?'' राजपाल ने फिर पूछा

केवल एक बार राजपाल की ओर देखने लगा। पूछा, ''भूपिन्दर का कोई पता चला?''

राजपाल के मन में था,...केवल के साथ हमदर्दी जताने के लिए सोचकर आया है, उससे कहे।...वह साला थानेदार तो यों ही पीछे पड़ गया। मैंने उसे समझाया था, केवल को थाने लाने की क्या ज़रूरत है। वह माना ही नहीं। अब भी तेरी जमानत में, मैं रुकावट नहीं बना। तारीख पर ही नहीं गया। नहीं तो इतनी जल्दी जमानत कैसे हो जाती? अपना वकील खड़ाकर लेते तो महीना दो महीना तुम्हें और जेल में काटने पड़ते।...

और भी बहुत कुछ कहना था। लेकिन केवल का रूखा व्यवहार देखकर उसने इरादा बदल लिया। मन ही मन सोचा,...दफा होने दे चमार को। साला नाराज़गी दिखाता है। पहले सोचता, जब उनके हाथ लगा था।...

राजपाल को चुप देखकर केवल ने पूछा, ''कहाँ-कहाँ पता किया है?''

''कहाँ पता करते? अभी तो थाने जाकर लौट आते है। मैं तो तुम्हारे साथ

प्रोग्राम बनानेवाला था। कहाँ गये थे वह! जगह तो पहचान लेगा तू। फिर खोज निकालेंगे।'' राजपाल ने अपने आने का मकसद बताया।

''नहीं राजपाल भाई, मैं नहीं जा सकूँगा।'' मुझे तो डर है कि पेपरों तक मैं ठीक भी हो सकूँगा कि नहीं?

''यदि पुलिस या अदालत कहे, फिर भी नहीं जाओगे?'' राजपाल ने परोक्ष धमकी दी।

''फिर भी नहीं। डॉक्टरों ने सर्टिफिकेट दिया है कि मुझे खाट पर पूरा रैस्ट चाहिए। मैं सफर करने योग्य नहीं हूँ और फिर इस केस में तब तारीखें भी पड़ेंगी। मैं गैर हाज़िर रहा तो एक तरफा फैसला हो सकता है। यदि मुझ बेकसूर को भी कसूरवार बना दिया गया, तो मेरा क्या बनेगा?''

केवल की बातों का, राजपाल के पास जवाब नहीं था। वह समझ गया, इसने अब कोई सहयोग नहीं देना। कुछ पल बैठा सोचता रहा।...और 'अच्छा फिर आऊँगा,' कहकर खड़ा हो गया। घर से बाहर भी आ गया।

राह में उसको घुक्कर मिला, जो गाँव से खाना माँगकर समाधि की तरफ जा रहा था। राजपाल को देखकर घुक्कर ने शरारत के लहजे में ऊँची आवाज़ खींचते हुए कहा—''स..त..ना..म..।''

''यहाँ आ, इधर।'' बहन की गाली निकालते हुए उसने कहा। खीझे हुए राजपाल ने उसे डाँटने के लिए बुलाया।

''बाबा भगतू भूखा है। मैंने समाधि पर जल्दी जाना है।'' कहता घुक्कर डरता हुआ समाधि की तरफ भागा।

राजपाल रुककर दूर जाते घुक्कर को देखते हुए बोला, ''साले नंग लोगों को अब ठिकाना मिल गया।'' कहकर वह घर की तरफ चल पड़ा।

''राजपाल है क्या?'' पीछे से किसी ने आवाज़ लगाकर पूछा। राजपाल ने मुड़कर देखा। सरपंच का छोटा भाई, शेरा पीछे आ रहा था।

''कोई पता ठिकाना मिला लड़की का, राजपाल?'' शेरा गम्भीर स्वर में बोला।

''नहीं चाचा, कोई पता नहीं लगा।''

''थानेवाले क्या कहते हैं?''

''वे क्या कहेंगे? बगैर नोटों की आस के वे सगे बाप का काम नहीं करते। तुम तो जानते ही हो। हमारा धान तो बेचारा आढ़तियों के दरवाजों तक बिखरा हुआ है। आगे कुछ दिखाई नहीं देता। मिन्नत करते घूमते हैं। एक किल्ला तो इस बार वैसे ही नहीं बो पाए। अब दो कनाल में मिर्चे बोएँगे। रुलदू कहता है, प्याज भी लगा दें थोड़ी-सी जगह में। और कद्दू की बेलें भी लगाएँ। इन हालात

में थानों का मुँह कहाँ से भरें? वे भी सारी बात समझते हैं। हूँ-हूँ कहकर, चुपकर जाते हैं। रास्ता कुछ नहीं निकालते। बापू बुझा-बुझा-सा रहता है। घर से निकलता ही नहीं...।'' राजपाल ने दिल खोला।

''पैसों-पूसों की बात हुई तो शर्माना मत, राजपाल! कोई और बात हुई तो थानेदार को मैं कह दूँगा। हमसे बाहर नहीं। लड़की का पता लगाने इधर-उधर जाना भी पड़े तो हमारे पास जीप है।'' शेरे ने हमदर्दी दिखायी।

''ठीक है चाचा। गाँववालों का ही आसरा होता है।''

''आदमी ही आदमी के काम आता है। जब चाहे आ जाना।'' बोलकर शेरा चल पड़ा। लेकिन तभी रुककर पूछा—''भगतू, कहते साधु बना है, समाधि पर।''

''हाँ चाचा। कहता, अब मैं यहाँ नहीं रहूँगा।''

''भूख और नंग से बचने के लिए कोशिश करता है राजपाल! और क्या? आओ फिर सर्दी लगती है तो करें शरीर गर्म।'' शेरे ने बाहरवाले घर की तरफ चलने के लिए कहा।

''नहीं चाचा, मैं तो पीता ही नहीं।''

''भगतू छोड़ गया, सन्त बनकर?''

''पता नहीं चाचा। मैं तो शाम के समय गया नहीं उधर।''

''फिर ठीक है।'' कहकर शेरा चल दिया।

अपने घर की तरफ जा रहा राजपाल सोच रहा था।...क्या कारण होगा? इतनी मीठी बोली तो यह कभी नहीं बोला। लड़की के बारे में भी बहुत फिक्र के साथ पूछ रहा था।

घर पहुँचने तक काफी अँधेरा घिर आया था।

अभी राजपाल रोटी खा ही रहा था। बाबे नैरणे की गली की तरफ अचानक शोर होने लगा। कुछ लोग छतों पर चढ़कर सुनने लगे। कुछ बाहर निकलकर नैरणे गिल के घर की ओर भाग पड़े।

''क्या हुआ भई?'' दरवाजे पर खड़े वज़ीर ने जल्दी में निकलते गिलों के देसू को पूछा।

''पता करने जा रहा हूँ चाचा।'' कहता देसू चला गया। बच्चों ने गली में हल्ला मचा दिया।

''ललकारा फिर सुनाई दिया।'' वजीर ने बच्चों को डाँटा, ''चुप करो ओए, सुनने तो दो कुछ।''

कोई गली के दूसरे सिरे से बोला, ''लगता है काले कच्छोंवाले, लुटेरे आ गये। कायम हो जाओ वज़ीर सिंह!'' समाधि की तरफ से खाना देकर आया घुक्कर बोला।

काले कच्छेवालों का नाम सुनकर लोग घर में छुपायी लाठियाँ, डंडे खोजने लगे। औरतें बच्चों को अन्दर धकेलने लगीं।

''निकाल बड़े बहादुर को बाहर, इसकी माँ की...।'' शोर में लोगों को पूरी गाली नहीं सुनी। ललकारा ही सुना।

''ये तो पगलो का तोती दिखाई देता है।'' एक ने अन्दाजा लगाया।

''गीदड़ के बिना चीखेगा कौन?'' दूसरे ने हामी भरी।

''इस साले के भी कभी-कभी, शाम को खुजली होने लगती है।''

''कर देंगे खुजली का इलाज, बेगाने पुत्तर ।''

भीड़ नरैणे गिल की गली के सिरे पर जाकर अटक गयी। कुछ गर्मजोश लड़कों ने आगे जाना चाहा तो ताए निहाले ने रोका।

''पहले पता तो कर लो, क्या बात है।''

''ताया, वहाँ गये बिना पता कैसे चलेगा?''

''जाओ फिर भाई। लगाओ जलती आग में छलाँग।''

''तुम क्यों नाराज हो रहे हो, ताया। यूँ वे मुँह में नहीं डाल लेंगे। गेहूँ तो सभी खाते हैं।'' घुक्कर ने कहा।

''तुम चुप करो। जब पड़ने लगेगी, साला कहीं नहीं मिलेगा। आग लगाकर डब्बू दीवार पर।'' ताए निहाले की झिड़की सुनकर घुक्कर खिसक गया।

''इसका झगड़ा किससे है?'' आगे शेरा भी सुनते हैं बोल रहा है। अँधेरे में ताए निहाले को पता नहीं चला, किसने पूछा? ताए ने जैसे खुद को ही उत्तर दिया, ''झगड़ा किससे होगा? दारू पी हुई होती है इस समय। उसको बहलाना भी पड़ता है।''

''कोई मिला नहीं सींग भिड़ानेवाला?''

''तुम गाँव में नये आये हो। बहुत मिलते हैं गाँव में सींग भिड़ानेवाले। सुबह होते ही नये और उग आते हैं।'' गिलों के घरों की तरफ खामोशी छा गयी। भीड़ अधिक भयभीत हो चली थी।

बसाखा सिंह धीरे-धीरे चलता, बाड़े से बाहर आ गया।

''ससुरों, पता तो करो आगे जाकर। किसी का जानी नुकसान तो नहीं हो गया?'' खूंडे पर भार डाले खड़े बैसाखा सिंह ने पूछा।

''बाबा, आगे जाकर मरना है क्या?''

''यहाँ खड़े क्या तमाशा देख रहे हो? जाओ अपने-अपने घरों को।'' बसाखा

सिंह ने गुस्से से कहा। "हमारे समय में तो ऐसा नहीं होता था। किसी का कान भी दुखता, खबर लेने जाते थे। अब तो चाहे सामने कोई तड़प रहा हो। क्या मजाल कोई पानी की बूँद मुँह को लगा दे। खड़े देखते रहेंगे। ऐसे इनसान का क्या फायदा?"

"क्यों गुस्सा करते हो बाबा। खुद ही पता चल जाएगा थोड़ी देर में। घुक्कर आगे गया है, आकर बताएगा।"

"बाबा चुपकर गया। एक तरफ खड़े ताए निहाले ने उसे आवाज़ लगायी, "इधर आ जाओ बसाखा सिंह!" साँडों की लड़ाई में कहीं हम लहूलुहान न हो जाएँ। इस उम्र में किसी बच्चे ने पानी तक नहीं पकड़ाना हमें। फिर आज की ये नस्ल किसी को सामने आने देती है! इनके साथ ज्यादा पंगा न लिया कर।"

बसाखा सिंह, ताए निहाले के पास जा खड़ा हुआ।

"आओ, चलें। वहाँ बाड़े में बैठते हैं। यहाँ रुककर भी क्या करेंगे। तब तक पता चल जाएगा क्या हुआ?" दोनों बाड़े की तरफ चल दिये।

पीछे से एक बार फिर गालियों की बौछार सुनाई दी। दरवाजों में लाठियाँ बजने की आवाज़ें आयीं।...

"ये तो नरैणे गिल का पुत्तर बोलता है।" ताए निहाले ने आवाज़ पहचानते हुए कहा।

"चले आओ, तुम। कोई भी हो।"

बाड़े का फाटक खोलकर वे दोनों ट्रैक्टर के टायर पर बैठ गये।

"लड़ाई किसी की होती है, झमेला कोई और डाल बैठता है। ये पागलों का परिवार यों ही अपनी टाँग फँसा लेता है।"

"तुम्हें पता है बसाखा सिंह! जब शेरे ने नरैणे की शीशम काट दी थी।" निहाले ने पूछा।

"कब की बात है भला?" बसाखा सिंह ने अपनी याददाश्त पर जोर डाला।

"पिछले साल की ही बात है। तब कितना शोर पड़ा था।"

"याद नहीं निहाले। शायद मुझे किसी ने बताया न हो।"

"सुरैणे के छोटे पुत्तर को तो तुम जानते हो। उसका स्वभाव कुछ और ही है। शेरे के साथ उसके खेत लगते हैं। हिस्से आयी जमीन में शीशम का एक बड़ा पेड़ था। शेरे को अखरता था। एक दिन मौका पाकर शेरे के आदमियों ने शीशम काटकर अपनी ओर गिरा ली। छोटे लड़के ने आकर बताया-बापू, शेरे ने शीशम का पेड़ काट दिया। सुरैणा कहता-भाई अलग-थलग कर दिये। अब खुद ही निबटो। मैं किस-किस से लड़ता फिरूँ? सुरैणे के पुत्तर ने ढीला-सा मुँह बनाकर, तोती के साथ बात की। तोती सुनते ही भड़क उठा।"

‘‘तुमने उन कुत्तों का नाक नहीं काटा।’’

‘‘यही तो मैं कहता हूँ तोती सिंह। तुम मेरे यार हो। और वे पेड़ काटकर ले जाएँ।’’

तोती ने कहा, ‘‘बसाखा सिंह! लो लिख लो मेरी बात। यही शीशम का पेड़ अब उनकी चिता में जलेगा।’’ फिर तोती ने बहादुरी में आने के लिए पूछा—

‘‘दारू पड़ी है घर में कुछ, घूँट-दो घूँट।’’ सुरैणै का पुत्तर उसे घर ले गया। दारू पीकर तोती अकेला ही शेरों के भइयों से लड़ने खेत में जा कूदा। डरते हुए भइए भागने लगे तो एक उसने पकड़ लिया। शराबी था। अधिक पिटाई कर बैठा। बेचारा शहर जाकर मुश्किल से बचा। शेरे ने तो इरादा कत्ल का बनाया था। लेकिन गिल्लों ने पैसे-पूसे देकर केस 26 का बना दिया। थाने से निकलकर बात कचहरी में चली गयी। तोती को दो महीने की सज़ा हो गयी।...कितनी ही देर तक गाँव के लोग मजा ले लेकर बातें करते रहे। तोती का मज़ाक भी उड़ाते रहे। यह तोती भी कुत्ती शै है। गाँव लौटते ही छाती तानकर चलने लगा। जैसे बर्मा बार्डर से जंग जीतकर आया हो। यदि कोई पूछे—‘तोती कैसे रहा सरकार का सुधार गृह?’ कह देता—‘रोटियाँ ही खानी थीं, वहाँ खा आया।’ दलीपो बुढ़िया लोगों को बताती फिरती थी, ‘ये तो भई बहुत स्याना होकर आ गया। अब तो चारपायी भी बुन लेता है। अब तो कोई लड़की देगा, मेरे बच्चे को।’ जंग जीवित तो कहता—‘ताई तोती को पाँच-छह महीने और लगा आने दे। छोटे-मोटे और कई काम सीख लेगा। रिश्ते वाले पीछे-पीछे घूमेंगे।’

‘‘...एक दिन तुम चौपाल में नहीं थे। जानते हो, घुक्कर हरामी है। तोती से कहता—‘‘तोती, जेल में औरतें नहीं होतीं।’’

‘‘बस, यही बुरी बात है सरकार की।’’ तोती कहने लगा। यदि वहाँ औरतें होतीं तो मैं बाहर क्यों आता। अन्दर ही कोई पंगा डालकर सजा बढ़ाता रहता।’’ कहकर ताया निहाला हँस पड़ा। ‘‘यह ऐसा कंजर है।’’

‘‘इसकी जयकौर वाली बात पता है? जब इसने छित्तर खाए थे।’’ बसाखा सिंह सोचने लगा। निहाले ने खुद ही बताया, ये साला माघी के बाप के साथ बकरियाँ चराने जाता था। एक पेड़ की छाया में दोपहर के समय जब वे बकरियाँ दुह कर चाय रखते, तोती लहर में गाने लगता, ‘‘...हाका मार दे, बकिरयाँवाले, दूध पीके जाईं जैकुरे।’’ जहाँ चाय बनाते थे, दूसरे गाँव की सीमा पास ही थी।

संयोग से जो लोग आसपास के खेतों में काम करते थे उनकी बहन का नाम जयकौर था। उन्होंने समझा कि साला हमें सुनाकर, बोली डालता है, हर रोज़।’’ एक दिन तोती बहुत लहर में, ऊँचे स्वर में गा रहा था, जयकौर के भाई आकर पसलियाँ तोड़ गये।...

"और इस प्रकार यों ही काली टूंडे से मार खा बैठा साला।" निहाले ने तोती का एक और कारनामा याद करते हुए कहा, "बसाखा सिंह, काली टूंडा और नम्बरदार साझी दीवार निकलाने पर झगड़ पड़े। शाम का वक्त था। तोती की आँखें गहरी थीं। जब शोर सुना तो वह भी उनके पास जा टपका। दोनों पक्ष गाली गलौच कर रहे थे। नम्बरदार का पुत्तर दौड़कर अन्दर से डाँग उठा लाया।"

"कालिया, बात क्या हुई?" तोती ने पूछा। काली ने तोती की परवाह नहीं की। गालियाँ निकलाने लगा। फिर तोती नम्बरदार की तरफ हो गया। "नम्बरदार, क्या हुआ भाई?" नम्बरदार आगे काटने को पड़ा। तझे क्या पड़ी है ओए? साला! न तीन में न तेरह में। बीच में आ टपका।"

तोती को गुस्सा आ गया। बोला, "भाई बसाखा सिंह हद हो गयी। जब ज़रूरत पड़ती है, मैं तीन में भी होता हूँ, और तेरह में भी।"

"टूंडा काली, तोती के गले पड़ गया। हमारी बात में दखल देनेवाले तुम साले कौन हो?"

...तोती कौन-सा कम था। बोल, "साला होगा तू। मैं तो ससुर बना लूँगा।" गाली अभी तो तोती के मुँह में ही थी। काली ने उसकी बगल में टुंड मार दिया। फिर दोनों झड़प पड़े। नम्बरदार और उसका लड़का डाँग लेकर अन्दर चले गये। ये दोनों कीचड़ में लथपथ भूत बन गये। लोगों ने बड़ी मुश्किल से छुड़ाया।

बाहर एकदम शोर पड़ गया। तभी कोई खेतों की ओर भागता दिखाई दिया।

बसाखा सिंह और निहाला बाड़े के फाटक पर आ खड़े हुए।

बाहर लोगों के जमघट में कुछ लोग तालियाँ मारकर हँसे। घुक्कर, बसाखा सिंह और ताए निहाले के पास आ खड़ा हुआ।

"क्या हुआ भाई?" निहाले ने जल्दी से पूछा।

"होना क्या था। भाग गया वह, ताया। वह जा रहा है ऐड़ियों को थूक लगाकर।" घुक्कर ने अँधेरे में लम्बी बाँह करके इशारा किया और खुलकर हँस पड़ा।

"कौन था? किधर भाग गया?" बसाखा सिंह हैरान हुआ।

"तोती था, पगलो का। समाधि की तरफ भाग गया। भगतू बाबे की शरण में जाएगा।"

"हुआ क्या? शोर कैसा था?"

"बाबा। शोर तो वही था। गर्म रोटी नहीं मिलती। तोती दारू की बोतल लेकर गिल्लों के देसू के पास चला गया। पहले भी जाता होगा। दोनों आँगन में पीते रहे। तोती दारू महकाने के मूड में आया। तब तक नरैणे के पुत्तर लाठियाँ लिए आ धमके। कहते, कई इतवार बिता दिये। इसने पहले तोती को पीटा। फिर

देसू को। वे तो भीरे को भी पीटने लगे थे। कहते थे, स्यापे की जब ही खत्म कर दो। बुढ़ियों ने छुड़वा दिया। कहते है, नरैणे का 'मुंडा' किरपाण निकाल लाया था। दलीपो बुढ़िया आकर लड़कों को पीटने लगी तो लोगों का ध्यान बुढ़िया की तरफ हो गया। तब, तोती भाग खड़ा हुआ। आज तो कमाल हो गया। 'घुक्कर ताली मारकर हँस पड़ा।

"भगतू के पास गया होगा इस समय।" बसाखा सिंह को तोती के समाधि पर जाने का भरोसा नहीं था।

"और उसे बर्दाश्त कौन करेगा बाबा। ऐसे कटे-फटे लोगों को भगतू बाबे की समाधि ही शरण देती है। वहाँ खुला खान-पान है। रौनकें अलग। देखने को तरह-तरह के लोग।" घुक्कर कहकर अपने घर की ओर चल पड़ा।

"क्या ज़माना आ गया। बसाखा सिंह, लेट जाओ अब जाकर। यह सब हमें देखना था।" कहकर ताया निहाला उठकर खड़ा हो गया।

"क्या देखना था निहाला सिंह? सब भूख के झगड़े हैं। एक दो घरों को छोड़कर हर घर में ऐसा झमेला है। बेटा बाप को आँखें दिखाता है। बाप-बेटे को देखना नहीं चाहता। औरतें बेचारी दो पाटों के बीच में हैं। कभी पुत्तर गालियाँ निकालता है, कभी बाप पीट देता है।"

"... यही राम रौला चल रहा है।...इस दसौंदा सिंह को ही देख लो। अच्छी खासी ज़मीन थी। अब माथे की रेखा उल्टी हो। दसौंदा सिंह गिल्ल से घसता घसता देसू हो गया। घरवाली अलग बेइज्जती करवाती घूमती है। कल मैं देसू से बात करूँगा।" कहकर बसाखा सिंह फाटक बन्द करके अन्दर चला गया।

छत्तीस

नरैणसिंह गिल्ल के ताए बीहला सिंह का पोता है देसू। पूरा नाम तो दसौंदा सिंह है। कुछ बरस वह दसौंदा सिंह ही बना रहा। कलियोंवाला कुर्ता और कसा हुआ चादरा पहनकर, चौपाल से निकला करता था।

उन्हीं दिनों कन्धों के ऊपर से थूकने का मन हो आता था। लेकिन कढ़ाई की हुई जूती की नोक की टौर बहुत देर नहीं रही। भीरो जब ब्याह करवा कर आयी थी, घर में सहमति थी। छोटा भाई दसवीं करके बेकार घूमता था। एक स्कूल में चपड़ासी लगने की बात बनने लगी। उसने बड़े भाई देसू से बनाने को कहा।

देसू ने नफरत से कहा, "गिलों का जवान होकर, अब तू जमादारों की तरह

स्कूल साफ करेगा? मास्टरों को पानी पिलाया करेगा? उनके आगे हाथ जोड़कर खड़ा रहेगा। शर्म नहीं आएगी तुम्हें?''

लाभे ने मनमानी की। गाँव से थोड़ी दूर, हाईस्कूल में चपड़ासी जा लगा। सुबह साइकिल पर जाता। रोटीवाला डिब्बा साथ ले जाता। शाम को लौट आता।

दसौंदा सिंह इसी बात को लेकर नाराज़ हो गया कि उसने चपड़ासी की नौकरी क्यों की। इससे तो अच्छा है, बन्दा कुछ खाकर मर जाए। ये बात उसने गाँव के कई लोगों को कही थी। जट्टों के कई घर लाभे को देखने के लिए आये। लेकिन चपड़ासी की नौकरी करता देखकर सम्बन्ध बनाने से इनकारी हो गये। आखिर एक कमजोर घर ने लाभे को अपना लिया।

शादी के छह महीने बाद ही दसौंदा सिंह ने उसके हिस्से की आधी ज़मीन देकर अलग कर दिया। माँ भी लाभे के चूल्हे पर चली गयी।

लाभा खुद खेती नहीं करता था। अढ़ाई किल्ले में वह क्या करे—क्या न करे। दसौंदे ने उसे खेती के लिए औज़ार नहीं दिये। जो उसके हिस्से आते थे वे भी नहीं। लाभे ने बाबे नरैणे के यहाँ ज़मीन आधी-आधी करके दे दी। स्याने बन्दे थे। ठगी के रास्ते पर नहीं पड़ते थे। लाभे को ऐसा परिवार ही ठीक रहता। खुद वह सारा दिन स्कूल में रहता।

दसौंदा इस बात से लाभे से दु:खी था। वह सोचता और अन्दर ही अन्दर दु:खी था। यदि आधे में देनी थी तो हमें ही देता। बेगानों से मार खाकर ज्यादा मज़ा आता है।

इसी गुस्से में दसौंदे ने आँगन में दीवार खड़ी कर, लाभे को बुलाना भी छोड़ दिया था। समय बीतता गया। अब वह चपरासी लाभ सिंह, दसवीं पास होने के कारण, महकमें ने तरक्की देकर क्लर्क बना दिया। उसके पास अपना स्कूटर है। उसने अपने हिस्से आया कच्चा मकान गिरवाकर, दो पक्के कमरे खड़े कर लिए। बाहरवाली दीवार पक्की करके, लोहे का गेट लगवा लिया। गेट पर मोटे अक्षरों वाली नेमप्लेट लिखवा कर टाँग दी, 'लाभ सिंह गिल'।

इस दौरान दसौंदा सिंह की हालात बदतर होती गयी। उससे खेती भी ठीक से नहीं हो पा रही थी। पहले उसके पास दो बैल थे, मामूली से। अब वे रोगी हो गये थे। उसने हल तो लाभे को दिया ही नहीं। बाकी औज़ार भी उसी के पास थे। लेकिन वह मेहनती नहीं था। अकेले औज़ार क्या करते। उन्हें इस्तेमाल भी तो करना चाहिए। दसौंदा सिंह हमेशा दूसरों की कमियाँ निकालनेवाला था। बसाखा सिंह कभी-कभी चौपाल में हँसा करता, 'कि रोते जाते हैं मौत की खबर लाते हैं।' दसौंदे का भी यही हाल है। कभी रब को कोसने लगेगा। कभी हवा से कहेगा, यह ठीक से नहीं चलती। कभी बारिश की निन्दा करेगा। कभी अपने

पुरखों को गालियाँ देता रहेगा। खुद तिनका भी तोड़कर दोहरा नहीं करता।

दसौंदा सिंह ने अलग होकर, पहले भैंस बेच दी। तब भीरों ने लड़ाई की थी। ''ये क्यों बेचते हो। इसके साथ तो घर में पर्दा बना हुआ है। मैं खुद भैंस सँभाल लूँगी। भले मुझे खुद घास छीलकर लाना पड़े।''

''कहाँ से काटोगी घास तुम। गिलों की बहू घास छीलेगी खेत में। कामगरों, कमीनों की तरह।'' ''अपने काम में क्या शर्म? हम घर में खर्च जितना तो दूध ही बेच दिया करेंगे। मेरा काम लगा रहेगा। बच्चे भी पल जाएँगे।''

''नये बीज लाने हैं, फिर खाद लाएँगे। पानी भी मोली लेना पड़ेगा। मैं नोट कहाँ से लाऊँगा। यदि चार मन दाने नहीं होंगे तो बच्चों को कैसे पालोगी?''

दसौंदा सिंह की बात सच्ची थी। गलत भीरो भी नहीं थी। मायके घर, जवानी में उसने बहुत काम किया था। अब भी यही सोचती थी, अपने काम में कोई शर्म नहीं होती।

लेकिन उसकी एक नहीं चली। दसौंदा सिंह ने लाला रूपचन्द को भैंस बेच दी। अभी वह गाँव छोड़कर शहर में नहीं था। प्रकाश यहीं गाँव में पढ़ता था। भगतू भी माघी की संगत में नहीं था। ये पहले की बाते थीं। भगतू और माघी तब छोटे थे।

भैंस बेचकर दसौंदा शहर से गेहूँ का बीज और खाद की कुछ बोरियाँ ले आया। भीरो को जलेबियाँ लाकर दी थीं। भीरो को तो अब कभी-कभी वह जलेबियाँ ही याद आती हैं। भैंस गयी, भीरो खाली हो गयी। पहले कभी वह गोबर सँभालती, उपले पाथती। भैंस को नहलाती, घास डालती। दूध दोहती। सारा दिन व्यस्त रहती थी। एक दिन दुःखी हुई भीरो ने दसौंदे से कहा, ''पता नहीं किस जन्म का बदला लिया है मुझसे।''

दसौंदा सिंह ने दो किल्ले गेहूँ तो बो ली। पानी के लिए कभी वह सरपंच के भाई की मिन्नत करता, कभी अपने ताए नरैणे के पास जाता। कभी किसी और की चलती मोटर पर जा खड़ा होता। प्रत्येक बोल देता, ''जब मोटर खाली होगी, चला देंगे।'' जब आसपास बीजा गेहूँ दो-दो हाथ ऊपर आया, तब दसौंदा सिंह की, खाद-पानी से भूखी प्यासी पीली कनक देखकर, लगा—पता नहीं सोकड़े वाले बच्चे की तरह यह पकेगी कि नहीं।

कभी समय पर पानी न मिलता। कभी ढंग से गुड़ाई न हुई। कभी बेमौसम बरसात आ जाती। इसका दोष वह अपनी किस्मत के सिर चढ़ा देता। अगले तीन सालों में दसौंदा सिंह ने अपनी ज़मीन पहले गिरवी रखी, फिर बट्टे पर करनी पड़ी। पहले लोगों ने उसके नाम से गिल उतार दिया। कुछ समय बाद सिंह भी उतर गया। फिर दसौंदा भी धीरे-धीरे घिसते-घिसते देसू बन गया। एक कमरे

की दीवार मूसलाधार बरसात में गिर गयी। उसके मलबे के साथ घर अन्दर से अपेक्षित बाड़े की तरह वीरान लगता था।

ऐसे समय में तोती ने देसू के साथ दोस्ती कर ली।

एक दिन शाम की बात है। तोती रूपचन्द की दुकान के बाहर बने चबूतरे पर बैठा था। देसू चाय के लिए गुड़ लेने आया। रूपचन्द ने जवाब दे दिया। बोला, "भई देसू सिंह! अभी पहले वालों में से तो तूने एक धेला नहीं लौटाया। पहले वह दे दो, फिर और ले जाना। मुझमें तो बस इतनी ही गुँजाइश है।" देसू सिर झुकाए वापिस आ गया। तोती ने दारू की घूँट लगा रखी थी। पूछा, "क्या हुआ गिल?" मुँह ऐसा क्यों बनाया है जैसे लड़की दफना कर लौटे हो?"

"गुड़ लेने आया था तोती सिंह। लाला कहता है, पहले पुराने पैसे दो। फिर और उधार दूँगा। अब मैं किसकी जेब काँटू?"

"तोती दुकान के बाहर खड़ा हो, गिल को गुड़ की ज़रूरत हो, दसौंदा सिंह गिल को! और यह साला दुअन्नी का करियाड़ (बनिया) तुम्हें लौटा दे? धिक्कार है इस जीवन को। आ, मेरे साथ। शराबी तोती ने देसू की बाँह पकड़ी, और दुकान में खींच कर ले गया।"

"लाला, यह मेरा बड़ा भाई है। जो माँगता है, इसे दो।"

"भाई तोती सिंह। इसका खाता तो पहले ही..."

"खाते को मार गोली। मेरे खाते में लिख दे।" फिर देसू के कंधे पर हाथ टिका दिया।

"ले लो जो कुछ लेना है।" बोलकर तोती निकल आया।

देसू ने गुड़ के साथ चाय पत्ती भी ले ली। बाहर निकलते ही तोती ने रोक लिया।

"लगानी है घूँट?"

देसू ने हामी नहीं भरी। वैसे उसका मन था कि तोती एक बार और कहेगा, तो पी लूँगा। फिर मुफ्त की कौन छोड़ता है? शराबी तोती, देसू के मन की बात समझ गया और दुकान में जाकर बोला।

"लाला, जरा गिलास तो पकड़ाओ।"

"रूपचन्द से दो गिलास लेकर, बाहर आते ही तोती ने एक तरफ होते हुए डब्बे में से बोतल निकाली। गिलास में बड़ा पैग डालकर देसू को पकड़ाते हुए कहा, "ले भई गिल्ला! खींच!"

कठोर मन बनाकर देसू ने एक साँस में गिलास खाली करके तोती को पकड़ा दिया। कँपकँपी ली, और थेड़ पर बैठ गया।

पहले तोड़ की दारू ने अन्दर जाते ही शेर कर दिया। देसू फूल-सा हल्का महसूस करने लगा।

"और लगाओगे?" तोती ने थोड़ी देर बाद पूछा।

"यहाँ पानी-धानी तो है नहीं। आ घर चलते हैं। फिर तुम्हारी भाभी से कोई अचार, प्याज माँग लेंगे।" देसू और तोती घर की ओर चल दिये।

तोती आज पहली बार देसू के घर जा रहा था। गाँव के रास्तों में या इधर-उधर कई बार वे मिलते थे। लेकिन इस समय, घर में जिसे गाँववाले 'असमय' कहते हैं, वह कभी नहीं आया। घर में घुसने लगा था। तोती भले ही शराबी था, तो भी तनिक झेंप थी। न जाने उसकी घरवाली क्या कहे, क्या सोचे? "आजा-आजा, तोती सिंह।" देसू को नशा हो गया था। "तुम कोई बेगाने हो।"

आँगन में आकर एक ओर खड़ी ढीली चारपायी बिछा कर तोती को बैठने का इशारा किया। देसू अन्दर से पीतल का गिलास उठा लाया। फिर उसने भीरो को आवाज़ लगायी, "पानी तो दे हमें।"

भीरो कोठरी में से निकली। तोती को बैठा देख कुछ नहीं बोली। उनके पास पानी की गड़वी रखकर चली गयी। शराबी तोती ने मद्धम-सी रोशनी में देखा। पक्के रंग की, सुगठित शरीरवाली देसू की बीबी सुन्दर है। नैन-नक्श कटाव लिये हुए हैं। उसे देखकर तोती का नशा दोगुना हो गया। यहाँ समय-कुसमय ठहरा जा सकता।...

"...कोई प्याज नमक तो ला भीरो।" देसू ने हुकुम दिया।

कुछ देर बाद भीरो कटोरी में नमक लायी। देसू ने पूछा, "प्याज नहीं है कोई?"

"नहीं है।" भीरो का जवाब रूखा था।

"तूने पहले क्यों नहीं बताया?" तोती ने गुस्से से कहा। "चलो अभी ले आते हैं।"

"यूँ ही लाला गुस्सा करेगा।" देसू लाले के उधार से डरता था। "लाले तेरी तो..." ...फिर अन्दर की ओर झाँकते हुए गाली निकालता रुक गया..."लाले ने गाँव में नहीं रहना?"

फिर उसने देसू को और पैग पकड़ाया। खुद भी पी गया। देसू को पूछा—"बच्चे कहाँ है?"

"अन्दर होंगे। सो गये शायद।"

तोती उठ गया। कोठरी के बाहर तक गया। जेब में से दस को नोट निकाला। "ले पकड़ भाभी, बच्चों को दे देना।"

भीरो उठी नहीं। दोनों बच्चे जाग रहे थे। वे भीरो के मुँह की तरफ देखने लगे।

तोती अन्दर चल गया। फिर उसने जबरदस्ती नोट भीरो के हाथों में थमा दिया।

देसू शराबी हुआ बाहर ढीली चारपायी पर टेढ़ा-सा बैठा था।

भीरो ने नोट लौटाना चाहा। शराबी तोती उसकी बाँहों और हाथों में उलझना चाहता था। भीरो पीछे हट गयी।

बाहर आकर तोती देसू की तरफ देखने लगा। झुककर उसके निकट गया। धीमे से कहा, ''पीने की तलब हुआ करे तो आ जाया कर इधर। भरजाई को किसी बात की तंगी मत होने देना।''

वह लड़खड़ाता हुआ बाहर चला गया।

और तोती का देसू के घर आना जाना बन गया।

चौपाल में घुक्कर, माघी ने पंखों के कबूतर बनाकर उड़ा दिये।

''अब तो देसू गिल के चौके में भी दाल को तड़का लगा करेगा।''

''चलो अच्छा हुआ। दलीपो बुढ़िया को बिना शादी के ही बहू मिल गयी।'' घुक्कर ने बात घुमायी।

''तोती इतना खर्च कहाँ से करता है यार! बुढ़िया तो मरी जूँ भी नहीं देती किसी को।'' ये बात माघी की समझ से बाहर थी।

''भीरो सयानी हो तो दोनों बच्चे उठाकर दलीपो बुढ़िया के पैरों को हाथ लगा दे। कहे अम्मा ये भी तुम्हारे पोतों जैसे ही हैं। देसू का कौन-सा नाम लिखा हुआ है।''

घुक्कर की बात सुनकर चौपाल में बैठे लोग हँस पड़े।

ज़मीन बय हो गयी तो देसू बेकार हो गया। काम करने के लिए कोई और रास्ता नहीं था। दिन भर घर में बैठा रहता। दिन पहाड़ हो गये। रात पड़ने में ही न आती। भीरो हर समय खीझी रहती। पहले भैंस गयी थी। अब ज़मीन भी हाथ से गयी। यदि इसने काम धन्धा न किया तो सिर से छत भी जाएगी। वह सोच रही थी। गाँव के लड़के शहर में दिहाड़ी करने जाते थे। कई बार उसे सुए की पुली पर मुड़ते हुए मिलते, तो शराब की बू आती। देसू सोचता, मुझसे तो यही तो अच्छे हैं। मैं यदि शहर जाया करूँ, साठ-सत्तर दिहाड़ी तो होगी ही। गाँव में तो किसी के साथ सीरी करनी पड़ेगी। शरीक वैसे नहीं छोड़ेंगे। कुछ दिन देसू वैसे ही परेशान रहा। इसी उठापटक में उसका मन कहीं भी नहीं टिकता था। घर होता तो बाहर की ओर भागता। बाहर घूमता होता तो घर याद आता। अजीब मानसिक तनाव में था वह इन दिनों में।

एक दिन उसने मन में सोचकर फैसला करके मडगार्ड रहित पुराना साइकिल उठाया और अड्डेवाली दुकान से टायरों में हवा भरवाने ले गया।

भीरो को भी उसने कुछ नहीं बताया। सिर्फ इतना कहा, ''सुबह दो रोटियाँ पका देना। मैं काम पर जाऊँगा।

हवा का सामना करना पड़ा रहा था। साइकिल के चक्के बिना गरीस के चूँ-चूँ कर रहे थे। कभी पैडल अड़ जाते, कभी चेन उतर जाती। देसू ने खीझकर साइकिल को कई गालियाँ दीं। गन्दी गालियाँ! शहर तक पहुँचा तो उसका साँस उखड़ रहा था। लेबर चौक में खड़े भइयों की एक टोली से जरा हटकर वह रुक गया। खेस की बुक्कल से उसने आधा मुँह ढक लिया। क्या पता गाँव का कोई महजबी चमार ही मिल जाए। मरना हो जाएगा। गाँव जाकर गुड्डा बाँधेगा। कहेगा, गिल्लों का देसू आज दिहाड़ी करनेवालों की भीड़ में खड़ा था।...

कोई स्कूटर या कार आकर रुकती। भइयों की भीड़ टूट पड़ती। साढ़े आठ, नौ बजे तक भीड़ छँट गयी। पाँच सात बूढ़े कमजोर दिखते मजदूर, रह गये। देसू अभी भी एक तरफ खड़ा था।

एक स्कूटर देसू के पास आकर रुका।

''चलोगे?'' उसने देसू से पूछा।

पहला दिन था। देसू का दिल धड़कने लगा। न जाने कैसा काम होगा। देसू अभी सोच ही रहा था, हाँ करूँ कि न। दो भइये कहीं से आकर पास खड़े हो गये।

''भइयों, तुम भी चलोगे।'' स्कूटरवाले ने पूछा।

''हाँ चलूँगा। कितना देगा?''

''जो दिहाड़ी चल रही है, वही मिलेगी।''

''ठीक है। पता बताओ कहाँ पहुँचना है?'' भइए जानकार लगते थे।

बात तय हो गयी। स्कूटरवाला घर का पता समझाकर चला गया।

जब देसू और भइए घर पहुँचे तो देसू के पैरों तले से मिट्टी खिसक गयी। बड़े गाँव का मिस्त्री करनैल सिंह बैठा चाय पी रहा था। देसू ने आँखें नीचे कर ली। मन में आया मुड़ जाये। फिर, 'देखी जाएगी', सोचकर साइकिल एक तरफ खड़ा कर दिया।

''क्या हाल है गिल्ला?'' मिस्त्री के पूछने का लहजा ऐसा था, जैसे देसू को चिढ़ाया हो। और किसी को नहीं तो देसू को ज़रूर ऐसा महसूस हुआ। अन्दर से मन मजबूत करने का यत्न करने लगा।...अब नाचना है तो घूँघट कैसा?

मालिक काम समझाने लगा। देसू ने छत पर मिस्त्री के साथ रहना था। भइए नीचे से ईंटें ले जानेवाले थे।

चाय पीते ही सारे काम पर जा लगे।

कोई आधे घंटे बाद छत पर मिस्त्री और देसू झगड़ पड़े। मालिक जल्दी से ऊपर पहुँचा। पूछा—"क्या हुआ?"

"इस गिल साहिब को किसी और काम पर लगा दो। बाबूजी, मैं भइयों से काम चला लूँगा।" मिस्त्री ने तेजी से ईंट तोड़ते हुए कहा।

"क्या कहता है यह तुम्हें।" मालिक ने हैरानी से पूछा?

"ये क्या कहेगा? किसी मिस्त्री ने सिखाया ही नहीं कुछ? इसे कुछ मालूम तो है नहीं। टुकड़ा माँगते हैं ईंट पकड़ा देता है। साहल माँगते तो तेसी पकड़ा देता है। पानी का गिलास माँगा। कहता, नीचे जाकर पी आओ। मिस्त्री काम छोड़कर खड़ा हो गया। मैं ही जानता हूँ, मिस्त्री को करने दो काम। बोलकर, देसू पानी की बाल्टी में हाथ धोने लगा। मालिक को चिन्ता हो गयी। अब इस समय और मजदूर कहाँ से लाऊँगा। उसने देसू के पास जाकर कहा—'तुम नीचे चलो। यहाँ भइया भेज देते हैं।"

"नहीं यार। यह यूँ ही अकड़ रहा है। नीची जात। यूँ ही तुम मुझे नीचे लगा दोगे।" देसू ने मिस्त्री की तरफ कड़वी आँख से देखा। फिर वह उतर आया। मालिक भी साथ आ गया। उसने भइए को ऊपर भेज दिया। देसू ने आकर साइकिल को हाथ डाला, मालिक ने रोक लिया।

"यह दिहाड़ी लगा जाओ। चलो, आधी तो पूरी कर जाओ।" बाबू बिखरे काम की तरफ देखकर बोला।

"मैं कौन-सा तुमसे पैसे माँगता हूँ।" देसू ने कहा।

"तुम मिस्त्री के पास मत जाना। मैं जाने नहीं दूँगा। तुम गारा बनाओ। यहाँ नीचे ही काम करते रहना। यूँ नहीं करते। चल, छोड़ साइकिल। मैं और चाय बनवाकर लाता हूँ।"

देसू एक तरफ बैठ गया। मालिक अन्दर चाय के लिए बोलकर, देसू के पास आ खड़ा हुआ। "तुम जानते हो मिस्त्री को?" मालिक से पूछा।

"जानता हूँ। तभी तो साला अकड़ता है। हमारे साथ वाले गाँव का ही है।"

"तुम्हें क्यों तंग करता है?"

"तंग ये साला मुझे क्या करेगा? मैं जानता हूँ इसके खानदान को। इनके परिवार की करतूतों को। साले को अपना ही पाल मारे जा रहा है। सारी उम्र जट्टों की गुलामी करते निकल गयी। कभी चारा लेने गये, कभी तूड़ी माँगने आ गये। अब यह अपनी तरफ से मेरी बेइज्जती कर रहा है। मैं क्या जानता नहीं? मुझे साला घोगड़ क्या समझता है। अब बाबूजी, मैं दिहाड़ी करने लगा, तो इसकी हेठी मान लूँ? यों तो जट्टों को नीचे लगा देगा। इसकी माँ आवारा औरत थी।

गँडासे निकाले फिरते हैं। साला भूल गया, जब हमारे खेतों में दरातियों के दन्दे निकालता फिरा करता था। अब कहता है, गिलास माँजकर पानी पिला। पानी पिलाएगी मेरी जूती...।''

तभी बाबूजी की घरवाली चाय लेकर आ गयी।

दोपहर देर बाद देसू गारा बनाने लगा।

दोपहर की रोटी के समय देसू मिस्त्री के सामने नहीं आया।

शाम तक उसका शरीर टूटने लग गया। भइए पूरे जोश में थे। देसू को इस तरह दिहाड़ी करने की तकनीक का ज्ञान नहीं था। उसने पूरा शरीर तोड़कर काम किया था। भइए रोज़ के अभ्यस्त थे। उन्हें मालूम था, शाम तक शरीर की शक्ति कैसे बचाए रखनी है। मालिक मिस्त्री, जितना चाहे शोर डाले, वे 'हाँ जी, हाँ जी', करते रहते हैं। लेकिन अपनी रफ्तार में फर्क नहीं डालते।

घर का मालिक देसू के काम से सन्तुष्ट था। भइए को गारे में धँसे दो घंटे हो चले थे। देसू ने आधे घंटे में गारा, तौड़ी के साग की तरह घोट दिया था। छत पर ईंटें पहुँचाते हुए भी भइए दो चक्कर लगाते, देसू तीन लगा जाता। मालिक ने अगले दिन आने के लिए भी कहा। लेकिन देसू दिहाड़ी लेकर इनकार कर गया। समय देसू ने देखा। भइए अभी सामान सँभाल रहे थे।

देसू लगातार शहर जाने लगा। गाँव के मजदूरों से वहाँ भइयों की भीड़ अधिक होती। वे गाँववालें मजदूरों से पैसे भी कम लेते थे। काम पर दो घंटे ज्यादा लगे रहते। पंजाब के बदतर हालात होने पर भी, भइयों का आना कम नहीं हुआ। पूछने पर कहते, 'अपने देश में भूखा मरने से अच्छा है भरपेट गोली से मर जाना।'

देसू की दिहाड़ी कभी लगती, कभी न लगती, तो भी वह सुबह साइकिल उठाता और चल देता। शाम के समय लौटता। कभी वह तोती को खोजता। कभी उस जैसा कोई और मिल जाता।

यूँ ही रोते-पिटते देसू दिन काट रहा था। भीरो का सुगठित शरीर भूख और चिन्ता से कमजोर होने लगा था।

पंजाब में से गर्म हवाएँ निकल चुकी थी। लेकिन गर्माहट बाकी थी। वातावरण में अभी झुलसे अरमानों की गन्ध आ रही थी। रुलदू जैसे परदेसों में भटकते कई लोग वहाँ की मिट्टी में ही मिट्टी हो गये। कुछ चारों कोण खाली लिए उजड़े आँगन में प्रेतों जैसे खड़े थे। देसू गिल्ल की दिहाड़ी लग जाती तो घर में रोटी पक जाती। नहीं तो बच्चे भीरो के मुँह की तरफ देखते-देखते भूखे सो जाते। देसू जैसे और भी कई घर होंगे चक बूढ़सिंह में। लेकिन हमारे घरों की ढकी-धरी रहती थी। जहाँ तक होता कोई अपना कुर्त्ता उठाकर पेट नहीं दिखाना चाहता था। भगतू जबसे वापस आकर समाधि पर साधू बनकर बैठा है, देसू कभी-

कभी, जिस दिन दिहाड़ी नहीं बनती, चक्कर लगाता है। समाधि पर खुला अन्न पानी छकने के लिए है। यदि शरीर बहुत थका हो तो कभी अफीम, कभी दारू भी मिल जाती है। अब वहाँ दो कमरे तैयार हो चुके हैं। आगे बरामदा है। बरामदे में भट्ठियाँ हैं। समाधि का चबूतरा पहले से ऊँचा कर दिया गया है। भगतू तो वहाँ एक ऊँचा निशान साहब भी फहरा देना चाहता था। लेकिन साधाराम ने रोका हुआ था। उसे इस विद्या के बारे में भगतू से अधिक जानकारी है। अभी विनीत भाव और याचना ही संगतों को फुसला बहला सकती है।

गुरु साहिब के तीर और घोड़ा साहब की खुरी के लिए एक श्रद्धालु ने पालकी बनाकर भेंट कर दी है। पास ही एक बोलक रख दिया। अब बहुत संगत आने लगी है। आसपास से आये लोग और महिलाएँ कारसेवा में लगी रहती हैं। घुक्कर और माघी को समाधि की सेवा करने का मौका मिलता है।

माघी, भगतू बाबे का विशेष विश्वसनीय बन्दा बन गया। समाधि की हद में सारी जिम्मेवारी माघी की है। संक्रान्ति पर यदि किसी ने समाधि के पास दुकान या फड़ी लगानी हो, तो माघी की आज्ञा ज़रूरी है। बाहर का काम घुक्कर के जिम्मे है। गजा करना है। बाहर से रसद लानी है। लंगर के लिए लकड़ियों, गैस आदि का प्रबन्ध करना है। सभी कामों की चिन्ता घुक्कर को है।

कुछ समय से भीरो भी समाधि पर सेवा के लिए आने लगी। बढ़ा हुआ लंगर, बचा सामान, माघी भीरो को घर ले जाने देता है। जब घर में कुछ नहीं होता, बच्चे बिलखते हैं, तो भीरो समाधि पर आकर लंगर में से उनके लिए कुछ ले जाती है। माघी के साथ भीरो की सुर मिलती है। कुछ लोगों ने दोनों को एकान्त में बातें करते भी देखा है। भीरो किसी की परवाह नहीं करती। देसू को शायद पता है। लेकिन वह क्या करे? सब कुछ उससे बाहर है। अब तो ठीक से दिहाड़ी भी नहीं लगती। यदि कोई लगाकर कहता है, 'सुना भाई गिल्ला!' तो देसू को लगता है...जैसे उसे कोई गाली दी गयी है।

भगतू बाबा अपना ध्यान धार्मिक पुस्तकों के अध्ययन में लगाना चाहता है। साधाराम उसे समझाता है। यदि यह रूप धारण किया है तो इसके बारे में कुछ ज्ञान भी ग्रहण करो। भगतू के पल्ले कुछ नहीं पड़ता। लेकिन संगत में उसका प्रभाव बन रहा है। साधाराम उसके साथ गोष्ठी करता है।

कभी-कभी तोती आकर बाबे भगतू की तपस्या कर देता है। वह शराब पीकर, भीरो की बातें करता है। उसके गुदाज शरीर की बातें करता है। भगतू रोकता है तो तोती हँसता है। वह भगतू को पुराने कारनामें याद करवाता है। भगतू बताता है...ऋषि वाल्मीकि भी तो पहले डाकू होता था।

समाधि पर खुला खानपान मिलने से भगतू का शरीर भर रहा है। पहले

उसका चेहरा धँसा-सा था। अब चेहरे पर रौनक है। कुछ श्रद्धालुओं को तो चेहरे पर नूर भी दिखाई देता है। तोती की बातें सुनकर भगतू के शरीर में बहते खून की गति तेज हो चली है। जब भीरो समाधि पर आती है तो भगतू बाबा अध खुली आँखों में से उसके पके, सख्त शरीर को देखता है, जो भूख की परछाईं पड़कर ग्रहणयुक्त लगने लगा है। मन विकार में भटकता है तो धार्मिक पुस्तक लेकर पढ़ने लगता है।

एक दिन समाधि की परिक्रमा में भगतू बाबा बरामदे के काने में जूठे बर्तनों की सेवा कर रही भीरो के पास आ खड़ा हुआ। भीरो पाँव को हाथ लगाने लगी तो भगतू पीछे हट गया। बोला, ''यहाँ लंगर बहुत आ जाता है भई। न खुद भूखी रहना, न बच्चों को भूखे रखना। जब ज़रूरत हो, समाधि के द्वार तेरे लिए हमेशा खुले हैं।''

भीरो फिर पैरों को हाथ लगाने लगी। भगतू पहले की तरह पीछे हटता बोला—''न भई, यह पाप न करना।''

कभी-कभी भीरो या देसू समाधि पर आते हैं। समय हो तो यहाँ बैठकर खुद लंगर छकते हैं। बच्चों के लिए भी ले जाते हैं। भगतू बाबा ने माघी को कहा हुआ है कि भीरो को किसी चीज़ से जवाब न देना।

घुक्कर का ज्यादा समय समाधि पर ही बीतता है। लेकिन अभी उसकी खोजी कुत्तों वाली आदत गयी नहीं। गजा करने आता, तो अक्सर चौपाल के बीच से होकर निकलता। कई बार झूठी अफवाहें पीछे छोड़ जाता है। उसकी बातों पर चौपाल में कुछ दिन तो चर्चा चलती रहती है।

अब उसने बाबा रामसिंह के कान में धीमे से एक नया शोशा छोड़ दिया है।

''बाबा, मुझे लगता है, मेनका ने ऋषि का तप भंग कर दिया।''

''कौन मेनका? कौन सा ऋषि? साला बिगड़ैल सा। फालतू बात करेगा!'' बाबा मानो गुस्से हो रहा था।

''हे बाबा सिंह?''...फिर आसपास देखकर घुक्कर ने बाबे के कान के पास कुछ खुसर-खुसर किया। ''भीरो, गिल्लों की बहू मेनका...और ढिल्लों का भगतू बाबा ऋषि।'' फिर उसने बाँह ऊपर की ओर उछाली । जोर से बोला, ''यहाँ तो आसन डोल रहा है।''

चौपाल में बैठे लोग घुक्कर को हैरानी से देखने लगे। वह ताली बजाकर हँसा। फिर स...त...ना...अ...म...कहता गुरुद्वारे वाली गली की ओर मजा के लिए चल दिया।

चौपाल में निठल्ले बैठे लोगों को नयी बात मिल गयी। कुछ तो सच ही मान रहे थे। कुछ नहीं भी मान रहे थे। घुक्कर की आदतों से वे परिचित थे।

सरैणे का मन करता था, घुक्कर को भगतू की बहन के बारे में पूछे। साला, लोगों की बातें कर जाता है। इनके घर की नहीं बताता। सरदूल की लड़की खुलेआम शहर आती है...और मजहबियों की कन्तो! घुक्कर समय पर मुड़ आया तो यहीं चौपाल में पूछूँगा। फिर उसने रामसिंह से कहा—"रामसिंह, घेर ले साले टिंडे को...यूँ ही साला शरीफ औरतों की बदनामी करता है।"

"हमें क्या लेना सरैण सिंह? वह बेचारी अपने बच्चे पाल रही है। पालती रहेगी। देसू इसे परोंठे कहाँ से खिलाएगा? जाती है समाधि पर, जाने दो। लोगों के पेट में दर्द क्यों होता है?" रामसिंह ने सबको चुप करवा दिया।

देसू आजकल परेशान है। एक तो घर की हालत उसका गला घोंट रही है। दूसरी खास बात, उसके अपने नशे पते का जुगाड़ नहीं बन रहा। शरीर दिन-प्रतिदिन कमजोर होता जा रहा है। छोटे भाई लाभे के साथ कब से बोलचाल बन्द है। किल्लों से कमाई की आस भी नहीं है। अब उसकी हालत सीरियों से भी बदतर है। अड़ोस-पड़ोस से माँगे कोई पैसा नहीं देता। दुकानदार उधार तक नहीं करते। 'पहले लौटाओ, तभी आगे मिलेंगे।'...भीरो भी कब तक भिखारियों की तरह दर-दर भटकेगी?

देसू सारा दिन सोचता रहता, क्या करे? कहाँ जाए? आखिर दिमाग में सूझ उभरी। चेहरे पर हल्की-सी रौनक आ गयी। वह तेजी सुनार के पास चला गया।

तेजी सुनार चक बूढ़सिंह का नहीं है। किसी और गाँव से आया है। पैंतीस-सैंतीस साल का लगता है। उसने देखा, गाँव खाली है। कुछ घर यहाँ अच्छे भी है। उसका गुज़ारा हो सकता है। आजकल गाँव में एक-दो सुनारों का काम चल जाता है। सोना महँगा है। ज्यादातर अमीर परिवार तो शहर या मंडी के सुनारों से ही नये फैशन का काम करवाते हैं। गाँव के सुनार भी बारीक काम शहर से ही करवा लाते हैं। पहले शहरी सुनार कमाता है। फिर उसी में से गाँववाला भी कमाता होगा। यह यों ही तो नहीं भागदौड़ कर रहा। गाँव के जट्ट अब सब जानते हैं। अब वे पहले जैसे बुद्धू नहीं। बनियों की तरह दुकान चलाने लगे हैं। उन्हें गहनों के बारे में पूरी जानकारी रहती है। कितना ताँबा डाला है। कितना टाँका लगाया है। ये कागज की पर्ची या बही खाते में लिखवाकर रख लेते हैं। बेचते समय पर्ची दिखा देते हैं। सब कहते हैं, "अब जट्ट मूर्ख नहीं, मचला है।"

सुनारों के अपने बहीखाते हैं। गाँव में बहुत घपले हुआ करते हैं। जेवर घिस जाता है। कोई लड़ी-मोती टूट जाता है तो जट्ट शोर डाल देते हैं। तब सुनार अपनी बही दिखाते हैं। जट्ट का लगा हुआ अँगूठा बताते हैं। सुनार समझाता है,

"यह देख भई! मैंने तो इस झगड़े से बचने के लिए ही लिखित की थी। ऐसा न करूँ तो मेरे साथ हर रोज़ कुत्तेखानी होती रहे।" जट्ट मान जाता है।

कई बार झगड़ा बढ़ने से सुनार को बही समेत पंचायत या थाने भी जाना पड़ता है। चुस्त सुनार बही की लिखित पर किसी मैम्बर पंचायत, या सरंपच की गवाही डलवा देता है। दूसरी छोटी जातियों की तरह सुनार के बिना, गाँववालों का गुजारा नहीं। किसी को ताबीज, किसी को तबीती। किसी को लौंग, किसी को अँगूठी, तो किसी को छल्ला चलता ही रहता है। सुनार का रोजगार बना रहता है।

तेजी का भी काम चल रहा है। उसे चक बूढ़सिंह में आये चार साल हो गये। पहले दुकान शहर में थी। वहाँ बड़े-बड़े सर्राफों के सामने उसके पास कौन ग्राहक रुकता? फिर किसी ने इस गाँव के बारे में बताया। तेजी सरपंच के पास आया। उसके सर पर हाथ बनाये रखने के लिए निवेदन किया। सरपंच को भला क्या एतराज था। उसने हँसते हुए कहा, "किसी से ठगी-ठोरी मत करना। कोई और तुम्हें कुछ नहीं कह सकता।" सरपंच ने ही बताया, "जट्टे ड्राइवर का घर खाली पड़ा है।"

तेजी ने चक बूढ़सिंह आकर डेरा लगाया। उसके पास बाहर वाली बैठक और कमरा नहीं था। रसोई की ओट तेजी ने खुदकर ली। बैठक में पहारा बना लिया। दुकान सज गयी।

पहले तीन-चार महीने तो कोई तेजी के पास नहीं आया। वह पल्ले से ही खाता रहा। लेकिन धीरे-धीरे...उसके यहाँ पहले धागेवाले ताबीज बनवाने आने लगे। फिर गहने-गट्टे का काम चलने लगा। तेजी पूरे हिसाब से चलता। वह सयाना था। मीठा बोलता। स्वभाव का नर्म था। इन चार वर्षों में उसके काम को लेकर किसी की कोई शिकायत नहीं आयी। वह अपने काम से मतलब रखता। बिना वजह यूँ ही गाँव में कभी नहीं गया। भाईचारे के तौर पर उसका गाँववालों से मेल मिलाप नहीं था। गाँव में क्या घटना घटती है, कौन आया है? किसने लड़ाई की है। इन बातों की तरफ ध्यान नहीं देता था।

उसकी घरवाली ज्यादातर भीतर रहती। कभी-कभार दस-पन्द्रह दिन या महीने बाद, तेजी से शहर लेकर जाता। चौपाल में बैठा घुक्कर या कोई और कह देता, "तेजी, सुनारी को कभी-कभी ही हवा लगाता है।"

वह कपड़े सीना जानती थी। गाँव की कई औरतें और लड़कियाँ उसके पास आने लगी थीं।

आज, देसू गिल्ल जल्दी ही तेजी की दुकान पर आ गया। तेजी अभी पानी छिड़क कर धूपबत्ती कर रहा था। उसका मेलजोल भले कम था, तो भी वह गाँव के खास चर्चित लोगों को जानता था।

''आ भई देसू गिल्ल! कैसे आना हुआ?'' तेजी से अपने औज़ारों की सन्दकूची के ढक्कन की विरल में धूप की सींख अड़ाते हुए कहा।

''तेजी सिंह। शादी है साली की लड़की की। तुम्हारी भाभी पीछे पड़ी है, लड़की को टूम डालनी है। इसीलिए आया हूँ। बुन्दे बनवाने हो ठीक-ठीक, तो कितना खर्चा आएगा? देसू गिल्ल ने अपनी तरफ से सहज होते हुए पूछा।

''आधे तोले से कम तो क्या बनेगा देसू गिल्ल! हल्के तो यों ही करवट के नीचे आकर टेढ़े हो जाते हैं। फिर तुम्हें उलाहना मिलेगा।''

''पैसे बता, मुझे कितने लगेंगे?''

''इतना!'' देसू हैरान हुआ।

''क्या बात, ज्यादा हैं? सोने का भाव तो देख, आग लगी हुई है। हर रोज़ रेट बढ़ता है।''

''अपनी इतनी पहुँच नहीं। साफ बात है तेजी। अगर आषाढ़ तक सब्र कर सकते हो, देख लो। तब पैसे मिलेंगे।'' फिर अपने खीसे में से एक छोटी-सी करतन में बँधे दो कोके, और एक चाँदी का छल्ला तेजी को दिखाते हुए कहा, ''बस, यही है मेरे पास तो।''

तेजी ने लौंग और छल्ले को हाथ में रखा। तोला और कहा, ''ये क्यों तुड़वाते हो। और फिर इसका बनेगा क्या? सौ रुपया भी नहीं आएगा।''

''मेरी तरफ से पेशगी देने के लिए यही है। नकद पैसे नहीं हैं।''

तेजी सोचने लगा कि इधर-उधर से सोना इकट्ठा करके इसका काम चला दूँ। दे देगा दाम मिलने पर। गाँव का आदमी है। ऐसे कहाँ भागेगा? गवाही डलवा देता हूँ किसी स्याने की। तब तेजी को क्या पता था कि देसू सारी ज़मीन तो बय कर चुका है। तेजी के मन में आया कि दो महीने बाकी हैं, आषाढ़ में। आ गया बस। रकम का ब्याज लूँगा। पहले बात खोल लेता हूँ। चार-पाँच सौ बचेगा ही।...

उसने सारी बात तय करके लौंग और छल्ला रख लिये। पाँच दिन का समय ले लिया।

सही वक्त पर तेजी ने नये फैशन के बुन्दे शहर से बनवाकर ला दिये। बही में लिखवाकर देसू का अँगूठा लगवा लिया। ताये निहाले की गवाही भी डलवा ली।

अभी चार-पाँच दिन ही बीते होंगे। एक नयी घटना सामने आयी।

शहर से आकर तेजी, घबराया हुआ सरपंच के पास गया और सारी कहानी बतायी। तेजी को गाँव में शरीफ समझा जाता था। अतः सरपंच ने उससे हमदर्दी दिखायी। उसने सभी पंचों और देसू को पंचायतघर बुलवा लिया। गाँव के कुछ और लोग भी आ गये।

घुक्कर को दुःख इसी बात का था कि उसे अभी तक पता नहीं था कि देसू को पंचायत घर क्यों बुलवाया गया है। उसने अपने आप को फटकारा कि तेरी खुफिया एजेंसी फेल है। अब तुम ये विभाग छोड़ ही दो।

तेजी सुनार भी आ गया।

गाँव के बहुत लोगों का यही ख्याल था कि तेजी सुनार ने देसू गिल्ल के साथ ठगी की होगी।

जब सभी इकट्ठे हो गये तो सरपंच ने तेजी को उठाकर कहा, ''बता! सारी बात बता।''

चारों तरफ चुप्पी थी।

''सरपंच साहब, देसू से ही पूछो। जो बुन्दे इसने अपनी साली की बेटी के लिए बनवाए थे। कहाँ हैं?''

''हाँ भई देसू, कब शादी है, तुम्हारी साली की लड़की की?'' सरपंच ने पूछा।

''इसकी तो साली ही नहीं कोई। भीरो तो अकेली है।'' पता नहीं कौन बोल पड़ा।

देसू सिर झुकाए खड़ा रहा। पोल खुल गयी थी उसकी।

''तेजी तुम बताओ भई, क्या बात हुई।'' सरपंच ने तेजी से पूछा?

''सरपंच साहब! पाँच-छह दिन पहले देसू मेरे पास आया। कहता, साली की लड़की की शादी है। पत्नी कहती है लड़की को बुन्दे डालने हैं। फिर कहता, मेरे पास पैसे नहीं है। आषाढ़ी की रकम आने पर दूँगा। मैंने सोचा, गाँव का आदमी हैं। ज़रूरतमन्द है, इसकी मदद करनी चाहिए। मैंने इसे बुन्दे बना दिये। बही में लिखवा भी लिया। ताए निहाल सिंह की गवाही भी पड़ी हुई है। यह देखो...।'' उसने बही का पन्ना खोलकर सरपंच को दिखाया।

''फिर?'' बही से लिखित पढ़कर सरपंच से पूछा?

''मैं आज शहर गया। वहीं शहर के सुनारों के पास। हमारा लेन-देन चलता है। थोड़ा सोना खरीदना था। जिसके पास में खरीदने गया था, वहाँ मेरे बनवाए बुन्दे पड़े थे। मैं हैरान रह गया। यहाँ कैसे आये बुन्दे? देसू ने तो आज शादी पर जाना था। पूछने पर उसने कहा-चक बूढ़सिंह का एक आदमी बेच गया है। मैंने उसे पूरी बात बतायी तो वह हैरान। मैंने कहा-पुलिस केस करूँगा। वह कहने लगा-पहले गाँव जाकर पूछ। मुझसे वह हज़ार रुपये ले गया। बाकी अभी देने हैं। तुम्हारे बुन्दे पड़े हैं। मेरा हज़ार देकर जब मन हो ले जाओ।''

''हाँ भई देसू।'' सरपंच देसू गिल्ल की तरफ हुआ। ''कहाँ हैं बुन्दे?''

भीड़ में खड़े बहुत से लोग मुस्कराने हँसने लगे। उनके लिए यह तमाशा ही था।

"वह तो बेच दिये।" देसू ने नज़र झुका कर कहा।

"तेजी को पैसे कहाँ से दोगे?"

"वह तो आषाढ़ का करार हुआ है।"

"आषाढ़ में कहाँ से दोगे?" सरपंच ने चेताया।

"आषाढ़ आने पर देखा जाएगा।"

लोग फिर हँस दिये।

"अब लड़की को कहाँ से दोगे?" सरपंच ने जिरह के स्वर में कहा।

"जब लड़की ही नहीं है कोई, तो बुन्दे किसके डालोगे?"

"बनवाये क्यों थे?"

"फिर मैं क्या करता? भूख से मर रहा हूँ। माँगने पर कोई दुअन्नी नहीं देता। बच्चे भूखे प्यासे हैं। सोचा, चलो यूँ कर लेते हैं...।" देसू ने खीझकर कहा। कुछ लोगों ने देखा, उसकी आँखों में पानी था।

इस बार खड़े लोगों को हँसी नहीं आयी। और न ही कोई बोला। देसू ने नज़रें नहीं उठायीं।

"जो हज़ार रुपये लाये हो, कहाँ हैं?" सरपंच ने फिर पूछा।

देसू ने मैले हुए चादरे का किनारा, नेफे में से निकाला। एक लड़ में लिपटे गुच्छे-मुच्छे सौ-सौ के नोट सरपंच को थमाए। सरपंच ने गिने।

"ये तो छह सौ ही हैं...?"

"बाकी मैं खा गया। दुकानदार को देने थे। मन भर गेहूँ ले आया। थोड़ा और सामान ले आया।"

"तो तेजी अब थाने जाए?"

"वहाँ भी जूतियाँ पड़ेंगी। यहीं लगा दो।" देसू धीमे से बोला।

सरपंच ने लोगों के सामने तेजी को छः सौ पकड़ाये और कहा—"तेजी, चार सौ पल्ले से डालकर बुन्दे लौटा ला।"

"ये तो अच्छा हुआ समय पर पता चल गया। नहीं तो पूरी रकम ही मर जाती।"

इस घटना की बातें कई महीने चौपाल में चलती रहीं।

लोगों के लिए यह अचम्भा था। "हद हो गयी भाई। सुनार तो ठगी मारते सुने हैं, ये अपनी माँ को भी ठगने से बाज नहीं आते। कहते हैं एक सुनारे ने 'हँस' (हँसली) में भी मिलावट कर दी थी। अपने गाँव में तो उल्टा ही हो गया। देसू ने सुनार के साथ ही ठगी कर दी।"

घुक्कर भरपूर खुश है। उसके लिए यह बिल्कुल नयी बात है। एक दिन

कहता, "हम देसू गिल्ल को गुरुद्वारे में बुलवाकर एक सरोपा दे दें। उसका 'सम्मान' करें।"

रामसिंह ने टोका। "तुम, आपे में रहा करो ओए! साला तिनका-सा। यूँ ही टिटहरी की तरह टाँग उल्टी किए घूम रहा है।"

घुक्कर ने कन्धे ऊपर उठाकर, कछुए की तरह गर्दन छुपाकर, रामसिंह की ओर देखा। बोला कुछ नहीं।

रामसिंह फिर बोला—"अरे पगलो! काहे की ठगी। ये तो भूख के खेल हैं। भूख और गरीबी बहुत कुछ करवाती है बन्दे से। सक्रान्ति के दिन रागी से कथा नहीं सुनी थी—भूख का सताया तो अपनी औलाद बेच देता है, ये तो बात ही कुछ नहीं है। अब कल कौन कह रहा था यहाँ। राजपाल मिर्चें और प्याज़ बोकर बैठा है। बीजता रहे। हर कोई अपना देखता है। गेहूँ पछेती हो गयी होगी। उन्होंने प्याज़ और मिर्चों की पनीरी लगा दी। काम कोई भी बुरा नहीं। ज़रूरत पड़ने पर घास भी खोदनी पड़ सकती है। बाबे कह तो गये हैं—दस नौहों की किरत, कैसी भी हो, अच्छी होती है। यह ठग विद्या ठीक नहीं, देसू की तरह। आगे से बन्दा भाई चारे से कट जाता है।"

तभी राजपाल का चाचा सरदूल चौपाल में आ बैठा। सब खामोश हो गये।

सैंतीस

वज़ीर सिंह का छोटा भाई सरदूल गाँव की घटनाओं को जानने की जिज्ञासा या अड़ोस-पड़ोस में मिलने-मिलाने की अधिक परवाह नहीं करता। शुरू से मनमौजी है। वज़ीर के परिवार के साथ बोलचाल उसी के स्वभाव के कारण बन्द हुई थी। कभी उसे अपने का स्नेह नहीं जागा। हमेशा उसने अपनी बात पूरी करवा कर ही दम लिया।

वज़ीर से अलग होना था। होकर रहा। उससे घर दूर जाकर बसाने की सोची, बाहर फिरनी पर चला गया। अलग होते वक्त उसने वज़ीर को कहा था हम दोनों एक दूसरे के लिए मर गये आज से। तब से सच ही सरदूल ने कभी वज़ीर के घर की ओर नजर उठाकर नहीं देखा। भूपी के गुम हो जाने पर भी पता करने नहीं आया। बेशक उसकी घरवाली व बेटी मीतो, चोरी से ज्ञानकौर को मिल आयी थीं।

सरदूल सदा साफ कपड़े पहनकर रहता। घर में रेडियो है। अब तो छत पर टीवी का एंटीना भी नज़र आने लगा। मीतो के शहर जाते रहने के कारण, घर का सामना बड़े सलीके से सजाया होता है। घर का गेट खुला है, बेशक उसमें

से ट्राली या रेहड़ा नहीं निकालना होता। वह चौपट दरवाज़ा खोलकर, मोहड़ा रखकर, पास रेडियो सजाकर बैठ जाता है। कभी रेडियो पर जलन्धर सुनता है तो कभी लाहौर सुनकर खुश हाता रहता है।

उसकी बेटी शहर में कौन से गुल खिला रही है, इस बात की चर्चा गाँव में अक्सर होती रहती है। सरदूल कम ही ध्यान देता है। पत्नी, मीतो की शादी के लिए हरदिन उससे बहस करती है। सरदूल न किसी से बात, और न खुद लड़का तलाशने की कोशिश करता। चौपाल में जब सरदूल न बैठा हो तो उसकी चर्चा आम ही सुनने को मिलती है। लोग उसे लड़की की कमाई खानेवाला 'भड़या' बताते हैं। एक दिन रामसिंह कहने लगा, "वज़ीर तो भला आदमी है। बेचारे की आँखों में उम्र से पहले ही मोतिया उतर आया। सरदूल अच्छा भला है। यूँ ही अन्धा बन रहा है। इस कमबख्त को इतनी बड़ी हो रही बेटी नज़र नहीं आती। बन-सँवर कर शहर को चल देती है। उसे ब्याह के पीछा छुड़ाए। अपने घर जाकर जो मर्जी करे...।"

"बाबा जी, छोकरी अपनी शादी लायक पैसे जोड़ेगी तभी शादी करेगा न?" सुरैणा शरारत करता।

"यूँ ही पैसे कमा ले।" रामसिंह ने तल्खी में कहा।

"कमा तो रही है फिर।"

जब सरदूल चौपाल में आकर बैठता, ऐसी बातें बन्द हो जातीं।

अब भी सरदूल को देखकर ताऊ निहाले ने चलता प्रसंग छोड़ दिया। मौसम व जमाने की बदलती हवा के बारे में बातें करने लगे। और बातें भी चल पड़ीं। किसने गेहूँ अगेती बो दी थी, और कौन पछड़ गया। सरकार की भी खींचतान करने लगे। किस के घर का बिजली का बिल बहुत ज्यादा आ गया था। कौन रात को बिन पिये रोटी नहीं खाता!

खा-पीकर खाली हुए गाँव के बुजुर्गों, सरदूल या उस जैसे अन्य घुक्कर, माघी जैसों की दिहाड़ी यूँ ही पूरी हो जाती। गाँव में काम करनेवाले अपना काम करते रहते। ये चौपाल में बैठे खेलों की कमेंटरी की तरह, एक दूसरे को, 'सीधा प्रसारण' सुनाते रहते थे।

राजपाल को गेहूँ बोने में देरी हो गयी थी। अब तो दो बार पानी लग चुका है। खेतों में हरियाली नज़र आने लगी। है। रुलदू ने खाली पड़े खेत में मिर्च प्याज़ बोए हुए हैं। कुछ हिस्से में पछेती गोभी लगा दी है। जैसे-जैसे पौधे फैलने लगे, रुलदू भी इनका ध्यान रखने लगा है।

केवल पहले से ठीक है। लाठी के सहारे चलने लगा है। दो दिन कॉलेज भी जा आया। केस की तारीखें लग रही हैं। पहली तारीख को उसका वकील छुट्टी पर था। अगली तारीख अभी दूर है। भूपी वाली बात अब ठंडी पड़ चुकी है। लोगों ने व ज्ञानकौर ने भी होनी स्वीकार कर ली है।

राजपाल शहर जाता है। सदर थाने के इंचार्ज को ज़रूर मिल आता है।

आज वह शहर गया हुआ है। समय निकालकर थाने में गया। पता चला नया एस.एच.ओ. आया है। मुंशी से मिला। एस.एच.ओ. को मिलने की इच्छा व्यक्त की। मुंशी ने बताया, ''रैस्ट हाऊस में मन्त्री जी आए हुए हैं। वहीं गये हैं।''

''कब तक आने की सम्भावना है?'' राजपाल ने पूछा।

''क्या कह सकते हैं? आने को अभी आ जाएँ। न आएँ तो शाम तक न आएँ।'' कहकर मुंशी रोजनामचे मे व्यस्त हो गया। राजपाल कुछ देर तक खड़ा रहा। मुंशी ने आँख उठाकर नहीं देखा।

राजपाल थाने से बाहर आ, चाय के खोखे पर बैठकर इन्तजार करने लगा। सोचा, गाँव से आ गया हूँ तो मिलकर ही जाऊँगा।

घंटेभर के इन्तजार के बाद, राजपाल फिर मुंशी से पूछने आया, ''कोई मैसेज आया जी!''

''कोई मैसेज नहीं आया।'' मुंशी ने इतना ही कहा।

राजपाल फिर बाहर आया।

दोपहर के दो बज रहे थे, अब थानेदार की जिप्सी ने थाने में प्रवेश किया। राजपाल जल्दी-जल्दी भीतर आया व सावधान खड़े सन्तरी को बोलकर मुंशी के पास जा खड़ा हुआ।

''साहिब ने अभी मिलने से मना किया है।'' उसे देखते ही मुंशी ने सूचना दी।

''कह दो राजपाल आया है। लड़की के केस के बारे में पता करना है।''

''मालूम है मुझे। थोड़ा ठहरना पड़ेगा। ज़रूरी डाक निकालनी है।'' वह फाइलें व रजिस्टर लेकर साहिब के कमरे के भीतर चला गया।

राजपाल कुंठित मन से थाने के अहाते में चक्कर काटने लगा। धीरे-धीरे चलता वह लॉक-अप रूम की आरे चला गया। भीतर पाँच-छ: जने मैले-फटे कम्बलों को ओढ़े उकड़ूँ बैठे थे। उनकी जूतियाँ बाहर थीं। भीतर आँगन में बाएँ हाथ कुछ स्कूटर व मोटरसाइकिल इस तरह पड़े थे, जैसे कबाड़खाने में पड़े हों। उन पर मिट्टी व टायरों में से निकली हवा, जंग खाए पुर्जों से पता ही नहीं चलता कि ये पहले किस तरह के होंगे। राजपाल ने सोचा या तो ये आतंकवादियों

की कार्रवाइयों में पकड़े होंगे या फिर अफीम-पोस्त के केस में जब्त किए होंगे।

दाएँ हाथ एक एम्बैसडर कार भी, स्कूटरों जैसी हालात में पड़ी है। उसकी पिछली डिग्गी में आवरा कुतिया के पिल्ले खेल रहे हैं। इनके पास खड़ा नया ट्रक अजीब-सा लगता है। देखने को ऐसे लगता है जैसे ड्राइवर अभी खड़ा करे ढाबे पर चाय पीने गया हो। राजपाल ने अन्दाजा लगाया। शायद यही ट्रक होगा, जिसके बारे में उसने परसों खबर पढ़ी थी, 'पुलिस ने एक ट्रक क़ब्ज़े में किया।' इसमें एक चोर-खाना बना हुआ था। इसमें दूसरे राज्यों से हथियार स्मगल किए जाते हैं। उसका दिल किया, ट्रक के पास जाकर, वह चोर-खाना देखे। उसी समय मुंशी ने आवाज लगा दी, "साहिब, बुला रहे हैं।"

राजपाल जल्दी से साहिब के कार्यालाय की ओर बढ़ा।

एक झिझक के साथ भीतर जाकर राजपाल ने नमस्ते की व खड़ा हो गया। थानेदार ने बैठ जाने का इशारा किया तो कुर्सी पर वह सावधान मुद्रा में बैठ गया।

"हाँ जी।" साहिब ने उसकी ओर निहारा।

राजपाल ने अपने आने का मकसद बताया। उनसे पहले रह चुके इंचार्ज के साथ हुई बातों की जानकारी दी।

"अच्छा-अच्छा! हूँ, क्या नाम बताया था उस लड़की का?"

"जी भूपिन्द्र। भूपी कहते हैं सारे।"

"हाँ, भूपिन्द्र। तेरी सिस्टर है?"

"जी, सर।"

"अगली कार्रवाई के लिए क्या सोचा फिर?"

"यही पूछने आया हूँ जनाब। लड़के की जमानत हो चुकी है। अगली तारीख बीस दिन के बाद है। अब क्या करना चाहिए!"

"देख, क्या नाम बताया अपना?"

"जी, राजपाल।"

"तो देख भई राजपाल, इस घटना को काफी समय बीत चुका। स्पष्ट कहूँ तो एक रास्ता है, चुपचाप घर बैठ जा। होनी को स्वीकार कर ले। दूसरा रास्ता है, अदालत से मंजूरी लेकर, जहाँ-जहाँ शंका है, लड़की की सम्भावना है, पुलिस पार्टी भेजकर खोजा जाए। पुलिस पार्टी के साथ आपको भी जाना पड़ेगा। यदि वह लड़का साथ जाए तो और भी अच्छा है।" थाना सदर इंचार्ज ने पूरे विवरण से राजपाल को समझाया।

"लड़का केवल तो शायद न जाये साथ।" राजपाल ने अविश्वास की मुद्रा में कहा।

"जाना या न जाना उसकी मर्जी से नहीं चलेगा। हम चाहेंगे तो उसे जाना

पड़ेगा।'' इंचार्ज ने अपनी ताकत की जानकारी राजपाल को दी।

''नहीं सर, बात यह है कि वे मेडीकल सर्टीफिकेट बनवाए घूम रहे हैं कि वह सफर करने के योग्य नहीं है।'' राजपाल ने जानकारी दी।

इंस्पेक्टर चिन्ता में पड़ गया। कुछ देर पेपरवेट के साथ खेलता रहा। फिर फैसला देने के अन्दाज में बोला, ''पहले तू अपना मन बना। फिर अदालत से पुलिस पार्टी की रवानगी की स्वीकृति लेंगे। जहाँ-जहाँ तेरे को शंका है, खोज करेंगे।''

''ठीक है सर।'' कहकर राजपाल उठ खड़ा हुआ। फिर हाथ जोड़कर कार्यालय से बाहर निकल आया।

गाँव लौटते वक्त, राजपाल के मन में तरह-तरह के ख्याल उठते रहे। भूपी को ढूँढने के लिए पता नहीं और कहाँ-कहाँ धक्के खाने होंगे। भगतू को तो चिन्ता ही नहीं। वह अब 'भगतू बाबा' बना बैठा है। गुरे ने कभी घर आकर पूछा तक नहीं कि भूपी की क्या खबर है? मैं भी बैठ जाता हूँ खामोशी धारण करके। गाँव में बदनामी हो रही है। होने दें! पीठ पीछे लोग कहते हैं, तीन भाई हैं हट्टे-कट्टे। बहन नहीं ढूँढ़ सके अभी तक। ऐसी घटनाएँ क्या और कहीं नहीं होतीं? समाचार-पत्रों में प्रतिदिन पढ़ते हैं। लोग पढ़ते हैं और भूल जाते हैं।...इसी गाँव में लोग ज्यादा खाली हैं इन बातों के लिए। क्या पता, हर गाँव में इतने तो होते ही होंगे। लेकिन यहाँ कुछ ज्यादा ही मिट्टी पीटते हैं।...घुक्कर जैसा आदमी मुनादी कराने से भी नहीं मिलेगा।

भला चाचा सरदूल की मीतो का किसको नहीं पता? और कन्तो? सरेआम घूमती हैं—दनदनातीं। गिल्लों की भीरो, घुक्कर की माँ। तोती भीरो के पीछे गिल्लों के साथ झगड़ता घूम रहा है। लोग कहते हैं, भीरो समाधि पर जाती है, भगतू के पास।...सब कुछ चल रहा है। लेकिन भूपी तो बहुत आगे निकल गयी। अब पता नहीं कहाँ होगी? होगी भी या नहीं? कहाँ तलाश करें...? सबसे ज्यादा दुःखी बेबे है। आँगन में हो तो भीतर चली जाती है, जैसे मुझसे डरती हो। राजपाल को अपनी माँ पर काफी तरस आया।...

इन्हीं विचारों में मग्न, वह स्कूटर आँगन में खड़ा करके चौके में बैठी माँ के पास चला गया। स्वयं ही बताने लगा, ''बेबे, मैं दौड़-धूप कर रहा हूँ। अभी तक कहीं पता नहीं चला। अब कहाँ जाऊँ?''

माँ में अब ताकत कहाँ थी? वह बहुत कमजोर हो गयी थी। आँखें डबडबा गयीं, और रोते-रोते बोली, ''यह कुड़ी जन्मते ही मर क्यों न गयी।'' आवाज ऐसी थी जैसे माँ 'वैण' पा रही हो।

राजपाल भीतर चला गया। वह समझता था, माँ खुद से एक युद्ध लड़ रही

है। एक दिन वह परात में भीतर से आटा लेकर आयी और बाड़े में जाकर भैंस की खुरली में गिरा दिया। फिर उसके मुँह से स्वयं ही निकला, 'हैं, यह क्या कर दिया मैंने?'

ऐसे ही एक दिन शाम के समय भैंस को डालने के लिए हरे चारे का टोकरा भरा। फिर बैठी-बैठी पता नहीं कहाँ बह गयी। जाकर टोकरा बाहर कुरड़ी (घूरे) पर गिरा दिया। जब होश लौटा तो स्वयं से पूछने लगी, 'यह मुझे क्या होता जा रहा है?'

बेटी के दु:ख ने उसे भीतर तक झँझोड़कर रख दिया। सारा दिन यही सोचती रहती, बेटी तो चली गयी, उसे ढूँढ़ते-तलाशते, भटकते बेटे को ही न खो बैठूँ। बड़ा छोटा तो जैसे हैं ही नहीं। उनका क्या? अब इसी पर आशा है। उसका दिल करता, राजपाल से कहे, भूपी का पता करने मत जाया कर। क्या पता कहाँ होगी। यदि अपनी इच्छा से गयी है, तो मरे जहाँ मरती है। दूसरे पल बेचैन हो उठती। क्या पता कहाँ होगी कम्बख्त? क्या हाल होगा उसका? जब भी खाती-पीती, माँ के हृदय से टीस उठती, 'कहीं भूखी न बैठी हो...।' ग्रास उसके गले से न उतरता। रात को रजाई की गरमाइश में सोचती...'पता नहीं कहाँ भटकती फिर रही होगी...।'

ऐसी चिन्ताओं से ग्रस्त, वह कोई काम करने लगती, उससे और ही कुछ हो जाता।

माँ की स्थिति देखकर राजपाल उसे कुछ न कहता। उसका ध्यान रखने की कोशिश करता। समझाने की कोशिश करता। वह तो बापू को भी कहता था, "खेत की ओर चक्कर लगाया कर... लोग तो पक्के अपनी माँ के खसम हैं। इनकी बातों के पीछे जाएँ तो शाम तक फाँसी लेकर मर जाएँ। चाचा सरदूल को सारा पता है कि मीतो शहर में कौन सा पी.सी.ओ. खोले बैठी है...होती है कहीं मूँछ नीची...? सफेद कपड़े डालकर बगला बना घूमता है। बापू, तू भीतर बैठा अपनी सेहत बिगाड़ रहा है।..."

ज्ञानकौर ऐसी बातें करके राजपाल की ओर शून्य नज़रों से निहारती रहती।

कभी-कभी राजपाल को शंका होती। माँ का मानसिक सन्तुलन ठीक नहीं रहा। एक दिन तो ऐसे लगा जैसे उसमें 'पवन' आ गयी। काफी देर तक वह अपने बाल खोलकर सिर घुमाती रही, बेगानी-सी बातें करती। भूपी से ऐसे बतियाने लगी, जैसे वह उसके सामने खड़ी हो। फिर दीवार की ओर निहारते हुए बोली..."कौन बाप का साला कहता है...इनसे ट्रैक्टर नहीं सँभाला गया? कौन कहता है इन्होंने जमीन बय कर दी...? कौन कहता है...भगतू माँगकर खाता है...? आयें तो मेरे सामने...भसम कर दूँगी उसे...।"

फिर कुछ देर बाद वह थक कर स्वयं टिक गयी।

ऊपर से ज्ञानकौर बेशक भूपी को गालियाँ देती है, मन की गहरायी से वह उसके आने की आशा लगाए रखती है। जब राजपाल घर न होता तो वह बेटी को याद करके रोती रहती। भीतर जाकर धीमी सुर में 'वैण' डालती—

"अरी, कहीं से निकल, मेरे सामने आ जा भूपी...! अरी तुझे 'लाल जोड़े' में देखने को मन तरसता है, बेटी...।"

वह अपनी छाती पीटती। उसका दिल करता...कौन-सी घड़ी हो, जब बेटी को सीने से लगाकर चैन मिले।

वज़ीर ज्ञानकौर को तड़पते देखता। बाड़े में बसाखा सिंह के पास जा बैठता।

ज्ञानकौर का क्रन्दन देखने की उसमें हिम्मत नहीं थी।

अड़तीस

चक बूढ़सिंह तथा इसके इर्दगिर्द बाबा भगतू की शोभा, महिमा फैल रही है। घरों में, कई-कई वर्षों से होते आ रहे क्लेश, लम्बी बीमारी में ग्रस्त लोगों को, बाबा भगतू ने निजात दिलाई है। लोगों में इस तरह का प्रचार हो रहा है। घुक्कर व माघी उससे सम्बन्धित 'साखियाँ' (कथाएँ) बनाए बैठे हैं। कहते हैं, भगतू बाबा अँधेरे में बाहर निकलता है, तो सिर के इर्दगिर्द रोशनी का एक दायरा नज़र आता है, बाबा नानक की तस्वीर की तरह।

संगते, दुःखी लोग, दूर-दूर से आने लगे हैं। भगतू बाबे ने अपनी अध्यात्मिक शक्ति द्वारा, इन लोगों के घरों में से दुष्ट व शरीक द्वारा दबाए 'मसान' (हड्डियाँ) निकलवाये हैं। भगतू बाबा को दूर-दूर से बुलावे आने लगे।

जो समाधि पर आते हैं, उनके घरों में सुख-शान्ति लौटने लगी है। दस वर्षों से बाँझ एक औरत को बच्चा होने की उम्मीद जगी है, चौपाल में बैठे लोग चर्चा करने लगे हैं। अब भगतू बाबा की अधिक निन्दा नहीं होती।...उनका मत है...भगवान् पत्थरों में भी होता है। देख लो, धन्ने जट्ट ने कैसे पत्थरों में से प्रगट कर लिया था। भगतू तो फिर भी आदमी है। फिर क्या पता, किसी में कब 'ज्योति' आ जाए? बाबा नानक को उसका पिता पीटता रहा। मूर्ख समझता रहा। बाबे नानक ने संसार को पार करवा दिया। देखो घरवालों को तो पता ही नहीं चला।

ये लोग भी अजीब हैं। उल्टी-गिनती शुरू कर दें तो आदमी की कलाबाजियाँ लगवा दें। यदि सीधे चलने लगें तो इन्हें कुकर्म भी सतगुरु की लीला लगते हैं।

अब बाबा भगतू की प्रशंसा अधिक, निन्दा-चुगली कम होती है। माघी व घुक्कर, गाँव-गली की चर्चा बाबा भगतु के पास पहुँचाते रहते हैं।

साधाराम, महीने में एक दो चक्कर भगतू बाबा के पास लगाता है। भगतू बाबा को 'सन्तविद्या' के नुस्खे समझाता है। बाबों की तरह कैसे बैठना है? आसन कैसे लगाना है? औरतों की ओर कैसे निहारना है? आशीर्वाद कैसे देना है... ? भगतू अब थोड़ा-थोड़ा माहिर होने लगा है। संगतों को भगतू बाबा के चेहरे पर 'नूर झलकता' नज़र आता है। उसे अध-खुली आँखों से निहारने की जाँच आ गयी है।

डेरे की शोभा दिन-ब-दिन बढ़ रही है। बाहर से आये श्रद्धालु भी लंगर के लिए सामान लाने लगे हैं।

घर की गरीबी दूर करने के ढंग जानने के लिए, भीरो भी भगतू बाबा के चरणों में जा पड़ी। बचा हुआ लंगर, प्रसाद समझकर घर ले आती है।

चक बूढ़सिंह व इर्दगिर्द के गाँवों के आदमी, डेरे पर आकर सेवा में लगे रहते हैं। खाने-पीने की कमी नहीं। लंगरवाली भट्ठी सदा जलती रहती है। चाय का भंडारा हर समय रहता है। जो आता है, निराश नहीं जाता, बाबे को इतना हुनर आ गया है।

अब बाबे भगतू ने अपने निवास के लिए एक अलग कमरा बनवा लिया है। कमरे के अन्दर एक बड़ा तख्त -पोश है। उस पर भगतू अपना आसन लगाता है।। एक नुक्कर में पालकी है, जिसमें पवित्र-पावन 'तीर' व 'खुरी' सजाये हैं। दूसरे कमरे बाहर से आये श्रद्धालुओं के लिए हैं।

माघी व घुक्कर गजा करके व रात के समय का भोजन करके गाँव चले जाते हैं। देर हो जाए तो ठहर जाते हैं। परन्तु भगतू बाबा की हिदायत है, जहाँ तक कोशिश हो, रात डेरे में नहीं रहना। अब उसे अपने मित्रों-दोस्तों से फासला रखकर चलना पड़ता है। सन्तविद्या का यही पहला मन्त्र हैं जो साधाराम ने उसे समझाया है।

किसानों-जमींदारों का खाली समय देखकर, साधाराम की राजनीति ने बाबा बूढ़सिंह की बरसी मनाने की घोषणा कर दी। ऐसे बहुत संगतें आएँगी। चढ़ावा बेअन्त होगा। बाबा भगतू की जय-जयकार होगी। सन्त-समाज को निमन्त्रण पत्र जाएँगे। बाबा बूढ़सिंह की समाधि को एक नये डेरे के तौर पर मान्यता मिल जाएगी। बाबा भगतू सन्त-समाज में प्रतिष्ठित हो जाएगा। साधाराम यह सब जानता है। बरसी तक वह रहेगा। समय-समय भगतू बाबा का मार्ग-दर्शन करेगा।

भगतू खुश है। साधाराम की उपस्थिति में वह स्वयं को सुरक्षित महसूस करता है।

जैसे–जैसे समाधि, व भगतू बाबे के डेरे की महिमा बढ़ रही है, वैसे–वैसे रोचक प्रसंग डेरे के साथ जुड़ते जा रहे हैं।

गाँव के पूर्व की ओर, घालीवालों की बहू जरनैल कौर की शादी हुए, पाँच वर्ष हो चुके हैं। दो वर्ष पुरानी बात है, उसका पति खेतवाली मोटर पर बिजली की सीधी तारें लगाता, करंट लगने से मर गया था। तीनेक मास बाद उसके छोटे भाई के साथ 'करेवा' कर दिया। अब इस घटना को तीन वर्ष होने को आ गये हैं।

रिश्तेदारों व बड़ों की शर्म मार गयी। जरनैल कौर मन की बात किसी से कह नहीं सकी। वह गाय की भाँति एक खूँटे से दूसरे खूँटे पर बाँध दी गयी।

अब जब भी रात पड़ती है, जनरैल कौर की देह झूठी पड़ने लगती है। पता नहीं कहाँ मन में गाँठ पड़ गयी। जनरैल कौर अपने देवर के साथ मन का तार जोड़ नहीं सकी। उसकी कोख हरी नहीं हो सकी। सास–बहू इसी बात पर चिन्तित हैं।

जरनैल कौर की सास घरेलू काम–धन्धे से खाली होकर अड़ोसनों–पड़ोसनों के पास दु:खी रोती है। "पता नहीं कैसे सगे खाने को आयी है, पहले बड़े बेटे को खा गयी। अब छोटा भी पता नहीं किस दु:ख का मारा, सारा दिन दारू पिए रहता है। कड़वी बेलों को भी फल लग जाते हैं, इस कमबख्त पर कोई असर नहीं। पाँच साल हो चले हैं।"

जरनैल कौर यह बात सुनती। उसे गुस्सा आता। खीझ भी आती। परन्तु फिर कुछ सोचकर खामोश रहती।

भीरो की बाबा भगतू के साथ निकटता श्रद्धा है। पड़ोसी गाँव की औरत की, दस वर्ष बाद गोद हरी होने की चर्चा सुनी है। भीरो के पास आकर, वह तीन–चार बार अपना दु:ख रो चुकी है। भगतू बाबा के पास ले जाने के लिए मिन्नत करती है। भीरो ने किसी उचित समय ले चलने का आश्वासन दिया। भीरो के मन के अन्दर डर है, 'यदि मैंने जैलो (गाँव में जरनैल कौर को जैलो ही कहते हैं) को भगतू बाबे की भेदी बना दिया, तो कहीं मेरा वाला काम चौपट ही न जो जाए।... फिर सोचा, यदि किसी का भला हो जाए तो ऊपरवाला स्वयं मेरी मदद करेगा।...'

आज देसू साइकिल लेकर दिहाड़ी ढूँढने शहर गया। भीरो के लिए मौका अच्छा है। उसने बड़ी लड़की को घर से बाहर न निकलने की चेतावनी दी। छोटे लड़के की गोद उठाया और धालीवालों के घर चल दी।

जैलो घर ही थी। उसने इशारे से पास बुलाया और धीरे से कान में कहा, "बड़ा बाबा साधाराम आया हुआ है। तूने जाना हो तो दोपहर को आ जाना।..." कहकर वह लौट आयी। जैलो ने चाय पीकर जाने की जिद्द की, लेकिन वह नहीं रुकी।

दोपहर को जरनैल कौर भीरो के घर आ गयी।

“तू जा, बाबों के दर। अर्ज करना जाकर।” भीरो ने समझाया।

“न बहन, मैं नहीं गयी कभी। मुझे डर लगता है।” जैलो ने भीरो की बाँह पकड़कर कहा।

“बाबाजी से डर काहे का?” भीरो ने स्वाभिमान, और सूचना की जानकारी के आधार पर कहा।

“नहीं तू साथ चल।” जैलो ने जिद्द की।

“बच्चे कहाँ छोड़ूँगी? बाबाजी खाली न हुए तो देर लग जाएगी वहाँ।”

“लड़की तो रह जाएगी घर। लड़के को हम साथ ले चलेंगी। ज्यादा देर नहीं लगाएँगी।”

अनमने मन से भीरो जाने को तैयार हो गयी।

दोपहर के समय डेरे पर श्रद्धालुओं की भीड़ है। बरसी की तैयारी चल रही है। भीड़ में माघी और घुक्कर हैं। माघी यहाँ सर्वे-सर्वा है।

“पहले चाय पीओ भाई!” डेरे की मर्यादा के अनुसर माघी ने कहा।

“बाबा जी को मिलना है।” चाय पीते हुए भीरो ने माघी से कहा।

“बाबे तरन-तारन से आयी संगत के पास हैं। जब निपट गए मिला देंगे।”

भीरो व जैलो एक ओर प्रतीक्षा करने लगीं। इधर-उधर घूमता घुक्कर खासतौर पर दो बार देखने आया।

“यह हरामी पूरे गाँव में मुनादी करेगा।” भीरो के चेहरे पर डर उभरा।

“भौंकने दे! अपना क्या लेगा। यदि कोई बात बिना मतलब बनायी तो गिजा लेने आये की टाँगे न तोड़ दूँगी।” जैलो ने निश्चिन्तता से कहा।

उसी समय माघी इशारे के साथ बुलाकर ले गया।

भीतर कमरे में बाबा साधाराम, तख्तपोश पर चौकड़ी जमाए बैठा है। भीरो के साथ आयी औरत को देखकर साधाराम की आँखें फैल गयीं। उसने माघी को पास बुलाकर कहा, “संगत को इधर आने से रोके रखना। मैं बीबियों की तकलीफ सुन लूँ।”

माघी कमरे के बाहर आकर पहरेदार की भाँति खड़ा हो गया।

पहले भीरो ने पालीवारों की बहू के बारे में व्यथा समझायी। फिर उसकी गोद में बच्चे का फल देने की अर्ज की।

“तू बीबी, कुछ देर बाहर बैठ। मैंने इसके साथ अकेले में बात करनी है।” साधाराम ने आँखें बन्द करके कहा। भीरो उठकर बाहर आ गयी। पता नहीं बाबा क्या कहे?”

"कितने वर्ष हो गये शादी हुए?" साधाराम ने वैसे ही आँखें बन्द किए पूछा।

"पाँच वर्ष हो गये, बाबाजी," जैलो ने काँपती आवाज़ में कहा।

"घरवाला क्या करता है?"

"खेती का काम करता है जी।"

"नशा भी करता है?"

"हूँ, करता है बाबाजी।" जैलो ने धीरे से कहा।

"क्या नाम है?"

"जनरैल कौर, बाबा जी।"

साधाराम ने आँखें खोलीं। एकटक जैलो की ओर निहारने लगा। उसकी युवा उम्र व खूबसूरत नयन-नक्श देखकर, मन उत्तेजित होने लगा। बोला, "मेरी आँखों में आँखें डालकर सीधा देख।"

जैलो ने बाबा की आँखों में देखा। लेकिन तुरन्त नजरें झुका लीं।

"तू अवश्य माँ बनेगी, बच्ची। बहुत जल्दी माँ बनेगी। तेरी मस्तिष्क की रेखा में सन्तान योग है। परन्तु, तेरे उपचार के लिए आज का दिन ठीक नहीं है। रविवार या मंगलवार के दिन, देर रात को आना होगा। केवल तुझे ही अकेला आना होगा।"

"जी, बाबाजी।" जैलो ने साधाराम बाबा के चरण छुए और उठ खड़ी हुई।

"यह दवा उपचार किसी के सामने प्रयोग करने से असर नहीं करता, समझ गयी बच्चा।" साधाराम ने सावधान किया।

"जी।" कहकर वह बाहर आ गयी।

जैलो बेहद खुश थी। भीरो को खुशी से बताया, "बाबाजी ने कहा है, तू माँ बनेगी।"

रविवार की रात वह अकेली गयी। रास्ते में डर भी लगा। लेकिन माँ बनने के चाव व आशा, उसे डेरे की ओर लेते गये। बाबा भगतू जैसे प्रतीक्षा में बैठा था। भीरो बता गयी थी...'रविवार की रात जैलो आएगी।'

जैलो ने आकर चरन छुए तो बाबा भगतू ने पूछा, "आ गयी बच्चा?"

"हाँ बाबाजी।"

"बैठो! बड़े बाबाजी समाधि पर हैं। उठते ही बुलाएँगे।" कहकर भगतू बाबा उठकर भीतर चला गया।

चारों ओर गहरी खामोशी। शान्त रात। जैलो ने दाएँ-बाएँ देखा। दिल की गति तेज हो गयी। डेरे में इस समय परिन्दा भी पर नहीं मार रहा था। खेतों में

झींगुर बोल रहे थे। दूर पीछे गाँव में कोई-कोई कुत्ता भौंकता सुनाई देता, जैलो हैरान थी। वह आ कैसे गयी।

"अकेली ही आयी है, न?" कमरे से बाहर आकर भगतू बाबा ने एकदम पूछा।

"हाँ, बाबाजी।"

"जाओ भीतर! बाबाजी बुला रहे हैं।" भगतू ने भीतर की ओर इशारा किया।

जैलो उठी। लगा, जैसे टाँगें काँप रही हों। धीरे-धीरे डरती-सकुचाती वह भीतर चली गयी।

"यहाँ आने के बारे में घर के किसी व्यक्ति को बताया तो नहीं, बच्चा।" उसके पहुँचते ही साधाराम ने प्रश्न किया।

"नहीं, बाबा जी।" कहते हुए, बिजली के जीरो बल्ब की मद्धम रोशनी में उसने बाबाजी के चरणों पर माथा टेका।

"ठीक किया। अब मेरी बात ध्यान से सुन। मैं अपने तन्त्र-मन्त्र के माध्यम से, आँखें बन्द करके पूजा पर बैठूँगा। उस समय मेरे भीतर तेरे पहले पति की आत्मा प्रवेश करेगी। मेरे मुख से जो शब्द निकलेंगे, उसी तरह करते रहना। मेरे नेत्र पहली बार खुलें, अपनी सिर के बाल खोल देना। जब मेरे नेत्र दूसरी बार खुलें, तन के कपड़े अलग कर देना। जब मेरे नेत्र तीसरी बार खुलेंगे तो बीबी संकोच नहीं करना। आत्मा जो कहेगी। आत्मा जो करेगी। उससे सहयोग देना। बिल्कुल नहीं डरना। तू माँ बनेगी। तेरी गोद भर जाएगी। यह मेरा आशीर्वाद है। तुझे जरा-सा भी डर है तो वापिस चली जा। मेरी समाधि लगने के बाद बीच में अधूरा काम छोड़ कर भागी, तो अनर्थ हो जाएगा। हम दोनों में से किसी की भी मृत्यु हो सकती है। तेरे इस पति की भी। इसलिए बीबी, तू दिल से तैयार है तो मैं उपचार करूँ, वरना तू वापिस लौट जा।"

"बाबाजी, आप जैसे कहोगे, वैसे ही करूँगी।" माँ बनने के लालच ने जैलो की सारी शंकाएँ, डर दूर कर दिये।

"ठीक है। यहाँ बैठ मेरे सामने। मेरे भीतर तेरे स्वर्गवासी पति की आत्मा प्रवेश करने का समय हो रहा है। मैं नेत्र बन्द कर रहा हूँ। जैसे मैंने बताया, वैसे करती जाना।" कहकर साधाराम ने अपनी आँखें बन्द कर लीं। पहले वह कुछ देर मन्त्र उच्चारण करता रहा। फिर पहली बार नेत्र खोले।

जैलो ने अपनी चोटी खोल दी। चुन्नी एक ओर फेंक दी।

बाबा साधाराम ने फिर आँखें बन्द कर लीं। मन्त्र सुनाई देने लगा।

साधाराम ने एक-एक करते तन के वस्त्र उतार दिये। नग्न होकर, चौकड़ी मारकर बैठ गयी।

साधाराम अन्तर्ध्यान हो गया। तीसरी बार नेत्र खुले तो जैलो का नग्न गठा हुआ शरीर देखकर साधाराम के भीतर काम-वासना भड़क उठी। वह बेगानी आवाज में गरज उठा, ''सन्तान चाहिए बीबी?''

''हाँ बाबाजी।'' कहते हुए जैलो के हाथ जुड़ गये।

''हाँ, तेरी हर इच्छा पूरी होगी। आ...और नजदीक आ। आत्मा की गोद में बैठ।''

सम्मोहित हुई जैलो, जैसे-जैसे साधाराम कहता गया, करती रही।

कुछ देर बाद साधाराम उठा। घूणे से राख की चुटकी लाकर जैलो के शरीर पर धूल दी और बोला, ''उठ बीबी, वस्त्र धारण कर।''

''तू कुछ बोली तो नहीं?'' साधाराम ने पूछा।

''नहीं बाबाजी।''

''कोई विरोध तो नहीं किया।''

''नहीं, बाबाजी।''

''ठीक किया। यह तन्त्र-मन्त्र आपको सात बार करना पड़ेगा। तुझे सात चौकियाँ भरनी होंगी। तू अवश्य माँ बनेगी।''

तृप्त हुई जैलो, रात के अँधेरे में घर आ गयी।

अगले दिन जैलो ने बाबा की भविष्यवाणी के बारे में भीरो को बताया, तो उसने समझाया, ''अब तू सात चौकियाँ पूरी कर। यह डेरा शक्तिवाला है। बाबाजी के वचन पूरे होंगे। याद रखना मेरी बात। हाँ, मैं तो सूट लूँगी सिल्क का। फिर न टाल-मटोल करना। हाँ, एक और बात सुन, ध्यान से। मेरी इस बात की हवा तक न निकले। अपने घरवाले के पास भी नहीं। तेरे को नहीं मालूम आदमी कितने शक्की होते हैं।''

''हूँ, मैं क्यों बताऊँगी? इतनी मूर्ख नहीं हूँ। अरी, तूने मुझे दलीपो बूढ़ी समझ लिया?'' कहकर जैलो हँस दी।

''विघ्न न पड़ने देना चौकियों में। जैसे बाबा कहें, करते जाना। इन्होंने आत्मा को वश किया होता है। यदि विघ्न पड़ जाए, कष्ट देती है। नुकसान करती हैं। ये चीजें बहुत सख्त होती हैं। नाराज़ हो जाएँ तो मानती भी नहीं। फिर बाबा जी के वश में भी नहीं रहता।'' भीरो ने जैलो की इच्छा हर तरह पक्की की।

''मेरा तो दिल करता है, बाबा बूढ़सिंह की बरसी से पहले-पहले सात चौकियाँ पूरी कर लूँ।'' जैलो बेचैन हो उठी। कौन-सा वक्त हो जब सात चौकियाँ पूरी हों। बाबाजी के आशीर्वाद से मेहर हो जाए। वह माँ बने। घर के आँगन

में बच्चा खेले। किलकरियाँ मारे...। सच, जैलो की भीतरी ममता उमड़ रही थी। उसका चेहरा ममतामय हो रहा था।

उन्तालीस

बाबा बूढ़सिंह की बरसी का दिन नजदीक आ रहा है। चक बूढ़सिंह के आम लोगों को तो इस बारे में क्या पता है। बसाखासिंह को स्वयं याद नहीं...यह यदि सचमुच बाबाजी की बरसीवाला है, या भगतू मनाने का उत्साह है। अड़ोस-पड़ोस के गाँवों के लोगों ने सहयोग का वादा किया। अफवाह है कि बरसी पर मुख्यमन्त्री आएँगे।

डेरे की ओर जाते सभी रास्तों को साफ किया जा रहा है। दाएँ-बाएँ झाड़ियों को जला दिया गया है। रास्ते के खड्डों में मिट्टी डाली जा रही है। डेरे के चारों ओर व रास्ते के दोनों ओर बाँस गाड़कर झंडियाँ टाँग दी गयी हैं। बाबा भगतू ने सफेद सिल्क का नया चोला सिला लिया। घुक्कर व माघी उत्साह में हैं। साधाराम का अपना जल्वा कम नहीं। कीर्तन करनेवाले ढाडी जत्थे, भोगवाले दिन के प्रोग्राम में हिस्सा डालने के लिए नाम लिखवाने आने लगे। दुकान व फड़ी लगानेवालों ने अपने मोर्चे सँभाल लिये हैं।

टैंट हाउसवाले ने बड़ा पंडाल बना देने की सेवा के लिए विनती की है। लंगर के लिए राशन आने लगा है।

इश्तिहार छपवा कर दूर-दूर गाँवों में प्रचार के लिए भेजे गये हैं। चलती बसों में चिपकाए गये। अखबारों में खबरें व सूचनाएँ प्रकाशित होने लगी हैं। सारी प्लानिंग, मुहिम साधाराम की है। भगतु बाबा प्रसन्न मुद्रा में साधाराम के सान्निध्य में बरसी के प्रबन्ध की देख-देख कर रहा है।

तीव्रता से प्रतीक्षारत लोगों के लिए, वह दिन आ गया। डेरे में श्री गुरु ग्रन्थ साहिब का अखंड पाठ का आरम्भ हो चुका। पाठियों की रिहायश, स्नान व लंगर के लिए अलग से प्रबन्ध किया गया है।

डेरे के चारों की ओर की फ़िज़ा में सुगन्धित अगरबत्तियों की महक बिखर रही है। माघी दो बार गाँव में आकर वज़ीर सिंह, ज्ञानकौर को डेरे चलने के लिए कह गया है। वे अभी असमंजस में हैं। वहाँ जाना नहीं चाहते। राजपाल ने तो जाने से इन्कार कर दिया। बसाखा सिंह अखंड-पाठ प्रारम्भ होने के वक्त माथा टेक आया था। उसने डेरे में से न चाय पी, न पानी। अधिक समय ठहरा भी नहीं। शीघ्र ही लौट आया था।

वैसे बसाखा सिंह सोचता है...कमबख्त ने रौनक काफी कर रखी है। डेरे का रंग-रूप ही बदल गया। अब यहाँ दिल लगता है...। लेकिन ये भावना वज़ीर व राजपाल के साथ सांझी नहीं कर सकता।

भीरो व धालीवालों की बहू जैलो, डेरे पर सेवा करने लगी हैं। जैलो सात चोंकियों भर चुकी है। अवसर देखकर भीरो ने साधाराम को बताया, "बाबाजी, आपकी कृपा से जैलो माँ बननेवाली है।"

बरसी के असवर पर साधाराम के लिए यह समाचार शुभ संकेत है। उनके गहरे गेंहुए चेहरे पर मुस्कान है। फिर देर तक साधाराम भगतू बाबे को समझाता रहा। उसने न घुक्कर को, न ही माघी को, कमरे के भीतर आने की आज्ञा दी।

संगते निरन्तर आ रही हैं।

गहरी रात बाबा भगतू घर आया। वज़ीरसिंह, ज्ञानकौर व राजपाल देखकर हैरान हैं।

"मैं गुनाहगार हो सकता हूँ।" भगतू बाबा ने हाथ जोड़े। "आप बेशक मेरे साथ नाराज रहें। बरसी के मौके पर, डेरे समाधि पर चल कर माथा टेकने जरूर आएँ। वह पूर्वजों की जगह है। उनके साथ आपका कोई गिला नहीं।" फिर वह वज़ीर को मुखातिब हुआ, बापू, तेरा गुस्सा जायज है। मैंने राजपाल का हाथ नहीं थामा। खेती में से क्या मिलता मुझे? जैसे झोना इस बार मंडियों में उपेक्षित रहा, आगे गेहूँ का भी यही हाल होगा, देख लेना। राजपाल अब मिर्च, प्याज लगाए बैठा है। इन्हें खरीदेगा कौन? बेचने कौन जाएगा? मैंने साधाराम के वचन सुनकर चोला पहना है। साधाराम के बाप के पास पच्चीस एकड़ भूमि थी। धीरे-धीरे सारी रहन-बय हो गयी। चार-चार मरले भी नहीं आये, पाँचों भाइयों को। अब इसके डेरे के नाम पच्चीस एकड़ है। और अकेला मालिक। घर का खर्च भी डेरे से जाता है। बेबे, मैं इसीलिए मिन्नत करने आया हूँ"—उसने फिर हाथ जोड़े। "बहुत संगत आने लगी है। समाधि पर मेरी शोभा हो गयी है। लोग कहते हैं, मेरे वचन पूरे होते हैं। और कभी कोई कह देता है...इसका अपना माँ-बाप माथे नहीं लगता, बाबे के। ...आपके दु:ख यह कैसे दूर कर देगा?

"पिताजी, मेरे लिए न सही, अपने पूर्वजों के लिए ही समाधि पर आ जाना, एक बार भोग के वक्त। तमन्ना है दो दिन वहीं आकर रहो। रौनक देखो। आपका दिल लग जाएगा। वहाँ भोगवाले दिन मुख्यमन्त्री ने आना है। आकर एक बार रौनक तो देखो। मैं आपका बेभाग (अभागा) बेटा भगतू हूँ। परन्तु लोगों के लिए तो अब भगतू बाबा बना हुआ हूँ। आपके आने से 'कारज' सम्पूर्ण हो जाएगा और संगतों पर भी अच्छा प्रभाव पड़ेगा।" कहकर भगतू प्रतिक्रिया जानने के लिए, वैसे ही हाथ जोड़े सामने बैठा रहा।

तीनों सिर झुकाए बैठे रहे। अन्तर मन से युद्ध कर रहे थे शायद 'जाएँ...या...न

जाएँ?'

तीनों के चेहरों की ओर क्रम से देखते हुए भगतू ने अपने झोले की लम्बी जेब में हाथ डाला और नोटों से भरा हाथ निकालकर माँ के आगे कर दिया।

"बेबे, ये पकड़। मैंने आपको आज तक बहुत दुःख दिये हैं। किसी और वस्तु की आवश्यकता हो, समाधि पर चले आना। वहाँ से लोग सन्तुष्ट होकर जा रहे हैं। मुँह-माँगी मुरादें पूरी होती हैं।"

"भगतू की माँ, पाप की कमाई को हाथ न लगाना। हम दसों नाखूनों की कमाई करके, जैसी भी रूखी-सूखी खाते हैं, अच्छी है।" वज़ीर ने दृढ़ता से कहा।

"मैंने आपका कर्ज भी देना है बापू? मेरे सिर से थोड़ा तो बोझ उतरने दो।" भगतू ने स्वयं को दोषी महसूसते हुए कहा।

"अरे छोड़ दिया तेरे को। जब तू हमारा बेटा ही नहीं। तूने तो खुद कहा था, मेरी कोई माँ नहीं, बाप नहीं। सगा रिश्तेदार नहीं। हमारे लिए तू उसी दिन मर गया, जब परदेस गया था। दूसरी बार फिर मर गया, जब साधू के साथ चला गया था। तीसरी फिर मरा, जब स्वयं साधु बनकर समाधि पर डेरे में आ बैठा।"

"क्यों ऐसे बोलते है।" ज्ञानकौर का हृदय जल उठा। अनिश्चय में पकड़े नोट अभी माँ के हाथों में ही थे। समझ नहीं पा रही, क्या करे। लौटाती है तो बेटा नाराज होगा। रखती है तो पति।

"राजपाल तू समझदार है। समझा बापू और बेबे को। साधु-सन्त बनना कोई सहज बात नहीं है। मन्त्री, एम.एल.ए. पीछे-पीछे घूमते-फिरते हैं। कल देखना, कैसे लालबत्ती वाली कारें जिप्सियाँ घूमती हैं। संगत ने तो बेबे-बापू के पाँव छू-छूकर आशीर्वाद लेने हैं।"

राजपाल भगतू की बातों का क्या जवाब देता। मन से तो वह भगतू से नाराज है। कुछ देर बाद बोला, "भाई, अब तू जा। मैं बाद में बात करूँगा।"

भगतू माँ-बाप के रोकते-रोकते उनके पाँव छूकर चला आया।

भोगवाले दिन, डेरे पर सच ही संगतों की बाढ़ आ गयी। लोग टैम्पू, ट्रालियों, ट्रकों में भरकर आ रहे थे। मुख्यमन्त्री तो कार्यक्रम में शामिल नहीं हो सका। लेकिन इलाके का मन्त्री, मुख्यमन्त्री की ओर से विशेष प्रतिनिधि के रूप में उपस्थित हुआ था। मन्त्री के आने के कारण डी.सी., एस.एस.पी., एस.डी.एम. उनके स्वागत के लिए पहुँचे। भीड़ को नियन्त्रण में रखने के लिए सेवादार व पुलिस सरगर्म रहे।

बड़े पंडाल में दीवान सजा। ढाड़ियों ने 'वारों' का गायन किया। विद्वानों ने गुरुवाणी का प्रचार किया। बाबा बूढ़सिंह का सम्बन्ध महान योद्धाओं के साथ जोड़ा गया।

अखंड पाठ के भोग के समय बसाखा सिंह, वज़ीर सिंह, ज्ञानकौर व राजपाल भी शामिल हुए। माघी ने उनके लिए पंडाल में स्टेज के नजदीक बैठने का विशेष प्रबन्ध किया।

मन्त्री ने बाबा बूढ़सिंह को याद करते हुए, भगतू बाबा की सेवा भावना के लिए प्रशंसा की। बूढ़सिंह को, और अब बाबा भगतू को, दीन-दुखियों की सेवा करने वाले महामानव बताया।

हर ओर बाबा भगतू की जय-जयकार होने लगी।

तीनों दिन अटूट लंगर चलता रहा। जो भी आया मन की मुरादें पूरी करके गया। बाबा भगतू ने अपने हिस्से आती जमीन डेरे के नाम कराने की घोषणा की। पंडाल में बैठी संगत ने...'बोले सो निहाल' के जैकारे के साथ उसका समर्थन किया। मन्त्री महोदय ने सड़क से लेकर डेरे तक पक्की सड़क बनाने का वादा किया। कहा, "बाबाजी की अगली पुण्यतिथि पर, यहाँ पक्की सड़क बनी हुई होगी।" संगत ने फिर 'जै कारों' का उद्‌घोष किया।

कार्यक्रम की समाप्ति पर बाहर से आये रागियों, ढाड़ियों व प्रचारकों को 'सरोपे' देकर विदा किया गया।

इस अवसर पर सरपंच व उसका भाई शेरा भी पहुँचे।

अब गाँव के लोग भी, बाबा भगतू के चरण छूने लगे थे।

इन दिनों ठंड बढ़ चुकी थी। खुश्क ठंड पड़ रही थी। इस मौसम की बरसात अभी नहीं हुई। चौपाल में बैठ बुजुर्गों का मत था कि 'खुश्क ठंड' बहुत बुरी होती है। इसमें बीमार पड़ा आदमी मर भी जाता है।

लोहड़ी आनेवाली है।

गाँव की गलियों में बच्चे टोलियाँ बनाकर लोहड़ी माँगने लगे हैं। एक पहले बोलता है, शेष सभी पीछे दोहराते हैं।

"सुन्दर-मुन्दरिये..."
(सभी)-"हो..."
"तेरा कौन बिचारा..."
"हो..."
"दुल्ला भट्टी वाला..."
"हो..."
"दुले दी धी ब्याही..."
"हो..."
"सेर शक्कर पायी..."
"हो..."
"कुड़ी दा शालू पाटा...हो..."

गाते-गाते बच्चे घरों के द्वारों पर जा रहे हैं। कोई-कोई औरत झिड़क देती है। ...झल्लों की दलीपो तो लाठी लेकर पीछे ही पड़ गयी।

"चलो, नामुराद न हो तो। रोज-रोज सिर खाने आ जाते हैं।"

बच्चे बाएँ हाथों से नाक पोंछकर अगले घर के द्वार पर जा खड़े हुए। एक बच्चे की निक्कर खिसककर टखनों में जा गिरी। बच्चे, 'छोरे की निक्कर पाटी,—हो-हो' कहकर तंग करने लगे।

जिनके घर लड़कों ने जन्म लिया है, उन्होंने लोहड़ी मानने के लिए 'धड़ी-धड़ी' गुड़ डालकर भूसेवाले कोठरों में दबा रखा है।

पालीवालों की बहू जैलो, अब घर से बाहर निकलते समय, अपने पेट पर दुपट्आ तान लेती है। एक दिन सुरेन सिंह की बहू ने बधाई देते हुए कहा, "जैलकौर, यह तो परमात्मा ने अच्छी सुन ली।"

"और क्या बहन। डेरेवाले सन्तों की कृपा से हमें भी संसार में शान्ति मिलेगी।"

"आप बाबाजी को नहीं मानते? मुझे भी माथ टेकने जाना है, सन्तों की समाधि पर।"

"हूँ! मैं घरवालों की मानती तो रह जाती बंजर धरती जैसी।"

"तू जब कहेगी ले चलूँगी डेरे। बाबे तो माथे की रेखा देखकर बता देते हैं कि क्या तकलीफ है।" जैलो ने सन्तों की प्रशंसा की।

"अच्छा हो, तू साथ चले..." फिर ऊपर आसमान की ओर देखकर बोली, "मैं उपले गिरा लूँ घर...परमात्मा ने भी मौसम-सा बदला लिया है।" फिर जैलो के करीब होते हुए बोली, "वहाँ जाने के लिए किसी के पास बात मत करना। मेरी बहना, घरवालों से चोरी चलूँगी तेरे साथ...?"

"क्यों, मैं क्यों बताऊँ।" जैलो जैसे उसकी कम अक्ल पर हँसी।

फिर एक-दो दिन में चलने का इकरार लेकर, सुरैण सिंह की बहू चली गयी।

गत दो-तीन दिन से आसमान में बादल घूम रहे हैं। सर्दी काफी बढ़ गयी है। लगता है, कहीं नजदीक ही बरसात हो चुकी है। चौपाल में सुरैना, नरैणा व रामसिंह बैठे हैं। वज़ीर से छोटा, सरदूल भी एक ओर बैठा है। गुरुद्वारे वाली गली की ओर से आता ताऊ निहाला, आसमान की ओर देखकर बोला, "रामसिंह, रब्ब के लक्षण बता रहे हैं, बरसात आएगी।"

"लोहड़ी के वक्त बरसात तो करता है। चाहे चार बूँदे ही बरसाये।"

"हूँ! ऊँट की तरह परमात्मा कभी सीधा तो मूतता ही नहीं।" निहाला आज अफीम खा आया था। अब उसका शरीर व दिमाग दोनों मस्ती में थे।

“निहाल, तू गया था बूड़सिंह के मेले में?” सुरैने ने ऊपरवाले परमात्मा से हटकर नीचेवाले परमात्मा का प्रसंग छेड़ लिया।

“मैं रिश्तेदारी में गया था। सुना, बहुत इकट्ठा हुआ था।”

“इकट्ठा जैसा इकट्ठा। हमने तो भई इतनी दुनिया नहीं देखी कभी। लल्लू बसाखा ने इकट्ठा करने में कमाल कर दी।”

नरैणसिंह बैठा-बैठा पाँवों के भार सरकता, चौकड़ी के करीब हो गया। बोला, “निहाले, साली एक बात समझ में नहीं आ रही। इतनी दुनिया पीछे कैसे लग जाती है? मन्त्री, डी.सी., पुलिसवाले, कारें दौड़ाते घूमते रहे। क्या नज़र आता है उन्हें भगतू में? हम जानते हैं, उसने कितनी तपस्या की है? या उसके चाचे सरदूल को पता होगा...।” नरैणसिंह ने सरदूल की ओर देखा।

“मुझे क्या पता होगा? मैं कौन-सा उससे ताबीज करा के लाता हूँ। हमारा आना-जाना नहीं है। बोलचाल नहीं। बात तो इतनी है, बाहर से भूखा मरता आया। काम कोई कर नहीं सकता था। साधु बन गया। अब दाँव उसके पक्ष में लग गया।” कहकर सरदूल उठकर चल दिया।

“यह है सारी कहानी। कहने को जो दिल में आये, कहते रहो।” रामसिंह ने अपना फैसला सुनाया। फिर बोला, “नरैण सिंह, जो तपस्या की बात है। तू चोला पहनकर बैठ, जहाँ तेरा दिल करता है। औरतें, तेरे पाँव छूने लग जाएँगी। दुनिया दुःखों से भरी पड़ी है। सभी की इच्छा होती है, डेरों से करामात हो, और वे रात-भर में सुखी हो जाएँ। लोग यह नहीं सोचते, कि ये स्वयं तो दुःखी हुए, भूखे मरते साधू बने हैं। आपका क्या सँवार देंगे।”

“चलो, लोग सुखी रहें या दुःखी। बाबे तो आनन्द करते हैं न। कारों पर घूमते हैं। दाएँ-बाएँ हथियारों वाले। देखा नहीं, वो कौन-सा बाबा आया था बरसी पर। लालबत्ती वाली कार में। पहले बन्दूकों वाले उतरकर दाएँ-बाएँ खड़े हुए, फिर बाबा उतरा।” सरैनसिंह भोगवाले दिन डेरे में ही रहा। वह सारी कार्यवाही ध्यान से बाँचता रहा था।

“रामसिंह, तेरे को पता है। एक डेरे पर तो गोली भी चल गयी थी। कहते हैं गद्दी एक है। तीन साधु गद्दी हथियाने के चक्कर में हैं।” नरैणसिंह ने एक और जानकारी दी।

“सारा झगड़ा चढ़ावे का है।” रामसिंह ने कहा, “लोगों को उपदेश देते हैं संसार झूठा है। माया से प्यार न करो। यह मोह-ममता रिश्तेदारियाँ, सगे-सम्बन्धी, आदमी को परमात्मा से दूर करते हैं। स्वयं कसियों से, धन बोरियों में इकट्ठी करके ले जाते हैं। हम दिन-रात मिट्टी से मिट्टी होते हैं। एक साइकिल नहीं खरीदा जाता। ये खाली रहते हैं। माल मलाई खाते हैं। सूरों की भाँति फटने पर आ रहे हैं। सुन्दर औरतों से मुट्ठी-चम्पी कराते हैं। नयी से नयी कार सबसे

पहले डेरों के बाबे खरीदते हैं। हमसे ट्रैक्टरों की किस्ते नहीं उतरती। भूसेवाले कमरों में छुपते फिरते हैं। फिर तेरे-मेरे जैसे डेरों की ओर दौड़ते हैं...बाबाजी, उपाय बताओ। बाबे पहले अपना उपाय करते हैं। ...मुश्किल की घड़ी के लिए जमा की पूँजी हम उनके चरणों में जा ढेरी करते हैं।...डेरों-बाबों ने तो तरक्की करनी ही हुई?''

शहर की ओर से जोहड़ के ऊपर वाले रास्ते में देसू हाथ में साइकिल पकड़े पैदल आ रहा था, चौपाल में लोगों के पास से गुजरने लगा। निहाले ने आवाज लगा दी।

''देसू बेटे, क्या हाल है तेरे शहर का?''

उसी समय मजहबियों के आसा व सरवन उसके पास आ खड़े हुए।

''शहर वहीं है ताऊ! सुबह जाते हैं, दिन चढ़ा होता है। इस वक्त लौटते हैं तो छिपा होता है। बाकी समय का पता नहीं चलता।'' कहकर देसू ने दीवार के साथ साइकिल खड़ी कर दी। फिर जेब से जर्दा निकाल कर हथेली पर मसलने लगा।

उधर, डेरे की ओर से घुक्कर गिजा करने आ रहा है। हाथ में बाल्टी है। ऊपर सफेद पोना दिया हुआ है। उसे देखते ही नरैणा खुश हो गया। घुक्कर ने करीब आते ही ऊँची आवाज में लटकाकर 'स...त...ना...म्' कहा। घुक्कर का इस लहजे में सतनाम कहना कइयों के हृदय में छुरी की भाँति लगता है। कुछ हँस पड़ते हैं।

''बाबाजी, क्या हाल है आपके डेरे का?'' सरैन सिंह के पूछने के स्वर में व्यंग्य है।

''डेरा 'चढ़दीकला' में है, भक्त जी।'' घुक्कर ने नरैणे वाली सुर में ही कहा, ''गाँव डेरे की ओर सरकता जा रहा है। डेरा गाँव की ओर चला आ रहा है। यहाँ ठंड में बैठे हैं। वहाँ आकर देखो...धूणे लगे हैं! चाय के बड़े बर्तन उबल रहे हैं। 'धन्न-धन्न' हो रही है। बेटे वाली को बेटे, दूध वाली को दूध मिल रहा है।'' ...कहकर घुक्कर ने सभी की ओर निहारा...फिर पहले की भाँति 'स...त...ना...म...' कहकर चला गया।

''बड़ा अफलातून है साला टिंडा-सा। असल में इसी को रास आया है डेरा।'' चले जा रहे लोगों की ओर निहार रहे सरैने ने कहा।

उसकी बात का किसी ने समर्थन नहीं किया। घुक्कर के स्वभाव का सभी को पता है। देसू ने बीड़ा मुँह में रखा और साइकिल उठाकर घर की ओर चल दिया।

''शहर में यह क्या करता है, भाई?'' देसू के चले जाने के बाद रामसिंह ने पूछा।

''तेरे को पता नहीं?'' ताऊ निहाले ने हैरानी से कहा।

"रामसिंह, यह बेचारा दिहाड़ियाँ करता है। शहर जा कर।" नरैणे ने दया भाव से कहा।

"दिहाड़ी ही करेंगे जमींदार अब। सुना नहीं किसान रैली में। एक वक्ता ने तो कपाट खोल दिये। कह रहा था, कांग्रेसियों, अकालियों का यह तीसरा मोर्चा बना है। सबको परखकर देख लिया। सभी नौ तीया बाईस करते हैं अब किस पर भरोसा करें! जमींदार को तो घसियारे बना दिया इन लीडरों ने।"

"मैं वहीं था बाबाजी, सुना था दयालपुरे वाले लीडर को?" अभी-अभी पास आये देसू के छोटे भाई लाभे ने पूछा।

"कौन, वह शुरली-सा?" सरैने नू पूछा।

"हूँ, यह तो वही है। उसने तो जमींदारों के पैरों के नीचे से जमीन खिसका दी। पता नहीं जानकारी कहाँ से लेकर आया। कमाल कर दी। कह रहा था, 'मानसा की ओर तो जमीन का ग्राहक ही नहीं रहा कोई। भले से नाम ले रहा था गाँवों के...' लाभा ध्यान करने लगा। "हूँ बालियाँ वाली, गोसड़ व और भी कितने ही गाँवों के नाम ले रहा था। भूल गया मैं। उधर तो सभी गाँव ऋण में डूबे हैं। लोग सरकार को कह रहे हैं, सभी गाँव बिकाऊ हैं। खरीदने हैं तो खरीद लो...।"

"अरे लाभ, गाँव-गाँव यही हाल है, भाई। अपने गाँव में देख ले। एक-दो परिवारों को छोड़कर बाकी पूरे गाँव में किसी के चेहरे पर रौनक है? बसाखा सिंह का घर ही देख। गिलों का देसू, माघी, घुक्कर, सभी घसियारे बन रहे हैं। नया ट्रैक्टर घाटा डाल कर बेचा वज़ीर सिंह ने। एक और नयी बात सुनी है। कल ऊपर की गली वाली जगमेल सिंह पिछले वर्ष नया डीजल इंजन लाया था। तीन हजार का घाटा खाकर सरपंच को बेच दिया। पूछ ले जाकर। बोध ने अपने लड़के की शादी में पचास हजार रुपया आढ़तिये से पकड़ा था। डेढ़ लाख बन चुका है। क्या करेगा वह? जीरी व गेहूँ की फसल तो उपेक्षित है। कहाँ से उतारेगा इतनी रकम? कर्ज लौटाने के लिए ठेके पर जमीन ली थी। स्प्रे खाद व दवाइयों का भी पूरा नहीं हुआ। ठेका सिर पर खड़ा है...।"

"लाभ भाई, आपको मिल जाता है हर महीने वेतन। उधर से आ जाता है ढाई एकड़ का मामला। आप तो समझते हैं दुनिया रंगों में बस रही है। इस बार आठ दस घरों को खड़े नरमे में हल चलाना पड़ गया। बोवाई के वक्त जो रकम आढ़तिये से ली थी, वो कैसे उतरेगी?" नरैण आज उधड़ता जा रहा था।

"बाब, खर्चे भी इन्होंने स्वयं बढ़ाये हैं। नरैणसिंह की बात से लाभ तर्क खा गया। शादी मँगनी के वक्त देख लो। मरने पर देख लो बूढ़े को, बेशक उम्र भर जूतियाँ मारी हों। मरने के बाद 'बड़ा' करेंगे। लड्डू-जलेबियाँ बनाएँगे। आप ही बताओ बाबा, क्या जरूरत है इन खर्चों की?"

''अरे पगले, बिरादरी में शान बनती है...मूँछ खड़ी रहती है।'' सरैने ने मान से कहा।

''ठीक है, मूँछ खड़ी रहे और बाद में बेशक मोक निकल जाए।'' लाभे की बात सुनकर सब हँस दिये।

हँसने की बात नहीं है यह। लाभ फिर से बोला, ''शर्म के साथ सिर झुका लेने की बात है। ...अच्छी शान है यह? आढ़तिये की बही में अँगूठा लगाकर शान बनाते हैं। जब वह गले में अँगूठा देता है—कुओं में छलाँगें मारते हैं। शादी में गाने-बजाने वाला न बुलाया जाए तो शान नहीं बनती। उसे पचास-साठ हजार देकर, शराबी होकर, उल्टे-सीधे भँगड़े डालने से आपकी शान बनती है। आमदनी कहीं से है नहीं। ट्रैक्टर भी चाहिए, जीप भी चाहिए, स्कूटर भी चाहिए, टेलीविजन भी चाहिए। मारुति भी घर में खड़ी हो। शाम को बोतल भी मेज पर पड़ी हो। कुछ लोग तो ट्रैक्टर के बिना टट्टी तक नहीं जाते। ...कहाँ से आएँगे खर्चे? जमीन नोट हग देगी तुम्हें! काम पुरबिये या नौकर करेंगे। जमींदार सफेद कपड़े पहनकर, शाम को घूँट पीकर शान बनायेगा। मैं जट्टबूट हूँ। बाबा, अब मुँह कसैला क्यों हो गया? सच सुना नहीं जाता? मेरा वेतन चुभता है आपको। मैं आठ घंटे काम करके आता हूँ। अब कौन-सा जमींदार काम करता है, बताओ मुझे?'' लाभ चुप कर गया।

उसकी खरी-खरी सुनकर राम सिंह, सरैन सिंह, नरैण सिंह सब खामोश हो गये। क्या कहते। लाभ की बातों का कोई 'मोड़' नहीं उनके पास। सभी को खामोश देखकर ताऊ निहाला बोला, ''भतीजे की बातें ठीक हैं। झूठ नहीं। जमींदार को मिलता तो क्या है? पैदावार तो वहीं खड़ी है। खेती के खर्चे कितने बढ़ गये। फिर ऊपर ये आफतें। कुसमय बरसात! सूखा! क्या करेगा किसान? तिनके से हल्का हो चुका है। कर्ज नहीं उठाएगा, तो क्या करेगा? आपको बातें आती है। जीनें कस लीं, स्कूटर उठा लिया, और चल दिये स्कूल। अपने भाई से पूछना। जब कर्ज सिर चढ़ा हो तो नींद कैसे आती है।''

''ठीक है ताऊ। जरूरत होती है, कर्ज लेना पड़ता है। किसान का गुजारा नहीं इसके बिना। लेन-देन चलता आया है। मैं समझता हूँ, यदि किसान सोच लें, वापिस कैसे होगा? जितनी अपनी चादर है, उतने पाँव पसारने चाहिए। आप स्याने लोग ही मत देते हो। पहुँच से अधिक कर्ज लेकर कभी अपने सन्द बेचने पड़ते हैं, कभी दुधारू। जाकर देखो, क्या हाल है धनौले की मंडियों में। कोटकपूरा, जगरावाँ, फरीदकोट के पास गाँव है। पता नहीं कौन-सा है चड़िको। इतने पुश आते हैं। तिल गिराने को जगह नहीं होती। मूर्तियों-सी भैंसे। बेशक, ऊपर मंजी बिछा लो। यही हाल ट्रैक्टरों की मंडियों का है। कभी सोचा था जमींदार ने कि पशुओं की भाँति ट्रैक्टरों की भी मंडियाँ लगा करेंगी। यदि ऐसी ही व्यवस्था रही

तो आनेवाले सालों में जमींदार अपने बेटे-बेटियों की मंडियाँ ही लगाने न लग जाएँ।''

लाभी की बातें सुनकर बाबा रामसिंह दुःखी होकर बोला, ''किसान को आधा तो सरकार ने पीस दिया, आधा आढ़तियों ने...''

''नहीं बाबा रामसिंह जी, आपको पता नहीं है। आप यहाँ चौपाल से बाहर नहीं निकलते। आढ़तिये भी जमींदार की तरह दुःखी हैं। हो सकता है, एक दो सुखी हों। आढ़तियों का भी किसानों वाला हाल है। कारोबार ठप्प हो रहे हैं। हमारा आढ़तिया रोता था। पहले दिया कर्ज लौटता नहीं, किसान और माँगते हैं। दें कहाँ से? पैसा आयेगा तो आगे देंगे। किसान समझते हैं, आढ़तिये जान-बूझकर बहाने बनाते हैं। झगड़े होते हैं। आढ़तिये ऊपर से लखपति नजर आते हैं। भीतर से वे भी किसानों की तरह खोखले हुए पड़े हैं।''

''यूँ तो इससे भी बुरे समय आनेवाले हैं।'' सरैन सिंह चिन्ता में बोला।

''आएँगे ही बाबा। जमींदारों के लक्षण यही रहे तो इससे भी बुरे समय देखने को मिलेंगे। अच्छा है वक्त रहते अकड़ छोड़कर अपने खेतों में काम करने लगें। फिर तो बचाव है। पंजाब में सारे पुरबिये इन्हीं की मेहरबानियों से आये हैं। पुरबिये ठेके पर जमीन लेकर खेती करने लगे हैं। मूली, गाजर, गोभी के मालिक ये पुरबिये हैं। जमींदार उनसे खरीदकर लाता है। शहर जाकर देखना, आपको उल्टा नजारा देखने को मिलेगा। जमींदार, लेबर चौक में खड़े दिहाड़ी करने जाते हैं। मेरे भाई देसू का हाल आपने देख लिया। मंडी में बैठे जमींदार मूली-गाजर बेच रहे हैं। आप यहाँ बैठे लंगर छक आते हैं। सारा दिन बतियाते रहते हैं, बिना सिर-पैर के।'' कहकर लाभ चला गया।

''बरसात आये, अँधेरी आये। अपना वेतन कूट लेता है। बातों की लड़ी टूटने नहीं देता।'' लाभ के जाने के बाद सरैन सिंह ने कहा।

''परन्तु सरैन सिंह, बातें हैं तो खरी...।'' रामसिंह ने कहा।

''तीखी भी तो लगती हैं।'' निहाल सिंह बोला।

''फिर भी पढ़ा-लिखा है। रोज खबरें पढ़ता है। अच्छी खासी जानकारी है छोकरे को। मैं तो समझता था झुड्डू ही है। पर नहीं, समझदार लगता है।''

''रामसिंह भाई समझदार बनकर ही अपना घर बनाए बैठा है। दीवार साँझी है देसू के साथ। उसका खानदानी हिस्सा ढह रहा है। इस माई के लाल ने सारा पक्का बना लिया। अब चौबारा बनाने की तैयारी कर रहा है।''

''ठीक है, जितना संकोच से चलता है, सुखी रहेगा। जबसे पता चला, देसू शहर में दिहाड़ी करने जाता है, नरैण सिंह गिल का भतीजा। बड़ी हैरानी वाली बात है। लाभ की की सभी बातें सच होंगी।'' रामसिंह ने चिन्ता करते हुए कहा।

''रामसिंह भाई, देसू कई महीनों से जाता है। पहले शेरे के साथ साँझा

किया था एक साल। परन्तु थोड़ी जमीन वाले की स्थिति तो आपको पता ही है।''

''उसका पता है मुझे कि साँझा किया था। मैं तो सोचता था, अब हाथ खुल जाएगा।''

''हूँ...।'' नरैण सिंह हँसा, ''खुद ही तू बताया करता है कमजोर व तगड़े की साँझ वाली कहानी। यहाँ भी ऐसा ही हुआ। देसू कमजोर था। शेरा तगड़ा था। तगड़ा हो गया ऊपर। ...देसू की जमीन आ गयी काबू। देसू हो गया किनारे पर। खाली बैठा क्या करे? किसी की नौकरी कैसे करे? शहर जाकर दिहाड़ी करनी अच्छी है। दीवार के पार परदेस। परिवार पालना है। अपनी तमन्ना भी पूरी करनी है।''

सुनकर बाबा रामसिंह की आह निकल गयी। 'कितना बुरा समय आ गया।'

''इससे भी बुरे समय आएगे रामसिंह भाई। लुधियाने के स्टेशन पर कहते हैं, पुरबियों के रेलें उतरती हैं। इन्होंने अपने गाँवों वाले दिहाड़ीदारों के हाथों से ग्रास न छीन लिए तो कहना। आधे दिहाड़ीदार अब खाली लौट आते हैं। पुरबिये इनसे पैसे भी कम लेते हैं और समय इनसे ज्यादा लगाते हैं। कंजूस इतने हैं कि पैसे बचाकर देस भेजे जा रहे हैं।''

''निहाल सिंह भाई, ये खाते क्या हैं? देखा है कभी?''

''शेरे की मोटर पर देख लेना। उसने पाँच-छः पक्के ही रख छोड़े हैं वहाँ। आलू उबाल लेंगे या कद्दू। अपने यहाँ तो रिक्शा चलानेवाले भी पौवा पिये बिना रोटी नहीं खाते।''

''हट जाएँगे पौवा पीने से भी। देख लो होता क्या है। जब पुरबिये शहरों में कुरबल-कुरबल करने लगेंगे। फिर इन्होंने गाँवों की ओर धावा बोला देना है। राजगिरी के काम इन्होंने सँभाल लिये हैं। घरों को चूना, रंग-रोगन करने लग गये। सब्जियाँ बेच रहे हैं। रिक्शे चलाते हैं। जिन्होंने पक्के रखे हुए हैं, उनकी चौबीसों घंटे नौकरी करते हैं। अपने सूरज ढलने नहीं देते, पहले ही घर जाने की तैयारी करने लगते हैं। वापिसी में पशुओं के लिए चारा ले जाने की नीयत रखते हैं। पुरबिये बैठेंगे इनकी जड़ों में, देखते रहना।''

''इन्हें अक्ल भी आ आयेगी रामसिंह भाई'' ताऊ निहाला इनके स्वभाव से बहुत दुःखी था, ''सही काम के वक्त अड़ जाते हैं ये। कुछ कहें तो नाक पर मक्खी नहीं बैठने देते। वैसे आते ही नहीं, लगाते रहो चक्कर। कभी कहेंगे सिरदर्द हैं। कभी कहेंगे बुखार है। पूरबिये को शेरे ने बीसियों बार पीटा होगा। साले आगे से हाथ जोड़ते रहेंगे। पैर पकड़ेंगे। पिटाई खाते रहेंगे। 'माफ कर दो सरदार, माफ कर दो सरदार', कहते रहेंगे। आधी रात को आवाज दो, 'हाँ, सरदार' कहकर उठ खड़े होते हैं। जमींदार ने तो अपना काम देखना है।''

''बातें तो तेरी झूठी नहीं निहाल सिंह। देख लेना। इनका अपने लोगों पर

बुरा असर पड़ेगा। न तो इनका पता चलता है कि ये कौन हैं? कहाँ से आये हैं? उधर जगरावाँ की ओर दो पुरबियों ने मिलकर सारे परिवार को खतम कर दिया। सामान लूटकर ले गये। ढूँढ़ते रहो इन्हें। अपने कारिंदे ऐसा तो नहीं करते।''

''गाँव के आदमी को सौ शर्म होती है, बाबा।'' देर से खामोश खड़ा सरवन बोला। वह देसू के साथ शहर से लौटा था। आसा भी उसी के साथ था।

''क्या करें। देख लो। मैं छोटा-सा था। अभी होश भी नहीं सँभाली थी अच्छी तरह। मेरे बाप ने साल-भर के अग्रिम पैसे लेकर ज़मींदार की पैली पकड़ा दी। कोल्हू के बैल की भाँति चल सो चल। वर्षों के वर्ष बीत गये। पहले सरदारों के घर गोबर उठाने का काम मेरी माँ करती थी। अब मेरी घरवाली कर रही है। अब सरदारों ने ले लिया ट्रैक्टर, जमीन गहन रखकर। जब घर के बैल बिक गये तो मेरा भी अन्न-जल साथ ही खत्म हो गया। वज़ीर के परिवार की भाँति यह ट्रैक्टर भी मंडी में बिकेगा। देख लेना, चार माह ठहरकर बिक जाएगा। मैं भट्ठे पर मजदूरी करने लगा हूँ। लेकिन किसान कौन-सा सुखी है? आप तो हमसे भी दुःखी हैं। दिहाड़ी कर नहीं सकते। जमीन रोटी देने लायक रही नहीं।''

सरवन के अपने दुःख सुनकर सारे चुप हो गये। सच ही इन वक्तों में अधिकतर दुखी हैं। कुछ देर के बार सरवन के साथ आया आसा बोला, ''सरदारों, अब मेरी कोई उम्र रह गयी काम करने की। नौकर कोई रखता नहीं। गाँव में मजदूरी कहाँ से मिलनी है? याद होगा, काम के दिनों में चक्कर मार-मारकर आप हमारी गली को घिसा देते थे। वो समय तो नहीं रहे अब। यह हड्डियाँ आपके खेतों में ही गलती रही हैं। अब और कोई काम तो आता नहीं। घर बैठने की आदत है नहीं। शहर जाकर राज-मिस्त्री के साथ दिहाड़ी करता हूँ। वहाँ भी पुरबिये साले। जब कोई मजदूर को तलाशने आता है, पहले घेर कर खड़े हो जाते हैं। मेरे सफेद बालों को देखकर, ले जाने वाला नाक-भौं चढ़ाता है। अब और कया करें? सुबह-शाम पेट तो रोटी माँगता ही है।''

''अरे भाई आसे, काम करने में कोई बुराई नहीं। किरत करना बुरा नहीं होता। बस आदमी को अपनी गैरत नहीं छोड़नी चाहिए। यूँ तो चोर-लुटेरे भी कहते होंगे। हम भी किरत करते हैं।'' रामसिंह ने अपनी ओर से बड़ी समझदारी वाली बात कह दी है।

सामने से गिजा करके लौट रहे घुक्कर ने उनके करीब आकर ऊँची आवाज में कहा 'स...त...ना...म' और करीब से निकल गया।

आसा सिंह और सरवन अपने घरों को चल दिये।

आसमान पर बादल गहरे हो गये शीत हवा चलने लगी। ठंड पहले से बढ़ चुकी है। चारों ओर धुन्ध फैलने लगी है।

''सरैन सिंह उठो अब?'' रामसिंह ने पूछा।

"चलो!" कहकर सभी उठकर चल दिये।

कुछ देर बाद, जब सभी वज़ीर सिंह के घर के आगे से निकल रहे थे, भीतर से झगड़ने की आवाजें उन्होंने सुनीं। पता नहीं राजपाल किसके साथ जोर-जोर से बोल रहा था। बीच-बीच में ज्ञानकौर की आवाज सुनाई दे रही थी।

पहले सभी की चाल धीमी हुई। फिर सभी आगे निकल कर अपने-अपने घर को चले गये।

चालीस

आज गुरा दोपहर से घर आया हुआ है। आते ही उसने वज़ीर से कहा, "बापू, मुझे चालीस हजार रुपये चाहिए।"

"क्या करना है तूने चालीस हजार?" बापू सुनते ही भड़क उठा।

"मैंने अपनी पहली कैसेट निकलवानी है।"

"कौन-सी कैसेट निकलवानी है?"

"तेरे को समझ नहीं आयेगी बात। तुम मुझे चालीस हजार दे दो, बस। यदि मेरी कैसेट चल गयी तो लाखों में खेलेंगे।"

वज़ीर ने साफ इनकार कर दिया। कहाँ था उसके पास चालीस हजार? उसे तो शंका है घर में से चालीस रुपये भी नहीं निकलेंगे। अभी राजपाल परसों ही स्प्रे के लिए दवाइयाँ खरीद लाया है। यदि होते, गुरे को उसने फिर भी नहीं देने थे। पहले भगतू को बाहर भेजने के लिए जमीन रहन रखने का स्वाद देख लिया है। उसने कह दिया, "मेरे पास धेला भी नहीं।"

"मेरे हिस्से की जमीन दे दो मुझे। इसका मैं जो मर्जी करूँ। कैसेट तो मैंने निकलवानी ही है।" गुरे ने बम्ब-सा हथियार प्रयोग किया। सुनकर वज़ीर को ठंड में भी पसीना छूट गया। इतनी बात तो अभी भगतू ने भी नहीं कही।

"कमबख्त, तुझे बेदखल कर दूँगा घर की जमीन से। एक मरला भी नहीं दूँगा। जा, जो करना है कर।" वज़ीर ने धमकी दी तो गुरा जल भुन गया।

"मैं सबको मार कर कहीं दफा हो जाऊँगा। उठाये फिरना जमीनें?"

"यह क्यों नहीं समझता। जमीन बाँटने को कौन-सा पटियाले वाले महाराजा के साथ तेरी पीठ लगती है। क्यों चार सियाड़ इक्ठे नहीं रखे जाते आप से! किसने उल्टी पट्टी पढ़ा दी आपको?"

बहस कर ही रहे थे कि राजपाल आ गया। गुरे ने गुस्से में उसे बुलाया ही नहीं मुँह बनाये बैठा रहा। राजपाल को गुस्सा तो आया, परन्तु खामोश रहा। वज़ीर ने बताया, "चालीस हजार रुपया लेने आया है। नहीं तो अपने हिस्से की

जमीन माँग रहा है।''

''क्या करने हैं इसने चालीस हजार?''

''कोई कैसेट-कूसट निकलवाने को कहा है।'' घबराई बैठी माँ ने बताया।

''जूतियाँ नहीं लगती इसके? आपसे नहीं होता फिर मैं करूँ सीधा? साला कैसेट का। लोगों की शादियों में हिजड़ों की तरह नाचता फिरता है। शुक्र कर, तेरे साथ लोगों ने घुक्कर वाली बात नहीं की।'' राजपाल पूरे गुस्से में बोला।

''आपने मुझे घुक्कर के साथ मिला दिया? सुना है वह नकलचियों के साथ जनानियों वाले कपड़े पहनकर नाचा करता था। हमारा म्युजिकल ग्रुप है। आर्केस्ट्रा हमारा अपना है।'' गुरे ने बताया।

''पता है मुझे आर्केस्ट्रा का। भली चाहता है तो दौड़ जा यहाँ से। नहीं तो लोग तमाशा देखेंगे।'' राजपाल को गुस्सा चढ़ता जा रहा था।

''एक दिन तो यह तमाशा होना ही है।'' गुरे ने दृढ़ता से कहा।

''क्यों झगड़ते हो नामुराद। क्लेश बुरा होता है घर में।'' ज्ञानकौर ने दोनों को झिड़की दी।

''बेबे, इसे बोल। चला जाए यहाँ से। घर में आदमी बनकर काम करेगा तो जो कहेगा करेंगे। नहीं फिर भटकता फिरे। हमारी ओर से नंगा होकर नाचता फिरे। समझ लेंगे, जैसे भगतू घर में नहीं है। वैसे ही यह भी नहीं है।'' कहकर राजपाल भीतर चला गया।

''अच्छा, अब नंगा ही नाच दिखाऊँगा।'' धमकी देकर गुरा बाहर चला गया।

ज्ञानकौर रोकती रही। वह रुका नहीं। चौके में बैठकर रोने लगी। ...''अब इस वक्त कहाँ जाएगा बेचारा...?''

उधर डेरे से माघी ने आकर पूछा, ''चाची, वज़ीर कहाँ चला है?''

''भीतर पड़ा है।'' मैले से दुपट्टे से नाक पोंछते हुए ज्ञानकौर ने कहा।

माघी भीतर चला गया। राजपाल भी वहीं था। माघी ने वज़ीर सिंह के नजदीक होते हुए कहा, ''चाचा, भगतू बाबा ने कहा, है, मैंने समाधि के साथ दो किल्ले जमीन की दीवार करनी है। कल डेरे पर आ जाना।''

''अरे...बेड़ा गर्क हो जाए सबका।'' दु:खी होकर वज़ीर ने श्राप दिया।

ठंड के कारण कमर में दर्द की लहर उठी। ज्यादा बरसात के समय छत से गिरकर चोट खायी कमर का दर्द फिर जाग उठा। वह उदास होकर मंजी पर ढह गया।

घर में तनाव भरी स्थिति देखकर माघी उठकर जल्दी में निकल गया।

वज़ीर सोच में पड़ गया...'कम्बख्तो! अभी तो मैं जीवित हूँ। अभी तो तुम्हारा दादा बैठा है। तुम अभी बँटवारे करने चल दिये? अब यह डेरे की दीवार खींचेगा? गेहूँ तो पक जाने दो। खेत खाली हो लेने दो। फिर जो मर्जी करना।

बीच में फसल का नुकसान करोगे, मूर्खो।' लोगों को नित्य उपदेश देता है, कच्ची फसल का श्राप नहीं लगेगा? और यह साला नचार-सा रह रहा है, मेरा हिस्सा अलग कर दो। अभी तो शादी नहीं हुई, अकेला है। बाद में पता नहीं क्या करेगा? बड़े की शादी ही तो हुई है। हूँ? कहता है, न मेरा कोई बाप, न माँ। न बहन-भाई, न बहू, न बच्चा। फिर माँ...को डेरे पर दीवार करने को मारता है? बरसी के मौके, गेहूँ की सारी फसल पाँवों से मसल गये...साले संगत के...।

"रोटी खा लेता...।" ज्ञानकौर ने आकर कहा, "बिल्कुल भी भूख नहीं?" वज़ीर ने ऐनक ठीक करते हुए ज्ञानकौर की ओर देखते हुए कहा।

"थोड़ी-सी खा लेता।"

"आत्मा नहीं मानती, रोटी खाने को।" वजीर ने दुःखी मन से कहा।

"यूँ तो तू बीमार हो जाएगा।" ज्ञानकौर ने चिन्ता की।

"पहले कौन-सा बछड़े की भाँति कुलाँचे भरता हूँ? बीमार हो जाऊँ तो अच्छा है। स्यापा खत्म हो ऐसे जीने से...।"

"क्यों, बुरे बोल निकलता है...?"

"बोल न निकालूँ तो क्या करूँ? जो भी है साला अपना उल्लू सीधा रखता है। कैसा बुरा वक्त आ गया है?" वह झुरने लगा।

"नहीं खानी फिर रोटी?" ज्ञानकौर ने एक बार फिर पूछा।

"दिल नहीं कर रहा।" भूख लगी तो मैं खुद बोल दूँगा।

"तुम खा लो। राजपाल को खिला दे। उधर बापू को भी दे आ। और वह चला गया कंजर...?" उसने गुरे के बारे में पूछा।

"घर से तो गया। उधर बाड़े में बाबाजी के पास बेशक हो।"

"चार रोटियाँ ज्यादा ले जाना। वहाँ हुआ तो खा लेगा।"

सुनकर ज्ञानकौर की आँखों से पानी निकल आया।

उसे वजीर पर बहुत तरस आया। उच्छवास लेकर सोचा, "फिर भी बाप है। नेह आता है, परन्तु औलाद भी तो सोचे कुछ।"

वह दूध दोहने के लिए बाल्टी लेकर बाड़े में रोटी देने के लिए बाहर निकल गयी।

इकतालीस

लोहड़ी के त्यौहार में एक दिन बाकी है। शाम के समय गुरुद्वारे के स्पीकर में ग्रन्थी के बोले शब्द—'वाहेगुरु जी का खालसा, वाहिगुरु जी की फतेह' नगर निवासियों को सूचित किया जाता है, जिसने भी माघी के मेले पर मुख्तसर जाना

हो, सरपंच साहिब दो ट्रैक्टर-ट्रालियाँ लेकर जा रहे हैं। जाने वाले सरपंच साहिब को मिलकर नाम लिखा दें। ...एक और सूचना है भाई। दलीपो बूढ़ी का कटड़ा खो गया। यदि किसी के घर या खेत में हो तो दलीपो के घर बता दे। उनकी भैंस दूध नहीं दे रही भाई। तंग कर रही है। ...एक और सूचना है भाई! सवेरे कोई, गुरुद्वारे में माथा टेकने के लिए आया, गलती से ज्ञानी जी की नयी जूती डाल गया। वह अपनी चप्पलें ले जाये और ज्ञानी जी की जूतियाँ लौटा जाए...'वाहे गुरु जी का खालसा, वाहेगुरु जी की फतेह।'

लोहड़ी के लिए, माघी मेले मुक्तसर जाने के लिए गाँव के लोगों में उत्साह है। इसी बहाने वे घूम-फिर आते हैं। गुरु घर के दर्शन भी हो जाते हैं।

सूर्य अस्त के साथ धुँध पड़ने लगी है। पिछले कई दिनों से लगातार सूर्य दिखाई नहीं दिया। दोपहर के वक्त एकाध घंटा बुझा-सा नजर आता है। फिर गहरी धुन्ध में छिप जाता है। सूर्यास्त के समय का पता भी घड़ियाँ देखकर ही चलता है।

लोग जल्दी ही घरों में दुबक जाते हैं।

भीरो अपने दोनों बच्चों को लेकर, घर में सिमटी है। चूल्हा जलाने के लिए न लकड़ियाँ है, न आटा।

देसू अभी शहर से लौटकर नहीं आया। उसके आने पर ही खाने के लिए कुछ पकने की आशा है। ठंड और बढ़ रही है। धुन्ध आँगन में उतर चुकी है।

काफी देर बाद, अँधेरा होने पर देसू थका-माँदा आया। उसने बिना स्टैंड का साइकिल दीवार के साथ लगाया, हैंडल से खाली थैला खोलकर गोल-मटोल करके, टूटे दरवाजों वाली कोठड़ी की दीवार से पटक मारा।

भीरो समझ गयी। मन से हूक उठी। बोली, "आज फिर नहीं लगी दिहाड़ी?"

"अब कौन से कुएँ में जा डूबूँ? शहरी 'बहन देने के' पशु-मंडी की तरह चुन-चुन कर ले जाते हैं आदमी। ठंड के शाम तक मुँह उठाये बैठा रहा, कुत्ते की तरह।" भूख, थकावट, ठंड व गुस्से के कारण देसू से और न बोला गया। वह रास्ते में सोचता आया था, "घर जाकर भीरो से बोलूँगा, दो घूँट चाय बना दे। चाय चीनी है तो?" परन्तु ठंडा चूल्हा देखकर वह समझ गया। भीतर चला गया। ढीली अदवायन वाली मंजी में धँस गया। मैली-सी चादर ऊपर खींच ली।

भीरो नींद में ऊँघते बच्चों को लेकर साथ वाली मंजी पर लेट गयी। फिर गहरी साँस भरकर बोली, "बच्चे भी भूखे ही सो गये।"

देसू कुछ बोल न सका। वैसे ही रजाई ऊपर लिए उठकर बैठ गया। सिर घुटनों में दे लिया। कितनी दूर यूँ ही बैठा रहा। जैसे उसे खुद को भी ऊँघ आ गयी हो। काफी देर बाद, उसने धीरे-धीरे सिर उठाया। मरियल-सी आवाज में बोला, "बाबे के डेरे पर ही जा आती?" यह कहते हुए भीरो की मंजी की ओर

देखने की उसकी हिम्मत नहीं हुई।

भीरो को सुन तो गया, परन्तु खामोश पड़ी रही।

पल-पल रात व धुन्ध गहरी होने लगी।

पूस मास के आखिरी दिन धुन्ध के कारण आज सूर्य देवता दिन भर ही प्रगट न हुआ। गाँव के लोग अपने-अपने बच्चों को रजाई-गदैलों में डालकर गर्मी ले रहे थे। बाहर शीत लहर चल रही थी। धुन्ध-ठंड व अँधेरे के कारण सारा चक बूढ़सिंह रहस्यमयी ढंग से आलोप हुआ लगा। गलियाँ सूनी थीं। यहाँ तक तक कि गाँव के कुत्ते भौंकते सुनाई नहीं दे रहे थे।

भीरो। तीसेक वर्ष की उम्र। साँवला रंग। तीखे नयन-नक्श। दो बच्चों की माँ। देसू की बात के बारे में काफी देर सोचती रही। इसे मालूम है...डेरे पर जाना किस भाव पड़ेगा? यदि न जाऊँ तो मेरा क्या कर लेगा? परन्तु बच्चे भूखे सोने के कारण आधी रात को उठ खड़े होंगे। खाने को माँगेंगे। अब यह भी भूखा सो जाएगा। सुबह दिहाड़ी ढूँढ़ने जाएगा। ...भूख, सारी रात का उनींदा, कैसे करेगा दिहाड़ी?

आस-पड़ोस वाले, बच्चों पर तरस करके कब तक खाने को देते रहेंगे? लाभे देवर के घर नहीं जा सकती। इसने बोलचाल बन्द कर रखी है। जैलो से तीन बार आटा माँग लायी हूँ। रजाई को एक ओर करके, उसने खाट पर घुटनों में सिर दबाये बैठे देसू को निहारा।

"...यही किसी काम का, कुछ करने लायक होता, मैं धक्के क्यों खाती?" उसने गहरी साँस ली। रजाई में पड़े बच्चों को पलोसना चाहा। हाथ छोटी लड़की के बिखरे बालों में उलझ कर रह गया। फिर उठी। मैले खेस को ओढ़ा। देसू को धीरे से बोली—

"...दीया जलाए रखना। भीतर से कुंडी न लगाना।"

और वह घर से बाहर आ गयी।

ठंडी यख हवा जैसे शरीर को चीरते हुए निकल रही थी। सूनी गली में खड़ी, पलभर सोचती रही। अँधेरे-धुन्ध व ठंड के कारण वह असमंजस में थी। बच्चों व देसू की भूख को ध्यान में लाकर, धैर्य करके, वह बाबे के डेरे की ओर चल दी।

डेरे में एक ओर बरामदे के आगे, बाबा भगतू व साधाराम धूना लगाए बैठे थे। साधाराम कल से आया हुआ है। धूणे के पास किसी भक्त की ओर से दान किये गये उपलों व लकड़ियों का ढेर पड़ा है। घुक्कर गिजा करके कब से अपने घर जा चुका है। माघी भी आज यहाँ नहीं है। दो दिन हुए वह अपनी भुआ के पास

गया हुआ है। बरामदे में भट्ठियों के पास भिन्न-भिन्न दालों-सब्जियों की बाल्टी ढँकी पड़ी है। पास ही रोटियों वाली टोकरी है। भगतू व साधाराम दोनों धूणे के पास चौकड़ी लगाए बैठे हैं।

रोटी अभी खायी नहीं है।

ठंड बढ़ती जा रही है।

धुन्ध पहले से गहरी हो गयी है।

घूम-धाम के साथ मनायी बाबा बूढ़सिंह की बरसी की विचित्र झलकियाँ दोनों के मन में तैर रही हैं। कभी कोई बात साधाराम करता है, कभी बाबा भगतू।

'जब मन्त्री ने पाँव छुए, संगतें निहारती ही रह गयीं। डी.सी. भी पाँवों की ओर झुका था।' भगतू की आँखों के आगे भी वही दृश्य घूम रहा था।

''भगतू बाबा!'' साधाराम ने लम्बे चिमटे के साथ धूणा फरोलते हुए भगतू बाबा की ओर निहारते हुए पूछा, ''बरसी की बातें याद करते भूख का ख्याल नहीं आया? परशादे छकने का इरादा नहीं है आज?''

''इतनी ठंड में धूणे के पास से उठने को दिल नहीं करता बाबा...।''

''सामग्री अधिक मात्रा में आने लगे, तो उसकी इच्छा भी कम हो जाती है, बाबा भगतू।'' साधाराम ने बरामदे में पड़ी रोटियों की टोकरी व दाल-सब्जियों की बाल्टी की ओर निहारते हुए कहा।

''यह बात नहीं बाबा! मैंने भूख देखी है। मुझे भूख का पता है। भूख को जीया, भोगा है मैंने। लेकिन इस आग का आनन्द ही ऐसा है। आग के पास बैठना भी बुरा। इससे दूर जाना भी बुरा।''

बाबा भगतू की गहरी बात समझते साधाराम के चेहरे पर व्यंग्यात्मक मुस्कान फैल गयी। धूणे की आग में फिर से चिमटा घुमाते हुए पूछा—

''भीतर की आग की बात करता है भगतू बाबा या बाहर वाली आग की?''

भगतू बाबा ने अधखुली आँखों से साधाराम की ओर निहारा। इस तरह निहारने का अभ्यास साधाराम ने ही कराया था। बोला—

''आग भीतरी हो या बाहर की। हर आग संकट में डालती है बाबा।''

''मुझे खुशी है कि तुझमें साध विद्या आ रही है। मेरी तपस्या सफल हुई। भगतू बाबा, उठो फिर। बाहर की आग तो हमारे पास है। भीतर की आग का प्रबन्ध करो।'' साधाराम ने खुश होते हुए कहा।

''इच्छा है बाबा?'' पूछते ही भगतू बाबे के चेहरे पर खुशी की लहर दौड़ गयी।

''जैसी चेले की इच्छा, वैसे गुरु की इच्छा।'' कहकर साधाराम ने एक उपला और लगा दिया।

बाबा भगतू उठा। डेरे के पीछे, गेहूँ में से निकलकर एक मेंड़ पर, विशेष पहचान वाली जगह पर जा ठहरा। फिर घुटनों के बल बैठकर मेंड़ को कुरेदा,

देसी शराब की बोतल निकाल ली। जमीन को ठीक किया, और उठकर धूणे की ओर चल दिया।

ठंड इतनी ज्यादा थी, उसे कँपकपी चढ़ गयी। लेकिन जब धूणे के पास आया तो एकदम झिझक कर ठहर गया। धूणे के पास खेस ओढ़े एक परछाईं खड़ी है। भगतू बाबा दबे पाँव एक ओर हो गया। हैरान! यह कौन है? इतनी ठंड में, रात में?

कुछ पल किसी तरह खड़ा निहारता रहा। साधाराम की सहज बातों से उसने अन्दाजा लगाया, और धैर्य से धूणे के पास आकर बोला, ''वाह! आज बाबे की याद कैसे आ गयी, भीरो देवी को इस वक्त?''

भीरो में बोलने की हिम्मत नहीं थी। दाँत किटकिटा रहे थे। पूरा शरीर सुन्न था। भगतू बाबा उसे पकड़ कर धूणे के पास न बैठाता, तो शायद खड़े-खड़े वह गिर जाती।

''और कौन है तेरे साथ?'' बाबा भगतू ने धुन्ध में दाएँ-बाएँ नजर घुमाते हुए पूछा।

''कोई नहीं।'' भीरो के मुँह से शब्द कम निकले। सिर ज्यादा हिला।

बाबा भगतू उठा। बरामदे में जाकर, बोतल में से शराब एक डोल में उड़ेल दी। एक गिलास उठाया और धूणे पर वापस आ गया। आते ही गिलास में थोड़ी-सी शराब डाली। थोड़ा पानी मिलाकर भीरो की ओर गिलास बढ़ाकर बोला, ''खींच ले।''

भीरो ने सिर हिलाकर इनकार कर दिया।

''अकड़ जाएगी। ठंड में निमोनिया हो जाएगा।'' साधाराम ने उसे चेतावनी दी। ''दवा समझ के पी ले।''

''नहीं, पीनी नहीं।'' भीरो ने झुड़झुड़ी ली।

''इतनी दूर से चलकर आयी है। वापिस भी जाना है। यह तेरे खून को गर्म रखेगी। अपने बाल-बच्चों में भी जाना है, बीबी।'' साधाराम ने समझाया।

भीरो ने दोनों की ओर देखा। बाबा भगतू से दारू वाला गिलास पकड़ा। पलभर सोचती रही। फिर बोली, ''घर में बच्चे भूखे सोए पड़े हैं, और मैं...।'' इससे आगे भीरो कुछ न बोल सकी।

''सबका प्रबन्ध हो जाएगा, बीबी।'' बाबा भगतू ने भीरो की कमर थपथपायी। फिर धीरे-धीरे कमर पर हाथ घुमाने लगा, ''पहले तू तगड़ी हो।''

भीरो ने गिलास मुँह को लगाया। एक ही साँस में खींच गयी।

साधाराम की आँखों में चमक आ गयी। उसके मुँह से स्वत: निकल गया, ''शाबाश!''

''मेरे से ज्यादा तो इसकी उसे जरूरत है, जिसे आज फिर कोई दिहाड़ी

पर नहीं लेकर गया।'' खाली गिलास भगतू को पकड़ाकर खेस के साथ होंठ पोंछते हुए भीरो ने धीरे से दु:खी मन से कहा।

''अब तू हमारी शरण में आयी है। शरण में आये भक्त को बाबे खाली नहीं लौटाते। यहाँ जो अड़ा सो झड़ा। झड़ता है न भीरो?'' साधाराम ने भीरो के चेहरे पर आँखें गाड़ते हुए पूछा।

भीरो कुछ नहीं बोली। धूणे के और पास सरक आयी।

''झड़ता है, झड़ता है।'' साधाराम स्वयं ही बोल उठा। ''भगतू बाबा, वो किनकी बहू थी, जिसने गुरुओं के तीर के बारे में कुप्रचार किया था।''

''विरको की बाबाजी।'' भगतू बोला।

''हाँ विरको की बहू। क्या हाल हुआ उसका? बच्चा गर्भ में ही मर गया। फिर यहाँ आकर हमारे पाँवों की मिट्टी को माथे पर लगाती फिरी। बाबे के वचन खाली जाते हैं? और देख, दूसरी धालीवालों की बहू। क्या भला-सा नाम है उसका...जैलो। हमारी शरण में आयी तो देख। बाबे की कृपा से माँ बनने वाली है।''

धूणे व भीतर गयी दारू की गर्मी ने भीरो को जीवित होने का अहसास करा दिया।

''बाबाजी!'' भगतू ने गिलास साधाराम की ओर बढ़ाया।

फिर वे बारी-बारी से पीने लगे। एक बार फिर भीरो को भी गिलास भर कर दिया। भीरो ने इनकार कर दिया। भीरो भगतू बाबे के पास बैठी है। ''आज बहुत चुपचुप है भीरो?'' कहकर उसने भीरो की पीठ पर हाथ फिराना शुरू कर दिया।

भीरो के चेहरे पर करुणामय मुस्कान आयी। पहले उसने चाहा, भगतू का हाथ झटक दे। लेकिन बैठी रही। उसे बेचैनी हो रही थी...जैसे साँप उसकी कमर पर रेंग रहा हो।

साधाराम ने एक तगड़ा पैग गिलास में डाला। एक ही साँस में पी गया। धूणे के सेवक ने, भीरो की ओर एकटक देखा। साधाराम की आँखों में ज्वालामुखी खौलने लगा। फिर वह भगतू बाबा की ओर गुप्त संकेत कर कमरे से चला गया।

''भीरो, अन्दर जा। बाबे भोग लगाएँगे।''

भीरो ने भगतू बाबे का उत्तेजित हुआ हाथ हटाते हुए विनती की। ''फिर आ जाऊँगी भगतू बाबा! आज मुझे जाने दो।'' उसके वक्ष के सागर की मछलियाँ भय से काँपने लगीं।

''जब फिर आएगी, फिर सही। यह अब की घड़ी है। बाबे को इनकार नहीं करते। बेमतलब उल्टा-सीधा शाप दे देंगे। इस शरीर से जितना काम ले ले, उतना अच्छा है।...महापुरुष भी तो कह गये हैं—''

चिड़िया चोंच भर ले गयी, नदी न घटियो नीर।

दान दिये देह न घटे, कह गये सन्त फकीर॥

"देह का दान सबसे पावन है भाई। माया तो झूठी है। ठगी, फरेब से इकट्ठी की जाती है। देह तो अपनी है। जल से स्नान करो, पवित्र हो जाती है। इसका दान सबसे उत्तम और पावन माना गया है। जाओ भीतर जाओ। देरी हो गयी तो बाबे कुपित हो जाएँगे।"

भीरो चुप बैठी रही।

"घूँट भर और पीनी है, तो देख ले। इससे दिल मजबूत रहेगा।" भगतू बाबे ने उसे अपने साथ भींच लिया।

"थोड़ी-सी डाल दे फिर।" कुछ सोचते-सोचते भीरो एकदम बोली। कुछ देर बाद खाली गिलास धूणे के पास रखकर, बुझे मन से उठकर भीतर चली गयी। उस समय साधाराम पालकी के पास अरदास कर रहा था।

भीरो तख्तपोश पर जा बैठी।

साधाराम ने स्वयं ही जैकारा छोड़ा—'जो बोले...सो निहा..ल।' और स्वयं ही 'सत्श्रीअकाल...।' कहकर तख्तपोश की ओर आ गया।

बाहर भगतू बाबा धूणे के और करीब हो गया। उसने धूणे पर उपले व लकड़ियाँ डालीं। चिमटे से आग को छेड़ा। फिर डोल उठा कर एक पैग बनाया। आधा लिया और आधा अपने पास रख लिया।

दूर गाँव में खटका हुआ। भगतू बाबा ने साँस रोककर ध्यान एकाग्र किया। कुछ पल सावधान बैठा रहा। भ्रम था शायद। खटका उसी के भीतर था कहीं। वैसे बाहर सारी कायनात, सारा ब्रह्मांड सुन्न था। धुन्ध के कारण अदृश्य भी। केवल कमरे के भीतर, धरती को कँपकपी चढ़ रही थी।

कुछ देर बार साधाराम गर्दन झुकाये बाहर आ गया। धूणे के पास बैठ गया। भगतू बाबे के पास से डोल उठाकर दारू गिलास में डाली और बिना पानी के ही पी गया। गहरा साँस छोड़ा। भगतू बाबे की ओर निहारा।

इशारा समझकर भगतू बाबा उठ खड़ा हुआ। साधाराम ने सावधान किया, "जल्दी जाना है उसने। बेमतलब देरी न करना। बच्चे भूखे सो रहे हैं। उसके पता नहीं कब जाग जाएँ।"

भगतू बाबा ने गिलास में बची शराब पी। ऊँची आवाज में 'सतनाम वाहे गुर...तेरा ही आसरा...' कहकर भीतर चला गया।

भीरो फिर धूणे के पास आकर बैठी तो उसके वक्षस्थल में दर्द हो रहा था। मुँह का स्वाद बकबका रहा था और टाँगे काँप रही थीं। भीरो ने देखा साधाराम आँखें बन्द किये चौकड़ी लगाए बैठा है। धूणे की आग पहले से हल्की हो चुकी है।

भीरो अब जल्दी घर जाना चाहती थी।

''बाबाजी।'' उसने साधाराम को आवाज दी। साधाराम पूरा नशे में था। आँखें खोलीं व जिज्ञासा भरी नजर से भीरो की ओर देखने लगा।

''मैंने जाना है बाबाजी।'' भीरो ने कहा।

''भगतू बाबे को आ जाने दे, भाई। चले जाना। जो इच्छा है, ले जाना।''

भगतू बाहर आया तो आते ही दाल-सब्जी वाली बाल्टी व रोटियों वाली टोकरी धूणे के पास उठा लाया।

भगतू की इच्छा थी...भीरो यहीं रोटी खा जाए। पहले तो भीरो ने साफ इनकार कर दिया। भगतू जिद्द करने लगा। भीरो जल्दी ही मान गयी। उसने सोचा, इस तरह तो और देर हो जाएगी।

वे तीनों खाना खाने लगे। बेशक भीरो भूखी थी। फिर भी घर में भूखे बच्चे व देसू को याद करके, रोटी उसके गले में फूल जाती। और वह पानी के घूँट के साथ अन्दर को धकेलती।

बाबा भगतू धूणे की शान्त होने जा रही आग पर रोटियाँ गर्म करके भीरो को देता रहा। भीरो कितनी रोटियाँ खा सकती थी!

डेरे से लौटते समय रास्ते में भीरो को कँपकँपी चढ़ गयी। सुन्न हुए पाँवों को पता ही नहीं चलता था कि टाँगों के साथ हैं भी या नहीं। एक बार गिर भी गयी। उसके आँसू छलक आये। अपने औरत होने पर उसे खीझ-सी आयी। देसू को गालियाँ देने लगी। अपने बाप को कोसने लगी। साथ ही उसने परमात्मा को भी गालियाँ दी।

फिर साधाराम व बाबा भगतू की हरकतों के बारे में सोचते, उसे औरत होने पर नाज हुआ। 'कैसे लार चाट रहे थे...।' परन्तु तुरन्त ही मुँह का स्वाद कसैला हो गया। उसने गहरी धुन्ध में थूका। जैसे साधाराम व भगतू उसके सामने खड़े हों।

ठंडे हाथों से दरवाजा धकेलकर भीरो भीतर आयी। पता नहीं रात कितनी बीत गयी होगी। कमरे के कोने में दाल वाला डोल व रोटियाँ रखकर उसने दरवाजा बन्द कर दिया। विरलों में से आती शीत हवा शरीर में काँटों की तरह चुभी। भीरो ने देखा। बच्चे अभी सो रहे थे। देसू ने धीरे-धीरे अपने ऊपर से रजाई सरकाई और उल्लू की भाँति दिये की लौ में देखा।

''खा ले अब।'' कहकर भीरो रजाई में घुस गयी।

कोसी रजाई में घुसते ही उसे कँपकँपी चढ़ गयी। यत्न से उसने बच्चों के साथ लगने से खुद को बचाया।

देसू मंजी पर बैठ गया। कन्धों तक रजाई खींच ली। एक पल कमरे के कोने में पड़े दाल वाले डोलू व रोटियों को निहारा। भीरो को खीझ आयी।

"अब तेरे से उठकर रोटी नहीं खायी जाती?"

"दारू की घूँट ही ला देती जरा?" भीगी बिल्ली की तरह मुँह बनाकर देसू ने कहा।

"माता के लाल! उठकर देख जरा।" भीरो गुस्से में बोली। दिल तो किया गर्म-गर्म सुना दे। गालियाँ दे। परन्तु इतना ही कहा, "साले मर्द बनने के...।" फिर चुप करके मुँह ढक लिया।

देसू उठा। दालवाले डोल का ढक्कन उतारा। बीच में देसी शराब का पव्वा पड़ा देखकर उसकी आँखों में चमक आ गयी। बाल्टी उठायी और आधी शराब डालकर बिना पानी के पी गया। तीखी शराब ने कलेजा फूँक कर रख दिया, तो जल्दी से दाल में उँगली डुबोकर चूस ली।

भीरो का दिल किया, बच्चों को उठाकर रोटी खिला दूँ। फिर सोचा—अभी तो गरामाइश में है। जाग उठेंगे तो अपने-आप खा लेंगे। वह उनके साथ ही रजाई में मुँह ढके पड़ी रही। अब उसे भी गरमाहट आने लगी थी।

देसू ने पूरी तसल्ली से भर पेट रोटी खायी। विभिन्न दालों का स्वाद ही अलग था। शेष दाल व रोटियाँ सँभाल कर, वह उठा। डकार भरी। अब उसे ठंड भी कम लगने लगी। भीतरी गर्मी के कारण कमरा पहले से गर्म महसूस होने लगा। वह भीरो की मंजी के पास आया। रजाई के भीतर बाँह करके, उसे टोह कर पूछा—

"अभी से सो गयी?"

भीरो ने उसका हाथ झटका, जैसे कनखजूरा उस पर चढ़ आया हो। जरा गुस्से में बोली, "पड़ भी जा अब। दारू पीकर, पेटभर कर, अब प्यार आ गया तुझे? तब तो घुटनों में से मुँह नहीं निकाल रहा था।"

देसू का नशा ढीला पड़ गया। मंजी के पास खड़े देसू को फिर ठंड लगने लगी।

"मैं तो...बस यूँ ही...यूँ ही...बस।" अऊँ-अऊँ करता देसू अपनी मंजी पर चला गया। फिर रजाई ऊपर खींच कर पड़ गया।

भीरो ने देखा, मिट्टी के तेल का दीया ज्यों-का-त्यों जल रहा है। वह हैरान-सी बोली, "दीया बुझा देता।"

देसू की ओर से कोई उत्तर नहीं मिला। भीरो कुछ पल वैसे ही पड़ी रही। इन्तजार करती रही। देसू तो उठा नहीं। यदि दीया यूँ ही जलता रहा, सुबह तेल भी लाना पड़ेगा।

देसू के ठंड के कारण दाँत किटकिटाने लगे या वैसे ही वह बुदबुदाकर कुढ़ रहा था। भीरो ने सोचा, इसने तो सोना नहीं अब। यदि न सोया तो कल दिहाड़ी पर नहीं जा सकेगा। यदि दिहाड़ी पर गया भी, तो कौन लेकर जायेगा ऐसे को, काम पर। उसने वहाँ भी आँखें ही बन्द करते रहना है। मैं तो नहीं सहन कर सकूँगी बच्चों की भूख। इसने फिर आकर कह देना है, 'डेरे ही जा आती फिर।' मेरे में तो हिम्मत है नहीं। यह रजाई में पड़ा, यूँ ही सारी रात खुद को जलाता रहेगा।...कैसे कर लेगा कल दिहाड़ी...?

भीरो उठी। बिजली का बिल न देने के कारण, विभाग की ओर से उखाड़े गये मीटर वाले खाली हुए आले में रखे दीये को फूँक मारी। और अँधेरे में देसू की मंजी के पास आ खड़ी हुई। छाती में तीखा-सा दर्द फिर महसूस होने लगा। मुँह का स्वाद कसैला हो गया। उसने एक गहरी साँस छोड़ी—आह जैसी। और देसू की रजाई में घुस गयी।

बयालीस

बसाखा सिंह को खाँसी लगी है। जब खाँसी का दौरा पड़ता है, उसकी आँतड़ियाँ दोहरी हो जाती हैं। बेहाल हो जाता है। खुश्क खाँसी आती है। जैसे कोई गले में नाखून मार रहा हो। छाती खटकती तो हैं लेकिन भीतर से बलगम नहीं निकलती। सर्दी का मौसम गुजार पाना बहुत मुश्किल हो जाता है। वह कह भी उठता है, "यह सर्दी निकल जाये, गर्मियों में नहीं डोलता। अगली सर्दी में फिर देख लेंगे।"

ज्ञानकौर बाड़े में आयी तो खाँसते हुए बसाखा सिंह ने रोटी मंजी पर रखने का इशारा किया।

"बाबा जी, गुरा नहीं आया यहाँ?" रोटी रखकर ज्ञानकौर ने पूछा।

"आया था। गुस्से में था। क्या कर दिया उसने...?"

"उधर झगड़कर आया है, भगतू के बापू के साथ।"

"क्यों?" बाबे को फिर खाँसी छूट गयी। फिर खाँसते-खाँसते बोला, "यह साला घर से बाहर रहता भी झगड़ा कर रहा है?"

"बाबा जी, कह रहा है, मेरे हिस्से की जमीन दे दो। नहीं तो चालीस हजार रुपया दे दो।"

"इसने क्या करने है पैसे?"

"क्या पता अब?"

"आ लेने दे। मैं करता हूँ बात इससे।"

''यहाँ आएगा अब?''

''और कहाँ जाएगा। जब आएगा करूँगा बात।''

''उसकी रोटियाँ भी आपके साथ ही हैं बाबाजी।''

''कोई बात नहीं बेटा। यदि आया तो खा लेगा।''

''और बाबा जी, भगतू ने माघी को भेजा था घर। कहता है, मैंने डेरे के साथ दो किल्ले जमीन की बाड़ करनी है। वहाँ आ जाएँ।''

''डेरे के साथ दो किल्ले जमीन की बाड़ करनी है? कौन है साला, जो इनको उल्टी पट्टियाँ पढ़ाता है?''

बसाखा सिंह ने दु:खी होकर कहा।

''गाँव भर के सभी नामुराद डेरे पर ही होते हैं। घुक्कर, माघी, पगलों का तोती। एक साधू और आता है। भगतू ने गुरु धारण किया है। इन्होंने कोई अच्छी मत तो देनी नहीं।'' कहकर ज्ञानकौर पशुओं की ओर चली गयी। पहले झोटी की खुरली में हाथ घुमाया, भूसा ठीक किया। फिर भैंस को थपथपा कर दोहने बैठ गयी।

ठंड में, परेशान बसाखा सिंह आँगन में घूमने लगा। खाँसी से तो वह दु:खी था ही। नयी बातें इससे भी ज्यादा सताने लगीं। वह सोचने लगा,...भगतू अपनी जमीन माँगता है। गुरा अलग अपना हिस्सा माँग रहा है। लड़की का पता ही नहीं चला। क्या पता, अब तक मर खप गयी हो। ...सारा घर बिखरा पड़ा है।

''वज़ीर खेत जाने लायक कहाँ है अब। नजर कुछ ठीक हुई है तो कमर का अभी वही हाल है। राजपाल क्या करेगा। डेढ़-दो किल्ले में क्या खेती होगी? मैं करूँगा बात भगतू के साथ। कल डेरे जाकर जाऊँ। क्या कर रहा है झल्ला। लोगों को उपदेश देता है। उनके कष्ट दूर करता है। घर वालों का गला दबा रहा है। कमबख्त, तेरी घरवाली मायके बैठी है। बच्चा अलग भटकता फिरता होगा। उनका शाप न मारेगा तेरे को?''

ज्ञानकौर ने बहुत कोशिश की। कह रही थी, बिचोला भेजा था भगतू के ससुराल। कहा था, यदि भगतू लेने नहीं आता तो बहू को छोड़ जाओ। अपने आप सब ठीक हो जाएगा। बिचोले ने आकर बताया, लड़की नहीं मानती। कहती है जब वह चोला उतार देगा, स्वयं आ जाऊँगी। फिर बोली, सास को कह देना यदि भगतू का गुजारा गाँव में गिजा करके नहीं चलता, तो अपने ससुराल, गाँव में आकर गिजा कर लिया करे। जँवाई-भाई की गाँववाले बहुत कद्र करते हैं। आँगन में ही बैठा था मैं तब। यह बेचारी तो बिचोले की बातें सुनकर चूल्हे के आगे बैठी रोने लगी थी। ...सोचते-सोचते बसाखा सिंह ने छप्पर के नीचे भैंस को दूह रही ज्ञानकौर की ओर तरस भरी नजरों से निहारने की कोशिश की। लेकिन अँधेरे के कारण कुछ भी नजर न आया।

''बाबाजी, रोटी खा लेते तो मैं बरतन भी ले जाती।'' बाहर आकर ज्ञानकौर बोली।

''कोई बात नहीं बेटा। बरतन मैं अपने-आप दे आऊँगा। वज़ीर को भी मिल आऊँगा।''

''बाबाजी, ठंड हो जाती है। इस समय न आया करो। बीमार पड़ गये तो और विपता आ पड़ेगी। पहले कौन-सा सुखी हैं?'' कहते-कहते ज्ञानकौर चली गयी।

बसाखा सिंह कुछ देर यूँ ही खड़ा रहा। विपदाओं ने तो धुन रखा है। शेष कमी औलाद पूरी कर रही है। ...हमारे समय कहीं अच्छे थे।

...जब फसल बोनी, हल का पहला चक्कर लगना तो कहना, गरीब दीन का हिस्सा। दूसरा चक्कर आना तो कहना, जानवरों, पंछियों का हिस्सा।'' तीसरे चक्कर आना तो कहना, सांड का हिस्सा। राम गऊओं का हिस्सा। चौथा चक्कर आना तो कहना, हाली-पाली का हिस्सा। लागी का हिस्सा। बाद में जो बचा, हमारा हिस्सा। फिर भी जाट खुश रहता था। जब भी फसल आती, चारों ओर रौनक हो जाती।

अब सभी अपने लिए बोते हैं। लागी, गरीब, जानवर को नजदीक नहीं फटकने देते। फिर भी किसी को कुछ पूरा नहीं पड़ता। फसलें भी खूब निकलती हैं। न मंडियों से सँभाली जाती हैं, न सरकार से। किसान की नग्नता फिर नहीं ढकी जाती। कोई ट्रैक्टर बेच रहा है, कोई ट्रैक्टर-ट्रालियाँ। नीयत को मुराद होती है। नीयतें साफ नहीं। न लोगों की, न सरकार की। फिर भुगत भी रहे हैं साथ के साथ ही...।

ऐसे समयों पर झुरता बसाखा सिंह अपनी मंजी की ओर चला गया। खूंडा सिरहाने की ओर मंजी के सहारे टिकाकर मन किया, रोटी खा लूँ एकाध। उसी समय गुरा भी आ गया। बोला, ''बाबा, रोटी खाने लगा है?''

''तेरी माँ पूछकर गयी है अभी। कहाँ था तू?''

''यहीं था, बस।'' कहते हुए वह बाबे के पास बैठ गया।

''तेरा खाना भी साथ ही है। आ जा, खा ले।''

गुरे को भूख लगी थी। बिना हील-हुज्जत के उसने रोटी खानी शुरू कर दी।

''तेरी माँ कह रही थी, तू चालीस हजार माँगता है?'' रोटी खाते हुए बीच में बाबे ने पूछा।

''बाबा, उन्हें पता तो है नहीं कुछ। यूँ ही भड़क पड़ते हैं। राजपाल तो मारने को आता है। मेरा नाम अब काफी चमक गया है। सभी ओर मुझे जानने लगे हैं। 'गुरा चक्कबूड़िया' मशहूर है अब। मैंने एक कैसेट निकालनी है गीतों की। फिर बल्ले-बल्ले हो जाएगी बाबा। देखना तुम। साल-छह महीने में अपने

नीचे कार होगी...अब पँगा यह है, बापू पैसे नहीं देता।''

''इसके पास तेरे को देने के लिए है ही क्या? झोने की दुआनी नहीं मिली। आढ़तिये के पूरे नहीं हुए।''

''क्या लाभ खेती का? ट्रैक्टर भी खा गये आप तो। यदि आपको खेती से कुछ नहीं मिलता, तो मैं क्या कमा लूँगा इसमें से? इसीलिए तो अब गानेवालों का ग्रुप बनाया है। आप देखते रहना बाबा, 'गुरा चक्कबूड़िया-गुरा चक्कबूड़िया' हो जाएगी चारों ओर। बापू को समझा दे। पैसे दे दे, या फिर मेरे हिस्से की जमीन। तीसरी कोई बात नहीं माननी।''

''वहाँ डेरे चला जा, भगतू के पास। बहुत चढ़ावा चढ़ता है वहाँ। चलना मेरे साथ। मैंने जाना है सवेरे वहाँ।'' बसाखासिंह ने गुरे को एक और रास्ता दिखाया।

''कल तो हमने प्रोग्राम देना है शादी में।'' रोटी खाता हुआ गुरा बोला।

''सुबह-सवेरे तो नहीं होता तेरा प्रोग्राम। हमने तो सुबह-सुबह ही जा आना है।''

''ठीक है। भगतू मान जाएगा?''

''मनाएँगे ही। मियाँ सबक न देगा, घर तो लौटने देना।''

''हाँ बाबा। एक बात सुनी आपने?'' गुरे को एकदम याद आया। 'कौन-सा पानी' पीते-पीते बाबा हैरान हुआ।

''चाचे सरदूल की लड़की एक दिन पता नहीं क्या करने थाने गयी थी।''

''थाने गयी थी?''

''हाँ, मेरे साथ एक लड़का ड्रम बजाता है। वह बता रहा था। उसी ने देखी थी। कह रहा था, वह तो बहुत बुरे काम करती है।''

''ऐसे नहीं कहा करते, नामुराद। बहन लगती है तेरी। पर्दा डाला करते हैं ऐसी बातों पर। लोगों को जरा-सा पता लगना चाहिए किसी की बात का। वे किस्से अपने आप गढ़ लेते हैं। मैं बुलाऊँगा सरदूल को। समझाऊँगा उसे। झल्ला यूँ ही मुँह फुलाए फिरता है। अलग हुए बीस वर्ष हो गये। दिल की घुंडी नहीं सीधी की। भले आदमी, तेरी एकमात्र छोकरी है। सात-आठ किल्ले तेरे पास जमीन हैं। छोकरी को क्यों भटका रहा है? शादी कर दे उसकी। अपने घर जाए। पता नहीं क्या सोचता है। समझदार है। छोटी उम्र तो नहीं रही। पता नहीं अक्ल को क्या हो रहा है। मुझे समझ नहीं आती? कल करूँगा इसके साथ बात। घर से तो नहीं निकाल देगा?'' सोचता-सोचता बसाखा सिंह मंजी पर लेट गया। वह हैरान हुआ। गुरा तो कब का टेढ़ा हुआ सो चुका था।

मुर्गे की पहली बाँग के साथ बसाखा सिंह व गुरा डेरे चले गये। भगतू उस समय

कमरे में पालकी के पास खड़ा 'तीर' व 'घोड़ा साहिब की खुरी' को धूप दे रहा था।

गुरा व बसाखा सिंह को आया देखकर, उसके चेहरे पर हैरानी व खुशी का मिश्रित भाव उभरा। बिना कुछ बोले, वह उनके सामने प्रश्नचिह्न बनकर खड़ा हो गया। गुरे ने 'सत्श्रीअकाल' बुलायी तो भगतू ने दायाँ हाथ उठाकर आशीर्वाद दिया।

"कोई भगत है यहाँ?" भगतू बाबा ने आवाज दी।

"बोलो बाबाजी"। लंगर की ओर से एक सेवक आया। हाथ बाँधकर खड़ा हो गया।

"बेटा, चाय पिला सेवकों को।"

"चाय नहीं पीनी हमने।" बसाखा सिंह के बोल सहज नहीं थे। इनमें गुस्से व अपनत्व का मिश्रण था।

"ठंड में आये...।"

"नहीं"—बसाखा सिंह ने सख्ती से टोका। "एक बात करने आये हैं तेरे साथ। बाबाजी कहूँ तेरे को, या भगतू?" बाबाजी की आँखों में व्यंग्य था।

"पहले चाय छको। फिर जो मर्जी कहते रहना। डेरों की मर्यादा है, हरेक सेवक पहले चाय का लंगर छकता है। फिर आने का मनोरथ बताता है।" भगतू ने आदेश देने की तरह कहा।

सेवक दो गिलासों में चाय ले आया। बसाखा सिंह ने सेवक को पहचानने की कोशिश की। शायद वह किसी और गाँव का था? पहचान में नहीं आया।

"पहले यह बता। जो तेरी माँ ने बताया है, सच है?" बसाखा सिंह ने सीधे भगतू की आँखों में देखा।

"मेरा कोई बाप नहीं। कोई माता नहीं। भाई नहीं, बहन नहीं। जिस दिन चोला पहना था उसी दिन सभी बन्धन, रिश्ते, सभी मोह त्याग दिये।" भगतू ने आँखें बन्द करके कहा।

"यदि तेरा कोई नहीं तो फिर जमीन भी तेरी नहीं। वह कहाँ से आ गयी तेरी?" बसाखा सिंह ने दलील दी।

"जमीन मेरी है। मुझे उसकी आवश्यकता है। यहाँ संगतों के लिए बड़ा आरामघर बनाना है।"

"हाँ, डेरे पर आरामघर बनना चाहिए। घर की बेशक दीवारें न रहें, छत न रहे। माँ-बाप के पास खेती करने के लिए एक मरला न रहे। तेरे डेरे का डंका बजना चाहिए।"

"मेरा क्या है बाबा? मेरा तो कुछ भी नहीं। मुझे एक रात सपना आया। 'भगतू, तूने पूर्वजों की सेवा करनी है।' मैंने उसी दिन सब कुछ त्याग दिया था।"

बसाखा सिंह ने जान लिया है कि इसने नहीं समझना। वह लौटने लगे तो धीरे-से गुरे ने कहा, "बाबा, मेरी कैसेट के बारे में तो पूछें?"

"जो खुद माँगते हैं, वे दूसरों को क्या देंगे? आ चलें।" और दोनों लौट आये।

वे जोहड़ के पास आये तो डेरे की ओर से जा रहे घुक्कर ने उन्हें रोक लिया।

"बाबा, बनी कोई बात?"

"कौन-सी बात?" बाबे ने ठहरते हुए हैरानी से पूछा।

"बाबा खंडों का जँटा कल आया है ट्रक लेकर। उसने बताया मुझे...।" घुक्कर असमंजस में पड़ गया। बताऊँ या न बताऊँ। क्या पता बाबा कोई उल्टा ही मतलब न निकाल ले।

"क्या बताया है बेटा...?" बाबा और भी हैरान हुआ। "बाबा वह बता रहा था कि भूपी देखी है उसने।"

"कहाँ देखी उसने?" बसाखा सिंह ने जल्दी से पूछा।

"कह रहा था, यू.पी. की ओर एक ढाबे पर वे चाय पी रहे थे। वहाँ एक ट्रक पंजाब की ओर से आकर ठहरा। पता नहीं चाय पीने ठहरे थे या रोटी खाने। वहाँ उस ट्रक में भूपी देखी थी जँटे ने।"

"अब जँटा कहाँ है?"

"यहीं होगा। रात तो था।" कहता हुआ घुक्कर डेरे की ओर चल दिया।

बसाखा सिंह वे गुरा जल्दी-जल्दी घर आये। रुलदू आँगन में बैठा चाय पी रहा था। ज्ञानकौर चौके में थी। वज़ीर सिंह अभी कमरे में ही था।

"राजपाल कहाँ है, बहू?" आते ही बसाखा सिंह सिंह ने पूछा।

"बाबाजी, वह अभी चाय लेकर आपकी ओर गया है। रास्ते में नहीं मिला?"

"ठीक है, मैं तो खेत की ओर से आया हूँ। डेरे गया था।"

फिर वह अन्दर वज़ीर के पास चला गया।

थोड़ी देर के बाद राजपाल आ गया। गुरे की ओर कटु नजर से देखते हुए उसने चायवाला लोटा चौके की ओट में बनेरे पर रख दिया।

"बाबा तो इधर ही आ गया। चाय भीतर ही पकड़ा दे।" ज्ञानकौर ने कहा।

राजपाल चायवाला लोटा लेकर भीतर चला गया। पतीले में शेष चाय गिलास में डालकर माँ ने गुरे को दे दी।

गुरा अभी चाय पी ही रहा था, राजपाल तेजी से घर से निकल गया।

गाँव के पश्चिम की ओर, फिरनी पर एक बड़े तख्तों वाला दरवाजा है। पहले अभी राजपाल इस घर के भीतर नहीं गया। जरूरत ही नहीं पड़ी। आते-आते राम-रमैया तो है, ज्यादा घरेलूपन नहीं है। जँटे का बाप ट्रक ड्राइवर था। परन्तु

अब जँटा चलाता तो ट्रक है, लेकिन स्वयं मालिक है। ट्रक के साथ रहता है। उसे मालूम है, बिना मालिक के ड्राइवर कानी कौड़ी पल्ले नहीं डालते। इसलिए जहाँ तक कोशिश होती, शरीर ढीला-मट्ठा न हो तो, ट्रक के साथ ही रहता है।

आज राजपाल दरवाजा पार करके भीतर गया। जँटा आँगन में एक मंजी पर बैठा दाढ़ी डाई कर रहा था। राजपाल को ऐसे अचानक भीतर आया देखकर, जँटे को पहले शर्म महसूस हुई। लेकिन किधर जाता। वैसे ही बैठा शर्माते हुए बोला, ''आओ, छोटे वीर।''

''मैं ठहरकर आ जाऊँगा भाई साहिब। कर लें आप अपना काम।'' राजपाल लौटने लगा।

''आ जाओ, कोई बात नहीं। आओ बैठो। यह काम तो चलता ही रहेगा। सुनाओ, कैसे आना हुआ?'' जँटे ने शीशे में से देखते हुए पूछा।

''घुक्कर मिला था। कह रहा था भूपी को देखा है कहीं?''

''हाँ, मैंने अभी किसी से बात नहीं की। हम उधर कानपुर से माल लेकर आ रहे थे। एक ढाबे पर चाय पी रहे थे। उस समय उधर एक ट्रक आकर ठहरा। ड्राइवर के साथ दो लड़के थे या तीन। पता नहीं चला। भूपी भी उनके साथ थी। उसकी नजर मुझ पर पड़ी, वे ठहरे नहीं वहाँ। उसी वक्त चल दिये। मैं हैरान था। यह लड़की इनके साथ कैसे घूम रही है। अब गाँव में आकर पता चली बात। पता होता तो मैं ट्रक पीछे लगा देता उनके, या लड़की को वहीं रोक लेता। मैं जाने देता फिर? बेशक पुलिस के हवाले करने पड़ते।''

राजपाल सुन्न-सा, जँटे की बातें सुनता रहा। ''कहाँ गए होंगे?'' राजपाल ने पूछा।

''क्या पता?''

''लड़का या उसमें से कोई जान-पहचान के थे?''

''नहीं, बाहर के ही थे।''

''फिर अब?'' राजपाल ने ऐसे पूछा, जैसे भूपी एक बार फिर खो गयी हो।

''छोटे भाई, मुझे स्वयं पछतावा हो रहा है। मुझे जरा-सा पता होता, मैं जाने देता उनको?''

''ट्रक का नम्बर पता है?''

''नहीं, इतना ध्यान नहीं दिया। वैसे ट्रक है इधर का ही। यूनियन से पता चल जाएगा कि परसों या चौथ, यू.पी. की ओर कौन-सा ट्रक, माल लेकर गया है।''

राजपाल उठा खड़ा हुआ।

''बैठ, चाय पीकर जाना।'' डाईवाला ब्रुश व कंघा एक ओर रखते हुए जँटे ने कहा।

"अभी पीकर आया हूँ भाई। मैं ट्रक यूनियन से पता करता हूँ जाकर। आप भाई साहिब बाहर रहते हो, नजर रखना..."

"चिन्ता न कर राजपाल! तेरी बहन मेरी बहन, कौन-सी दो हैं। मैं तो उस समय को पछता रहा हूँ। छोकरी हाथों में आकर निकल गयी।"

राजपाल लौट आया। घर से तैयार होकर के थाना सदर गया। जँटे से सुनी कथा, थानेदार को जाकर सुनाई। सोच-समझ कर राजपाल ने जँटे का नाम नहीं बताया। कहा...वह तो कल लौट गया।

"हम ट्रक यूनियन के प्रधान को तलब करते हैं। क्या पता ड्राइवरों में कोई बात चलती हो। ऐसी बातें तो वहाँ मिर्च-मसाले लगाकर चलती हैं।" इंस्पेक्टर की आँखों में चमक आ गयी। वह सोचता था...इस मामले में पहला थानेदार माल हजम कर गया होगा।

अब ट्रक यूनियन के प्रधान से आशा है कुछ झड़ेगा वहाँ।

उसने घंटी बजाकर मुंशी को बुलाया। आदेश दिया, "ट्रक यूनियन के प्रधान से बात कराओ।"

तैंतालीस

ट्रक यूनियन के दफ्तर में दोपहर के समय सदर थाने से फोन आया। अब प्रधान एक टैंडर के सिलसिले में एफ.सी.आई. कार्यालय में गया हुआ था। दोपहर के बाद यूनियन में आने पर उसे पता चला, प्रधान जानता है इस समय थाने जाने का मतलब है...भेड़ को खुद किसानों के अहाते में धकिया देना। उसने दफ्तर में बैठे कैशियर को समझाया, यदि अब फिर फोन आये, कहना चंडीगढ़ गये हैं। 'ट्रांसपोर्ट मिनिस्टर के साथ मीटिंग थी।' दूसरे दिन सुबह दस बजे प्रधान और दो दूसरे मैम्बर, यूनियन की जीप पर थाना सदर आ गये।

थानेदार बाहर आँगन में धूप में मेज लगाये बैठा था। सामने दो लोग थे। थानेदार को बातों में व्यस्त देखकर प्रधान और मैम्बर रुक गये और मुड़ने लगे।

"आओ प्रधान जी। आ जाओ। कोई बात नहीं, बैठो।" उन्हें देखते ही थानेदार के चेहरे पर रौनक आ गयी। जैसे ही प्रधान और मैम्बर नजदीक आये, थानेदार का इशारा समझकर पहले से बैठे दोनों आदमी उठ गये, और नमस्ते कहकर चल पड़े।

"कैसे याद किया जनाब?" सहज ही प्रधान ने पूछा।

"पहले चाय-पानी तो पी लो, प्रधान जी। इतनी जल्दी क्या है?" थानेदार हँसा।

''जल्दी तो आपको पता ही है। आपकी तरह दिनभर बीसियों झमेले रहते हैं।''

''चाय पी लें पहले।'' कहकर थानेदार ने सिपाही को चाय लाने के लिए कहा।

''आपकी चाय महँगी पड़ती है। हम जानते हैं। आप मतलब की बात करें।'' प्रधान ने कहा।

''न आप ही प्रधान जी कभी बिना मतलब यहाँ आते हैं, और न हम किसी को कभी बिना मतलब बुलाते हैं।'' कहते हुए थानेदार फिर हँसने लगा। प्रधान और मैम्बर भी हँस पड़े। दोनों तरफ के लोग समझते थे, यह केवल तिजारती हँसी थी। मन से नहीं थी। तभी चाय आ गयी। मानो पहले से कहा हुआ हो।

चाय पीते थानेदार ने अपनी बात शुरू की।

''प्रधान जी, मामला संगीन है। तभी कष्ट दिया है।''

''हुक्म करो। कष्ट की क्या बात है।'' खाली गिलास एक तरफ रखते हुए प्रधान बोला।

''इस मामले में आप मेरी बहुत मदद कर सकते हैं।'' थानेदार ने चापलूसी वाले अन्दाज में कहा।

''बताइए, समस्या क्या है?'' प्रधान ने सोचा कोई बेगार होगी। एक-दो ट्रक माँगेगा, दे देंगे। इसके लिए टेढ़ा-मेढ़ा होने की क्या जरूरत है। यह तो रोज का काम है। कभी पार्टी की रैली है, कभी प्रधानमन्त्री आ रहे हैं। कभी मुख्यमन्त्री ने आना है। भेज दो जी, बीस ट्रक। भेजिये पचास ट्रक। जैसे इनके बाप ने हमें दहेज में दिये हों। ...अब कोई ऐसी ही बेगार आएगी।

उधर सोच में पड़े थानेदार ने चाय की आखिरी घूँट पी। गिलास एक ओर सरका कर कहा, ''एक लड़की अगवा हुई है।''

''लड़की?'' प्रधान और मैम्बर हैरान होते, एक साथ बोल पड़े।

''हाँ लड़की। यह गाँव है न चक बूढ़सिंह। उसी की है। उसी गाँव का एक लड़का भी पकड़ा था। अब जमानत पर है। उसका कसूर नहीं लगता। शायद उसे इस्तेमाल किया गया है। कारनामा पक्के बदमाशों का है। या इश्क का चक्कर होगा।'' कहकर थानेदार, प्रधान मैम्बरों का चेहरा देखने लगा।

''माफ करना जनाब। इस मामले में हम क्या मदद कर सकते हैं?'' प्रधान ने हैरानी से पूछा।

''आप बहुत कुछ कर सकते हैं। अभी पता चला कि वह लड़की एक ट्रक में कानपुर के पास किसी ने देखी है। ट्रक इधर का ही है। इस यूनियन का। किसी ने थोड़ी बहुत जानकारी तो दी होगी। यदि पता चल जाए कि किसका ट्रक है। फिर पता चल ही जाएगा लड़की कहाँ है।''

''जनाब बात यह है कि...।''

''देखो प्रधान जी'', टोककर थानेदार बोला। ''इस बात का आपको भरोसा

दिलाता हूँ। जिसने बताया उसे किसी मुश्किल में नहीं डालेंगे। उसका नाम गुप्त रखेंगे। भले आप खुद पता करके हमें बता दें।''

''देखो जनाब, हम जितना कर सकेंगे इस मामले में, आपकी मदद जरूर करेंगे। बहन-बेटी का मामला है। हमारा फर्ज है कि प्रशासन से सहयोग करें। करते भी हैं, आपको तो पता है।'' प्रधान ने थानेदार की तरह ही रहस्यमयी रहते हुए, हाथ जोड़ दिये।

''शुक्रिया। बहुत शुक्रिया प्रधान जी।'' थानेदार खुश हो गया।

''एक बात है जनाब। देखनेवाले ने ट्रक नम्बर नहीं नोट किया? फिर तो दो घंटों में ट्रेस हो जाएगा।'' प्रधान ने बात मोड़ दी।

''नहीं। यह नहीं बताया उसने।''

''फिर क्या पता चलेगा।''

''यों तो बहुत मुश्किल है जनाब। हजारों ट्रक हैं। क्या पता कहाँ का हो। हमारी यूनियन का हुआ फिर तो जनाब कोई चाँस है। कई बार यों भी होता है, भले मालूम ही हो, कोई रहस्य नहीं खोलता। पंजाब के हालात कितने बुरे रहे हैं। सब डरते हैं। लोग कबूतरों की तरह आँखें मूँदे चल रहे हैं, फिर भी हम लोग अपने ड्राइवरों में बात छेड़ेगें। कोई भेद निकल आया तो तुरन्त कोई खबर देंगे जनाब को।'' कहते हुए प्रधान उठा खड़ा हुआ। साथ ही मैम्बर भी उठ गये।

''ठीक है प्रधान जी, आप समझदार हैं। जैसे भी हो हमारी मदद करें। हो सके तो पिछले हफ्ते जो ट्रक यू.पी., बिहार की तरफ लदकर गये हैं, उसकी लिस्ट दे जाना।'' कहकरे थानेदार ने सभी के साथ हाथ मिलाये।

थाना सदर की चारदीवारी से बाहर आकर प्रधान और मैम्बर जीप में बैठ गये।

प्रधान हँस पड़ा, खुलकर।

''साला कहता है मुझे पता करके दो। ट्रकों की लिस्ट भेज दो। हमने ही तफ्तीश करके रपट देनी है, तो तुम काहे की ड्यूटी करते हो भाई! तुम्हें महीना भी दें, फिर बेगार भी करें। और आसामियाँ भी पकड़वाएँ। फिर अपने ड्राइवर-मालिकों से इल्जाम लगवाएँ। भड़वे कहलवाएँ। हमें कौन-सा कंजर सयाना कहेगा, भाई।''

प्रधान की बात सुनकर दोनों हँस पड़े।

तभी थाने में बैठा अधिकारी सोच रहा था...यदि प्रधान सन्देह का मामूली-सा सूत्र पकड़वा दे, फिर तो सारी यूनियन के ट्रक थाने लगवा दूँगा। जरूरत पड़ी तो प्रधान को अन्दर भी करूँगा। सिद्ध करवा दूँगा आतंकवाद के समय यह खाड़कुओं को पनाह दिया करता था। फिर तो खुद ही उधड़ते रहेंगे। कौन-सा ट्रक था? कौन ड्राइवर था? कौन-से लड़के थे? कहाँ ले गये हैं लड़की को?...। और, अपने पौ बारह। अफसरों से बल्ले-बल्ले हो जाएगी। क्या पता प्रमोट होकर

डी.एस.पी....। बेख्याल वह मूँछें मरोड़ने लगा। पेपरवेट के साथ खेलते थानेदार को महसूस हुआ, आज मूँछें कुछ ज्यादा ही अकड़ी हुई हैं। उसके चेहरे पर अफसरनुमा मुस्कान फैल गयी। अब इस मामले का एक और अध्याय खुलेगा। उसने घंटी मारी।

मुंशी भागता हुआ आया।

''जनाब।'' सलूट मारकर खड़ा हो गया।

''चक बूढ़सिंह की लड़की अगवाकांड में, क्या नाम था लड़के का?'' थानेदार ने पूछा।

''उसी गाँव का लड़का है। केवल नाम है जी। जात चमार।''

''जेल में है?''

''नहीं जी, जमानत पर है। परसों तारीख है जी।''

''जब तारीख पर जाये, उसे यहीं लेकर आना है। एक बार बात करवाना उसकी। अगर न आये तो कहना उसके फायदे की बात है।''

''ठीक है जनाब।'' कहकर मुंशी अपने कमरे में चला गया। तभी बाहर पहले से खड़े सिपाही ने आकर बताया, ''जनाब, पी.सी.ओ. वाली दो लड़कियाँ आयी हैं।''

''पूछकर आ, क्या काम है?'' थानेदार तो अपने आप को एक बड़ी मुहिम के लिए तैयार कर रहा था।

थोड़ी देर बाद सिपाही ने आकर बताया, ''जनाब वो कहती हैं, आपने बुलवाया है।''

''नहीं, उनको ऊपर भेज। थाना सिटी में शुक्ला साहब ने बुलवाया होगा।''

वह उठ खड़ा हुआ, वर्दी ठीक की। मूँछों को मरोड़ा दिया और आकर जिप्सी में बैठकर गया।

बाहर खड़ी कन्तो और मीतो कुछ और पूछने का संकोच करती, मुड़ गयीं और थाना सिटी की ओर चली गयीं।

चवालीस

थाने से आकर राजपाल परेशान हो गया। दिल से वह भूपी वाला मसला ठप्प कर देना चाहता थाा। जब भूपी के बारे में सोचता, बेचैन हो जाता। शिष्टाचार के नाते और माँ की बदतर हालत देखकर, उसे ऊपरी तौर पर, न चाहते हुए भी पूछताछ रखनी पड़ती थी। तारीख पर भी जाना पड़ता। अब अगर उसे यू.पी., बिहार जाना पड़ गया, तो पुलिस कहेगी, कोई गाड़ी करवा, किराये पर। कहाँ

से आएँगे इतने पैसे? ऊपर से रुलदू भी चक्कर मारता रहता है। न स्प्रे का काम समय पर हुआ, न पानी ही वक्त पर लगा पाये। इससे तो अच्छा था रुलदू न आता। यहाँ कौन से मुरब्बे हैं कि सँभाले नहीं जाते। आषाढ़ की फसल के बाद तो खाट लगाने जितनी जगह ही बचती है। कुछ 'बाबा' बन गया भगतू हड़प लेगा। यदि गुरे ने भी बँटा ली, तो पड़ गया भोग खेती (वाही) का।

बी.ए. पास की, कुएँ में गयी। नम्बर अच्छे आ जाते तो शायद कहीं नौकरी मिल जाती। कहाँ से मिलती नौकरी? विर्कों का राजिन्दर फर्स्ट डिवीजन में पास हुआ है। उसने पुलिस में सीधा डी.एस.पी. भरती होने के लिए इम्तिहान पास कर लिया। मेडिकल भी हो गया। इंटरव्यू में उसे भी निकाल फेंका। कहते, आठ लाख माँगते है। कहाँ मिलेगी नौकरी? अब किल्ले, डेढ़ किल्ले की वाही में से क्या निकाल लूँगा मैं। इस तरह तो भगतू भाई ठीक रहा। ऐसे लोगों को बुद्धू बनाना, मुश्किल काम नहीं। औरतें अपने घर का आँगन नहीं बुहारतीं, और समाधि पर जाकर झाड़ू चलाती है। चुन्नी से लोगों की जूतियाँ झाड़ती हैं। रब्ब राखा है। न जाने क्या माँगती है भगतू जैसे बाबे से वे। ये बाबे इन्हें देते भी क्या होंगे? आपस में तो सन्त डाँग पर डाँग, जूतम पैजार हुए रहते हैं। संसार ही अन्धा हो रहा है या सन्त लोग दुनिया को अन्धी बना रहे हैं।

राजपाल ने देखा, वज़ीर उदास बैठा था, सिर झुकाये। न जाने किस सोच में। क्या पता मेरी तरह यह भी सोच रहा हो। इस घर का क्या बनेगा?

वह धीमे से वज़ीर के पास खाट पर जा बैठा। फिर उसने बेबे को भी पास बुला लिया, और खंडो के जट्टे के साथ हुई बात बतायी। थाने में जाने के बारे में बताया। फिर पूछा, "बापू, मुझे भूपी को खोजने के लिए यू.पी. या बिहार की तरफ जाना पड़े, तो बताओ क्या करूँ?"

"मैंने बेटा समझ लिया कि बेटी रही ही नहीं। उस कुलछनी को बेटी कहने में भी शर्म आती है। यदि मिल भी गयी, आ गयी, तो मेरी तरफ से तो खत्म हो गयी। बेशक उसे घर मत घुसने देना। चाहे गला घोंटकर मार दो। मैं कुछ नहीं कहूँगा।" कहकर उसने यों हाथ जोड़े, जैसे सारा मोह, प्यार दूर फेंक दिया हो।

वज़ीर कुछ नहीं बोला। पहले भी वह कम बोलता था। अब तो कतई गुम-सुम बैठा रहा। उसके मुकाबले ज्ञानकौर जिगरे वाली है। भले ही उसे बेटी के दुःख ने धुनकर निरीह (बेचारी) बना दिया है। बाकी कसर भगतू व गुरा पूरी किये जा रहे हैं। कोई रिश्तेदार या पड़ोसी थोड़ी हमदर्दी दिखाता है, तो वो रोने लगती है। फिर भी वह कठोर मन से सारी जिम्मेदारी निभाती चली आ रही है।

इन दिनों राजपाल बहुत खीझ में रहने लगा। एक आध बार तो वह रुलदू से लड़ ही पड़ा। एक दिन वह भगतू बाबा के साथ तू-तू, मैं-मैं कर बैठा। घुक्कर

और माघी को उसने निखट्टू कहा। एक बार किसान जत्थेबन्दी वाले आये। उन्हें भी उल्टा बोल पड़ा। 'मैं तुम्हारे साथ नहीं। मैं कहाँ का किसान हूँ। मेरे पास तो बैल भी नहीं, जमीन भी नहीं। न ही ट्रैक्टर है। मेरी सदस्यता काट दो।'

राजपाल का व्यवहार देख वज़ीर अधिक दुखी रहने लगा। इसी एक लड़के से आस उम्मीद थी, वह बची-खुची खेती सँभाल कर रखेगा। राजपाल की अभी तक शादी नहीं हुई। यह दुःख भी सताता है। एक आध साल और शादी न हुई तो मुश्किल शुरू हो जाएगी।

एक भाई सन्त। दूसरा गानेवालों के साथ नचार बन गया। लड़की न जाने किसके साथ भाग गयी। दो किल्ले जमीन भी नहीं हिस्से आती, कौन रिश्ता देगा।

गाँव में राजपाल से पाँच-छः साल छोटे लड़कों का भी ब्याह हो चुका। अब सरपंच गुरदास सिंह के छोटे पुत्तर की शादी है। इतवार को बारात जायेगी। उन्हें भी बुलाया आया है। यदि बारात में किसी ने लड़की के बारे में पूछा, तो बन्दे का रह ही क्या जाएगा। किस मुँह से जाएगा बारात। जिस दिन कार्ड आया था। राजपाल ने तो उसी दिन कह दिया, ''बापू, मैं नहीं जाऊँगा। तुम चाहो तो जा आना।''

बारातवाले दिन सरपंच के लड़के की शादी पर आया आढ़तिया लेखीराम वज़ीर के घर आ घुसा। लड़की के लापता होने के बारे में हमदर्दी जताने लगा। फिर धीमे स्वर में बोला, ''वजीर सिंह। तुम आये नहीं लौटकर। हम हिसाब कर लेते।''

''लेखीराम आता कब?'' वज़ीर ने गुस्से में कहा। ''पहले मंडी में खज्जल ख्वार होता रहा। वहाँ से खाली हुआ तो घर में स्यापा पड़ा था। फिर तुम जानते हो, आँख का आपरेशन हुआ। डॉक्टर तो कहता था घर से बाहर नहीं निकलना। मैं फिर भी धान की रखवाली करता रहा। तुम जानते ही हो।''

''तुम्हारी बात ठीक है, वज़ीरे। तुम सयाने हो, खुद ही सोचो। यदि दी हुई रकम समय पर नहीं लौटेगी तो कारोबार कैसे चलेगा। जिन्हें देने हैं, वे हमारे गले में अँगूठा दिए हुए हैं। क्या करें बता?'' लेखीराम के चेहरे पर बेचारगी थी।

''अब तो लेखीराम आषाढ़ पर आस है। जो भी चार मन होगी, धान की तरह तुम्हारे हवाल कर आएँगे। हम यूँ ही गुजारा करेंगे। अब तुम्हीं बताओ। जट्ट के पास कहाँ से आएँगे पैसे। फसल ही है। इसे पहले खा लें या बाद में। भाई गुजारा नहीं होता हमसे। मुश्किल में हो तो खेती के जो भी औजार दिखाई देते हैं, उठा ले जाओ। फिर भी तसल्ली न हो, तो गोली मारो लाकर।''

''वज़ीरे, गुस्सा हो गये।'' लेखीराम ने हतक मानते हुए सहज, भाव से कहा।

''क्या करूँगा गुस्से होकर? अपना लहू जलाऊँगा। वही जला रहा हूँ। कमजोर आदमी कर भी क्या सकता है। इतनी देर से तुम्हारे साथ रिश्ता है। जब

से छत से गिरा, न खेत में कोई काम होता है, न घर पर। घास की गठरी तक नहीं उठा सकता। बस चल रहा हूँ। और जो दुःख भोगना लिखा है, भुगतूँगा ही। तुम्हारे पैसे खरे हैं। जो हाथ पल्ला मारते हैं, तुम्हारे लिए ही करते हैं और अभी है ही कितना। धान के समय सात-आठ हजार ही था।''

''सात-आठ हजार नहीं वज़ीरे, अठारह-उन्नीस हजार होगा। लौटाये कब? ब्याज तो पड़ना है।''

''लौटाये क्यों नहीं लेखीराम। धान के समय स्प्रे के लिए लिया था। वही है। अब तो तुमसे दुअन्नी भी नहीं ली।''

''राजपाल को पता है। उससे पूछना वज़ीर।''

''राजपाल ही बताता था मुझे। अठारह-उन्नीस हजार का क्या ले लिया उसने, लेखीराम!''

''लड़के को ही भेजना एक दिन। बात तुम्हारी समझ में नहीं आनेवाली। आषाढ़ के महीने से पहले, पिछला लेखा-जोखा साफ कर लें एक बार। नहीं तो गलत-फहमी बनी रहेगी।''

''भेज दूँगा। राजपाल ही आएगा तेरे पास। शायद अभी यहीं हो। तुम खुद बात करो।''

''मिले तो...।'' आढ़तिया लेखीराम कहने लगा। वज़ीरसिंह गहरी सोच में डूब गया...।

...कहाँ से लौटा देंगे आढ़तिये के पैसे। वह सात-आठ हजार का अठारह हजार बनाए बैठा है। गेहूँ भी कितनी हो जाएगी। लगता है इस बार खाने को भी बचेगी या नहीं। घर की जरूरतें कैसे पूरी होंगी। लेखीराम तो फिर भी आयेगा। ये भी अच्छा हुआ, ट्रैक्टर ट्राली बेचकर बैंक का कर्जा चुका दिया। राजपाल बता रहा था, अभी भी पाँच-छह हजार देने को पड़ा है। सोचा था, तीन लड़के हैं। खेतों में लहर-लहर कर देंगे। पाँच-सात किल्ले साथ में और जोड़ लेंगे। यहाँ तो पहली भी हाथ से निकल गयी। मुझे लगता है घर ही बर्बाद हो गया। आगे तो कुछ दिखाई नहीं देता। लेखीराम कहता है, अठारह हजार देने हैं। ये सारी उम्र नहीं उतरेंगे। हर महीने उसका बही खाता बढ़ता जायेगा। यदि इस बार झोटी-भैंस बेच दें तो? या बाड़ेवाली जगह बेच दें। एक पशु तो इधर आँगन में खड़ा रहेगा। किस तरह पालेंगे पशु? घास लगाएँगे या फसल बीजेंगे। गुरा और भगतू अपना हिस्सा लेकर अलग हो जाएँगे। राजपाल को भी 'गिलों के देसू' की तरह दिहाड़ी करनी पड़ेगी। कर लेगा दिहाड़ियाँ जट्टों का पूत?...

सोच में डूबा वह बिना बिछौने की खाट पर लेट गया।

''उठ, दरी बिछा दूँ।'' ज्ञानकौर ने उसे उदास देखकर फिक्र में कहा।

''दरी की जरूरत क्या है?'' वह छत की ओर एकटक देखता बोला।

ज्ञानकौर चुप करके बाहर आ गयी और रोटियाँ पकाने लगी।

वजीर का मन टिक नहीं रहा था। अशान्त था। अन्दर से उठा, बाहर आ गया आँगन में। कुछ देर खड़ा चौके में बैठी ज्ञानकौर की तरफ देखता रहा। फिर बाहर की ओर चल पड़ा।

"कहाँ चला अब? रोटी खा जाता, फिर कुबेला हो जाएगा। मुझे कुछ नहीं चाहिए। भूख लगती ही नहीं।"

"भूख क्यों नहीं? सुबह से तूने चाय भी नहीं पी आज।"

"कट्टे वाली नाल लाकर मेरे गले में ठूँस दो।"

"यों क्यों नाराज होते हो। तुम तो सारी उम्र कभी ऊँचा नहीं बोले।" ज्ञानकौर की देह काँपने लगी।

"क्या करूँ फिर। तुम्हें कहा न कि किसी चीज को रूह नहीं करती। तुम मानती हो कोई बात। जब अन्दर खाने को माँगेगा, खुद ही माँग लूँगा। पहले नहीं खाता? यूँ ही बोलती रहती हो।..." बुदबुदाता वह बाहर निकल गया।

"बताते जाओ कहाँ जाओगे।" ज्ञानकौर बस रोई नहीं और कोई कसर बाकी नहीं थी।

चिन्ता में वह तवे पर डाली रोटी पलटना भूल गयी। सड़ती रोटी की गन्ध आयी तो याद आया। हाय, उसकी आह निकल गयी। आँखें भर आयीं और रोटियाँ बनाने का मन नहीं किया। आटा ढँककर, उठकर, बाहर दरवाजे तक आ गयी।

वज़ीर उसे दूर तक दिखाई नहीं दिया।

घर से निकलकर वज़ीर चहारदीवारी की तरफ चला। फिर उसने इरादा बदल दिया। मन में आया, कुएँ पर चलूँ। भगतू से मिलूँ। पूँछूँ तो सही, पगले, तुम क्यों दुश्मन बने बैठे हो?

समाधि पर बनायी ममटी अब दूर से दिखाई दे रही है। जाते-जाते उसने सोचा, यदि भगतू उल्टा बोल पड़ा तो...। क्या करूँगा जाकर। तो न जाऊँ...? अजीब तनाव में वह चलता रहा। वहाँ मोटरवाली कोठरी की तरफ ही रहूँगा। बहुत दिन हो गये खेत में गया नहीं। राजपाल ने बताया था, गेहूँ कुम्हलाने लगी है। रुलदू समय पर पानी नहीं लगाता। न ही स्प्रे करता है। चलो चक्कर लगा आता हूँ। घर में भी क्या करूँगा।

समाधि की तरफ रौनक थी। बरामदे में भट्ठी पर चाय का देगचा उबल रहा था। भगतू बाबा कहीं नहीं दिखा। शायद कमरे में हो, अन्दर। वज़ीर सिंह ट्यूबबेल की मोटर वाली कोठरी में मंजी पर जा बैठा।

वह राह में देखता आया था। आसपास की गेहूँ के मुकाबले, यह कनक पीली और कमजोर है। वह उदास चेहरे के साथ कोठरी को अन्दर से ध्यानपूर्वक

देखने लगा। जैसे यहाँ आज ही पहली बार आया हो। फिर सोचा, क्या करने आया हूँ यहाँ? मेरा यहाँ क्या काम? पता ही नहीं चला, कब ढीली सी मंजी लेट गया। आँखें बन्द कर लीं।...

लेखीराम फिर दिखाई दिया। उसने लोगों को इकट्ठा कर रखा है। गाँव भर के सामने उसकी बेइज्जती कर रहा है। थाने ले जाने की धमकी दे रहा है। फिर उसे दिखने लगा, पुलिस आ रही है...दगड़-दगड़ करती। घर से उसे और राजपाल को पकड़ लिया है। वह खींचे लिये जा रहे हैं। ज्ञानकौर दोनों हाथों से पीट रही है। गाँव के लोग तमाशा देख रहे हैं। ...फिर भूपी दिखने लगी। उसे तीन-चार लड़के खींच कर लिये जा रहे हैं। वह आवाजें दे रहा है। गाँव भाग रहा है। वह भाग नहीं पा रहा। जितना वह आगे भागता है, पाँव उतने ही पीछे की ओर आते हैं। एक तरफ उसे लेखीराम खड़ा आँखें दिखा रहा है। दूसरी तरफ पुलिस है। सामने भूपी कहीं दूर खड़ी है। फिर भगतू सामने आ गया। ...वह तख्तपोश पर सफेद कपड़े पहने, आँखें मूँदकर तप कर रहा है। 'न मेरा कोई बाप है, न मेरी माँ है। न भाई है, न बहन है। मैंने दुनिया त्याग दी है।' ...एक ओर कानों में बालियाँ डाले गुरा नाच रहा है। ...लोग हँस रहे हैं।

ज्ञानकौर दोनों हाथों से पीटती दिखाई दे रही है।

पुलिस उसे और राजपाल को खींचती चली आ रही है।

बसाखा सिंह बीते समय पर कुढ़ रहा है।

वज़ीर सिंह को पता नहीं लगा कि वह मंजी से कब उठा। कब इंजन के पास पड़ी स्प्रे वाली दवाई उठायी, और अपने ही मुँह में उड़ेल गया।

अन्दर जैसे जलता हुआ तेजाब चला गया। अचानक चेतना लौटी।...यह मैं क्या कर बैठा? अभी तो राजपाल और भूरे की शादी करनी है। भूपी को खोजना है। क्या करेगी ज्ञानकौर? वह पागल हो जाएगी। उसने डकारते हुए उल्टी करने की कोशिश की। उसे कुछ हल्का महसूस होने लगा। लेखीराम फिर दिखाई दिया। अब वह खुद लेखीराम पर हँस रहा है। डर के मारे पुलिसवाले खुद भागे जा रहे हैं। भूपी उसकी तरफ दौड़ती रो रही है। राजपाल ट्रैक्टर लेकर खेत जोत रहा है। मंडी में गेहूँ के ढेर लगा दिये हैं। भगतू हवाई जहाज पर भागा जा रहा है। वह खुद सफेद कपड़े पहने, हवा में तैर रहा है। ज्ञानकौर आँखें भरे खड़ी है। लेकिन चेहरा हँस रहा है। भूपी, लाल जोड़े में दुल्हन की तरह सजी खड़ी है। माँ, बेटी से गले मिलकर रो रही हैं। ये क्या हो गया? सब कहाँ चले गये? हर तरफ धुन्ध ही धुन्ध क्यों है। मैं अँधेरे में इधर भटक रहा हूँ...।

फिर वज़ीरसिंह के चारों ओर सघन अँधेरा फैलता गया।...

दोपहर ढल गयी तो ज्ञानकौर को फिक्र हुई। चिन्ता हुई। भगतू का बापू रोटी खाने नहीं आया। जब वह बसाखा सिंह की रोटी चहारदिवारी में लेकर गयी,

वह वहाँ भी नहीं था। राजपाल सरपंच के लड़के की बारात में जाने के लिए कचहरी में तारीख का बहाना लगाकर, जल्दी ही, शहर चला गया था। रुलदू घर में ही था। रुलदू आज चारा भी नहीं काट कर लाया। उसे अपने मन में शक हुआ। फिर बसाखा सिंह को पूछा, "बाबा जी, राजपाल का बापू इधर नहीं आया?"

"यहाँ तो नहीं आया, भाई।"

"वह तो देर से घर से निकला हुआ है।"

"खेत में न चला गया हो।"

"खेत तो क्या जाना था उसने।" ज्ञानकौर ने दुःखी मन से कहा। "बाबा जी, यदि इधर आया तो कह देना कि रोटी पकी पड़ी है। पता नहीं कहाँ चला गया भूखा ही।"

तब ज्ञानकौर को क्या पता था। वह तो अनन्तकाल की भूख मिटाकर खेत की मोटरवाली कोठरी में, खाट पर सदा के लिए गहरी नींद सो गया है।

सबसे पहले माघी को सूचना मिली। यह बाबा भगतू के पास दौड़ा गया। भगतू ने उसे घर दौड़ाया। शाम होने वाली थी। अभी ढलता सूरज लालिमा बिखेर रहा था।

सरपंच साहब के लड़के छिन्दरपाल की बारात, फूलोंवाली कार में नयी बहू लेकर गाँव आ पहुँची थी।

समाधि से माघी हाँफता-सा गाँव की ओर लौटा। वज़ीर के पास भीतर वाले कमरे में गया। फिर सिर झुकाये, गली आँखें पोंछते हुए बोला, "चाची वज़ीर चाचे ने..." इससे आगे उससे बोला नहीं गया।

"क्या हुआ उसे? कहाँ है?" ज्ञानकौर परेशान-सी बोली।

"खेत में है चाची। उसने दवाई पी ली है।"

ज्ञानकौर में इतनी हिम्मत कहाँ थी। वह तो पहले ही पुराने लोगड़-सी बार-बार धुनी गयी थी। चीख भी नहीं पायी, वहीं ढेर हो गयी। बेहोश हो गयी। पलों में ही आस-पड़ोस भागा आया। रत्नो, भजनो, तारो, अन्य औरतें भी आ पहुँची। उन्होंने ज्ञानकौर को समझाया। उठाकर खाट पर डाला, बेहोशी तोड़ी। लोगों ने समाधि की ओर मुँह कर लिया। कोई तेज तो कोई धीमे चलने लगा। बात सरपंच के घर तक पहुँच गयी। राजपाल अभी शहर से लौटा नहीं था।

सुनते ही बसाखा सिंह अन्दर कमरे में आ गया। नरैण सिंह, सरायण सिंह, ताया निहाला आ गये। जो जा सकते थे, समाधि की तरफ गये। दूसरे वज़ीर के घर आने लगे। भीड़ लग गयी।

राजपाल आया तो उसने वज़ीर को खाट पर डाल कर अन्दर के कमरे में खींचा। एक तरफ लोगों में खड़े सरपंच ने पूछा। "भाई, शहर ले जाओगे तो जीप भेजूँ।"

"सरपंच साहब! ये तो रहा नहीं। मर गया। मिट्टी है।" न ज़ाने किसने

राजपाल से स्कूटर पकड़ा। शहर से आया वह स्कूटर लिये बौखलाया खड़ा था। कभी लोगों की तरफ, अभी आँगन में खाट पर पड़े बापू की तरफ एकटक देखने लगा।

ज्ञानकौर अब स्यापा करने लगी थी।

तुम तो पल्ला छुड़ाकर चले गये, अब हमारा क्या बनेगा।

अड़ोस-पड़ोस की औरतें भी देखा-देखी रोने लगी। सरपंच राजपाल को एक तरफ ले गया। "राजपाल, बहुत बुरी हुई बेटा! ये तो पूरे हो गये। वापस नहीं आएँगे। हम पुलिस को सूचित करते हैं तो वे परेशान करेंगे। पचास बातें पूछेंगे। तुम्हें पता ही है, पुलिस का। तुम्हारी सलाह हो तो हम संस्कार कर दें। अभी समय है।"

"मुझे कुछ समझ नहीं आ रहा सरपंच साहब, सुबह सोचेंगे। अब तो यूँ भी समय बहुत हो गया।" राजपाल ऊपर आसमान की तरफ देखता हुआ बोला।

"अगर किसी ने चुगली कर दी तो? पुलिस तो तलाश में रहती है ऐसे केस में। फिर इसका पोस्ट-मार्टम भी होगा। ऐसे ही भटकेगा बेचारा। पहले थोड़ा भटका है? वहाँ सिविल अस्पताल में बुरा हाल है। मेरी सलाह है संस्कार कर देते हैं। आगे तुम्हारी मर्जी।"

"जैसे आपको चँगा लगे कर लो, सरपंच साहब! इस समय मेरी बुद्धि काम नहीं करती।"

फिर औरों ने सलाह दी। सरपंच ने कुछ आदमियों को शमशान घाट की तरफ लकड़ियाँ और पाथियाँ (उपले) लेकर जाने को कहा। तुरन्त।

कुछ बन्दे वज़ीर को नहलाने का प्रबन्ध करने लगे।

चिता को अग्नि दी गयी तो अँधेरा हो गया था। भगतू समाधि से नहीं आया। सरदूल आ गया था। उसकी घरवाली, ज्ञानकौर को दिलासा दे रही थी। गुरा पता नहीं कहाँ था। उसको पता ही नहीं लगा होगा।

ग्रन्थी की अरदास के बाद सारे, ढाब वाले तालाब से शरीर पर पानी के छींटे मारकर, अपने-अपने घर चले गये।

राजपाल जलती चिता की एक ओर बैठा लगातार लकड़ियों की तरफ देख रहा है। पता नहीं कब उसका रोना निकल गया। किसी ने हौले से उसके कन्धे पर हाथ रखा। राजपाल ने आँखें पोंछते हुए मुड़कर देखा, बसाखा सिंह है।

"आ, घर चलें बेटा। इसकी इतनी ही साँझ थी हमारे साथ।"

राजपाल उठा। बाबे से चिपट कर उसकी दहाड़ें निकल गयीं। बाबा उसकी पीठ थपथपाता रहा। उसके अपने आँसू सफेद दाढ़ी में फिसलते रहे। रुँधे गले

से उसने हौंसला देना चाहा, "तगड़ा हो शेरा। सब्र कर। मेरी तरफ देख। जाना तो मुझे चाहिए था। तैयारी तो मैं करके बैठा था। चला वह गया कोढ़ी..।"

धीरे-धीरे राजपाल सँभला। तालाब पर आकर उसने हाथ-मुँह धोया और वे घर आ गये।

अड़ोस-पड़ोस की औरतें ज्ञानकौर को हौंसला दे रही थीं। रतनो एक थाल में रोटियाँ पका के ले आयी। ज्ञानकौर से तो निवाला भी न निगला गया। वह बार-बार कहे जा रही थी, वे कौन-सा रोटी खाकर गये हैं। जाते हुए मैंने कहा, "रोटी तो खा लो...। पहली बार मुझसे कड़वा बोला। यहाँ बैठा था। यहाँ से उठकर।...हैं? खत्म हो गया? इतना अँधेर? वह तो है नहीं, वे...," राजपाल को घर आया देखकर माँ ने दहाड़ मारी—"राजपाल, वे पुत्तर, कहाँ छोड़ आये बापू को?...मैं तो लुट गयी...।" औरतों ने उसे बड़ी मुश्किल से सँभाला।

राजपाल की आँखें फिर भर आयीं।

रतनो राजपाल और बाबे के पास आकर बोली, "राजपाल पुत्तर, रोटी खा लो। कोई बात नहीं, हम रहती हैं इसके पास। रब ने विपदा डाल दी है। अब हमारे बस में कहाँ कुछ है...।"

"मेरा मन नहीं कर रहा रोटी खाने को। 'क्यों ले आयी तू? क्या निगली जाती है अन्दर?" बसाखा सिंह दुख में सिर घुमाने लगा। फिर जो से मुँह से निकला, "ओह-ह-हो...।"

"बाबा जी, वह तो चला गया। अब आप न बीमार पड़ जाना। फिर कौन सँभालेगा? एक-आध खा लो, जितनी खाई जाये। अब फिक्र आपका ही है।" रतनो ने स्यानों की तरह समझाया।

"कोई नहीं भाई रख दो यहाँ। राजपाल की माँ को खिलाओ, यदि खाती है तो...।"

"कहाँ खाती है, बाबा जी। कहे जा रही है...वह भी भूखा ही चला गया। रब ने बहुत बुरा किया उसके साथ। ऐसा तो दुश्मन के साथ भी न हो।"

राजपाल और बसाखा सिंह आँगन में नीचे बिछायी पट्टी पर बैठे थे। सरदूल बैठा तो आँगन में था। वह राजपाल और बसाखा सिंह की तरफ पीठ करके बैठा था।

शमशान घाट से सरपंच सीधा पर चला गया।

सरपंच के लड़के की शादी की खुशी में आज अखाड़ा लगना था। गाँव के बहुत से गबरूओं (नौजवानों) को वज़ीर के अचानक मर जाने का बड़ा दुख था। मुफ्त में खाना-पीना और मनोरंजन होना था। कहाँ मिलते हैं इस तरह के मौके। वे आपस में गिलाकर रहे थे, यदि दवाई पीकर ही मरना था तो दो दिन बाद मर जाता। हमारी खुशियों की जड़ों में बैठ गया।

सरपंच के घर में विवाह की खुशियों का शोर मद्धम हो गया। सरपंच ने

आये हुए रिश्तेदारों को समझा दिया था। गाने वालों को यह कहकर वापस कर दिया, जिस दिन पोता होगा, खुलकर जश्न मनाएँगे।

देर रात कमलो की दलीपो बुढ़िया आयी। बसाखा सिंह और राजपाल जाग रहे थे। बसाखा सिंह आज बाड़े में भी नहीं गया।

''मैं तो भाई कहने आयी हूँ सुबह-सवेरे चिता में से एक हड्डी उठाकर आसपास दबा दो। आजकल समय बहुत बुरा है। कोई चिता जगा ही लेता है। अस्थियाँ चुगते समय फिर उस हड्डी को याद से बीच में रख लेना। मुझे तो लेटे-लेटे याद आया। सोचा, घरवालों की सुरत तो यों ही मारी रहती है! ऐसे समय में सोचा, बता आऊँ। बहुत नेक था बेचारा। बुरा हुआ। वह तो लड़की की बात को दिल पे लगा बैठा, भाई। देख लो, किसी से ऊँच-नीच नहीं की। रब उसे अपने चरणों में शरण दे।'' कहकर वह उठ गयी। फिर ताकीद करने लगी। ''मेरी बात चेते रखना पुत्तर। सुबह तड़के जाना। किसी को साथ न ले जाना। जगह की निशानी याद रखना। हड्डी कहीं वहीं दबी न रह जाए। बाद में बेचारे की गति नहीं होगी। आत्मा भटकती फिरेगी।''

राजपाल और बसाखा सिंह में से कोई कुछ नहीं बोला। अपने मन में ही बातें करे दलीपो लौट गयी। रतनो और दूसरी पड़ोसनें भी चली गयीं।

''राजपाल, तुम रिश्तेदारों को सन्देश भेजो, कल ही अस्थियाँ चुनने के समय आ जाएँ। सारे जो भी सुनेगा सच मानेगा क्या? गाज गिरेगी दूसरे पर।'' बसाखा सिंह ने आह भरी। फिर बोला, ''जा अपनी माँ को रोटी खिला। अगर खाये तो। अब तो हर आयी गयी इसी के गले लगकर मिलेगी। यदि यही तगड़ी न रही तो घर का बचेगा क्या? भूखी रही तो खाट पकड़ लेगी। और शेर पुत्तर, तू भी रोटी खा। अब हमारे क्या बस में है। वाहेगुरु का 'भाना' मानकर ही गुजारा होगा। मैंने अब बाड़े में जाना है। पशु अकेले हैं।'' बसाखा सिंह उठकर खड़ा हो गया। फिर धीरे-धीरे घर से बाहर निकल गया।

राजपाल और उसकी माँ साँय-साँय करते घर में अकेले रह गये। भले ही वज़ीर सिंह को घर में ज्यादा बोलते हुए कभी किसी ने नहीं सुना। लेकिन आज उसके बिना घर खाली-खाली लग रहा था।

ज्ञानकौर फिर रोने लगी। राजपाल रोती हुई माँ को आँगन में से उठाकर अन्दर ले गया।

पैंतालीस

भोगवाले दिन रिश्तेदारों के बिना लाल रूपचन्द और जयप्रकाश भी आये। गुरुद्वारे

में भोग डाला गया। लगभग पूरा गाँव अरदास में आया। सरदूल आया। माघी, घुक्कर, तोती जैसे सभी आये। चौपाल की पूरी मंडली पहुँची हुई थी।

भगतू बाबा नहीं आया।

भगतू के ससुरालवाले पगड़ी लेकर आये। भगतू की पत्नी थी साथ। उसका बेटा अब साढ़े चार साल को हो गया था। उसे गाँव की समझ तो नहीं थी। तब भी बताने पर समझ जाता था कि कौन उसका चाचा है? कौन उसका बाबा?

गुरा चार-पाँच दिन से घर पर ही था। उसने अपनी टोली को भुला दिया था, ''अब बापू के भोग के बाद ही आऊँगा।''

भोग के पश्चात सारे रिश्तेदार घर आ बैठे। पहले तो काफी देर गुरुग्रन्थ साहिब की सेवा में बैठे रहे। भगतू को पगड़ी बाँधने की रस्म करनी थी। बुलाने पर भी वह नहीं आया, तो सारे घर आ गये थे।

ज्ञानकौर अभी याद करके रोये जा रही थी। भगतू की सास उसे सब्र करने और भाणा मानने को कह रही थी। उसको जितना रोकते, उतना ही रोना निकल रहा था।

''सब्र कर बहन। यह तो अब सारी उम्र का रोना है। इस प्रकार तो आँखें गला लोगी।'' जब ज्ञानकौर कुछ सँभली तो समधिन ने धीमी-सी जुबान से भगतू की पत्नी की ओर हाथ करके पूछा—''इसका अब क्या करें? बहनजी। पति के रहते भी यह मायके में बैठी है। बेटा भी अब बड़ा हो रहा है। कल पूछेगा, मेरा बाप कहाँ है? कई बार अब भी पूछता है, हम क्या बताएँ?''

''मैंने भगतू को बहुत कहा, जाओ बहू को ले जाओ। सोने जैसा बेटा दिया है राम ने। लोग औलाद के लिए तरसते हैं। वह पगला ध्यान ही नहीं देता। कहता है, न मेरा कोई बाप है, न माँ। न भाई, न बहन। न पत्नी। बता अब क्या करें?'' समधिन की ओर देखते हुए नाक का बहता पानी ऊपर खींचा और चुन्नी के साथ नाक पोंछने लगी।

''यह बुरी बात है, बहनजी। अच्छा नहीं है उसके लिए। हम तो इन्तजार करते रहे, कि चलो अब बाहर से लौट आया। इन्हें लेने भी आएगा। फिर पता चला, वह तो चोला पहनकर घूम रहा है। पहने चोला, हमें क्या? यूँ तो भाई, बाल बच्चे छोड़ता कोई सुना नहीं। अब बहनजी इसे कहाँ बैठाएँ। बच्चा अलग परेशान रहेगा। बात यह नहीं कि इनके लिए घर में जगह नहीं। लेकिन घर में बच्चे वाली बेटी बैठी अच्छी लगती है? क्या बताएँ उन्हें? बहनजी इस बार उसे (लड़के को) पूछकर आओ। यदि वह नहीं आता तो मैं जा आती हूँ।'' ज्ञानकौर दुःखी होकर भगतू की सास की तरफ देखने लगी। लेकिन वह क्या कहती, भगतू किसी की सुने भी तो! मानता ही नहीं।

कुछ रिश्तेदारों के चले जाने के बाद गुरे को भेजा कि वह भगतू को बुला लाये।

बसाखा सिंह और राजपाल अफसोस करने आये गाँव में लोगों और दूसरे रिश्तेदारों में उलझे हुए थे। बहुत लोग गुरुद्वारे से भोग के बाद घर भी आ गये थे।

थोड़ी देर बाद गुरे ने आकर बताया—"भगतू भाई कहते हैं, न मैं आऊँगा, न मेरे पास कोई आये।" कहता था, यदि बहुत तंग करेंगे तो मैं किसी और गाँव जाकर बैठ जाऊँगा। मैंने गृहस्थ आश्रम त्याग दिया है।"

गूरे की बात सुनकर भगतू की सास और ससुर के चेहरे उतर गये। उन्होंने सिर झुका लिया। सोच रहे थे अब क्या करेंगे। यों उम्र भर बेटी को कैसे घर बिठाएँगे। ऐसे तो लोग जीने नहीं देंगे।

"बाबा जी," भगतू का ससुर गर्दन झुकाकर बोला, "आपको एतराज न हो तो कोई जरूरतमन्द घर देखकर बेटी विदा कर दें।"

बसाखा सिंह एकदम कोई जवाब न दे सका। बुढ़ापे के कारण काँपती गर्दन के साथ भगतू के ससुर की तरफ देखने लगा। फिर धीमे से बोला, "देखो भाई, यहाँ रोटी-कपड़े की कमी नहीं। लेकर आये ही हो तो लड़की भले ही छोड़ जाओ। भगतू कहना तो मानेगा नहीं। यदि जबरदस्ती उसे लाएँगे भी, तो हँगामा करेगा। घर के क्लेश के मारे ही वज़ीर चल बसा। लड़की इस घर की बहू है। बच्चा इस घर का अंश। यहाँ रहेंगे। जैसे रूखी-सूखी हम खाते हैं, ये खाते रहेंगे। बाकी भाई भगतू की माँ को पूछ लो। साथ ही लड़की से पूछा लो। यहाँ रहना चाहती हो तो 'जी सद के रहे'। हम इसे बुरी-भली नहीं कहेंगे।" बसाखा सिंह को खाँसी आ गयी। इतना वह कभी बोला नहीं था।

"वह किसके आसरे रहेगी यहाँ?" भगतू की सास ने रूखे स्वर में पूछा? इसका जवाब न बसाखा सिंह के पास था, और न ही ज्ञानकौर के पास। ऐसे समय में पिछली बातें उधेड़ने का भी लाभ नहीं होता। भगतू का बेटा गली में खेलते बच्चों की तरफ बेगानों की तरह झाँक रहा था।

भगतू की घरवाली आधा घूँघट निकाले, ज्ञानकौर के पास बैठी थी। राजपाल टाट, दरियाँ इकट्ठी करके एक तरफ रख रहा था। भगतू की सास कुछ देर से लगातार राजपाल को ताड़ रही थी। देखने में वह पूरा मर्द लगता था। जवान नहीं रह गया था। वह उठी और ज्ञानकौर के पास आ बैठी।

"अरी जा! लड़के को अन्दर ले आ।" बहाने से उसने अपनी बेटी को वहाँ से उठाया।

"बहनजी एक बात करूँ। मौका तो नहीं यह बात करने का। पर क्या करूँ, मैं तो पाँच साल से सब्र किए बैठी हूँ।" भगतू की सास ज्ञानकौर के और पास

आ गयी।

ज्ञानकौर कुछ नहीं बोली। जिज्ञासा के साथ समधिन की तरफ देखने लगी।

"भगतू सिंह तो किसी राह पर आएगा नहीं। पहाड़-सी जिन्दगी लड़की कैसे पूरी करेगी। मैं सोचती हूँ राजपाल मान जाए तो लड़की यहीं रहने लगे। बच्चा भी बहल जाएगा। है तो तुम्हारा ही।"

"भगतू के जीते जी ऐसा कैसे होगा?" ज्ञानकौर ने हैरानी से पूछा।

"अब वह तो कहता है बहनजी कि मेरा कोई नहीं है। गुस्सा मत करना बहन। राजपाल भी तो ब्याह की उम्र पार करता जा रहा है। और साल भर निकल गया तो किसी अच्छे घर का साक (रिश्ता) कहाँ से आएगा भला। सोच लो बहन। अपने मन से विचार लो। किसी सयाने से पूछ लो। हमें कोई एतराज नहीं। मैं इसके बाप को खुद मना लूँगी। तुम बहनजी, लड़के से पूछो तो? बाबाजी से राय कर लो। इस घर की मिट्टी इसी घर में रह जाए तो पर्दा बना रहेगा।"

कुछ देर ज्ञानकौर सोचती बैठी रही। फिर बोली, "एक-दो दिन ठहर कर बात करूँगी। उसका मन ठीक नहीं है। हमारी तरफ से बहन लड़की को यहीं रखो। जब बात चले, हमें बुला लेना।"

"लड़की मान जाए तो छोड़ जाओ।"

"मानने को क्या है। यहीं से तो गयी है।"

"अरी बहन, पहले तो कहती थी, भगतू चोला उतारे तो आऊँगी।"

"अब कौन-सा भगतू के लिए यहाँ छोड़ रहे हैं?"

"तेरी मर्जी है। बहन पहले लड़की से पूछ लो। वह ऐसे करने को राजी है?"

"लो। उससे क्या पूछना है?"

"न भाई, यदि लड़की मानती है, तभी राजपाल से पूछेंगे। आप लड़की को पूछो। हम लड़के को पूछ लेंगे।" ज्ञानकौर ने साफ-साफ कहा।

"पहले भगतू सिंह से लिखवाना होगा, पंचायत के सामने, कि मेरा इससे कोई सम्बन्ध नहीं।"

"चार सयाने लोगों से पूछ लेंगे भाई। यदि उन्होंने कहा, तो यह भी करना पड़ेगा।"

जब भगतू की पत्नी की माँ ने एक तरफ बैठाकर बात की, तो उसने 'न' कर दी। यहाँ रहने को नहीं मानी। घंटे भर बाद वे चले गये।

वज़ीर के दुख के साथ-साथ ज्ञानकौर के मन में आशा का अंकुर फूटने लगा। यदि भगतू की बहू राजपाल के साथ बस जाये तो यह घर एक बार फिर आबाद

हो जाएगा। भगतू ने तो अब सब त्याग दिया। वह हो गया संन्यासी। उसकी बहू बिना जुर्म किए सजा कोट जा रही है। पर भाई, राजपाल को किस मुँह से पूँछूँ। वह मान जाएगा? मान जाये तो अच्छा है। शादी कहाँ होनी है उसकी, जमीन सारी खप गयी। आढ़तिये का कर्ज सिर पर सवार है। इसी तनाव और चिन्ता में बापू चला गया। गुरा वैसे ही ध्यान नहीं देता। अब तो वे खुद ही कहते है। यह बात मैं ही कहती तो कहाँ मानते जाट लोग। किसके कहने पर राजपाल समझेगा। बाबाजी के पास जाऊँ? नहीं, बाबा नहीं ठीक। बलवन्त से बात करती हूँ। वह सयाना है। राजपाल उसकी बात मानता है।

अपने बड़े भाई बलवन्त को ज्ञानकौर ने रोक लिया। वह खुद भी रहना चाहता था। भूपी के खो जाने पर वह आ नहीं पाया था। बहन ने रोते हुए उलाहने भी दिये थे।

बहुत कम आया है बलवन्त सिंह चक बूढ़सिंह में। किसी दूसरे के गृहस्थी में यों ही दखल देने का शौक नहीं उसे। जब कोई बुलाता है, तभी आता है। भूपी के बारे में भी वह आते-जाते पूछ लिया करता था।

अब भी मायके से सभी मिलकर आये हैं। ज्ञानकौर के माँ-बाप तो अब रहे नहीं। यह भाई ही माँ-बाप की जगह है। उससे छोटे दो भाई गर्म स्वभाव के हैं। वे तो भगतू को मारपीट कर सीधा करने के पक्ष में हैं। वे समझते हैं, बहन के घर की बरबादी, भगतू के बाहर जाने की जिद से शुरू हुई। और वज़ीर सिंह की मौत तक आ पहुँची है।

सुबह जब बलवन्त जाने के लिए तैयार हुआ तो ज्ञानकौर सामने थी। बोली, "भाई जी, एक बात करनी है।"

"हाँ, कहो।" सर पर पगड़ी लपेटते, बलवन्त सिंह का हाथ रुक गया। "भगतू की सास कहती थी, कल...यदि, भगतू की बहू को राजपाल के घर बैठा दें तो?"

"पगली हो तुम।" बलवन्त एकदम बोला। फिर सोचा, कुछ ज्यादा ही ऊँचा बोल गया। उसका स्वभाव धीमे स्वर वाला है। सहज होते हुए बोला, "यों भला कैसे मान जाएगा राजपाल। भगतू सिर पर बैठा है।"

"भगतू को कितने सन्देश भेजे, वह अन्तिम अरदास में भी नहीं आया। न संस्कार पर, और न ही अफसोस करने आया। अब कहता है, मैंने सब कुछ त्याग दिया है। अब भाई तुम समझते होंगे, राजपाल की शादी करेंगे। कैसे होगा? तीस साल का हो जाएगा। आधा बूढ़ा तो हो गया है।"

"बहू मान जाएगी?" संशय से बलवन्त ने पूछा। "कहते थे, मना लेंगे। आप लड़के से बात करो।" "राजपाल क्या मानेगा। मैं उसे जानता हूँ।"

"तभी तुम्हें कहा है। तू मना उसे। वह तो उसे कहीं और बैठाने की बात कर रहे थे। लड़की की माँ ने ही कहा है। यदि राजपाल मानता हो तो उन्हें कोई एतराज नहीं। देख लो भाई। इसी घर की बहू है। बच्चा भी अपना ही खून है। बेगाना खून नहीं है। बहू भी देखी परखी है। अच्छी स्वभाव की, सयानी है। गुस्से में मायके जरूर बैठी रही, लेकिन मजाल है पैर घर से बाहर निकाला हो। अच्छी सन्तान भटकती नहीं।"

"मैं करूँगा राजपाल से बात।"

"करूँगा नहीं भाई! अभी करके बता कर जाना। क्या कहता है वह।"

"देर हो जाएगी। फिर आ जाऊँगा। फिर आ जाऊँगा एक दिन।"

"देर कैसे हो जाएगी। तुम सूँघो तो सही। उसकी इच्छा क्या है। इस बेचारे का भी हो जाए कहीं जुड़ाव। छोटा जहाँ चाहे, घूमता रहे। धक्के खाता फिरे। मुझे उसका कोई फिक्र नहीं। तुम उससे बात करो। चाहे दोनों बाड़े में चले जाओ। मैं और चाय बनाती हूँ।" ज्ञानकौर मृत्यु के शोक (दुख)से निकलकर थोड़ा हौंसला पकड़ रही थी।

"फिर बलवन्त राजपाल को बाड़े में ले गया।"

ज्ञानकौर उदास और उपेक्षित लग रही थी। लेकिन अब पहले से कुछ स्वस्थ लगती है। जीवित रहने के लिए, कुछ नया होने की आस जाग पड़ी।

आधे घंटे बाद बलवन्त घर लौटा। चेहरे पर न खुशी की रौनक थी न निराशा की परछाई। आते ही ज्ञानकौर से कहा, "अभी नहीं टिक रहा पर मान जाएगा। कह रहा था, क्यों मेरी भगतू से दुश्मनी डलवा रहे हो? मैं जल्दी ही फिर चक्कर लगाऊँगा।"

"यदि भगतू के ससुरालवाले सहमत हों, और लड़की मानती हो, तो इसके लिए मैं खुद ही समझा लूँगा। तुम समझो, काम हो जाएगा।"

फिर वह कहने पर भी चाय पीने के लिए सहमत नहीं हुआ। ज्ञानकौर ने उसे जल्दी चक्कर लगाने की ताकीद करके विदा किया।

घर का माहौल चाहे शोकमय था, लेकिन ज्ञानकौर के मन में चाव का एक अंकुर फूट रहा था। वह तीव्रता से राजपाल का इन्तजार करने लगी। लेकिन मामा जी की बातें सुनकर राजपाल को न जाने क्यों माँ से नजर मिलाने में संकोच हो रहा था। वह बाड़े से ही खेत में चला गया। दोपहर की रोटी खाकर फौरन बाहर निकल गया।

गुरा भी मामाजी के बाद जल्दी ही चला गया था। ज्ञानकौर व्याकुल हो उठी। कब सामने आए कि वह राजपाल से पूछे। लेकिन राजपाल माँ से बचता घूमता रहा।

रात के समय राजपाल रोटी खाकर लेट गया। माँ का सब्र टूट रहा था। उसने राजपाल की खाट के पास जाकर धीमे से पूछा, "बेटा क्या कहा तुमने अपने मामा को?"

"किस बारे में बेबे?" राजपाल वह बात भूल चुका था।

"पुत्तर, भगतू तो मानता नहीं। अब मलकीत कौर बेचारी बेसहारा घूम रही है। यदि तुम..."

"बेबे, यह बात तुम सोचती ही कैसे हो? भगतू भाई जीवित है अभी, घोड़े-सा। मुझसे भी मजबूत है।"

"बहू की माँ बेशुमार रोती गयी है। जब तक रही, हाथ जोड़कर यही कहती रही। कहती राजपाल को मना लो। मेरी धी बस जाएगी, पुत्तर, घर की इज्जत-मर्यादा, घर में रह जाएगी। उसे यदि कहीं और बिठा दिया, बच्चा अनाथ हो जाएगा। कौन सँभालेगा उसे। उसके लिए बेगाना खून ही रहेगा। माघी की तरह पिछलग्गू कहाएगा।"

"नहीं बेबे, मुझसे नहीं होगा।"

"नहीं बेटे, यों न तोड़ो। इसका भार अब तुम्हीं ढोओगे। दूसरे दोनों का तो तुम्हें पता है। यदि तूने सहारा न दिया"...ज्ञानकौर रोने लगी थी।

"मैं भगतू भाई की तरह घर छोड़कर तो नहीं भागता। लेकिन रसते बसते को मृत कैसे समझ लूँ।" "बेबे, हमारे घर के लिए तो वह मरा हुआ है। पुत्तर, कहते भी माँ का कलेजा फटता है। लेकिन देख, अपने बापू के भोग पर भी नहीं आया। पुत्तर ऐसे करते हैं क्या? गृहस्थी तो बाबे नानक ने भी नहीं छोड़ी थी। यह नया ही सन्त बना है!" माँ, राजपाल को हर तरफ से घेर रही थी।

"पता नहीं बेबे, समाध पर संगत तो बहुत आती है। सुना है करामात है उसमें कोई।"

"उसकी करामात का क्या करेंगे? बहू और बच्चा बिलबिलाते फिर रहे हैं। बेटे, भगतू को भूल जा। इन बेचारे, दोनों माँ-बेटे के बारे में सोच।" लीक से हटी बात माँ फिर पटरी पर ले आयी।

"बेबे तुम समझती नहीं। मैंने कभी भाभी को इस नजरिये से देखा ही नहीं। अब घर कैसे बसा लूँ।" राजपाल अड़ने का हर सम्भव तर्क दे रहा था। "पुत्तर ऐसा हो रहा है। यदि बड़ा भाई सिर से हाथ उठा ले, तो छोटे भाई को रखना पड़ता है।"

"सो जा बेबे। समय आने दे। देखेंगे फिर क्या होता है।" कहते हुए पीछा छुड़ाने के लिए राजपाल करवट बदलकर लेट गया। लेकिन उसे नींद नहीं आयी।

वह कुछ समझ नहीं पा रहा था। यह स्कीम मामे की है या माँ की। कहीं मलकीत कौर ने तो अपनी माँ को सिखाकर बात नहीं चलायी? फिर भगतू? वह तो 'संन्यासी' है।

गयी रात तक ज्ञानकौर नहीं सो पायी। कई बार उसको आँगन में खड़ा वज़ीर दिखाई दिया। कभी भूपी नजर आयी। अँधेरी छत की ओर देखती। पता नहीं क्या-क्या सपने सँजोती रही। मिटाती रही।

छियालीस

अगले कुछ महीनों में बसाखा सिंह के परिवार में बहुत कुछ घटित हुआ।

भगतू बाबा की पत्नी, राजपाल के साथ आनन्द कारज की रस्म करके, दोबारा चक बूढ़सिंह आ गयी। बेटा भी साथ आया। लेकिन भूपी की कोई खोज खबर नहीं निकली।

सरदूल की लड़की मीतो का गाँव भर में चर्चा रहा। उसने गर्भपात करवाया है। जहाँ मँगनी हुई थी, बात वहाँ भी पहुँच गयी। उन्होंने शादी से इनकार कर दिया।

बिशने के लड़के केवल की अभी तारीखें पड़ रही है। राजपाल को छोड़कर और कोई गवाह खड़ा नहीं हुआ। परेशानियों के रहते केवल अपनी बी.एड. की तैयारी में लगा हुआ है।

राजपाल ने मजदूर लगाकर गेहूँ कटवा ली थी। रुलदू अब घर, न के बराबर आता है।

जिस दिन गेहूँ काट रहे थे, सरपंच का भाई शेरा राजपाल को खेत में आने के लिए कहने लगा।

"राजपाल, मोटर की तरफ का किल्ला मत जोतना। अब यह मेरा है।"

"तेरे पास है?" राजपाल ने हैरानी भरी हँसी के अन्दाज में पूछा।

"हाँ। मेरे पास है।" शेर सिंह ने पूरी तसल्ली के साथ कहा।

"तेरा दिमाग तो ठीक है चाचा।"

"तभी तो बताने आया हूँ भतीजे। यह किल्ला मेरे पास गिरवी था, जब बड़ा भगतू बाहर ग्रीस को गया था। मैंने जान-बूझकर जोता नहीं इतने साल। ये तुम्हारे बाप का सम्मान था। अब तक तो ब्याज इतना हो गया कि वह मुझे ही दे गया।"

"चाचा, सोये में ही दे दिया किल्ला? जमीन गिरवी रखते समय जट्ट का अन्दर फट जाता है। तुमने यों ही आकर कह दिया।" अचानक आये क्रोध और

हैरानी ने राजपाल को कुछ सोचने न दिया।

"मैं चुप रहा राजपाल, गेहूँ कट जाने देते हैं। खेत खाली हो जाए, फिर बात करूँगा। मेरे पास कागज-पत्तर है, काका। देखना चाहते हो तो घर आ जाना। पूरी लिखत पढ़त है।" कहते हुए शेर सिंह हँसा।

राजपाल चुप्पी साधे खड़ा रहा। समझ नहीं पाया क्या कहे।

"मैं तो काका, रकम अदा कर चुका हूँ। तेरे कहने की तरह, मेरा अन्दर फट रहा है। तुम्हारा कुछ पता नहीं। अब तुझे यही सलाह है। जब गेहूँ काट ली, यहाँ जुताई मत करना। हम जोतेंगे।" कहकर वह चला गया। लेकिन तभी कुछ सोचकर मुड़ा और कहा, "भले आदमी, यों ही थाने के चक्कर में मत पड़ जाना। परेशान हो जाओगे तुम और मैं भी।"

अब राजपाल से यह किल्ला भी छिन गया है।

अब भगतू समाध के आसपास दो किल्लें का बाड़ा बना रहा है।

गुरे ने अपनी ऑडियो कैसेट निकलवानी है। गाँव में और दूसरे शहरों के बस-अड्डों पर उसके पोस्टर लगे हैं। अपने हिस्से की जमीन उसने बेच दी है। सरपंच ने खरीद ली है। एक तरह गुरा, भगतू की तरह ही, घर से सम्बन्ध तोड़ गया है। वज़ीर की अन्तिम अरदास के बाद वह खेत का टुकड़ा बेचने के सिलसिले में फिर गाँव नहीं आया।

राजपाल के पास चार कनाल जमीन बची है। इसका क्या करेगा वह? यहाँ क्या खेती करेगा। यही उसे समझ नहीं आ रहा। उजड़ा कुआँ और गिर रही मोटर वाली कोठरी अभी उसके क़ब्ज़े में है। कोठरी के बाहर खड़ा वह सोच रहा है कि पशुओं के लिए चारा उगाने लायक जगह है। घर का गुजारा कैसे होगा? लेखीराम तो बही में अठारह हजार बनाए बैठा है। कैसे उतरेंगे?

जिस दिन शेरा खेत का किल्ला, रहन वाली जमीन बताने आया था, उसी दिन राजपाल ने घर आते ही माँ से इस बारे में पूछा। उसने कहा, "कर दिया होगा पुत्तर। क्या करता वह। धान में से एक पैसा घर नहीं आया। फिर गेहूँ भी बोनी थी। खाद, दवाइयाँ...रुलदू को भी देने थे। कहाँ से आते। फिर तुम भी हर दिन कुछ ले जाते थे। तब नहीं सोचा बाप कहाँ से ला-ला कर देता रहेगा?"

"बेबे, अब जितनी भी जगह बची है, खेती करने के लिए इतने में तो बड़े घरवाले कोठियाँ डालकर बैठ जाते हैं।" राजपाल ने दुखी होकर कहा था।

"उसने कौन-सा बेटा जुए में लुटा दी। कभी अच्छा पहन कर न देखा, अच्छा खाकर नहीं देखा। जब से छत से गिरा है, वह पुत्तर बैठता ही गया। ये रब भी शरीफ लोगों को दुख देता है और कंजरों की, दामाद की तरह देखभाल करता है। तुम देखते तो हो।"

"चार कनाल जमीन के साथ मैं अब कैसे उतारूँगा कर्ज?" राजपाल को

आनेवाला समय और अन्धकारमय लग रहा था।

"कर्ज तो अधिक नहीं था पुत्तर! ये तो लेखीराम का भट्ठा बैठ गया। सात-आठ हजार के दोगुने बनाकर बैठ गया। मोए बेटों वाला। कोई बात नहीं, ऊपर आकर लेखा देना पड़ेगा लेखीराम। मैं दोनों हाथ उठाकर झोली फैलाकर अरदास करती हूँ। जैसे हमारे साथ की है, तेरे साथ भी हो लेखीराम। कीड़े पड़ कर मरे पापी।" ज्ञानकौर ने गुरुद्वारे की तरफ मुँह करके शाप दिया।

"कुछ नहीं करेगा, तुम्हारा गुरुद्वारा। अब ऐसे पापी और भी फलते-फूलते हैं। भगवान भी इन कमीनों का है। बापू, सुबह-शाम गुरुद्वारे जाता था। भारी वर्षा में छत से गिरकर कमर टूट गयी। फिर एक आँख खराब हुई। भगतू विदेशों की जेलों में रूलता रहा। अब सन्त बना बैठा है। जमीन जितनी भी थी, वह भी हाथ से गयी। धान मंडियों में बरबाद हो रहा है। लेखीराम का बहीखाता पूरे परिवार को परेशानी दे रहा है। इसी दुख से बापू दवाई पीकर चल बसा। वाह रे गुरुद्वारे के भगतो...।" राजपाल ने बेबे के सामने हाथ जोड़ दिये।

"अब तो आँखों से पट्टी उतार—बेबे!"

"अरे क्यों बोले जा रहा है, पुत्तर। रब भगतों की परीक्षा लेता है।"

"अकेले बापू की परीक्षा लेकर सब्र नहीं आया तेरे रब को।"

ज्ञानकौर कुछ कहने ही लगी थी, तभी भगतू का बेटा घोना, बाहर से खेलता अन्दर आया। सिर, मुँह और टाँगें मिट्टी में लथपथ देखकर राजपाल ने कहा, "इसे स्कूल में डालना है अब।"

"मैंने नहीं जाना चाचा, स्कूल।"

"तूने क्यों नहीं जाना स्कूल, ओए।" राजपाल ने उसे आँखों से नकली गुस्सा दिखाया।

उसने नाक ऊपर खींच कर कहा, "वहाँ तो मास्टर पीटते हैं।"

"किसने कहा तुम्हें मास्टर पीटते हैं।"

"मामा कहता था। स्कूल मत जाना, वहाँ मास्टर पीटेंगे।"

"यों नहीं पीटते, मास्टर कभी। यदि धुले कपड़े पहनकर न जाएँ, नहाकर न जाएँ, स्कूल का काम न करें, तो पीटते हैं। ऐसे ही थोड़े पीटते हैं किसी को।"

"यदि पीटते नहीं तो तुम छोड़कर आना। मैं तेरे साथ ही जाऊँगा स्कूल।" घोने ने शर्त लगा दी।

"ठीक है, तुम मेरे साथ चलना। मैं तुम्हें छोड़ आऊँगा।" राजपाल ने उसकी तसल्ली करवायी।

चौके में बैठी घोने की माँ, उम्मीद के साथ घोने और राजपाल की तरफ देख रही थी। जब से चक बूढ़सिंह आयी, बुझी-बुझी रहती थी। आज घोने को स्कूल भेजने की बात सुनकर जैसे थोड़ी रौकन लौट आयी।

एक दिन खेत जाते समय घोना राजपाल सिंह के पीछे पड़ गया। "चाचा, मैं भी खेत चलूँगा। वहाँ जाकर क्या करोगे? थक जाओगे।" राजपाल ने बहाना बनाया।

"नहीं थकता मैं। पैदल चलूँगा।"

"नहीं जाना, यहीं खेलो।"

"ले चलो, मेरे चाचा।" घोने ने जिद्द की। कुछ पल राजपाल घोने के मासूम चेहरे की तरफ देखता रहा। तरस खाकर बोला, "अच्छा! चल फिर।"

आँगन में, घोने की माँ की आँखें भर आयीं।

घोना चाव में उछलता आगे-आगे भागता गया। खेत पहुँचकर समाधि के पास खड़े होकर, राजपाल ने भगतू की तरफ इशारा करके कहा। "चल, वह तेरे ताया जी हैं। वहाँ खेल।"

"ताया?" घोने ने भोला-सा चेहरा बनाकर पूछा।

"हाँ। हाँ। तुम मेरे चाचा, वह मेरा ताया। मेरा बापू किधर गया फिर?" बाल मन का साधारण-सा पूछा प्रश्न राजपाल को परेशान कर गया। वह सोचने लगा। फिर टालने के अन्दाज में बोला। "तुम्हारा बापू समाधि में आती पगडंडी में गुम गया, पुत्तर, घोने।"

"अब नहीं मिलेगा?" घोने ने फिक्र से पूछा।

"क्या पता?"

"फिर मैं बापू किसे कहूँ?" घोने ने फिर पूछा।

"मुझे कह लिया करो।"

"तुम तो मेरे चाचा हो।"

"भगतू ताया को बापू कह लिया करो।"

"लो। वह तो मेरा ताया है।"

"फिर क्या करें अब।" राजपाल ने बच्चे के साथ बच्चा बनते हुए पूछा। "चलो हम बापू ढूँढ़ते है।"

"ठीक है। ढूँढ़ेंगे।"

तभी राजपाल के पास एक भैया आकर खड़ा हो गया। "सरदार, मैं आपको घर देखकर आया हूँ।"

"क्यों!" राजपाल हैरान हुआ।

"कहें तो सब्जी बीज दूँ इधर!" उसने खेती की तरफ इशारा किया।

"सब्जी?" राजपाल हैरान हो गया।

"हाँ सरदार! कद्दू, टिंडा, बैंगन। फिर दूसरे मौसम में गाजर, गोभी शलगम...।"

"सब्जी हो जाएगी यहाँ?"

"हाँ सरदार। मैंने देख लिया। जमीन सब्जी लायक है। मैं सारे काम करूँगा। बिजाई, गुड़ाई, पानी। फसल मंडी में भी बेच आऊँगा।"

"हिसाब क्या होगा?" राजपाल ने स्वाभाविक पूछा।

"जमीन तुम्हारी है सरदार। मेहनत मेरी। आधा-आधा कर लेंगे।"

"यहाँ सब्जी छोड़ेगा कौन? गाँव पास है। फिर इधर समाधि की तरफ, लोग भी काफी आते हैं।"

"मैं राखी करूँगा, सरदार। मैंने जगह अच्छी तरह देख ली। इस कोठड़ी में रहूँगा। खाना इधर ही बनाऊँगा। सब्जियों के लिए पानी तो मिल जाएगा?"

"हाँ, पानी मिल जाएगा।"

फिर बोला, "मैं अपने साथ ले आऊँ।"

"साथी कौन?"

"हम तीन जन हैं। खुद ही बाँट लेंगे। खुद ही सब्जी लगायेंगे। खुद ही पानी लगाएँगे। आप अपना आधा हिस्सा ले लेना।"

"कल बताऊँगा तुझे।" राजपाल ने कहा।

"भइया चला गया।

राजपाल सोच में पड़ गया। चार कनाल में फसल तो कोई होगी नहीं। अगर सब्जी में, हर सीजन में दो-तीन हजार बचने लगे, तो ठीक है। घर का गुजारा होता रहेगा। मैं घूम-फिर कर कोई काम ढूँढ़ लूँगा। अब मैं अकेला नहीं हूँ। अब तो घोना और उसकी माँ भी हैं। माँ और बाबा जी भी हैं। घोने को स्कूल भेजना है। उसके कपड़े-किताबों पर भी खर्च होगा। फिर भइए को भी काम देना है। पहले बाबा जी के साथ सलाह कर लूँ। सोचते-सोचते राजपाल घोने की उँगली पकड़कर समाधि की ओर चला गया। वहाँ ईंटों से भरा ट्रक खड़ा था। समाधि के पास ही बरामदे में सफेद जिप्सी खड़ी थी, जिस पर लालबत्ती चमक रही थी।

बाबा भगतू लालबत्ती वाली जिप्सी में ही इधर-उधर जाता है।

राजपाल पीछे मुड़ा। अपने कुएँ की ओर हो लिया। कोठरी के साथ चार कनाल जमीन में, चेहरे पर करुणामयी मुस्कान लाकर एकटक देखने लगा। अब उसके पास कुल यही जायदाद है। फिर उसने पूरे पन्द्रह किल्ले जमीन की तरफ देखा। सरदूल की साढ़े सात किल्ले जमीन साथ लगती है। राजपाल ने सोचा, यह चार कनाल भी हाथ से निकल गयी, मेरा इधर आना-जाना ही छूट जाएगा। एक बात तो अच्छी है कि भगतू ने जमीन बेची नहीं। डेरे में शामिल कर ली। शायद भगतू के बहाने ही दादा परदादा का नाम रह जाये। एक बार तो उसके मन में आया, ये चार कनाल भी भगतू को सौंप दूँ। मोटर बच जायेगी। कोठरी भी, और कुआँ भी। नहीं तो क्या पता। 'आसे के कुएँ' का नाम निशान ही मिट जाए।...

उसने दूर खेलते घोने को आवाज लगाई और उसकी बाजू पकड़कर गाँव

की ओर चल पड़ा। फिर छप्पर से होता हुआ बाड़े में बाबाजी के पास आ बैठा। घोना तीर की तरह घर में भाग गया।

"कहाँ से आये हो?" बसाखा सिंह ने पूछा। "चक्कर लगाने खेत गया था। वहाँ एक भइया आ गया। कहता, आप चाहे तो मैं यहाँ सब्जी बो लूँ। आधे-आधे के आधार पर।"

"क्या कहा तूने?"

मैंने कहा, "सलाह करके बताऊँगा। तुम्हीं बताओ बाबा, क्या करें? मुझे तो समझ नहीं आ रहा। चार कनाल जमीन है एक साथ।"

बसाखा सिंह सोचने लगा।

तभी अन्दर से घोना भागा आया। "चाचा बेबे को न जाने क्या हो गया। बीबी कहती है जल्दी आ जाओ।"

राजपाल अन्दर की ओर भागा।

उसने घर में देखा, पानीवाला घड़ा आँगन में फूटा पड़ा है। बर्तन इधर-उधर बिखरे पड़े हैं। मानो किसी ने उछालकर बिखेरे हों। अन्दर से एक नयी रजाई लाकर आँगन में फेंकते हुए ज्ञानकौर बोली, "इसे भी आग लगा दो!"

भूपी की शादी के लिए सन्दूक में बनाकर रखे कपड़े व अन्य सामान पहले ही आँगन में बिखरा पड़ा था। घोने की बीबी डरी सहमी एक तरफ खड़ी देख रही थी। राजपाल ने जल्दी से बेबे को पकड़ा, "क्या कर रही हो, बेबे?"

"तेरा बापू कहता है, लड़की का कुछ भी हम घर में नहीं रखेंगे। सब बाहर निकालकर आग लगा दो।" माँ ने बेगानों की तरह देखते हुए कहा।

"बापू कहाँ है?"

"वह बैठा है, अन्दर। जाके पूछा। कहता है। भूपी तो मर गयी, उसका सामान भी फूँक दो। ला तो जरा माचिस की डिब्बी। इन्हें लगाऊँ!"

पहले यहाँ बैठ बेबे। फिर हम दोनों निकालेंगे सारा कुछ बाहर। राजपाल ने धक्के से बेबे को खाट पर बिठा लिया। लेकिन वह फिर उठ गयी। राजपाल हैरान हुआ। बेबे में इतना जोर कहाँ से आ गया। वह उठकर फिर पकड़ने लगा तो ज्ञानकौर आँगन में आ गयी और खुल कर बोली, "यह क्या बखेड़ा खड़ा किया है? भूपी की बारात आयी खड़ी है। अरी बहू, भूपी से कहो, जल्दी नहा-धो ले। अपने बापू से कह, कहीं जाये न। सेहरा सँवारना है। गीत गाओ री, किधर गयी सब!"

राजपाल पास आया तो फिर भड़क उठी...। "दफा होवो! मुझे क्या। भूपी नहीं जाती, न जाये। ये कफन, मैं क्यों रखूँगी। लाओ पकड़ाओ। और वह उठा-उठाकर कपड़े इधर से उधर बिखेरने लगी।"

बसाखा सिंह भी राजपाल के पीछे आ गया था। आँगन में घुसते ही राजपाल

ने कहा, "बाबा, जाना जरा जल्दी। चन्दी पंडित को बुला लाओ। बेबे ठीक नहीं लगती।"

बाबा उन्हीं पाँवों लौट गया।

"ला भई घोने। बेबे को पानी पिलाएँ।" कहते हुए राजपाल ने बेबे को पकड़कर बिठा लिया।

पानीवाला मटका तो फोड़ दिया, बेबे ने। घोने ने आँगन में बिखरे ठीकरे देखकर कहा, "नलके से भर ला?"

"मुझसे नलका चलेगा नहीं। तब तक घोने की माँ नल से पानी ले आयी। "तुम चाय बना दो, बेबे के लिए।" गिलास पकड़ते राजपाल ने कहा।

"बनाती हूँ। कह कर घोने की माँ आँगन में बिखरे कपड़े इकट्ठे करने लगी तो ज्ञानकौर इकट्ठी होकर लेट गयी। "हाथ मत लगाना इन्हें, नहीं तो भस्म कर दूँगी मैं?"

डरकर घोने की माँ पीछे हट गयी। "नहीं हाथ लगाते बेबे।"

"ले पकड़। तू पहले पानी पी। आराम कर। फिर हम दोनों मिलकर सब कुछ बिखेर देंगे।"

चन्दी पंडित छोटा काला बैग बगल में दबाये आ पहुँचा।

पहले आँगन में बिखरे सामान की ओर देखने लगा। फिर कहा, "पानी गर्म करो भाई।" बैग एक तरफ रखकर उसने ज्ञानकौर की नब्ज टटोली। उसने झटके से बाजू छुड़ा ली।

"अब्र आया है कुत्ता ब्राह्मण! तुम्हें कहा था, भूपी के साहे का दिन निकाल दे।"

हैरानी से चन्दी पंडित का मुँह खुला रह गया। फिर कुछ सोचकर वह हँस पड़ा...।

"दिन निकाला तो है हमने। तभी तो इतना बखेड़ा पड़ा है। ब्याह वाले घर में यूँ ही होता है। क्या खाया था आज सवेरे?"

"खाया तुम्हारा सिर।" ज्ञानकौर उसकी ओर घूरकर देखने लगी। घोने की माँ पानी गर्म करके, सीरिंज साफ करके ले आयी। सीरिंज साफ करते चन्दी पंडित ने राजपाल को धीमे से कहा, "सावधानी से पकड़ना पड़ेगा बेबे को, ये टीका नहीं लगवाएगी।"

"कोई बात नहीं, तुम तैयारी करो।" राजपाल ने मलकीत कौर को कहा, "बेबे की बाजुओं को पकड़ो। वह टाँगें दबा देगा।"

चन्दी पंडित ने एक छोटी शीशी में से सीरिंज भरी। फिर एक टीका तोड़कर उसमें डाला और राजपाल की ओर इशारा करके बेबे के नजदीक आते बोला, "आओ बेबे, तुम्हें ठीक करें।"

बेबे जल्दी में उठने लगी। राजपाल ने धक्के से उसे खाट पर लिटा दिया।

घोने की माँ ने उसकी बाँहें पकड़ ली।

टीका लगाकर बाहर दरवाजे में जाकर उसने राजपाल को कहा, "बेबे को हुआ तो कुछ नहीं। मन पर बोझ डाले बैठी है। टीके से नींद आ जाएगी, ठीक हो जाएगी। फिर भी ख्याल रखना पड़ेगा। कभी भी ऐसा दौरा पड़ सकता है।"

बसाखा सिंह अब धीरे-धीरे घर पहुँचा। ज्ञानकौर को टीके के नशे में नींद आने लगी। राजपाल और मलकीत कौर उठकर आँगन में बिखरा सामान उठाने लगे।

"ओए घोने। ये ठीकरे उठाकर एक तरफ रख।" राजपाल ने कहा।

"बेबे ने तोड़ा है, वही उठाएँगी। मैं तो खेलने जा रहा हूँ।" कहता हुआ घोना बाहर चला गया।

बसाखा सिंह खाट पर बैठ गया। कुछ देर बाद बोला, "रालपाल, मैं चलता हूँ, शेर पुत्तर! यदि हम पशु बेच दें। अब तुम्हारी माँ इन्हें सँभाल नहीं पाएगी। चारा भी अब कहाँ बीजेगें। चाय के लिए दूध मोल ले लिया करेंगे। क्या कहते हो?"

"बाबाजी, पशुओं के बिना कैसे चलेगा।" मलकीत कौर बोली। "झोटी रख लेते हैं, मैं खुद सँभाल लूँगी। भैंस चाहो तो बेच दो। अब तो कभी-कभी दूध देती है। पाँचवें छठे सुए हो रही है।"

"भई झोटी रख तो लें, इसको डालेंगे क्या?" बसाखा सिंह को आगे कुछ दिखाई नहीं दे रहा था।

"मैं खुद डालूँगी, बाबाजी। यदि इधर ले आये झोटी तो मुझे आसानी हो जाएगी। आँगन बहुत खुला है।"

"फिर तो बाबाजी हम बाड़े का भी क्या करेंगे। तुम भी इधर आ जाओ। देर-सवेर चाय-रोटी भी मुश्किल है। बेबे में तो पता नहीं किस समय भूत आ जाए। फिर तुम्हें भी सवेरे-तड़के चक्कर लगाना पड़ता है। यहाँ रहोगे तो ठीक रहेगा। मैं भी बाहर जाकर रोटी का कोई जुगाड़ करूँगा। खेती तो गयी हमारे हाथ से अब।"

"देख ले शेरे, जैसे तेरी मर्जी कर। मैं भैंसों के दलाल तारे को बोल आऊँगा, आज ही। झोटी रख लेते हैं हम। तीन-चार महीने में ब्या जाएगी। भैंस बन जाएगी अब तो इस बच्चे की तरफ देख।" बाहर से मैले-कुचैले घोने को अन्दर आया देखकर बाबे ने कहा।

मलकीत कौर मोह के साथ गन्दे-से घोने को निहारने लगी।

टीके के असर से ज्ञानकौर गहरी नींद में सो गयी।

"अच्छा, मैं करता हूँ तारे दलाल का पता।" कहकर बसाखा सिंह उठ खड़ा हुआ।

"जो इच्छा करतार की।" कहता हुआ वह बाहर चल पड़ा।

"बाबाजी, रोटी खाकर जाना।" मलकीत कौर ने ऊँचे स्वर में कहा। "मैं

बनाने लगी हूँ। अभी बेबे सो रही है। जाग पड़ी तो पता नहीं पकाने देगी या नहीं।''

वह चूल्हे में आग जलाने लगी।

सैंतालीस

राजपाल के परिवार पर गुजरती गर्म हवाओं का एक साल और बीत गया। बाबा बसाखा सिंह उजड़े कुएँ के पास खड़ा समाधि की ओर देख रहा है। बीच-बीच में श्रद्धालु वहाँ लगातार आ रहे हैं। बाबा भगतू ने दो किल्लें पर चारदिवारी कर ली है। दिन-रात कार सेवा चलती रही। कोई ईंटें फेंक गया, कोई सीमेंट, कोई रेता।

चहारदिवारी में एक तरफ लम्बा शैड बनाया गया है। भगतू बाबा इसी शैड के नीचे बैठा संगत को दर्शन देता है। डेरे तक तारकोल की सड़क बन गयी है। भइए कद्दू और टींडे की बेलों पर स्प्रे कर रहे हैं।

बसाखा सिंह धीरे-धीरे चलता हुआ, साथवाले सुए की पुली पर जा बैठा। मन उदास है। वज़ीर सिंह याद आ रहा है। विनम्र होना उसके लिए श्राप बन गया है। उसने दूर तक देखा, यहाँ उसे अपनी सारी जमीन दिखती है। अपने बाबा के समय कितनी खुली जमीन थी उनके पास। अब पल्ले कुछ नहीं। भगतू के हिस्से आ रही जमीन भी खेती से गयी। सरदूल मामले पर दिये बैठा है। गुरा भी पल्ला झाड़कर गाँव से ताल्लुक छोड़ बैठा। राजपाल के हिस्से बची जमीन भइयों के सब्जी उगाने लायक ही रह गयी।

उसने आह भरी। अच्छे समय को याद किया। मक्की बीजते, तो छल्लियों के साथ आँगन, छत्तें भर जातीं। बाजरा, चिड़ियाँ-जनौर खा जाते, तो भी कम नहीं पड़ता था।

आषाढ़ के समय गाँव में कभी मरासी, कभी बाजीगर आ जाते थे।

अन्नदाता की खैर, भाग लगे रहें। बरकत बनी रहे। का आशीर्वाद देकर जाते। गाँव के बच्चे आते। माँगने वाले आते। चुनने-बीनने वाले आते। कभी किसी को खाली नहीं लौटाया। गेहूँ से भले घर न भरता हो, खाने लायक रखकर बाकी कनक बैलगाड़ी में मंडी ले जाते थे। शाम को बेच कर ही वापस आते। तब मैं समझता देश का राजा भी मेरा क्या मुकाबला करेगा। घर घुसता तो बच्चे टाँगों से चिपट जाते। थैले छीनने को दौड़ते। साफे के कोने के साथ बाँध कर जलेबी, लड्डू, शक्करपारे आते। उनका स्वाद ही और था। चाव भी और ही था। जो खा पीकर बचता, हरकौर को ला पकड़ाते। वह ऐसे सन्दूक में सँभाल कर रखती,

मानो कौरवों का खजाना हो। उड़ते फिरते थे। अब न चाव, न ही लोग वैसे हैं। और न फसलें ही वैसी रह गयीं।

पहले एक-एक महीने तक गेहूँ, धान अनाज मंडियों में उपेक्षित पड़ा रहता। ऊपर ही बारिश, अँधेरी...। फिर बदरंग हुई फसल की क्या कदर रहती। खरीदने वाला नाक-भौं सिकोड़ता। खाने वाले भी नाक सिकौड़ते। बसाखा सिंह दूर तक देख गया। बल्ले-बल्ले, कितनी जमीन होती थी। हमारे बड़े-बड़ेरों की सत्तर-अस्सी किल्ले। यदि इतनी जमीन उन दिनों किसी शाह के पास हाती, अब तक आधे मुल्क का मालिक होता। उसे मालूम है। भले वक्तों में जिस हलवाई से आषाढ़ सावन में फसल के समय मिठाई लाता था, आज उसके बेटों की शहर में बड़ी-बड़ी चार दुकानें हैं। छह लड़के होते तो छह दुकानें होतीं। ...पर यहाँ राजपाल के पास सिर्फ चार कनाल जमीन बची है। अस्सी किल्लों की ढेरी, चार कनाल पर आ गयी। आगे घोना क्या करेगा? कहेगा, मैं ढिल्लों जट्टों का लड़का हूँ। बसाखा सिंह ने फिर आह भरी। पुली से उठकर धीरे-धीरे कुएँ की ओर आ गया। सब कुछ उसके देखते खत्म हो गया।

तारे दलाल ने भैंस बिकवा दी थी। बाड़ा सरैणे के बेटे ने खरीद लिया। एक झोटी अब अन्दर घर में है, दूसरी बार ब्याने को। बसाखा सिंह अब इधर रहने लगा है। चारा काटने वाली मशीन बाड़े से उखाड़कर अन्दरवाले घर में लगा ली है।

गिल परिवार के देसू को एक नया नाम मिल गया। भगतू बाबा ने उसको एक 'पीटर रेढ़ी' बनवा दी है। उस पर एक लाउडस्पीकर बाँध लिया है। देसू गाँव-गाँव घूमता है। चौपाल में, गाँव के बीचोंबीच जाकर वह कैसेट लगा देता है। पहले रागी, गुरवाणी का शब्द पढ़ता है। फिर ऊँची आवाज आती है, "संगतो! डेरे की कारसेवा चालू है। इस बार पूर्णमासी बड़ी धूमधाम से मनाएँगे। इस महायज्ञ में माई-भाई, बढ़-चढ़कर हिस्सा लो। आटा, दालें, गेहूँ, माया, जो भी दान करोगे, परमात्मा कमाई में वृद्धि करेगा। परिवार में सुख-शान्ति रहेगी। ज्यादा-से-ज्यादा सेवा करके गुरु घर की खुशियाँ प्राप्त करो।"

गाँव के कुछ नास्तिक से लोग गालियाँ देते—सालों ने माँगने का नया ढंग निकाल लिया।

कुछ बीबियाँ और धार्मिक वृत्ति वाले लोग श्रद्धावश दान करते हैं। शाम तक देसू गिल रेहड़े पर खूब सामग्री इकट्ठी कर लेता है। अब उसके घर में आटे, दालों की कमी नहीं। बाबा भगतू उस पर खुश है।

भीरो और जैलो कभी-कभार समाधि पर चक्कर लगाती रहती हैं।

बहुत देर उदास मन से कुएँ की तरफ देखता रहा बसाखा सिंह। कितनी रौनक होती थी यहाँ? वज़ीर और सरदूल बैलों के पीछे-पीछे घूमते रहते, झूले

लेते। हरकौर निध्घे पानी में कपड़े धोने लगती। उसने कुएँ में देखा, अब तो पक्षियों के घोंसले ही दिखाई नहीं देते। कुछ भी पहले-सा नहीं था। उसके परिवार-सी इस कुएँ की हालत हो गयी है।

बसाखा सिंह ने देखा, गिलों का देसू समाधि की रेहड़ा लेकर किसी गाँव की तरफ चला है। अब वह भगतू की तरह चोला धारण कर चुका है। उसके साथ मजहवियों की कन्तो का चाचा, भन्ती होता है। उसे अब कोई दिहाड़ी पर नहीं ले जाता। बसाखा सिंह के चेहरे पर व्यंग्य भरी मुस्कान उभरी, "यह चला अन्नदाता, अन्न माँगने।"

जब से भुक्की पर सख्ती हुई है, भन्ती जैसों के शरीर पहले की तरह ज्यादा हिलजुल नहीं कर पाते। देसू गिल ओर भन्ती में खूब छनती है। जब टेप खराब हो जाती है, माइक पकड़कर भन्ती खुद ऐलान करने लगता है, "कारसेवा चल रही है डेरे पर, संगतों! दान करो। खुलकर दान दो।" कबीर कहते हैं, "दान दिये धन न घटे..." और यदि भगतू बाबा के पास से चलते समय नशा-पता फुल्ल (पूरा) मिला हो, तो भन्ती गाँव-गाँव जाकर माइक पर कविशरी भी सुनाता है।

दोनों समय देखकर इकट्ठी हुई सामग्री में से पौवा-अद्धा खरीद लेते हैं। भगतू बाबे को पता तो लग जाता है, लेकिन बोलता नहीं। चलो, दोनों कुछ तो डेरे के लिए लाते ही हैं।

भीरो को शरीर पहले से भरा-भरा सा है। वह साफ-सुथरी रहने लगी है। बड़ी लड़की को उसने स्कूल में पढ़ने डाल दिया है। अगर कोई हालचाल पूछती है तो भीरो समाधि की ओर हाथ जोड़कर कहती है, "बाबों की कृपा हो गयी, बहन! नहीं तो हमारा कोई हाल था?"

अब अपने देवर की तरह, वह बाहरी दीवार पक्की बनाने की योजना बनाती है।

"अब कुडिए सुना देसू भी, भगतू बाबा का चेला बन गया।" कोई अन्य शरारत से पूछती है।

"समय पर अकल आएगी बहन, कभी तो अपना जीवन सुधारेगा। अब तो दिन-रात लंगर सेवा में लगा रहता है।" भीरो देसू की प्रशंसा करती है।

बसाखा सिंह ने देखा—भइए, कद्दू तोड़ रहे हैं। बाबे को देखकर एक भइए के पास आकर पूछा—

"बाबा, सरदार कहाँ गया?"

"कौन सरदार भई?"

"वही...पाल सिंह?"

"यहीं होगा। घर में पता करो।"

"हमारा एक भाई बीमार पड़ गया, उसकी खबर लेने जाना है।"

"जाओ फिर।"

"कद्दू बेचना है। सरदार मंडी ले जाता...नहीं तो खराब हो जाएगा। फिर पैसा भी कम मिलेगा।" भइया चिन्ता में खड़ा है।

"घर जाकर देखो।" कहकर, बसाखा सिंह धीरे-धीरे गाँव की तरफ चल पड़ा। कभी कुएँ की ओर, कभी खेतों की ओर। कभी समाधि की ओर झाँकता है।

सुबह साढ़े पाँच बचे राजपाल टैम्पों के ऊपर कद्दू के दो टोकरे रखकर मंडी में ले आया।

वह खाली टोकरे लेकर वापस गाँव आया। भइया हरे प्याज धोकर ढेर लगाकर बैठा था।

"सरदार, पन्द्रह-बीस दिन में टींडा तैयार हो जाएगा। इसका भाव भी काफी होगा। बीस रुपये किलो। अगर हम अपनी मंडी में बेचें तो बहुत फायदा होगा।"

राजपाल ने सोचा। "ये भइए पहले जैसे नहीं रहे। चालू हो गये हैं। बोरियाँ भरकर सब्जी बेचते हैं।"

"तो क्या हुआ सरदार, बोरियाँ भी तो आदमी..."

"जट्ट होकर मैं कद्दू, टिंडे बेचूँगा?"

"सरदार, मैं भी अपने देस में जाट था। इधर देखो, मजदूरी करता हूँ।"

भइए की बात सुनकर राजपाल कुछ नहीं बोला। पर सोचने लगा। अगर खुद बेचे तो कितना लाभ होगा। पैसों की सख्त जरूरत है उसे।

"खाली टोकरे घर में पड़े हैं, उठा लाना।" कहकर राजपाल घर आ गया।

शहर की सब्जी मंडी में एक तरफ फड़ी वालों की लम्बी कतार है। इसका नाम 'अपनी मंडी' है। यहाँ गाँव से सब्जी लेकर आये बोरिये मजहबी या अन्य, फड़ी लगाते हैं। कुछ के पास तो पक्के बाट भी नहीं। ईंटों के टुकड़ों के साथ ग्राहक की तसल्ली करवाते हैं। अगर कोई शहरी शक करता है तो कहते हैं, "सामने दुकान से तुलवा कर देख लो। किलो से ज्यादा ही होगा।" ग्राहक चुप हो जाता है।

राजपाल सिंह ढिल्लों भी इसी कतार में कद्दू और टींडे टोकरी में रखकर बैठा है। पास ही कच्चे प्याजों की ढेरी लगायी है। इसी प्रकार कोई बेमौसमी गोभी, बेमौसमी बैंगन, और आलू रखकर बैठा है। राजपाल सोच रहा है कि क्या पता मेरी तरह इनमें भी कोई गिल्ल, सिद्धू, कोई बराड़ बैठा हो।...

उधर समाधि पर पूर्णमासी की भीड़ है। गिल्लों का देसू चोला पहनकर गाँव-गाँव रेहड़े पर स्पीकर रखकर घूम रहा है। वह हर गाँव में जाकर ऐलान

करता है—"कार सेवा शुरू है।"

गहरी रात में घुक्कर, माघी और भगतू बाबा मिलते हैं। इकट्ठे बैठकर घर में निकाली शराब पीते हैं। अच्छा खाते हैं। बुरा काम करते हैं। धालीवालों की बहू जरनैल कौर ने एक अन्य घर की बहू को भगतू बाबा के चरणों में लगाया है।

कभी-कभी साधाराम आता है। उन दिनों भीरो के ऊपर जिम्मेदारियों का बोझ पड़ता है।

ज्ञानकौर में अभी ऊपरी हवा आ रही है। वह उल्टा-सीधा बोलने लगती है। भूपी की शादी में देनेवाले सूट आँगन में फेंकती है। घोने की माँ अब गर्भवती है।

बसाखा सिंह की गर्दन पहले से ज्यादा काँपती है। हाथ भी काँपने लगे हैं।

आज फिर वह 'आस के कुएँ' पर खड़ा है। डेरे की तरफ जाता कोई मारासी हाथ में पकड़ी छड़ी, ऊपर आसमान की तरफ करके कहता है...'अन्नदाता की खैर...बेल बढ़े।'

बसाखा सिंह हँसता है। एक अन्नदाता शहर में बैठा कद्दू, प्याज, टिंडे बेच रहा है। दूसरा अन्नदाता डेरे पर लंगर लगाये, रसद इकट्ठी करने के बहाने, दर-दर माँगने गया है। वाह ओए दाते! बसाखा सिंह ऊपर की ओर देखता है।

शाम ढल गयी है।

आगे और भी अँधेरी रात सिर पर खड़ी है।

❑❑❑